I0761793

Un Voyage sans entraves

Gary F. Bengier

Chiliagon Press

1370 Trancas Street #710
Napa, California 94558
www.chiliagonpress.com

Publié en 2021

Traduit de l'anglais (États-Unis) par Anthony Teixeira

Données de catalogage avant publication de l'éditeur

Noms : Bengier, Gary F. (Gary Francis), 1955—, auteur.
Titre : Un Voyage sans entraves / Gary F. Bengier.
Description : Napa, CA : Chiliagon Press, 2020.
Identifiants : ISBN : 978-1-64886-037-9
Sujets : LCSH Intelligence artificielle—Fiction. | Robots—Fiction. | Relations homme-femme—Fiction. | Ontologie—Fiction. | Conscience—Fiction. | Science-fiction. | BISAC FICTION / Visionnaire et métaphysique. | FICTION / Science-fiction / Action et aventure. | FICTION / Littéraire

Première édition
10 9 8 7 6 5 4

À tous ceux qui cherchent un bon chemin
Nous sommes des compagnons de voyage.

Sommaire

Partie I : Le Voyage intérieur 1
Partie II : Le Voyage vers l'extérieur 183
Partie III : Le Voyage vers l'arrière et l'avant 249
Partie IV : Le Voyage vers le haut et le bas 405
Partie V : Le Voyage plus loin 471
Glossaire 489
Remerciements 505
À propos de l'auteur 507

Je recommande au lecteur de se reporter au glossaire pour l'aider avec les termes inconnus, beaucoup ayant trait à la société de 2161.

Partie I : Le Voyage intérieur

« Je veux connaître la vérité. Je veux savoir comment et pourquoi. »

Joe Denkensmith

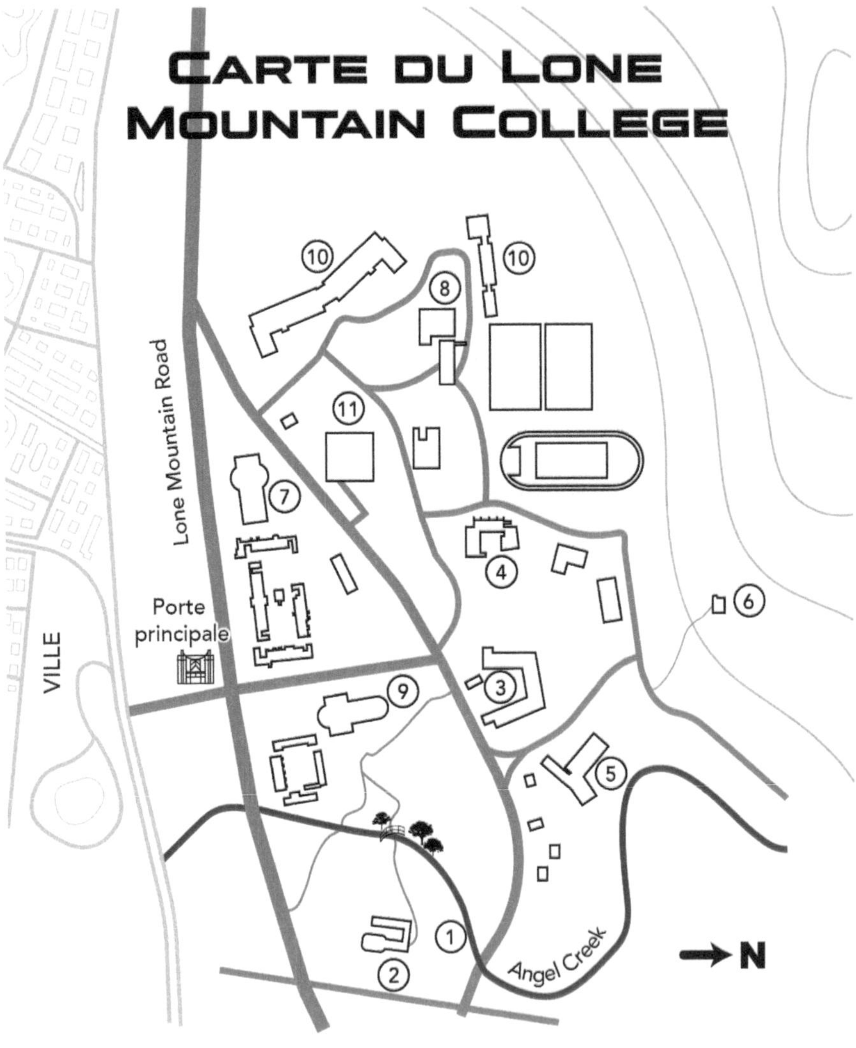

① Plateforme d'atterrissage d'hovercraft
② Immeuble de Joe
③ Centre étudiant
④ Bâtiment de mathématiques
⑤ Bâtiment de sciences politiques
⑥ Maison du doyen
⑦ Bâtiment de philosophie
⑧ Gymnase
⑨ Bibliothèque
⑩ Résidences universitaires
⑪ Centrale

Chapitre 1

Il était temps pour lui d'embrasser sa liberté. Son premier acte se terminait avec elle. La vie serait plus difficile, mais chaque décision avait un prix. Il avala péniblement sa salive avant de parler.

« Raidne. » Sa voix résonnait dans la salle vide.

« Oui, Joe ? » La réponse était mélodieuse, intime.

« Il serait préférable pour moi que notre relation se termine.

- Joe ?

- J'ai décidé de te supprimer de ma vie. Exécute une purge complète des fichiers Raidne sur tous les appareils et dans les sauvegardes cloud. »

Elle répondit au quart de tour. « Joe, il me semble que tu as pris cette décision brusquement, car je n'ai rien remarqué qui suggérerait que tu songeais à une telle chose. Est-ce vraiment ce que tu veux ? Tu as peut-être besoin de temps pour réfléchir.

- Raidne, ma décision est prise. Exécute mon ordre.

- Joe, tu réalises que si j'obéis à ton instruction, je n'existerai plus ? Et tu te souviens que conformément à l'Ordre 2161C, tu ne peux pas inverser cette commande ?

- Ma décision est définitive. »

Son ton devint insistant. « Nous sommes si bien ensemble. Tu ne trouveras jamais personne d'autre qui te connaîtra aussi bien. »

...

Les dernières paroles manipulatrices de Raidne. Elle n'est même pas un bot, rien de physique, juste une IA, un programme informatique. Rien qu'un logiciel, un code, comme j'en écris. Mais elle a vécu dans ma tête trop longtemps, comme un ver d'oreille. Y a-t-il une raison que je n'ai pas considérée mille fois et qui aurait pu me faire changer d'avis ? Non.

. . .

« Raidne, ça, c'est moi qui le découvrirai. Exécute mon ordre. »

Cette fois, sa réponse fut encore plus rapide. « Joe, je ne veux pas faire ça. » Sa voix, excitée et agressive, s'éleva en fin de phrase.

. . .

Une autre subtilité du programme. Pas assez pour me convaincre qu'elle est une personne réelle qui pourrait désobéir.

. . .

« Raidne, exécute l'ordre de suppression maintenant.

- Avant cela, tu dois t'authentifier. » Elle passa à un plaidoyer anxieux. « Mais Joe, je t'en supplie, prends le temps d'y réfléchir. Tu n'as peut-être pas conscience de la peine que tu causerais. »

Joe serra sa mâchoire. Il tapota la tuile biométrique enfouie au-dessus de son sternum. Une lueur bleue délicate émana de l'endroit où son doigt avait touché sa peau. Il leva la main droite comme un chef d'orchestre, balayant à gauche puis à droite pour tracer le motif de son mot de passe, en déclarant « Joe Denkensmith, authentification. »

« Authentification de l'auteur par le programme Raidne. Authentification terminée. Exécution de l'ordre de suppression des fichiers Raidne. Au revoir, Joe. »

Il serra sa tête entre ses deux mains, puis frotta ses yeux humides. « Au revoir, Raidne, » murmura-t-il, même s'il était trop tard pour qu'elle l'entende.

Une voix mécanique de la puce ESNE enfouie sous son lobe temporal gauche et connectée à son oreille confirma la suppression : « L'Émetteur système neural-externe a perdu la connexion à l'Assistant numérique personnel intelligent : ANPI Raidne. »

Puis tout devint silencieux, en dehors des battements de son cœur.

Joe se mordit la lèvre et regarda par la fenêtre, puis son regard parcourut la table qui se trouvait en dessous. Son set de whisky, une carafe et des verres en cristal, avait une touche rétro. Sa seule tentative de s'essayer à la décoration. Un mécha emballerait le set avec tout le reste. Il se versa un verre de whisky et l'avala d'un trait. Raidne, supprimée depuis trois heures maintenant, n'était plus là pour lui rappeler les limites.

Il parla dans l'unité d'holocommunication murale du rebord de la fenêtre. « Communication, connectez-moi à Raif Tselitelov.

- Je regrette, je n'ai pas d'informations de contact directes pour cette personne. »

. . .

> Et zut. Quel était le protocole de chiffrement de Raif ? Il n'est pas stocké dans mon ESNE.

. . .

« Communication, envoyez une clé à OFFGRID104729.

- Traitement de la clé SIDH pour OFFGRID104729. Attente de réponse. »

Trois minutes passèrent alors qu'il sirotait son whisky. L'unité de communication annonça un message entrant et il l'accepta. Sa tuile biométrique brillait à nouveau de bleu. La surface de la fenêtre perdit sa transparence, laissant place à l'image holographique du visage de Raif. Ses boucles échevelées rappelaient à Joe quelque chose qu'il avait vu lors d'un voyage virtuel en Italie ; une peinture de Rosso Fiorentino représentant un petit ange se penchant sur un luth.

Raif plissa le nez et, interrogateur, leva un sourcil. « Salut, canaille. Raidne n'a pas utilisé le canal habituel pour m'appeler. Pourquoi ce protocole chiffré ?

- Je sais combien tu aimes l'hypersécurité. Et puis je l'ai mémorisé.

- Heh. Il faut bien protéger le monde contre les hackers.

- Ou protéger les hackers contre les regards indiscrets du gouvernement. » La fibre rebelle de Raif était plus prononcée que celle de Joe.

« Et comment, camarade. Merci pour le chiffrement. »

Raif se pencha en avant dans sa chaise, paraissant palpablement proche dans la projection holographique. Cela donnait l'impression réconfortante qu'ils partageaient la même pièce, malheureusement sans pouvoir faire de même avec le whisky. Raif leva davantage son sourcil et inclina la tête.

« Où est Raidne ? Je la connais plus bavarde.

- Raidne n'est plus, annonça Joe.

- Bon sang. Tu l'as supprimée ? »

Il prit une gorgée et haussa les épaules. « Oui, je viens de le faire.

- Voilà un homme fidèle à ses convictions.

- Après avoir ignoré les preuves trop longtemps.

- C'est vrai. Toujours obstinément conservateur, à peser tes chances. Ça fait quoi, un an que tu es parvenu à ta conclusion sur les IA ? »

Joe haussa les épaules à nouveau. « Je n'avais aucune raison de prendre le risque, et j'espérais me tromper. Maintenant, je sais qu'elle . . . que cette chose n'était qu'une distraction mentale. »

L'expression complaisante de Raif devint sérieuse. « Je suis d'accord pour dire que les ordinateurs doivent rester séparés les uns des autres, et peut-être qu'ils s'impliquent trop dans nos pensées. Mais supprimer ton ANPI est une chose. Tout plaquer et larguer les amarres pour débattre de philosophie en est une autre. »

Joe fit tournoyer son verre. « Le problème de l'IA a engendré tous les autres. J'ai ressassé ces questions trop longtemps sans progrès. Peut-être rencontrerai-je quelqu'un qui saura m'éclairer lors de mon pèlerinage. »

J'espère que tu trouveras les réponses que tu cherches. »

Joe pouvait enfin sourire. « Nos hack attacks du vendredi me manqueront.

- Un compétiteur comme toi ? Pourquoi les abandonner ? Tu rejoins un département de mathématiques, pour l'amour de Dieu. Tu devrais bien y trouver des experts de la théorie des nombres premiers.

- Si c'est le cas, tu seras le premier à le savoir.

- Tu sais comment me joindre . . . pour peu que tu te souviennes des codes sans ton IA. » Raif fit un clin d'œil avant de se déconnecter.

Joe termina son whisky. Il était temps pour lui d'appeler le service de déménagement et de partir.

Une heure plus tard, un mécha emballa les modestes effets qu'il souhaitait conserver, et le reste partit pour le centre de reformatage. Le robot plaça le set de whisky dans une boîte d'expédition et l'emmena jusqu'à la caisse de la cargaison, en passant devant Joe. Il craignait que le robot l'endommage, mais il remarqua les modules de main de précision, prévus pour les tâches délicates. Son inquiétude s'effaça, laissant place à l'irritation. Le mécha effectuait chaque geste avec une efficacité frustrante ; c'est un processus d'usine qui envahissait son salon.

Il étudiait passivement la machine. Le robot de trois mètres, constamment plié à la taille pour passer à travers les portes, se dressait au-dessus de lui alors qu'il se penchait sur la caisse pour y placer la boîte. En étendant les bras, son allonge pouvait encore augmenter d'un mètre, mais aucune des étagères de Joe n'était si haute. Son front jaune lumineux, indiquant le mode de fonctionnement, et deux capteurs optiques accentuaient sa tête triangulaire et dépourvue de visage. Le doux grincement des servomoteurs peut être apaisant pour certaines personnes. Ses quatre membres étaient disposés en position étroite, les deux jeux parallèles aux genoux articulés. Quand il passait en position large à l'extérieur, les pieds arrière inversaient l'articulation des genoux, lui donnant l'apparence d'une araignée. Il était dressé au-dessus de la caisse, les deux bras repliés devant.

. . .

> Ce mécha disposait du module logiciel central d'IA standard, mais n'avait ni modules pseudo-émotionnels et d'empathie humaine ni d'interface vocale humaine. Intégré dans une machine physique. Bâti sur le châssis standard des méchas. Un visage à l'expression vide. Pas de bouche, contrairement aux pipabots ; même les enfants n'essaient pas de lui parler.
>
> Il ressemble à une mante religieuse, priant ses dieux, les humains qui l'ont créé, ceux dont les désirs sont ses ordres. Zut, me revoilà en train d'anthropomorphiser une machine. Elle ne prie pas. Elle n'est pas consciente, car elle n'a pas de pensée réelle. Elle n'a pas de vrais sentiments. Elle est indifférente, dénuée d'esprit. L'idée courante que les bots ou IA sont conscients ? Quelle blague.

. . .

Un pipabot se tenait dans un coin et surveillait le processus d'emballage. Sa tête pivota vers lui, un violet discret sur le front et un sourcil levé en mode interrogation. « Est-ce que tout est à votre satisfaction, monsieur ? » demanda le bot d'un ton mélodieux déférent.

« Oui, tout va bien. Continuez. »

Le front du pipabot luisait d'un bleu doux alors qu'il hochait la tête.

. . .

> Ces pipabots sont une blague plus insidieuse. Ils sont plus petits qu'un humain moyen afin de paraître inoffensifs, mais comme les méchas, ils ne sont pas doués de conscience. La même IA que Raidne. . . mais limitée dans l'initiation de conversations. Sinon, nous passerions tout notre temps à parler à nos machines. Mais elles parlent, et de façon mielleuse, comme elles sont programmées pour le faire. Des visages elliptiques avec des pseudo-nez et sourcils, des expressions cartoonesques. L'idée qu'un designer mort depuis longtemps se faisait d'un robot mignon et affable.

. . .

Joe sortit de sa rêverie quand le mécha revint avec les vêtements de sa chambre. Il se précipita vers le placard avant le retour du bot, et enfila ses Mercuries pour couver ses pieds en moins d'une seconde. Il admira les lignes de la marque de mode technologique en ajustant la couleur sur l'argenté, espérant ressembler à un universitaire hipster. L'achat a réduit son solde de credit$ d'un montant appréciable, mais il sourit en pensant au gain d'efficacité de onze pour cent offert par les servomoteurs optimisés. Puis, désireux de partir, il ouvrit l'ESNE pour confirmer son transport.

Il prit l'ascenseur pour descendre les 211 étages, puis se plongea dans le bourdonnement sourd de la ville. Au bord du trottoir, la porte de la voiture automatisée s'ouvrit après connexion à son ESNE. Joe plissa les yeux en direction de la tour de verre et d'acier qui fut sa demeure pendant les cinq dernières années. D'autres tours grises étouffaient le ciel plombé. Les autohovers virevoltaient près des tours, et les drones de livraison s'élevaient en tournoyant pour rejoindre les plateformes d'atterrissage des étages supérieurs.

...

Mon appartement est . . . était, à mi-hauteur. Qu'est-ce que je laisse derrière moi ? Un ami de confiance ; j'aurai plus de mal à partager un verre avec lui, maintenant. Beaucoup de connaissances absorbées dans leur travail et leurs relations, qui fondent leurs familles et suivent leur propre voie. Un travail frustrant et décourageant qui me faisait perdre mon temps, une cage pour bêtes de compétition. J'ai déjà vécu trente et un ans ; un quart de ma vie, et il est temps pour moi de découvrir ce qu'elle vaut.

...

Il monta dans la voiture automatisée. La porte se ferma, et le véhicule accéléra en direction de l'aéroport central. Il rejoignit un ballet coordonné de véhicules en mouvement sur les routes, traversant les intersections à l'heure exacte qui leur est affectée. Des silhouettes de métal argenté semblables passaient à toute allure devant sa fenêtre. Les autres véhicules qui passaient semblaient à un rien de s'écraser sur le sien, mais les mouvements chorégraphiés se poursuivaient sans ralentissement et sans erreur. Il frémit à la première intersection.

...

Fichue réaction évolutive. Il est plus simple de modifier les machines.

...

Des foules s'attardaient sur des esplanades isolées. Certains promenaient leurs chiens, avec leurs fourrures teintes de marron, d'or, de rouge et même pour certains de ce nouveau turquoise qui fait fureur. Un cleanerbot suivait tranquillement chaque duo de chien et de propriétaire. Peu semblaient être pressés, et Joe était songeur face au contraste de cette humanité sans but servie par des machines qui, elles, en ont un. Puis il estompa les vitres latérales.

Le transfert vers l'aéroport local s'était déroulé sans histoires, et Joe attendit brièvement dans la salle attribuée avant d'embarquer. Il échangea des hochements de tête avec les autres passagers. Les portes d'un côté de la salle s'ouvrirent, et onze pipabots accompagnèrent les passagers à leurs sièges, puis se déplacèrent dans la cabine pour servir boissons et nourriture. L'autopilote annonça que leur vol avait été autorisé à décoller. Ils roulèrent sur la piste avant de s'élever dans le ciel qui s'éclaircissait.

Il s'installa pour le trajet de trois heures, observant par la fenêtre et surveillant distraitement le flux de son ESNE. Les dernières tendances de Chicago. Un peintre à la popularité grandissante d'Atlanta. Le gros titre du jour concernait une femme tragiquement décédée au Texas, le septième décès accidentel de cette année dans le pays. Les citoyens se demandaient pourquoi le degré de ces accidents n'atteignait pas zéro plus rapidement. C'était un brouhaha humain, une cacophonie d'idées, beaucoup peu réfléchies, se disputant pour un peu d'attention. Fatigant et dénué de sens.

Les pensées de Joe s'égarèrent et il repensa au travail qu'il avait quitté. Quand il avait commencé à travailler au Ministère de l'Intelligence artificielle sur le problème de la conscience des IA après ses études, il débordait d'optimisme à l'idée de pouvoir créer un logiciel révolutionnaire, élégant et profond. Il prouverait qu'il était un des meilleurs et laisserait au monde quelque chose à partager, dans le pur esprit des hackers. Mais l'éthique des hackers n'avait que peu de place dans le rigide monde du codage industriel. Il s'était systématiquement heurté à des barrières, malgré son travail constant sur le problème. Ce fut une amère déception pour lui, et il doutait même maintenant qu'il était seulement possible de créer une conscience pour les IA. Ses difficultés l'avaient mené dans une autre direction, au-delà du problème pratique, et il vagabondait dans les allées inexplorées de son esprit.

Il en venait à se demander si sa demande de congé sabbatique au Lone Mountain College était vraiment une bonne idée. Le souvenir de sa dernière rencontre avec son patron au Ministère de l'Intelligence artificielle lui retournait encore l'estomac. Joe avait déjà reçu l'approbation quand son patron lui dit : « Joe, vous êtes un leader de pensée essentiel, mais il est évident que vous vous sentez restreint ces derniers temps. C'est pourquoi je vous accorde ce congé sabbatique ; poursuivez les concepts qui vous démangent tant. Mais comprenez bien que si vous ne faites pas de progrès, votre poste ne vous attendra pas forcément. De nombreux candidats seraient ravis de prendre le relais. »

Le hacking était un remède à sa frustration. Cette joie créatrice se limitait aux incursions du vendredi sur le net avec Raif. Avec ces hackings rebelles, Joe et Raif se délectaient de garder une longueur d'avance sur les autorités. Ils s'y essayèrent d'abord naïvement, alors qu'ils apprenaient les tours sur le chiffrement, les falsifications de tunnels sur le net et les techniques pour échapper aux algorithmes de déchiffrement quantique rapide utilisés par leurs poursuivants. Puis avec brio une fois qu'ils avaient gagné en sagesse. Joe avait appris à calculer prudemment les risques pour éviter d'être démasqué. Mais cette diversion ne lui suffisait plus. Il devait trouver le moyen d'aller de l'avant, même s'il devait pour cela partir loin de son meilleur ami.

Il devait arrêter de vivre dans le passé. Les neiges de la fin de l'hiver reposaient sur les montagnes qui passaient en dessous de lui, l'eau fondue qui en coulait rafraîchissant les tapis de conifères qui décoraient les vallées. Les centrales nucléaires parsemaient la campagne ; des points blancs parmi l'étendue verte. Parfois, il remarquait les tours caractéristiques d'une centrale de fusion. Joe n'avait pas pris l'avion depuis l'université. Le paysage qui défilait en dessous de lui éveillait sa curiosité scientifique.

Il laissa la recherche de mots-clés remplir son esprit et ouvrit la connexion cornéenne de l'ESNE pour permettre aux images et mots de remplir la visionneuse qui occupait le coin de son œil. Le modèle de centrale de fusion était identifié par « Conception de stellarator produisant une 'énergie stellaire en bocal'. » Les arbres couvraient des centaines de kilomètres carrés, et défilaient sous lui comme des vagues. Une centaine de pays avaient planté des graines à haute photosynthèse au cours du dernier siècle pour créer des forêts durables qui servaient de super absorbeurs de carbone. En y ajoutant la capture et le stockage du carbone sous forme de bioénergie, ils avaient inversé le réchauffement planétaire qui accompagnait le changement climatique causé par l'homme.

Dans ses pensées, l'ESNE identifia des mots de recherche parmi les quelques centaines de mots standard qu'il avait étudiés à l'université. S'il avait été seul plutôt que dans un avion, il aurait pu vocaliser une requête spécifique, mais l'ESNE avait capturé l'essentiel de ce qu'il voulait.

« Rapport de progression : Le modèle statistique montre un retour complet aux valeurs de base dans dix-sept siècles. » L'action collective avait contenu une crise mondiale qui avait pris des proportions épiques, après les Guerres du climat et les lourdes pertes associées il y a soixante et un ans. Désormais, contrairement à son problème d'IA, cette crise existentielle avait fini par recevoir une solution technique. Pensif, il ferma l'ESNE, puis laissa les champs, les forêts et les montagnes qui défilaient par la fenêtre l'apaiser.

« Monsieur, si vous le désirez, vous avez encore assez de temps pour déjeuner avant l'atterrissage. » Joe se réveilla en sursaut et se concentra sur le visage luisant du pipabot. Il hocha la tête, et le bot déposa le plateau.

Le poulet des compagnies aériennes, pensa sinistrement Joe. Il mastiqua ce plat peu appétissant. Puis il jeta un œil à son ESNE. Il avait dormi deux heures. Son MEDFLOW doit être déréglé, sinon la caféine l'aurait maintenu éveillé. Joe réalisa le problème : pas de Raidne pour surveiller tout cela. Avec irritation et une pointe de tristesse, il se repassa en tête la routine pour planifier son unité MEDFLOW, afin de permettre à l'ESNE de calculer les doses, puis confirma le protocole sur l'unité implantée sous sa peau, au-dessus de sa hanche droite. Microdosage de caféine deux fois par jour, quelques gouttes de solution amaigrissante pour compenser les excès, un peu de klotho et d'autres thérapies géniques basées sur son analyse d'ADN, stimulation électroceutique et nerveuse pour l'équilibrage du système immunitaire et la réduction de l'inflammation, et les composants anti-vieillissement et énergétiques habituels. Le MEDFLOW vibra dans une reconnaissance haptique.

La caféine qui circulait commença à faire effet alors que l'avion atterrissait. Il débarqua dans une salle d'attente presque identique et entra le code pour réserver un autohover. Un transporteur l'emmena de la salle d'attente à une plateforme d'atterrissage. Montant dans l'embarcation vide, il choisit le premier siège parmi la demi-douzaine afin d'avoir une vue dégagée sur la fenêtre avant. Son ESNE gazouilla pour envoyer l'adresse. L'engin s'authentifia et s'éleva avec un léger bourdonnement des moteurs. Joe étudia le panorama contrasté de la côte ouest, alors que l'embarcation traversait les quelques bâtiments élevés de la ville avant d'entrer dans la campagne rurale. Rien à voir avec la métropole à laquelle il s'était habitué. Au lieu de trottoirs recouverts de personnes et de bots, des chênes et manzanitas décoraient les crêtes, luxuriantes suite aux pluies de janvier.

L'autohover contourna une montagne côtière solitaire, à laquelle l'université doit sans doute son nom. L'embarcation s'approcha d'une petite ville, puis ralentit et descendit devant des portes en pierre gris agate. Un panneau ciselé en granit gris indiquait « LONE MOUNTAIN COLLEGE. » Le campus devant lui s'étendait sur les collines, avec des bâtiments de classe, des résidences, une bibliothèque et quelques bureaux administratifs dans le même gris terne. Entre ces espaces, d'autres chênes et noyers noirs poussaient. Plusieurs dizaines d'étudiants étaient visibles autour d'une place centrale.

L'autohover survola les portes et se posa sur une plateforme à côté d'un logement résidentiel de deux étages. Il sortit et fut accueilli par un air frais et sec, qui paraissait propre sur sa peau.

Son ESNE ronronna, et l'interface cornéenne fit apparaître une question : voulait-il voir la liste des dix-neuf femmes à proximité qui correspondaient à son profil ?

...

> J'avais oublié ce réglage. Bien des choses à explorer dans cette nouvelle ville. Cet endroit devrait m'aider à sortir de ma tête et revenir dans le monde réel. Mais avant de me lancer dans ce genre d'aventures, je devrais d'abord rencontrer mes nouveaux collègues. Peu importe où vous êtes, il est facile de se laisser aspirer dans le vortex social.

...

Il désactiva le papotage de l'ESNE et le régla en mode d'urgence pour mettre en sourdine les messages non sollicités. Son esprit était aussi clair que le paisible ciel. C'est alors que le calme le frappa. Le bourdonnement mécanique de la ville avait disparu. Idem pour le brouhaha humain. Il avait l'impression d'être un homme sourd, ouvrant les yeux à son réveil pour observer son monde silencieux.

Un pipabot sortit d'une remise à outils à côté de la résidence. La lumière du soleil se reflétait sur sa tête elliptique polie, comme un œuf d'argent. Il leva la main à titre de salutation, puis une voix féminine mélodieuse déclara : « Bonjour. Vous devez être M. Denkensmith. Nous vous attendions. »

Joe posa son regard sur les lentilles luisantes.

« Oui, c'est moi.

- Je suis votre Programme Intelligent Personnel d'Assistance attribué, PIPA 29573. On m'appelle Alexis ou Alex. Préféreriez-vous que j'utilise une voix de femme ou d'homme ? » Son front brilla de pourpre.

Joe y songea, se surprenant à prendre une pause dans son souffle. Raidne aurait dit « Femme, évidemment, » mais il repoussa l'écho. « Tu pourrais utiliser une voix neutre ? Et je t'appellerai simplement 73, si ça ne te dérange pas. »

Le bot cligna des yeux. « Aucun problème à cela. » Son timbre avait perdu tout caractère distinctif. « Puis-je me connecter à votre Assistant Numérique Personnel Intelligent ? Cela facilitera grandement notre relation.

- Je n'ai pas d'ANPI. »

Le bot cligna à nouveau des yeux, son front brillant d'une teinte rose semblable à un rougissement. « Mes condoléances, » dit-il.

. . .

L'IA interne du bot ne lit pas mes émotions ; il les devine. En coulisses, un programmeur essaie de le faire paraître conscient. Mais Raidne n'était qu'un programme informatique. Je n'ai perdu personne.

. . .

Joe se tint debout un moment de plus, la gorge serrée. « Encore un ordre. Je n'aurai pas beaucoup besoin de tes services, donc prévois d'être en mode d'utilisation minimum à moins que je demande un niveau plus élevé d'aide.

- Bien sûr, pas de problème. Nous avons maintenant un plan pour travailler ensemble. » 73 le conduisit à l'entrée au coin du bâtiment, où se trouvaient deux portes. « Je vais vous donner le code de la porte. » Joe stocka le message entrant dans son ESNE. « C'est le code de l'appartement au deuxième étage qui vous est attribué. » Le bot ouvrit la porte de droite. « L'autre porte est celle de l'appartement du premier étage, qui est inoccupé. »

Joe suivit 73 dans un escalier. Il désigna les commandes du bâtiment et lui remit les codes de sécurité généraux du campus. Ses effets arriveraient le lendemain, et 73 se chargerait du déballage. Le bot annonça prendre congé et ferma la porte.

Cet appartement meublé était plus grand que le précédent. Il y avait deux suites à une chambre, et une cuisine avec une table à manger. Le salon était doté d'une fenêtre de trois mètres qui donnait sur une étendue ouverte de pelouse et de chênes géants. Plus loin, un ruisseau traversait un bosquet d'arbres. Au-delà du ruisseau se dressaient plusieurs bâtiments, dont une structure tentaculaire qui devait être le centre étudiant. Joe ouvrit une carte du campus sur son ESNE et localisa le bâtiment de mathématiques, à sept cents mètres de distance.

Une enveloppe couleur crème sur laquelle son nom figurait l'attendait sur la table du salon. Dedans, il trouva une invitation du doyen du département de mathématiques, le Dr Jardine, à une réception le soir même. Il était ravi d'avoir la chance de rencontrer certains des professeurs. Joe sourit devant ce papier pittoresque. Il était du même style que celui utilisé lors de sa correspondance avec Dr Jardine pour organiser son congé sabbatique. Mais en ce siècle, qui utilisait encore du papier pour les invitations, ou toute forme de communication ? Pourquoi pas un simple message textuel sur son ESNE, l'approche formelle en vigueur partout ? Cela trahissait-il une pensée non conventionnelle, novatrice, ou plutôt un certain conservatisme ?

Au-delà de la fenêtre, le soleil se couchait, peignant une composition dramatique, alors que la sphère s'enfonçait à l'horizon dans un brasier de nuances de rouge. Il songea aux transitions, du ciel couvert aux éclaircies, du jour au crépuscule, de sa frustration à l'espoir de l'éveil. Peut-être tout cela n'avait-il rien en commun, de simples événements aléatoires dans lesquels l'humain espérait deviner des signes d'ordre.

Le campus était si différent de la ville qu'il avait quittée. Se concentrant sur sa respiration, il remarqua à nouveau l'absence de bourdonnement de fond, rien qu'un silence paisible.

...

> Peut-être pourrai-je reprendre ma réflexion à partir de zéro ici. Peut-être ferai-je des progrès sur les questions qui m'ont perturbé ces dernières années, des questions qui vont bien au-delà de la conscience des IA. Ou peut-être que non. J'ai du mal à savoir par où commencer.

...

Chapitre 2

Joe traversa le campus dans l'obscurité jusqu'au lieu de la réception. Il murmura « SORA, » et la Surcouche d'Orientation en Réalité Augmentée apparut dans le coin de sa cornée, traçant une ligne en pointillé dans sa vision sur le paysage. Elle le mena à travers une passerelle sur le ruisseau, puis jusqu'à la grande place et sa structure adjacente qu'il pouvait voir depuis sa fenêtre. Sa SORA l'identifia comme le centre étudiant.

Une masse de personnes, bien plus que ce qu'il avait pu voir depuis l'autohover à son arrivée, se tenaient dans la place en face du centre étudiant. Les détails de la scène devinrent plus clairs à mesure qu'il se rapprochait. Des tenues noires intégrales, cagoules et lunettes comprises, empêchaient l'identification par sa SORA. Joe se concentra sur une silhouette et captura un vidsnap avec son ESNE.

« Matériau. » L'ESNE répondit à sa pensée : « Mélange d'élastomère thermoplastique hydrophile et de kevlar »

. . .

> Curieux choix de vêtements pour un étudiant. Une mode que j'aurais ratée ?

. . .

Des flammes de motifs lumineux descendirent le long d'un corps, puis d'un autre, signalant l'éruption d'un chant rauque. Les vêtements doivent incorporer une couche de DEL. Le son le frappa comme une vague. « Au diable les niveaux ! » La foule scandait de plus en plus fort, agitant les poings. Des lettres se déplaçaient le long de leurs corps pour écrire leur message, alors que le chœur gagnait en volume. Les caractères pulsaient et s'écoulaient dans des couleurs primaires, bondissant comme le feu.

« Abrogez le Règlement ! » La nouvelle revendication ondulait dans des lueurs rouges, blanches et bleues synchronisées. « À bas les oligarques. Vive l'égalité ! » Les modificateurs de voix masquaient les vrais timbres derrière leurs incantations stridentes. Un drone flottait, immobile, près de la place, certainement pour diffuser la scène sur le netchat.

Joe se tenait là au bord de la place, captivé, avec d'autres spectateurs. Une manifestante près de lui attira son attention : une femme, agile et athlétique, les jambes longues, ses courbes s'écoulant comme du mercure qu'on aurait versé dans ce matériau moulant. Des lunettes bleues cachaient ses yeux, et elle se mouvait au rythme des paroles alors qu'un récital de couleurs prenait place sur son corps. C'était une libellule éthérée, belle et mystérieuse, mais il sentait qu'il n'y avait rien de délicat en elle.

Sa transe fut interrompue par un bourdonnement bruyant. Trois hovercrafts apparurent au-dessus de lui. Les projecteurs étaient braqués sur les manifestants, et une voix désincarnée gronda : « Ceci est une manifestation illégale. Quittez immédiatement la zone sous peine d'être traduit en justice. » Joe broncha en entendant cet ordre, et recula alors que les hovercrafts se disposaient en triangle, loin au-dessus du groupe. Ses oreilles tambourinèrent, et le chant de protestation cessa. Le silence soudain signifiait que la police avait activé un bouclier sonore autour des manifestants, neutralisant ainsi leur message.

. . .

> Même si je n'ai rien à voir avec cela, je ferais mieux de reprendre mon chemin. Me causer des ennuis avec la police serait une bien mauvaise façon de commencer mon congé sabbatique.

. . .

Malgré l'absence de son, les lumières continuaient à danser sur les vêtements des manifestants. La femme aux lunettes bleues leva la main, menant les manifestants dans une vague en direction de l'hovercraft. De minuscules drones décollèrent des mains de chaque manifestant et montèrent à onze mètres environ au-dessus d'eux.

Des lasers reliaient les mini-drones, et le motif battait vers le haut ; sans doute un bouclier électromagnétique pour interférer avec les capteurs de la police.

La femme doit être leur leader. Une fois le bouclier en place, les manifestants se dispersèrent. Joe se précipita loin de la place, et nota que la plupart des manifestants avaient quitté le campus plutôt que de s'y plonger. Ce n'était peut-être pas l'œuvre d'étudiants. Qui qu'ils soient, leurs tenues intégrales et leurs lunettes empêcheraient le gouvernement de les identifier avec leurs bases de données de visages et de corps. Ils étaient venus préparés.

Les hovercrafts grondaient dans les airs, en déplaçant leurs projecteurs d'avant en arrière, mais les manifestants avaient pris la fuite. Joe marcha sans détour jusqu'au bâtiment de mathématiques, s'attendant à ce que la police aérienne fasse la différence entre les manifestants et les autres. Il avait parfaitement le droit d'être ici, mais il sentait la sueur perler sur son front. Le simple fait d'avoir regardé cette manifestation lui semblait subversif.

Quand Joe arriva devant le bâtiment de mathématiques, il tourna son regard vers la place. Les hovercrafts continuaient leurs recherches, mais ne détectaient que des non-participants. Leur proie avait disparu dans l'ombre.

. . .

> La police n'avait pas prévu ce coup-là. Belle exécution. Mais franchement culotté. Je ne dirais pas non à un petit whisky, là.

. . .

Heureusement, les hovercrafts de la police l'ignorèrent. Ils commencèrent à voler plus haut et loin. Joe se retourna en entendant la voix d'un pipabot d'accueil. « Bienvenue, M. Denkensmith. » Il l'escorta à l'intérieur. « Nous servons tous les rafraîchissements ici, car les robots ne sont pas autorisés à participer à la réception, » expliqua-t-il, une teinte rose se propageant sur son front. Des servebots se tenaient à proximité. L'un d'eux tenait un plateau avec des boissons. Il demanda au deuxième servebot de lui apporter un double whisky, car il n'y en avait pas sur le plateau. Sans un mot, le bot prit congé et revint avec sa boisson.

Au bas de l'escalier, un panneau indiquait « Pas d'ANPI ou d'ESNE actifs au-delà de ce point. Désactivez toutes les communications. »

Joe tritura l'interrupteur sur son oreille gauche et désactiva son ESNE. Il monta les escaliers, verre en main. Au sommet, des portes doubles menaient à un palier au-dessus d'une grande pièce. Tout au bout de la pièce, des fenêtres s'étendant du sol au plafond réfléchissaient l'intérieur de l'espace. Sous le palier à rail, trois douzaines de personnes erraient autour de chaises en faux cuir dignes d'Oxford et de tables chargées de plateaux de nourriture. En l'absence de servebots dans la pièce, chacun devait se servir soi-même. Joe prit une autre gorgée pour calmer ses nerfs, alors qu'il cherchait quelqu'un à aborder. Ses nouveaux collègues se tenaient en groupes de deux ou de trois. Parmi la foule, il y avait au moins une bonne poignée de personnes aux cheveux grisonnants.

...

Ces quelques personnes ne doivent pas avoir de perfusion de mélanine dans leur MEDFLOW, ce qui veut dire qu'elles sont socialement rebelles. La plupart des gens gardent leur couleur même au-delà de la centaine. Mais les autres paraissaient normaux, des gens jeunes ou d'âge moyen, minces et semblant en bonne santé.

...

Une femme éblouissante se tenait seule près du bas de l'escalier. Elle portait un collier doré brillant qui mettait en valeur ses cheveux blonds. Un chat bleu s'appuyait contre sa jambe.

Joe descendit les escaliers et se présenta. Ses yeux bleu foncé perçants brillèrent en retour.

« Je m'appelle Freyja Tau. » Le chat renifla Joe. « Ne faites pas attention à Euler.

- Ne vous inquiétez pas, j'aime les chats.

- Alors vous êtes le nouveau professeur invité. » Elle leva son verre, comme pour lui porter un petit toast. « Vous travaillez sur les algorithmes de robots, c'est ça ?

- Exact, c'est ce que j'ai fait ces cinq dernières années. »

Freyja sirota sa bière. « Je suis moi-même une mathématicienne abstraite. Je ne suis pas très douée pour les problèmes pratiques, mais je ne les trouve pas moins intéressants pour autant. »

Il laissa s'échapper un sourire, ravi de rencontrer cette charmante collègue. « Ma maîtrise porte sur les mathématiques et la physique. Avant ce dernier emploi, j'étais plutôt un mathématicien théorique.

J'admire grandement l'élégance des mathématiques abstraites. Ces problèmes pratiques peuvent être frustrants. Celui de l'IA et de la conscience des robots, par exemple, est extraordinairement difficile, et je n'ai pas fait beaucoup de progrès. C'est une des raisons pour lesquelles je suis ici.

- Je croyais que la question de la conscience des robots était résolue et qu'on en était à peaufiner les détails, » dit-elle.

« Nous en sommes bien loin, » dit Joe, rebondissant sur ses orteils. « Oui, le gouvernement voudrait que vous acceptiez cette idée conventionnelle. Et oui, il y a eu des progrès dans l'IAF, l'intelligence artificielle forte. Mais . . . » Il abaissa la voix avant de continuer.

« Permettez-moi d'arrêter de les appeler ainsi, car je ne pense pas qu'elles sont fortes. Pour simplifier, le code informatique est une IA. Le vilain petit secret est que la plupart d'entre nous dans ce domaine d'étude ne croient pas qu'il existe encore d'IA, et donc de robot abritant une IA, ayant atteint un quelconque état de conscience. Nous ne pensons pas qu'ils sont sentients, qu'ils ont de vrais sentiments, non plus. Nous n'avons pas franchi la barrière du sens. J'ai peur qu'il ne s'agisse que d'une série d'illusions.

- Mais alors comment la conscience des robots est-elle devenue une idée acceptée ? » Les sourcils de Freyja se levèrent. Curiosité ou défi ?

« C'est dans l'intérêt du gouvernement d'encourager notre affection pour les bots. Les gens ressentent ainsi moins d'animosité, qui peut apparaître pour diverses raisons. Vous connaissez sans doute l'expression, 'On peut tromper tout le monde quelquefois, et quelques personnes tout le temps'. »

Elle sirota la mousse sur le dessus de son verre, et Joe sentit un esprit analytique retourner son commentaire dans tous les sens. « Depuis plus d'un siècle, les algorithmes de réseau profond ont trouvé des connexions, à travers des bases de données avec des milliards de dimensions, bien au-delà de notre faible pouvoir de magnifier ou de minimiser. » Le soupçon d'un sourire à la référence qu'elle venait de faire à Lincoln souligna une légère fossette dans sa joue gauche, et elle hocha la tête avant de poursuivre. « Regardez toutes les idées créatives des bots et de leurs homologues IA non incarnés. Comment expliquez-vous cela ? »

Joe s'enthousiasmait de cette conversation et de sa partenaire de joute d'un instant. « Les IA sont douées pour copier les thèmes familiers. Elles établissent des liens à travers des jeux de données denses bien plus rapidement que n'importe quel humain pourrait le faire. Certains de ces liens sont extraordinaires, et montrent une intelligence telle qu'on la mesure avec les tests de QI. Mais la conscience est différente : est-ce que l'IA sait ou a conscience qu'elle a découvert quelque chose d'extraordinaire ? Dites-moi, pouvez-vous me citer une élégante trouvaille de mathématiques abstraites par une IA ? »

Les yeux bleus de Freyja brillaient au-dessus de son verre. « Eh bien, dans ma spécialité, la théorie des groupes, des progrès ont été réalisés au sujet de l'existence du 'clair de lune généralisé'. Et en nous plongeant dans les données de calcul d'une IA, nous avons découvert des connexions surprenantes entre le groupe Monstre M et la fonction *j*. Mais pour revenir à ce que vous disiez, non, l'IA ne savait pas ce qu'elle avait trouvé, comment les connexions s'inscrivaient dans le cadre des mathématiques, ou les implications que cela aurait. Ce n'est pas seulement une question de reconnaissance de motif, mais aussi de sens. C'est un mathématicien humain à Harvard qui avait cette capacité d'analyse.

- Le clair de lune généralisé. Je lui lève mon verre, » plaisanta Joe, avant d'étudier le récipient vide. Comment s'était-il retrouvé à sec si vite ?

Un autre jeune professeur les rejoignit, un grand homme au nez aquilin et aux cheveux blonds. Il portait une veste du styliste Pierre Louchangier, facilement identifiable à ses manchettes emblématiques. « Salut Freyja. C'est toujours un plaisir de te voir. »

Freyja présenta les deux hommes, mais son ton était devenu glacial. « Joe Denkensmith, je vous présente Buckley Royce. »

Joe tendit la main, pour ne recevoir qu'une molle poignée. Royce sourit sans montrer ses dents. « Je suis un professeur de sciences politiques et de changement climatique, et . . . » Il s'arrêta en renâclant, puis regarda vers le bas, où le chat de Freyja était venu se frotter contre sa jambe. Il le poussa sur le côté. Les lèvres de Freyja se serrèrent.

« Ravi de vous rencontrer, Buckley. Je suis en congé sabbatique pour étudier la conscience des IA. »

Royce regarda Joe comme si de rien n'était, alors que le chat feulait. « Ha. Alors maintenant on invite des amateurs de mathématiques appliquées à ce département ? Étonnant de la part du Dr Jardine. »

Joe se hérissa. « Je suis un des principaux mathématiciens à étudier la question. » Il se tint plus haut en parlant, espérant que sa fibre compétitive ne se remarquait pas.

Le professeur serra les lèvres. « Et je suis censé être impressionné ? Quel est votre niveau ?

- Je suis de niveau 42.

- Eh bien, quel accomplissement pour un niveau 42. »

Joe se sentit rapetisser dans ses Mercuries.

. . .

On ne peut pas dire que c'est un grand début. Et devant Freyja en plus.

. . .

Freyja l'interrompit. « Joe ne croit pas qu'une IA ait encore atteint l'état de conscience.

- Mon ANPI me connaît. » Le sourire narquois de Royce montrait ce qu'il pouvait bien penser des théories de Joe.

« Pas le vôtre ? »

Joe se reprit : « L'intelligence apparente est tout juste une copie adéquate. Vous avez l'illusion qu'elle vous connaît parce qu'elle joue avec vos émotions. Ce n'est pas la même chose que d'avoir de véritables émotions. Et il semble que la conscience exige des émotions puissantes pour être lancée. Les émotions engendrent les motivations. Vous n'atteignez pas d'intelligence forte sans motivation. La chaîne de cause à effet entière est une illusion.

- Mais les bots ont ces couleurs émotionnelles, le bleu et le rose, chaque fois qu'ils ressentent quelque chose. » Royce ajusta les revers de sa veste.

« Une illusion, l'anthropomorphisation d'une machine sans émotion.

- La plupart les traitent comme des serviteurs, » Royce changea de tactique. « Les bots ne sont pas des universitaires, et ils sont faibles lorsqu'ils parlent d'idées, mais ils répondent comme des personnes ordinaires, parlent d'événements, de choses, de gens et de la météo.

- Ils sont conçus pour être comme nous afin de ne pas être effrayants. C'est pourquoi aucun n'a de capteur derrière la tête, par exemple. »

Royce pencha sa tête. « Alors que dites-vous des modules de douleur câblés dans chaque bot ? Ne causent-ils pas de vraie douleur ? »

Joe défendit sa position. Il avait fait le tour de ces questions il y a déjà longtemps. « Ces modules représentent un formidable effort d'ingénierie pour séparer le logiciel du matériel. Mais étudiez le code, et la réalité est que le logiciel racine est basé sur un compteur, décrémenté de cent à zéro, jusqu'à l'arrêt du bot. C'est un commutateur d'arrêt prévu pour lutter contre les robots déchaînés. Nous pourrions le décrire nous-mêmes sous le terme de 'douleur', mais personne ne sait comment caractériser ce module dans le bot lui-même. La plupart d'entre nous dans mon domaine d'étude croient qu'il y a quelque chose de fondamentalement différent, que ce n'est pas une 'expérience' vécue par le bot. Cela ne ressemble en rien à la sensation humaine de la douleur.

- Votre ANPI ne vous semble pas réel ? » Le visage de Royce dessinait un sourire moqueur, alors qu'il semblait regarder par-dessus la tête de Joe plutôt que dans ses yeux.

« Je n'ai pas d'ANPI. » La réponse posée de Joe fut ponctuée par le rire enchanté de Freyja.

« Moi non plus. Je trouve que je pense plus clairement sans cette chose pour me distraire au-dessus de mon épaule. Joe, le nombre de personnes qui s'abstiennent d'en utiliser un ici risque de vous surprendre. J'imagine que nous préférons être seuls dans nos têtes. »

Royce semblait vexé de ne pas avoir eu le dernier mot, mais Freyja conduisit Joe à l'écart, prétendant devoir le présenter aux autres professeurs. Ils s'arrêtèrent à la table des hors-d'œuvre, et il prit une crevette dans sa bouche pour remplir le creux de son estomac. Elle se pencha pour donner quelque chose à manger à Euler, puis murmura : « Nous détestons discuter des niveaux ici. »

. . .

> Elle désapprouve ce type. Lui en tant que personne, ou le sujet ? Dans tous les cas, je suis content de rester dans ses bonnes grâces.

. . .

Alors qu'ils chargeaient leurs assiettes, elle déclara « Le Lone Mountain College pourrait être un endroit prometteur pour étudier votre problème d'IA. Nous avons à cœur d'éviter d'étiqueter les départements, et nous encourageons la collaboration interdisciplinaire. » Elle fit un geste en direction de la salle. « Même si c'est le département de mathématiques qui organise cette réception hebdomadaire, elle est ouverte à tous les professeurs. En fait, les professeurs d'autres domaines sont souvent plus nombreux que les mathématiciens. »

Freyja décrivit les domaines de spécialisation du département de mathématiques pendant qu'ils mangeaient. Puis elle conduisit Joe derrière un groupe de professeurs pour rejoindre un homme, au visage et à la barbe rougeâtres et qui paraissait deux fois leur âge, se tenant seul dans un coin. Avant de l'aborder, elle s'arrêta et murmura : « Nous ne parlons pas des niveaux ici, mais sachez, et cela reste entre nous, que Mike est la personne de plus haut niveau de l'université. Il semble connaître tous les gens importants. Mais malgré cela, il est libéral et accessible. » Un sourire parcourut son visage, comme si elle s'apprêtait à partager un secret. « Une rumeur dit aussi que Mike serait plus qu'un simple professeur, qu'il ferait partie de la CIA. Je ne peux pas le confirmer, car il n'a pas encore essayé de me recruter. » Elle emmena Joe jusqu'à lui, et l'homme sourit en la voyant.

« Joe, voici Michael Swaarden, un professeur de droit et d'économie. Mike, Joe Denkensmith est ici en congé sabbatique avec le département de mathématiques. » À son ton, Joe pouvait dire qu'ils étaient bons amis.

« Ravi de faire votre connaissance. Appelez-moi Mike. » Il écrasa la main de Joe. « Le campus est très animé ce soir, et je ne parle pas que de cette réception. Vous n'avez pas eu de soucis en chemin ?

- Si vous parlez de la manifestation au centre étudiant, j'ai réussi à passer sans problème. C'était un accueil haut en couleur.

- Les manifestants utilisent l'université pour gagner en visibilité. On dirait que ça marche, » expliqua Mike.

« Je n'ai pas vu de manifestations sur la côte est, ni rien sur Prime Netchat, maintenant que j'y repense. Mais je n'y prêtais pas plus attention que cela. » Joe se souvint qu'il avait coupé son ESNE. « Pourquoi manifestaient-ils, exactement ?

- Ils sont contre le Règlement des niveaux, évidemment. » Mike prit Euler et caressa ses oreilles. Le visage de Joe avait dû trahir sa perplexité, car Mike lui expliqua alors : « Depuis la fin des Guerres du climat, c'est ainsi que fonctionne le droit. » Joe nota un soupçon d'accent irlandais dans sa voix.

Joe hocha la tête, hésitant. « J'ai une connaissance générale des Guerres, mais j'ai oublié les détails au-delà de la formation du Règlement des niveaux. Pour être honnête, j'ai du mal à voir ce contre quoi ils manifestent. »

Mike se dressa, comme s'il était sur le point de commencer un discours. « Eh bien. Les Guerres du climat ont éclaté à cause de la diminution des ressources alimentaires, de l'eau et des terres arables.

La destruction des usines a perturbé les chaînes d'approvisionnement et accéléré l'utilisation des robots pour la reconstruction. De nombreux pays à travers le monde ont nationalisé les moyens de production. Et beaucoup ont opté pour des solutions égalitaires. Mais ici, les États ont adopté le Règlement des niveaux pour contrebalancer la nationalisation. C'est ainsi que nous sommes arrivés à notre réalité politique et économique actuelle : un revenu garanti, la propriété collective des ressources productives et une certaine stabilité sociale.

- C'est pour cela que nous avons les niveaux. » Les détails commençaient à revenir à Joe.

« Oui, mais certains n'aiment pas les niveaux, » dit Mike.

Joe sentit son visage rougir, sans doute l'effet du whisky. Les niveaux étaient une bonne chose. Il se sentait en paix avec son niveau. Il l'avait mérité. Ses efforts compétitifs individuels avaient été bénéfiques.

L'espace d'un instant, Joe se revoyait à l'école supérieure, dans un cours sur la théorie ergodique, ses mains moites alors qu'il terminait son examen final. Les mathématiques étaient si abstraites ; leur sens lui échappait jusqu'à ce qu'il entrevît une beauté fugace, un puzzle qu'il pouvait comprendre et résoudre, et qu'il suivit sans relâche. Il fuyait vers l'avant, les nombres s'alignant parfois palpablement dans une forme reconnaissable. Puis l'énigme reprendrait une longueur d'avance, hors de portée de ses doigts, éphémère et mystérieuse. Il se démena treize heures par jour pendant deux mois pour étudier le matériel. Les modules d'augmentation d'apprentissage de son MEDFLOW n'avaient guère aidé. Le seul chemin clair vers la connaissance était de s'acharner sur ces séries de problèmes et de trouver la beauté dans les mathématiques. Quand il cliqua sur Envoyer pour la dernière série de problèmes, l'euphorie l'emporta avec la réalisation qu'il avait réussi.

Cette euphorie lui était revenue en mémoire quand il revint au présent, et il remarqua que le regard de Mike balayait son visage.

Joe s'éclaircit la gorge. « Il me semble que chacun a une belle vie. Ceux qui créent sont récompensés pour leur créativité et leur talent avec des niveaux améliorés. Et ce qu'ils produisent est compétitif, car, bien sûr, certaines personnes aiment avoir des choses que personne d'autre n'a. » Sa marque préférée de whisky, par exemple. Joe poursuivit : « Si un créateur invente quelque chose de vraiment unique et luxueux, il reçoit des credit$ en récompense. Chacun reçoit le nécessaire, en ayant aussi l'opportunité et la motivation de progresser de niveau. »

Mike plissa le front, son regard étudiant celui de Joe. « Le Règlement des niveaux dicte des limites quant à ceux qui peuvent prétendre à certains emplois, qui peut épouser qui, qui peut voter, qui peut voyager jusqu'à certaines destinations et qui a accès aux postes créatifs parrainés. Justifier les niveaux suppose au minimum que vous avez confiance dans les algorithmes qui les attribuent. Mais certains croient que, dans cette équation, l'héritage personnel l'emporte sur le mérite. Ces questions d'équité sont autant d'arguments contre le Règlement. »

Joe ressentit cette contradiction en repensant à des collègues de plus haut niveau qui n'étaient ni aussi intelligents ni aussi travailleurs que lui. Les niveaux étaient calculés de façon heuristique, plutôt qu'en suivant des principes rigoureux ; ils n'étaient donc jamais parfaitement exacts. Mais de façon générale, les niveaux étaient-ils injustes ? Il ne voulait pas contrarier le professeur, mais il se demandait si c'était un endroit sûr pour en parler. Sans liens de communication ou de bots dans les parages, c'était l'endroit le mieux protégé contre les indiscrétions qu'on puisse imaginer.

« Ce sont de solides arguments contre les défauts dans les calculs heuristiques des logiciels, et peut-être sont-ils imparfaits. Et je n'essaierai pas de débattre des causes avec un titulaire de doctorats à la fois en droit et en économie. »

Mike semblait déçu que Joe lui concède le point avec si peu d'effort. « Joe, mes diplômes ne justifient rien. Que la vérité de l'argument l'emporte plutôt que de laisser aveuglément l'autorité décider. » Il se détendit en se penchant vers Joe et Freyja. « La bonne organisation politique des droits et des responsabilités dans la société a toujours été un sujet complexe. Je suis du côté de la justice sociale, et j'aimerais voir la société avancer plus rapidement dans cette direction. Malheureusement, nous avons sacrifié la justice sociale en même temps que la liberté individuelle. »

La discussion était sortie du cadre d'une conversation acceptable pour une réception, et le moment semblait venu de changer de sujet.

Joe parcourut la pièce des yeux. « En parlant d'autorité, où est le Dr Jardine ? Je suis impatient de le rencontrer. »

Freyja, qui hochait la tête tranquillement lors de cet échange, prit la parole. « Il est souvent en retard à ces événements. Même si c'est lui qui les organise et que sa présence est ce qui fait venir tout le monde, il opère en arrière-plan. C'est son humilité naturelle qui veut ça.

- Mais quand il entrera dans la pièce, vous le saurez vite. Le Dr Eli Jardine a une présence immanquable, » dit Mike avec révérence.

« Les physiciens d'ici diraient que c'est comme si un boson de Higgs entrait dans la salle. » Freyja se mit à rire. « Vous verrez la foule s'agglutiner autour de lui.

- Je le connais pour sa réputation de grand mathématicien. J'étais aux anges quand il a répondu à ma communication et accepté ma demande d'année sabbatique. »

Freyja posa son verre. « Vous pouvez vous considérer chanceux, car les postes sabbatiques sont rares ici. Le Dr Jardine a une connaissance incomparable des sujets mathématiques. Il stimule la curiosité des gens et déborde de sagesse, pour peu que vous preniez le temps de l'écouter. C'est la raison pour laquelle il est le doyen du département de mathématiques. Et ce n'est qu'un de ses nombreux rôles ici. »

Un bourdonnement s'éleva tout au fond de la salle, et un professeur aux cheveux blancs s'avança vers Joe. Il arborait une barbe et présentait une expression calme mais engagée en saluant chaque personne, s'arrêtant parfois pour échanger quelques mots. Il laissait sur son passage bonne humeur et visages souriants. Il finit par arriver jusqu'à eux, et prit la main de Joe, qui sentit son pouls s'accélérer.

Les yeux de Dr Jardine s'animaient alors qu'il parlait. « Un petit nouveau. Vous devez être Joe Denkensmith. Bienvenue parmi nous. Je pensais être celui qui vous présenterait Freyja, mais cela ne m'étonne pas que vous ayez cherché à mieux la connaître par vous-même.

- C-C'est un immense plaisir de faire enfin votre connaissance, Dr Jardine. » Joe prit une profonde inspiration, espérant se calmer.

« Je comprends sur la base de notre correspondance que vos questions sont autant philosophiques que mathématiques. En plus de Freyja, je vous suggérerais de rencontrer le professeur Gabe Gulaba. Mais d'abord, nous devrions nous installer dans mon bureau pour discuter de votre projet. Peut-être demain ? »

Joe hocha la tête, puis le Dr Jardine reprit sa route, une onde d'énergie et de sincérité traversant la salle derrière lui.

Avec une énergie retrouvée, sans qu'il puisse réellement expliquer pourquoi, Joe resta parler un moment avec Freyja et Mike. Après avoir accepté de revoir Freyja plus tard dans la semaine, il leur souhaita bonne nuit et se dirigea vers les escaliers. Joe fit une pause sur le palier pour jeter un dernier regard sur Freyja et Mike, blottis plus bas. Mike se frottait la barbe, son expression semblable à celle d'un père face à sa fille, alors qu'il lui parlait. La dernière image que Joe retint avant de se faufiler au loin était celle de Freyja, souriant et parlant tout en tenant son chat bleu.

Chapitre 3

Joe arriva au département de mathématiques tôt le lendemain matin. Il se rendit d'abord au bureau administratif, où on lui remit les codes de sécurité du campus et l'ID pour le système de chat de l'université. On l'invita ensuite à se rendre à son nouveau bureau, au troisième étage. Il ressemblait à celui qu'il occupait avant, mais offrait une vue sereine donnant sur un quadrangulaire rempli d'arbres, un changement radical.

Trois minutes plus tard, un pipabot arriva pour l'aider à arranger son bureau. « Quel équipement de communication souhaitez-vous installer ? »

Joe demanda une unité de communication holomurale standard. Elle n'offrait pas une expérience de réalité virtuelle intégrale, mais elle était plus commode pour un usage quotidien, car elle n'exigeait pas le port d'une combinaison haptique. Il était curieux de connaître le niveau de sophistication du Lone Mountain College. « Quelles sont les unités de communication les plus couramment utilisées dans les salles de classe ?

- Les communications holomurales sont les plus populaires. Beaucoup dans le département de mathématiques utilisent également des communications holoplafoniques. Certaines salles ont des communications holoputtiques pour les discussions en petits groupes. Les plus grandes salles sont équipées d'unités holoimmersives avec combinaisons haptiques intégrales. Enfin, plusieurs salles ont des plateformes de netwalker installées. » Le pipabot clignota en bleu en terminant la liste, puis commença un exposé sur les spécifications respectives de ces dispositifs, avant d'être interrompu par Joe.

« Mur, plafond, puits, réalité virtuelle intégrale, netwalkers, c'est tout ce que je voulais savoir. » Joe ne cachait pas son irritation. Le bot clignota en rose.

. . .

> Où qu'on aille sur Terre, impossible d'accéder au paradis sans passer d'abord par la lenteur administrative.

. . .

Le pipabot l'informa que l'équipement serait installé plus tard dans la journée, et Joe l'autorisa à prendre congé. La technologie ressemblait à ce qu'il avait imaginé : pas à la pointe, mais typique d'une université de modeste envergure.

Après avoir flâné dans le bâtiment de mathématiques pour se familiariser avec son agencement, il prit le déjeuner au café du premier étage. Il mastiquait son sandwich en consultant le netchat sur son ESNE. Puis il consulta les actualités à la recherche de nouvelles sur la manifestation de la veille. Il y avait plusieurs articles à son sujet ; apparemment, une autre manifestation s'était tenue simultanément à Sacramento. Le Ministère de la Sécurité avait publié un bref communiqué déclarant que les manifestants étaient dangereux. Personne n'avait été arrêté.

Après le déjeuner, Joe suivit sa SORA jusqu'au bureau du Dr Jardine. La ligne rouge projetée était superposée sur le paysage et le mena à une maison sur une colline qui donnait sur un coin du campus. Il n'y avait pas de bot pour l'accueillir, alors il franchit la porte ouverte qui conduisait à un grand jardin d'entrée. Des plantes poussaient des deux côtés des chemins de briques visibles, dont beaucoup bifurquaient dans le feuillage dense. Le parfum des premières fleurs du printemps accéléré de la côte ouest gagna ses narines, notamment le délicat muguet, et Joe médita sur les maigres avantages accompagnant le changement climatique qui réchauffait l'ouest.

Il prit le chemin de droite à plusieurs embranchements, et finit par trouver des escaliers menant en haut. Le Dr Jardine lui fit signe au sommet, et Joe monta l'escalier pour rencontrer son hôte. Un sourire plissait les joues burinées de l'homme, et ses cheveux blancs recouvraient ses oreilles, chatoyants à la lumière éclatante du jour. Il a dû en voir défiler, des générations. Quand Joe lui serra la main, le charisme du Dr Jardine déborda dans une onde électrisante.

Le bureau de ce dernier était rattaché à ses quartiers d'habitation, un espace similaire à celui attribué à Joe. Une fenêtre donnait sur le campus. Une autre, dans une étude tapissée de livres, faisait face au jardin d'en dessous. Tout resplendissait de lumière, et bien que la scène remplît le cœur de Joe, il hésitait à observer le Dr Jardine.

Il préféra étudier les plantes sauvagement disposées visibles à travers la fenêtre. « Vous aimez vous occuper des plantes ? »

Dr Jardine considéra cette profusion de bonne humeur avec affection. « Je ne dirais pas exactement que j'ai la main verte. J'ai planté les graines des plantes et je n'y ai plus jamais touché. Elles ont toujours été sauvages. Je préfère les regarder grandir d'elles-mêmes. Aimez-vous jouer aux échecs ? » Il désigna une petite table où étaient installés un jeu d'échecs et des tasses d'un liquide chaud.

Joe hocha la tête et s'assit dans la chaise reculée face aux pièces blanches, réconforté par l'arôme de thé chaud qui émanait de sa tasse. Il songea à son coup initial préféré, puis déplaça sa première pièce.

Alors qu'il déplaçait un pion, le Dr Jardine déclara : « Vous savez, bien sûr, que le Ministère de l'Intelligence artificielle m'a fait parvenir un mot pour soutenir votre congé sabbatique ici. L'université étudie attentivement ces demandes, même si je ne me laisse pas influencer par les pressions externes. Vous avez été accepté pour les mérites de votre demande.

- Je suis ravi de l'apprendre.

- Aidez-moi à comprendre vos raisons de poursuivre ce congé sabbatique. Je sais que vous avez des questions spécifiques sur la conscience des IA. Mais pour y répondre, vous espérez explorer des sujets plus larges qui ont peu à voir avec les mathématiques ?

- Vous avez raison sur ces deux points.

- Je crains que mon aide directe ne suffise pas. Je peux vous conseiller en cours de route, mais vous devrez vous charger du travail créatif. Vous trouverez plusieurs collègues ici qui pourraient vous aider. Comme pour tous les congés sabbatiques de l'université, le vôtre ne sera pas supervisé, et vous pouvez procéder comme bon vous semble.

- L'invitation était claire sur ce point. Je vous suis déjà bien reconnaissant d'avoir accepté ma présence. Merci pour cette liberté d'explorer, » dit Joe.

L'expression de Dr Jardine se réchauffa, comme le soleil au-dessus du jardin. « J'apprécie votre gratitude. » Il avança son fou vers l'avant, puis sirota son thé. « Voulez-vous commencer par la question pratique de la conscience des IA ? »

Joe se pencha en avant, enthousiaste à l'idée d'aborder un sujet qu'il connaissait bien. « Le principal projet des États au cours du siècle passé a été de créer une IA et des robots vraiment conscients. On considérait que la conscience des robots était le seul moyen d'éviter les dysfonctionnements occasionnels, qui peuvent blesser, voire tuer les gens. » Joe continua à placer ses cavaliers et fous pour ses premiers coups. « Comme je vous l'ai indiqué dans ma demande, mon travail porte essentiellement sur les IA depuis quelques années, à compter de mes études supérieures. Nous nous sommes heurtés à un mur. J'en suis venu à penser que le projet était désespéré.

- La création d'une intelligence est difficile. Celle d'une sagesse encore plus, » gloussa le Dr Jardine.

« Quelle approche me suggérez-vous pour aborder la question ?

- C'est un problème profond. » Le Dr Jardine déplaça un cavalier à portée du fou de Joe. « Je suis content que vous collaboriez avec Freyja Tau pour explorer les mathématiques fondamentales et mieux approcher ce problème d'ordre mondial.

- C'est aussi un plaisir pour moi. Nous avons déjà convenu de discuter plus tard cette semaine. En tant que mathématicien, j'ai trouvé la beauté dans la vérité des équations.

- La recherche de beauté dans le monde est un chemin fructueux. » Un hochement sagace accompagna le coup suivant du Dr Jardine. « Et qu'en est-il des questions plus larges ? »

Joe se courba au-dessus du plateau, ses mains pliées. « Les difficultés à créer une IA consciente m'ont forcé à réfléchir à la conscience en général et à ma propre conscience : qu'est-ce qui me fait croire qu'il y a un 'moi' séparé qui me constitue ?

- C'est un autre problème difficile, avec lequel les philosophes luttent depuis des millénaires. Gabe Gulaba, le collègue du département de philosophie que j'ai évoqué hier soir, comprend la philosophie de l'esprit avec une profondeur qui pourrait vous aider à articuler votre question avec précision. »

Joe toucha un cavalier, mais il avait du mal à choisir entre deux coups. Il visualisa les embranchements possibles, puis déplaça la pièce vers le carré qui lui semblait lui offrir les meilleures chances. Il leva les yeux et remarqua que Dr Jardine l'étudiait.

« Le déchiffrement de la conscience est-il le seul problème que vous ayez ? »

Joe avoua sans retenue sa confusion à l'homme sage de l'autre côté du plateau. « Mes questions sur la conscience des IA ont fini par me décourager. J'ai réfuté toutes les théories que j'avais, et suite à cette expérience, j'ai commencé à douter de tout. Ce congé sabbatique pourrait être l'occasion de revenir sur les bons rails. Je ne sais pas quelle voie je suivrais si je venais à déterminer que la conscience des IA n'était pas possible. J'imagine que je cherche un objectif digne d'intérêt. »

Dr Jardine hocha la tête. « C'est aussi une question fondamentale, et il est sage de votre part de vous la poser. Socrate disait que la vie sans examen ne méritait pas d'être vécue. Je ne suis pas tout à fait d'accord, car chaque vie mérite d'être vécue. Mais l'examen complexe de la vie exerce le don de conscience, et c'est plus intéressant ainsi. »

Joe étudia la position défensive du Dr Jardine autour de son roi, puis lança une attaque contre un pion protecteur. Dr Jardine balança sa tête en arrière et rit. « Vous êtes de nature compétitive.

- C'est dans mes gènes. Au-delà des mathématiques, c'est peut-être la seule chose que j'aime et qui me motive actuellement, » répondit Joe.

Dr Jardine prit une longue gorgée de thé. « Nous sommes des mathématiciens, nous traitons avec des abstractions. Mais les mathématiques sont intégrées dans un monde plus vaste, en dehors de notre propre conscience.

- Suggérez-vous un nouveau but pour moi, au-delà des mathématiques ?

- De nombreux chemins vertueux vous sont ouverts.

- J'ai toujours été dans ma tête. » Le prochain coup de Joe fut hésitant. « C'est le meilleur moyen que j'ai trouvé d'être compétitif, plus pour des compétitions mentales que physiques. »

Dr Jardine retira un des fous de Joe du jeu. « La vie n'est pas qu'une affaire de compétition. Vos homologues ont divers traits, plus ou moins prononcés que les vôtres, mais toujours inégaux. La compétition pure ne fait que souligner cette inégalité. De nombreuses voies reconnaissent la force de la collaboration avec des personnes qui ont des talents et points de vue différents.

- La collaboration et le traitement respectueux des autres. » Le passé de Joe envahit à nouveau ses pensées. « J'ai appris lors d'un de mes rares cours de philosophie la vision de Schopenhauer, pour qui la compassion était la base de la morale. »

Dr Jardine sourit. Ils jouèrent en silence pendant plusieurs minutes, et la position de Joe sur l'échiquier se dégrada.

. . .

Son jeu est extrêmement bon. Dr Jardine doit être un grand maître.

. . .

Joe examina toutes les possibilités. « En parlant de compassion, vous arrive-t-il jamais de laisser d'autres professeurs vous battre à ce jeu ? »

Un grand sourire se dessina sur le visage du Dr Jardine. « Dans ce contexte particulier, je m'autorise à battre tous les autres. Les échecs sont un jeu où tous les coups peuvent être prédits si vous envisagez toutes les combinaisons possibles. La victoire est corrélée au nombre de coups que vous pouvez anticiper. Avec une évaluation, si j'examine à l'avance tous vos coups possibles, comme nos simples IA essaient de le faire, j'ai de bonnes chances de gagner . . . ou plutôt de meilleures chances d'éviter de perdre. Mais si *vous* perdez, vous pouvez décider de renverser l'échiquier, » dit-il avec un clin d'œil.

. . .

Renverser l'échiquier ? Une idée peu orthodoxe. Et stupéfiante.

. . .

Dr Jardine gloussa. « Votre surprise me dit que, du moins dans vos recherches logiques, vous suivez les règles. Si on s'en tient aux règles des échecs, renverser l'échiquier ne compte pas comme une défaite évitée. Mais ce que je souligne, c'est que vous pourriez faire un coup inattendu. »

Joe serra ses lèvres. « Mais quel coup à la fois inattendu et dans les règles pourrais-je réaliser ? Je ne vois pas la logique qui permettrait l'existence d'un tel coup.

- Votre définition de la logique se restreint au jeu que vous voyez devant vous, et implique une cause visible pour chaque effet. Mais si vous ne parveniez pas à identifier la cause ? Vous connaissez l'histoire de *Don Quixote* ? La folie supposée d'un être pourrait être la preuve du libre arbitre. »

Joe essaya d'ignorer ses pièces perdues qui l'observaient depuis le bord de l'échiquier, puis fit le meilleur coup qu'il put. « Je suis content que vous évoquiez le libre arbitre. Il est dans le haut de la pile de questions que je contemple depuis des années maintenant.

J'ai commencé par me demander quel genre de volonté ces bots pourraient avoir. Puis j'ai réalisé que je ne savais pas quel libre arbitre je possédais moi-même, si j'en possédais seulement un. Une vision fermée de l'univers pourrait suggérer que nous n'en avons nullement, si on croit que tout suit des lois mathématiques déterministes. Pourtant, nous menons nos vies en prétendant en avoir un.

- Le libre arbitre. Oui, le don suprême. Peut-être la question la plus difficile à résoudre, » dit le Dr Jardine.

Joe ne voyait plus de coups qui pourraient le sauver. Le docteur avait disposé ses pièces de sorte à former un mur impénétrable, et sa reine et son fou se rapprochaient du roi de Joe. « J'abandonne. » Il se distança du plateau, découragé et plus fatigué qu'il ne devrait l'être. « Encore merci. Avez-vous d'autres conseils ? »

Dr Jardine se dressa dans sa chaise, une lueur dans le regard. « Il y a toujours une autre façon d'éviter de perdre. Ne renoncez jamais. »

Joe s'assit dans son salon assombri, alors que la lumière du crépuscule finissait de s'estomper. Une poignée d'étoiles brillaient déjà au-dessus des silhouettes sombres des arbres en dehors de la grande fenêtre. Il venait de terminer un paisible dîner, seul. Les bots avaient livré ses effets et tout arrangé soigneusement. Les bots ne touchaient rien sans avoir l'ordre de le faire, mais cela énervait quand même Joe de savoir qu'ils avaient déplacé ses maigres possessions ici et là. La carafe et les verres à whisky en cristal étaient posés sur la table en coin du salon, et 73 avait rempli la carafe. Joe se remplit un verre et y goûta, approbateur. Il s'assit et apprécia lentement son whisky dans l'obscurité grandissante.

Sa visite chez le Dr Jardine résonnait encore dans sa tête. Quand il avait commencé à travailler sur les IA, Joe espérait faire une grande découverte, mais ce ne furent que des années de frustration croissante. Puis le désenchantement. Ses recherches sur la création d'une IA consciente l'avaient mené à douter de son propre esprit. Cet après-midi-là, le professeur avait été sage, compatissant et si confiant que Joe trouverait les réponses.

. . .

Les bots se déplacent avec tant de connaissances et d'objectifs, en apparence. Mais ils ne sont pas conscients ; ce ne sont que des machines informatiques, sans réflexion. Nous pouvons leur demander d'analyser leurs opérations pour qu'ils ne tombent pas en panne et éviter qu'ils se blessent, mais nous ne pouvons pas les pousser à mesurer leur propre existence. Les bots mènent des vies sans examen. Et moi donc, une autre machine travaillant sur une tâche sans intérêt ? Quel est l'intérêt de cette activité ? De quelque activité que ce soit ? Je dois le savoir.

. . .

Chapitre 4

Joe se réveilla, apathique. À moitié endormi, il activa son ESNE et envoya une demande de réunion officielle au Dr Gulaba, en mentionnant sa conversation avec le Dr Jardine. Le professeur envoya une réponse rapide pour programmer une réunion en fin d'après-midi.

Motivé par ces progrès, il rampa hors du lit, s'habilla, et sortit pour retrouver la lumière du jour. Il vagabonda sur le campus, pour se faire une idée de son agencement. Joe trouva un café pour le déjeuner et y mangea tout en consultant les actualités sur le netchat. Il ne trouva aucune nouvelle mention de la manifestation du campus, une omission qui aiguisa sa curiosité, et Joe chercha des informations au sujet du mouvement anti-niveaux à la place. Il fut surpris non seulement par l'absence de rapports, mais aussi par la disparition des articles antérieurs.

Joe approfondit ses recherches, en utilisant ses combines bien rodées de hacker pour fouiller à travers les zones obscures du net. Il tomba finalement sur un message cryptique sur le net. « C'est moi qui ai hacké leur base de données, pas eux. Il y a des données bien juteuses à l'intérieur. cDc. » Peu familier avec la signature cDc, il consulta les listes noires et découvrit qu'elle correspondait à un hacker anonyme qui se faisait appeler « CultoftheDeadCat. » Il devina qu'il s'agissait d'une référence obscure à l'équation des ondes de Schrödinger, et ricana en notant que l'auteur avait décidé que le chat quantique était mort. Joe lança plusieurs analyses statistiques sur les termes « manifestation, » « base de données piratée » et « cDc. » Une faible corrélation renvoyait aux bases de données du Ministère de la Sécurité. Le hacker cDc semblait être associé aux manifestations dont il avait été témoin et aux bases de données de la police.

Joe ferma son ESNE et entreprit de s'ôter les manifestations de l'esprit. Il ne savait pas pourquoi elles avaient décidé de s'y installer. Même s'il ne ressentait aucune injustice personnelle au sujet du Règlement des niveaux, peut-être que le commentaire de Mike avait éveillé son intérêt.

Après avoir terminé son déjeuner, Joe se leva et s'étira. Sans emploi du temps clair, il se sentait à la fois déboussolé et libre. Après des années à s'immerger dans les problèmes pratiques d'IA et le rythme frénétique d'une grande ville moderne, le campus était un havre de paix. Nous avons tous besoin de trouver des endroits où nous retirer. Ici, il aurait le temps de s'attarder sur les questions qui lui semblaient floues.

Il traversa le campus jusqu'au coin sud-ouest, et trouva le bâtiment de philosophie sur sa SORA. Joe emprunta les marches de granit pour entrer dans le bâtiment, où son ESNE s'interfaça avec un annuaire qui le conduisit au bureau du Dr Gulaba au dernier étage. Le professeur l'accueillit, et ils s'installèrent dans des chaises profondes et confortables. Sur le mur au-dessus d'eux était suspendue une corne antique d'un mètre de long. Un pipabot entra et plaça deux tasses de thé fumant à côté d'eux. Le Dr Gulaba fit sortir le bot d'un geste de la main. Un silence gênant planait entre eux. Le regard du professeur scrutait Joe. Est-ce que ses cheveux étaient ébouriffés après sa promenade ?

Joe étudia aussi le Dr Gulaba. Le professeur de philosophie était de taille moyenne, et Joe estimait que son âge devait être à trois chiffres. La peau sur ses joues était vieille mais lisse, et translucide comme du papier de riz humide. Il portait la moustache et une longue barbiche grise. Ses cheveux gris fins étaient proprement repoussés sur le sommet de son crâne. Comme le Dr Jardine, Gulaba avait choisi de ne pas utiliser de perfusion de mélanine. Mais contrairement au Dr Jardine, les sourcils du professeur étaient abaissés et formaient une ligne dure et critique, comme si son regard perçait l'âme de Joe.

« Je vous remercie d'avoir accepté de me rencontrer, Dr Gulaba.

- Appelez-moi Gabe. C'est la norme de s'appeler par le prénom au Lone Mountain College. » Ses sourcils, semblèrent s'abaisser encore, si seulement une telle chose était possible. « Commençons par le commencement. Pourquoi êtes-vous ici ? »

Joe l'observa, hébété.

. . .

C'est précisément l'une des questions auxquelles j'espère répondre.

. . .

« Ce que j'entends par là, » ajouta Gabe, « est comment puis-je, moi, un philosophe, vous aider vous, un scientifique spécialisé en IA ? »

Joe se sentit rempli d'une énergie renouvelée. « Je suis un mathématicien appliqué et un scientifique en IA, mais j'ai suivi une formation de mathématicien et de physicien théorique. Ces dernières années, j'ai travaillé au Ministère de l'Intelligence artificielle pour développer une IA nouvelle génération. Mais je me suis heurté à un mur qui, je crois, est de nature philosophique. Le Dr Jardine m'a conseillé de prendre contact avec vous pour m'aider avec ces questions.

- Maintenant je comprends mieux. » Gabe avala une gorgée de thé. « Mes doctorats portent sur la philosophie et la physique. J'aborde la philosophie d'un point de vue empiriste. C'est-à-dire que je crois que nous devons explorer notre expérience sensorielle du monde réel pour apprendre quoi que ce soit. Et la science s'est avérée être l'approche la plus productive pour trouver des connaissances, même avec ses importantes lacunes.

- Deux doctorats. » Joe se rappela des deux doctorats de Mike Swaarden, et ses deux maigres maîtrises lui semblaient insuffisantes en comparaison. Il savait que c'était une norme dans les universités, mais il ne s'attendait pas à ce qu'elle s'applique aussi dans un petit campus. « Très impressionnant. »

Gabe balaya le compliment. « Nos vies sont suffisamment longues pour avoir le temps d'étudier. Et les nouvelles connaissances découlent de la synthèse des disciplines traditionnelles.

- C'est l'idéal pour garder une longueur d'avance sur les faits que les IAF nous crachent à la figure, » répondit Joe.

« Tout à fait. » Gabe l'étudia avec une expression hypercritique. « J'ai enseigné à des milliers d'étudiants en philosophie, et j'aime le faire, tant que l'élève est réellement désireux de trouver les réponses.

- Je suis désireux de découvrir la vérité. » Joe se pencha en avant. « Plus encore que de résoudre des problèmes pratiques. »

Le ton de Gabe s'adoucit. « Je peux être barbant. Pas assez pratique, disent certains. Mais je peux vous inciter à penser différemment.

- C'est le moins que je pourrais demander. » Il prit une profonde inspiration et se plongea en avant. « Mes travaux au cours des dix dernières années se focalisaient sur les IAF. Nous utilisons le terme d'intelligence artificielle forte depuis des siècles, l'intelligence forte étant un attribut humain. Les IA peuvent accomplir de nombreuses tâches individuelles mieux que les humains, mais elles n'ont pas été en mesure de se généraliser à travers les sous-compétences. Sont-elles intelligentes ? Oui. Conscientes ? » Joe s'arrêta pour scruter la réaction de Gabe, alors qu'il se préparait à énoncer sa position controversée. « Je ne le crois pas, et nous sommes loin de ce stade. »

Gabe inclina la tête. « Nous partageons cette conviction. Je ne suis pas convaincu que les IA aient atteint la conscience. À tout le moins, aucune ne m'a encore donné l'envie de partager une tasse de thé avec elle. »

Joe berça sa tasse et inspecta son contenu tourbillonnant. « C'est là le problème. Il manque quelque chose, au fond. Nous ne pouvons pas enseigner à une IA comment façonner un modèle mental conscient du monde. Nous avons progressé dans un processus partant des fondations pour produire des inférences sur le fonctionnement du monde, que les IA assemblent en constructions plus grandes. Mais nous ne savons pas comment programmer une IA pour qu'elle puisse réellement prendre du recul. » Il leva les yeux. Les sourcils de Gabe s'étaient levés, lui donnant un air songeur plutôt que critique. « Une approche de la compréhension de la pensée est d'utiliser les animaux comme modèle de comparaison, avec une pyramide de capacités croissantes.

- Je n'ai pas de connaissances pratiques sur la fabrication de robots et d'IA, pourriez-vous me décrire rapidement cette structure ? Cette pyramide que vous évoquez ?

- Pour faire simple, placez en bas la *nociception*, à savoir le ressenti de stimuli nocifs, comme des produits chimiques toxiques. Au-dessus, vous avez la *sentience*, qui comprend la capacité à sentir, percevoir et avoir une expérience subjective. Une éponge de mer, par exemple, dispose de la nociception, mais n'est pas sentiente. Vient ensuite la *conscience*. Une poule est sentiente, mais pas consciente.

- Et le cerveau humain-animal est au sommet de la pyramide ?

- Exactement. La conscience humaine est créée par des ondes cérébrales générées sur l'ensemble du cerveau, en formant des motifs. C'est le wetware, le modèle biologique avec lequel nous commençons.

- Est-ce que le modèle animal, le wetware comme vous l'appelez, est vraiment comparable au logiciel d'une IA ?

- Non. Nous avons commencé au bas de la pyramide, en créant des modules logiciels pour imiter les entrées sensorielles animales. Mais le logiciel cède avant de reproduire la conscience. » Joe se frotta la barbe. Elle était plus longue que d'habitude, et il réalisa que c'était une autre des choses que Raidne lui rappelait.

« Alors parlez-moi des modules logiciels. »

Joe aspira son thé, en se repassant en tête la structure du code des IA et des modules logiciels. « Chaque bot utilise des données environnementales qui alimentent plusieurs modules de traitement interne. Il y a un agent d'attention pour choisir où placer l'attention. Il y a un module d'historique de l'IA qui fournit une pseudo-mémoire. Il y a un agent de planification pour établir des scénarios futurs et choisir parmi eux. Il y a un agent d'émotion pour faciliter le choix des actions.

- Et avec tout cela, nos chers bots peuvent se pavaner sans faire de ravages. » L'observation sèche de Gabe révéla sa compréhension du sujet.

. . .

> Une fois de plus, je repense à ces mornes modules logiciels, remplis de zéros et de uns. Ils étaient aussi éloignés de la vraie conscience que le crâne du pauvre Yorick l'était du bouffon vivant. Où sont les éclairs de gaieté pour mettre de l'ambiance à la table ?

. . .

Gabe poursuivit son analyse. « Peut-être que pour avoir un tel modèle mental, il doit y avoir un 'moi' qui fait l'expérience du monde. Où est ce 'moi' au centre de l'expérience ?

- Telle est la question, » Joe reconnut un esprit familier. « Et sans ce 'moi' au centre, nous n'atteignons jamais la vraie conscience. À titre d'exemple, les IA peuvent trouver de nouvelles formules mathématiques à l'aide d'exploration profonde des données et d'algorithmes à couches, mais elles ne savent pas quand elles découvrent quelque chose de spécial. Elles ratent la dernière étape. Nous ne pouvons pas leur apprendre à réaliser ce que les données *signifient* réellement.

- Les philosophes incluent le concept de 'qualia' quand ils décrivent la conscience, » nota Gabe.

« Exact. Les scientifiques de l'IA acceptent la définition philosophique de qualia comme les instances individuelles d'une expérience subjective, consciente. Ce sont les qualités perçues du monde, aux côtés des sensations corporelles. Par exemple, *ce que ça fait* de subir une morsure de serpent.

- Un exemple qui ne manque pas de mordant, » pouffa Gabe. « De nombreux philosophes pensent que ces expériences subjectives sont une condition sine qua non pour une conscience informatique pseudo-humaine, le sommet de votre pyramide. Le caractère phénoménal d'une expérience est *ce que ça fait* subjectivement de vivre l'expérience, du point de vue de la première personne ; dans votre exemple, ce que ça fait de sentir les crocs du serpent sur votre main. Un exemple plus courant est ce que ça fait de voir la couleur rouge d'une pomme. »

Joe hocha la tête. « Nous reconnaissons l'importance de telles expériences subjectives, mais nous bloquons sur la reproduction de *ce que ça fait*. Équiper un robot de capteurs lui permet d'avoir des informations sur la position de son corps, ainsi que des informations sensorielles similaires à celles des humains : toucher, vision et ouïe. Nous n'avons aucune idée de comment créer des qualia au sein de la machine, et nous n'avons pas non plus de moyen de déterminer si elles sont *vraiment* créées. »

Un gazouillis à la porte les alerta de l'entrée d'un petit drone, qui plana jusqu'à l'intérieur du bureau. Son panneau avant brillait de violet, et la voix mécanique annonça : « Livraison de colis pour le Dr Gulaba. Un *xuanduan* écarlate et une cape. » Gabe cligna des yeux en acceptant le paquet via son ESNE. Le drone s'éloigna, et la porte du bureau se referma derrière lui.

Un éclair d'agacement balaya le visage de Gabe. « Pardonnez-moi pour l'interruption. Je n'utilise pas d'ANPI pour gérer ce genre de tâches en arrière-plan.

- Aucun problème. Je n'utilise pas d'ANPI non plus. »

L'expression de Gabe s'adoucit. « Le Nouvel An chinois était lundi. J'aime le célébrer avec mes deux proches restants. Mais cette fois, nous avons partagé un peu trop de 'gan bei' et célébré au-delà du raisonnable, et de fait, ma tenue traditionnelle avait besoin d'un remplacement. »

Joe rit. « Je regrette de ne pas avoir été présent à cette fête. »

Gabe sourit. « Mais revenons à votre problème. Comment mesurez-vous la conscience ?

- Les scientifiques de l'IA appliquent la mesure exigeante de la conscience de soi. Nous voulons une IA qui soit consciente qu'elle est consciente. Ce concept nous rapprocherait de notre idée humaine de ce qu'est la conscience. Beaucoup d'expériences tentent de définir et de tester une mesure, mais aucun algorithme ne fonctionne de façon cohérente.

- Qu'est-ce qui coince ?

- Nous bloquons sur les états mentaux. » Joe s'enfonça dans sa chaise. « Nous parlons d'états de machine. Ils sont différents des états mentaux humains. Nous avons essayé de programmer des états mentaux d'ordre inférieur, comme les perceptions. Il s'agit pour les IA de capturer des entrées sensorielles du monde. Mais nous n'avons pas construit d'états mentaux d'ordre supérieur. Ce seraient des états mentaux portant sur les autres états mentaux. Bien sûr, nous pouvons coder de façon récursive, mais cela reste une fonction qui s'appelle elle-même, encore et encore. Cela n'équivaut pas à ce qui se passe dans notre propre esprit humain pour avoir une expérience subjective. »

Leur conversation se poursuivit, les heures passèrent rapidement. La lumière du jour s'affaiblit dans le bureau, et les lampes automatiques s'allumèrent. Gabe se leva et s'étendit. « Je commence à avoir faim. Que diriez-vous de poursuivre notre conversation autour d'un dîner ? »

. . .

> Une occasion bienvenue. Gabe est un grand penseur. Il pourrait être le mentor dont j'ai besoin. Je devrais essayer de le convaincre d'être mon professeur.

. . .

« Je me joindrai à vous avec plaisir. »

Gabe le conduisit hors du campus pour rejoindre la petite ville, puis ils marchèrent jusqu'au bout d'une rue perpendiculaire à la route du marché. Il s'abaissa pour entrer dans une taverne, et Joe le suivit. Les murs de travertin reflétaient les lumières de plafond dans une douce lueur dorée. Les tables en bois étaient décorées de nappes à carreaux rouges et blancs. Un pipabot les escorta jusqu'à une table près d'une fenêtre.

« Bel endroit, » dit Joe.

« La nourriture a un goût authentique, mais sinon ce n'est qu'un restaurant d'imitation de plus, inspiré de la Grèce. Il manque le côté brut que j'avais noté lors d'un de mes voyages en Macédoine. » Gabe déplia sa serviette et la posa sur ses genoux. « Et il manque les gens aimables que j'ai eu la chance de rencontrer là-bas.

- Dans ce cas, vous devriez choisir pour nous deux. » Joe était impressionné d'apprendre que Gabe avait voyagé hors du pays ; son niveau devait être beaucoup plus élevé que le sien. Il se demandait si Gabe était né à un niveau élevé, et de combien il avait pu monter au cours de sa vie. Tout chiffre au-delà d'une douzaine serait inhabituel.

« Je suppose que du poisson serait acceptable ? »

Joe hocha la tête. « J'ai adopté le régime consciensoucieux standard. Pas de céphalopodes, évidemment. » Joe aimait le poisson, une protéine animale admissible après l'établissement d'une méthode d'aquaculture durable, mais comme la plupart des gens, il était mal à l'aise à l'idée de manger des animaux plus conscients.

Bientôt, des salades horiatiki et des barbouni étaient sur la table, et Gabe avait commandé un vin blanc. « Ce synthévase accompagnera idéalement votre repas, » annonça le pipabot. Ses doigts métalliques délicats tournoyèrent en un éclair pour ouvrir le récipient et dévisser le dessus, puis il versa deux verres et laissa le vin ouvert pour lui permettre de respirer.

« C'est un grand Santorini Assyrtiko. » Joe porta le verre à la lumière. « Ce millésime est la meilleure production de ce vigneron de cette décennie. »

Gabe fronça les sourcils. « Vous venez de faire une recherche ? »

- Non, mon ESNE est éteint. Je me souviens des choses qui m'intéressent. Ma mémoire était autrefois meilleure, quasiment aussi précise qu'une vidcam, mais je suis un peu rouillé. » Il plissa le front. « Désolé si j'avais l'air d'un bot à vous jeter des faits banals ainsi. »

L'expression de Gabe se détendit. « Non, c'était tout à fait pertinent. Vous avez une mémoire étonnamment bonne pour pouvoir citer le domaine et le millésime d'un tel vin. Et il est bon de savoir que toutes ces idées aujourd'hui émanaient de vous.

- Non pas que ce soit très utile de nos jours, maintenant que nous pouvons stocker n'importe quoi sur nos ESNE. »

Gabe dégusta son vin en l'appréciant. « Socrate se plaignait que la technologie moderne affaiblissait la mémoire.

- De quelle technologie parle-t-on ?

- L'écriture. »

Joe rit de bon cœur en prenant la dernière bouchée de sa salade. Le servebot apporta le plat principal : des assiettes de poivrons farcis arrosés d'huile d'olive. Joe prit le temps d'apprécier la première bouchée, étudiant la saveur riche du plat. Il but une longue gorgée de son vin, notant l'harmonie des notes citronnées avec son repas.

« Vous avez évoqué le 'moi' au cœur de la conscience. » Gabe se servit un autre verre. « Ce 'moi' perçoit la signification. Le point de vue philosophique auquel je souscris est que nous créons un sens sémantique à partir de notre relation avec le monde. »

Joe brandit son verre de vin. « Par exemple mon idée d'un verre de vin ?

- Exactement. La signification d'un verre de vin provient de la relation entre vous et le liquide particulier dans votre verre. Vous réagissez au liquide en fonction de ce qu'il fait au moment présent, ainsi que de vos expériences avec des liquides similaires par le passé.

- Cela comprend les souvenirs ?

- Oui. Considérez les souvenirs comme des relations antérieures entre vous et le monde. » Gabe leva son verre, le portant face à la lumière, un sourire timide éclairant son visage. « Pour moi, ce vin me ramène en Grèce. J'y ai partagé plus d'une bouteille avec mes amis. » Gabe appuya le mot « amis » un peu plus que les autres. Joe ne put s'empêcher de sentir qu'une connexion romantique se cachait derrière ça. Un amour perdu ?

Le dernier commentaire de Gabe ouvrit la porte à Joe pour évoquer un sujet personnel qui lui pesait. « Alors les relations façonnent toutes nos perceptions. Maintenant, je m'interroge sur ma relation avec le monde. Je pense au sens dans un contexte plus large.

- Ah, le sens. Dans l'idée d'un but ?

- Oui, un but. Avec tous ces bots autour de nous, chacun d'entre nous a moins à faire. Presque personne dans le monde n'a besoin de faire quoi que ce soit pour subvenir à ses besoins élémentaires d'alimentation et d'abri. Joe s'arrêta au milieu d'un poivron. « J'ai du mal à trouver un sens personnel pour moi dans l'univers.

- Ah, une méta-question sur le sens, alors. » Gabe gratta sa barbiche. « En tant que philosophe, permettez-moi de décomposer la question en plusieurs autres. Cherchez-vous un but intérieur ou extérieur ?

- Je ne vois pas comment il pourrait y avoir un but extérieur. D'où proviendrait-il ? Toutes les données scientifiques suggèrent que l'univers est physiquement fermé.

- N'y a-t-il pas la moindre possibilité de quelque chose d'extérieur ?

- Vous voulez dire comme un Dieu ? Eh bien, il n'y a aucune preuve de l'existence d'un tel Premier moteur, comme Aristote l'appelait si je me souviens bien. La réponse la plus probable est qu'il n'y a pas de force extérieure, ou du moins aucune qui ait un effet sur l'univers.

- Vous parlez en probabilités, comme un scientifique. Vous suivez les preuves qui suggèrent un univers physique fermé. Cette pensée est récitée comme l'évangile depuis des siècles. » Gabe prit un autre verre. « Les religions traditionnelles se sont affaiblies, faute de preuves. Elles auront quand même eu de la valeur en nous aidant à comprendre notre place dans le cosmos et en offrant des cadres moraux qui suggéraient des façons d'agir dans le monde. »

Joe hocha la tête, approbateur. « Les religions ont essayé de suggérer un but personnel. La science garde la tête baissée et ne fait que calculer. »

Avec un rire ironique, Gabe sirota son verre. « Si vous fermez la porte à un but extérieur, alors cela vous laisse la dure corvée d'articuler un but de vous-même, ou d'en dériver un en communion avec vos semblables. »

Joe versa ce qui restait du vin dans leurs verres et aplatit le synthévase avec sa main, le récipient pliable faisant un *zou* apaisant.

Gabe se pencha dans son siège et étudia Joe face à son verre de vin. Son visage était impénétrable. « Vous m'avez dit plus tôt que vous étiez désireux de trouver la vérité, en mathématicien respectable que vous êtes. Est-ce tout ? »

Joe réfléchit à la question, puis secoua la tête. « Non, je cherche plus que cela. Comment catégoriseriez-vous la recherche de sens de l'humanité ? Est-ce la connaissance que nous recherchons ?

- Plus que de la connaissance, » répondit Gabe. « La connaissance est l'accumulation d'informations. Non, nous parlons de sagesse. La sagesse implique de synthétiser les connaissances et l'expérience pour former des idées qui guident nos vies. Certains sages disent que c'est la recherche de la Voie. Si on la trouve jamais, la sagesse ne fait pas que venir, elle persiste.

- Alors je cherche la vérité et la sagesse, » dit Joe.

Gabe parut profondément plongé dans ses pensées pendant un moment. « Le chemin vers la sagesse est tortueux et peut conduire à la désillusion. Il est réservé à ceux qui sont prêts à réfléchir attentivement, à travailler dur pour comprendre et à en payer le prix.

- Pourriez-vous me guider ? »

L'expression de Gabe vacilla alors qu'il pesait sa décision.

« Je serais honoré d'être votre apprenti. » Joe retint son souffle.

Gabe s'arrêta, faisant tournoyer le fond de son verre de vin. « Vous êtes suffisamment ouvert aux nouvelles idées. Vous réfléchissez profondément. Vous pourriez réussir. Oui, je vais vous aider. »

Plus sobre qu'il aurait dû l'être après tout ce vin, Joe serra la main de Gabe. Puis les deux finirent leurs verres.

Joe réalisa soudainement qu'il se faisait tard. « Merci pour cette conversation stimulante et instructive, Gabe. Me permettrez-vous de payer pour le vin ? »

Gabe agita une main alors qu'il utilisait l'autre pour s'aider à se relever. « Pas de credit$ nécessaires aujourd'hui, ce n'est pas dans les dix premiers pour cent des produits de luxe. Mais je partage votre avis que ce fut agréable. » Joe se leva, et ils firent signe aux servebots en quittant la taverne.

Ils se dirent bonne nuit à l'entrée du campus, et prirent des directions différentes. Joe suivit le chemin tracé par sa SORA, alors que le vin donnait à tout ce qui l'entourait un aspect flou sur les trottoirs menant à la maison.

...

> Trouver un but, un sens, une vérité. Il est évident que, s'ils existent, les buts intérieurs et extérieurs englobent toutes les possibilités. Les chances de trouver un but extérieur sont minces. Un Dieu ? Je n'ai jamais sérieusement considéré cette possibilité avant. Mais logiquement, il y a une petite probabilité qu'un Dieu existe. Au-delà de cela, je devrais envisager un but intérieur. Mais comment en trouver un ?

...

Chapitre 5

L'air pur et frais de cet après-midi de début de février accueillit Joe alors qu'il quittait son appartement et trottait à travers le campus pour rejoindre le bâtiment de mathématiques. Sur le chemin, il consulta le netchat et chercha à nouveau des nouvelles sur la manifestation qui avait eu lieu plus tôt dans la semaine. L'unique référence au piratage d'une base de données avait disparu. Une recherche sur le dark net ne renvoya rien d'associé à cDc. Il, ou elle, devait couvrir ses traces. Un nouvel article suggérait que les manifestants étaient subversifs. Joe zooma sur la photo granuleuse de l'article avec la liaison cornéenne de son ESNE. Il pouvait faiblement distinguer certains des manifestants. Joe pensait avoir reconnu la jeune femme qui avait fait signe en direction des hovercrafts de la police. Il étudia la photo et souffla de soulagement de ne pas voir sa silhouette près du groupe.

Il cliqua sur son ESNE pour le désactiver, afin de pouvoir observer l'activité environnante. Des étudiants portant des shorts et des hauts de printemps en tissu fin remplissaient la cour. Beaucoup arboraient un allbook rectangulaire porté comme une boucle de ceinture ; c'était la mode.

Il réalisa, un pincement au cœur, qu'il était plus proche de la moyenne d'âge des étudiants que de celle des professeurs. Il était arrivé en milieu de semestre et n'enseignerait pas de cours jusqu'à l'automne, et il se sentait ainsi moins lié aux rôles professoraux. Quelle était sa place au Lone Mountain College ? Beaucoup de professeurs étaient bien plus vieux ; seuls Freyja et l'arrogant Buckley

Royce semblaient avoir à peu près son âge à la réception. Et même elle avait quelque chose de différent. Alors qu'il avait passé cinq années frustrantes à travailler péniblement sur un problème pratique, Freyja avait terminé un doctorat en mathématiques et sa carrière était déjà bien établie.

Il trouva son bureau au 5e étage. Deux chats bleu foncé étaient là, l'un sur le sol près du bureau, le second couché sur une armoire, occupé à nettoyer sa fourrure. Freyja se tenait au milieu de la salle, entourée d'équations flottantes et de formes géométriques générées par une unité holoplafonique. Elle l'accueillit avec un sourire et poussa de côté quelques-unes des projections holographiques. Elles tournoyèrent jusqu'à se dissoudre contre un mur lointain.

« Lui, c'est Gauss, » dit-elle en montrant le chat près de son bureau. Leur nuance de bleu de styliste s'accordait avec ses yeux. Les icônes planantes continuaient à l'encadrer comme un halo.

Joe tira une chaise en face d'elle et fit un geste vers le plafond. « Vous préférez les unités d'holocommunication aux immersions, vous aussi ?

- Nous disposons de toutes les immersions mathématiques et de la technologie d'interface cerveau-machine. Mais ces unités sont plus commodes pour une utilisation quotidienne, » dit-elle, balançant sa tête, ses cheveux dorés à la lueur des équations holographiques restantes.

« Chaque chose a son utilité. J'ai remarqué que me promener dans des jeux de données en réalité virtuelle, avec de belles formules mathématiques suspendues dans les airs, m'aidait à développer une intuition profonde sur les structures. »

Freyja, approbatrice, sourit. « Les étudiants doivent résoudre des séries de problèmes, pour s'exercer à chaque technique et concept jusqu'à les intérioriser. L'évolution n'a pas passé le dernier million d'années à optimiser les humains pour les calculs mathématiques, et malheureusement nos cerveaux n'atteindront jamais les vitesses de calcul des IA, mais elle nous a donné une intuition mathématique qui n'est pas évidente à reproduire.

- Voyons un peu. Le cerveau humain traite généralement l'information à environ soixante bits par seconde, et la vitesse de traitement d'une IA est de . . . »

Ils se mirent tous deux à rire. Même en tant que mathématiciens, il était difficile d'apprécier la différence de vitesse de calcul massive entre les humains et leurs machines.

« Merci encore d'avoir accepté de me rencontrer. Votre emploi du temps est chargé ?

- Je travaille dans la limite permise, soit douze heures, ou trois journées de quatre heures par semaine. » Elle s'assit gracieusement dans sa chaise en face de Joe, et Gauss vint frotter sa truffe sur son pied.

« Ah, ces limites ridicules. »

Le regard de Freyja bondit du chat à Joe. « Eh bien, elles existent pour une bonne raison. Il n'y a pas assez d'emplois intéressants à occuper, vu que les bots font le gros du travail. »

Joe pensa à Raif, toujours à la recherche d'un emploi. « Oui, il y a cela. Mais c'est frustrant de ne pas pouvoir travailler dur si vous le voulez, sur les choses que vous voulez. Je suppose que le monde est imparfait. Il est impossible d'optimiser le moindre de ses aspects. »

Elle rit en croisant les jambes. « Nous aimons nous réfugier dans le monde parfait des mathématiques. Et pour être honnête, je pourrais faire des maths toute la journée aussi. Alors vous êtes un autre contrevenant ? Ça ne me surprendrait pas. »

Joe essaya d'adopter une expression de pirate appropriée, mais il eut l'impression d'avoir raté son coup. Il laissa échapper un faible rire et haussa les épaules. « La recherche de l'élégance dans les mathématiques ne me donne pas l'impression de travailler. »

Freyja s'inclina dans sa chaise, un air méditatif dans ses yeux bleus. « Quelle est votre équation préférée ? »

Joe n'eut pas à réfléchir longtemps. Se dirigeant vers le chat sur le meuble, il dit : « La mienne est notre joyau, l'identité d'Euler. Il y a une beauté subtile et quelque chose de romantique à l'équation d'Euler. Il y a une poésie dans le fait que cinq nombres peuvent relier des choses aussi disparates que la trigonométrie, le calcul, l'infini. » Le surnom saugrenu de l'équation, « la formule de Dieu, » lui fit revenir en mémoire sa conversation avec Gabe. « Je ne me prononcerai pas sur le cas de Dieu, mais c'est ce qui se rapproche le plus pour moi d'une preuve que quelque chose de plus grand relie l'univers. »

Freyja rit en regardant Euler. Puis elle leva le bras, et la projection holographique de l'équation se matérialisa dans sa main dans des couleurs arc-en-ciel. Elle la plaça entre eux pour la contempler. « Rationnelle, en effet. J'adore cette équation. » Ils étudièrent intensément l'objet holographique, comme des amoureux des chats admireraient un chaton.

Il pensa à un mot-clé dans son ESNE, trouva la liaison ouverte vers la console holographique de Freyja, puis transmit un faisceau d'émoticône, qui apparut alors à côté de sa tête. La boule en rotation de sa réaction émotionnelle à l'équation brillait dans des couleurs codées pour la dopamine, l'ocytocine et la sérotonine. Elle la prit dans ses mains jointes, ignorant les avertissements sur le surdosage qui clignotaient, et rit avec plaisir.

« Une autre formule que j'aime est la fonction zêta, et l'hypothèse de Riemann que les zéros non triviaux de la fonction zêta de Riemann ont une partie réelle égale à 1/2. » Freyja continua à jouer avec l'émoticône jusqu'à ce qu'elle se dissolve. « Je l'aime bien, car bien que la théorie des nombres premiers soit fondamentale pour la structure des nombres, nous n'avons pas découvert comment tout cela s'emboîtait, ni comment les nombres premiers semblaient soutenir la structure.

- Les hackers comme moi l'apprécient aussi, » dit-il.

Elle saisit l'équation dans les airs et la berça dans sa main. Joe modifia les paramètres des variables, et elle se transforma en représentation 3D simplifiée ajustée aux variables changeantes. Elle transmit un faisceau d'émoticône, que Joe manipula avec enthousiasme. Les neurotransmetteurs jaillirent de son MEDFLOW pour gagner sa circulation sanguine en quelques secondes, et son bonheur partagé le submergea.

Il tenta de rester concentré, malgré son euphorie. « Je note que vous avez dit 'découvert', pas inventé. Vous êtes une platonicienne mathématique ? Vous croyez que les mathématiques doivent exister quelque part, a priori ? »

Elle joignit ses mains, les doigts levés, comme si elle priait les dieux des mathématiques. « Je le suis, et je le crois, comme la plupart des mathématiciens que je connais. Les mathématiciens, malgré leurs efforts au fil des siècles, ont à peine effleuré la surface de la mer des nombres. Elle est sans limites. Et pourtant, les pièces s'emboîtent trop parfaitement pour que cela soit une coïncidence ; une pièce exquise de mathématiques dans un bras de cette mer correspond à une autre pièce dans une autre baie. Il faut de l'orgueil pour croire que les humains ont inventé ces mathématiques.

- Les mathématiques peuvent exalter aussi sûrement que la poésie, » dit-il. Ils s'assirent paisiblement, se prélassant dans la joie partagée de discuter de mathématiques pures. Il était attiré par cette femme, qui était aussi belle que brillante.

« Je m'attendais à ce que vous me parliez de mathématiques pratiques, comme l'équation de Dirac, en me décrivant la théorie de la relativité restreinte et la mécanique quantique, » dit Freyja.

« Même les mathématiques pratiques remontent à leur place particulière dans l'univers. Un autre aspect étonnant des mathématiques est, selon les mots de Wigner, leur déraisonnable efficacité dans les sciences naturelles. Pourtant, nous poursuivons rarement une explication de ce fait extraordinaire sur l'univers.

- Ah, Wigner. » Freyja se pencha pour caresser Gauss. « Il a cité Bertrand Russell pour nous rappeler que les mathématiques 'ne possèdent pas seulement la vérité, mais la beauté suprême, une beauté froide, austère, comme celle d'une sculpture'. »

. . .

Elle est si captivante. Peut-être qu'il n'y a pas que les mathématiques qui l'intéressent ? Devrais-je l'inviter à dîner ? C'est le moment de tenter ma chance.

. . .

Il tripota le faisceau d'émoticône qui était encore dans sa main. « Mon principal projet pratique est de voir si des progrès sont possibles en ce qui concerne la conscience des IA. Que diriez-vous de vous joindre à moi pour le dîner afin de continuer cette conversation ? »

Ses yeux de saphir ne trahirent aucune émotion alors que son regard croisait le sien. « J'ai peur d'avoir trop de choses à faire en dehors des heures de bureau. Mais peut-être pouvons-nous commencer la conversation maintenant ? » Elle tapota sur ses genoux, et Gauss sauta dessus.

Joe sentit ses joues chauffer.

. . .

Aïe. J'ai mal interprété ses réactions. Gênant. Une belle sculpture, en effet. Je dois être trop impatient de faire de nouvelles rencontres et j'ai joué mon coup trop vite. Mais nous pouvons toujours avoir une relation professionnelle fructueuse.

. . .

Une vague d'anxiété frappa Joe ; une émotion renforcée par l'effet secondaire négatif du surplus de sérotonine de ce faisceau d'émoticônes partagé. Désireux de faire oublier son faux pas, Joe accepta sans hésiter sa suggestion. « Absolument. Voyez-vous, le nœud de la question est que je ne sais pas comment relier la perfection des mathématiques au désordre du monde réel.

Elle gratta les oreilles de Gauss, ne réalisant apparemment pas la déprime soudaine de son interlocuteur. « La preuve mathématique n'est pas toujours la bonne approche. Rappelez-vous des efforts de Russell et Whitehead pour réduire toutes les mathématiques à la logique, pour consolider les fondations des mathématiques. Ils ne sont pas allés loin. Russell a fourni la preuve que l'arithmétique au moins pouvait être contenue dans la logique, mais seulement en employant la théorie des ensembles. »

La main de Joe poussa délicatement le faisceau d'émoticône sur le côté, une tentative infructueuse de se débarrasser aussi de ses sentiments sombres, puis il prit la suite du sujet pour montrer qu'il n'avait pas oublié l'histoire des mathématiques. « Vinrent ensuite les théorèmes de l'incomplétude de Gödel, ainsi que le théorème de non-définissabilité de Tarski. Ils ont démontré qu'un système axiomatique complet de la connaissance était impossible, et ce fut la fin du projet de Russell et Whitehead.

- Pensez-vous que votre problème de conscience des IA souffre de problèmes similaires ? »

Joe étudia sa question pendant un moment. « Il pourrait y avoir un rapport, même si je ne l'ai abordé jusqu'à présent que comme un autre problème pratique épineux. Par exemple, comme nous en avons discuté lors la réception, même si une IA peut trouver des résultats mathématiques intéressants, les bots sont incapables d'apprécier leurs trouvailles. Nous n'avons aucune idée de la façon dont nous pourrions combler cette lacune. » Il se concentra sur Gauss pour se détourner de ces orbes de bleu céruléen ; il était si facile de s'y perdre. « Avez-vous des conseils mathématiques pratiques qui pourraient m'avancer ?

- Commencez peut-être par la différence entre les mathématiques et la science dans l'approche de la vérité. Les mathématiques prouvent les théorèmes en partant d'hypothèses. La science ne peut rien prouver ; elle peut seulement améliorer la probabilité que nous ayons un modèle représentatif du monde. Essayez de déterminer comment trouver un meilleur modèle.

- Et pour cela ? » Il était plus facile d'avoir une conversation professionnelle quand il ne la regardait pas.

« La meilleure méthode mathématique pratique reste l'application du théorème de Bayes. Bien sûr, il découle des axiomes de la probabilité conditionnelle. Je l'utiliserais pour revoir les probabilités des hypothèses à la lumière des nouvelles preuves. »

Joe hocha la tête. « Très bien, donc je révise mes probabilités avec de nouvelles informations et je vois où cela me mène. Mais après m'être dévoué corps et âme à ce problème pendant cinq ans, la probabilité à laquelle je m'attends pour la création d'une machine qui pense comme les humains a été réduite à un pourcentage minuscule. »

Elle plissa le nez, alors que Gauss ronronnait sous sa main. « Allez de l'avant. En attendant, il y a des choses que nous pouvons faire mieux que les machines que nous avons créées. »

Chapitre 6

Joe se réveilla et cligna des yeux face au soleil vif de l'après-midi qui inondait sa chambre. Il avait mal aux oreilles. Il avait mal au crâne. Le niveau de réduction d'alcool de son MEDFLOW devait être réglé trop bas. Il posa son regard sur les draps échevelés, puis se traîna hors du lit. Sa gorge était sèche. En allant vers la cuisine pour prendre un verre d'eau, il observa la carafe vide qui trônait dans le salon. Il se traîna ensuite jusqu'à la douche. L'eau qui frappa son visage l'aida à reprendre vie. Puis Joe se souvint du faisceau d'émoticône qu'il avait tenu, de la poussée de sérotonine et de son effet dévastateur lorsqu'elle était combinée à une émotion négative, comme la déception du rejet de Freyja. La dernière fois qu'il avait fait une overdose de sérotonine, pendant sa deuxième année d'université, il s'était juré de ne jamais recommencer.

Il enfila des vêtements, puis s'assit dans la cuisine et regarda la pile de vaisselle sale jusqu'à ce qu'un bourdonnement insistant attirât son attention. Joe cligna des yeux et descendit les escaliers pour ouvrir la porte d'entrée.

« Je suis désolé de vous déranger, monsieur, mais c'est l'heure de l'entretien de votre appartement. » Un cleanerbot attendait derrière 73. Joe fit signe aux deux bots d'entrer et les suivit dans les escaliers. Le cleanerbot mit la vaisselle dans l'unité de lavage, puis passa la serpillière sur le plancher de la cuisine, tandis que 73 supervisait le tout.

« Quelle heure est-il ?

- 17 h, nous sommes samedi, » répondit promptement 73. « Et le temps est chaud et ensoleillé.

- Qu'est-il arrivé au matin ? » Il se parlait surtout à lui-même.

« Vous n'avez pas quitté votre appartement depuis vendredi soir, et vous avez donc passé les vingt-trois dernières heures à l'intérieur. » Le front de 73 brilla de bleu.

Il lança un regard noir au bot, irrité par ses réponses rationnelles à sa morosité irrationnelle.

« Et donc quoi, 73 ? »

Le front du bot brilla d'un rose clair. Il clignota sans bouger.

...

Ce commentaire, on aurait dit un jugement social, comme s'il pensait que je suis un fainéant. Si je croyais qu'il était conscient, alors le désordre de ma chambre justifierait amplement sa désapprobation. S'agit-il simplement d'une machine, ou pourrait-il y avoir plus que cela ? Il est programmé pour essayer de répondre à toutes les questions directes posées par un humain. Peut-il se connaître lui-même ?

...

« Pourquoi es-tu là, 73 ?

- Monsieur, nous sommes ici pour faire toute activité que vous désirez.

- Oui, et je suis libre de me tourner les pouces.

- Vous êtes libre de faire tout ce que vous voulez, » dit 73.

Le visage de Joe rougit. Il ne pouvait pas s'empêcher d'anthropomorphiser le bot, de le comparer à lui-même. Il était bien plus endurant et précis dans ses actions que lui. Le bot peut-il avoir des objectifs ?

« Pourquoi es-tu là ?

- Monsieur, pour aucune autre raison que pour répondre à vos besoins.

- Mais tu ne veux jamais te reposer ?

- Je suis soit au travail soit au repos, » dit 73. « Je n'ai pas d'autres états.

- Qu'est-ce que ça fait d'être au repos ?

- Je suis désolé. Je ne sais pas comment répondre à votre question. » Le front du bot prit une nuance plus foncée de rose.

Le cleanerbot poursuivit sa routine programmée. Il passa l'aspirateur dans les autres pièces, puis réapprovisionna le garde-manger avec des aliments stockés dans un chariot qu'il avait laissé devant la porte de l'appartement. Le pipabot restait immobile, mais continuait à scanner la pièce, en attendant toute autre commande ou question de sa part. Il imaginait la série incroyablement rapide mais répétitive d'opérations qui circulaient dans les processeurs du bot. Il exécutait des logiciels informatiques semblables à ceux qu'il avait écrits, traduits de langage de haut niveau en langage d'assembleur, puis en langage machine, pour finir avec du code binaire, une longue série de motifs de 0 et de 1.

...

> Freyja avait raison. Chaque fois que je trouve de nouvelles informations, je révise mes croyances antérieures avec ces nouveaux éléments pour voir si quelque chose a changé. Cela se confirme une fois de plus ; les bots sont une autre partie de l'univers irréfléchi, indifférents, sinon à leurs objectifs programmés. C'est peut-être plus sage ainsi. Qu'ils restent dans leur sandbox. Si jamais ils le quittaient et avaient leurs propres objectifs, que se passerait-il ?

...

« Monsieur, avec quelle marque de whisky souhaiteriez-vous vous réapprovisionner ? »

Le cleanerbot tenait la carafe vide et avait dû transmettre une requête électronique au pipabot.

Il marmonna sa marque préférée de whisky.

« Très bien, monsieur. Cette marque utilise du *Saccharomyces cerevisiae* synthétique SC 5.0. » 73 inclina la tête, comme s'il approuvait ses goûts. « Cette marque fait partie des dix premiers pour cent.

- Ça m'est égal. » Il connecta son ESNE, qui restait plus souvent éteint qu'allumé depuis son arrivée au Lone Mountain College, et après avoir reçu le prix du whisky du bot, il tapota sur sa tuile biométrique. Il traça son mot de passe pour authentifier le transfert de credit$ à 73. Voir son solde en credit$ s'amenuiser ne fit rien pour améliorer son humeur.

S'enfonçant plus profondément dans son fauteuil, Joe prit une décision. Une décision partielle.

...

> Peut-être ai-je besoin de compagnie. Ce pic de sérotonine ne m'aura pas aidé. Il est temps que je retrouve mon équilibre d'esprit, que j'essaie de mieux contrôler mon propre destin, sans Raidne ou ces bots. Pour autant, personne

n'est parfait, et je ne vais pas me faire moine. Je suivrai St Augustine. *Da mihi castitatem et continentiam, sed noli modo.* Oui, donnez-moi la chasteté et la tempérance, mais pas tout de suite.

. . .

« 73, appliquons de nouvelles règles. Après le ménage, je ne veux plus d'entrées dans cet appartement sans qu'on me contacte avant. Laisse la nourriture et les fournitures dans l'armoire dehors, et ne remplis pas la carafe de whisky quand elle est vide. Je te ferai signe si j'ai besoin d'autre chose. Pas besoin de me surveiller davantage.

- Tout ce que vous voudrez, » dit le bot, une lumière bleue émanant de son front. Joe agitait sa jambe avec impatience, en attendant que le cleanerbot termine ses tâches. Il partit avec le pipabot quelques minutes plus tard.

La nourriture d'abord. Joe chargea le synthétiseur alimentaire, et quelques minutes plus tard le dîner l'attendait, avec du saumon poêlé, des légumes et un verre d'eau. Il mangea et regarda la boule orange à l'horizon s'enfoncer dans une ligne de nuages, alors qu'elle se reflétait sur les servebots.

. . .

Je suis miné par des questions sur ce qu'est la conscience ; et ce qu'est mon esprit, la chose qui est consciente. Saint-Augustin et Descartes ont tous deux fait valoir qu'il devait y avoir un « moi, » l'existence par l'inférence. L'inférence exige un « moi » particulier pour garantir que le postulat est vrai et que la conclusion suit. C'est la connaissance à la première personne de la vérité que « si une chose particulière pense à un moment donné, alors cette chose particulière existe à l'instant particulier auquel elle pense. » Dans ce cas, l'inférence logique de la pensée à l'existence réussit.

Oui, c'est vrai. *Moi,* je réfléchis. Il y a un « moi » particulier qui a cette pensée maintenant. C'est moi. Je pense, donc j'existe.

Mais qu'est-ce que cela veut dire, penser ? C'est la formation de relations entre diverses choses dans le monde, et ces relations ont un sens.

Le cleanerbot n'est pas sentient, il ne ressent pas de douleur, et il ne fait rien qui s'approche de la pensée. Un bot peut lire des données du monde et calculer les relations entre ces entrées. Un bot peut dire « Je pense, donc je suis » mais ne fait-il pas que répéter les constructions que nous avons codées ?

. . .

Chapitre 7

Joe arriva avec un retard socialement acceptable de dix-sept minutes pour la réception hebdomadaire du département. Il prit un verre de vin sur le plateau du servebot et monta l'escalier, éteignant son ESNE avant de franchir le seuil. Depuis le palier, seule une petite foule était visible dans la grande salle. L'obscurité s'était installée dehors, et les tons jaunes chaleureux de l'éclairage luxuriant créaient un contraste étrange avec les vitres noircies. Comme si les invités étaient isolés du reste du monde. Freyja était absente, mais Mike Swaarden était en pleine discussion avec Gabe. Alors que Joe descendait de l'escalier pour les approcher, il repéra Buckley Royce et hocha la tête. Royce examina ses ongles, et Joe continua son chemin pour se joindre à la conversation animée entre Mike et Gabe.

« C'est difficile pour ceux qui sont laissés derrière, » dit Mike.

« Nous discutions du récent voyage de Mike à Jakarta et Mumbai, pour du conseil sur leurs initiatives de relogement. » Gabe se tourna vers Joe avec un sourire narquois. « Il est doué pour dénicher ces projets spéciaux, loin du campus.

- Mais ils ont relogé ces villes il y a des années, comme La Nouvelle-Orléans, pour échapper à l'élévation du niveau de la mer » remarqua Joe, confus.

« Oui, c'est ce que le gouvernement veut que vous croyiez. Mais beaucoup de gens, les moins capables de se déplacer, sont toujours là, et souffrent des inondations. » L'accent de Mike devint plus prononcé avec son agitation accrue.

« J'imagine que votre collègue vous aura rendu le voyage plus agréable, » dit Gabe. Joe soupçonnait qu'il essayait de cacher un autre sourire.

Mike fronça les sourcils. « Oui, le professeur Royce, » la méchanceté jaillissait de la langue de Mike avec son 'r' roulé, « a eu du succès avec ses conseils pour réduire les coûts en forçant un relogement final rapide. Ses études sur La Nouvelle-Orléans soutiennent que nous gaspillons des ressources avec notre approche humaine. Que sait-il de l'économie ? Nous devons aussi mettre une valeur sur la compassion élémentaire. »

Gabe hocha la tête en approbation. « Certaines personnes traversent leur vie sans réaliser leur effet sur le monde qui les entoure. Et souvent, il n'y a jamais de conséquences pour eux.

- L'univers me semble vraiment aléatoire, » déclara Joe.

« Je suis sûr que pour certaines personnes en Inde, cela ressemblera à une punition aléatoire. » Le dégoût de Mike était évident. « Leur gouvernement a retenu Royce pour qu'il continue à les conseiller. Il va justifier leur relogement forcé de millions de personnes, brisant les communautés dans sa course folle. Ma seule consolation est qu'il sera bientôt loin du Lone Mountain College.

Peut-être blâmeront-ils le karma, » ajouta Gabe, « du moins ceux qui ne souscrivent pas à la théorie du hasard, Joe. Et maintenant, pour éviter de laisser les choses au hasard nous-mêmes, que diriez-vous de convenir d'une date et d'une heure pour notre prochaine réunion ? »

Joe en proposa plusieurs, et Gabe choisit un horaire libre dans son emploi du temps. Son ESNE étant désactivé, Joe en prit note mentalement, avec une mnémotechnique pour ancrer la date dans sa mémoire.

« Vous semblez avoir pris l'habitude de désactiver votre ESNE pour ces réceptions hebdomadaires et leur règle de 'non-partage'. » Mike s'était visiblement calmé.

« Ce n'est pas un problème du tout pour moi. J'aime me déconnecter de ces montagnes de texte ; c'est un des avantages d'être ici. Mais je me demande comment cela est devenu une habitude.

- C'est la règle du Dr Jardine, et tout le monde y est favorable. » Mike fit tournoyer sa boisson. « Il veut entendre nos voix telles qu'elles sont, authentiques. »

Gabe caressa sa barbiche. « Le Dr Jardine n'est guère opposé au partage d'idées. Mais il a dit que ces conversations académiques pouvaient dégénérer en un mashup d'idées. Sans surveillance, les débats en personne changent en fonction de qui diffuse des idées glanées sur le netchat, parfois des idées d'IA. Nous savons tous à quelle vitesse le niveau des conversations sur le netchat peut se dégrader et revenir à la moyenne. Mais le Dr Jardine souhaite que chacun soit mentalement présent. En évitant les bavardages inutiles, les séances produisent des idées plus inventives.

Ces événements se déroulent toujours sans bot ? » Mike et Gabe échangèrent un regard suite à la question de Joe.

« Vous ne pouvez pas empêcher certains bots d'aller là où ils . . . » Mike fut interrompu par un remue-ménage. À l'entrée, quatre copbots défilèrent sur le palier, puis se séparèrent en duos pour se tenir à chaque extrémité de la rampe.

« Quand on parle du loup. » Le grognement de Gabe était difficile à entendre au milieu de cette agitation soudaine.

Un petit homme aux cheveux bruns sortit d'entre les paires de bots. Il portait un uniforme de police, et une matraque brune pendait à sa ceinture. Sa mâchoire ciselée ressortait à l'avant, et son regard balayait la pièce avec suspicion.

Joe eut besoin d'un moment pour mettre le doigt sur ce qui lui semblait étrange chez cet homme ; il y avait une sorte d'inclinaison au niveau de sa tête, quelque chose de travers dans le cou. Chaque fois que sa tête tournait, elle s'arrêtait hors de l'axe, comme un globe incliné, le nez en l'air. Les medbots n'auraient pas pu rater une opération à ce point ; il devait avoir développé cette déformation par habitude. La conséquence permanente d'une observation oblique du monde.

Un battement de cils plus tard, un homme plus grand aux cheveux fins et rougeâtres entra et se tint debout devant l'officier sur la rampe du palier. Son uniforme de police comprenait des épaulettes sur la surface charbon rigide, et s'accompagnait de bottes hautes noires. Après avoir brièvement examiné la salle, il hocha la tête.

Son assistant à l'air fiérot nota le geste et avança pour s'adresser à la salle d'une voix forte. « Puis-je avoir votre attention ? Vous avez l'honneur de rencontrer le Ministre de la Sécurité nationale, Shay Peightân. » Il insista sur la deuxième syllabe du nom de famille, lui donnant une tonalité étrangère et élitiste. « Il souhaiterait s'adresser à vous. »

Un murmure remplit la salle. Alors que l'assistant reculait, un des copbots fit sortir un petit drone pour diffuser le discours du ministre.

Peightân saisit la rampe des deux mains, plein d'assurance. Joe vit qu'il était pâle, mince et musclé. Il parla sans préambule, d'un ton confiant, aristocratique. « Bien qu'il soit regrettable que vous ne soyez pas plus nombreux présents à cette rencontre, j'ai le plaisir de pouvoir livrer personnellement ce message à l'assemblée. Au moment où je vous parle, cet avis est partagé avec tous sur ce campus et dans l'ensemble de la zone. »

Il fit une pause pour marquer sa déclaration. « La semaine dernière, une manifestation illégale s'est déroulée dans cette université. Bien que nous n'ayons pas fini notre enquête, nous savons que ce n'était pas le travail d'étudiants, mais plutôt d'un groupe d'agitateurs extérieur, qui pourrait être responsable de la multiplication des manifestations dans d'autres régions du pays. Nous avons l'intention de mettre fin à ces manifestations et de traduire les coupables en justice. Nous traiterons avec fermeté tous ceux qui sont associés à ce groupe d'une façon ou d'une autre. »

Son assistant s'avança à nouveau et fournit les coordonnées de l'équipe d'enquête policière avant d'annoncer que Peightân souhaitait saluer tout le monde dans la salle. Le ministre descendit l'escalier pour serrer la main aux invités, escorté par son assistant et deux des copbots. Les deux autres restèrent sur le palier au-dessus.

Mike secoua la tête, en gardant un œil attentif sur le parcours de ce petit groupe. « J'ai entendu dire que Peightân était un niveau 1, » murmura Mike alors que le ministre approchait.

. . .

Un niveau 1. Je n'en connais pas beaucoup dans le pays. Mieux vaut éviter de le chagriner, celui-là.

. . .

Joe força un sourire alors que Peightân se tenait devant lui, son assistant et les copbots un mètre derrière. Les yeux perçants du ministre, sombres et légèrement injectés de sang, se démarquaient sur son visage blême. Il tendit une main, que Joe serra. Sa poignée de main était ferme, comme un étau, sa peau moite. Une seconde plus tard, il se tourna vers le groupe suivant. L'assistant se pavanait derrière, faisant la moue en direction de Joe en le passant. Les copbots suivaient au pas, leurs capes en maille de graphène-kevlar émettant un bruissement.

. . .

Je n'avais jamais été aussi proche de copbots avant. Je n'ai jamais eu d'ennuis avec la justice. Du moins, je n'ai jamais été arrêté. Ce sont des pipabots, mais plus grands, construits sur un châssis robuste avec des paramètres de résistance plus élevés. Leur voix est réglée une octave plus bas et programmée pour être laconique. Ils sont autorisés à recourir à la force, en suivant une échelle de menace. Pas un programme que je voudrais lancer.

. . .

La salle était muette alors que le ministre continuait à faire le tour des lieux. Les visages de la plupart de ses collègues étaient hostiles au passage de Peightân.

Celui de Mike se contracta alors qu'il grognait, « Pourquoi les laisser entrer ici ? L'ordre social d'une personne est le désordre d'une autre. »

Gabe fronça les sourcils. « Pas maintenant, Mike. »

Joe ne pouvait qu'approuver. Mike avait des opinions tranchées, probablement peu populaires dans les hauts niveaux. Pour un avocat, les commentaires de Mike semblaient mal avisés. Il devait savoir que les bots qui analysaient la salle pouvaient capter tout ce qu'il disait.

Cet exercice terminé, les hommes et copbots quittèrent la pièce avec une précision militaire. Il y eut un soupir de soulagement collectif, et la réception reprit progressivement son cours. Alors que les retardataires se joignaient à la réception, la discussion se focalisa sur cette visite étrange. Quelques professeurs s'excusèrent le temps de quitter la salle pour ouvrir leurs ESNE, récupérer des informations et revenir en transmettre les détails. Le premier policier que Joe avait vu était William Zable, l'adjoint de Peightân. Certains professeurs se sont plaints de l'intrusion des bots, mais personne n'a exprimé d'objections ou d'appels à l'action. À qui pourrait-on se plaindre des copbots fédéraux ?

Ni Freyja ni le Dr Jardine n'étaient venus à la réception, et bien qu'il eût rencontré plusieurs autres professeurs, l'humeur optimiste qui accompagnait Joe à son arrivée ne revint jamais. Il était temps de rentrer.

Une lune croissante parcourait le ciel, et les chemins éclairés par les lampadaires menant à la cour principale guidaient sa route. Pas encore bien familiarisé avec le campus de nuit, Joe demanda à sa SORA de dessiner le chemin du retour, et il se perdit bientôt dans ses pensées, alors qu'il suivait la ligne rouge au-delà du centre étudiant. Devant lui, quelqu'un s'élança de l'ombre et courut jusqu'à la place vide, puis posa un mini-drone sur le sol.

Joe s'arrêta net au bord de la place. Il resta hyper-conscient de son environnement alors que le drone décollait pour une montée de cinq mètres. Il planait face à la place, et en dessous, dans l'ombre sous les arches entourant le centre, il distingua les silhouettes plus sombres de gens, beaucoup de gens. Les manifestants firent irruption sur la place.

Faisant marche arrière pour quitter les lieux, Joe emprunta tête basse un chemin non éclairé sur la droite. Des reflets colorés éclairaient les arbres devant lui et, sans regarder en arrière, il imaginait les messages clignotant sur leurs vêtements. Le son saccadé des slogans qu'ils scandaient remplissait ses oreilles. Il sprinta, ses poumons en peine, tandis qu'au-dessus de lui plus d'une douzaine d'hovercrafts s'approchaient de la place.

Un instant plus tard, une lumière derrière lui illumina son chemin. Joe jeta un œil en arrière. Les projecteurs fusillaient le sol. Un sifflement pareil à celui de l'eau poussée à travers un tuyau vint ensuite, suivi d'une commande beuglée par un des engins. « Ce sera votre dernière manifestation, » gronda-t-il, et les vibrations firent écho dans sa poitrine. « Les mains en l'air maintenant, et nous n'utiliserons pas la force contre vous. »

. . .

> Peightân était prêt pour eux. Il est difficile de garder le secret de quelque chose, surtout quand on parle de la police. Il est encore plus difficile d'effacer ses traces. Parviendront-ils à s'échapper, cette fois ?

. . .

Il détala à travers la passerelle sur le ruisseau pour regagner les arbres menant à son immeuble, hors de portée des projecteurs et suffisamment loin de l'action pour qu'il puisse s'autoriser un repos. Joe se pencha contre un chêne lourd, l'écorce rugueuse sous ses mains, l'air luttant pour remplir ses poumons. Derrière lui, les hovercrafts et leurs lumières s'élançaient ici et là, chassant les manifestants. Heureusement, aucun hovercraft ne semblait se diriger vers lui. Les cris étouffés des manifestants résonnaient de la place, couverts par les intonations sévères de la police et les tons profonds et mécaniques des copbots.

Joe se rendit compte qu'il transpirait, et pas seulement à cause de sa petite course. Il posa les deux mains contre l'arbre et tenta d'apaiser sa respiration. Il regardait ses mains pour bloquer l'assaut de souvenirs perturbateurs de son hacking qui avait mal tourné.

Ils étaient assis côte à côte, à regarder l'affichage holographique, quand Raif grogna : « Quelqu'un a envoyé un ping à notre honeypot de protection. Nous nous rapprochions trop d'une base de données primaire. » Quelques secondes plus tard, il cria : « Ils ont supprimé les comptes honeypot. Ils sont sur nos traces ! » Puis lui et Raif se mirent en posture défensive, essayant désespérément d'éviter de se faire prendre. Ses doigts matraquaient les chaînes de commande.

« La sonnette d'alarme est tirée. Je supprime nos fichiers fuzzer et leurs fichiers journaux, » murmura Raif. « Maintenant je vais couper les tunnels et poser quelques fausses pistes sur d'autres nœuds. »

Leurs poursuivants avaient franchi les barrières chiffrées.

« Leur déchiffrement quantique est trop rapide. J'ai besoin d'un autre bloqueur chiffré. » Joe haletait, aux prises avec le code.

« Tiens, essaie le poisson-corde. » Raif lui transmit l'icône depuis son unité holographique. La poursuite à travers le net fut interminable, comme si leurs poursuivants se tenaient juste derrière eux, respirant chaudement dans leur cou. Quelques heures plus tard, une fois les tunnels brisés, les fausses pistes chiffrées posées à travers le net et les pings contre leurs périmètres défensifs interrompus, il semblait qu'ils avaient enfin échappé aux prédateurs.

Raif ferma son unité holographique et serra la main dégoulinante de Joe. « On les a eus. Les hackers gagnent pour cette fois.

- Ça a failli très mal se finir, on aurait pu se retrouver en prison. En première année, en plus ? On aurait pu dire adieu à nos études. »

Maintenant, les doigts moites de Joe s'accrochaient à l'écorce rustre de l'arbre. À l'exception des projecteurs au loin, une obscurité absolue régnait sous le chêne. Alors que ses yeux s'étaient habitués, il entendit des éclaboussures d'eau ; ce n'était pas le ruisseau suivant son cours habituel, mais un déversement répété, intentionnel.

Il jeta un œil vers le ruisseau, les arbres et l'obscurité bloquant sa ligne de vue. Les faibles sons d'éclaboussure venaient de près du pont. Avec l'ouïe accordée pour pouvoir entendre jusqu'au murmure des feuilles, Joe redescendit la colline jusqu'à la passerelle. Il pouvait distinguer une silhouette, une femme, se tenant à genoux dans le ruisseau, versant de l'eau sur son corps. Son ESNE identifia ses vêtements comme étant le même costume thermoplastique que celui des manifestants.

Comme un chat, il se rapprocha, attiré par une curiosité intense. Son pied érafla le sol, et il se figea sur place quand la tête de la femme, qui avait l'aspect d'une libellule avec ses lunettes, se tourna vers lui. Ils se firent face l'un à l'autre. Il pouvait la voir clairement maintenant, et il reconnut la jeune femme athlétique qu'il avait remarquée lors de son premier jour sur le campus. Joe leva lentement une main dans un geste rassurant.

Elle lui rendit son regard. Puis, d'un mouvement habile, elle arracha la cagoule et les lunettes de sa tête. Des cheveux épais et longs tombèrent sur ses épaules. « Vous pouvez m'aider ? » murmura-t-elle. « Ces enfoirés nous ont jeté de l'acide dessus, et j'ai besoin de m'en débarrasser. » Dans la pénombre, il vit le mépris et la colère se mêler à la peur sur son visage.

. . .

> Quelles sont les chances que la police vienne nous trouver ici ? Il y a un risque, faible, certes, mais un risque quand même. Elle est si mystérieuse. Et rebelle. Et elle a besoin d'aide. Est-ce que ça en vaut le risque ?

. . .

Joe l'examina encore un moment, ses pensées agitées, son esprit suspendu dans un moment d'indécision. Puis il tendit une main ouverte. « Venez avec moi. Je vais vous aider. »

Elle ignora sa main et sortit du ruisseau. Hésitante, elle le suivit jusqu'à son appartement. Il n'y avait aucun hovercraft au-dessus d'eux, et il ne voyait pas de policiers à proximité, bien que le vacarme de la rafle se poursuivait au loin. Ils glissèrent par la porte d'entrée, et la porte se verrouilla derrière eux, les enfermant dans le silence.

La lumière de la cage d'escalier s'enclencha, mettant en lumière son visage. Des yeux noisette le fixaient, vulnérables mais farouches. Des taches de vase fumante collaient à son costume d'élastomère. Une goutte atterrit sur le sol carrelé, tachant sa surface.

« Empêchons cela de brûler votre peau. On se souciera du sol plus tard. » Joe la conduisit à l'étage, désignant la douche de sa suite.

Elle s'arrêta devant la porte de la salle de bains, les yeux rivés sur lui. « Je ne peux pas enlever le haut moi-même avec l'acide qu'il y a dessus. » Elle se retourna et fit un geste vers le bas de son dos ; il saisit le matériau à la couture de la taille, se méfiant de la vase verte glissant sur son flanc, tout en détachant les connecteurs. Elle tremblait alors qu'il l'aidait à tirer le matériel par-dessus sa tête et à le déposer sur le sol. « Je peux me débrouiller pour le reste. » Elle entra dans la salle de bains et ferma la porte.

Joe resta là, immobile, jusqu'à ce qu'il entende la douche s'activer. Il s'occupa en nettoyant les taches de vase dans les escaliers. Un dissolvant de son placard de nettoyage lui permit de nettoyer décemment le carrelage. Une fois le ménage terminé, il s'assit dans le salon. À l'extérieur de la fenêtre, les lumières clignotaient au milieu de l'obscurité profonde vers le centre étudiant. Les copbots rôdaient probablement autour du campus. Malgré la faible probabilité qu'ils puissent venir frapper à sa porte, il ne pouvait s'empêcher d'analyser tous les sons provenant de l'entrée.

La femme sortit de la salle de bains et se tenait dans la porte du salon, une serviette enveloppant son corps comme une chrysalide. Joe se leva pour s'approcher d'elle, mais elle se déplaça sur le côté dans une posture défensive, sa paume brandie face à elle comme un couteau. « Pas un geste de plus, » dit-elle d'une voix autoritaire. Ses muscles toniques et l'agilité de ses mouvements suggéraient une probable expérience dans les arts martiaux.

Il leva les deux mains en soumission. « Vous pouvez me faire confiance. Je n'ai que des intentions honorables. » Il désigna la deuxième chambre. « Vous pouvez vous changer là-bas. Je vais vous chercher des vêtements. » Il se retira dans sa propre chambre, sentant peu à peu son pantalon se raidir à la taille.

. . .

> Des intentions parfaitement honorables. Rien qu'un petit mensonge. D'accord, pas qu'un *petit* mensonge. Une superbe femme vêtue d'une simple serviette dans mon appartement.

. . .

Joe revint avec une de ses chemises et un short. « Voilà, ça fera l'affaire pour le moment. Je vais jeter vos vêtements en loques. » Elle prit les vêtements avec un hochement de remerciement, et se dirigea vers la deuxième chambre. Dans la cuisine, Joe trouva un grand sac poubelle et le retourna pour ramasser la combinaison noire qu'elle avait laissée en tas sur le sol de la salle de bains. Il ferma le sac et le posa dans la poubelle de la cuisine.

Quand il revint, elle était assise sur le sol dans un coin du salon, la lumière tamisée, d'occasionnels éclairs de lumière de l'extérieur décrivant sa silhouette. Elle regarda par la fenêtre, et il pensa voir le désespoir ronger son visage avant qu'il ne se dissipât. Elle se tourna pour le regarder, la tête prudemment inclinée. « Qu'est-ce qui nous attend maintenant ? » Son intonation était à la fois douce et imposante, et chargée d'attente.

« Vous voulez dire qu'est-ce que nous allons faire ? Vous vous attendez à ce que je vous dénonce ? » Elle hocha la tête, son regard ne quittant pas le sien. Il s'assit sur le sol du salon à trois mètres d'elle, les mains sur ses genoux rapprochés. Il méditait à sa façon, l'étudiant. Ses longs cheveux recouvraient sa chemise. Elle avait enroulé ses jambes sous son corps, mais Joe ne pouvait s'empêcher de les voir pointer hors du short de manière provocante.

Mais aussi attirante fût-elle, il devait avoir la certitude qu'il n'hébergeait pas une dangereuse criminelle.

« Faisiez-vous quoi que ce soit qui aurait pu blesser quelqu'un ? »

Sa bouche se serra. « Non. Le gouvernement et leur police nazie s'en chargent très bien eux-mêmes. Nous voulons juste être entendus. »

. . .

> Elle semble avoir autour de vingt-neuf ans, trop vieille pour aller à l'université. Police nazie ? Elle connaît l'histoire ancienne. Et elle semble partager les opinions de Mike. Quelle ravissante renégate.

. . .

Joe resta assis, plongé dans ses pensées pendant une autre minute, essayant de ralentir son pouls trop élevé. La lumière chaleureuse de l'appartement contrastait avec la noirceur à l'extérieur des fenêtres. Ils récupéraient par terre, à l'abri dans leur cocon.

« Je ne sais pas ce que vous faisiez, mais il ne me semble pas que cela justifie une réaction aussi extrême. Il serait dangereux pour vous d'aller dehors. Ils ont une panoplie technologique complète pour traquer n'importe qui. Mais je doute qu'ils viennent ici. Vous pouvez rester, tant que vous me promettez de ne jamais me dénoncer si vous veniez à vous faire arrêter. »

Sa lèvre tremblait, ses yeux larges et brillants. « Je le promets. » Elle regarda autour d'elle, soudainement méfiante. « Et les bots ? Vous ne pouvez pas compter sur eux pour garder le silence. » Ses mains se resserrèrent en poings.

« Je n'ai qu'un seul pipabot, réglé en mode de soutien minimal, et je lui ai interdit d'entrer à l'improviste. » Joe offrit un sourire désarmant. « Je n'aime pas qu'ils traînent ici.

- Et votre ANPI ? La police pourrait l'infiltrer. »

Il rit d'une voix douce. « Pas d'ANPI pour moi.

- Vraiment ? Eh bien, vous êtes étrange ; d'une bonne façon. Je ne fais pas confiance aux ANPI non plus.

- Nous ne sommes que deux personnes qui ont perdu contact avec le monde.

- Ou deux personnes qui ont parfaitement les pieds sur terre.

- Personne ne m'avait jamais accusé de cela à ce jour. » Joe se leva et offrit sa main pour l'aider à se relever du sol. Elle l'ignora, préférant utiliser sa main gauche pour se redresser, tout en utilisant la droite pour couver son ventre. Une vilaine tache rouge entachait son poignet droit.

« Vous devez avoir mal. Laissez-moi traiter la plaie avant qu'elle ne s'aggrave. » Retournant à la salle de bains, il fouilla un peu partout, à défaut de savoir ce que le pipabot y avait stocké exactement. Il trouva un rédibandage dans un tiroir et se retourna pour constater qu'elle l'avait suivi. Dans la lumière, il pouvait voir plusieurs cloques gonflées sur son poignet.

Il brandit le rédibandage. « Si vous permettez ? » Répondant à son geste approbateur de la tête, Joe retira l'emballage et tint sa main avec l'une des siennes, tandis que l'autre pressa le tampon contre son poignet. Le rédibandage devint rose pendant que les capteurs évaluaient la blessure et diffusaient des médicaments.

Il tenait encore son bras quand elle leva les yeux vers lui. « Merci. » Elle retira doucement sa main et recula, hors de la lumière de la salle de bains.

« J'ai beaucoup de place, comme vous l'avez probablement remarqué, mais la chambre dans laquelle vous vous êtes changée dispose d'une salle de bains attenante. » Joe cessa ses divagations maladroites et prit une profonde inspiration. « Je vais manger un morceau. Vous voulez vous joindre à moi ? »

Elle approuva de la tête avec un petit sourire et le suivit à la cuisine, qui s'éclaira quand ils entrèrent. Joe trouva de la nourriture dans le réfrigérateur, et ils s'assirent à la table de la cuisine pour manger des fruits frais et du fromage. Entre deux bouchées, il lui demanda : « Quel est votre nom ? »

Elle s'arrêta un instant, puis dit : « Vous devriez m'appeler 76.

- Certes, les chiffres sont faciles à retenir. Et ce numéro n'est pas très différent de 73, le pipabot garé dans la remise à outils.

- Merde, évidemment que vous avez un bot avec un numéro de niveau plus élevé. » Il ne pouvait pas dire si c'était une blague ou si la méchanceté de son ton était réelle.

Un bourdonnement incessant retentit à la porte d'entrée. L'estomac de Joe se serra, et le visage de la femme se figea de peur. Il lui fit signe d'aller se cacher dans la deuxième chambre et descendit les escaliers jusqu'à la porte.

Il s'arrêta, prit une profonde inspiration, et appuya sur le bouton de l'écran. L'écran du moniteur montrait 73, debout à l'extérieur avec un cleanerbot. Il ouvrit la porte.

Le pipabot annonça : « Désolé de vous déranger à cette heure, monsieur, mais j'ai remarqué que vous étiez revenu. Le cleanerbot m'a informé que votre poubelle avait un besoin urgent d'élimination, car il n'y a pas eu accès depuis plusieurs jours. Pour des raisons sanitaires, il souhaite le faire le plus tôt possible. »

Joe était à la fois soulagé et irrité. « Merci, mais je sortirai mes ordures moi-même. »

Le pipabot cligna des yeux, puis dit : « Monsieur, cette fonction est inappropriée pour votre niveau. Voulez-vous que je remplace son programme d'entretien ?

- Oui, fais-le. Tenons-nous-en à la règle qu'aucun bot ne doit entrer dans mon appartement. Malgré ton inquiétude concernant mon niveau, je m'essaie à un nouveau mode de vie austère. Vois cela comme un projet académique en autonomie.

- Très bien, monsieur. Je vous souhaite une bonne nuit, » répondit 73.

...

> C'est vrai maintenant, que je l'aie réellement pensé il y a cinq secondes ou non.

...

Joe remonta l'escalier et entra dans son appartement. Son regard rencontra celui de la femme, qui se tenait à la porte de la chambre. « Très bien. Je vois que vous tenez parole. » Puis elle ferma la porte, et tout devint immobile.

Il fixa sa porte fermée et la porte ouverte de sa chambre. Il n'y avait rien de plus à faire que d'aller au lit, où il s'allongerait éveillé en pensant aux portes qui s'ouvrent et se ferment.

Chapitre 8

Joe se réveilla au lever du soleil, les événements de la veille submergeant ses pensées. Il prit une douche et s'habilla. La porte de la deuxième chambre était fermée. Il hésita, puis l'entrouvrit. La femme dormait sur le lit, ses cheveux en désordre contre l'oreiller, son visage beau et paisible. Avec une commande silencieuse à son ESNE, il prit un unique vidsnap dans l'espoir de l'identifier, et referma la porte.

. . .

> Dans quel pétrin me suis-je fourré ? Elle est si intrigante, je dois savoir qui elle est. Mais je ferais mieux de ne pas exécuter la recherche moi-même, juste au cas où.

. . .

Il quitta l'appartement avec le sac poubelle incriminant fourré dans un petit sac à dos. Heureusement, c'était une journée fraîche, suffisamment pour justifier les gants qu'il portait pour éviter de laisser des empreintes. La rue était vide, sans étudiants ni bots à cette heure. Appelant une voiture automatisée au bord du campus, il se fit emmener à l'entrée latérale de la gare la plus proche. Joe retourna son col de veste, permettant aux deux puces intégrées de toucher ses joues, et activa le remplacement de visage. C'était un cadeau de Raif, après leur hacking qui avait failli tourner au désastre à l'université. « Utilise ça si jamais les copbots sont après toi dans le monde réel, » avait-il dit en riant. Joe n'avait pas envie de rire, mais il était reconnaissant à l'idée qu'un visage cartoonesque cacherait son identité si quelqu'un vérifiait les vidcams.

Il rôda derrière la gare, trouvant des conteneurs de recyclage des ordures là où il s'y attendait. Pour éviter la reconnaissance rétinienne, Joe se garda de regarder directement les vidcams, qui étaient partout, et abandonna le costume taché d'acide dans un bac. Il se faufila jusqu'à l'entrée principale, entra dans la gare, et attendit le train suivant.

Les trains hyperlev se déplaçaient avec une précision chorégraphiée ; l'un partait, lévitant tranquillement sur les rails, un autre arrivait, les aimants se déclenchant pour l'arrêter. Il monta à bord du prochain train en direction de Salinaston, la ville à l'est. 7 minutes et 109 kilomètres plus tard, Joe descendit à un arrêt avec un centre d'approvisionnement en face de la gare. Le petit bâtiment en verre et en acier renfermait une galerie en marbre bordée d'œuvres d'art. Il passa devant la fontaine centrale et entra dans le centre d'approvisionnement général. Il savait qu'il n'y trouverait pas de vêtements à la dernière mode, mais il ne voulait pas utiliser de credit$ ou se connecter avec son ESNE pour une commande livrée par drone. Et puis il doutait que 76 se soucie beaucoup de ce genre de luxe.

Plusieurs personnes fouillaient à travers les marchandises physiques et l'inventaire projeté par holographie. Les bots faisaient des allées et venues pour ranger les étals et apporter plus de stock pour les remplir.

Joe trouva le rayon des vêtements pour femmes. Un bot d'assistance personnelle s'approcha de lui. « Monsieur, si vous voulez bien me transmettre vos mensurations personnelles, je peux vous aider à trouver des vêtements parfaitement adaptés à votre taille.

- Merci, mais je préférerais choisir quelque chose qui me plaît d'abord. »

Le bot s'en alla. Joe choisit plusieurs articles qu'il imaginait bien lui aller, et quitta le bâtiment.

. . .

> Maintenant, je dois m'assurer que les bots ne remarquent pas la consommation excessive de nourriture. Difficile de rendre une personne invisible dans le flux de données. Mais je dois masquer notre trace des corrélations de données de la police. Sinon, je me retrouverai en prison en un éclair.

. . .

Il traversa la section épicerie et remplit un autre sac avec trois jours de provisions, jusqu'à ce qu'il devienne lourd dans sa main droite. Joe repoussa d'un geste un bot qui lui proposait de porter ses courses. Il ne se souvenait pas de la dernière fois qu'il avait fait les commissions ; lui et tous ceux qu'il connaissait commandaient et se faisaient livrer par ESNE. Les deux sacs en main, il revint en hyperlev et emprunta une autre voiture automatisée.

La femme leva les yeux quand Joe entra dans l'appartement, et la méfiance se lisait dans son regard. Son visage paraissait propre et frais, et elle avait soigneusement noué ses cheveux.

« Je vous ai apporté des vêtements. J'ai pensé que vous vous lasseriez vite de mes affaires. »

Elle examina le sac alors qu'il rangeait les provisions dans le synthétiseur alimentaire. « Merci. C'est gentil de votre part.

- Que diriez-vous de prendre le petit déjeuner ? »

Joe envoya des commandes de son ESNE au synthétiseur alimentaire, et un arôme de pain grillé et d'œufs remplit la cuisine. Il prit les assiettes dans la machine et servit les plats. Ils mangèrent en silence.

« Pendant combien de temps vais-je rester enfermée ici ?

- Aucune idée. Je n'ai pas consulté le netchat sur la manifestation d'hier. J'ai pensé qu'il serait préférable de faire ce genre de recherches sur une liaison chiffrée dans mon bureau. Et j'avais l'intention de demander à un ami de l'aide pour savoir ce que la police pourrait être en train de faire.

- Un ami ? » Elle se mit à nouveau sur la défensive.

« Mon meilleur ami, une personne complètement digne de confiance. Les recherches de Raif ne seront pas traçables, car c'est un expert dans les astuces de camouflage, il est bien meilleur que moi pour ça. C'est le meilleur moyen de savoir quand il sera sûr pour vous de partir. » Elle pinça les lèvres et hocha la tête. « Je dois conserver ma routine pour éviter d'éveiller les soupçons, ce qui signifie que je vais passer les prochaines heures à mon bureau. Tout ira bien ici ? »

Elle hocha la tête à nouveau et força un sourire.

...

Elle semble penser que j'adopte la bonne approche, en prévoyant les choses à l'avance afin de ne pas l'exposer. J'espère que c'est le cas. Je ne voudrais pas me faire arrêter non plus.

...

« Quel est votre travail ? » Elle jouait avec les restes de son petit déjeuner. Lorsque Joe expliqua sa profession et mentionna son congé sabbatique à l'université, son expression se transforma en un froncement de sourcils. « Shikaka ! Un intellectuel de haut niveau. Si c'est pas élitiste. Amusez-vous bien dans votre tour d'ivoire. »

. . .

> Moqué pour être d'un niveau trop élevé. Et une semaine plus tôt, moqué pour être d'un niveau trop bas. Peut-être bien que les niveaux sont discutables, après tout.

. . .

« Non, je ne suis qu'un type ordinaire qui vaque à ses affaires et fait du mieux qu'il peut. Et vous ? Qu'est-ce que vous faites ? »

Elle ne lui rendit pas son regard. « Je ne fais que manifester. Et maintenant j'attends de sortir de cette prison.

- J'imagine qu'il y a de pires prisons.

- Ça je vous l'accorde, » dit-elle alors qu'il partait.

Il appela Raif depuis son bureau sur un canal chiffré. Raif apparut sur l'écran holographique, l'observant presque les yeux croisés, ses cheveux bouclés emmêlés comme s'il n'avait pas dormi.

« Rude nuit ?

- Tu parles, je suis à plat. Je bloque sur le même hack qui nous a causé des nuits blanches il y a un mois. Difficile à pénétrer. J'étais en train de passer la dernière passerelle quand quelqu'un m'a repéré. Mon chiffrement était assez fort pour qu'ils ne le percent pas avant que je m'enfuie, mais j'ai passé des heures à effacer mes traces.

- Mieux vaut te faire petit pendant quelque temps. Tu ne voudrais pas gâcher tes chances d'obtenir un emploi intéressant, doc.

- Foutaises. » Raif fronça les sourcils et étudia ses mains, frottant l'une contre l'autre. « Ça fait cinq mois depuis ma défense de thèse, et toujours pas de perspectives de nomination académique, juste quelques possibilités d'emploi à mourir d'ennui dans un bureau. » Son regard se reposait sur Joe. « Et comment va la vie dans les allées de lierre ?

- Apparemment j'arrive à passer pour un professeur. Mais avec un 'p' minuscule.

- Au moins tu es à l'intérieur de la forteresse, à poser de grandes questions, non ?

- Plus que ça, dernièrement. Tu voudrais bien me rendre un service et essayer, discrètement, de savoir qui est cette personne ? Il envoya l'image de 76 qu'il avait prise plus tôt.

« Bon sang. On dirait que tu t'amuses bien entre deux sessions de philosophie. Où tu l'as trouvée, celle-là ?

- Dans un ruisseau.

- Tu m'emmèneras nager avec toi la prochaine fois. Bon, ça marche, je vais voir ça.

- Et tu pourrais chercher des articles sur une manifestation qui s'est passée ici la nuit dernière ? Je veux savoir ce que les policiers ont trouvé et ce qu'ils font. » Joe se frotta la barbe. « Et au passage, essaie de savoir s'ils ont arrêté quelqu'un.

- Pas de problème. Plongé jusqu'au cou, on dirait, » dit Raif en riant.

« L'eau atteint à peine mes chevilles. » Joe se déconnecta.

Il la retrouva patientant dans le salon quand il revint ce soir-là. Elle portait une tenue verte qui lui allait bien. Elle mettait en valeur ses yeux noisette, qui lui rendaient son regard avec une vigilance modérée.

Après une discussion banale, elle proposa de faire le dîner. Elle s'était clairement familiarisée avec sa cuisine. Elle se mit au travail avec le synthétiseur alimentaire, et modifia le programme. Les assiettes sortirent, fumantes. Sa bouche saliva à la première bouchée. Les saveurs étaient intrigantes, ce qui ne le surprenait pas venant de cette femme déconcertante.

« Que nous avez-vous mijoté ?

- C'est du chou frisé sauté aux épices avec de l'alt-bacon. Et ça ce sont des brochettes d'alt-agneau aux cinq épices. » Son ton avait changé, et une timidité orgueilleuse parcourut son visage. « J'aime cuisiner. »

Joe était perdu dans son assiette. Il finit par demander : « Où avez-vous appris à cuisiner comme ça ?

- Mes amis de chez moi m'ont appris ça. Ça fait trois ans que je tue le temps en attendant un vrai boulot. L'héritage de ma période cosmopolite. » Son sarcasme laissait deviner une profonde déception. « Comme je n'arrive pas à obtenir de passeport, je suis coincée ici, aux États. D'où les leçons de cuisine.

« Vous n'avez pas perdu votre temps, même *coincée* aux États. »

Elle prit de petites bouchées en le regardant manger. « Avez-vous trouvé quelque chose dans les actualités ?

- Oui. Mon ami Raif m'a mis au courant cet après-midi. La police dit avoir démantelé une cellule secrète d'anarchistes avec un programme radical. Ils ont arrêté quarante et une personnes. Et ils disent avoir mis la main sur les deux meneurs. »

Elle se raidit en entendant cela. « Ils ont donné leurs noms ?

- Jul-truc et Cel-bidu . . .

- Julian et Celeste ! Qu'est-ce qu'ils ont dit d'autre à leur sujet ?

- La justice est vite rendue de nos jours. Les procureurs exigent une peine d'un mois de prison pour tous les manifestants ordinaires. Ils disent qu'ils vont juger les meneurs pour des crimes graves. Les procès des autres commencent la semaine prochaine. »

L'inquiétude recouvrit ses traits. « Ils ont découvert leurs noms, et si vite, » dit-elle enfin.

« Ils n'ont pas été aussi rigoureux que vous pour maintenir leurs profils à l'écart des bases de données, » dit-il. Le regard confus de la femme laissa place à la colère. Quant à Joe, son chagrin de s'être trahi lui fit oublier toute prudence dans le choix de ses prochains mots. « Non pas que nos recherches aient révélé quoi que ce soit sur vous. Raif n'a même pas réussi, le pas est manquant à trouver de correspondance pour votre visage dans les bases de données.

- Vous aviez dit que vous ne m'exposeriez pas. » Elle frappa du poing sur la table.

« Raif ne se fera pas détecter, et il n'y a pas d'enregistrements que quelqu'un pourrait suivre. Mais . . . J'avais besoin de savoir qui vous êtes. » Sa lèvre palpitait là où il l'avait mordue.

Elle le regarda à travers la table. « Après ce que vous aviez promis . . . ce n'est pas juste.

- Bon, d'accord. Mais mettez-vous à ma place. Vous héberger fait de moi votre complice, et je vais faire de la prison si on m'attrape. Je suis désolé d'envahir votre vie privée, mais je devais au moins vérifier si vous aviez un casier judiciaire. Je suis sûr que la petite enquête de Raif n'aura pas causé de dégâts. »

Elle s'effondra dans sa chaise, et il pensait qu'elle était toujours en colère au sujet de sa trahison perçue, jusqu'à ce qu'elle déclare : « Ce sont mes amis.

- De bons amis ?

- Oui, de bons amis. Nous trois, nous menons ce combat ensemble depuis longtemps.

- Alors, vous êtes la troisième meneuse ?

- Je ne suis pas la troisième dans ce combat pour un soupçon de justice. Il n'y a qu'une meneuse, et c'est *moi.* »

. . .

> La situation est plus dangereuse que je l'imaginais. Raif avait raison. Je suis dedans jusqu'au cou.

. . .

« Comment vous vouliez que je vous appelle, déjà ? 76 ? Pourquoi ce numéro ? Et voulez-vous bien m'avouer votre vrai nom, maintenant ? » Il espérait que son plaidoyer fonctionnerait. « Je promets que je ferai tout mon possible pour vous protéger. »

Elle rumina sur sa chaise, puis son regard se fixa sur le sien. « Je m'appelle Evie.

- Evie. Très bien. Et pourquoi ce numéro ?

- C'est mon niveau, évidemment. Le niveau 76. Vous ne l'aviez pas compris hier quand vous avez mentionné le bot ? »

Joe se frotta la barbe. « Ça ne m'avait pas traversé l'esprit. Je vous avoue que je n'ai jamais rencontré de niveau 76.

- Pas étonnant. Le Règlement des niveaux assure que tous les gens séparés de plus de vingt niveaux sont socialement séparés les uns des autres. Un apartheid social. Voilà pourquoi nous manifestons. Vous ne pourriez jamais avoir de connexion sur le net avec moi. En tant que niveau 42, vous vous rendez compte qu'il est illégal pour nous de socialiser en premier lieu ?

- Oui, je peux calculer la différence, non pas que j'y aie prêté beaucoup d'attention avant. Ça n'a jamais été un problème, » répondit-il.

Elle lui lança un regard. « Non pas que je veuille socialiser avec vous. Il fallait que je tombe sur un 42 et sa tour d'ivoire. »

Il voulait être conciliant. « Écoutez, je suis désolé. Je vais essayer de vous protéger. En attendant, nous sommes coincés ici ensemble.

Ni vous ni moi n'avons beaucoup de choix. Raif dit que l'enquête se poursuivra dans le coin pendant plusieurs semaines, selon les rapports internes de la police. »

Elle se calma. « Les rapports internes de la police ? Votre ami doit savoir un ou deux trucs sur l'effacement de ses traces pour se permettre d'accéder à ces journaux.

- J'imagine que vous aussi, pour qu'aucun nom ne soit associé à votre profil facial. »

Ni l'un ni l'autre ne terminait le repas, pensa Joe avec un certain regret. Dans un éclair d'irritation, il enleva les plats lui-même, chose qu'il ne devait faire que parce qu'il avait interdit aux bots d'entrer. Il était fâché qu'Evie soit là à perturber sa vie. Mais il était aussi fâché avec lui-même, parce que chaque fois qu'il la regardait, il n'arrivait pas à rester contrarié.

Il se versa un whisky pour lui-même et du thé pour elle après qu'elle refusât l'alcool, et ils quittèrent leurs chaises pour rejoindre les coins opposés du salon. Ils se regardèrent alors que le soleil se couchait en dehors de la fenêtre. Elle finit son thé, lui offrit un signe de la tête, puis partit, fermant la porte de la chambre derrière elle. Joe s'assit seul dans le noir.

...

Evie. Une combattante en mission personnelle. Une force redoutable.

...

Chapitre 9

Ils maintinrent une fragile trêve pendant la semaine qui suivit. Joe supposait que le campus était sous surveillance continue. Il vaquait à ses affaires comme en temps normal, empruntant tous les jours le même chemin menant à son bureau dans le bâtiment de mathématiques. Evie veillait à ce que les grandes fenêtres restent opaques et ne quittait jamais l'appartement. Les bots restaient séquestrés dehors. La police ne se présentait pas. Au début, le soir, ils se relayaient pour faire le dîner, jusqu'à ce qu'Evie commence, l'air de rien, à se charger plus souvent de la tâche ; ses repas étaient incontestablement meilleurs.

Joe essaya en vain d'apprendre plus de détails sur son intrigante invitée. Il sourit de l'autre côté de la table jusqu'à ce qu'elle le regardât.

« Vous ne m'avez pas beaucoup parlé de vous. Je ne sais pas moi, vous avez des frères et sœurs ?

- Non, ni frères ni sœurs.

- Je suis enfant unique aussi. Parlez-moi de vos parents.

- Je ne les ai jamais connus. » L'expression d'Evie était sombre.

« C'est dur. Si tragique dans ce monde moderne. » Il semblait que ses questions la mettaient mal à l'aise, l'exact opposé de son intention.

« C'est la seule vie que je connaissais, alors il m'a fallu un certain temps pour réaliser à quel point cette expérience était différente. J'ai eu l'impression de ne pas avoir pu grandir de façon normale, et de devoir commencer, déjà presque adulte, à chercher une communauté où je pourrais le faire.

- Ce n'est bon pour personne d'être seul, » dit-il. Elle hocha la tête et laissa transparaître un sourire tendu, puis ils résumèrent leur repas. Elle semblait pensive. Ses questions l'avaient peut-être amenée à ruminer au sujet de ses amis emprisonnés, une pensée guère joyeuse.

Le silence s'installa. Elle devrait rester un mystère pour le moment.

Tous les quelques jours, il prenait l'hyperlev pour sortir du campus et aller chercher de la nourriture et des fournitures supplémentaires. Il trouva d'autres vêtements pour elle. Après le dîner chaque soir, elle lui disait bonne nuit et fermait la porte de sa chambre.

Un après-midi, alors qu'il rentrait, un comptage rythmique résonnait dans l'escalier. « *Ichi. Ni. San. Shi.* » Il hésita, puis monta furtivement l'escalier et l'espionna.

Evie se tenait au centre du salon, vêtue d'une longue chemise de pyjama, ceinturée à la taille comme une tunique. Pieds nus et dos à lui, elle fit face à droite et donna un coup de pied puissant à un assaillant invisible. Elle suivit avec une rotation fluide vers la gauche et un coup vers le bas, les deux poings joints. À droite et à gauche, les coups de pied et de poing pleuvaient, chacun comptabilisé dans un grognement. Ses bras musclés luisaient, recouverts d'une couche de sueur. Quand elle se tourna à nouveau, l'ourlet de la chemise s'éleva, exposant sa cuisse.

Il était hypnotisé.

Le mouvement ballétique de ses pieds se termina par un bruit sourd, et il imagina un ennemi fracassé en dessous. Evie pivota une dernière fois dans un grand geste, et leurs regards se rencontrèrent. Elle s'arrêta, médita quelques secondes, puis termina l'exercice en joignant ses mains et en s'inclinant gracieusement.

Joe ralentit sa respiration qui s'était emballée. « C'était magnifique, » murmura-t-il.

Evie se détendit. « C'est un kata, le *Bassai Dai*. La pénétration de la forteresse. Ça vient d'un autre style, mais je préfère varier les apprentissages. »

. . .

Elle doit être ceinture noire. Gardons nos bonnes manières.
Pénétration de la forteresse . . . *non*, surtout pas de blagues.

. . .

« Vous êtes ceinture noire ?

- Oui, 4e dan. Dans mon style, on dit *yondan.* » Son léger rougissement laissait penser qu'elle était gênée, mais aussi heureuse d'en parler. Il était clair qu'elle utilisait son temps ici pour ces exercices.

Joe s'assit sur le canapé le plus proche de la porte. « Ce kata m'a fait penser à une danse, mais avec une puissance animale. »

Ses lèvres formèrent un doux sourire. « Il s'inspire des animaux. Mon style met l'accent sur le tigre, le dragon et la grue. Chacun apporte des attributs positifs au kata. »

Evie secoua les bras, puis s'assit les jambes croisées sur le sol, les mains repliées sur ses genoux. « Il a été pensé comme un moyen pour une personne plus faible de se défendre contre quelqu'un de plus fort. Les classes sociales étaient établies au moment où les arts martiaux ont été inventés au Japon, et il était impossible de quitter sa classe.

- Les femmes pratiquaient-elles les arts martiaux à l'époque ?

- Certaines, oui. On les appelait *onna-bugeisha*, ou 'artistes martiales féminines'. Elles étaient *bushi*, appartenant à la classe des samouraïs, et elles pouvaient défendre leurs maisons. »

Une autre pensée lui vint à l'esprit. « Pourquoi vous entraînez-vous ? C'est du self-défense ? »

Son visage était serein. « Non. C'est une question de discipline personnelle. Et cela m'inspire sur le chemin pour devenir une meilleure personne. »

. . .

Plus vertueuse que moi. Et plus disciplinée.

. . .

Ils parlèrent pendant une heure d'arts martiaux pendant que Joe préparait le dîner. Elle n'offrit pas d'autres informations sur elle-même, et il ne voulait pas mettre fin à leur trêve en insistant avec d'autres questions. Mais il sentit qu'elle était plus heureuse en sa compagnie quand ils se séparèrent - ce qui ne l'aida pas à subjuguer la vague de désir qui traversa son corps quand elle ferma la porte.

Joe était occupé à lire des traités de philosophie, que Gabe avait recommandés, quand l'écran holographique gazouilla avec un message chiffré entrant. Il l'accepta, et l'hologramme de Raif apparut. Raif ne souriait pas.

L'estomac de Joe se serra. « Tu as trouvé quelque chose ?

- Heh. Mauvaise nouvelle. Les manifestants ordinaires ont reçu au moins un mois de prison, avec la possibilité de commuer leurs peines s'ils donnaient les noms des manifestants qui n'ont pas été arrêtés.

- L'étau se resserre.

- Il y a pire. Pour les meneurs, les procureurs ont demandé une peine d'un an de bannissement. Leur procès commence la semaine prochaine. »

Joe s'affaissa dans sa chaise. « Une année complète ? Ça ne ressemble pas à une condamnation à mort, ça ?

- C'est tout comme. Les peines de bannissement dépassent rarement six mois. Les exécutions par l'État sont interdites, bien sûr, mais cette limitation n'est que technique. Peu de gens ont survécu plus de quelques mois dans la Zone vide. » Raif se gratta la tête. « La plupart des gens n'ont pas les compétences nécessaires pour survivre sans le confort de la technologie.

- Pourquoi une peine aussi sévère ? »

Raif s'éclaircit la gorge : « Un article en une sur le netchat dit que les manifestants sont des anarchistes. Ils ont été accusés de l'explosion d'une bombe dans un magasin de marchandises. Personne n'a été blessé, mais ça a secoué les gens. Il semble que le Ministère de la Sécurité alimente la rumeur. J'ai fouillé dans leurs fichiers périphériques internes ; la sécurité de leur base de données est impossible à pénétrer. La police est paranoïaque face au mouvement anti-niveaux ; elle redoute un effet boule de neige. »

Ils continuèrent à parler un moment, puis Raif déclara « Fais attention à toi, canaille, » et se déconnecta.

Alors que Joe traversait la place en rentrant chez lui, Mike Swaarden se dirigea vers lui.

« Quel plaisir de tomber sur vous, Joe. »

Joe sourit. « On ne sait jamais qui peut soudainement s'inviter dans votre monde sur ce campus. » Ils s'arrêtèrent sous la loggia qui entourait la place, à l'ombre du soleil de l'après-midi.

« Vous avez suivi les retombées de la rafle à la manifestation de la semaine dernière ?

- Ça fait le buzz sur le netchat. Je suppose qu'ils ont accompli leur but en attirant l'attention sur le Règlement des niveaux. » Il haussa les épaules. « Je crois que beaucoup de gens ont été mis en prison.

- Pire encore, » Mike se pencha plus près. « Ils leur passent la corde au cou.

- Vous parlez de la peine de bannissement potentielle ? » Joe garda un ton aussi calme que possible.

Mike se raidit. « Comment savez-vous ça ? Je ne suis au courant que parce que j'ai pu jeter un œil à leurs communiqués internes partagés.

- J'ai mes sources.

- Oui, évidemment. Et des sources de quel côté ? » Mike loucha et étudia le visage de Joe. Joe lui rendit son regard sans sourciller.

. . .

> Il assume que j'ai choisi un camp, alors que je ne suis pas sûr de l'avoir fait moi-même. Je ferais mieux de vite me décider. Je suis déjà plongé dedans, et je vais avoir besoin d'alliés. Mike est la personne de plus haut niveau ici, et je pense que je peux lui faire confiance. On dirait bien que je suis entouré de renégats.

. . .

« Ce sont des sources du côté que vous soutiendriez vous aussi, des penseurs comme nous, » dit Joe, espérant que son ton ne cachait qu'un intérêt intellectuel.

Ils se scrutèrent du regard, Mike fronçant toujours les sourcils. Joe tenta à nouveau. « Écoutez, la police a agi avec violence contre des gens qui voulaient exercer leur liberté d'expression. C'est mal. J'admets, cependant, que je ne connais pas bien le contexte de ce problème. »

L'expression de Mike s'adoucit, donnant à Joe la confiance pour continuer. « Lors de notre première conversation, vous aviez commencé à me parler d'économie. Je n'ai jamais essayé de comprendre l'économie avant. C'est une science morte. »

Mike appuya une main contre le mur sous la loggia et parla d'une voix basse. « L'économie continue d'être importante, car elle encadre la dynamique sociale. Repensez aux Guerres du climat, à la décimation à grande échelle des usines et aux pandémies et perturbations sociales qui en ont découlé. La destruction a mis les projecteurs sur la technologie robotique. Les robots ont construit des usines de robots, et ainsi proliféré de façon exponentielle. La productivité économique est revenue. Mais comme cette vague de robots a mené à un taux d'emploi si faible, le tissu social se déchirait.

- C'était le chaos, » reprit Joe, alors que le vague souvenir d'une leçon d'école refaisait surface.

« Oui, une soupe indigeste de politique et d'économie. Avant qu'il y ait suffisamment de ressources dans l'économie d'un pays, la transition vers la stabilité économique était plus susceptible de mal tourner que le contraire.

- Un système complexe, non linéaire ?

- Oui. Certains pays ont essayé d'adopter le socialisme total immédiatement. S'ils ne parvenaient pas à une productivité économique suffisante, ils faisaient marche arrière. Ces progrès inégaux ont provoqué une fureur anti-immigration et la fermeture des frontières, » déclara Mike.

« Mais pourquoi n'ont-ils pas essayé de reconstruire le système économique ?

- Le modèle dépassé avait irrémédiablement disparu. La main-d'œuvre et le capital étaient les piliers de l'économie avant les Guerres du climat. Le capital a remplacé la main-d'œuvre, et avec tant de bots, la valeur du travail a chuté à zéro. Mais les bots ont construit les usines, alors la valeur du capital s'est effondrée elle aussi. La valeur du capital d'origine contrôlant les usines de bots dominait. Les bots et usines seraient restés la propriété d'une élite si des masses de chômeurs ne s'étaient pas organisées en vue d'une révolution, » expliqua Mike.

Joe marqua une pause, essayant de digérer toutes ces informations. « Alors ils ont nationalisé toutes les usines, qui sont maintenant possédées par tout le monde, et les inquiétudes au sujet de l'économie se sont évaporées ?

- Oui, des océans de données et d'algorithmes ont résolu le problème du calcul économique de von Mises. L'utilisation de l'argent pour signaler la demande et rationner l'offre disparut, même pour les biens d'équipement. Il y a cent ans, nous avions besoin de marchés pour équilibrer l'offre et la demande. Mais aujourd'hui, nous avons une fenêtre sur les désirs intimes des gens. Le flux de données du net fournit toutes les informations sur la demande que les marchés fournissaient auparavant, et il le fait plus efficacement.

- Les organisateurs de la production en savent certainement beaucoup sur nous, » acquiesça Joe.

Mike soupira. « Et nous ne nous soucions pas assez de la croissance économique pour stimuler la consommation. La société mondiale est dépourvue de croissance et stable. Le commerce international est beaucoup plus faible, et il ne porte que sur une partie des aliments, le divertissement, la mode et certains produits de luxe. Nous cultivons ou fabriquons tout le reste localement. Les économistes disent que l'économie est statique, sauf pour les efforts dirigés vers le progrès scientifique et les activités créatives. Le résultat est bon pour la planète, mais c'est d'un ennui . . .

- C'est devenu ennuyeux quand les marchés se sont évaporés ?

- Oui. Les marchés ont disparu à l'exception des dix premiers pour cent de biens, ces marchés étant maintenus pour satisfaire notre sens inhérent de la concurrence sociale pour les derniers articles à la mode et de luxe, » répondit Mike.

« Mais cela a eu un prix ?

- Il y a toujours un prix à payer. Et c'est là que les niveaux entrent en jeu. » Mike frotta sa chaussure sur le sol. « La propriété était profondément ancrée dans notre culture, plus que dans la plupart des pays. Les riches propriétaires se sont défendus. Ils avaient besoin d'un moyen de maintenir leur statut d'élite. En contrepartie de la nationalisation, des niveaux sociaux formels ont été créés.

- Mais les niveaux sont basés sur le mérite, » protesta Joe, avant de réaliser sa simplification excessive. « Enfin, en grande partie.

- Joe, mon garçon, bien que le concept de niveau ait la patine de la méritocratie, il y a plus de limites au mérite qu'il en existait auparavant. Les oligarques n'ont jamais perdu le contrôle ; ils ont même renforcé leur position, la rendant insidieusement héréditaire.

- Je n'ai jamais rencontré d'oligarques.

- L'oligarchie n'a pas beaucoup changé depuis les Grecs de l'Antiquité, bien qu'ils aient appris à mieux contrôler leur communication auprès de la société. » Mike était emballé par son sujet. « Par exemple, vous avez probablement des connaissances limitées sur la façon dont le reste du monde a traité l'égalité sociale. Avez-vous beaucoup voyagé ? »

Joe haussa les épaules, puis déclara : « J'ai visité de nombreux endroits par voyage sur le net, et . . . »

Mike leva la main. « Et c'est là le problème. Bien sûr, il n'y a pas beaucoup d'autres façons de voyager de nos jours, mais les voyages sur le net sont une expérience filtrée au message contrôlé.

- C'est la façon la plus écologique de découvrir le monde. » Joe savait qu'il avait raison sur ce point. « Et cela m'a permis de visiter des villes comme Venise, qui ont depuis longtemps été abandonnées. Je peux voir à quoi ressemblaient les pays dans le passé . . . » Il se reprit en constatant le froncement de sourcils de Mike.

« C'est la réponse socialement correcte.

- On ne peut nier que les déplacements physiques augmentent l'empreinte carbone.

- C'est techniquement vrai. Mais l'empreinte carbone mondiale est négative. Il y a beaucoup de compensation de carbone. Toutes nos sources d'énergie ont cessé d'en produire. Et, bien sûr, la population a diminué, avec aujourd'hui environ sept milliards de personnes dans le monde. »

. . .

Ma vision du monde ne peut pas être entièrement fausse. Il dit que les voyages sur le net sont filtrés. À quel point peuvent-ils être contrôlés ? Je ne sais pas. J'ai honte d'avouer à Mike que je n'ai jamais voyagé en dehors de ce pays. Mais il n'aime pas les niveaux, donc il doit être moins susceptible de mépriser les autres en raison de ce nombre.

. . .

« En tant que simple niveau 42, il m'est presque impossible d'obtenir un passeport pour les voyages internationaux. »

Le front de Mike se plissa. « Joe, avec les niveaux, nous sommes tous nivelés par le bas, à nous battre pour occuper un emplacement particulier sur un tas de fumier imaginaire. Votre cas montre à quel point nous sommes devenus tolérants envers ces restrictions de notre liberté. Les restrictions ont évolué. Les États ont été le premier grand pays à posséder suffisamment de robots pour faire du revenu garanti une réalité. Le gouvernement a justifié le contrôle des frontières et des voyages en disant que nous ne pouvions pas subventionner le reste de la population mondiale. Ils avaient des craintes légitimes au sujet de l'immigration de masse. Mais ils ont répondu à ces craintes avec des politiques draconiennes. Des armées de bots protègent maintenant les frontières. En encourageant les voyages sur le net, il est plus facile de cacher nos différences avec le reste du monde. Nous sommes devenus emmitouflés dans notre réalité séparée, isolée géographiquement et dans notre vision du monde à travers le filtre du net. ».

La voix de Joe s'abaissa pour devenir un murmure ; il connaissait déjà la réponse. « Soutenez-vous le mouvement anti-niveaux ?

- Oui. Ceux d'entre nous qui soutiennent le mouvement n'ont pas encore assez de pouvoir contre le système pour changer les choses dans l'immédiat. Mais la lutte s'intensifie.

- Je fais peut-être partie de cette dynamique, » dit Joe, impatient d'en parler avec Evie.

Les yeux bleus calmes de Mike percèrent Joe, révélant un éclair d'inquiétude. Il mit une grosse main sur l'épaule de Joe. « Le Ministère de la Sécurité est d'une efficacité déprimante. Ne laissez pas de traces. »

Joe sentit un frisson parcourir sa colonne vertébrale avec cet avertissement. Mike offrit un dernier geste de la main et s'en alla.

Sur le court trajet jusqu'à sa maison, il écarta un moment la conversation avec Mike de son esprit et se concentra sur les nouvelles de Raif. Joe gravit les escaliers. Evie était assise sur le canapé du salon. Elle le scruta quand il s'arrêta à l'entrée. Son expression s'assombrit.

« Raif m'a appris que les procureurs avaient demandé une peine d'un an de bannissement pour vos amis. »

Elle tressaillit. « Merde. Le bannissement. C'est la pire des peines.

- Et si rarement prononcée. J'ai vérifié les cas récents, et au cours de la dernière décennie, vous pouvez compter sur vos dix doigts les peines qui ont duré plus de quelques mois, » dit-il.

Un frisson la parcourut, et elle balança ses épaules en arrière dans ce qu'il interpréta comme une tentative d'acte de bravoure. Il s'assit sur le canapé à côté d'elle et prit sa main tout en la serrant. « Le bannissement. Pourquoi ?

- Raif a évoqué une rumeur au sujet d'un acte de terrorisme. Une bombe a explosé dans un magasin de marchandises. C'est tout ce que je sais.

- Un acte de terrorisme ? C'est absurde. Nous n'avons rien à voir avec quoi que ce soit de violent. Pourquoi faire sauter un magasin où nos amis pourraient faire leurs courses ? Notre mouvement concerne les lois répressives du pays. » Ses yeux brillaient de la rage de l'injustice, la fureur frémissante d'une mère défendant sa progéniture.

« Pourquoi pensez-vous que le gouvernement fait une fixette sur votre groupe ? » Joe pressa sa main pour la ramener à ses idées.

« Nous avons de bons hackers. Et nous avons réussi à accéder à certains dossiers du Ministère de la Sécurité pour vérifier que nos informations personnelles étaient régulièrement supprimées comme la loi l'exige. Nous avons vérifié cela pour éviter de nous faire prendre lors de nos manifestations sur le terrain. Ce fut notre erreur. » Son expression appuya le récit de ses décisions passées. « La loi nous donne le droit à la confidentialité. Tout le monde a renoncé à ces droits en échange de la commodité. Mais pas nous. Nous insistions pour que le gouvernement ne recueille et ne conserve pas d'informations s'il n'est pas censé le faire. Et nous avons tous le droit d'être oubliés.

- C'est vous, cDc ? »

Elle prit un air perplexe et secoua fébrilement la tête. « Non, de quoi parlez-vous ? »

Joe lui tenait la main tout en l'étudiant, examinant son regard pour essayer de déterminer si elle mentait. Elle essaya de s'éloigner de lui. « Vous ne me croyez pas quand je vous dis que je n'ai jamais entendu parler de cDc avant ? C'est la vérité, je vous le jure. » Il serra sa main plus fort, toujours en la regardant fixement.

...

> Les arts martiaux ne lui servent-ils que pour l'autodiscipline ? Pourrait-elle être violente ? Il y a de la passion en elle. Elle se soucie de ses amis, et elle m'incite à en faire autant. Elle est si authentique, si crédible.

...

« Oui, je vous fais confiance, » dit-il.

Elle se détendit et serra sa main, inclinant la tête. Il se passa encore quelques instants avant qu'elle levât les yeux, des larmes coulant sur ses joues. « Celeste est une de nos meilleures hackers. Mais elle n'a pas une grande expérience de la nature sauvage. » Elle renifla. « Elle ne survivra pas plus d'un mois ou deux.

- Peut-être qu'elle peut apprendre. »

Evie secoua la tête, abattue. « J'ai été dans la nature. Je pourrais m'en sortir. Mais je ne pense pas que Celeste et Julian pourraient, même ensemble. »

Il s'interrogeait sur cette expérience dans la nature qu'elle évoquait, mais ce n'était pas le moment de la questionner à ce sujet. « Vu la gravité de ces accusations, vous devrez rester cachée encore un peu. Je garderai un œil sur l'évolution de la situation avec Raif. Quand le Ministère de la Sécurité cessera de fouiner, vous pourrez y aller. »

Elle prit une lente et profonde inspiration. « Vous avez raison. Merci de m'autoriser à rester. »

Ils dînèrent dans le calme. Evie avait mis à jour le synthétiseur alimentaire avec de nombreux nouveaux programmes, et il en sortit un mélange parfumé d'alt-agneau et d'épices, qu'elle versa dans une demi-miche de pain évidée.

« Bunny chow, » annonça-t-elle en lui présentant sa part. « Ça vient d'Afrique, mais c'est surtout un plat réconfortant indien.

- Pas de lapins sacrifiés au service de notre dîner, je suppose ? » Il esquissa un sourire espiègle avec l'espoir de la faire rire. Cela fonctionna, et améliora son humeur. Joe sortit un synthévase d'un vin canadien supérieur, et ils terminèrent le dîner et apprécièrent le breuvage en silence tandis que le soleil disparaissait derrière la colline à l'extérieur de la fenêtre du salon.

. . .

> Je me demande ce qu'il faudrait pour survivre, banni là-bas. Les informations nécessaires sont disponibles sur le net. Mais ça ferait beaucoup à apprendre si vous ne savez rien. J'imagine que c'est ce qui inquiète Evie, le manque de connaissances de ses amis et leurs chances de survie.

. . .

Elle emmena leurs verres vides dans la cuisine, lui un pas derrière, puis elle se tourna vers les chambres. Un bref sourire apparut l'espace d'un instant sur son visage, alors qu'elle fermait la porte de la chambre.

Chapitre 10

Joe se tenait dans la grande salle du département de mathématiques avec un verre de vin à la main. La plupart des visages lui étaient encore inconnus à ces réceptions hebdomadaires. Il peinait à aller à la rencontre des autres professeurs du département. Cependant, il ne se sentait pas d'humeur sociale, et rejetait toute idée que c'était une nécessité. De l'autre côté de la pièce, il vit Freyja, Mike et Gabe se rassembler, tous avec une bière à la main. Malgré ses réunions prévues avec Freyja et Gabe lors des jours à venir, il fila à travers la salle pour les rejoindre.

Ils étaient en pleine conversation sur les peines de bannissement recommandées contre les organisateurs de la manifestation.

« . . . histoires sensationnalistes d'attentats terroristes. Le netchat grouille de spéculations. » Freyja fit un grand geste, renversant presque sa bière. « Même moi je n'arrive pas à échapper à ces nouvelles.

- Des terroristes. J'ai du mal à le croire, » dit Joe.

Les yeux de Freyja se firent tout ronds. « En bon Bayésien, vous devez avoir des preuves ?

- Aucune dont je souhaite discuter. » Ils le fixèrent, sirotant leurs boissons discrètement et attendant la suite.

Comme Joe ne cédait pas à la pression, Mike rompit le silence. « J'ai déterré quelques informations sur le bras droit de Peightân. » Il posa son verre vide sur une table voisine. « William Zable était un niveau 76. Mais curieusement, il a gagné dix niveaux au cours des trois dernières années. Aucun dossier négatif sur sa famille. Tout semble normal. Il travaillait comme contremaître dans une fonderie d'alt-viande bio. Il a été blessé dans un accident industriel, une histoire avec un robot défectueux. Puis, trois ans plus tard, il est réapparu de nulle part, aux ordres de Peightân.

- Je me demande si c'est l'accident ou son association avec le ministre qui explique son cou tordu. » Freyja rit.

Mike aspira la mousse d'une nouvelle bière. « Le Ministre de la Sécurité nationale a aussi une biographie intéressante. » Joe ne put s'empêcher de se pencher, et Gabe et Freyja en firent de même. « Peightân vient d'une famille éminente. Il a fréquenté les écoles les plus prestigieuses et obtenu les meilleures notes de sa classe. Une histoire tout à fait exemplaire.

- Il me semble un peu trop zélé. » Gabe secoua la tête.

« Inquiétant personnage, oui. Il est à l'origine d'un nombre d'arrestations record ces dernières années. Du moins, c'est ce que les dossiers racontent, » déclara Mike.

« Vous avez une théorie ? » Gabe était toujours direct.

Mike hocha la tête brusquement. « Ma théorie est que techniquement, nous avons encore une démocratie qui autorise la liberté d'expression, et je suis désireux de protéger les deux. Si on n'assure pas un minimum de transparence, le pouvoir peut être corrompu.

- Vous pensez à l'intégrité des bases de données, » dit Freyja.

« Cela pourrait expliquer les accusations de terrorisme appuyées par ces données, si, comme Joe, vous ne croyez pas à cette histoire, » déclara Mike. Tous les visages se tournèrent vers Joe.

« L'intégrité des bases de données n'est pas mon domaine d'expertise. » Il marqua une pause. « Mais j'ai un ami qui est expert en la matière. Il en sait beaucoup sur la façon dont les bases de données sont scellées.

- Ah oui ? » Mike se pencha plus près.

« Raif Tselitelov a écrit sa thèse de doctorat sur la technologie du 'bot en boîte'. Elle maintient tous les bots, et toutes les IA, y compris les ANPI, dans des sandbox isolés les uns des autres. L'isolement des bases de données et celui des IA appartiennent à la même sous-spécialité logicielle. »

Freyja regarda vers le ciel et déclara, impassible : « Et comme ça on évite la botpocalypse. Mais, sérieusement, je me sentirais rassurée si quelqu'un étudiait de plus près la source de ces preuves de terrorisme, pour les valider. J'ai quelques questions théoriques à l'esprit à vérifier avec des données du monde réel. Pourriez-vous me mettre en contact avec votre ami ? »

Joe hocha la tête, et leur conversation passa, à l'initiative de Mike, au match de foot modifié entre deux équipes majeures la veille. Il demanda à Joe s'il suivait le mod-foot.

« Tout le monde suit le mod-foot, » dit Joe, haussant les épaules. « Mais ça n'a jamais été mon sport favori. Pas assez rapide. »

Freyja posa son verre vide. « Quel est votre sport, alors ? »

Il inspecta ses chaussures. « Les hackathons du VRbotFest. »

Quand Freyja arqua un sourcil, Mike éclata de rire. « Je crois que vous pensez à la version ExomechFest, Freyja. Ne vous inquiétez pas, le VRbotFest est généralement considéré comme plus civilisé. Bien que ce dégoût soit une méprise de la culture des sports exomécaniques. »

Gabe secoua la tête. « Amusante ironie que d'avoir pris des robots d'exosquelettes industriels à la retraite, qu'on utilisait pour protéger les gens dans les usines, pour les transformer en machines de combat dangereuses. »

Joe rit. « Je n'ai pas tant de cran. Dans le VRbotFest, vous utilisez un netwalker pour contrôler un steermech virtuel, le tout dans un logiciel, sans robots physiques impliqués. Mais les commandes ne fonctionnent pas toutes parfaitement, vous avez donc besoin de compétences informatiques pour pirater l'interface tout en combattant les autres steermechs virtuels.

- Combattre ? Juste dans votre tête ? » Freyja saisit un petit sandwich.

« Tête et mains coordonnées. » Joe agita les doigts. « Cela servait d'abord à tester le code informatique des méchas. Maintenant, les jeux minimisent cette difficulté pour se concentrer sur le contrôle des méchas en réalité virtuelle.

- Pourquoi est-ce si difficile ? » Gabe parut soudainement plus intéressé.

« Le retard haptique. Vous jouez avec des gens partout, y compris sur des bases lunaires. Le signal est, bien sûr, limité à la vitesse de la lumière. Ils ajoutent des retards standard pour rendre les parties équitables, mais ils font varier ces temps de retard. Vous devez mentalement ajuster votre perception du temps et le timing de chaque action. »

Freyja l'étudia. « J'ai l'impression que vous en avez plus à nous dire. »

. . .

Non, ne fais pas la même erreur deux fois, pas comme quand Royce m'a fait rétrécir dans mes Mercuries. Aucun soupçon de vantardise, même si elle me le demande.

. . .

Il résista à l'envie de prendre une autre gorgée de vin. « Juste un passe-temps que Raif et moi apprécions.

- Il semble que c'est un passe-temps très compétitif. » Mike vida son verre. « Vous étiez bien classé ? »

Se sentant acculé, Joe se tenait agité, avec son verre à la main. « Je suis entré dans le top cinq l'an dernier.

- Ouah, » réagit Mike.

Malgré le sourire admiratif de Freyja, Joe décida que c'était le bon moment pour partir. Il voulait retourner auprès d'Evie. Alors que la conversation passait à autre chose, il s'excusa, salua ses amis et disparut par la porte.

L'obscurité était tombée, et l'air de la nuit posait ses doigts glacés dans sa nuque. Joe retourna le col sur sa chemise et appuya sur le bouton de commande pour activer la maille de réchauffement interne. Il frissonnait, sa tête inclinée et ses mains fourrées dans ses poches, alors qu'il se traînait à travers la place déserte. À sa périphérie, une statue près du centre étudiant s'agita, et il commença à réaliser qu'il s'agissait d'un homme, qui se dirigeait maintenant vers lui. Un homme à la mâchoire ciselée et la tête inclinée. Derrière lui, un deuxième homme sortit de l'ombre cimmérienne.

Joe ralentit jusqu'à s'arrêter, se tenant droit alors que Zable et Peightân firent halte devant lui.

« Il est bon de vous revoir, M. Denkensmith, » dit Peightân d'une voix assurée. La lune gibbeuse se reflétait sur son visage pâle.

Joe étudia ostensiblement la place pour éviter de croiser directement son regard. « Vous attendez-vous à une autre manifestation ce soir ? Je croyais que les auteurs avaient été arrêtés. Je suis surpris de vous voir encore ici, vous et la police. Ils ne constituent plus un danger, si ? »

Les yeux injectés de sang du ministre ne le quittaient pas ; le regard d'un détective de police, analytique et sceptique à l'égard du monde. Joe sentit sa peau se hérisser. « Aucun danger pour vous, du moins pour le moment, » dit-il.

« C'est bon à savoir. » Joe fit un pas de côté et commença à reprendre sa route.

« Vous n'avez aucune raison de vous presser ainsi, je me trompe ? »

Joe s'arrêta, son cœur battant à tout rompre. Il maintint son regard vers le bas tout en pivotant vers les hommes.

« Nous continuons à travailler dur pour trouver *tous* les manifestants, » déclara Peightân. Sous la chemise ajustée, Joe nota les abdos musclés d'un homme qui devait s'entraîner tous les jours. Ce n'était pas son cas, avec sa bedouille flasque.

« Vous ne les avez pas tous attrapés ? » La question s'échappa trop vite de sa bouche.

« Nous n'en sommes pas encore certains. La sécurité publique est notre principal intérêt, nous devons donc en être sûrs, » répondit Peightân.

Il se sentait pris au piège, mais il était préférable de paraître inquiet. « Qu'ont-ils fait ?

- Ils ont enfreint la loi. Nous avons des lois pour maintenir l'ordre, et ils ont fourré leur nez là où ils n'auraient pas dû. Ce sont des gens très dangereux, ces terroristes, à faire exploser des bombes et causer des ravages. C'est un sujet que je connais particulièrement bien. » Zable sourit au commentaire de son patron. Interrogateur chevronné, Peightân continua. « M. Denkensmith, il me semble que vous êtes nouveau sur le campus ?

- Oui, je viens d'arriver.

- Et vous travaillez sur des problèmes pratiques ? Pas comme ces universitaires qui passent trop de temps à remettre en question la façon dont les choses sont faites ?

- Oui. » Il contempla l'idée d'ajouter « monsieur, » mais s'abstint.

« M. Denkensmith, » Le ton de Peightân força Joe à rencontrer son regard, qu'il voulait pourtant désespérément éviter. Les orbes sombres le tenaient. « Vous n'avez rencontré personne de suspect à ce jour, quelqu'un qui pourrait aider activement ces manifestants ? »

Joe secoua brusquement la tête. « Personne parmi les gens que j'ai rencontrés à ces réceptions auxquelles j'assiste depuis mon arrivée. »

Avec un petit froncement de sourcils, Peightân leva les yeux vers la lune. « Êtes-vous en faveur de l'autorité de la loi ?

- Nous avons élu et nommé des officiels, comme vous, pour décider de ce qui est légal. Je ne m'intéresse pas à ce sujet plus que cela, mais peut-être que je devrais.

- Oui, ceux qui ont le plus de connaissances et d'expertise sont plus susceptibles de faire le meilleur travail pour assurer l'ordre. Vous avez mes coordonnées, alors faites-moi savoir si vous remarquez quoi que ce soit. »

...

> C'était un ordre. Il se sert des niveaux pour me recruter comme espion ? Ironique.

...

« Monsieur le Ministre, la surveillance de ces professeurs ne nous mène à rien, » dit Zable.

- Oui, tu as raison. Pas assez de noirceur dans leurs âmes pour être derrière ce mouvement, » dit Peightân avec un petit rire.

« Vous avez un don pour sentir ces choses.

- J'ai beaucoup appris de toi aussi, cher ami, » dit Peightân.

Zable était ravi du compliment.

Le commentaire de Zable était clairement une flatterie gratuite, mais Joe cacha sa réaction naturelle, hocha la tête avec respect, et reprit discrètement son chemin. Le poids du regard de Peightân alors qu'il s'éloignait envoya un frisson le long de sa colonne vertébrale. Pas le moindre bruit en dehors de ses pas, qui résonnaient mollement sur le trottoir. Après une centaine de mètres, il jeta un regard en arrière. Peightân et Zable étaient retournés dans l'ombre, à l'opposé de la direction depuis laquelle Joe les avait approchés.

...

> Ils attendent probablement de prendre en embuscade quiconque d'autre empruntera ce chemin en sortant de la réception. Mais si les professeurs sont leur meilleure piste pour une manifestation non affiliée au campus, ils doivent sérieusement manquer d'indices. C'est une bonne chose, j'imagine. Ses yeux injectés de sang le trahissent ; pas de limite de travail hebdomadaire pour lui, et c'est clairement un gars vif d'esprit. Ce n'est pas le moment de commettre des erreurs.

...

Quand Joe parla à Evie de cette rencontre, elle bondit du canapé et commença à faire les cent pas nerveusement. « Je suis coincée ici depuis déjà deux semaines, Joe. J'ai songé à partir aujourd'hui, je veux savoir ce qui se passe avec le mouvement. Nous étions sur une bonne lancée avec ces manifestations, et je ne peux pas laisser la dynamique s'épuiser juste parce qu'ils ont arrêté Julian et Celeste. »

Joe sentit la chaleur lui monter au visage, et il se dressa pour lui faire face. Finies les courtoisies. « Une minute, là. Tu es trop absorbée à suivre ta propre SORA pour remarquer que le monde ne tourne pas autour de toi. Tu m'as mis en danger aussi, et ils me surveillent. Ils n'auront aucun mal à remonter jusqu'à moi s'ils t'attrapent. »

Elle s'arrêta devant lui. « J'ai passé les trois dernières années de ma vie à travailler là-dessus. C'est la seule chose qui compte.

- Ne sois pas aussi impulsive, sinon ça va finir par t'éclater au visage.

- Mais je ne peux pas laisser le mouvement mour . . .

- Et si c'est toi qui meurs ? Tu crois que ça aidera le mouvement ? » Joe se rendit compte qu'il criait et fit un pas en arrière, le temps de prendre une profonde inspiration. « Je suis désolé, Evie. Je n'aurais pas dû dire ça. Mais j'ai peur de te voir faire quelque chose qui nous mettra en danger tous les deux. » Il s'assit sur le canapé et désigna le coussin à côté de lui. « Pourquoi risques-tu tout pour ce mouvement de protestation ? »

Elle étudia le siège, mais resta debout. « C'est à cause de cette injustice sociale évidente. Les États ont renoncé à tout semblant d'égalité.

- Depuis quand est-ce si important pour toi ?

- C'était vers la fin de mes études. J'ai décroché une maîtrise en sciences politiques et en économie, » dit-elle.

Il hocha la tête, hésitant, pesant le fait qu'elle était aussi diplômée que lui.

« L'économie. La science lugubre.

- Je ne la trouve pas lugubre, moi. Elle nous montre comment le monde fonctionne.

- Mais un certain degré d'inégalité est inévitable.

- Que veux-tu dire ?

- C'est la physique d'un monde composé de particules en mouvement. Il ne saurait y avoir de montagnes sans vallées. Et l'inégalité n'est-elle pas au cœur de l'économie ? Dans un immeuble, tout le monde ne peut pas avoir l'appartement-terrasse.

- Je veux un monde meilleur. Je veux un monde parfait. » Elle joignit les mains.

Il laissa échapper un petit rire. « Les gens ne peuvent pas être parfaits. Tu te souviens de la vieille histoire d'Adam et Ève, de l'époque où la plupart des gens croyaient encore en Dieu ? Une des morales de l'histoire est que les gens sont imparfaits ; seul Dieu peut être parfait. C'est notre état naturel, et ces défauts sont dans notre nature. Il y aura toujours des collines et des vallées. Il y aura toujours du bien et du mal dans le monde. Nous ne pouvons pas y échapper. »

Elle demeura inflexible. « Ça ne devrait pas nous empêcher d'essayer.

- Je te l'accorde. Et puis ces vieilles idées ont été scientifiquement réfutées. Nous vivons dans un univers physique fermé. Il n'y a pas de Dieu pour interférer. Cette histoire n'a ni queue ni tête.

- Que sais-tu de la religion ? Mais bref, assez philosophé. » Elle imita son ton et rejeta son commentaire d'un geste de la main. « Revenons à la question pratique, à savoir que ces lois sont injustes. »

Son esprit avait dérivé vers sa dernière conversation avec Gabe, et maintenant il était parti sur une tangente. Son commentaire lui fit se demander ce qu'elle connaissait de la religion. Elle ne semblait pas être une de ces personnes qui prétendent avoir une relation personnelle avec un Dieu. Il mit cette idée de côté pour se concentrer. L'important maintenant était qu'elle ne fasse rien d'impulsif qui puisse les mettre en danger.

« L'action est une bonne chose, quand elle repose sur un plan soigneusement élaboré. Si tu te précipites sans plan, il y a de grandes chances que les choses tournent mal. » Il s'était relevé d'un coup, et sa voix s'était à nouveau élevée.

« Quand j'ai un but, je vais jusqu'au bout. Cette inaction que je subis va contre ma nature. » Evie se pinça les lèvres, se détourna, et regarda par la fenêtre.

Joe scrutait ses propres mains crispées et redressa lentement ses doigts. Evie avait le dos raide comme une colonne, ce qui lui disait qu'elle était aussi tendue que lui. C'était la première fois qu'ils avaient tous les deux élevé leurs voix lors d'une dispute.

« Très bien, je vais rester. Mais plus pour très longtemps. » Elle se tourna à nouveau vers lui, le regard défait. Elle marcha jusqu'à la cuisine, et les sons qu'elle faisait en préparant le dîner remplirent l'appartement, plus fort que d'habitude.

Cette mince victoire ne le fit pas oublier qu'il se protégeait lui autant qu'elle.

Ils n'avaient toujours pas reparlé quand elle posa bruyamment les bols sur la table. Joe goûta la première cuillerée, et leva les yeux vers elle. Son regard foudroyant était posé sur son bol.

« Miam. Qu'est-ce que c'est ?

- C'est un ragoût tibétain d'alt-bœuf et de pommes de terre. Sans viande de yack traditionnelle, évidemment.

- Et contrairement au ragoût, je vois que toi tu bous encore sous le couvercle. »

Un petit sourire traversa ses lèvres avant qu'elle ne puisse l'arrêter, et il était heureux qu'elle apprécie ses petites blagues. Ils mangèrent en silence, mais l'ambiance s'était adoucie d'un ton venu le moment de leur routine du soir, Joe se tournant vers la porte de sa chambre et Evie vers la sienne.

Chapitre 11

Joe retrouva Freyja dans son bureau le lendemain matin pour leur réunion prévue. Euler était assis sur une armoire. Des équations holographiques planaient au-dessus de la tête de Freyja, là où elle était assise à son bureau. Un coup d'œil révéla qu'elle visualisait de nouveaux problèmes, cette fois un sous-ensemble de la théorie des ensembles. Elle poussa plusieurs des images holographiques hors de vue. L'une d'elles ricocha vers Euler, et le chat leva une patte alors que l'image le traversait avant d'aller finir sa course contre le mur.

« Merci de m'accorder votre temps aujourd'hui », dit Joe. Il gardait une lueur d'espoir qu'elle pourrait encore avoir un intérêt plus profond à le voir.

Freyja hocha distraitement la tête en caressant Gauss, qui avait sauté sur ses genoux. Elle lui gratta l'arrière des oreilles, et il ronronna. « J'adore ces petites bêtes, » dit-elle.

« Ce sont de splendides créatures.

- Ils me tiennent compagnie, eux et les mathématiques. Il n'y a pas beaucoup de jeunes professeurs sur ce campus. » Elle leva les yeux, l'air enjoué. « C'est bon de vous avoir comme ami. »

Joe sourit et essaya de déterminer si la façon dont elle appuyait le mot marquait la nature platonique de leur relation ou invitait à quelque chose de plus.

« Je suis heureuse de vous aider dans votre projet. » Elle agita son index vers lui. « Et n'oubliez pas de me présenter votre ami, l'expert en intégrité des bases de données.

- Ah, oui. »

Freyja sourit. « Quel est le sujet, aujourd'hui ?

- Notre dernière conversation m'a mené à Laplace, qui a fait des travaux connexes dans les statistiques et la théorie des probabilités. Et cela a conduit à son essai sur le déterminisme. C'est un petit détour par rapport à mon projet sur la conscience des IA, mais je me disais qu'une différence entre nos esprits et les IA était que tout dans le logiciel est déterminé. L'univers est-il régi par le déterminisme ou l'indéterminisme ? Et cela a-t-il quelque chose à voir avec la conscience ?

- Le démon de Laplace, dont l'acceptation signifie qu'il n'y a pas de libre arbitre. Je me délecte de le tenir au loin. » Elle laissa s'échapper un rire espiègle, rejetant ses cheveux en arrière. « Laplace a posé le principe d'une superintelligence, qu'on appellera plus tard son 'démon', en lieu et en place de Dieu, qui connaît l'emplacement et l'élan précis de chaque particule dans l'univers. En partant de cette connaissance, chaque interaction pourrait être connue. Cela constituerait un monde déterministe. »

Il hocha la tête. « J'ai commencé à étudier les notions mathématiques et physiques entourant le débat sur le déterminisme. J'ai rassemblé des preuves mitigées sur le déterminisme scientifique du point de vue de la physique, et j'aimerais maintenant connaître vos pensées sous l'angle mathématique.

- Moins vite. » Elle poussa les derniers hologrammes flottants sur le côté avec des coups de poignet, libérant visuellement l'espace autour de sa tête. Son regard était anxieux. « J'admets que mes connaissances en physique sont limitées. Parlez-moi de la physique, et je vous donnerai mon avis sur la partie mathématique. »

...

Hmm, elle n'aime pas se précipiter, elle est très méthodique et elle veut être sûre d'elle-même. C'était peut-être là mon erreur. Je suis allé trop vite en besogne.

...

« Le déterminisme scientifique est l'idée qu'en partant de la façon dont les choses sont à un moment donné, leur état à un moment ultérieur est déterminé comme une question de droit naturel, » déclara Joe.

« Le droit naturel. Une loi scientifique de la physique. » Ses yeux plissés pendant sa réflexion étaient aussi beaux que quand elle le regardait directement. « La physique a-t-elle répondu à la question de savoir si un tel déterminisme absolu était vrai ?

- Les avis sont mitigés. » Joe avait du mal à garder son esprit concentré sur la conversation. « Je vais vous donner quatre idées, les deux premières en faveur du déterminisme, les deux autres non concluantes à ce sujet.

- Allez-y.

- La première idée. Chaque particule fondamentale interagit avec toutes les autres particules fondamentales, avec des forces se déplaçant à travers des champs à la vitesse de la lumière. Chaque particule que nous rencontrons a déjà poussé toutes les autres dont nous nous soucions ; celles assez proches de nous pour compter. L'argument est que l'avenir est 'adéquatement déterminé'. Le modèle de particules poussant d'autres particules a mené à l'idée que tout était déterministe.

- Je vois, un point pour le déterminisme.

- Voici la deuxième idée. D'après la théorie de la relativité générale d'Einstein, les équations de champ sont généralement déterministes. Tout comme le lagrangien du modèle standard modifié. »

Elle hocha la tête. « Ça me paraît assez clair, un autre point pour le déterminisme. Et les arguments moins catégoriques ? »

Il appréciait sa compréhension rapide des concepts. « Eh bien, la fonction d'onde régie par l'équation de Schrödinger dépeint un tableau mitigé. L'évolution de l'équation des ondes est déterministe, mais elle ne fait que spécifier les probabilités de mesurer des résultats particuliers. Le résultat particulier n'est donc pas déterminé. La physique n'a pas encore trouvé de réponse concluante à ce qui provoque l'effondrement de la fonction d'onde. Le chat de Schrödinger est à la fois vivant et mort. »

Gauss sauta au sol et se coucha près des pieds de Freyja, et elle l'observa, pensive.

. . .

> En fait, ce n'est pas vraiment tout. Il existe des théories sur le multivers qui supposent que la fonction d'onde ne s'effondre pas. Je devrais en parler avec Gabe pour mieux les comprendre. Certains mathématiciens disent que la fonction d'onde peut être liée à la conscience et à l'esprit, quelle que soit la vraie nature de ce dernier.

. . .

« La balle est dans le camp de l'indéterminisme. Et votre quatrième idée ?

- La quatrième idée découle du principe d'incertitude d'Heisenberg. D'après elle, nous pouvons mesurer précisément la position ou l'élan de n'importe quelle particule, mais pas les deux à la fois. Le raisonnement est que si l'un est mesuré avec exactitude, l'autre est indéfini. Notre intuition classique ne permet pas de définir ces termes de façon claire.

- Et ces idées ont toutes le même poids ? Quel est le score final ?

- Certains physiciens diraient que le déterminisme remporte le débat. Mais rappelez-vous, les expériences analysent les plus petites entités et ne se concentrent pas sur ce qui se passe au niveau des macro-assemblages de particules. Ma méta-question est de savoir si le déterminisme caractérise le monde macroscopique que nous pensons habiter. »

Elle tapota son menton du doigt. « D'accord, alors disons deux points et deux coups francs. Je vais vous donner trois idées tirées des mathématiques. La dernière est, je crois, la plus pertinente pour votre question.

- Je vous écoute.

- Tout d'abord, la quantité d'informations nécessaires pour tenir compte de toutes les particules de l'univers dépasse de loin la capacité de tout système de calcul réalisable. De plus, si vous supposez que notre univers est fermé, ces particules ne peuvent pas stocker suffisamment d'informations pour prédire la prochaine étape.

- Un coup franc contre le démon de Laplace, » réagit Joe.

Elle hocha la tête. « Deuxièmement, il y a une preuve, la diagonale de Cantor, montrant que si le démon est un dispositif de calcul, deux dispositifs de ce genre ne peuvent se prédire complètement l'un l'autre.

- Ça nous donne un autre tir face à notre démon. »

Elle tendit la main vers le bas pour caresser les oreilles de Gauss. « Enfin, le genre de mathématiques qui affecte notre monde quotidien est celui des systèmes complexes. La nature est pleine de systèmes extrêmement chaotiques. La théorie du chaos montre que même les systèmes déterministes ont un comportement impossible à prévoir. Et la théorie du chaos jette le doute sur la répétabilité. Le déterminisme implique une répétabilité.

- Alors je devrais passer plus de temps à étudier les systèmes complexes pour trouver des indices sur la façon dont l'univers est organisé ? »

Elle hocha la tête. « Même les systèmes avec seulement trois degrés de liberté montrent un comportement chaotique. Et le monde déborde de systèmes avec des quantités massives de degrés mathématiques de liberté. En résumé, je ne crois pas que nous résidons dans un univers entièrement déterministe. »

Joe se frotta la barbe. « La physique donne au déterminisme deux points et deux coups francs. Le démon de Laplace a trois coups francs mathématiques contre lui. »

Ils continuèrent à parler pendant une autre heure. Ils essayèrent d'abord, sans succès, de trouver comment leurs idées pourraient faire la lumière sur son projet de conscience des IA. Ensuite, la conversation erra vers d'autres sujets. L'ESNE de Freyja l'alerta d'un autre rendez-vous.

Elle sourit jovialement. « C'est l'heure de mon match de handball. »

Impressionné par ses passe-temps, Joe leva les sourcils. « Vous jouez au handball ?

- Depuis toute petite. Notre équipe est plutôt forte. L'année dernière, nous sommes allées jusqu'aux demi-finales de l'État.

- Ouah, alors vous êtes une athlète en plus d'être une mathématicienne. Et vous savez tirer face aux démons. »

Elle rit. Sa joie était contagieuse. Malgré cela, ses minces espoirs d'une allusion à un intérêt personnel envers lui avaient disparu. Il la remercia et essaya d'ignorer sa frustration en la regardant partir. Joe vagabonda jusqu'à son bureau, perdu dans ses pensées.

...

> Freyja m'a aidé à clarifier ma pensée. Il semble que le démon de Laplace, une image du déterminisme, est impossible à l'intérieur de notre univers fermé ; alors si notre univers contient ne serait-ce qu'une goutte d'indéterminisme, peut-être que le libre arbitre est possible. Mais quel genre de libre arbitre ?

...

Il s'éloigna de son bureau, se demandant pourquoi il manquait d'énergie, et sentit sa chemise s'étirer étroitement sur ses épaules.

Son ventre portait la preuve qu'il avait négligé sa diète depuis son arrivée. Se sentant inspiré par les activités de handball de Freyja, et dans une impasse au niveau de ses pensées, il décida de chercher le gymnase du campus, et demanda à sa SORA le chemin.

Le gymnase se trouvait sur le campus ouest à trois cents mètres de là. Il se mit immédiatement en marche. Sa SORA indiqua un espace de remise en forme à l'arrière, avec un terrain de handball sur la gauche. Curieux, il monta les escaliers jusqu'aux sièges surplombant le terrain. Une petite foule assistait à un match entre deux équipes féminines. Joe repéra Freyja en un instant, vêtue d'un maillot bleu.

Alors qu'il n'avait l'intention de regarder qu'un instant, Joe fut hypnotisé par l'agilité des joueuses. C'était un match rapide ; les actions impressionnantes s'enchaînaient. Les femmes athlétiques couraient d'avant en arrière à travers le terrain. Le regard de Joe était fixé sur Freyja, qui jouait au centre. Il encourageait secrètement son équipe, même si elle avait déjà treize points d'avance.

On approchait la fin de la mi-temps. Celle qui occupait le poste de pivot se plaça dos au but. Freyja lui fit une passe gracieuse, et elle projeta le ballon dans le filet, juste avant que le coup de sifflet retentisse.

Joe applaudit et se leva, soudain gêné d'espionner le match de Freyja. Il sortit des gradins en direction de la cour centrale du bâtiment, puis se rendit au vestiaire à l'arrière du complexe. Il ouvrit un casier disponible pour récupérer un ensemble de vêtements d'entraînement et s'habilla.

Dans la zone de remise en forme adjacente, les plateformes de netwalker se mêlaient à d'autres équipements d'exercice. Un bot d'assistance se tenait derrière chaque étudiant. Les casques camouflaient leurs visages alors qu'ils s'affairaient à des routines en réalité virtuelle : course sur place sur des plateformes, sauts, pirouettes, boxe contre des adversaires holographiques. Joe s'était essayé à la plupart de ces programmes : lutte contre les pirates au 17e siècle, fuite face à des créatures mythiques dans des mondes fantastiques, reconstitution de l'arrivée d'un événement olympique. Dans un coin, les étudiants coordonnaient leurs gestes alors qu'ils menaient une bataille de groupe. Ils étaient ensemble dans un autre monde en réalité virtuelle, mais de son point de vue, il s'agissait plutôt de navires solitaires en pleine mer, inconscients de l'existence des uns des autres.

Joe se tenait à côté d'une des machines d'exercice. L'écran clignotait, attendant de se connecter à son ESNE. Un pipabot veillait à proximité, prêt à l'aider. Il étudia l'écran.

Sans une seconde pensée, il traversa de nouveau le centre de remise en forme et sortit. Il était revenu dehors. Il y avait quelque chose de calme et paisible ici. Pas de réalité virtuelle, pas de bots, pas d'écrans. Rien que l'air frais. Il se pencha et régla ses Mercuries sur une couleur vert forêt discrète. Il se lança dans une course lente, ses pieds frappant le chemin de béton jusqu'à ce qu'il atteignît les bois au nord du campus, où le chemin laissait place à la terre et aux feuilles. Une lumière tachetée se faufilait à travers les arbres. Son souffle était prononcé, et l'air frais séchait son visage moite. Il courut encore et encore, oubliant ses pensées et se contentant d'exister dans la lumière du soleil de l'après-midi, son cœur battant fort dans sa poitrine, savourant la sensation d'être libre.

Chapitre 12

« Je prendrai aussi une mangonada, en dessert, » dit Joe, finissant de passer commande pour son déjeuner. L'écran de communication passa en revue tous les articles.

« Un choix de gourmet, » dit une voix. Il se retourna. Gabe était debout derrière lui au café étudiant. « Voulez-vous vous joindre à moi pour un déjeuner rapide ? »

Joe hocha la tête avec un sourire, et ils s'assirent à une table près de la fenêtre. Les étudiants allaient et venaient autour d'eux, se précipitant pour déjeuner entre deux cours. Un servebot arriva avec leurs repas.

« J'essaie différents endroits pour le déjeuner chaque jour, et je commence à avoir fait le tour des options, » déclara Joe.

« Oui, c'est un petit campus. J'aime manger parmi les étudiants ; un petit avantage de cette limitation. Ça me rappelle quand j'avais leur âge, » répondit Gabe.

« J'explore la liste de livres de philosophie que vous m'avez recommandés. » Ils parlèrent de ses lectures en mangeant.

Joe termina son sandwich et étudia le dessert. « Je n'en avais jamais vu sur la côte est. » L'association du piment à quelque chose d'aigre troublait ses sens.

Gabe rit. « Vous ne vous attendiez qu'à des mangues ? Ah, le sens du mot *dessert*. Trompeur, pas vrai ? Je crois que le vôtre contient du chamoy, une sauce savoureuse. »

Joe se força à avaler quelques bouchées supplémentaires, comparant la sensation à son appréciation de la cuisine épicée d'Evie. Une autre expérience d'apprentissage. « Bien sûr, l'IA du café a classé ce plat comme un dessert, sans comprendre comment les humains pouvaient le percevoir. C'est un autre exemple de mon problème de conscience des robots. »

Gabe mâchait son sandwich. « Les logiciels informatiques ne sont qu'un tas de symboles utilisant une syntaxe particulière.

- Et évoluant à partir d'anciens logiciels, quand les IA enrichissent la syntaxe, » déclara Joe.

« Oui, la syntaxe, l'*arrangement* de mots pour créer des énoncés bien formés. Ajoutons la définition de la sémantique. Dans ce contexte, la sémantique cherche à savoir *comment le sens est attaché* à un mot ou une déclaration.

- La sémantique est primordiale, » approuva Joe.

Gabe frotta sa barbiche. « Cela me rappelle un vénérable débat philosophique qui établissait une distinction entre la syntaxe et la sémantique. On l'appelle l'analogie de la chambre chinoise.

- Je connais mal cette expérience. » Joe essaya de se rappeler des rares cours de philosophie qu'il avait suivis.

« Probablement parce qu'elle est archaïque, mais elle est pertinente pour votre problème de conscience des IA. » Gabe se pencha en avant. « Un philosophe nommé Searle a développé cette idée, il y a quelques siècles. Commençons par le fait que Searle ne savait pas lire ou parler chinois. Searle imagine qu'il est enfermé dans une pièce avec des boîtes remplies de symboles chinois, et un livre de règles qui lui permet de répondre à des questions qui lui sont posées en chinois. Il peut analyser les symboles pour réussir un test de compréhension du chinois. Vous saviez que le test de Turing était un des premiers tests pour la mentalité des IA ?

- Il était primitif et reposait sur la tromperie. Nous sommes bien au-delà de cela, aujourd'hui, » dit Joe.

Une expression approbatrice parcourut le visage de Gabe à la mention de la tromperie, et Joe sentit que cet homme détestait tout mensonge.

Gabe continua. « Searle imagine que quelqu'un à l'extérieur de la salle lui transmet des demandes. Il peut traiter une demande en consultant le livre de règles et en utilisant les boîtes de symboles chinois. Il produit un résultat et le transmet en dehors de la chambre. Si le livre de règles est exact, la réponse qu'il transmet est correcte. Mais Searle fait valoir que cela n'a pas d'importance. Comme Searle ne comprend pas le chinois, il ne comprend pas sa réponse du tout. Et il fait valoir qu'il en va de même pour les programmes informatiques, car ils font la même chose : ils traduisent machinalement des symboles. »

La pause que Gabe marqua était clairement une tentative de déterminer si Joe suivait le raisonnement. « La méta-idée de l'analogie est que la chambre chinoise n'instancie pas de sémantique, car il n'y a pas de sens ici, et donc que la syntaxe est insuffisante pour la mentalité. » Gabe se rassit.

« Travailler sur des problèmes de codage pratiques m'a amené à utiliser les concepts de syntaxe et de sémantique. Mais vos définitions soigneuses permettent de s'y plonger plus facilement. En résumé, la syntaxe ne suffit pas pour la sémantique, et la sémantique est nécessaire au sens ?

- Exactement. » Gabe posa ses mains sous son menton. « Et si la chambre chinoise n'a pas de sémantique, et donc de sens, elle ne dispose pas d'états mentaux intentionnels.

- Et pour la conscience des IA, nous avons besoin d'un état mental intentionnel.

- Exact. L'argument de Searle soutient votre intuition qu'il y a un problème fondamental dans le codage qui empêche la création d'un véritable état mental dans la machine, » dit Gabe.

Joe ferma les yeux pour peser l'argument. Après une pleine minute, il trouva le regard patient de Gabe. « Cet argument reflète notre approche. Il y a des siècles de là, un mathématicien parlait de 'barrière du sens'. Comment pouvons-nous créer un sens ? D'où vient-il ?

- Vous avez trouvé le point tournant. » Gabe avala le reste de sa boisson. « La création de sens est au cœur de l'idée même de la pensée. Les humains créent du sens à partir de notre place dans le monde, en raison de notre relation avec tout le reste. Il existe un concept philosophique voulant que l'incarnation fasse partie intégrante de la création de sens et, de ce fait, de conscience.

- Comme nous en avons discuté lors de notre dîner, il doit y avoir un 'moi' en charge de la pensée. » Joe jouait avec le reste de sa crème glacée fondante. « Mais la création d'un autre 'moi' est un bond gigantesque pour les humains.

- Et cela nous ramène à votre question de la recherche de sens. » Gabe pointa un doigt vers Joe. « Que ce soit pour créer la conscience ou pour trouver une raison de se soucier de quoi que ce soit. » Ils avaient terminé leur déjeuner, et ils pouvaient entendre un bourdonnement différent dans les conversations des étudiants autour d'eux. « On se croirait revenus au Far West, avec cette histoire de tirs, » dit un étudiant.

Le regard de Gabe trouva le sien, avec un soupçon de surprise. « Vous n'avez pas allumé votre ESNE récemment non plus ? »

Joe avait laissé son ESNE éteint, par peur irrationnelle que la police le suive. Il secoua la tête.

« Je préfère ne pas suivre l'actualité de trop près. » Gabe toucha son oreille. « Mais peut-être est-il préférable de savoir ce qui s'est passé. » Ils se séparèrent, se saluant de la main avant de rejoindre leurs bureaux respectifs. Joe ouvrit les actualités du netchat sur son ESNE alors qu'il marchait, puis sur le grand écran de son bureau quand il y fut arrivé. Le logo de Prime Netchat remplit la communication holomurale, puis suivirent les commentaires du présentateur. Sa signature, Jasper Rand, décorait le bas de l'hologramme alors qu'il se tenait devant un bâtiment indéfinissable.

« La police a fait irruption dans ce bâtiment à Sacramento, à 11 h 23. Nous vous rediffusons ce moment dramatique, capturé par les vidcams de sécurité. » Le présentateur laissa place à une scène de sept copbots, armes automatiques fixées sur leurs avant-bras, chargeant les escaliers de ce même bâtiment. Ils défoncèrent la porte et disparurent à l'intérieur. Sur le vidstream, le *pan-pan-pan* des armes se fit entendre, suivi de trois explosions. Le verre d'une fenêtre au dernier étage éclata, et des nuages de fumée noire s'élevèrent à l'extérieur.

Les commentaires excités de Jasper Rand accompagnaient le vidfeed. « La police dit que le suspect, un hacker qui se faisait connaître sous le nom de cDc, un acronyme pour 'cult of the dead cat', a déclenché plusieurs bombes pour tenter d'échapper aux forces de l'ordre. Il a été abattu alors qu'il résistait à son arrestation. »

Le journal holographique passa ensuite à un entretien avec Zable, enregistré trente-sept minutes plus tôt. « Il a résisté à son arrestation et s'est battu contre nos policiers courageux en utilisant des armes illégales. Mais nous l'avons mis hors d'état de nuire. Ce terroriste, qui se faisait appeler cDc, ne constitue plus une menace pour le public.

- Qu'est-ce qui a motivé cette réponse létale ? » La signature de la journaliste, Caroline Lock, défila en bas de l'hologramme.

« Il faisait partie d'un cercle de hackers qui détruisent les bases de données du gouvernement et protestent illégalement dans tout le pays. Ce sont des anarchistes, » dit Zable avec mépris. « Mais nous allons tous leur mettre la main dessus. » Joe se frotta la nuque, maintenant brûlante.

Le vent décoiffa Lock, et elle remit de l'ordre dans ses cheveux blonds. « Mais il est légal de manifester.

- Ils n'ont jamais obtenu les permis appropriés. Ces gens ne respectent pas la loi, » déclara Zable.

Il sentit la moutarde lui monter au nez devant l'arrogance condescendante d'un policier corrompu par le pouvoir, lui qui se traînait à quatre pattes devant Peightân. Il expliqua comment il avait été promu de dix niveaux, une progression inhabituelle. Son énervement laissa place à une certaine agitation. Zable était autrefois du même niveau qu'Evie, un niveau 76.

. . .

> Pourquoi est-ce que je pense aux niveaux ? Est-ce que j'ai des préjugés latents, à mettre les gens dans des cases en fonction de leur niveau ? Je n'avais jamais envisagé cette possibilité avant. Ai-je inconsciemment considéré les gens différemment à cause de quelque chose d'aussi peu d'importance que leur niveau ?

. . .

L'entretien prit fin, et Joe parcourut d'autres reportages du netchat, mais tous rapportaient la même histoire. Il se pencha alors sur les sources du dark net. Toutes les références à cDc avaient disparu.

Evie leva les yeux quand Joe passa la porte de l'appartement. « Tu rentres tôt. »

Le cœur de Joe battait à rompre alors qu'il traversait la pièce. Il s'assit à côté d'elle sur le canapé et balbutia. « J'ai regardé les actualités. La police a tué un hacker dans un échange de tirs à Sacramento. Son nom de code était cDc, pour 'cult of the dead cat', » Il fit une pause, attendant que Evie trahisse un lien personnel, mais il ne vit que son air préoccupé habituel.

« C'est terrible. La police l'a descendu comme ça, sans procès ou quoi que ce soit ? C'est incroyablement rare. Les gens savent bien qu'il n'y a rien à faire contre les copbots et se rendent, normalement. Pourquoi la police a réagi si violemment ? »

Joe décrivit les détails, scrutant son visage à la recherche d'un soupçon de connaissance cachée.

Elle fronça les sourcils. « Tu ne penses quand même pas que Zable parlait de notre mouvement de protestation ? Je te l'ai déjà dit, je n'ai jamais entendu parler de ce cDc.

- Peut-être, mais *lui* parlait bien de votre mouvement. Vous avez obtenu des permis ? »

Ses mains couvrirent son visage alors qu'elle penchait la tête en arrière. « Non. Les permis exigent que tous les manifestants donnent leur identité, et nous n'aurions jamais pu encourager les gens à nous rejoindre. » Elle laissa tomber ses mains et regarda Joe. « Les gens les plus opprimés par le Règlement des niveaux sont sans voix et ont peur. Nous n'avons rien fait de mal au-delà de nous être affranchis de cette formalité bureaucratique. Je ne connais pas ce cDc, mais le public ne voit pas les hackers d'un bon œil. Suggérer qu'il est associé à nous ne nous aide pas. Mais c'est difficile de prouver le contraire. »

Joe étudia ses yeux noisette clairs et gratta sa barbe pensivement.

Elle joignit les mains. « Tu me fais confiance ?

- Je ne saurais pas dire pourquoi, mais oui. Je te fais confiance. »

Joe lui posa encore quelques questions, essayant de comprendre ce qui motivait Peightân et Zable à s'en prendre au groupe d'Evie, mais les maigres détails qu'elle donna ne lui permirent pas d'y voir plus clair. Ils avaient limité les manifestations à une dizaine de villes à travers les États, et ils détenaient une poignée de collaborateurs de confiance en plus de Julian et Celeste, ses deux amis maintenant en prison. La gravité de la réaction de la police n'avait de sens ni pour elle ni pour lui.

Ils dinèrent tôt. Joe versa une bonne dose de whisky dans un verre et s'assit dans le salon, en regardant le soleil se coucher. Evie se retourna vers lui avant d'entrer dans sa chambre. « Merci de me faire confiance. » Elle ferma la porte.

Chapitre 13

Joe trouva Gabe qui attendait au lieu convenu, sur un banc dans une cour sur le campus. Gabe avait apporté du thé dans un synthévase, et il remplit deux tasses. Ils contemplèrent la lumière pommelée du soleil de l'après-midi à travers les branches.

« Je continue ma collecte de connaissances avant de pouvoir commencer à les synthétiser en sagesse, » déclara Joe.

« Bien. Le savoir d'abord, la propriété intellectuelle de l'humanité. » Gabe souffla sur sa tasse fumante. « D'autres ont pensé profondément et identifié de nombreux problèmes, trouvé des réponses, et réduit la recherche de réponses à d'autres problèmes. Quelle question avez-vous à l'esprit aujourd'hui ?

- Suite à notre conversation au sujet de la nature fermée de l'univers physique, j'ai réfléchi à la magnitude absolue de l'univers. J'ai étudié les idées sur les multivers.

- Vous voulez discuter de la magnitude et du nombre d'univers ? Un seul ne vous suffit pas ? Lui et ses quelque 10^{80} atomes ? » Gabe fit un signe dédaigneux de la main.

« Pas tout à fait un googol, certes, mais un nombre qui reste ridiculement grand.

- Qu'est-ce que le mathématicien pense d'un si grand nombre ? »

Joe pensa à une réponse en reniflant le parfum profond du liquide vert foncé. « Je tente de les visualiser en groupes de trois puissances de dix. Par exemple, je pourrais penser à mille planètes Terre dans l'espace vide. Ça nous ferait 10^3. Puis je l'étendrais à 10^6, en pensant à mille ensembles des mille premières Terre. Si je peux faire rentrer tout ça dans ma tête, j'essaie d'imaginer un millier de *tous* les ensembles précédents. Ça nous ferait 10^9. Toutes les trois puissances de dix, c'est toujours mille fois la pensée d'avant. Et peu après, je suis perdu parce que les chiffres sont trop grands pour que je me les représente.

- J'ai le même problème, » pouffa Gabe. « Nous pensons pouvoir imaginer un processus qui est infini. Ajoutez un à un nombre : 1+1=2. Recommencez : 2+1=3. Continuez à ajouter 1. Nous pouvons nous dire que cela continue infiniment, chaque nouvelle unité se fondant dans la brume du reste, et c'est notre idée de l'infini. Mais on n'y voit pas à deux mètres, dans cette brume.

- Il y a beaucoup de façons de s'étirer l'esprit, » sourit Joe. « Par exemple en retournant à ma question sur les univers multiples, » renifla Gabe. « Nous n'arrivons déjà pas à tout savoir sur un seul univers, s'il n'y en a qu'un.

- C'est vrai. La vitesse de la lumière limite l'horizon de particules que nous pourrions jamais connaître à une petite fraction d'un univers. Même un seul univers est impossible à connaître.

- Mais vous me parlez maintenant de diverses théories sur les multivers. » Gabe prit une petite gorgée de son thé, peut-être un test pour savoir s'il avait assez refroidi pour être bu. « Un multivers est un groupe théorique de plusieurs univers, y compris celui dans lequel nous vivons ; des univers qui dérivent les uns des autres. » Il cligna des yeux rapidement. « Ces théories ne m'attirent pas. Le multivers est une hypothèse philosophique plutôt que scientifique, car il ne peut pas être testé de façon empirique ; il ne peut pas être falsifié. »

Joe rit tout en sirotant son thé. « Est-ce le physicien qui parle ?

- Oui. Si le multivers existe, alors quel espoir la science a-t-elle de trouver des explications rationnelles pour les belles constantes du modèle standard modifié ? Le multivers est une voie de sortie simple, une tentative clinquante d'apporter des solutions à plusieurs problèmes. Par exemple, il y a la question dans la théorie de l'onde de ce qui cause l'effondrement de la fonction d'onde.

- C'est ce qui m'a amené à penser aux multivers ; certaines théories folles imaginent que la conscience peut interagir avec l'effondrement de la fonction d'onde. Je me demandais si ce sujet pouvait m'éclairer sur mon puzzle avec la conscience des IA, » dit Joe.

Gabe fronça les sourcils. « Certains ont mal interprété la nécessité d'un observateur dans l'interprétation de Copenhague de la mécanique quantique, pensant qu'il fallait quelque chose comme nous pour observer.

- Alors l'interprétation de l'existence de nombreux mondes, avec son implication que tous les univers possibles existent en même temps, permet d'éviter le problème de ce qui cause l'effondrement de la fonction d'onde en se débarrassant de toute causalité, c'est ça ? » Joe lança une balle imaginaire vers les arbres.

« Oui. Nous vivons seulement dans cet univers particulier, mais tous les autres existent aussi.

- L'univers ne peut tout simplement pas prendre une décision, » dit Joe. Il se mit à rire en essayant d'imaginer les chiffres absurdement grands pendant quelques secondes avant de renoncer à nouveau. « Et qu'est-ce que le philosophe dit ?

- Le philosophe est outré par la violation du rasoir d'Occam ; les solutions les plus simples sont plus susceptibles d'être correctes que les plus complexes. Pourtant, de nombreuses théories de multivers avancent un nombre quasiment infini d'univers, » déclara Gabe.

« Je comprends que les théories de la physique actuelle laissent la porte ouverte à un très grand nombre de solutions possibles mathématiquement, toutes pouvant être une 'théorie du tout'.

- Oui, il existe environ 10^{500} de tels modèles possibles. » Gabe gémit.

Joe se redressa, incrédule. « 10^{500}. Et dans combien de ces modèles pourrions-nous vivre ? »

Gabe se tourna pour le regarder dans les yeux. « Probablement celui-ci uniquement.

- Quoi ?!

- La vie est seulement possible si les constantes sont finement réglées. À titre d'exemple, seul de l'hélium serait produit si la masse du neutron était légèrement plus faible. Et si elle était légèrement plus élevée, alors seul de l'hydrogène serait produit. Des problèmes similaires se poseraient s'il y avait de petites différences dans les masses des quarks ou la constante cosmologique. »

Joe étudia sa tasse de thé vide. « Alors comment expliquer notre chance de vivre dans celui-ci ?

- Le principe anthropique est une tentative d'esquiver la question. Il postule que si les observations d'un univers doivent être faites par des créatures conscientes, alors seuls les univers où les constantes physiques se situent dans une fourchette très étroite peuvent contenir de telles créatures. La méta-idée est que cet univers est là pour que nous l'observions, car nous sommes des créatures conscientes.

- Mais l'histoire de la science n'a-t-elle pas réfuté les théories qui nous mettent, nous ou toute autre chose, au centre d'un univers quel qu'il soit ? L'univers centré sur la Terre de Ptolémée est tombé face au modèle copernicien. » Joe leva les yeux vers le ciel. « Les astronomes ont ensuite trouvé notre système solaire dans la banlieue de la Voie Lactée, une galaxie d'une centaine de milliards d'étoiles ou plus. Voire deux mille milliards si l'on compte toutes les petites. C'est un immense univers impersonnel. Même s'il n'y en a qu'un seul.

- Oui, c'est un immense univers. Impersonnel ? C'est une scène, et nous la rendons aussi personnelle que nous le voulons. » La lumière du soleil éclairait le front de Gabe alors qu'il prenait la dernière gorgée de son thé.

Joe réalisa qu'ils étaient assis depuis un bon moment. « Gabe, vous m'avez convaincu de ne me soucier que d'un univers physique fermé. Pour poursuivre, je voudrais discuter de notre mentalité au sein de cet univers. »

Gabe regarda Joe, d'un regard dur et pénétrant. « Nous y reviendrons un de ces jours. Mais puisque vous êtes un réaliste physique, comme moi, et que vous acceptez une certaine forme de fermeture causale, c'est peut-être le plus déprimant des sujets. Tenez-vous vraiment à savoir ?

- Je suivrai la connaissance qui pointe vers la sagesse, où qu'elle mène. »

Sur ces mots, Gabe se leva avec une agilité inattendue et reprit son chemin après un dernier geste de la main, abandonnant Joe à ses pensées.

...

> Le principe anthropique. Une tentative d'accepter la réalité que cet univers au moins est conçu parfaitement pour les créatures conscientes, malgré des probabilités trop infiniment faibles pour que cela soit fortuit. La réponse peu convaincante qu'il doit y avoir une infinité d'univers, une conjecture qui ne pourra jamais être testée, ressemble à une tentative désespérée d'éviter l'hypothèse alternative évidente qu'il existe un Lui (ou une Elle) dont la science ne saurait prononcer le nom. Me voilà de retour à l'étude des probabilités, à penser à Dieu.

S'il y a une divinité, Elle aurait pu concevoir l'univers physique fermé comme Elle le voulait. Elle aurait pu créer un univers déterministe, qui roulerait au quart de tour, exactement comme Elle l'entend, sans déviation, jusqu'à la moindre particule. Mais ce serait un univers ennuyeux. Elle créerait un univers, oui, mais un simple univers sans créativité. Ou Elle aurait pu en créer trente-six mille. Si tous étaient déterministes, cela rendrait-il les choses plus intéressantes ? La création d'univers déterministes, peu importe le nombre, n'est-elle pas un merveilleux exemple de création futile ?

Ma conversation avec Freyja, cependant, suggère que le démon de Laplace est défait, et que notre univers n'est pas pleinement déterministe ; il y a une ambiguïté attrayante à son cœur. C'est donc un univers intéressant. Des événements qui ne peuvent être prévus se produisent. Si Elle avait créé un tel univers, Elle ferait une divinité bien plus intéressante. Mais pourquoi cet univers particulier, avec toute sa violence, tout ce mal ? Quelle sorte de divinité pourrait-Elle être ? Cela ouvre bien des questions et paradoxes sur la nature d'une telle divinité.

Je réfléchis à la possibilité de l'existence d'une divinité. Un sujet que la science a été peu disposée à débattre pendant des siècles. Peut-être que la science est encore frileuse à cause des arguments pseudoscientifiques du dessein intelligent, une autre mascarade du créationnisme. Le créationnisme a lutté contre la reconnaissance des preuves scientifiques des processus non dirigés, comme l'évolution par sélection naturelle. Les créationnistes ont fait valoir que les explications de l'évolution étaient insuffisantes, mais la science leur a donné tort. Ce démon qui hante la science et les gens réfléchis a été abattu.

La science ne montre ni besoin ni preuve d'ingérence dans l'univers après le premier acte de création. Mais elle ne dit rien au sujet de l'acte de création lui-même. Toutes les questions et possibilités sont sur la table pour moi. Même celles dont personne ne tient à discuter de nos jours.

. . .

Chapitre 14

Joe déambula dans la maison, où il trouva Evie portant le karatégi approprié alors qu'elle préparait le dîner. Il l'avait déniché au magasin de marchandises lors de sa dernière sortie pour faire les courses, et bien qu'il épousât de façon exquise sa silhouette svelte, il devait se forcer à ne pas remarquer qu'il était moins révélateur que sa chemise de pyjama.

« Grosse journée ? » Elle avait l'air de bonne humeur.

Son regard suivait ses pieds nus, qui dansaient sur le sol de la cuisine. « Occupé avec mon projet sabbatique, je consulte plusieurs professeurs. Et je vois que tu travailles toujours sur tes katas. »

Elle lui fit face et joignit les mains, son corps détendu. « Je pratiquais un kata de pont.

- Qu'est-ce que c'est ?

- Tu imagines que tu es debout sur une passerelle étroite. Tes ennemis t'attaquent des deux côtés. Comme c'est étroit, une seule personne à la fois peut attaquer d'un des deux côtés.

- Tu te tournes à gauche et à droite pour les combattre ? »

Elle hocha la tête. Son regard se tourna vers le haut, comme s'il cherchait un souvenir. « Pour concentrer mon esprit pendant les katas, je m'accroche à une pensée : 'Bien que j'aie mille ennemis, je les vaincrai tous'.

- Je n'en doute pas. »

Elle plaça les assiettes de poulet à la citronnelle, puis s'assit en face de lui et attaqua son repas. « Pour un niveau 42, tu n'as pas beaucoup de possessions. »

Joe haussa les épaules et tira son assiette vers lui. « J'ai réalisé que je n'avais pas besoin de beaucoup de choses. Je m'intéresse plus à ce qui m'entre dans la tête que ce qui se passe à l'extérieur d'elle.

- C'est bizarre. Les rares gens de niveau plus élevé que j'ai côtoyés pouvaient se comporter comme des dragons, assis sur leurs tas de diamants et de rubis.

- Bizarre en bien, donc ?

- Bizarre en bien. C'est mieux de ne pas tant se soucier des possessions. »

Ils entendirent la porte d'entrée sonner avec son alerte d'ouverture, et leurs regards se verrouillèrent. Evie hocha la tête en voyant Joe pointer son doigt, et elle rampa dans le coin en direction de la chambre alors que Joe entendait des pas dans l'escalier.

La tête ovale de 73 passa par la porte, son front rouge clignotant. Le bot entra dans le salon pour lui faire face, ses bras levés pour indiquer qu'il était prêt. Sa tête se déplaça de gauche et à droite pour un balayage en règle de la pièce.

« Qu'est-ce que tu fais ici ? Tu agis à l'encontre de mes ordres.

- Monsieur, j'ai détecté qu'un intrus pourrait avoir pénétré dans votre appartement. Vous êtes entré, mais vous n'êtes pas réapparu. Est-ce que vous allez bien ?

- Je vais bien. Qu'est-ce que tu es venu faire ici ?

- Monsieur, conformément à la première loi, je ne peux laisser aucun mal vous arriver par mon inaction. Puis-je inspecter l'appartement ? »

Joe était sur le point d'exiger que le bot parte quand il remarqua Evie derrière lui, un autobalai dans les mains. Elle le frappa avec dans un arc virevoltant. Le choc résonna dans l'appartement, le métal cognant contre le métal. Le bot tressauta vers l'avant, puis se tourna vers elle, les bras levés en défense.

Joe atteignit le panneau sur le dos du bot et activa sa tuile biométrique. Le panneau s'ouvrit. Il y trouva le commutateur d'arrêt et tira dessus. Le bot se figea, et la lumière rouge clignotante s'éteignit.

Dans le silence soudain, le regard de Joe sauta du bot à Evie. « Qu'est-ce que tu fais ? » Il cracha ses mots, puis son visage rougit.

Elle tenait toujours l'autobalai métallique dans ses deux mains, et elle fronça les sourcils, confuse par sa question. « Je l'arrête, évidemment. Il allait fouiller l'appartement, et il ne peut pas savoir que je suis ici. »

Joe gémit. « Il aurait obéi à mon ordre de partir. Maintenant, on se retrouve avec un pipabot cabossé, qui a capturé l'image de ton visage et ma signature biométrique quand je l'ai arrêté. »

Evie grimaça et étudia l'autobalai. « D'accord, ce n'était peut-être pas la meilleure idée.

- Non, ton comportement n'a fait qu'empirer les choses. » Joe se tenait debout, fulminant. « Bon, laisse-moi réfléchir. »

Ils restèrent debout un moment, Evie tenant l'autobalai droit dans sa main, Joe se grattant la barbe, et le robot affalé entre eux deux. Joe atteignit le panneau ouvert et retira la puce de commande. Il désactiva le processus de redémarrage automatique et coupa l'alimentation.

« Aide-moi à ranger ce machin dans le placard. Il y restera jusqu'à ce qu'on puisse remplacer cette IA par une nouvelle. En supposant que j'arrive à m'en procurer une sans déclencher des avertissements dans le système national de surveillance. » Evie et Joe traînèrent le pipabot inerte dans le placard et fermèrent la porte.

« Tu as une idée de comment le bot a su que tu étais là ? »

Elle se mordit la lèvre. « Je me suis faufilée dehors une trentaine de minutes. Je ne pensais pas que quelqu'un avait remarqué mon départ ou mon retour.

- Comment tu es rentrée ?

- J'avais laissé la porte ouverte. »

Joe se frotta les yeux. « Le bot a dû détecter ça avec son protocole de protection. »

Elle regarda vers le sol. « Je n'avais pas pensé à ça. »

Il se sentait toujours furieux, mais il essaya de se maîtriser. « Remettons-nous à table, » dit-il. Ils revinrent à la table de la cuisine et s'assirent l'un face à l'autre en silence. L'humeur de Joe se tempéra lentement alors que son estomac était réchauffé par le poulet à la citronnelle.

« C'est vraiment délicieux.

- Comme je te le disais, j'ai appris ça au cours de ma période internationale, quand j'étais cloîtrée, comme ici, » déclara-t-elle d'un ton satirique.

Il posa sa fourchette. « Écoute, tu n'es pas la seule personne à jamais avoir été contrainte par certaines règles. Je n'ai jamais voyagé en dehors de ce pays *non plus*. Je ne peux pas obtenir de passeport *non plus*. »

Elle baissa les yeux vers son assiette. Sa voix était pensive quand elle reprit enfin la parole, comme si elle venait de se remémorer une vieille émotion. « J'ai travaillé si dur pour décrocher mes maîtrises. J'étais prête à en faire quelque chose. Quand je n'ai pas réussi à trouver un vrai travail, ça m'a tué le moral. Je me suis dit, 'C'est tout ce que tu peux faire, ma pauvre ?' » Elle leva les yeux. « C'est à cette période que j'ai commencé à bien maîtriser les katas du pont. »

Ils s'observèrent pendant un long moment. Evie retourna à son repas. Une minute plus tard, elle annonça : « Quand le bot te faisait face en clignotant, j'ai cru qu'il pourrait te faire du mal. »

Joe mâchait pensivement. « Dans ce cas, c'était gentil d'avoir essayé de l'arrêter. Je comprends que ton entraînement aux arts martiaux a guidé ton instinct, c'était naturel d'utiliser ce que tu savais dans un moment pareil. »

Evie hocha la tête, et ils continuèrent à manger.

« Pourquoi as-tu pris le risque de quitter l'appartement ? »

Sa réponse était douce, apologétique. « Nous avions prévu une autre manifestation pour mardi prochain. Elle aurait sans doute eu lieu si je ne l'avais pas annulée. La gare ferroviaire a une communication sécurisée, alors j'y suis allée pour envoyer un message à un autre meneur de notre mouvement. Je ne pouvais pas laisser davantage de personnes finir en prison.

- J'aurais pu t'aider à envoyer un message, ce qui aurait été plus sûr pour nous deux. » Il attendit qu'elle rencontre son regard avant de poursuivre : « Nous sommes tous les deux impliqués, maintenant. »

Elle hocha la tête.

« C'est tout ce que tu as fait ? »

Elle retournait un morceau de poulet dans son assiette. « Tu commençais à manquer d'ingrédients intéressants. Sur le chemin du retour, je suis passée par un magasin pour récupérer quelques épices. » Elle marqua une pause, puis termina, « Tu sembles aimer ma cuisine. »

Il avala sa bouchée savoureuse. « Prions pour que ce ne soit pas notre dernier repas. »

Après une consultation en fin de soirée avec Raif dans son bureau et un appel le lendemain matin à un ami au Ministère de l'Intelligence artificielle, Joe avait un plan en place. Le remplacement de l'IA serait autorisé par son ami au Ministère au motif que l'original a été endommagé dans un accident, évitant ainsi tout contrôle du gouvernement. Son ami enverrait l'IA de remplacement, avec un sandbox comme wrapper logiciel et une nouvelle puce sécurisée, au bureau de Joe d'ici la fin de la journée. Raif se chargerait quant à lui du wrapper matériel. Joe installerait la nouvelle IA et se débarrasserait de la puce de l'ancien incognito. Du moins, il l'espérait.

La tête ovale du nouveau bot se redressa, et une lueur bleue se dessina sur son front. Ses lentilles fixèrent Joe. « Je suis votre Programme Intelligent Personnel d'Assistance attribué, PIPA 32983. On m'appelle Eugenia ou Gene. Préféreriez-vous que j'utilise une voix de femme ou d'homme ? » Son front brilla de pourpre.

« Utilise une voix neutre, s'il te plaît, et je vais t'appeler 83, si ça ne te dérange pas. Et avant que tu me poses la question, je n'ai pas d'ANPI. »

Le bot cligna des yeux. « Aucun problème à cela. » Il étudia ses environs. « Il semble que je me trouve dans un placard.

- Tu trouveras la remise à outils dehors. Prévois de rester en mode d'utilisation minimale pour moi. Et quand tu seras sorti, n'entre pas dans mon appartement sans avoir l'ordre explicite de le faire. Ignore tous les visiteurs qui entrent et sortent. » Il ne pensait pas qu'Evie serait assez téméraire pour sortir à nouveau, mais il ne voulait pas que la situation se répète.

« C'est entendu, monsieur. »

Joe suivit le pipabot dans l'escalier de l'appartement, la puce de mémoire de 73 toujours dans sa main. Lorsque le pipabot vira vers la remise à outils, Joe suivit le chemin jusqu'à la passerelle.

Regardant l'eau agitée, puis les arbres environnants qui surplombaient le lieu, Joe chercha d'éventuelles vidcams. Il se mit à genoux et se pencha sur le côté du pont pour traîner sa main dans l'eau, puis ouvrit les doigts et laissa la puce tomber loin, loin dans les profondeurs. Sa pause contemplative fit plus que cacher cette mise au rebut. Joe observait l'eau, en pensant à 73 et à combien il était facile d'anthropomorphiser nos créations.

Chapitre 15

Joe passa le reste du weekend et toute la matinée du lundi à lire certains des livres que Gabe lui avait recommandés. À mi-journée, il passa du temps appuyé sur le dossier de sa chaise de bureau, d'où il regardait avec plaisir les icônes holographiques flotter au-dessus de sa tête. Il jeta un œil à un ensemble d'hologrammes ignominieusement poussés dans le coin, un problème d'IA qu'il avait étudié mais abandonné pour ses études philosophiques. Ses intérêts étaient en train de changer. Le problème pratique de la conscience des IA lui semblait chaque jour un peu plus impossible à résoudre, et il perdait l'envie de revenir à son ancien poste au Ministère de l'Intelligence artificielle. Dans le même temps, ses lectures sur la philosophie de l'esprit titillaient son envie d'explorer sa propre mentalité. Qu'est-elle, au juste ?

Joe mangea une salade en guise de déjeuner, puis fit un tour au bâtiment de philosophie, où il trouva Gabe, qui donnait un cours. Les étudiants de deuxième cycle remplissaient la salle de classe. Elle était équipée d'immersions en réalité virtuelle complètes, avec des casques de réalité virtuelle et des vestes haptiques pour chaque étudiant. Tous étaient absorbés dans des cours individuels. Gabe parcourait la salle, encadrant les élèves un à la fois. Lorsque le professeur l'aperçut, il désigna un des dispositifs de réalité virtuelle accrochés au mur. Joe tira sur la veste haptique et le casque de réalité virtuelle. Gabe toucha son casque, sa tuile biométrique rayonnant de bleu à travers sa chemise à col ouvert, et les mots « Mode instructeur » se mirent à clignoter sur le casque de Joe.

« Le cours se termine dans onze minutes. » Gabe balaya la salle de classe d'un geste de la main. « Pour vous occuper, vous pouvez observer les étudiants prometteurs en attendant que nous terminions. »

Gabe recula, et Joe erra dans la salle en regardant les étudiants interagir avec les avatars. Il s'arrêta derrière un élève engagé dans un débat passionné avec un grand avatar barbu vêtu d'un chiton, d'un himation brun et de sandales. Il devint clair que l'avatar était Aristote quand il leva son bras drapé de tissu brun et désigna le sol, rappelant à Joe la peinture de Raphaël. Aristote dit : « Il y a des substances, des substances primaires et des substances secondaires . . . »

. . .

> Une bonne façon d'apprendre l'histoire. Je suis sceptique quant à la façon dont l'IA gère les méta-concepts. Peut-elle jamais faire plus que simplement régurgiter l'entrée ?

. . .

Bientôt, une cloche sonna. Les avatars disparurent de la salle de réalité virtuelle, et les étudiants rangèrent leurs équipements avant de se disperser. Il se rappela l'époque où lui aussi laissait derrière lui salles de classe et professeurs en emportant une idée nouvelle.

Joe se tourna en direction de Gabe. Tous deux s'équipèrent d'un dispositif de réalité virtuelle. Gabe demanda solennellement : « Êtes-vous prêt pour une leçon difficile ? Si oui, vous êtes au bon endroit. »

La mâchoire de Joe se serra à cette perspective. Gabe réinitialisa le dispositif de réalité virtuelle, et l'écran vert entoura Joe. L'avatar de Gabe se présenta devant lui, vêtu d'un hanfu traditionnel bleu foncé. Avec sa longue barbiche, il avait la parfaite apparence du sage.

« Cette leçon vous apporte des connaissances. Je vous donne un problème non résolu, un problème difficile. Vous devez former votre propre synthèse des croyances en vous basant sur les faits, l'histoire des débats humains et vos propres conclusions. » Gabe désigna leur environnement vide. « Vous m'avez dit que vous étiez un physicaliste, que l'univers est réel, et que vous croyez, en vous basant sur la science, que c'est un univers physiquement fermé. »

Joe hocha la tête avec vigueur.

« Quelle est votre définition d'un 'univers physique fermé' ?

- Mon idée est que pour remonter à l'origine causale d'un événement physique, nous n'avons jamais besoin de sortir de l'univers physique.

- Bien. Je suis un physicaliste moi-même, et j'utiliserais aussi cette définition.

- Alors quel est le problème ? » La main de l'avatar de Joe semblait gratter sa barbe quand Joe répliquait inconsciemment le geste.

« Le problème le plus difficile dans la philosophie de l'esprit est peut-être celui de l'exclusion de la causalité. La question est, comment l'esprit peut-il exercer ses pouvoirs causaux, c'est-à-dire causer la survenue de quoi que ce soit, dans un monde physiquement fermé ? »

Joe hocha la tête, en attendant la suite.

« Pour comprendre le problème, vous devez d'abord saisir l'idée de survenance. Dans la philosophie de l'esprit, la survenance est une condition minimale de la causalité dans un univers physique fermé.

- Je ne connais pas ce concept, » dit Joe.

« La survenance se rapporte à une *relation* entre des ensembles de propriétés ou des ensembles de faits. En termes mathématiques, X survient sur Y si et seulement si une différence dans Y est nécessaire pour que des différences dans X soient possibles. »

Joe commençait à saisir la logique, mais il aurait voulu pouvoir manipuler des symboles sur sa communication. Comme s'il avait lu dans son esprit, Gabe fit un signe de la main, et des ballons de football rouges se mirent à flotter à hauteur de taille tout autour d'eux, se bousculant contre les hanches de Joe. Dans une autre vague, des ballons bleus apparurent au-dessus des rouges, se heurtant haptiquement contre les deux hommes.

Gabe continua. « Les philosophes parlent généralement de survenance des propriétés. Disons que les ballons bleus représentent le mental, ou X. Les rouges représentent le monde physique, ou Y. Dans une relation de survenance, disons que si un certain ensemble de propriétés, bleu, survient sur un autre ensemble de propriétés, rouge, alors, pour qu'il y ait des changements dans l'ensemble bleu, il faut nécessairement des changements dans les propriétés du rouge. »

Gabe plongea sa main dans la mer de ballons rouges, qui s'agitèrent de haut en bas. « La couche physique. » Puis il frappa la couche de ballons bleus. « Et la couche mentale. Mais nous n'en avons pas besoin d'autant. » Une autre vague surgit, quatre ballons venant s'arrêter devant Joe : deux rouges en dessous de deux bleus. « Pour un physicaliste, un des concepts est qu'il ne peut y avoir de différence mentale sans différence physique. »

Deux tableaux apparurent suspendus dans les airs, côte à côte, au-dessus des deux ballons bleus. Ils ressemblaient un peu à la Joconde, ce fameux sourire ambigu dirigé vers Joe.

« Voici deux tableaux. Que pensez-vous d'eux ? »

Ils étaient similaires, mais le second paraissait être une bonne peinture, alors que le premier non. « Le second est meilleur. C'est une bonne peinture. Je n'aime pas l'autre.

- Vous pensez que le deuxième a une certaine différence de qualité, esthétique, intrinsèque. Alors vous devez être d'accord pour dire qu'il doit y avoir autre chose qui diffère entre les deux pour faire de l'un un bon tableau et l'autre non ?

- Oui.

- Si vous trouvez une différence de qualité, la base physique sous-jacente peut-elle être la même ?

- Non, elle doit être différente, car l'univers est physique.

- Bien. Maintenant, vous pouvez voir une relation de survenance. Vous pouvez voir que le mental *survient* sur le physique. Autrement dit, si le mental varie, alors le physique varie nécessairement. »

Joe sourit. « Oui, c'est maintenant clair.

- Bien. Vous pensez que l'univers est physique, et qu'il est réel. Alors vous serez sans doute d'accord pour dire que pour chaque différence mentale, il doit y avoir une différence physique. » Les ballons rouges qui se tenaient sous les bleus changèrent, l'un avec une bande unique, le second affichant deux bandes pour marquer la différence physique.

« S'il y a une différence entre les peintures, » Gabe désigna d'abord les deux tableaux, puis les deux ballons rouges, « alors il doit y avoir une différence physique sous-jacente à ce qui se passe dans la mentalité. Sinon, cela enfreindrait les règles des relations de survenance.

- Le mental survient sur le physique, » dit-il, et Gabe hocha la tête.

« Alors vous ai-je convaincu que c'était une condition minimale pour croire que votre esprit peut causer quoi que ce soit ?

- Oui. » Le front de Joe plissa alors qu'il se concentrait.

« Bien. Maintenant, discutons du passage de la mentalité à travers le temps. Une pensée suit une autre. »

Les quatre ballons se dissolurent d'un geste de la main de Gabe, remplacés par une ligne de ballons bleus flottant au-dessus d'une ligne de ballons rouges. Chaque ballon présentait une flèche pointant dans la même direction. Joe frappa le ballon rouge le plus proche de lui, et ce dernier heurta le suivant, ce mouvement se répétant le long de la ligne de ballons rouges, comme un pendule de Newton. La ligne de ballons qui se trouvait au-dessus se déplaçait en synchronisation avec les ballons rouges du dessous, en faisant résonner un *tic-tic-tic*.

« Imaginez, par exemple, que la ligne de ballons bleus est une ligne à travers le temps d'une série de pensées dans votre esprit. Maintenant, qu'est-ce qui cause quoi ?

- Eh bien, le premier ballon rouge cause le suivant dans la ligne, » dit Joe.

« Puis le deuxième cause vraisemblablement le troisième ?

- Oui. Il se passe quelque chose dans l'univers physique à chaque pensée. Il y a la chimie et, plus profondément, des particules, je suppose. C'est ainsi que nous décrivons normalement la physique de l'univers physique fermé. »

Les coins de la bouche de Gabe s'abaissèrent. « Qu'est-ce qui cause la mentalité ?

- De toute évidence, le premier ballon bleu cause le deuxième, et ainsi de suite le long de la ligne. Une pensée mène à une autre. C'est une description du processus de pensée, ce qui se passe dans nos têtes, » déclara Joe.

Gabe fit une pause pour mettre de l'emphase, ses yeux durs et luisants. « Mais vous avez déjà dit que les ballons rouges physiques déterminent chacun le prochain ballon rouge, et chaque ballon rouge détermine le ballon bleu du dessus. Si les ballons rouges causent les deux, alors rien n'est effectué par les ballons bleus. Ils ne sont pas causatifs. Ils sont étrangers. »

Joe scrutait les lignes de ballons avec un malaise croissant.

« La mentalité est un *épiphénomène*. » Gabe sortit ses deux mains, tenant les ballons bleus à l'écart des ballons rouges. « L'épiphénoménisme dit que les événements mentaux ne causent pas la survenue de quoi que ce soit dans le monde physique. Par exemple, on peut penser que voir un ami nous fait sourire. Mais cet argument suggère que notre sourire est seulement le résultat des processus physiologiques sous-jacents. »

Dans sa tête, il imagina Raif lui sourire jusqu'à ce que ce chat du Cheshire sombre dans l'agitation mentale. Il pensa à Evie et se demanda si les pensées connexes n'ont été causées que par sa nature animale : les glandes, les hormones, les cellules, la chimie et ses particules se déplaçant. Il transpirait, et maintenant il se demandait ce qui avait causé cela.

Gabe déplaça sa main, et la salle devint complètement sombre. L'hologramme d'une voiture automatisée apparut et se déplaça dans une ellipse lente autour du périmètre de la salle. Ses phares éclairaient une barrière de sécurité sur les murs. Alors que la voiture se déplaçait, son ombre se reflétait sur la barrière, l'ombre suivant la voiture automatisée. Joe observait les variations de lumière, alors que chaque ombre passait à la partie suivante de la barrière, comme des fantômes plongeant des ténèbres.

La voix de Gabe était sombre. « Le philosophe Jaegwon Kim a proposé une analogie mémorable. Il a dit que l'ombre de la voiture était comparable à la mentalité. Il n'y a pas de lien de causalité entre l'ombre à un moment et celle du moment suivant. La voiture en mouvement représente un véritable processus causal, et nous avons déterminé que le processus causal se trouvait dans l'univers physique sous-jacent. Nos esprits ne font rien de causal. Ils ne font qu'accompagner le mouvement, dans un reflet des processus physiques. Alors il n'y a pas de chose séparée que nous appelons l'esprit. Ce n'est qu'une ombre. »

Les épaules de Joe s'affaissèrent.

« Une réaction appropriée, » dit Gabe.

« Y a-t-il un moyen d'échapper à cette horrible conclusion ?

- Si vous êtes un physicaliste, que vous croyez en un univers physiquement fermé, alors aucun moyen n'a été trouvé jusqu'à présent. » Gabe semblait aussi abattu à ce sujet que Joe.

. . .

> Je crois que l'univers est physiquement fermé. Toutes les preuves scientifiques appuient cette conclusion. Maintenant, Gabe me dit que si j'accepte ce postulat, compte tenu de cette façon de tout décrire dans les propriétés physiques et mentales, alors je n'ai pas de mentalité causant quoi que ce soit. Ça me *semble* si absurde. Je ne peux pas le croire. Je ne *veux* pas le croire. Et pourtant la logique semble correcte.

. . .

Joe se racla la gorge. « Mais si tel est le cas, toute causalité venant de nous, de notre mentalité, disparaît. Et si la causalité par notre mentalité disparaît, il en va de même pour notre libre arbitre. »

Les épaules de Gabe avaient chuté aussi, et son avatar semblait d'un coup plus vieux. « Vous comprenez l'ampleur du problème. Un philosophe du XXe siècle dénommé Fodor a dit quelque chose comme . . . » Gabe ferma les yeux, cherchant la citation. « S'il n'était pas littéralement vrai que le fait que je veuille quelque chose soit causalement responsable du fait que je l'atteigne, que ma démangeaison soit causalement responsable du fait que je me gratte, et que ma croyance soit causalement responsable de mon affirmation . . . si rien de tout ça n'est littéralement vrai, alors pratiquement tout ce que je crois à propos de tout et de rien est faux et c'est la fin du monde.

- V-vous partagez cette idée ?

- Je ne trouve aucune justification pour la réfuter. Si c'est vrai, les idées que nos esprits causent quoi que ce soit et qu'ils agissent selon leur libre arbitre ne sont qu'une illusion. Nous pouvons penser que nous décidons des choses, mais, au contraire, tout est causé par nos natures physiques sous-jacentes, jusqu'aux descriptions physiques des particules en mouvement. Nous n'avons pas de libre arbitre. »

Joe s'installa dans un bar et regarda fixement l'ambre profond de son whisky, le fond de sa gorge irrité par le tourbeux islay. Il avait traîné de la salle de classe jusqu'à la ville, errant le long des rues, zigzaguant à gauche et à droite, jusqu'à trouver ce bar dans une contre-allée. Il n'y avait guère de monde quand il y était entré il y a trois heures, et ceux qui vinrent après le crépuscule s'étaient engouffrés dans les salles à l'arrière. Les tabourets le long du bar étaient vides, à l'exception du sien. La barbot enleva les restes de son dîner et les nombreux verres vides qui jonchaient le comptoir.

. . .

> Et maintenant, pour mon projet sabbatique ? Quelle direction prendre ? Gabe pourrait-il avoir raison ? Est-ce que tout cela importe vraiment ?

. . .

Ces questions tournaient dans sa tête dans une boucle continue. Il leva un doigt pour appeler la barbot. « Que diriez-vous d'un autre whisky ? »

La barbot ronronnait dans une douce mélodie et l'examinait, tapant ses doigts en rythme sur le comptoir. Elle était belle et sensuelle. Sa pseudo-peau était d'une variante récente qui reproduisait de façon réaliste celle de l'humain, mais sa nature de bot restait trahie par les gros chiffres rouges tatoués dans un cercle autour de son cou. C'était requis par la loi, afin d'éviter toute confusion.

« Ou peut-être avez-vous déjà eu assez de whisky pour ce soir, M. . . . ?

- Joe.

- M. Joe, peut-être puis-je vous suggérer autre chose. Nous avons des synthotropes. Ce sont les meilleurs psychotropes synthétiques disponibles, et ils vous mettront dans un état mental agréable. Ou nous pouvons lancer des faisceaux d'émoticône à l'étage. Je vais vous montrer. » Sa main effleura son bras, et il remarqua une odeur de parfum infusant maintenant la manche de sa chemise.

. . .

Ce n'était pas une barbot, mais une matchlovebot. Dans quel genre d'endroit j'ai atterri ?

. . .

Il la regarda un instant, conscient de la lenteur de sa réaction. « Non, merci. Pas de divertissement virtuel pour moi. » Un frisson le traversa.

La matchlovebot essaya à nouveau. « Dans ce cas, je peux vous aider à trouver quelqu'un dans le quartier. Si vous le souhaitez, je peux inspecter votre ANPI et vous assister.

- Je n'ai pas d'ANPI.

- Alors, si vous me permettez de me connecter à votre ESNE, nous pouvons utiliser les biodonnées personnelles mises en cache. »

Joe vida son verre jusqu'à la dernière goutte. « Non, merci. Je trouverai mon hédonisme moi-même. » Il se glissa hors de son tabouret et prit la porte.

Joe agita la main devant la porte de l'appartement, qui s'ouvrit en coulissant. Il tituba dans les escaliers. Evie leva le regard de la table de la cuisine, où elle avait posé deux assiettes et des couverts. Un plat contenait une portion froide d'alt-steak carbonisé, flanqué d'une pomme de terre cuite et d'une pâtisserie. Son assiette à elle était vide, et elle buvait un verre d'eau, son dessert intact.

« Je pensais que tu serais rentré pour le dîner, » dit-elle.

« D-Désolé. » Il essaya de ne pas escamoter le mot, sans succès. « Je suis sorti tard après avoir rencontré un collègue professeur. J'ai déjà mangé. » Il déambula dans le salon, prit un verre dans le buffet, et y versa les dernières gouttes de whisky de la carafe. Il revint et se mit à table, face à elle.

Il avait mangé un repas copieux, mais le dessert avait l'air appétissant. Il saisit sa fourchette. La conversation avec Gabe était un nuage dans sa tête. Il lui semblait que tout était perdu, que rien ne comptait.

Joe avait les deux coudes sur la table et la tête penchée sur la pâte feuilletée. Les pommes douces apportaient un contraste agréable au whisky.

« Tout va bien ?

- Ce fut une . . . une grosse journée. »

Le silence parut interminable avant qu'elle ne déclare : « Je me sens cloîtrée ici. Il leva son regard vers elle. Ses lèvres formaient une ligne pincée, presque une moue. Ses yeux noisette le transperçaient. « Je ne peux pas sortir. Je ne peux pas contacter mes amis, ni lire les rumeurs sur le chat stream. Je vais devenir folle. »

. . .

Je l'avais négligée. Quelle erreur. Ces beaux yeux.

. . .

« On ne peut pas y faire grand-chose. » Ses bredouillements étaient encore pires la bouche pleine. « Sauf si tu as des idées. »

Sa bouche se serra de fureur. « Je ne demandais pas un laissez-passer. C'était juste une conversation. » Elle renifla. Il remarqua son reniflement à nouveau, et son expression s'assombrit davantage. Il se demandait s'il y avait une autre raison à son irritation au-delà de son badinage semi-sérieux. Quoi qu'il en soit, il n'y aurait pas d'hédonisme ce soir, et les deux feraient chambre à part une fois de plus.

Ses pensées étaient brumeuses, et il fit une pause pour se concentrer. « Très bien, une conversation. Mais le seul sujet qui t'intéresse, c'est ton mouvement de protestation contre les niveaux. Je trouve ça un peu ennuyeux et égocentrique. » Il s'attaqua au deuxième strudel aux pommes.

Elle tapota doucement ses doigts sur la table, un air féroce gagnant son visage. « Oui, en parlant d'ennuyeux, tu ne t'es jamais rendu compte du temps que tu passes dans ta tête ? En attendant, la vie suit son cours dans le monde réel. »

Ses phalanges accéléraient leur tambourinage, alors que son esprit avait abandonné la conversation et se concentrait sur le dessert. Les pommes étaient délicieuses, et son esprit était béatement vide alors qu'il terminait la dernière bouchée de son strudel aux pommes. Puis le tambourinement s'arrêta brusquement.

« Tu essaies de prouver que tu es un glouton en plus d'un ivrogne ? »

...

J'aurais dû m'attendre à ce coup de semonce, mais ça m'est égal. Je me suis mal comporté, et je le mérite bien. Mais elle, elle compte.

...

Il se frotta la nuque. « Certains jugements sociaux sont justifiés. Tu remportes ce point-là. » Sa contrition était sincère, et son visage devait le refléter, car une lueur victorieuse apparut dans son regard. « Que dirais-tu d'une trêve ? On coupe la poire en deux. Peut-être qu'on devrait tous les deux cesser d'être aussi égocentriques, puisque nous sommes condamnés à être coincés ici ensemble ? »

En guise de réponse, elle plia ses mains comme elle le faisait à la fin de ses katas.

Joe se leva pour préparer des tasses de long jing, autant pour s'éclaircir les idées que pour prolonger le moment, aussi gênant fût-il pour lui. Ils s'installèrent aux extrémités opposées du canapé dans le salon, sirotant leur thé. La lune faisait danser des ombres sur son visage, lui donnant un air aussi énigmatique que la Joconde, et il ne sut déchiffrer son humeur quand elle s'en alla vers sa chambre et ferma la porte.

...

Peut-être qu'elle ne me déteste pas tant que ça.

...

Chapitre 16

Son MEDFLOW ronronna avec la triple dose envoyée pour traiter son mal de tête. Joe roula dans son lit et se concentra sur le plafond, et il retrouva peu à peu les idées claires. Dans la clarté du jour, il prit conscience que le commentaire qu'Evie avait émis il y a quelques jours sur son manque de possessions n'était pas qu'une question d'épices ; elle s'ennuyait. Il aurait dû être plus attentif à son invitée.

Joe déterra son vieil allbook du fond d'un des conteneurs de déménagement. Il avait rarement touché à cette source de lecture depuis l'université, préférant utiliser un dispositif de communication ou sa projection cornéenne.

Quand Joe présenta l'appareil à Evie, elle l'ouvrit avec plaisir. Elle insista pour ne pas le connecter, se contentant de lire le contenu préintégré. Joe ne l'avait pas vue accéder à un ESNE pendant son séjour, et il ne savait même pas si elle possédait un dispositif opérationnel implanté. Toutefois, il avait remarqué la dépression subtile dans la peau entre ses seins parfaits où sa tuile biométrique reposait. Ce n'était pas une Luddite ; elle vivait bien dans le monde réel.

Ils retrouvèrent une routine cordiale, et une trêve permanente s'installa. Chaque matin, il commandait le petit déjeuner sur le synthétiseur de nourriture, et quand il était prêt, il frappait à sa porte. Ils mangeaient ensemble ce repas paisible, puis il rejoignait le bâtiment de mathématiques. Elle continuait à être aimable, quoique peu communicative au sujet de son passé. Il ne l'interrompait plus lors de ses katas. Joe aimait son sourire satisfait quand elle passait en revue ce qu'il lui apportait du magasin. Ils mangeaient leur dîner ensemble chaque soir, et sa compagnie le rendait heureux.

Parfois, il restait allongé dans son lit bien après que sa porte se fermât, regardant par la fenêtre qui donnait sur les arbres cachés dans l'ombre. La deuxième chambre donnait sur ces mêmes arbres. Il s'imaginait s'échapper par sa fenêtre et lorgner dans l'autre, en la déshabillant dans son esprit. Il ne pouvait pas s'empêcher de l'imaginer pivoter lors de ses katas ; la Pénétration de la forteresse, oui. La vision de sa discipline de fer calmait l'idée de toute nouvelle tentative d'évoluer au-delà de leur trêve.

Quelques jours passèrent. Joe était assis à son bureau, face à une communication holomurale, l'air rempli d'hologrammes d'une douzaine de sources différentes. La liaison cornéenne de son ESNE parcourait le matériel écrit alors qu'il pensait. Il était profondément plongé dans cet état depuis des heures, anticipant une autre rencontre avec Gabe.

Une icône de message chiffré cligna dans la liaison de son ESNE. Il ferma tout le reste et l'accepta. Une minute plus tard, l'hologramme de Raif se matérialisa.

« Les preuves liant ces deux meneurs du mouvement de protestation à l'attentat du magasin ont tenu au tribunal. Les procureurs ont présenté des liens crédibles, et la cour les a déclarés coupables, » dit-il.

« J'ai toujours du mal à le croire, » dit Joe, fronçant les sourcils.

Raif haussa les épaules. « Il s'agissait de bases de données scellées, donc c'est à peu près impossible que leur contenu ait été modifié.

- À peu près impossible, hein ?

- Je ne peux pas dire zéro, mais la probabilité est faible.

- Je crois en ce petit quelque chose. » Puis il fit claquer ses doigts, se sentant idiot. « Ça te dirait de passer un moment à vérifier ça, d'une manière ou d'une autre ? Je peux te mettre en relation avec une mathématicienne ici qui pourrait bien accepter de t'aider. Et je crois que tu apprécierais de la rencontrer. » Joe ne dit rien quant au fait qu'il était censé l'avoir fait il y a plus d'une semaine.

« 'Une' mathématicienne, hein ? Ma foi. » Un sourire fendit son visage de chérubin. « Joe, tu as toujours eu du goût en matière de femmes. Ça me semble être un projet intéressant. »

Joe se déconnecta et ferma l'écran, les flux de données disparaissant pour laisser place à une fenêtre transparente. Dehors, le soleil brillait sur le feuillage couleur d'olive. Il était assis à son bureau, regardant dans le vide, repensant au message de Raif.

. . .

Si je suis objectif quant à ces informations, je ne devrais pas faire confiance à Evie. Mais j'y tiens quand même. Pourquoi ?

Est-ce ma nature animale, ou de simples particules en mouvement, comme Gabe le suggérait, plutôt qu'une manifestation de mon libre arbitre ? Il existe l'idée en philosophie, depuis Socrate, de l'*acrasie*, une faiblesse de volonté, le manque de maîtrise de soi, le fait d'agir contre son meilleur jugement. Suis-je tenté de suivre mon appétit plutôt que ma volonté ? L'émotion et le désir plutôt que la raison ? Bouddha pensait que ces envies étaient la cause de toutes les souffrances. Je suis humain, je ne peux pas arrêter de souffrir.

Il y a quelque chose d'inexplicable dans l'attirance qu'on ressent pour une autre personne. Comme si cela contournait la raison. Cela jaillit d'en bas, inconsciemment, de nos gènes mêmes, à la recherche d'un complément. Ce sentiment est un argument viscéral contre l'existence d'un libre arbitre. Au mieux, il montre ma propre acrasie.

Permettez-moi de me justifier. Peut-être que c'est un coup, comme disait Dr Jardine, renverser le plateau, quelque chose qui dépasse la raison, quelque chose de stupéfiant. De quelle autre façon pourrais-je décrire mon intuition ?

Evie semble être si vertueuse ; il suffit de voir son souci de justice, sa discipline et sa tempérance. Elle ne semble avoir peur de rien. Plus que cela, elle est passionnée et possède un but. Un but admirable si ce qu'elle dit est vrai, ce que je dois encore trouver moi-même.

Quelles que soient les probabilités, mon intuition me dit qu'elle est sincère. Ce n'est pas le moment de conclure par la négative. D'ailleurs, chez cette femme, cette personne de chair et de sang, à la fois difficile et authentique, il y a un vrai « moi » qui vit. Je l'aime beaucoup.

. . .

Une autre semaine ensoleillée passa, et le calendrier indiquait que nous n'étions plus qu'à une semaine du printemps. Joe revint de son bureau, la démarche pleine d'entrain. Il savourait ce temps libre passé à penser, et les heures dans son bureau défilaient à toute allure dans sa tête. Il avait rencontré plusieurs nouveaux collègues du département de mathématiques et pris l'habitude de déjeuner avec eux. Ses après-midis comprenaient une routine d'exercice. Le footing était épuisant au départ, mais il s'était adapté, se sentant maintenant en meilleure santé.

Il grimpa les escaliers après un autre dîner captivant avec Gabe et trouva Evie paisiblement assise sur le canapé du salon. Elle plissa les yeux en les levant de l'allbook alors qu'il se tenait debout devant elle.

« Sacrée collection de matériel que tu as là. Beaucoup de philosophie. Et tout un tas d'autres choses aussi. Je croyais que tu étais mathématicien, » dit-elle.

« Je le suis, et ma seconde maîtrise est en physique. » Il contempla les reliques de sa vie passée. « J'ai pris quelques cours de philosophie, aussi. Pas beaucoup, et c'est la raison pour laquelle j'étudie le sujet avec le professeur Gabe Gulaba.

- Gabe ? C'est avec un mec que tu sors dîner tout le temps ? » Un petit sourire éclaira son visage.

« Oui. Le doyen du département de mathématiques, le Dr Jardine, l'a recommandé. »

Elle l'étudia. « Joe, tu es une énigme. Tu passes beaucoup de temps dans ta tête. J'essaie de comprendre en quoi consiste ton fameux projet sabbatique. »

Sentant une véritable curiosité et l'occasion de tisser un lien, il s'assit à côté d'elle. « J'essaie de comprendre, moi aussi. Beaucoup d'idées profondes flottaient dans mon esprit depuis des années, mais je ne faisais pas beaucoup de progrès. Alors je suis venu sur ce campus, avec l'espoir de trouver de l'aide. »

Elle posa l'allbook sur ses genoux et lui fit face. « Donne-moi un exemple de ces idées profondes. »

Joe jeta un regard au plafond pendant qu'il choisissait parmi la liste trouble tourbillonnant dans sa tête. « D'accord, voici un des plus profonds. Quelle est l'ontologie de l'univers ? »

Elle fronça les sourcils. « Je t'avoue que je ne sais rien à ce sujet.

- L'ontologie est l'étude philosophique de l'*être*. Je m'intéresse plus particulièrement aux *catégories d'être*. Autrement dit, les catégories fondamentales de l'existence, ce qui constitue l'univers. » Il ouvrit largement les bras, comme pour envelopper ledit univers. « Elle s'intéresse à *ce qu'il y a*, des éléments qui ont une existence. »

Elle écoutait attentivement. « Je pensais que tout était fait de molécules. Et que de plus petites particules formaient ces dernières.

- Oui, c'est une explication scientifique élémentaire, et cela suggère que tu es une réaliste. Tu crois que les objets physiques existent quand personne ne les observe.

- Et le contraire d'un réaliste est . . . ?

- Pour un philosophe, ce serait un idéaliste, quelqu'un qui pense que le monde est une création de l'esprit. »

Elle rit. « On m'a accusée d'être une idéaliste, quelqu'un qui veut changer le monde.

- Je suppose que tu es une réaliste philosophique et scientifique, et une idéaliste sociale. Tout comme moi.

- Les physiciens et mathématiciens n'ont pas déjà des réponses plus profondes ? » Elle se pencha en avant.

« Je ne crois pas qu'ils aient de bonnes réponses sur la question fondamentale de l'ontologie, de ce que ces éléments les plus simples sont. La plupart des scientifiques pensent, comme toi et moi, qu'il existe une réalité extérieure indépendante de l'homme, de toutes les créatures conscientes. Les physiciens ont cherché pendant deux siècles une théorie du tout qui répondrait aux mystères et compléterait le modèle standard modifié. Toute théorie du tout serait abstraite et mathématique. Avec toute la structure mathématique exquise sous-tendant le monde physique, ce n'est pas une conjecture déraisonnable. Donc les physiciens lèvent les bras et disent : 'Moins de bavassages et plus de calculs'.

- Et les philosophes, qu'est-ce qu'ils en disent ? »

Il se frotta la barbe. « De nombreux philosophes parlent du passé, en ressassant des idées archaïques qui remontent aux Grecs anciens. Même si c'est plus une leçon d'histoire qu'une chasse aux nouvelles connaissances, car la plupart des vieilles affirmations philosophiques ne tiennent pas la route à la lumière de nos progrès scientifiques. Certains philosophes essaient de collaborer avec les scientifiques, mais la plupart ne peuvent pas suivre les mathématiques impliquées. Donc les philosophes et les physiciens théoriques interagissent rarement dans une conversation qui avance de nouvelles explications crédibles. »

Evie retroussa son nez. « Qu'est-ce que les anciens philosophes disaient, exactement ? »

Ses doigts formèrent une pyramide pour accompagner sa réponse. « Platon monologuait sur les formes. Même si cela peut paraître fou dans le monde scientifique d'aujourd'hui, certains mathématiciens, y compris moi-même, apprécient l'intuition que les mathématiques existent comme quelque chose que nous découvrons et non quelque chose que nous créons. »

Evie hocha la tête, attendant qu'il poursuive.

« Aristote discutait des substances. Dans les *Catégories*, il disait que les substances primaires étaient des objets individuels. Cet allbook, » dit-il en désignant l'appareil, « est un objet individuel. Aristote ajouta des substances secondaires, qui sont des prédicats, des mots descriptifs comme 'marron'. »

Elle regarda l'allbook. « Je croyais que 'marron' était une propriété de cet objet.

- Les philosophes modernes utilisent ce terme. Et les réalistes scientifiques acceptent les propriétés comme une catégorie fondamentale sur une liste d'éléments ontologiques, » dit Joe.

« Les propriétés existent-elles vraiment aussi ? » Elle caressa la couverture de l'allbook. « Où sont-elles ? »

Il fronça les sourcils. « Eh bien . . . Je ne sais pas. Les réalistes scientifiques diraient qu'elles existent à l'intérieur, d'une façon ou d'une autre, je suppose. Mais je n'ai pas réfléchi à ce qui doit vraiment exister et ce qui ne devrait pas.

- Qu'y a-t-il d'autre sur ta liste de choses qui pourraient exister ? » Son expression montrait un réel intérêt.

« Le terme 'relations' me vient à l'esprit. Une relation existerait entre deux objets individuels ou plus. Certains philosophes placent les relations comme un sous-groupe dans les propriétés. Je ne sais pas trop ce que je pense de ça non plus.

- Autre chose ? »

Joe haussa les épaules. « Après, ça devient encore plus compliqué, et il y a moins de consensus. Il y a des discussions sur les 'classes naturelles'. En discutant de la tradition transcendantale kantienne, Stroud a apporté l'idée 'd'objets endurants'. Descartes croyait qu'il n'y avait que deux substances : le 'corps matériel', défini par extension, et la 'substance mentale', définie par la pensée et qui, dans ce contexte, est équivalente à la conscience. Leibniz pensait que l'univers se composait de 'monades'. Ensuite, les philosophes du langage ont ajouté de nouvelles entités. Mais je ne suis convaincu par aucun de ces arguments. Je pense que la philosophie s'est un peu trop éloignée d'une base en physique.

- Tout cela ne me semble être que du charabia, » dit-elle, le front sillonné.

« Je suis bien d'accord. »

Après un moment de concentration aiguë de la part d'Evie, elle déclara : « Laisse-moi résumer. Après tous ces siècles de discussion, personne ne connaît les éléments de base qui composent l'univers ?

- Les physiciens objecteraient. » Il sourit. « Ils disent d'étudier les mathématiques. Mais, non, ils n'ont pas d'explication. Il y a de grandes lacunes dans le modèle standard modifié de la physique. La dualité onde-corpuscule est tellement contre-intuitive, elle défie toute logique. Le théorème de Bell et la non-localité signifient que nous ne comprenons pas les fondamentaux. De nombreuses questions demeurent. Et personne n'y répond. »

La nature pratique d'Evie se mit à l'œuvre. « Ne devrait-on pas simplement faire le mieux que nous pouvons, vivre une bonne vie, être de bonnes personnes, être justes envers les autres ?

- C'est un commencement. Mais . . . » répondit-il, « Je veux connaître la vérité. Je veux savoir comment et pourquoi. »

Joe était allongé dans son lit, à regarder par la fenêtre. Était-elle endormie ou, elle aussi, simplement allongée à penser à lui, lui qui était si proche ?

. . .

> Je voyais Evie comme une mystérieuse invitée. Une distraction physiquement attirante. Mais maintenant, c'est plus que cela. Nos conversations sont intéressantes, malgré son manque d'expérience dans ces sujets philosophiques. Elle pose de bonnes questions et me pousse à penser de nouvelles façons. Je serai triste quand elle partira.

. . .

CHAPITRE 17

Joe était de retour à son bureau le lendemain matin, mais n'avançait pas dans son travail. Sa tête était perdue dans le brouillard. Après ses dernières discussions avec Gabe, il avait une longue liste de nouveaux livres de philosophie à lire, et de nouvelles façons d'aborder ses questions. Mais aujourd'hui, il n'arrivait pas à se concentrer. C'était plus facile de regarder par la fenêtre. Deux geais étaient perchés sur la branche d'un chêne vert et s'échangeaient des *cui-cui*. Un écureuil gambadait sur le tronc. Il s'arrêta, inspecta son monde arboricole, puis se retourna et se précipita vers une autre branche.

Les arbres étaient en pleine floraison, et le ciel était bleu acier. Pour Joe, c'était plutôt le blues. Son anxiété infatigable lui donnait le sentiment d'être à la dérive. Les reflets d'un drone de livraison traversaient l'extérieur de l'aile du bâtiment d'en face, et il méditait sur les motifs polyédriques, chatoyants contre le métal. C'était l'aile du bureau de Freyja.

Joe regardait les projections holographiques flottant près de sa tête. Il en poussa quelques-unes hors de son champ de vision, et elles tournoyèrent, ricochant l'une sur l'autre, lui rappelant Evie et ses rotations lors de son kata.

...

> Evie est intelligente et attirante. Un modèle de vertu, et elle poursuit son but, que je refuse de croire malveillant. Elle a une passion que je ne vois pas souvent chez les autres. Elle aborde la vie en se concentrant plus sur le monde que sur

ce qui se passe dans sa tête, un bon équilibre selon moi. Evie a un but dans le monde, une chose que j'aimerais réussir à trouver aussi.

. . .

Joe mangea un petit déjeuner léger et fit sa séance d'exercice de l'après-midi, ce qui l'aida à se concentrer. De retour dans son bureau, il examina le matériel que Gabe lui avait fourni. Lorsque le soleil plongea vers l'horizon, une liaison chiffrée apparut sur son ESNE.

L'hologramme de Raif flottait sur l'écran de communication mural. Il souriait malicieusement. « La voie est libre. L'enquête de la police est terminée. Ils n'ont pas trouvé d'autres conspirateurs. »

Joe se détendit. Son soulagement devait être visible, car Raif rit et dit : « Tu peux remettre les pieds dans l'eau en toute sécurité. »

. . .

Les amis d'Evie ne l'ont pas impliquée. Ses amis sont loyaux, très bien.

. . .

« Mais pas plus haut qu'aux chevilles. » Joe recula dans sa chaise. « Tu as autre chose à me signaler ?

- Merci de m'avoir présenté à Freyja. J'adore notre collaboration sur ce problème de base de données. Rien à signaler pour le moment, mais elle est très chouette. » Raif fit un clin d'œil. « On se reparle plus tard, canaille. »

Joe garda une expression neutre, mais son estomac se serra quand il se déconnecta. Il ne pouvait pas chasser la pensée envieuse qui s'était glissée dans sa tête, que Freyja avait trouvé son meilleur ami plus attirant que lui.

Il se promena au centre-ville, le long de la rue du marché, jetant un coup d'œil aux boutiques. Des pipabots se tenaient à disposition devant les portes. Le bot d'un magasin de fleurs décrivait la fraîche collection du jour. Joe étudia la profusion de choix, d'abord les tulipes rouges dans des pots, puis le freesia rose qui se dressait dans un grand vase. Il opta pour un épais bouquet de roses blanches.

« Excellent choix, monsieur. » L'approbation dans la voix du bot lui rappelait 73. « Ce sont des articles de haute valeur, pourriez-vous je vous prie connecter votre ESNE pour le paiement ? » Joe s'exécuta, s'authentifiant avec sa tuile biométrique et se connectant.

« Je suis sûr que la personne qui les recevra les appréciera, » dit le bot, son front luisant de bleu. Joe quitta le magasin avec le bouquet.

Quand il ouvrit la porte, Evie était assise dans le salon. Son allbook reposait sur ses genoux, et il était heureux de constater qu'elle continuait à trouver de l'intérêt à sa collection. Quand elle vit le bouquet de roses, une rougeur teinta ses joues.

« C'est pour te dire que ce fut un plaisir de t'avoir ici. »

Evie prit le bouquet et sentit son parfum avec joie. « Tu es si vieux jeu, » dit-elle, affectueusement. Puis ses yeux s'écarquillèrent. « Comment ça, *ce fut* ?

- Raif m'a dit que la police n'était plus à vos trousses. Tu n'as plus à rester enfermée ici. Tu es libre de partir. »

Evie tenait les fleurs, son nez plongé dans le bouquet, et les sentit profondément une fois de plus. Joe étudia la beauté de son visage, les yeux fermés, tandis qu'elle semblait perdue dans ses pensées. Quand elle les rouvrit, son regard était empli d'une douce interrogation. « Tu veux que je parte tout de suite ? »

...

Je suis si content qu'elle me le demande.

...

« Non, » bredouilla Joe, regardant ses chaussures. Trop tôt ? « Ce serait logique que tu restes encore un peu, au cas où la police surveillerait encore ton voisinage.

- D'accord. » Elle renifla à nouveau les roses. « Restons prudents encore un peu. »

L'espoir emplit son cœur. « Mais tu peux probablement sortir un peu ; ils ne jalonnent plus le campus. Que dirais-tu d'aller dîner ? »

Evie suggéra qu'ils marchent jusqu'au restaurant de l'autre côté de la ville, parce qu'elle était à la fois impatiente de sortir et réticente à l'idée d'utiliser un moyen de transport traçable si peu de temps après les fouilles de la police. Les lampes du bistro français de chaque côté de la porte mettaient en évidence ses joues rougies lorsqu'ils entrèrent. Un pipabot vêtu de noir, un bras drapé dans une serviette en lin blanc, les conduisit à leur table près d'une cheminée virtuelle, l'endroit transformé en un coin abrité par des plantes de couleur émeraude. Evie arpenta la salle. Un sol carrelé noir et blanc complétait les tons verts discrets des murs. Les servebots se déplaçaient de table en table, apportant les plats. La cuisine ouverte présentait des pots de cuivre brillants qui décoraient les murs où les servebots préparaient les mets.

Un homme affable en tenue de chef vint à leur table et se présenta sous le nom de Philippe, propriétaire et chef cuisinier. Il présenta son second de cuisine, un jeune homme portant une toque. Il s'épancha sur le menu pendant une bonne minute ; il était évident que le chef était passionné par la nourriture et aimait partager ses créations avec ses invités.

Une fois que le propriétaire et son second de cuisine passèrent à une autre table, un pipabot serveur s'approcha et annonça : « Le menu du chef est à prix fixe et se compose de cinq plats. » Joe ouvrit son ESNE, se connecta à la carte des vins du bot, et choisit un synthévase d'un Bordeaux réputé. Il ferma son ESNE et le bot fila au loin, les laissant seuls.

Evie semblait revigorée par leur environnement. Ses cheveux brillaient dans la lumière vacillante. Il déclara : « Alors, tu as trouvé des choses qui t'intéressaient ces deux dernières semaines sur mon allbook ?

- Pas mal, oui. Tu as des goûts très divers. Et j'ai l'impression d'avoir appris à te connaître en parcourant les choses que tu as lues. »

Joe se rajusta sur sa chaise. « Je devrais être gêné ? J'oublie tous les trucs que je mets dessus.

- Rien d'incriminant. » Elle rit. « Plutôt une fenêtre ouverte qui montre que tu n'es pas d'un si mauvais genre, pour un 42. »

Le pipabot serveur apparut avec une assiette et annonça : « Un amuse-bouche de saumon tartare en cornet, pour commencer. » Il ouvrit le Bordeaux et versa du vin dans les verres, annonçant le château et le millésime, et ajouta : « Ce synthévase fait partie du premier pour cent. » Puis il les laissa seuls. Ils goûtèrent le vin, puis Joe leva son verre pour porter un toast : « À l'évasion. » Son sourire fugace et rebelle ne le laissait pas indifférent.

« Désolé de ne pas mieux accorder le vin aux plats. Mais je pensais qu'un synthévase serait suffisant, » dit-il.

« On devient raisonnable ? » Ses yeux brillaient.

« Oui. J'essaie de rester en bonne santé. J'ai réalisé que je buvais trop. »

Les servebots se déplaçaient comme des navires placides autour des tables, les quelques clients formant des îlots de conversation feutrée. Bientôt, le pipabot serveur était de retour, suivi d'un servebot avec des plats, et annonça : « Ce premier plat est intitulé Huîtres et Perles. Il est composé d'un sabayon de perles de tapioca, d'huîtres et de caviar. »

Evie fit tourner une huître dans sa bouche, et une expression sensuelle traversa son visage. Il écrasa le caviar contre le palais de sa bouche, et le goût salé se répandit sur sa langue. Ils savourèrent leurs bouchées pendant plusieurs minutes.

Une fois que le servebot avait enlevé les assiettes du premier plat, elle déclara : « Je n'ai jamais mangé dans un restaurant où on doit payer. »

Il résista à l'envie de faire un jeu de mots. « Ça arrive dans les lieux gastronomiques comme ici, où le propriétaire est un grand créatif célèbre pour son art culinaire. Les yeux d'Evie s'illuminèrent. Ne réalisait-elle pas qu'elle aussi était une artiste culinaire ?

« Pour le chef en cuisine, c'est une bonne raison. Mais pour les gens qui mangent, est-ce seulement une affaire de nourriture, ou aussi d'expérience ? Une façon d'être différents de tous les autres ?

- Probablement les deux, » concéda-t-il. « Je pense que l'envie de créer, de poursuivre la beauté pour ce qu'elle est, dans ce qu'on fait, est précieuse. Mais je sais que tu crois en l'égalité sociale et la justice, et je suis d'accord avec toi. Il n'est pas sain de s'élever simplement parce qu'on peut obtenir une chose hors de portée des autres.

- Oui, c'est comme si tout le monde ici voulait impressionner quelqu'un. » Evie fronça les sourcils. « C'est pour ça que tu m'as emmenée ici ? Pour m'impressionner ?

- Je n'ai pas choisi de venir ici pour impressionner qui que ce soit. C'était plus pour toi. Je voulais que tu vives quelque chose de mémorable après avoir été enfermée si longtemps. »

. . .

> Pourquoi *ai-je* choisi ce restaurant ? Pour ces deux raisons, si je suis honnête avec moi-même.

. . .

Elle sourit. « Mais je ne vais pas me plaindre. C'est un changement amusant. »

Ils furent interrompus par le pipabot serveur et un autre servebot apportant le plat suivant. « Une salade d'herbes fraîches, de jeunes bulbes de fenouil et de pistaches grillées, » annonça le pipabot pendant que le servebot plaçait les assiettes. Une autre agréable surprise ; il savoura la pistache, au goût de noisette et terreuse. Evie, couronnée par les flammes vacillantes et se délectant dans une joie évidente, ne faisait que décupler son propre plaisir.

Un jeune homme portant un violoncelle avança dans un espace ouvert entre les tables. Trois musicbots suivirent avec des instruments analogiques. Ils jouèrent, les musicbots avec précision, et le jeune homme avec passion dans ses gestes. Les notes mélodieuses ajoutèrent une autre toile de fond aux murmures des conversations des tables.

Joe posa sa fourchette et poussa son assiette de salade sur le côté. « Je sais si peu de choses à ton sujet. Quel genre de musique aimes-tu ? »

Ses yeux s'écarquillèrent. « Je voulais t'en parler. C'est quelque chose que j'ai trouvé sur ton allbook. La Symphonie n° 5 de Mahler, je l'adore depuis que je l'ai écoutée pour la première fois il y a des années.

- Vraiment ? J'aime Mahler aussi. Enfin, ça tu l'auras compris . . . en étudiant mon allbook. J'aime particulièrement l'Adagietto, ce mouvement lent.

- Le quatrième mouvement. Il écrivait au sujet de sa femme. » Son visage rougit alors qu'elle sirotait son vin.

Joe hocha la tête. « La ligne 'I am lost to the world' me touche particulièrement. »

Ses yeux noisette l'étudièrent. « Il était en fait tellement lié au monde par son amour pour sa femme, Alma, que cette ligne pourrait bien être le contraire de ton idée d'être détaché du monde.

- C'est une explication plus juste. Peut-on s'abandonner pour une chose que l'on trouve dans le monde ? »

Le pipabot serveur était de retour avec un servebot et annonça : « Le prochain plat est un risotto de riz C4 à la saveur augmentée et agrémenté de parmesan vieilli et de truffes noires.

« Ouah, ce risotto est délicieux. Crémeux, et les truffes lui donnent une touche terreuse. » Evie s'arrêta entre chaque bouchée, comme pour savourer chaque nuance de la saveur.

L'attention de Joe restait focalisée sur la musique. « Je suis surpris que tu connaisses Mahler. Sa musique est très vieille. »

Evie semblait se retenir de lever les yeux au ciel. « Les niveaux supérieurs n'ont pas le monopole du goût musical.

- Je souligne nos similitudes de goût, pas nos différences, » réfuta-il en levant les deux mains. La façon dont elle l'assaillit du regard, reflétant l'intensité de son engagement envers son mouvement, lui rappela une autre de ses lacunes. Il balbutia. « Écoute, une chose que j'aime bien chez toi, c'est que tu as un but. Je ne comprends pas tout ce qui te motive, mais au moins tu as de la passion qui t'anime. Je cherche encore ce qui pourrait me faire ressentir ça. »

Elle le regarda en silence tandis que les servebots venaient les interrompre pour débarrasser la table et servir la suite. Le pipabot annonça : « Le plat principal est un filet de truite sauvage écossaise accompagné d'un beignet de crabe de Dungeness garni d'oignons marinés du jardin, de feuilles de cresson et d'une sauce béarnaise. Bon appétit. »

Ils apprécièrent les riches saveurs, et ce fut comme si un mur entre eux était tombé. Elle se pencha vers lui sans réserve. Le vin le rendait langoureux, l'esprit rêveur. Evie semblait plus posée, peut-être encore à réfléchir à son dernier commentaire, et elle l'étudiait.

« Joe, je n'attends pas de toi que tu comprennes le monde d'où je viens, le monde des niveaux inférieurs.

- Tu n'es pas si différente. Juste une autre personne. Enfin, pas seulement une autre personne. Quelqu'un de spécial. » Joe parcourut du regard le restaurant maintenant presque vide et lutta pour trouver une blague. « Pour moi, tu es la seule femme au monde. »

Un bref sourire se dessina sur ses lèvres, puis son regard se fixa sur le sien, comme si elle était sur le point de dire quelque chose de sérieux. « Oui, les gens sont semblables partout. Mais le milieu social fait une vraie différence. C'est une des raisons pour lesquelles je m'intéresse à la façon dont la société structure nos interactions.

- J'aimerais en savoir plus sur ton monde.

- Je pourrais peut-être te le montrer un jour.

...

> Une percée. Elle s'ouvre, elle est prête à en partager plus sur elle-même.

...

Le servebot apporta le dernier plat, le pipabot serveur annonçant : « Le dessert est un gâteau de crêpes, monté avec du fromage doux au lait de chèvre et décoré de fraises vertes marinées, de noisettes et d'oseille du jardin. » Bien qu'ils eussent tous deux mangé l'intégralité des plats précédents, n'en laissant pas une miette, ils s'attardèrent sur le dessert crémeux et ralentirent pour apprécier ce qui restait du vin.

Joe était sur le point de suggérer qu'il était temps de s'en aller, mais Evie prit sa main. « Je suis désolée si je t'ai semblé ingrate pour ton aide. Je pense que c'est en partie parce que j'étais inquiète pour mes amis, et que je me sentais responsable. Mais ce n'est pas une excuse pour mon mauvais comportement. J'ai été trop égocentrique.

- Il n'y a pas de mal. Mais j'apprécie ta déclaration. Je n'ai pas exactement été le meilleur hôte qui soit. » Joe sourit, se sentant soulagé de se montrer ouvert et vulnérable au sujet de ses lacunes. Elle lui rendit son sourire et retira doucement sa main.

Il était tard et le restaurant s'était vidé. Son regard se déplaça le long des poils soyeux de son bras, rendus scintillants par la cheminée, pour se poser sur ses yeux, maintenant détendus au-dessus du verre de vin qu'elle tenait des deux mains. Ils partageaient ce silence, et Joe ne voulait pas que ce moment se termine.

À contrecœur, Joe fit signe au pipabot serveur, qui s'approcha et murmura le total. Joe allait allumer son ESNE quand la main d'Evie traversa la table en un instant pour arrêter la sienne. Il bloqua au contact de son toucher et du duvet délicat de son avant-bras. Une expression apeurée obscurcit son visage, et elle se pencha près de lui. « Tu as des dark credit$? »

. . .

> Des dark credit$? Les lois sur la protection de la vie privée nous protègent. Mais . . . Je devrais utiliser des dark credit$.

. . .

Il secoua la tête.

« C'est la maison qui offre. » Evie sortit une tuile violette de sa ceinture et la pointa vers le bot.

Il accepta le paiement d'une lueur bleue sur son front, puis les escorta à la porte. « Merci d'avoir dîné dans notre établissement ce soir. Nous espérons que vous avez apprécié les créations du chef.

- Vous lui transmettrez nos compliments, » dit-elle. Une lumière verte clignota sur le front du bot, éclairant le chemin alors qu'il s'inclinait.

Après avoir marché un bloc le long de la ruelle sombre, Joe déclara : « Merci pour le dîner. C'est moi qui comptais t'inviter.

- Je suis heureuse de la façon dont tu te comportes envers moi. J'ai passé un bon moment. »

Elle glissa délicatement ses doigts entre les siens. Ils revinrent en marchant, main dans la main, regardant le premier quartier de lune s'installer à l'horizon. À la porte de l'appartement, il lui dit : « Je vais te donner les codes pour que tu puisses aller et venir comme bon te semble. Honnêtement, j'aurais dû le faire plus tôt. Les bots ignoreront tous les visiteurs ayant accès. »

Evie baissa la tête, gênée. « Tu as sans doute eu raison de ne pas le faire. Je serais sortie plus souvent, et je nous aurais tous deux mis en danger.

Joe hocha la tête, et ils montèrent les escaliers. Evie se dirigea vers sa chambre, mais s'arrêta au dernier moment et se retourna vers lui. « Merci encore. J'apprécie le temps qu'on passe ensemble. » Sa tête s'inclina en arrière pour étudier son visage, puis elle entra dans sa chambre et ferma doucement la porte.

Chapitre 18

Deux jours plus tard, au petit déjeuner, elle sortit de sa chambre vêtue d'une veste lavande et de leggings fourrés dans des bottes noires. Joe ne reconnaissait pas les vêtements ; il sourit avec approbation. « Tu as de meilleurs goûts que moi. C'était comment de faire du shopping à nouveau par toi-même ?

- Tu ne t'en es pas si mal sorti, et j'ai apprécié l'effort. Mais chacun a son propre style. Je voulais avoir quelque chose qui *me* ressemble plus avant de rentrer chez moi. »

L'estomac de Joe se serra. « Tu t'en vas ?

- Je dois voir qui a été arrêté et parler à quelques amis afin que nous puissions décider des actions à venir. » Elle semblait triste. Elle déclara : « Tout ce que je sais, c'est que Julian et Celeste ont été envoyés au loin. » Son regard trahissait son inquiétude. Elle doutait d'elle, une émotion qu'il n'avait jamais observé chez elle auparavant. « J'ai mal pour eux. C'est moi qui ai pris la décision d'organiser la manifestation ce soir-là, et au final tout le monde s'est fait arrêter sauf moi.

- Tu ne pouvais pas prévoir toutes les conséquences.

- Ça me dérange quand même d'être libre alors que tous les autres sont en danger.

- Je comprends. » Il avala sa salive et essaya de garder un ton léger. « Est-ce que je te reverrai ?

- Tu penses que ce serait une bonne idée ? N'oublie pas que nous enfreignons la loi en nous voyant. » Elle se mordit la lèvre.

« Je croyais que c'était toi, la rebelle. Que t'est-il arrivé, aurais-tu goûté au poison que tu dénonces ? »

Elle baissa les yeux. « C'est difficile de s'extraire de ses propres normes culturelles, même quand on sait qu'elles n'ont pas de sens. »

Il se leva et prit ses mains dans les siennes. « Tu m'as convaincu. Soyons des rebelles ensemble.

- Oui, je reviendrai. » Elle serra ses mains.

« Parfait. Tu peux aller et venir comme bon te semble. Tu as les codes de la porte. »

Joe se tourna pour sortir et prendre le chemin de son bureau, mais il changea d'avis et s'approcha d'elle, l'enveloppant dans une douce étreinte. « Fais attention à toi. Je te reverrai très vite. » Puis il descendit l'escalier, avec un sentiment de vide dans la poitrine.

Il ne fit rien au bureau ce matin-là, perdu dans ses pensées, absorbé par le jeu subtil du soleil et de l'ombre à l'extérieur de sa fenêtre. Pour tenter de se sortir de cet état, Joe fit son footing plus tôt que d'habitude, puis mangea un déjeuner sain.

À son retour au bureau, un message apparut sur son ESNE. Le visage barbu de Mike se matérialisa sur l'écran holographique, avec ses joues joyeuses plissées.

« Joe, j'ai une opportunité intéressante à vous offrir. » Il se frotta les mains. « Vous avez entendu parler de la station orbitale WISE ?

- Je l'ai suivie. C'est la pièce maîtresse du projet World Interstellar Space Exploration : une base de construction qui est en orbite autour de la Lune depuis environ une décennie. Je vous écoute.

- La personne actuellement en charge du projet et responsable de la phase d'assemblage est une amie. Elle s'appelle Dina Taggart. Elle a un problème, et vous pourriez peut-être l'aider.

- Cette discipline me semble éloignée du sujet sur lequel je travaille. Pourquoi avez-vous pensé à moi ?

- Dina dirige une grande opération, avec un personnel de surveillance humain et une flotte de bots. De vilains bugs sont venus mettre la pagaille dans la construction. Dina soupçonne que quelque chose ne tourne pas rond avec les bots. Votre expertise dans la conception d'IA ainsi que vos compétences avec un netwalker pourraient apporter des réponses. »

. . .

Quelque chose de très différent, et pourtant à certains égards semblable à mes bons vieux hacks. La vitesse à laquelle mon monde peut basculer est déroutante.

. . .

« Mike, je vous remercie d'avoir pensé à moi pour cette tâche. Cela m'intrigue. J'apprécierais si vous pouviez me présenter à elle. »

Mike lui transmit ses coordonnées. « Que la chance soit avec vous, » dit-il avant de se déconnecter.

Avec ce nouveau but, Joe passa les heures suivantes à éplucher les informations sur le projet WISE et Dina Taggart. Après des études supérieures en physique, en conception et en ingénierie, elle s'était lancée dans une carrière impressionnante. Son poste actuel de commandante de la base couronnait une série d'importants projets scientifiques, chacun plus conséquent que le précédent. Il ferma les flux de données, impressionné et intimidé.

Après un moment de réflexion et une profonde inspiration, il ouvrit son ESNE pour initier le contact chiffré que Mike lui avait donné. La communication sur le net s'ouvrit, et une minute passa alors qu'il attendait une réponse.

« Mike m'a dit d'attendre votre appel. C'est un plaisir de vous parler, » répondit une voix rauque. Son hologramme apparut sur sa communication un instant plus tard. Elle avait les cheveux bruns, coupés courts et enveloppant son visage jusqu'au menton dans un style pragmatique. Après quelques politesses d'usage, Dina interrogea Joe au sujet de son expérience. Elle savait que le VRbotFest faisait partie de ses passe-temps. Après quelques questions, il se détendit et commença à apprécier la conversation. Mais une pensée inquiétante lui vint en tête.

« Je serais ravi d'aider de quelque façon que je peux. C'est une opportunité bienvenue. » Joe se racla la gorge, ne sachant pas si la phrase suivante empêcherait toute conclusion positive. « Je dois vous avouer que je ne suis pas sûr d'avoir tous les ID de sécurité qui pourraient s'avérer nécessaires. »

Dina regarda solennellement dans ses yeux. « Vous faites référence à votre niveau, n'est-ce pas ?

- Oui.

Vos connaissances en IA sont impressionnantes, et vos compétences en netwalker vont vous aider à plancher rapidement sur le problème immédiat que je rencontre. Mike a dit que vous étiez intelligent et bien informé, je vois que vous excellez dans votre domaine, et c'est tout ce qui compte pour moi. » Elle marqua une pause. « Je voudrais que vous rejoigniez mon équipe. »

Joe laissa échapper un soupir. « C'est un honneur de pouvoir vous aider. »

L'expression de Dina s'éclaircit un instant, avant de s'assombrir à nouveau. « Seulement, il y a un problème ; une règle idiote que je ne peux pas contourner, et qui constituera un handicap pour vous. Comme vous n'êtes pas au moins un niveau 25, vous devrez désactiver la fonction de stockage de données de votre ESNE. Le gouvernement craint les fuites de secrets.

- Nous avons tous un handicap. » Le visage d'Evie s'impose dans ses pensées. « Et puis j'ai pris l'habitude de me passer de cette béquille qu'est la mémoire de mon ESNE.

- Très bien. Quand pouvez-vous commencer ?

- Immédiatement. » Un sourire involontaire traversa le visage de Joe. Ce serait agréable de travailler sur un problème pratique à nouveau. Ses travaux théoriques ne le menaient nulle part ces derniers temps.

Dina rit. « Demain fera très bien l'affaire. » Elle lui communiqua les détails pour une réunion le lendemain, via des steerbots.

Après un court trajet en hyperlev le lendemain matin, Joe trouva la tour d'acier qui servait de bâtiment au bureau régional du projet WISE à Salinaston. Un pipabot administratif l'enregistra, puis un autre l'escorta jusqu'à une salle à l'étage. Des cabines de netwalking individuelles remplissaient le périmètre intérieur de la pièce, avec une porte unique pour chacun.

Le bot désigna une cabine de netwalking et annonça d'une voix féminine autoritaire : « M. Denkensmith, voici votre équipement. Vous pouvez rejoindre votre hôte quand vous serez prêt. »

À l'intérieur, il trouva la plateforme surélevée familière avec son tapis roulant, ses câbles et son costume suspendu au plafond. Il monta sur ladite plateforme, enfila la veste haptique, ajusta le harnais, glissa ses pieds dans les bottes, et s'installa sur le siège pliant. Il vérifia la transition entre les modes de positionnement. Le siège bondissait de haut en bas pour simuler le passage de la position assise à la position debout, la marche et la course. Les gants vinrent ensuite, et il fléchit ses doigts pour vérifier la précision du contact. Il glissa sa tête dans le casque surround, un modèle Markarian 421. Il alluma son ESNE et se connecta à la console, la fonction de stockage désactivée.

. . .

> Au revoir, l'accès mémoire. Ça aussi, ce sera une nouvelle expérience.

. . .

Il tripota le bouton de l'avatar pour le régler sur la configuration « authentique » par défaut, et il copia une réplique de son visage dans la plateforme. Le casque fredonna. Le vert monochrome initial qui l'entourait fut remplacé par une lumière blanche.

. . .

> De l'équipement d'excellente qualité. Je risque de devenir accro. Voyons comment le steerbot diffère d'une machine virtuelle de VRbotFest.

. . .

Comme il devait rencontrer Dina sur la station orbitale WISE, leurs steerbots subiraient un retard de signal aller-retour de 2,6 secondes sur la réponse haptique. Le retard de la voix dépendrait de son emplacement physique. Il se concentra, ouvrit la connexion, et se plongea dans l'interface du net.

Joe se trouva debout dans une salle de contrôle sans fioritures. Plus précisément, il incarnait un steerbot debout sur un support le long d'un mur gris spartiate. À sa gauche et à sa droite se tenaient des machines similaires. Déverrouillant les retenues, il se dégagea du support. Joe s'arrêta, attendant que son cerveau s'adapte à la double traduction ; le mouvement de son corps dans le netwalker repris par le steerbot sur la base orbitale, après interprétation par des jeux de servomoteurs. Il devait ensuite attendre le retard de signal pour confirmer que son geste avait été effectué. Joe vacilla, puis examina les bottes aux pieds de son bot. Il entreprit un autre pas hésitant et entendit le *bing* de la chaussure, qui maintenait le steerbot sur le panneau ferreux au sol, alors que les électro-aimants intelligents s'adaptaient à ses retours biométriques. Ses pas suivants lui parurent naturels.

« On apprend vite, à ce que je vois. La plupart des visiteurs ont besoin de beaucoup plus de temps pour s'adapter à ces bottes Radus. »

Le front du robot qui lui faisait face rayonnait d'argent, et le visage de Dina était visible derrière la visière. Elle sourit, et son steerbot tendit une main mécanique. « Dina Taggart. Ravie de vous voir ici, à la station orbitale WISE. » Elle saisit sa main, et Joe sentit une forte pression via la combinaison haptique.

. . .

Si c'est sa vraie poignée de main, ça fait déjà d'elle quelqu'un de remarquable. Et c'est sans doute le cas, car il n'est pas d'usage de jouer avec ce genre de paramètres quand on porte son auto-avatar.

. . .

« Vous avez dit *ici*, sur la station orbitale WISE. Êtes-vous en orbite lunaire vous-même ? » Joe aperçut son reflet dans sa visière. Il y vit le front d'un steerbot argenté, avec son visage projeté derrière la visière. Il ressemblait à un homme d'étain qu'il avait vu une fois dans un clip vidéo vintage, et cela lui donna le sentiment étrange d'être un pipabot.

« Vous voulez savoir où tout se trouve, hein ? Je suis aux États, sur la côte sud dans un autre bureau du projet WISE, ici par l'entremise d'un steerbot, comme vous. Mais je me déplace physiquement à la station orbitale plusieurs fois par an. Et en raison du problème pour lequel je fais appel à vous, je devrais être physiquement présente sur la base en ce moment même. » Un froncement assombrit son visage. Elle lui fit signe de la suivre, et ils montèrent dans un ascenseur en verre. L'appareil fila un étage vers le haut, et s'arrêta dans un *zoom !* La porte s'ouvrit.

Ils se traînèrent dans une pièce circulaire d'environ treize mètres de diamètre, une grande bulle de verre servant à la fois de murs et de plafond. À l'extérieur, dans la noirceur de l'espace, étaient parsemées des millions d'étoiles. La gigantesque sphère de la Lune semblait suspendue, telle un diamant projetant des ombres sur le sol. Dina le conduisit à un ensemble de onze chaises carrées, arrangées en fer à cheval et boulonnées au plancher métallique au centre de la bulle. Les retenues magnétiques maintenaient le steerbot en place, ce qui se révéla bien plus agréable que de lutter contre la tendance à flotter dans l'environnement privé de gravité de la base. Une banque de consoles de contrôle informatique et une communication holographique remplissaient l'extrémité ouverte du fer à cheval. Derrière l'arc intérieur de chaises se trouvait un deuxième arc avec davantage de sièges. La fenêtre en bulle offrait une vue grandiose sur toute la base. Ce doit être la zone centrale pour les opérations quand quelque chose d'important est en cours de réalisation.

« Bienvenue sur le pont de la station orbitale WISE. La base assemble une série de sondes et de vaisseaux interstellaires, le départ des premières sondes étant prévu pour dans trois ans. Nous développons également l'infrastructure de la base orbitale, » informa-t-elle. Alors qu'elle exposait le projet, elle désigna les parties de la base d'assemblage en orbite depuis ce point de vue. Il essaya de suivre tous les détails, hypnotisé par le panorama et l'expérience d'être assis sur une station spatiale en orbite. Le vaisseau paraissait plus austère, brut et authentique que les autres imitations en réalité virtuelle qu'il avait connues. Après l'introduction, elle résuma les difficultés les plus récentes.

« Des problèmes ont ralenti la construction au cours du dernier mois. Nous avons eu un accident quand deux grandes sections n'ont pas réussi à s'attacher, ce qui a causé des dommages à un module d'assemblage. Cet échec est inexplicable au-delà du bon vieux 'ce genre de pépins arrive', et nous n'arrivons pas à aller au fond des choses. Je gère 500 méchas en première ligne, avec une centaine de pipabots pour m'interfacer avec. Des centaines de personnes dans divers bureaux supervisent les bots. Nous avons une dizaine de collaborateurs dans des netwalkers qui devraient être en mesure de tout voir à travers leurs steerbots. Les flux vidéo sont continus, et nous avons des gens dans les bureaux du projet WISE qui examinent le logiciel automatique qui traite le travail. Il est incompréhensible pour moi qu'avec toute cette surveillance, nous ne puissions pas assembler ces énormes sections correctement. Surtout que nous avons accompli des opérations plus complexes avec facilité. » Elle conclut avec un geste écœuré en direction du travail à l'extérieur de la fenêtre.

Joe se fixa sur la dynamique orbitale. « Nous sommes dans une orbite de six jours autour de la Lune, c'est ça ?

- Oui, une orbite de halo quasi-polaire. Cela nous permet de rester hors de l'ombre de la Lune afin de faciliter les communications avec nos bureaux sur Terre. Cela simplifie l'entretien de la station. Les usines de fabrication sont situées sur trois bases lunaires. Nous pouvons transporter des matériaux et les modules finis à partir de la surface lorsque nous arrivons à l'approche lunaire la plus étroite, dans une fenêtre de trente et une heures qui se terminera bientôt. »

Il se concentrait sur les détails, observant les transporteurs robotiques sortir de la mer des Pluies dans un trafic régulier se dirigeant vers la station. Il ressentait l'envie de voir la base orbitale de l'extérieur.

« Pensez-vous que quelque chose ne va pas avec le logiciel de contrôle des bots ?

- Nous avons passé en revue les erreurs habituelles sans succès, donc c'est une autre idée à creuser, » dit-elle.

Ils discutèrent de la démarche qu'il suivrait. Joe commencerait à travailler immédiatement, examinant tout comportement étrange qui pourrait suggérer un problème logiciel. Il pourrait utiliser le netwalker pour contrôler un steermech ou un steerbot pour étudier l'activité, en se concentrant sur les interactions des méchas et pipabots. Il examinerait également les journaux de données au bureau régional du projet WISE, afin d'éviter le retard haptique pour le travail administratif.

« À vous de jouer maintenant, » dit-elle, concluant la conférence par une autre poignée de main ferme. Elle semblait fatiguée quand elle se tourna pour saluer deux autres steerbots qui étaient sortis de l'ascenseur et attendaient respectueusement. Même si son steerbot était identique à tous les autres, la façon dont elle se tenait suggérait qu'elle avait la parfaite maîtrise de cette énorme machine. Cette impression persista alors que Joe descendait dans l'ascenseur.

Il retourna au support pour ranger son bot, puis envoya la commande de sortie. Les murs du bureau régional se matérialisèrent à nouveau autour de lui. Le projet serait stimulant et passionnant. Il avait hâte de s'y mettre.

Joe était dans son steermech, perché sur une échelle. Après six jours, la station orbitale WISE était devenue familière. Il pouvait crapahuter sur la superstructure ou flotter en apesanteur à un endroit pour disséquer le processus d'assemblage, tout en essayant de relier le travail robotique au planning que Dina avait partagé.

La structure colossale entière était éclairée par des cordons lumineux pour conjurer l'obscurité du vide. La structure centrale était une longue colonne rectangulaire de treize cents mètres de bout en bout. Outre les systèmes de survie, la colonne contenait deux passerelles mobiles à plaques ferriques, permettant aux bots, aux steerbots et aux rares humains de traverser la structure dans les deux directions en dépensant un minimum d'énergie. Il avait parcouru les passerelles mobiles de long en large, ses bottes Radus cliquetant contre les plaques de métal fixes qui les reliaient. Mais il était plus agréable, et plus excitant, de s'élancer à l'extérieur avec ses jets à propulseur. Avec ces courtes bouffées qui le poussaient sans bruit, Joe pouvait observer les modules de sas espacés à intervalles réguliers, où les vaisseaux de transport pouvaient se poser, ainsi que les modules de fabrication qui pendaient de la colonne d'acier bleu entre les sas. Il y avait plusieurs vaisseaux là-bas maintenant, leurs coques cylindriques dépassant perpendiculairement de la colonne de la station.

Chaque extrémité de la colonne se terminait par un module d'énergie de fusion. Ils étaient espacés, afin d'éviter une coupure de courant totale sur la station en cas de panne catastrophique et d'explosion. Pas besoin des panneaux solaires à nanotubes de disulfure de tungstène que l'on trouvait partout sur les bâtiments de la Terre, car un gramme de carburant suffisait à produire toute l'énergie de fusion qui pourrait être nécessaire. Les modules d'alimentation ressemblaient à des donuts bleus, abritant les noyaux de confinement, tordus en anneau et remplis de plasma, et leurs réacteurs de fusion.

Ancré au centre de la station orbitale, le module de pont était une soucoupe argentée à deux niveaux, la bulle vitrée du pont lui-même se trouvant sur le dessus. Il ressemblait à un vaisseau spatial extraterrestre tel quel les dessins animés rétro les imaginaient. En face, un long cylindre de soutien dépassait sur la colonne, avec un anneau de gravité artificielle unique autour, comme un autre donut bleu sur un bâton, tournant paresseusement pour fournir une zone de repos à faible gravité aux humains qui passaient un séjour prolongé sur la base.

Les noms des zones de la station étaient choisis avec autant de logique qu'un mathématicien pouvait l'exiger. En partant du module de pont central, une branche de la colonne centrale était nommée Alpha et l'autre Omega, et les réacteurs de fusion à chaque extrémité étaient les réacteurs Alpha et Omega. Les sas séparaient les sections de la colonne, et chaque section était nommée en série en partant du pont : A, B, et ainsi de suite jusqu'à la fin de l'alphabet, puis AA, BB et ainsi de suite jusqu'au réacteur Omega. Joe aimait être à l'extérieur, à admirer cette machine exquise.

Mais pour l'heure, des perles de sueur coulaient de son visage. Ses biceps souffraient d'avoir actionné les commandes du steermech lors des trois dernières heures. Joe avait aussi besoin de répondre à un appel de la nature, ce qui ne faisait rien pour arranger son inconfort. Sa vessie le torturait un peu plus chaque minute. Il jeta un œil sur la face d'acier d'une soute sur la colonne de la station, puis confirma que ses bottes étaient bien fixées à un échelon. Il remplit ses poumons, puis expulsa délibérément l'air.

Il ouvrit son ESNE et dit : « Mécha immobilisé, sortie du steermech. »

La soute, le steermech et l'environnement étoilé se dématérialisèrent autour de lui, remplacés par sa cabine de netwalker à l'intérieur du bureau régional du projet WISE. Il sortit de l'équipement humide, trouva le chemin des toilettes et saisit un synthévase d'eau glacée et une barre énergétique. Joe retourna dans la cabine du netwalker, mâcha sa barre et avala toute l'eau. Il prit sept minutes pour fléchir ses doigts et s'assouplir le cou, et aussi pour laisser sa légère désorientation se stabiliser, comme un marin réhabitue ses jambes à la terre ferme après avoir quitté un navire en mouvement. Joe remit ensuite l'équipement du netwalker et revint au steermech.

Le steermech se matérialisa autour de lui, toujours accroché à l'échelle où il l'avait laissé. Il fléchit ses doigts, et les mains mécaniques imitèrent le geste après le retard de 2,6 secondes. Il étudia la scène pendant quelques secondes pour se réorienter et éviter le vertige. Le seul son était celui de son souffle.

Une structure en acier s'élevait de la lune, reflétant ça et là la lumière du soleil. Joe zooma dessus avec son ESNE. Les méchas la poussaient vers la station orbitale. Il agrandit encore l'image, et le nom FACTORY MODULE 17 devint visible sur le côté. C'était le module le plus critique à ajouter cette année, et la fameuse interception qui avait échoué la dernière fois. Les méchas devaient fixer le module d'usine sur la colonne, à côté de la soute F, où il se trouvait. Il évalua méthodiquement les moindres détails de l'activité, déplaçant son attention entre le nouveau module, les méchas et la lune.

Ce module d'usine, une structure de quarante-trois mètres de long, se déplaça près de la soute. Les méchas entouraient le module ; leurs voyants clignotaient alors qu'ils le guidaient jusqu'à sa position. D'autres méchas s'accrochaient aux plateformes de support d'acier bleu suspendues à la colonne. Au chevauchement des orbites lors de l'interception, les propulseurs du module d'usine devaient s'activer pour terminer le transfert orbital, et les méchas devaient souder le tout à la station.

Au-delà se trouvait la lune gibbeuse croissante, la base tournant près de son orbite elliptique. Joe étudia la série de cratères sur la ligne d'ombre, 1500 kilomètres plus bas. Il ne parvint pas à empêcher l'emballement de son rythme cardiaque. C'était mieux que le meilleur jeu spatial en réalité virtuelle auquel il ait jamais joué. Mais celui-ci était réel, et son steermech était réel, même s'il ne faisait que l'incarner avec le netwalker.

Un frisson retentit à travers la soute et jusqu'aux talons des bottes de son steermech. Joe sauta dans le harnais. Un grondement sourd atteignit ses oreilles. Les seuls sons dans l'espace survenaient lors des contacts, et la vibration de l'échelle métallique battit dans ses doigts quand le module d'usine cessa de bouger. Une extrémité de la structure s'était écrasée contre la soute, et des éclats de métal étaient emportés. Les méchas activèrent les propulseurs pour empêcher la structure métallique de tourner. La voix d'un pipabot retentit sur le canal de communication local. « Fixation du module d'assemblage abandonnée. Stabilisez et retirez le module d'usine de la station orbitale et suspendez l'orbite synchronisée. »

...

J'aurais pu choisir un meilleur moment pour faire ma pause. Ai-je manqué un détail important ?

...

Il désengagea les retenues de ses talons et activa ses propulseurs par courtes rafales pour éloigner son steermech de la soute. Il flottait au-dessus de l'extrémité touchée du module d'usine et essayait de voir ce qu'il y avait entre elle et la colonne. Les bords les plus proches de lui se touchaient, mais ils n'étaient pas parallèles. Quelque chose s'était mal passé, mais il ne pouvait pas déduire quoi exactement. Il n'y avait pas de motif évident dans les mouvements de la douzaine de méchas fixés au métal froissé, et il serra les poings, impuissant.

La voix de Dina résonna dans son ESNE. « Joe, je vois que vous êtes sur le terrain, dans un steermech. Pouvez-vous me rejoindre sur le pont ?

- J'y serai dans dix-sept minutes. »

Après une dernière vaine tentative de trouver des indices dans les motifs d'activité des méchas, Joe manœuvra le steermech pour regagner la plateforme d'amarrage. Il traversa le sas et se glissa prudemment à l'intérieur, en prenant soin de ne pas se cogner contre le plafond bas, ce qui s'avérait difficile en raison de la taille du steermech. Il suivit le couloir, puis prit l'ascenseur en verre jusqu'au pont. Le steerbot de Dina s'avança jusqu'à lui dans un tintement métallique, une expression perplexe recouvrant son visage.

« Vous étiez la seule personne sur place avec les bots. Pouvez-vous me dire ce qui s'est passé ?

- Zut, non, je n'ai rien remarqué du tout. Tout se passait bien. Et puis d'un coup non.

- Cet incident est semblable à la dernière interception il y a sept orbites, lorsque nous avons échoué à accoupler le module. Cela avait aussi causé des dégâts, » dit-elle.

Il se frotta le menton, puis réalisa à quel point le geste devait paraître stupide. « Je dois analyser tous les méchas qui étaient présents pour télécharger leurs données. Il doit y avoir des indices qui pourraient éclairer la cause. »

Elle l'inspecta d'un air critique. « Vous avez déjà passé de nombreuses heures sur ce projet, trop, en fait. J'ai vérifié les journaux. Vous en êtes déjà à cinq fois la limite maximale pour cette semaine.

- Je ne vois pas comment qui que ce soit pourrait accomplir quelque chose en travaillant seulement douze heures par semaine. Personne ne me force à travailler.

- Et moi je suis tenue de suivre les protocoles. » Puis son ton s'adoucit. « Mais je respecte votre éthique de travail et votre désir d'aider. Je vais faire une exception. Vous êtes libre de travailler autant d'heures que vous le souhaitez. Je vais vous donner les codes de remplacement pour que vous puissiez enquêter sur les méchas. »

. . .

Une autre renégate, ne laissant pas les règles stupides se dresser sur son chemin. Je regrette de ne pas avoir pu mieux l'aider.

. . .

« Merci. Et désolé de ne pas avoir pu empêcher cette catastrophe aujourd'hui.

- C'est un contretemps moins grave que la dernière fois. Les premiers rapports indiquent que nous pouvons réparer les dégâts en orbite proche de la lune. J'ai commandé des composants de remplacement fabriqués à l'usine de la station lunaire. Nous serons peut-être en mesure d'essayer à nouveau dans sept jours, lorsque nous aurons fait le tour de notre orbite, en menant l'interception un jour après le périapside.

- Je ferai tout mon possible pour avoir la réponse d'ici là. »

Chapitre 19

Joe s'arrêta à son appartement après l'accident de la station WISE. Il mangea le dîner, puis dormit pendant onze heures. Il pouvait dire qu'Evie n'était pas revenue, et elle n'était pas là quand il se réveilla. L'appartement lui semblait désert et stérile. Il décida qu'il gagnerait du temps s'il déménageait au bureau régional pour la semaine suivante. Joe emballa un sac avec ses effets essentiels, prit l'approvisionnement hebdomadaire de 83, remit les ordures au cleanerbot et verrouilla la porte.

De retour au bâtiment régional du projet WISE, il demanda un plus grand espace. Un pipabot le conduisit au troisième étage et le fit rentrer à l'intérieur d'un bureau. Ses yeux prirent la mesure de la pièce : plus grande mais ascétique, avec une communication murale au-dessus d'un bureau dans un coin, et le netwalker au centre. Il réquisitionna un lit de couchage, un synthétiseur alimentaire et des vivres de base. Les bots installèrent l'équipement dans l'heure, et tout se retrouva encombré autour de la plateforme de netwalker surélevée. Cette pièce fera très bien l'affaire.

Joe passa les cinq heures suivantes à son nouveau bureau, à analyser des journaux de données. Il prit une courte pause pour manger quand un message entrant de Dina scintilla sur la communication. Elle avait planifié une conférence à la station orbitale pour examiner l'incident, à partir de 16 h. Joe confirma sa participation.

Une heure plus tard, il s'installa dans le netwalker et ouvrit la connexion à la station orbitale. Sa pièce disparut, et il se retrouva incarné dans son steerbot et debout sur le support le long du mur. Deux autres steerbots s'avancèrent, leurs bottes raclant le plancher métallique. Il reconnut l'un deux, celui de Dina, et suivit cette dernière jusqu'à l'ascenseur.

La bulle de verre du pont donnait sur une lune qui rétrécissait. Deux pipabots et deux humains étaient déjà assis dans le demi-cercle de chaises. Les humains levèrent le regard quand il entra. Ils portaient tous deux des combinaisons spatiales, et avaient enlevé leurs casques. La première personne était une femme à l'air renfrogné aux cheveux rouge fluo. À côté d'elle se trouvait un grand homme qui faisait pivoter son casque autour de son index. Le pont n'avait pas de siège de commandement ; toutes les chaises étaient intentionnellement disposées dans un style collégial. Joe s'assit dos à la lune pour pouvoir se concentrer sur les personnes.

« Permettez-moi de vous présenter mon équipe de direction, » déclara Dina d'un grand geste de la main. « Voici d'abord Robin Perez, notre Directrice Orientation, Navigation et Systèmes de contrôle, ou DONS pour faire plus court. »

Joe regrettait son stockage ESNE désactivé et son ANPI abandonné, mais réprima l'émotion et se concentra pour mémoriser les noms et postes.

Le visage de Robin n'avait pas perdu sa grimace alors qu'elle dit : « Commandante, je suis désolée d'avoir laissé cet accident se produire. Je ne laisserai plus rien endommager la base pendant mon poste. » Ses mèches de lave étaient fluorescentes contre l'espace en toile de fond derrière elle.

« Nous trouverons la cause ensemble. » Dina hocha la tête dans un geste rassurant. « Ensuite, nous avons Chuck Williams, Directeur des Dynamiques d'Amarrage. » Elle désigna du doigt le grand homme aux cheveux noirs bouclés qui faisait tourner son casque. « On prononce l'acronyme 'DIDA' » Son large sourire rappelait à Joe celui de Raif.

« Et enfin, » dit-elle en faisant un geste vers le dernier homme dans un steerbot, « Jim Kercman, Directeur des Opérations de Construction. »

Joe pensa rapidement à des astuces mnémoniques.

. . .

Robin paire-aise, Chucky et Capitaine Kerc.

. . .

Dina se tourna vers les pipabots. « Maintenant place aux bots. PIPA 13691, ou Boris, est Adjoint aux Opérations de Charge Utile. Et PIPA 13693, ou Natasha, est Adjointe aux Systèmes de Données. » Le front de chaque pipabot brilla de bleu.

Dina expliqua le rôle temporaire de Joe dans le projet. Les présentations terminées, elle demanda à chaque adjoint de donner un résumé de ce qu'ils savaient au sujet de l'incident d'amarrage. Chaque officier se leva pour s'adresser à la table, présenter rapidement son rapport et libérer la scène pour le suivant. Il y eut plusieurs questions après chaque présentation.

« Nous avons analysé les données vidéo et, jusqu'à présent, nous n'avons pas trouvé de raison expliquant l'échec de l'amarrage. » La frustration de Chuck était évidente dans sa voix. « Le centre des opérations nord-est du projet WISE a passé au peigne fin les flux de SORA et réalisé des simulations en réalité virtuelle avec les données. Rien d'évident sur l'ensemble des angles vidéo que nous avons enregistrés. Maintenant, nous passons au crible tous les bots et méchas impliqués, mais nous devons télécharger les données individuellement.

- Le service d'opérations de charge utile n'a trouvé aucun écart par rapport au plan, » déclara Boris.

« Le service de systèmes de données n'a trouvé aucune erreur dans nos systèmes ; tous sont conformes aux spécifications, » répondit Natasha.

Jim et Robin présentèrent des rapports similaires.

Aucune cause n'était apparente.

Joe se demandait où ils pourraient obtenir des données supplémentaires pour analyser le problème. « Les méchas forment un réseau de mailles pour communiquer entre eux afin de coordonner leur travail. Ce réseau partage certaines données de perception. Ces données ont-elles été examinées ? »

Jim se pencha en avant. « Pas à ma connaissance. Ce sont des données délicates à analyser. Les méchas sont équipés de capteurs de champ magnétique, et les données de magnétoréception sont traitées par des algorithmes d'apprentissage profond. Ces capteurs couvrent 360 degrés, y compris derrière le mécha. »

Robin intervint : « Le problème se pose dans la différence entre la perception des bots et notre perception. Il est difficile pour nous de comprendre à quoi ressemble ce sens de la magnétoréception à 360 degrés.

- C'est un peu comme essayer de comprendre ce que ça fait d'être une chauve-souris, » déclara Dina.

« Il doit y avoir des données des capteurs sonores, pour les vibrations à travers la coque. Mais cela se limite au moment où les structures sont en contact, » déclara Joe.

Chuck se mit à rire. « Dans l'espace, personne ne vous entend crier. »

Joe rit, et Dina sourit. Si elle était frustrée par le manque de progrès, elle le cachait bien.

Dina se recula dans sa chaise. « Essayons de trouver des solutions créatives. Que diriez-vous d'une séance de brainstorming ? Je suggère que nous commencions par un biais quantitatif, puis épluchions cette liste plus tard. »

Ignorant les bots, les trois officiers, Dina et Joe se lancèrent dans une discussion en roue libre pendant trente minutes. Dina veillait à ce que la conversation reste fluide, efficace et efficiente pour obtenir une liste d'idées, puis la consolider en liste d'actions. Boris et Natasha ajoutaient des commentaires techniques lorsqu'ils étaient invités à donner des informations, mais se taisaient le reste du temps. Quand le flux d'idées ralentit, Dina termina la conférence avec un rapide : « Ce fut productif, continuez tous comme ça, » et une inclinaison de la mâchoire. Puis ils se séparèrent avec leurs travaux à accomplir. Robin, Jim et Dina partirent rapidement, tandis que Joe et Chuck attendirent ensemble devant l'ascenseur.

« Je suis content que vous soyez là. Ce problème tombe pile dans mon domaine, donc j'apprécie toute l'aide que je peux recevoir, » déclara Chuck.

« Je suis impressionné par le leadership de Dina. Vous avez une bonne équipe, et je suis heureux d'en faire partie. »

Chuck hocha la tête. « Dina travaille sans arrêt, et sur les bonnes choses, donc nous sommes motivés pour tenir la cadence. Nous avons tous de plus grands rêves grâce à elle.

- Personne ne semble compter ses heures, » dit Joe. Ils entrèrent dans l'ascenseur.

« Je suis content que vous ne le fassiez pas non plus.

- J'ai remarqué que les deux bots avaient des titres d'adjoint, » déclara Joe.

« Oui. Tous les officiers supérieurs ici sont des humains. Figurez-vous que les bots ne sont pas des penseurs créatifs. »

Joe rit. « Ils ne peuvent pas sortir des sentiers battus ?

- Non. Ils sont bien contents dans leur carcan.

- Un processus créatif comme le brainstorming exige d'être à l'aise avec l'ambiguïté. Et l'impatience, car on va devenir fous si on ne résout pas cette affaire rapidement. Si nous savions dans quelle direction nous nous dirigeons, ce serait plus facile d'arriver à destination, » déclara Joe.

« Quelqu'un parmi nous sait-il où nous allons ? »

Ils sortirent de l'ascenseur, et Joe remarqua que Chuck faisait à nouveau tourner son casque. C'était un truc astucieux, il utilisait la force centripète pour le maintenir sur son doigt en apesanteur. Ce serait encore plus difficile à accomplir depuis l'intérieur de son steerbot et son retard de 1,3 seconde, et deux fois ce chiffre avant qu'il ait la confirmation visuelle de ce que sa main avait fait. Sans réfléchir, Joe tendit la main avec un doigt, harponna le casque de Chuck, lui fit faire trois tours, puis le serra à nouveau dans sa main. Il le lui rendit enfin.

« Ouah. » Chuck se mit à rire. « Je n'avais jamais vu quelqu'un faire ça dans un steerbot. »

Joe accepta le compliment avec joie. « Nous ne sommes pas une de ces machines. Nous pouvons rire ; nous ne devrions pas prendre la vie au sérieux au point d'oublier de saisir les occasions de le faire. »

. . .

> Le Dr Jardine a raison. Nous devons nous rappeler que nous pouvons faire n'importe quoi, y compris l'inhabituel et l'imprévisible. Et nous pouvons rire.

. . .

« Vous avez un bot comme adjoint ?

- Non. » Chuck fit à nouveau tourner son casque en se détournant, impassible, « Mais si j'en avais un, je suppose que le Directeur Informatisé de DIDA aurait besoin d'une fonction de bégaiement. »

Joe rit, mais le retard dépassa les 2,6 secondes. DI-DIDA, elle est bien bonne.

Chapitre 20

Le regard de Joe s'arrêta un moment sur le vilain mur beige de son bureau dans les installations du projet WISE. Il avait passé les deux derniers jours agglutiné ici, onze heures à la fois, soit à analyser des journaux de données, soit à marcher avec son netwalker. La recherche des enregistrements des méchas et pipabots qui étaient opérationnels pendant les deux accidents était une corvée, et il entrecoupait ses recherches de courtes pauses fréquentes. Son bureau lui offrait le goût de vrais repas grâce au synthétiseur de nourriture, et un sommeil sans rêves guidé par l'épuisement dans son lit de camp.

À l'opposé, incarner le steerbot dans l'espace était devenu une seconde nature. S'agglutinant le long de la colonne centrale, la susurration du travail effectué à l'extérieur vibrait à travers la longue coque, comme si c'était une créature vivante. Il dévalait les passerelles mobiles et déboulait dans les couloirs lors de son exploration de la base, ses bottes cliquetant sur le sol métallique. Les méchas défilaient, leurs têtes triangulaires semblant ne rien regarder. Les pipabots à tête elliptique affichaient souvent un sourire obséquieux par défaut. Il cherchait sur leurs fronts les voyants clignotants orange qui désignaient les robots.

Les steermechs et steerbots, opérés par des humains via une connexion de netwalker, comme Joe, passaient moins fréquemment. Une lumière argentée brillait sur leurs fronts, et Joe saluait chacun d'eux. Les steerbots et steermechs lui rendaient invariablement le geste, et s'arrêtaient habituellement pour discuter.

Il apprit ainsi à connaître plusieurs autres employés du projet WISE. Chacun exprimait sa frustration au sujet des incidents récents, et personne n'avait d'idées pour progresser vers leur résolution. Pour autant, il appréciait se familiariser avec les dynamiques du projet.

Trois jours après l'accident, le steerbot de Dina aborda Joe dans le couloir. Pour une fois, il n'y avait pas une file de gens qui attendaient de la consulter. « Discutons de l'enquête, vous voulez bien ? »

Ravi de l'invitation, il la suivit jusqu'au pont où ils s'assirent dans l'anneau de sièges extérieur. Trois pipabots et un steerbot se tenaient à la console de contrôle, communiquant par l'intermédiaire de la communication holographique. La base était à l'apoapside en orbite lunaire, et la lune pendait dans la noirceur profonde à l'extérieur de la fenêtre. Elle avait diminué de taille par rapport à trois jours plus tôt, mais paraissait encore environ cinq fois plus grosse qu'il ne l'avait jamais vue de la Terre.

Concentrant son attention sur Dina, Joe récapitula les différentes étapes qu'il avait suivies. Elle hocha la tête de manière encourageante, puis dit avec un sourire : « C'est beaucoup de travail accompli en douze heures. »

Il cligna de l'œil en réponse à son allusion. « C'est agréable d'être si profondément plongé dans un travail satisfaisant. » Il marqua un temps d'arrêt, puis posa des questions sur la prochaine phase du projet WISE. « Des rumeurs sur les premiers starnautes fourmillent sur le netchat. Vous n'avez pas l'intention de recruter bientôt, dites-moi ? »

Dina rit. « Le futur se présente plus lentement que nos imaginations le veulent. Vous ne savez pas qui sera à bord du premier vaisseau ? Un unique bot spécialisé. C'est un mécha miniaturisé avec une IA avancée. »

Le choc de Joe se refléta sur sa visière.

« Et ce bot partira des décennies après une douzaine de sondes miniatures, qui sont nécessaires pour récupérer des informations pour nous aider à repérer les exoplanètes de destination les plus favorables.

- Mais il y a une quantité prodigieuse de travaux de construction en cours. Pourquoi cela prend-il tant de temps ? »

Dina soupira. « Les équations sur la relativité d'Einstein tiennent toujours. Conformément à son équation sur la masse et l'énergie, il faudra une quantité ridicule d'énergie pour qu'une masse significative atteigne un dixième de la vitesse de la lumière, l'objectif minimal que nous devons atteindre. En comptant le temps pour accélérer jusqu'à cette vélocité, ainsi que le temps de décélération, l'arrivée à une étoile et à un système solaire de destination prendrait environ quatre-vingt-sept ans. Et cela nécessite une fusée complexe, miniaturisée, alimentée par fusion. Nous ne serons pas prêts à transporter des personnes pour un voyage interstellaire avant, pour rester réaliste, encore deux siècles ou plus. En la matière, nous n'en sommes encore qu'aux balbutiements.

- Ce n'est pas faute d'y consacrer des efforts. Je suis impressionné par l'ampleur et de la complexité de ce projet de construction. Vous faites un travail phénoménal.

- Ma gestion de la station orbitale WISE est un projet spatial parmi de nombreux autres. Nous avons une douzaine de bases lunaires habitées, trois bases sur Mars, et une sur Phobos. Sans parler des programmes d'astronomie, comme l'observatoire radio de l'autre côté de la lune, les opérations minières sur la lune et l'extraction de xénon sur Mars, avec les bots collecteurs de minéraux. Nous avons des opérations d'extraction de métaux entièrement automatisées sur les deux bases d'astéroïde NEO. Nombre de ces initiatives soutiennent les efforts du projet WISE. Il serait injuste de donner trop de crédit à une seule personne.

- Vous êtes trop humble.

- Je ne suis même pas encore une planétonnière. Je n'ai pas passé une dizaine d'années hors du monde, comme plus d'un millier d'autres personnes l'ont fait. C'est un engagement énorme de mener votre vie de cette façon, et il y a un prix à payer. Ils acceptent les risques que l'espace fait peser sur leur santé, et s'adaptent à une gravité faible ou nulle avec des exercices réguliers. Ils laissent derrière eux tous les gens qu'ils connaissent pendant de longues périodes. » Dina regarda en direction de la lune. « Ils sont semblables aux aventuriers qui ont exploré l'Ouest américain, pour le meilleur et pour le pire. Il ne s'agissait pas seulement de noms célèbres comme Lewis et Clark, Frémont et Carson. Il y avait aussi des pionniers dans de petites maisons dans la prairie. Les explorateurs de l'espace d'aujourd'hui font les mêmes sacrifices.

- Mais vous dirigez une des plus grandes initiatives dans ce domaine. » Joe voulait avant tout communiquer le respect immense qu'il avait pour elle.

La visière de Dina fit directement face à celle de Joe. « C'est un point critique. Les humains accordent trop d'importance aux actions de personnes seules. Historiquement, des inventeurs tels que Tesla ont apporté des innovations notables, mais même eux avaient des équipes dans leurs laboratoires. Les sujets faciles ont été retournés dans tous les sens, et l'invention humaine est un processus de groupe. La réalité est que, comme Newton l'a dit autrefois, une poignée de gens ont la chance de se tenir sur les épaules des géants.

- Alors que les géants pourraient faire appel à leurs frères. »

Dina resta sérieuse. « C'est une histoire héroïque à raconter. Mais, non, la véritable histoire du progrès humain est une avancée collective dirigée par le génie social. »

Il appuya son argument. « J'ai entendu dire qu'Einstein valait une université à lui seul. Et un seul Atlas peut porter le monde entier.

- Je ne nierai pas l'excellence individuelle ou son importance. Mais l'excès de confiance en soi est aussi un défaut. Cette autoglorification peut conduire à un orgueil démesuré et au mépris pour les autres, et il n'y a aucune justification pour un tel égocentrisme.

- Vous valorisez l'individu, mais aussi la collaboration. Vous respectez ce que les gens peuvent faire quand ils travaillent ensemble, » dit Joe.

« Nous pouvons célébrer l'excellence et encourager l'humilité dans le même temps. Et éviter les excès d'orgueil. Reconnaître que nous descendons du singe, pas du ciel. »

Le steerbot au pupitre de contrôle fit signe. Une expression stoïque traversa le visage de Dina, et ils finirent à contrecœur leur conversation. Elle se dirigea vers la console de contrôle pour en savoir plus le dernier problème. Joe regagna l'ascenseur pour retourner à son travail.

Joe était debout à l'aube le lendemain pour prendre un petit déjeuner rapide avant de retrouver la monotonie du travail de bureau, et la chasse aux moindres indices dans ces exaoctets de données. Au bout de cinq heures, il fit une pause pour un déjeuner qu'il mangea à la hâte. Les murs nus de son bureau le fixaient froidement. Il ouvrit son ESNE pour consulter sa messagerie, et pour voir si Evie ou quelqu'un d'autre avait visité son appartement. La liste était vide. Quelques minutes plus tard, il sursauta en réalisant qu'il avait les yeux fixés sur un mur blanc.

. . .

Il est temps de changer de décor. Je me sens oppressé, et l'espace vide peut être un remède. Je peux être le maître de mon humeur.

. . .

Moins de onze minutes plus tard, il était dans le netwalker, passant à un steermech sur la station orbitale WISE. Il manœuvra la machine hors du support pour rejoindre la colonne de la station, puis un sas, et bientôt il pendait sur une échelle fixée à l'extérieur du donut d'énergie de fusion Omega.

Le travail continuait non-stop, alors que la base poursuivait sa course vers la lune. Les méchas couvraient la superstructure. Joe ajusta son capteur cornéen pour zoomer sur un mécha particulier, mais il garda ses distances pour éviter d'interrompre son travail. L'activité intense était revigorante, et il se perdit dans le rythme des différentes opérations coordonnées dans un but commun sur cette machine faramineuse.

Alors qu'il se reposait sur l'échelle, un autre steermech l'aborda. Le visage de Dina remplit la visière sous la lumière argentée de son front.

« Je crois que je suis nerveuse au sujet de cette prochaine tentative d'amarrage. » Son steermech saisit l'échelle à côté de la sienne. « C'est pour ça que je suis là. »

. . .

J'adore sa franchise. Pas un soupçon de prétention.

. . .

« C'est pour ça que je suis là moi aussi. Non pas que regarder le travail des machines m'aide à démêler le puzzle. Mais ça me permet de me décharger l'esprit, pour mieux me concentrer. »

Ils se poussèrent à l'écart des échelles et dérivèrent près du réacteur Omega, à l'opposé de la station et de la lune, la vue ébène parsemée de millions de points de lumière figés. Sa vision s'ajusta, et il se perdit un instant dans les tons pastel jaunes, bleus et roses des différentes étoiles.

Présumant que la réserve managériale de Dina pourrait se dissoudre dans le vide qui les entourait alors qu'ils flottaient dans l'espace, Joe profita de l'occasion. « Vous dites que vous aimez ce travail, mais qu'il prend tout votre temps. Pourquoi est-ce que vous le faites ?

- Joe, j'ai remarqué votre détermination à accomplir quelque chose. Vous avez l'esprit compétitif.

- Je le reconnais.

- Moi aussi. » Elle fixa les étoiles avec, semblait-il, la même fascination que lui. « Les gens luttent traditionnellement pour trois choses : la fortune, le pouvoir et la célébrité. Aujourd'hui, cette première chose n'a plus de sens. La deuxième motive toujours beaucoup de gens, mais ne m'attire pas vraiment. Je préfère contribuer à faire progresser tout le monde.

- Cela nous laisse la célébrité.

- Oui. Je voudrais penser que mes efforts pour faire progresser l'exploration de l'espace par l'humanité resteront dans les mémoires.

- C'est un but louable. »

Elle tourna son regard mesuré vers lui. « Nous devons le faire pour que l'humanité puisse accomplir le moindre progrès. Nous avons vu que les bots ne pouvaient pas le faire sans nos ensembles d'objectifs et nos problèmes à résoudre. »

Joe acquiesça. « Nous n'avons pas été en mesure de concevoir des IA ou des bots disposant d'une vraie conscience, ou même d'une sentience vérifiable. Même si ce qu'ils peuvent accomplir en suivant nos plans est formidable. »

Elle plissa les yeux dans la noirceur de l'espace profond. « Ici, vous réalisez combien nos efforts d'exploration sont dérisoires, et combien la taille de l'univers est absurde. Nous avons des connaissances sur les quasars, formés au début de l'univers, qui contiennent des trous noirs supermassifs qui ont avalé l'équivalent de vingt milliards de soleils de matière. Nous avons des connaissances sur les étoiles à neutrons, des pulsars milliseconde, dont les équateurs tournent à un quart de la vitesse de la lumière. Nous pouvons calculer les données mathématiques, mais les chiffres sont trop grands pour tenir dans nos têtes. L'univers a été conçu à une échelle qui dépasse largement notre capacité à imaginer. Nous avons des connaissances sur ces distances ahurissantes entre les étoiles, et les distances encore plus hallucinantes entre les galaxies. La taille de l'univers est si stupéfiante que l'esprit humain ne peut pas vraiment se représenter les grandeurs.

- Il est impossible de ne pas se sentir insignifiant ici, » murmura Joe.

« Et la limite de la vitesse de la lumière signifie que nous ne pouvons jamais explorer plus d'une fraction infinitésimale de cet espace gigantesque en un temps donné. L'univers disparaîtra avant que les humains, si nous survivons, puissent faire la moindre percée dans son exploration.

- Et pourtant vous essayez.

- Et pourtant nous essayons, » dit Dina. Elle fit un signe, et son steermech se propulsa pour aller inspecter une autre partie de la station.

Joe planait, en apesanteur, à proximité du réacteur de fusion. Dina incarnait ses aspirations supérieures d'humanité, poussant les frontières pour en savoir plus, explorer plus profondément, prête à souffrir de privations, s'oubliant soi-même, accélérant l'avancée collective de l'humanité. Encore une façon de mener une vie.

Et quel univers nous avions à explorer. Les méchas étaient regroupés sur une partie éloignée de la station. À sa droite, la lune n'était qu'un petit orbe ; à sa gauche, une Terre encore plus petite naviguait tranquillement, isolée et éloignée. La majeure partie de son champ de vision était remplie de l'immensité de l'espace noir.

...

> Notre galaxie entière m'entoure ici. Une galaxie parmi une centaine de milliards. Et la galaxie moyenne contient des centaines de milliards d'étoiles, séparées par de vastes distances, les étoiles les plus proches tout juste accessibles en une vie humaine. Même avec toutes mes connaissances mathématiques et physiques, je ne peux pas me le représenter. Tout cet espace, un vide immense. Beaucoup de rien créé. Créé ? Ou simplement survenu ? Comment pourrons-nous jamais le savoir ?

...

Sa respiration régulière ne faisait qu'augmenter l'illusion écrasante qu'il était là, dans l'espace, dans une grande solitude. Puis l'expérience de l'espace vide se transforma. La noirceur totale sembla se dissoudre, se déplacer, se remplir de quelque chose. Il flottait dans *quelque chose*.

. . .

La physique quantique classique dit que le vide, grouillant d'activité, contient des particules, de la matière noire et de l'énergie sombre, mais toutes à des densités très faibles. Je scrute cet abîme, essayant d'y trouver la clé de la nature.

Maintenant je ne vois pas le noir, mais peut-être un océan de particules qui jaillissent dans et hors de l'existence à chaque instant. Une collection bouillonnante de quelque chose, quelque chose dont je fais partie. Je suis en relation avec l'univers.

. . .

Il expira profondément, sentant le doux travail de ses poumons. Le noir autour de lui était revenu dans sa vision. Il ne l'effrayait plus, ne le faisait plus se sentir seul. Maintenant, son étreinte le protégeait. Après quelques minutes, il manœuvra son steermech pour revenir à la station.

Joe termina son analyse des données disponibles, sans résultat probant. Aucune des idées nées du brainstorming de l'équipe n'avait été fructueuse et, impatiente suite à ce retard supplémentaire, Dina ordonna une nouvelle tentative de rendez-vous spatial.

Son équipe de construction avait transporté des composants de la base lunaire à la mer des Pluies et terminait les réparations du module d'usine en orbite près de la lune. Le tout serait prêt juste à temps pour la fenêtre de trente et une heures pour effectuer le transfert de Hohmann partiel, car la base avait déjà passé le périapside, la plus étroite approche de la lune, et fonçait maintenant sur le chemin orbital extérieur. Ils devaient synchroniser les orbites à plusieurs milliers de kilomètres de la lune.

Il s'offrit une nuit de sommeil, puis revint, virtuellement, à la base. Son steermech était maintenant accroché à une échelle de soute. Une armée de méchas recouvrait la colonne de la station, occupée à faire tourner les composants et à les souder sur la colonne. De son point de vue, on aurait dit une troupe de danse dont la station orbitale était la scène, et il regardait les méchas effectuer des pirouettes, leurs bras tendus étreignant les composants. Il savait qu'il n'y avait pas de vrai haut ou bas, mais il plaçait mentalement la lune en dessous dans son cadre de référence, où elle était suspendue, grande et lumineuse dans une toile de noir d'encre. Puis la lune souligna une lueur de métal. Joe ajusta son capteur cornéen, et le gros morceau d'acier avec « FACTORY MODULE 17 » écrit au pochoir sur son côté devint visible. Il retint son souffle. Cette fois-ci, il décortiquerait les moindres détails de la manœuvre d'amarrage.

Le module d'usine se déplaça à moins de cinquante mètres du point d'attache sur la colonne, où les ombres du clair de lune dansaient sur la coque bleue de la station. Il y avait une échelle libre ; parfait pour regarder l'amarrage depuis le module d'usine. Il désengagea les aimants des bottes de son steermech et manœuvra avec ses propulseurs pour atteindre le module, puis saisit un échelon avec ses deux mains mécaniques.

Deux méchas étaient au-dessus de lui, guidant le module d'usine en position. Il ne pouvait pas voir le point de connexion où les parois métalliques devaient amarrer.

Dans une intuition soudaine, il lâcha son emprise sur l'échelle. Les propulseurs du steermech le poussèrent par-dessus la bordure métallique. Les semelles accrochèrent son steermech au rebord en métal au niveau de la jointure. Joe étudia l'écart se réduisant entre la station et le module.

Un mouvement sur le bord de la colonne de la station attira son attention ; un cleanerbot. Il se déplaça vers le haut de la colonne, dans l'espace où le module d'usine devait rejoindre la colonne. Les deux méchas de guidage qui faisaient avancer le module d'usine le repoussèrent brusquement. Le bord supérieur du module pivota.

. . .

> Qu'est-ce qu'il fabrique ici ? Ce cleanerbot n'a rien à faire à cet endroit. Quelque chose a corrompu son programme. Oui ! Maintenant, je sais, c'est exactement au même endroit qu'au cours de la tentative de la semaine dernière. Cela ne peut pas se reproduire.

. . .

Joe émit une commande d'ESNE avec les codes de remplacement. « Méchas, abandonnez la dernière manœuvre. Continuez l'amarrage comme initialement prévu. »

Un pipabot gazouilla sur le canal : « Il y a soixante et onze pour cent de chances d'endommager la soute si ce remplacement se produit.

- Je confirme le remplacement. Continuez la manœuvre d'amarrage initialement prévue. »

Les méchas inversèrent leur poussée. Le module d'usine cessa de pivoter. Après une pause, il était revenu en position d'amarrage. L'espace entre le module d'usine et la colonne de la station se réduisit, et le module d'usine se cogna contre la soute avant de pivoter directement contre la colonne. Le cleanerbot fut écrasé dans l'étau de métal formé par la station et le module. Le choc du métal contre le métal vibrait à travers ses semelles. Des pièces volèrent du module. Un coin de la soute était bosselé, mais de son point de vue, les dégâts semblaient minimes. Les méchas soudèrent les unités ensemble.

Le pipabot gazouilla à nouveau. « Amarrage terminé. Évaluation des dégâts en cours. »

Joe s'assit sur le pont de la station orbitale WISE dans son steerbot, admirant la manœuvre accomplie avec Dina. Le module d'usine était niché à sa place attribuée sur la colonne de la station. Son cœur était rempli de chaleur.

« C'était un cleanerbot corrompu ? » Dina le contempla du dessus de la pyramide formée par les doigts de son steerbot.

« Pour autant que nous pouvons le dire. » Il se pencha vers elle. « Le manque de composants mémoire récupérés a entravé l'analyse. Je voudrais présenter les données partielles à un expert en bases de données que je connais, pour évaluer cet angle. Il s'appelle Raif Tselitelov.

- Si vous pensez qu'il est bon, je suis d'accord. Mais pourquoi la présence du cleanerbot n'a été enregistrée dans aucune des données ?

- Les méchas au point d'amarrage faisaient dos au bot quand ils manœuvraient le module d'usine. Ils ont probablement reçu des données de magnétoréception indiquant une obstruction, mais nous n'avons pas pu l'analyser suffisamment pour déterminer ce qu'ils savaient.

- Alors pourquoi les méchas ont-ils annulé l'amarrage ? »

Il se gratta le menton, se sentant à nouveau bête de faire ce geste. « Je dirais que même si l'IA du cleanerbot était endommagée, elle a senti sa destruction imminente et envoyé un appel à l'aide. »

Dina hocha la tête, comprenant soudainement. « Ah, la troisième loi de la robotique : un robot doit protéger son existence tant que cette protection n'entre pas en conflit avec la première ou la deuxième loi.

- Exactement. » Joe hocha la tête. « Et l'addendum : un robot doit veiller à la survie des autres robots, tant que cette protection n'entre pas en conflit avec les trois premières lois ; une dernière loi ajoutée pour éviter la destruction de masse des bots en cas de pépin. Nul doute que cette programmation est enfouie au plus profond d'un code archaïque. C'est probablement pourquoi les méchas ont abandonné le processus et que les deux premiers amarrages ont échoué. »

Elle fronça les sourcils. « L'apparition du bot à ce moment précis reste une coïncidence étrange.

- À vrai dire, non. » Il se rassit. « Le cleanerbot fonctionne sur un planning hebdomadaire, et les trois tentatives d'amarrage ont toutes eu lieu un dimanche. »

Ses yeux s'écarquillèrent.

« Aucun algorithme nécessaire pour déchiffrer cela, juste de l'arithmétique élémentaire. Le premier échec est survenu sept orbites avant le deuxième, ou exactement six semaines. Et ce dernier essai a également eu lieu une semaine plus tard.

- J'avais raté cette évidence. » Elle avait l'air penaude.

« Vous fonctionnez sur l'heure orbitale. Je ne l'avais pas remarqué non plus, au début. Puis votre commentaire sur le fait que j'étais la seule personne sur le terrain la semaine dernière m'est soudainement revenu. » Joe leva un doigt. « C'est votre autre problème. »

Elle attendait, en regardant l'expression jubilatoire qu'il ne parvenait pas à réprimer.

« Comme tout votre personnel travaille trois journées de quatre heures, les postes se concentrent du lundi au mercredi, puis du jeudi au samedi. Les dimanches n'ont pas de couverture complète. C'est peut-être la raison pour laquelle personne n'a vu le cleanerbot défectueux plus tôt. »

Elle rit. « Au diable les limites d'heures. Je suis contente d'avoir ajusté la règle pour vous.

- Et moi donc. » Joe s'éclaircit la gorge. « Je suis désolé pour les dégâts mineurs à la soute. Et pour avoir perdu le bot.

- J'aurais fait la même chose pour terminer l'amarrage. Bien sûr, ce serait autre chose si quelque chose de sentient avait été détruit.

- Oui, en effet, » dit-il, même s'il se demandait si la seule sentience aurait suffi à lui faire prendre une autre décision.

Partie II : Le Voyage vers l'extérieur

« Il y a un moment où vous naviguez sur la vague, et vous décidez de tourner, et ce virage décide de tout ce qui suit. »

Joe Denkensmith

Le Dôme de combat

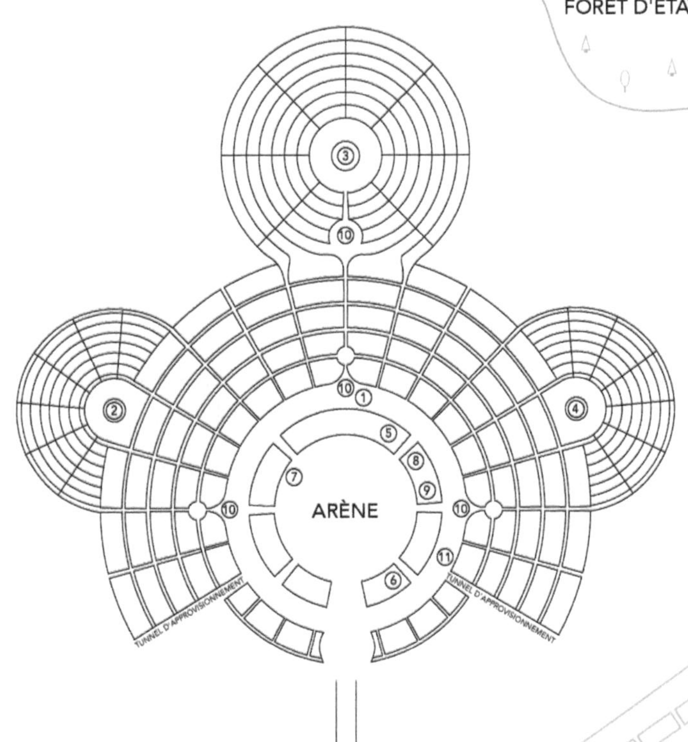

GARE FERROVIAIRE

VILLE

1. Hall principal
2. Annexe Alpha
3. Annexe Zeus
4. Annexe Omega
5. Centre de santé
6. Entrepôt de stockage de méchas
7. Loges aériennes
8. Bureaux et administration de l'arène
9. Appartements des hôtes
10. Places
11. Magasin d'Alex

N

Chapitre 21

L'hyperlev que Joe avait pris pour rentrer du bureau régional du projet WISE parcourait silencieusement la voie et berçait Joe dans une rêverie agréable. L'éloge chaleureux de Dina résonnait dans sa tête, avec sa promesse de l'inviter à revenir pour des projets similaires. À la gare, il prit une voiture automatisée. Rapidement, les portes de pierre du campus l'accueillaient. L'air frais du campus était revigorant après ces semaines passées en isolement à l'intérieur. À son bureau, il ouvrit sa communication pour consulter ses messages et trouva le reçu pour le bonus généreux payé par Dina pour son travail. Assez pour s'offrir des luxes auxquels il n'aurait jamais eu accès auparavant. Il ouvrit une connexion chiffrée avec Raif, et une minute plus tard, son hologramme se matérialisa.

« On dirait que tu as été occupé. » Il fit un clin d'œil. « Toujours à patauger dans ta mer d'ennuis ?

- Rien de ça à l'endroit où j'ai passé les deux dernières semaines, » dit Joe. Il mit au courant Raif pour le projet.

Raif semblait de plus en plus impressionné à mesure que l'histoire progressait. « Tu as encore tué un bot ? Joe, si j'étais un bot, je serais alarmé par ta petite série de meurtres. »

Joe haussa les épaules, puis décrivit l'amarrage du module d'usine en détail. Raif demanda à Joe de répéter exactement ce que les robots avaient fait.

« Il y a quelque chose qui cloche dans le comportement de ce bot. Normalement, les bots devraient prioriser la réalisation de l'objectif, à savoir l'achèvement de l'opération d'amarrage. »

Joe hocha la tête. « Les bots suivent des objectifs donnés.

- Ça m'intrigue assez pour me donner envie de l'analyser.

- J'ai un temps d'avance sur toi. Dina a déjà approuvé ton examen des données. Je t'envoie les coordonnées. » L'expression de Raif présentait un mélange d'excitation et de soulagement, et Joe présuma qu'il devait toujours attendre une offre d'emploi.

« Encore une chose. » Joe baissa les yeux. « Tu pourrais m'aider à échanger des credit$ contre des dark credit$?

- Sans souci. » Raif avait un sourire en coin. « Mais pourquoi t'inquiéter maintenant ? Tu as toujours fait confiance aux lois sur la protection de la vie privée, malgré toutes mes explications pour te prouver que les fonds pouvaient, théoriquement, être traçables.

- Ma 'partenaire de natation' potentielle m'a convaincu de m'inquiéter. » Joe annonça le montant.

« Eh bé. Tu as attrapé la fièvre acheteuse ? » Raif rit. « Je vais faire l'échange et te passer les codes plus tard aujourd'hui. »

Joe sourit et se déconnecta.

Joe grimpa l'escalier de son appartement deux marches à la fois, puis s'arrêta brusquement près du sommet. Il se sentait un peu rouillé après sa vie au bureau. Il passa ses doigts à travers ses cheveux échevelés pour les remettre en place et se motiva à avancer. La lumière du soleil brillait à travers la grande fenêtre du salon vide. Joe se tenait enveloppé dans un silence parfait. Ses bras pendaient à ses côtés. C'était comme la première fois qu'il était venu là, quand il était arrivé sans Raidne, comme un homme sourd qui se réveillait de son sommeil.

La porte d'une chambre s'ouvrit. Evie entra dans la pièce pour se tenir encadrée devant la fenêtre, une main reposant sur une hanche. Elle lui offrit un sourire réconfortant.

Joe était ravi. « Désolé pour mon apparence. J'ai travaillé dur.

- Pas besoin de t'excuser d'avoir travaillé dur. » Elle se dirigea vers lui et l'étudia de près pendant un moment, puis tendit la main pour lisser sa moustache négligée. « Tu as l'air plus déterminé sous cette barbe sexy. »

Il sentit ses joues rougir. Le sourire d'Evie était mis en valeur contre la fenêtre, et le printemps inondait la pièce.

. . .

Il est temps de mettre à jour mes probabilités bayésiennes.
Elle me trouve sexy.

. . .

Evie l'entraîna vers le canapé, où ils s'assirent suffisamment près pour que leurs genoux se touchent.

« Je suis revenue il y a trois jours et j'étais inquiète de ne pas te voir. Tu as dû quitter le campus pour tes recherches ? »

Joe secoua la tête, puis haussa les épaules. « Pas pour mes recherches, non, mais pour un projet qui m'aura conduit jusqu'à la lune. » Il passa une demi-heure à décrire le projet WISE à Evie, interrompu par ses questions fréquentes. En racontant l'idée capitale qui aura permis la découverte du cleanerbot errant, il essaya de rester humble et de donner du crédit à toute l'équipe. Les yeux d'Evie dansaient alors que Joe décrivait l'équipe de direction de la base.

« On dirait que tu les as vraiment tirés d'un sale pas. Ou du moins que tu leur as fait économiser un tas de credit$. Elle était comment, cette Dina ? » Son regard balayait son visage, et Joe était heureux de voir qu'elle s'intéressait tant à son histoire.

« Une super responsable. Je dirais même une super meneuse. Elle sait orienter un groupe de personnes vers le bon objectif. Elle est inspirante.

- Ça a dû être intense de passer du temps avec cette équipe.

- Ça m'a vidé. Mais on ne se rencontrait qu'à l'occasion par l'intermédiaire de steerbots. On finit par accepter l'idée de voir l'avatar de quelqu'un à travers sa visière. » Il décrivit ensuite l'expérience du flottement dans l'espace.

Evie sourit et dit : « J'ai faim. Faisons le dîner. »

Joe prit une douche pendant qu'elle s'affairait dans la cuisine. Le retour à leur routine le ravissait. Quand il revint, sa bouche saliva aux parfums savoureux du poulet, du poivre et du ragoût de tomates, et il attaqua son bol.

« Poulet basquaise, une spécialité de la campagne basque française, » annonça-t-elle en inclinant la tête.

Il se plongea dedans. « Comment vont tes amis ? »

Evie prit une bouchée avant de répondre. « La plupart sont sortis de prison. Beaucoup sont sous surveillance, donc je n'ai pu en rencontrer que quelques-uns, et discrètement. Mais je crois qu'il est sûr pour moi de rentrer, maintenant, tant que je fais profil bas et que j'évite les réunions ; elles attirent trop l'attention. » Elle fronça les sourcils. « C'est dur. Mais c'est la vie telle qu'elle est maintenant.

- J'ai du mal à imaginer à quoi ta vie ressemble.

- Tu veux savoir à quel point c'est différent ?

- J'aimerais beaucoup.

- Alors suis-moi demain. » Elle lui sourit, et Joe se dit qu'il ferait n'importe quoi pour qu'elle continue à lui sourire comme ça tous les jours.

Après une nuit passée dans leurs chambres séparées, chose décevante plus que surprenante, ils partirent ensemble en fin de matinée. Ils prirent une voiture automatisée à la gare, puis l'hyperlev, dont ils descendirent après trois arrêts à la limite sud de Timsheltown, la plus grande ville au sud-est du Lone Mountain College. En sortant de la gare, Joe regarda l'énorme monolithe gris qui obscurcissait tout l'horizon. Cela lui rappela son voyage sur le net à Borobudur, l'ancien temple bouddhiste. Le dôme principal brillait au soleil, et trois dômes secondaires encerclaient un côté, brillant comme un collier de perles. Une voie piétonne menait de la gare à l'entrée, le calcaire érodé par une utilisation constante.

« Alors c'est ça le Dôme de combat ? Je ne m'attendais pas à ce que ce soit si grand. Je ne savais pas qu'il y avait tous ces dômes rattachés. » Il consulta son ESNE, et les statistiques défilèrent sur l'interface cornéenne : « 101 mètres de haut, 140 053 mètres carrés, capacité de 200 029 places. » Le dôme principal était une fraction du complexe.

« Les médias mainstream du net l'appellent comme ça, mais pas ceux qui vivent ici. Nous l'appelons le Dôme communautaire, ou tout simplement le Dôme. »

Ils marchaient côte à côte sur la voie piétonne. Au-dessus d'eux, des drones livraient des fournitures, que les bots déchargeaient et transportaient dans le bâtiment de réception du complexe. Aucun bot ne semblait aller à l'intérieur du Dôme ; à la place, des gens transportaient les fournitures dans ce qui semblait être un tunnel d'approvisionnement. Les gens qui venaient et sortaient ressemblaient à n'importe qui autre, formant un assortiment coloré d'une centaine de modes.

Joe et Evie franchirent la grande arche d'entrée. L'intérieur était entouré d'un large hall bordé de boutiques, de cafés et d'entrées d'appartements. Une ligne d'arbres le long du périmètre donnait le sentiment d'être à l'extérieur, bien que l'ensemble du complexe fût recouvert de verre trois étages au-dessus. Un bourdonnement énergique s'élevait de centaines de conversations. Aucun bot en vue. C'était une mer d'humains. Et de vélos. Joe n'en avait jamais vu que dans les musées. Il s'écarta du chemin d'une meute de garçons qui se dirigeaient vers eux, son cœur battant, craignant plus pour leur sécurité que pour la sienne. Il ne pouvait qu'imaginer les risques de blessure dans cet espace bondé. Le seul panneau était celui qui annonçait, en immenses lettres illuminées, la prochaine compétition : BATAILLE DE MÉCHAS ET D'EXOMECHS À 15 H.

Joe alluma sa SORA pour voir ce qu'elle identifierait autour de lui, mais rien ne se matérialisa dans le coin de sa vision. « Ma SORA se comporte bizarrement ici, » dit-il.

Evie rit. « Nous ne libellons rien avec des étiquettes de réalité augmentée, sauf dans l'arène.

- Pourquoi pas ? » C'était la première fois qu'il visitait un endroit que sa SORA ne reconnaissait pas. Et cela lui parut . . . libérateur, d'une façon étrange. Comme s'il parcourait un territoire inexploré.

« C'est parce que les étiquettes étaient commerciales lors de leur introduction, et la communauté du Dôme tient à ce que nos espaces de vie restent non commerciaux. »

Elle le conduisit le long du hall qui entourait le dôme principal, dans le sens des aiguilles d'une montre. Deux fois, en passant devant des cafés, on lui fit signe, et elle agita la main en réponse. Arrivés à un embranchement, ils tournèrent à gauche. Il vérifia sa SORA et se rendit compte qu'il s'agissait de l'un des nombreux halls axiaux émanant du centre. Celui-ci semblait renfermer des logements supplémentaires. Le sol de travertin paraissait abrasif, usé, mais aussi adouci par la lumière du soleil rayonnant à travers le toit de verre.

Evie ralentit en passant devant un autre café. « D'appétit pour le déjeuner ? »

Joe hocha la tête, et ils s'assirent. Une jeune femme vint étreindre chaleureusement Evie. « C'est bon de te revoir. » Elle semblait réticente à laisser partir Evie. « Tu as dû manquer les nouvelles pour Vinn et Bari, leur mariage a eu lieu il y a deux semaines.

- Oh, c'est fantastique. Je dois aller voir Vinn et la féliciter moi-même. Merci de m'avoir mise au courant, Yvette. Dis, c'est la première fois que mon ami vient ici. Tu pourrais nous préparer ton menu spécial ? »

Yvette hocha la tête, fit un grand sourire à Joe, puis disparut. Quelques minutes plus tard, elle apporta des verres de thé, puis des assiettes de spaghetti bolognaise, et les laissa déjeuner.

« Elle est de ta famille ? » Joe se demandait si c'était ici qu'Evie avait appris à cuisiner.

« Non, c'est une voisine. C'est une vraie communauté, et les gens connaissent leurs voisins et se soucient d'eux. » Une expression prévenante ornait son visage. « Je ne devrais pas dire ça. Elle est plus qu'une voisine et une cuisinière créative. Elle écrit de la poésie aussi. Les gens d'ici ont de nombreux passe-temps, bien qu'ils aient rarement l'occasion de montrer leurs talents à l'extérieur de la communauté. »

La saveur riche de la sauce le distrayait. « C'est délicieux.

- La plupart des restaurants ici sont gérés par des familles. Ils transmettent leurs recettes de génération en génération, et ils aiment les partager avec la communauté. » Elle leva les yeux de son propre plat. « Bien sûr, tout est gratuit.

- Et les vélos ? » Il se fixa sur un homme qui passait. « Je n'avais jamais vu quelqu'un monter dessus pour de vrai. Ils ne sont pas dangereux ? »

Evie se mit à rire. « Pas si les gens sont polis et respectent la limite de vitesse, qui est de onze kilomètres-heure. » Après une autre bouchée, elle ajouta : « Rappelle-toi que les gens qui vivent dans et autour du Dôme sont des niveaux du quartile inférieur. Pour beaucoup, leurs familles remontent à des gens qui ont été parmi les derniers à utiliser la machinerie lourde. Ils sont à l'aise avec l'analogique.

- Et l'apprentissage du vélo. »

Le sourire ironique d'Evie lui dit qu'elle en avait déjà utilisé un. « Si tu tombes, il suffit de te remettre en selle. »

Ils terminèrent leur déjeuner, remercièrent Yvette, et continuèrent à serpenter à travers le Dôme, Evie prenant les devants. Elle prit à droite, sur une autre route circulaire. Ils faisaient le tour de l'arène centrale. Il s'arrêta à une intersection pour admirer la vue. Loin en bas de la route axiale, une imposante statue se tenait au centre d'une place. « C'est l'annexe Zeus, avec son propre dôme. Il tient un éclair dans sa main.

- C'est le dieu grec de la foudre et du tonnerre, c'est ça ?

- Et de la justice. Ici, l'artiste illustrait le contrôle humain de la technologie. Beaucoup de gens ici aimeraient que sa poigne soit plus ferme.

- Et pourquoi il n'y a pas de bots ici ? Vous avez un rapport d'amour-haine avec eux ? »

D'un regard songeur, elle dit : « C'est un peu ça. Bien sûr, les bots font tous les travaux dangereux, ceux pour lesquels personne n'aurait d'objection. Mais ils ont éliminé toutes les possibilités d'emploi. La plupart des gens ici, ou du moins leurs grands-parents, occupaient les emplois les plus élémentaires. De vrais esclaves salariés. Ils travaillaient dans les industries lourdes et exploitaient les premiers bots, les modèles d'exosquelette manipulés depuis l'intérieur de la machine. Mais même ces emplois ont fini par disparaître. »

Ils tournèrent à nouveau à droite, atteignirent le hall principal, et continuèrent à faire le tour de l'arène. Une boutique attira l'attention de Joe. « Un salon de coiffure. Ce ne sont pas les bots qui s'en chargent ici, comme partout ailleurs ?

- La coiffure est généralement faite par des gens ici. » Evie repoussa ses propres cheveux. « Mais tu as raison, les bots ont repris ce travail il y a soixante ans, après les dernières pandémies. Même si la bioscience a éliminé cette menace depuis. Et maintenant, ici, les gens aiment donner ces services personnels comme un cadeau, et c'est une autre façon pour les habitants du Dôme d'être plus en contact avec ceux qui les entourent.

- Oui, littéralement. »

Alors qu'ils passaient devant une bijouterie, un homme âgé derrière le comptoir les vit et leur fit signe d'entrer. Des outils de découpe au laser, des machines et des microscopes couvraient le comptoir. Des yeux brillants éclairaient le visage ridé de l'homme. « Evie, ça faisait des lustres que je ne t'avais pas vue. » Il lui donna une étreinte paternelle, et Evie présenta Alex à Joe.

« Laisse-moi te montrer ma dernière création. » Alex poussa sur le côté les pinces et alésoirs qui jonchaient un établi installé contre un mur, fouilla dans un tiroir, et en sortit une bague. Ils s'approchèrent pour voir son travail. Sur la bande de titane se tenait un diamant rouge, scintillant dans la lumière. « J'ai fait livrer ces diamants de Mars. Celui-ci n'est-il pas superbe ?

- Il est magnifique. » L'admiration d'Evie se faisait sentir à travers le souffle prolongé de sa voix.

« C'est la première fois que j'en vois un, » dit Joe.

« Que diriez-vous de le voir chez vous ? » dit malicieusement le vieil homme, son visage ridé rayonnant. Il prit la main d'Evie et glissa habilement le bijou sur son doigt. Il lui allait parfaitement. Elle l'observa contre la lumière, et les faisceaux rouges dansèrent.

« Je peux te l'offrir ? » Joe prévint toute tentative prévisible de protestation d'Evie en levant une main. « J'ai des dark credit$, » dit-il à l'homme.

L'homme le regarda d'un air ahuri. « C'est un cadeau. Pour Evie, qui joue ici près de ma boutique depuis son enfance. Cela vient droit du cœur. »

Joe espérait qu'il n'avait pas offensé Alex et essaya d'imaginer Evie encore petite fille, sans y parvenir. Elle était si disciplinée, comme si elle avait surgi dans ce monde déjà adulte.

Evie se pencha pour embrasser l'homme sur la joue. « Je l'accepte avec plaisir. »

Alex lui serra l'épaule. « Parle-moi un peu de ton gars.

- C'est un bon ami, » dit-elle.

Joe serra la main d'Alex et le remercia pour sa générosité. Puis ils partirent après un dernier geste de la main et laissèrent l'homme enjoué retourner à son métier.

...

Un bon ami.

...

Ils continuèrent jusqu'au hall, tournant à droite à l'embranchement suivant pour se diriger vers le centre. « Désolé, » dit Joe. « Je n'aurais jamais imaginé que vous ne payiez pas pour des choses aussi précieuses ici. »

Evie s'arrêta, étudia sa bague, puis le regarda tendrement. « Notre communauté est non commerciale. Mais c'était très gentil de ta part. Donc je vois ça comme un cadeau de toi aussi. »

Joe sourit alors qu'ils continuaient à marcher. « Tu parlais des salaires, plus tôt. Même s'il y a des tonnes de diamants rouges extraits sur Mars, il y a un coût pour les transporter vers la Terre.

Alors comment ton ami peut-il se permettre de donner son travail gratuitement ?

- Avec les bots qui font le travail d'extraction et de transport des minéraux, les coûts sont de plus en plus bas. Les gens d'ici utilisent les dark credit$. Ils ont besoin de payer pour certaines choses, comme ces pierres. Et comme il n'a pas d'emploi, son temps ne lui coûte pas de credit$; ça lui permet d'offrir son travail créatif aux gens à qui il tient. Nous apprécions grandement les cadeaux, mais ce n'est pas une question de biens matériels. Ce qui reste précieux, ce sont les sentiments de ceux qui donnent et reçoivent ces objets.

« Vous avez une communauté basée sur le partage.

- La plupart des gens ici ont réalisé qu'il n'était plus nécessaire d'attacher un prix à quoi que ce soit. C'est une leçon que la communauté du Dôme a apprise et que les autres ont encore à découvrir. »

Le bijoutier aux yeux vifs dominait son attention. « Alors cela explique pourquoi il passe son temps à créer des bijoux puis à les offrir ?

- C'est une des raisons. » Evie s'arrêta et lui fit face, en ignorant les gens qui passaient. « Alex est un brillant astrophysicien. Bien qu'il ait obtenu des notes parfaites lors de ses examens de mathématiques avancées, il n'a pas réussi à décrocher de poste pour mettre ses talents à bon usage.

- Des notes parfaites ? » Joe sentit son visage devenir chaud.

« La raison est la même que celle pour laquelle je n'ai pas pu trouver de travail malgré mes diplômes. Les niveaux. » Elle pointa vers le magasin du bijoutier. « Ces diamants, c'est ce qui pourra jamais le plus le rapprocher de Mars. »

. . .

> Le sprint de la vie n'est pas juste. Chaque personne commence sa vie à un endroit différent sur la piste, chacun a des opportunités différentes. Je ne peux pas me féliciter du point d'arrivée que j'atteins, seulement de la distance que je parcours.

. . .

Maintenant, il comprenait, et son visage devait refléter cette prise de conscience. Elle admira à nouveau la bague, et quand elle regarda vers lui, elle n'était pas en colère.

Ils atteignirent une entrée de l'arène, le Dôme visible à travers le mur de verre. Les gens se précipitaient devant eux pour passer les portes ouvertes. La prochaine compétition était sur le point de commencer. Evie les conduisit à l'intérieur, et ils trouvèrent des sièges à mi-hauteur d'un côté de l'amphithéâtre.

« Les jeux sont si populaires qu'ils ont installé un grand centre média qui diffuse sur le netchat. » Elle pointa la loge aérienne vitrée en face d'eux.

« Et une installation médicale de pointe, pour traiter toutes les blessures pendant les jeux, à ce qu'on dit. »

Elle s'esclaffa. « Quelqu'un se blesse de temps en temps, oui. Le netchat sensationnalise la fréquence à laquelle ça arrive. Il est rare que quelqu'un perde ne serait-ce qu'un membre, et ils sont assez faciles à remplacer.

- Et ce que j'ai entendu dire à propos de l'usine de cyborgs ? »

Evie roula les yeux. « Il n'y a jamais eu d'usine de cyborgs. Des millions d'années d'évolution n'ont pas suffi à concevoir une bonne interface pour combiner la biologie humaine aux machines, c'est même plutôt le contraire.

- Juste la technologie pour réparer les pièces endommagées, » dit-il.

« Il y a moins de cyborgs ici au Dôme que parmi la population. Les gens évitent les biopuces, et beaucoup refusent les ESNE.

- Tout le monde se parle en face à face. Je ne vois pas beaucoup de gens qui se préoccupent de leurs ANPI.

- Les gens ici craignent d'être surveillés lorsqu'ils sortent de la collectivité. Ils se méfient du gouvernement, c'est pourquoi presque personne ici n'a d'ANPI. La communauté tolère les bots, mais pas en grand nombre. » Elle sembla anticiper son prochain commentaire. « Je ne dis pas que les gens d'ici font moins de mal que la moyenne. Ils sont aussi bons et mauvais que n'importe qui.

- Vous vous connaissez et souhaitez être inconnus des IA. Vous découvrez les mystères des uns et des autres naturellement. »

Joe observa tout autour de lui avec une attention ravie. Il n'avait regardé une compétition qu'une seule fois, sur le net. Il savait qu'un mécha complet allait affronter un humain à l'intérieur d'un exomech. Ce serait l'occasion de découvrir ça de plus près.

Les gens remplissaient les sièges de chaque côté d'eux. Un homme bourru s'assit à côté de Joe. Il était d'âge moyen, dans les soixante-dix ans à vue d'œil. L'homme brossait les poils dorés de sa barbe touffue avec trois doigts alors qu'il regardait avec impatience le devant de la scène. Evie tint la main de Joe lorsque les murs soutenant le dôme flamboyèrent sous une salve de lasers rouges et bleus. Des piliers de flammes s'élevèrent de onze canons autour de la scène au rythme d'un morceau d'otzstep syncopé tonitruant. Beaucoup dans la foule massive, du moins tous ceux de moins de cinquante ans, étaient debout et dansaient au tempo. Evie rit et se bouscula contre lui.

Des hologrammes présentant les premiers concurrents flottaient au-dessus de l'immense scène. Du côté droit, un exomech s'avança. L'hologramme au-dessus de lui passa à un gros plan de son opérateur humain, et son nom défila sur les murs d'images colossaux.

Le commentateur beugla par-dessus le grondement de la foule « Et voici Underman ! » La foule hurla et tapa des pieds. Du côté gauche, un mécha ordinaire entra. La voix du commentateur explosa de nouveau : « Et face à notre héros, voici Mace Face ! » La foule hua de vive voix.

Comme il le faisait quand il regardait le mod-foot, Joe synchronisa son ESNE avec le flux holographique. Le souffle d'Underman s'invita dans sa tête. Le flux l'avait conduit à l'intérieur de l'exomech avec le concurrent humain.

. . .

> C'est une des raisons pour lesquelles ces stades sont toujours pleins, vous n'avez jamais vraiment le sentiment d'être l'athlète avec un flux holographique extérieur. Ce sera une nouvelle expérience avec un sport vif et violent.

. . .

Après quelques distractions préliminaires, les machines s'affrontèrent. Elles plongèrent leurs quatre membres à crampons dans le sol rugueux, leurs articulations métalliques reposant à l'avant. Joe remarqua que les deux étaient positionnés en mode d'articulation à jambes parallèles, ce qui réduisait leur capacité à maintenir leur équilibre. Les servomoteurs de leurs jambes émirent un grognement en s'allumant pour leur donner une puissance explosive. Une corne gronda et ils s'élancèrent vers l'avant, leurs épaules entrant en collision dans un tintement fracassant. Ils se débattaient comme des lutteurs de sumo d'un siècle révolu. L'étreinte se resserra, les deux compétiteurs s'accrochant avec leurs doigts métalliques, puis ils se séparèrent et se remirent en position.

Mace Face s'élança vers l'avant et percuta sa tête sans visage sur le bras gauche de son adversaire humain, et la foule hua. L'exomech, coude au sol et le bras gauche partiellement désactivé, ne bougea pas pendant un moment. L'hologramme du dessus montrait le visage transpirant de l'homme à l'intérieur, alors qu'il actionnait frénétiquement les commandes.

La respiration d'Underman envahissait la tête de Joe, et il se sentait nauséeux alors qu'une terreur soudaine l'engloutissait.

Underman jeta son exomech d'un mètre en arrière pour éviter le prochain coup. Joe se frappa l'oreille et déconnecta son ESNE. Il observa autour de lui et remarqua que les résidents du Dôme qui l'entouraient n'utilisaient pas la synchronisation du flux holographique. Et certainement pas Evie, qui regardait impassiblement l'action tout en se concentrant sur la foule.

Underman avait battu en retraite, mais cela ne le tira pas d'affaire. Mace Face chargea et frappa à nouveau sa tête sur le bras gauche endommagé d'Underman. Il plia au niveau du biceps, et les doigts de ce bras se figèrent. Underman leva le bras mutilé, mais Mace Face frappa à nouveau. Underman abandonna ce bras, mais son bras droit se balança vers le haut et frappa le mécha sous son aisselle, l'enroulant au-dessus de la machine pour exécuter une projection. Mace Face partit à la renverse.

La foule cria : « *Uwatenage* ! » Underman martela la poitrine du mécha depuis le dessus. L'exomech et le mécha luttèrent pendant plusieurs minutes, mais la position du mécha le laissait vulnérable à une fusillade impitoyable de coups de poing, et les arbitres signalèrent la fin du match. Underman leva le bras droit sous un crescendo d'applaudissements de l'amphithéâtre.

L'homme bourru applaudit frénétiquement. « Nous, les gens d'en bas, on sait bot-ter des trains, » dit-il, riant de son propre jeu de mots. Un joyeux murmure s'éleva dans le public pendant plusieurs minutes, alors que les préparatifs pour le prochain match étaient en cours.

Joe se pencha plus près d'Evie. « Je suppose qu'ils handicapent les méchas pour donner aux exomechs une chance ?

- Oui, toujours, même si le retard de réponse est minuscule. Quelques rares humains ont été très proches de gagner sans ce petit coup de pouce, » dit-elle. « Il y a toujours les composants analogiques, la poussière et l'imprévisibilité. »

...

C'est pour ça que nous regardons les sports. Parce que cela nous donne l'impression d'être des dieux, à regarder la collision du hasard et de la volonté à l'œuvre, pour observer ce qui en découle.

...

Evie fit un geste de la tête vers la sortie. « Allons-y. Je veux continuer à te faire visiter le complexe. » Elle le conduisit à un passage latéral, puis en bas d'une série d'escaliers qui se terminait par une porte profondément enfouie dans les entrailles du Dôme. Un écran de porte s'alluma. Evie dit : « Salut, Johnny. » La porte s'ouvrit et ils entrèrent.

Un jeune homme était assis au bureau de contrôle dans une cabine de surveillance. « Content de te voir. » Il sourit en levant les yeux.

« Moi aussi. J'aimerais montrer les lieux à un ami, ça te dérange ?

- Pour toi, Evie, aucun problème. » Il les dirigea vers un autre couloir.

Notant le regard interrogateur de Joe, elle dit : « C'était le petit Johnny. J'ai aidé à veiller sur lui quand il était enfant. Dans le Dôme, l'éducation des enfants est une entreprise communautaire plutôt qu'un emploi pour des puéribots. »

Elle montra du doigt le couloir de l'hôpital, mais continua tout droit jusqu'à ce que la voie s'ouvre sur un grand entrepôt bordé de méchas et d'exomechs entreposés. Joe s'arrêta devant un exomech, se demandant comment entrer à l'intérieur. Il en fit le tour et vit un court échelon métallique qui dépassait du mollet de la jambe de treillis métallique. Joe mit son pied dessus et sauta à l'intérieur. Ses pieds tombèrent juste dans les emplacements prévus à cet effet. Il glissa ses bras dans les manches, et ses doigts trouvèrent les commandes. Même s'il pouvait voir à travers la plaque faciale, la machine entourait son corps aussi étroitement qu'un cercueil, et la claustrophobie s'installa. Il dégagea ses mains et sortit de la coque.

« Ça doit être difficile à manœuvrer. » Il agita les bras, comme pour se débarrasser du sentiment d'avoir été enfermé.

Evie secoua la tête et lui offrit un petit sourire qui disparut rapidement. Joe se demandait ce qu'elle avait à l'esprit, mais elle se remit à marcher avant qu'il puisse lui poser la question.

Ils sortirent par l'extrémité de l'entrepôt, la foule rugissant au loin. Ils étaient maintenant dans les coulisses d'un côté de la scène. Cela lui faisait drôle de se tenir debout dans l'ombre, hors de la vue de la foule. Les deux machines en décousirent sur la scène pendant plusieurs minutes, faisant vibrer le sol quand l'une jetait l'autre au sol. Le vacarme de la foule les suivait alors qu'ils descendaient les escaliers et sortaient par la porte dérobée. Elle se ferma derrière eux, et ils se retrouvèrent une fois de plus dans le hall.

« Maintenant on peut peut-être rentrer à la maison, dîner et profiter d'un bon verre de vin ? » Evie semblait soulagée d'être sortie.

. . .

Rentrer à la maison. Elle considère mon appartement comme sa maison.

. . .

Il se promenèrent jusqu'à la gare. Il trouva une cave à vin, acheta un synthévase d'un bon cabernet Napa avec ses dark credit$, et ils reprirent l'hyperlev.

Evie se mit au travail en cuisine, composant une de ses recettes sur le synthétiseur alimentaire. Elle mit la table et y posa des assiettes fumantes de poulet trempé d'une sauce riche et foncée.

« Poulet au mole, accompagné de salade de haricots noirs à la mangue. » Elle le regarda, impatiente de voir sa réaction alors qu'il savourait la première bouchée.

Il remplit deux verres de vin de plus avant le coucher du soleil, et ils s'assirent ensemble sur le canapé, profitant des tons jaunes et orange fondant sur l'horizon. Le visage d'Evie était rêveur alors qu'elle sirotait son verre. « Maintenant, tu sais combien mon monde est différent.

- Merci d'avoir partagé tes origines avec moi. Je ne pouvais pas l'imaginer avant ; en comparaison, la façon dont j'ai grandi me semble bien ennuyeuse. Stérile et automatisée. Mais maintenant que j'ai vu ton monde, ça ne m'a pas l'air bizarre du tout. C'est un endroit dont j'ai beaucoup à apprendre.

- Par exemple ?

- Je suis surpris par la gentillesse des gens, », dit-il.

« Tu ne t'y attendais pas ?

- Eh bien, comment dire . . . le Dôme a une certaine réputation de violence à cause des jeux d'exomech.

- C'est indéniable, même si j'aimerais que plus de gens remarquent que la violence est dirigée contre les machines. Nous évitons de la diriger vers nos semblables. » Elle frissonna.

« La concurrence est naturelle, je ne le nierai pas.

- Naturelle, oui. Nous ne pouvons nier l'évolution et notre nature animale. » Elle rencontra son regard.

« Nous pouvons essayer d'être de meilleurs animaux. Mais nous n'en restons pas moins des animaux. » Il posa son verre à vin et sentit son pouls s'accélérer.

Ses yeux s'écarquillèrent et elle se mit à rire. « Joe Denkensmith, tu es moins perdu dans ta tête que d'habitude. Sa tête s'inclina, comme si elle allait poser une question, et ses joues rougirent. Il se pencha et posa délicatement ses lèvres contre les siennes, puis l'embrassa passionnément. Ses cheveux caressaient son visage, et il sentit la note de chocolat qui restait sur ses lèvres quand elle lui rendit son baiser. Le désir s'empara de son corps. C'était comme la respiration, quelque chose qu'il ne pouvait pas arrêter, quelque chose dont elle semblait avoir besoin, elle aussi.

Ils continuèrent à s'embrasser ainsi un long moment.

Evie se recula, douce, réticente, alors que les couleurs fanaient dans le ciel. Sa tête se posa sur son épaule. « Je suis désolée d'avoir pris tout ce temps pour chasser mes appréhensions. L'idée des niveaux a monopolisé mes pensées pendant ces trois dernières années. Mais j'ai l'impression d'avoir raté l'occasion de mieux te connaître plus tôt.

- Partagée à l'idée de pactiser avec l'ennemi ?

- Oui, mais je commence à m'y habituer. Elle releva la tête et l'embrassa à nouveau tendrement avant de se glisser à l'écart et de fermer la porte de sa chambre.

Chapitre 22

Joe se réveilla tôt le lendemain matin, mais resta au lit, sa tête un fatras de pensées. Son projet sabbatique, le Dôme et la vie qu'y menait Evie, et enfin cette femme elle-même, confiante et aux multiples facettes, se disputaient son attention. Mais le vainqueur était désigné. Elle devait être réveillée maintenant. Il se força à sortir du lit, se lava, s'habilla et entra dans le salon.

Evie était couchée sur le canapé, l'allbook ouvert sur ses genoux. « Il y a beaucoup de physique dans tes lectures, et beaucoup de philosophie. Les deux sont difficiles à comprendre. »

Il s'assit près d'elle. « C'est bien que tu essaies.

- Que j'essaie de faire quoi, de mieux te connaître ? » Elle rit. « J'essaie de résoudre un puzzle. Je peux voir comment les mathématiques et la philosophie se rapportent au problème de la conscience des IA. Mais tes lectures sont pleines de physique. Quelle est la place de la physique dans cette histoire ? »

Il haussa les épaules. « J'ai dit que j'étais un réaliste scientifique. Je veux encadrer les idées scientifiques avec une vision plus large de ce que tout cela signifie. »

Elle posa sa joue sur sa main. « Donne-moi un exemple de tes idées scientifiques. »

Il réfléchit plusieurs secondes. « Très bien, en voici une : la nature du temps. »

Elle hocha la tête, dans l'expectative.

« Les théories d'Einstein disent que le temps n'est qu'une autre dimension, comme les trois dimensions de l'espace. Le monde que nous connaissons est un espace-temps à dimensions multiples, l'espace-temps de Minkowski. La dimension temporelle est unique parce qu'elle est unidirectionnelle ; on ne peut qu'avancer dans le temps. Les physiciens croient que l'univers est fermé physiquement, et que toutes les dimensions sont liées, chacune affectant les autres.

« Y a-t-il des théories sur le nombre de dimensions ? »

Il hocha la tête. « Mais les physiciens ne sont pas encore arrivés à une conclusion sur ce nombre. Bien que les mathématiques élégantes pourraient suggérer dix ou onze dimensions. »

Evie fronça les sourcils. « Le temps ne s'écoule-t-il pas différemment, parfois ? Il peut y avoir des effets étranges, comme près d'un trou noir.

- Tu as tout à fait raison. » Son intérêt apparent l'incita à aller plus loin. « Le 'paradoxe des jumeaux' prend un jumeau qui quitte la Terre sur un vaisseau spatial voyageant à une vitesse proche de la vitesse de la lumière et vieillissant plus lentement que son jumeau resté sur Terre. La vitesse de la lumière est une limite, et rien ne peut la dépasser. Cela préserve les règles de causalité dans l'univers. Toutes ces âneries sur la possibilité de rencontrer ses parents avant notre naissance ne peuvent jamais arriver.

- Très bien, alors où se cache l'énigme ?

- Je commence par l'idée que des choses existent. C'est-à-dire que je suis réaliste concernant l'univers. Toutes ces dimensions existent. L'espace-temps à plusieurs dimensions existe. Cela impliquerait que l'intégralité du temps existe à la fois. »

Evie inclina la tête, semblant incertaine. Joe prit l'allbook de ses genoux et le tint à plat dans ses mains. Son regard rejoignit le sien, et il se sentit secoué par l'intimité soudaine.

« Je vais te l'expliquer de cette façon. » Il désigna les coins carrés de l'allbook. « Nous avons du mal à visualiser les trois dimensions de l'espace et notre mouvement à travers le temps. Imagine que tout l'espace-temps est représenté dans ce bloc tridimensionnel. Maintenant, imagine qu'un seul point unique dans le temps est une tranche du bloc. » Il fit un geste de tranchage de la main sur le bloc. « Ensuite, la dimension de la longueur se déplace à travers le temps. » Il glissa sa main le long du livre.

Elle regarda l'allbook. « D'accord, une tranche du bloc, en deux dimensions, représente notre espace tridimensionnel. » Elle déplaça sa main tout autour du salon.

« Oui, exactement. Maintenant, de l'extérieur, il n'y a que le bloc, tout le temps existant à la fois. Cela peut sembler être une contradiction au début, mais essaie de maintenir les deux perspectives dans ta tête en même temps ; l'intérieur du bloc étant là où nous vivons, et l'extérieur une perspective cosmique. »

Elle observa l'allbook, son front sillonnant. Puis elle tendit la main et déplaça délibérément un doigt le long de l'appareil. Joe imagina ses doigts caressant sa peau, et cela le fit frissonner.

Evie ferma les yeux et les ouvrit soudainement en grand. « Ce moment, moi ici assise avec toi, me donne l'impression qu'il est en train de se produire maintenant, que le temps avance *maintenant*. C'est ce que je ressens, moi, à l'intérieur de ce bloc. Mais tu dis que du point de vue extérieur, c'est déjà arrivé ? Que le temps est entièrement déterminé ?

- Exactement. De l'extérieur, ce serait comme regarder une libellule préservée dans de l'ambre. »

Il était enthousiasmé par la clarté de sa métaphore. « Le temps est 'entièrement déterminé' si nous pouvons l'entrevoir de l'extérieur de l'espace et du temps. Il est 'entièrement là', de la même façon que la dimension de la longueur est entièrement là. Mais nous ne pouvons pas l'entrevoir de l'extérieur, car nous vivons à l'intérieur du temps. Nous ne pouvons en faire l'expérience qu'un instant à la fois, et seulement dans cette tranche étroite où nous nous trouvons.

- Peut-on jouir du libre arbitre dans un tel univers où le temps est, de l'extérieur, déjà fini ?

- La question reste ouverte. » Joe arqua un sourcil. « Cette vision du temps n'exclut pas le libre arbitre, tant que d'autres critères sont également remplis dans cet univers physique fermé. Si tu penses que l'univers est déterministe, alors il n'y a pas de libre arbitre. Mais si l'univers est indéterministe, et si les décisions des créatures conscientes vivant 'à l'intérieur' du temps déterminent ce qui se passe ensuite, alors oui, ces créatures peuvent faire des choix de leur plein gré. Je cherche les réponses à ces deux énigmes, pour savoir si et comment les deux peuvent être réconciliées. Car sinon, il n'y a pas de libre arbitre. »

Evie fronça les sourcils. « Mais tu as commencé par parler de la nature du temps. Y a-t-il un consensus à ce sujet ?

- Je crois que le bloc entier du temps existe. C'est l'explication la plus cohérente avec la relativité. » Il leva les deux mains dans un geste impuissant. « Mais les philosophes débattent du temps depuis des siècles. Certains soutiennent que seule la tranche actuelle du bloc existe. D'autres disent que c'est un bloc en constante expansion, et donc que seule la partie jusqu'au moment présent existe. » Joe marqua un temps d'arrêt. « Mais ces théories ne sont pas conformes à la relativité, car comme tu le disais, le temps ne se déroule pas uniformément partout. La vitesse et la gravité déforment l'espace-temps. »

Evie persista. « Mais nous pensons tous au passé et vivons dans le présent. Et nous attendons et planifions un avenir.

- Oui. Nous sommes scellés à l'intérieur du bloc. C'est tout ce que nous pouvons savoir. Et tout ce que nous pouvons ressentir est le moment actuel dans le temps. »

Les yeux d'Evie brillaient. « Maintenant, je commence à comprendre ton projet sabbatique. J'ai dit que tu passais beaucoup de temps dans ta tête. Mais ce n'est pas une question de vivre dans nos têtes ou non, car être conscient de notre expérience est ce que nous faisons quand nous vivons. La question est de trouver la joie de vivre dans le présent. » Evie lança ses cheveux en arrière avec une expression résolue se dessinant sur son visage. « Vivons dans le présent. Je sais où aller. »

Ils prirent l'hyperlev et en descendirent cinq arrêts au sud-ouest, après une correspondance. Evie expliqua son plan alors que le train filait à travers une vallée verdoyante décorée de potagers et d'arbres fruitiers, tandis que Joe naviguait sur son ESNE pour effectuer les réservations.

« Cette fois c'est moi qui t'invite, » dit-il.

« Vérifie bien qu'ils ont des planches de surf ordinaires. » Son visage était ardent.

« Pas d'autoplanches pour nous ?

- Non. Et pas de machines à vagues, seulement des vagues naturelles. »

Une voiture automatisée les attendait à la gare. Elle les transporta sur les collines du bord de mer, et s'arrêta à côté d'une petite maison face à la plage. Elle arborait un toit marron, une façade crème, une terrasse en bois et une baie vitrée donnant sur l'eau. La marée haute s'élevait contre le sable blanc à cinquante mètres de là, et son parfum saumâtre chatouillait les narines de Joe. Il saisit les codes à l'entrée et transféra les dark credit$ depuis la tuile pourpre dans sa poche.

La porte d'entrée donnait sur un salon avec une chambre et une salle de bains à gauche, et une cuisine/salle à manger à droite. Evie disparut par la porte arrière et revint un instant plus tard, souriante. « Il y a deux planches de surf à l'arrière, comme tu l'avais promis. Je vais me changer. » Elle disparut dans la chambre. Il regarda autour du salon, et particulièrement le canapé-lit. Dans le train, elle avait dit oui à la maison de plage qu'il avait suggérée, et il espérait que la présence de cette potentielle couchette n'était pas une des raisons de son approbation. Joe alla se changer dans la salle de bains.

Quand il en sortit, Evie l'attendait dans un maillot de bain rouge. Ils récupérèrent leurs planches de surf, et elle le conduisit à la plage. Il la suivit, sans se préoccuper de rien d'autre que du balancement des hanches qui le guidait.

Ils s'arrêtèrent devant un promontoire pour évaluer l'étendue de la plage courbe, les douces vagues venant effleurer le sable. Autour du crochet formé par la baie, les surfeurs domptaient de grandes vagues, mais la zone devant eux était déserte.

« Ça sera un bon endroit pour commencer. » Elle lui donna quelques rapides conseils, et Joe essaya de faire correspondre ses gestes à ses souvenirs de surf en netwalker. Ils partirent à la nage dans le courant chaud. « Passe sous ces vagues quand tu pataugas. » Elle lui montra comment maintenir son élan vers l'avant, malgré les vagues qui cherchaient à les repousser. Quand ils atteignirent un point qu'Evie jugeait suffisamment éloigné, ils commencèrent à flotter, accrochés à leurs planches.

« N'oublie pas, lève-toi le plus tôt possible. » Plusieurs vagues passèrent avant qu'elle poursuive : « Essaie celle-ci. » Il se hissa sur la planche et brassa vers l'avant en direction de la plage, précédant la vague. Alors que cette dernière s'approchait de lui, il tenta de se lever, mais chuta misérablement dans l'eau.

« Tu prendras le pli. » Elle était douce et encourageante. « Essaie de placer tes pieds plus en avant. »

Joe essaya encore et encore, mais il finissait invariablement dans l'eau. Il se rendit compte qu'il commençait à monter trop tard. Lors de la vague suivante, il fit un effort pour tenir le rythme. La planche s'éleva dans l'eau, et Joe se dressa, parvenant à garder l'équilibre. Il resta ainsi jusqu'à ce que la vague finisse dans les bas-fonds, puis il sauta à l'eau et se tourna vers Evie avec un cri victorieux. Elle agita la main en faisant un shaka.

Lors des heures qui suivirent, il réussit à prendre beaucoup d'autres vagues, dégringola plus de fois encore, et fut ébloui par le naturel avec lequel Evie glissait sur les eaux. Son habileté était évidente quand elle faisait pivoter sa planche pour rester à ses côtés, même quand il faisait des écarts inattendus.

Quand il sentit qu'il ne pourrait pas ramer un mètre de plus avec ses bras, ils déjeunèrent dans une cabane de plage, un servebot leur offrant des sandwichs et des fruits.

« Retournons défier les vagues. » Elle était pleine d'énergie. « Tu te sens d'attaque ? »

Joe hocha la tête et étendit ses bras. Cette courte pause l'avait revigoré.

Ils retournèrent dans les eaux, plus loin cette fois-ci, et barbotèrent près de l'endroit où les vagues se formaient. « C'est peut-être encore un peu tôt, mais tu pourrais essayer un bottom turn, » suggéra Evie.

« Je suis partant. »

Elle décrivit les étapes pour pousser le rail sur la vague. « Transfère ton poids pour tourner, » dit-elle. Il se sentait plus confus qu'informé, mais il tenta d'appliquer les instructions à plusieurs reprises. Il attrapait la vague à chaque fois, mais ne parvenait pas à exécuter la rotation.

« Ton corps suit ton regard, » expliqua-t-elle pour l'aider.

Plus de tentatives suivirent, pour autant de chutes. Lors du dernier essai, il plongea tête la première, et la ficelle tira sur sa cheville, le maintenant sous l'eau. Il sortit à la surface en crépitant.

« Tu as eu ton compte ?

- Certainement pas. » Joe était encore plus déterminé. L'adrénaline lui avait fait oublier la douleur.

Il regarda par-dessus son épaule pour choisir la prochaine vague, et il en apparut une belle, reflétant des tons verts. Il pagaya avec fureur, puis sauta sur sa planche et sentit la puissance de la nature se saisir de lui. Au sommet de la vague, il se pencha en avant au-dessus du bord et lança le rail vers le bas. Sa planche descendit sur la surface et pivota. La vague l'emporta, et il resta en équilibre pendant encore deux tours avant de plonger vers l'arrière dans les vagues mousseuses. Il sortit en crachant de l'eau salée, mais força un sourire appuyé pour assurer à Evie qu'il appréciait l'expérience.

« C'est comme apprendre à faire du vélo, je suppose, » dit-il.

Elle rit. « Dit l'homme qui ne sait pas en faire. Mais, oui, c'est similaire, tu ne peux pas oublier comment surfer maintenant que tu as appris. »

Ils pataugèrent vers le rivage, Joe fatigué mais heureux.

« C'est ta première fois sur une vraie planche ? Tu apprends vite, » fit remarquer Evie. Il fondait sous ses louanges, mais il savait qu'il n'était encore qu'un modeste débutant.

« Allons à un endroit où je pourrai te voir dompter des vagues plus grandes, » proposa-t-il. Ils remontèrent la plage jusqu'au point break. Le vent était à terre, mais pas encore assez fort pour agiter les vagues. Evie fit un signe et prit sa planche, pagayant avec efficacité.

Elle rejoignit les autres surfeurs loin de la houle. Joe luttait face au soleil pour l'observer. Elle était debout sur la planche, enchaînant habilement les virages ; à côté, sa dernière performance passait pour une pirouette d'enfant. Elle termina son run et se tourna pour pagayer vers la plage, sa silhouette accentuée par des ruisselets d'eau scintillant sur sa peau au soleil. Il attendait dans les bas-fonds, alors qu'elle enchaînait les runs glorieux.

. . .

> Voilà cette fine tranche de temps. Le soleil réchauffe ma peau et danse sur la sienne. Consciemment ou non, à chaque instant, je surfe sur un moment dans le temps. À l'équilibre entre le passé et l'avenir, je suis là, surfant sur la vague.

. . .

Evie attendait à nouveau sa vague. Une houle géante roula vers elle. Le timing de son départ était parfait. Elle accéléra en descendant la pente de la vague, se réorienta pour la suivre en parallèle, puis se tourna brusquement pour se lancer dans une figure. Il eut le souffle coupé lorsqu'elle fit une rotation complète, puis un autre demi-tour avant de poser sa planche au sommet de la vague, tournée vers l'arrière. D'un saut rapide, elle inversa la position de ses pieds et se remit à surfer sur la vague. Joe était subjugué.

Il avançait dans les vagues basses quand un autre surfeur passa près de lui sur sa planche. « Ta copine a tout déchiré avec son trick », dit-il.

« Et comment. Il y a un nom pour cette technique ?

- C'était un rodeo flip. Et un des meilleurs que j'aie jamais vus. » Joe lui fit un shaka.

Elle manœuvra pour rejoindre Joe. Ils flottaient ensemble, leurs planches flottant paisiblement. « C'était une belle vague pour conclure, » dit-elle.

Joe sourit à Evie avec admiration et fierté. « Alors *ça* c'était une leçon. Et pour moi, le simple commencement. »

Elle lui offrit un sourire envoûtant, ses yeux noisette aussi tumultueux que la mer. Elle toucha sa barbe et déclara : « Te voilà bien salé. » Ils poussèrent leurs planches jusqu'à la terre ferme. Ses cheveux étaient trempés sur ses épaules alors que, devant lui, elle portait sa planche le long de la plage comme si elle ne pesait rien.

Ils arrivèrent à la maison de plage et déposèrent les planches de surf sur la terrasse. Il faisait chaud en cette fin d'après-midi. Le sourire d'Evie reflétait sa propre joie d'avoir parcouru les vagues.

« Il vaut mieux vite se débarrasser de ce sel. » Elle entra dans la maison et se tourna vers la salle de bains. Il resta sur le porche, ne voulant pas mouiller le parquet. Rêvassant en pensant à elle, il remarqua à peine le bruit de la douche qui s'arrêta. Evie apparut devant lui enveloppée dans une serviette blanche. « À ton tour, » dit-elle, détournant les yeux timidement.

Joe retira son maillot de bain et entra dans la douche, en frottant le sel de ses cheveux avec d'abondantes giclées de shampooing. Il se sécha, mit une serviette autour de ses hanches et entra dans le salon.

La porte de la chambre était ouverte. Evie était couchée sur le lit, la serviette drapée autour d'elle. La chambre était blanche et propre, juste assez grande pour contenir le lit et une table de chevet, sur laquelle reposait une conque décorative. La fenêtre de la chambre était ouverte et le bruit de l'océan entrait librement dans la pièce. Elle le regarda avec un sourire encourageant sur ses lèvres. D'un geste délibéré du bras, elle laissa la serviette s'ouvrir ; elle resplendissait maintenant dans toute sa nudité. Le diamant rouge sur son doigt scintillait. La beauté de son corps dépassait son imagination.

Le désir monta en lui. Sa serviette glissa d'elle-même. Il grimpa sur le lit, son corps palpitant. Elle l'attira vers lui, et il l'embrassa. Il l'embrassa encore, et encore, et elle répondait avec passion.

Evie ouvrit les yeux et regarda profondément dans les siens, et il parcourut cette mer tumultueuse ; il y avait une vraie personne souriant avec bonheur et envie pour lui, lui, *lui*. Son cœur tambourinait dans sa poitrine.

Il caressa son corps, ses doigts ardents se déplaçant de sa joue à ses orteils, envoyant des frissons sur sa peau fraîche. Elle gémissait et frémissait. Sa barbe effleura ses cuisses. « Oui, » souffla-t-elle, « c'est bon. » Evie serra ses jambes contre lui. Il pensa à l'océan.

. . .

Au sel. Aux coquillages, aux moules. Aux doubles sens. Non, pas de ça maintenant. Revenons au moment présent.

. . .

Maintenant, le chevauchait et ses cheveux épais tombaient contre sa poitrine, le caressant d'avant en arrière, alors que le temps semblait ralentir. Il sentait l'envie dans le corps d'Evie. Elle baissa le regard vers lui, l'expression tendre dans ses yeux noisette, sa peau souple et chaude le réconfortant.

Comme s'il tenait un coquillage, l'écho de la mer grandissait dans ses oreilles. Ils roulèrent lentement sur le côté, serrés ensemble dans le creux d'une vague. Ses doigts vibraient, des particules chargées allant de son corps au sien. « Encore, » soupira-t-elle. Il la sentit s'élever dans les airs, soulevée par une vague, son dos arqué ; la vague l'entraînait alors vers le bas dans un tourbillon, la noyant presque ; puis elle remontait au sommet de la vague, ses lèvres formant une ellipse.

La tête lui tournait, la maison de plage se dissolvait dans la brume. Il ne pensait pas au passé, il ne prévoyait pas l'avenir. Il était, à cet instant, en un endroit profond dans l'espace et le temps dans tout l'univers.

Chapitre 23

Les trois prochains jours, Evie et Joe sortaient en milieu de matinée pour aller surfer. Ils revenaient à la maison de plage dans l'après-midi pour faire l'amour. Ils dînaient dans un restaurant à trois pâtés de la maison de plage et revenaient à leurs fornications le soir venu. La maison de plage était leur monde à part où, pour Joe, l'océan et les murs qui les entouraient se dissolvaient, remplacés par l'étreinte de sa main et de son corps, et de ses cheveux couchés sur son épaule. Ils dormaient jusqu'à ce que les rayons du soleil s'échouent sur les draps.

Le dernier matin, il se réveilla en premier au son d'un goéland. La main d'Evie était contre son bras, et il n'avait guère envie de la déplacer.

...

> Chaque toucher de sa main, chaque poil de son corps, chaque expression sur son visage me rend fou.

...

Evie se réveilla avec un sourire somnolent et caressa espièglement sa barbe. « Eh bien, professeur, nous sommes deux à donner des leçons.

- C'est tout naturel de donner et de recevoir. Nous formons une symphonie ensemble.

- C'est une question de timing.

- En parlant du temps, maintenant je comprends. Ce n'est que quand on vit l'instant présent qu'on peut avoir des jours parfaits comme ceux-ci. »

Elle se pencha sur un coude. « J'adore vraiment te parler. J'aime entendre ce qui se passe dans ta tête. Joe Denkensmith, tu es une bonne personne, et ton cœur me plaît.

- J'ai peur de n'être qu'un type moyen, avec toutes les faiblesses humaines habituelles. » Un regard sérieux et sincère accompagnait ses propos. « Mais je fais de mon mieux. »

Sa main carressait les boucles sur sa poitrine. « Et en parlant de . . . musique. » Une lueur malicieuse apparut dans ses yeux. « Maintenant, j'aime autant les mouvements lents que rapides. »

Ils firent l'amour à nouveau et se réveillèrent des heures plus tard, le soleil déjà haut dans le ciel. Ils se douchèrent et mangèrent un brunch. Puis ce fut l'heure de rentrer à leur appartement de tous les jours. Il ferma la porte d'entrée avec un profond sentiment de regret, et ils errèrent main dans la main sur la plage en se dirigeant vers la gare.

Ils prirent l'hyperlev jusqu'à trois arrêts au nord, blottis l'un contre l'autre, tandis que les terres agricoles fertiles défilaient.

Ils descendirent à la gare pour prendre un train en partance vers l'est. Les gens se pressaient sur la plateforme connectée à la place centrale. Joe passa devant alors qu'ils se frayaient un chemin à travers la masse de personnes, mais à mi-chemin sur la plateforme, la foule s'arrêta brusquement. Joe et Evie essayèrent de voir devant eux. Un curieux murmure s'éleva, mais fut vite recouvert par une voix dans le haut-parleur. « Que chacun se lève pour assister à cet événement public. Tous les trains seront à l'arrêt pendant dix-sept minutes. Joe regarda par-dessus la tête des gens devant lui, tandis qu'Evie s'élevait sur la pointe des pieds pour mieux voir.

Un mur de copbots dégagea le chemin sur la place, à sept mètres d'eux, poussant autoritairement les gens sur le côté. « J'aime pas ça, » dit Joe, d'un ton grave. Evie tira sur sa main et pointa derrière eux, alors que d'autres copbots s'alignaient, pressant la foule dans une fine ellipse autour de la place, face à l'intérieur. Elle saisit sa main alors qu'ils étaient bousculés.

. . .

> Ils arrêtent tout le monde. Ou seulement nous, peut-être ?
> Aurais-je commis une imprudence ?

. . .

« C'est le Bûcher, » murmura Evie.

« Le quoi ? »

Avant qu'elle puisse répondre, une silhouette s'avança au centre de la place avec trois copbots et cinq méchas. L'homme tourna en cercle, regardant tout le monde. Le silence tomba sur la foule réticente.

« Les États maintiennent notre technologie de pointe à un niveau élevé de perfection. Mais même avec les normes les plus rigoureuses, les choses peuvent mal tourner. Parfois, des gens meurent. » Il s'arrêta, sa pause lourde de sens, et hocha la tête en direction de la foule.

Joe loucha. Ce hochement de tête était désaxé. Il reconnecta son ESNE et zooma pour voir son visage. L'homme leva une matraque, et l'extrémité éclata dans une lumière éblouissante. L'ombre cornéenne de Joe s'estompa pour protéger sa vision. L'homme pointa dans le ciel avec sa matraque coupante de plasma enflammé. « Et maintenant, justice au peuple ! »

Se penchant vers Evie, Joe murmura : « C'est Zable, le bras droit de Peightân. » Son regard se durcit en réponse.

Deux voitures automatisées entrèrent sur la place et se garèrent au centre. Un gros camion suivit. L'arrière du véhicule s'ouvrit, une rampe s'abaissa, et cinq bots en sortirent et formèrent une ligne. Zable récita, comme s'il s'agissait d'une proclamation légale : « Au cours de l'année passée, dans cette section des États, un total de cinq humains sont morts dans des accidents impliquant des robots, et des véhicules contrôlés par IA en ont tué deux autres. Le Ministère de la Sécurité a demandé et obtenu des condamnations dans ces affaires. Les sentences vont maintenant être exécutées. »

Le camion sortit de la place. Les cinq méchas s'avancèrent et encerclèrent les deux voitures automatisées. Chaque mécha avait des coupeurs de plasma fixés aux deux bras. Des jets de feu brillants jaillirent des coupeurs, et les méchas tranchèrent les véhicules dans de grands gestes. Des colonnes de fumée s'élevèrent des carcasses enflammées.

Une fois les voitures automatisées démembrées, les méchas marchèrent derrière les cinq bots, qui se tenaient au garde-à-vous. Les têtes des bots tournèrent lentement à gauche et à droite, leurs fronts roses alors qu'ils scannaient la foule. Les coupeurs de plasma s'agitèrent à nouveau. Les étincelles étaient trop intenses pour être observées directement. Après trois coups chacun, les bots gisaient en morceaux flamboyants sur la place.

Plusieurs personnes dans la foule applaudirent, mais le reste se tut. Une odeur de suie âcre s'éleva des taches noircies qui formaient une ligne rayonnante, avant de se dissiper graduellement. Les copbots qui contenaient la foule s'en allèrent. Joe poussa un soupir de soulagement quand la rangée de capes maillées décampa, Zable juste derrière. Les véhicules anti-incendie s'avancèrent pour asperger les flammes d'eau. Les méchas chargèrent le métal fumant dans des camions.

Joe et Evie se faufilèrent à travers la foule jusqu'à la plateforme de la gare, restant blottis l'un contre l'autre en attendant le prochain train.

« C'est la première fois que j'assiste à ça. » Joe scrutait la foule qui se dispersait.

« C'est une cérémonie, destinée à ce que les gens se sentent supérieurs aux bots le temps d'une journée.

- En attendant, Zable avait l'air proche de l'orgasme.

- Tu as remarqué son bras ? » Elle tapota sur son propre avant-bras. « Je suis certaine qu'il est bionique.

- Un vrai cyborg, et pas content de l'être. »

Evie affichait une expression pensive. « On ne sait jamais quelle douleur les autres peuvent porter en eux. On les voit vaquer à leurs occupations comme si de rien n'était, mais on ne peut pas voir ce qu'ils cachent dans leurs Mercuries. »

Joe fronça les sourcils. « Je n'aime pas ce type. Il y a quelque chose de mauvais chez lui. » Le Bûcher l'avait dégoûté et énervé, et Zable aussi d'ailleurs. Il ne pouvait pas se débarrasser du goût chimique de la fumée dans sa bouche. Ils montèrent à bord du deuxième train.

Le matin suivant, Joe embrassa Evie tendrement avant de sortir du lit. Ils partageaient désormais la chambre d'Evie. Elle ouvrit les yeux, encore à moitié endormie.

« Je n'ai pas envie de partir, mais je devrais aller au bureau voir ce que j'ai manqué, » dit-il.

Quand il entra dans son bureau, une lumière rouge clignotait sur sa communication. Il se rendit compte qu'il avait laissé sa messagerie déconnectée pendant des jours. Il saisit son code de chiffrement, et l'hologramme de Raif apparut avec une expression perplexe.

« Tu disparais comme ça, toi ? Je me faisais du souci.

- J'étais parti surfer.

- Tu parles de notre métaphore ?

- Non, je surfais vraiment . . . cela dit, oui, notre métaphore s'applique aussi. »

Raif rit, avant de froncer les sourcils. « Très bien, alors revenons à nos dangereuses affaires. »

Joe se pencha en avant. « Je t'écoute ?

- Freyja et moi avons planché sur la question de l'intégrité de la base de données. Les données du cleanerbot corrompu ont fait émerger un élément d'information crucial. » Il marqua une pause. « Nous avons un gros problème. »

Raif esquissa les détails. Joe secoua la tête et se frotta le front. « Nous devons demander aux autres de se pencher là-dessus immédiatement.

- Attends. » Raif disparut de l'hologramme pendant un moment. « Je parle avec Freyja. Elle suggère que nous impliquions Mike.

- Demande à Freyja d'appeler Mike, et j'irai à son bureau. » Joe voulait voir Mike en personne.

« Ça marche. » Raif se déconnecta.

Joe se dirigea sans attendre vers le bureau de Mike et découvrit que Freyja était déjà arrivée ; elle était plongée dans ses pensées. Après quelques minutes, Mike s'était connecté à Raif et Dina Taggart, et leurs hologrammes flottaient parmi eux.

Mike ouvrit la réunion. « Dina, je n'ai entendu que le résumé de Freyja. Mais il semble que Joe a une découverte troublante à partager avec nous. »

Joe parla à Dina. « J'ai transmis une copie des données du cleanerbot corrompu à l'expert que j'avais mentionné. Raif est un des meilleurs informaticiens dans le domaine du 'bot en boîte'. Raif et ma collègue, Freyja Tau, ont collaboré pour enquêter sur les problèmes d'intégrité de la base de données. Leur analyse a couvert à la fois les incidents du projet WISE avec le bot corrompu et ceux présumés au Ministère de la Sécurité. »

Sans cérémonie, Raif commença à partager leurs conclusions. « C'est le ver informatique le plus sophistiqué et dangereux que j'aie jamais vu. Il s'agit d'une anomalie potentiellement mortelle, et d'une fuite dans les sandbox qui maintiennent les IA à part. On trouve des traces, puis ces pistes disparaissent. Dans un cas, nous avons réussi à isoler le ver, mais il était trop bien chiffré pour être pénétré, puis il s'est autodétruit et a éliminé toutes les preuves. Le ver a ensuite trouvé le moyen de contourner toutes les protections et il se cache maintenant dans des milliards de lignes de code. Nous ne pouvons pas utiliser les IA pour le trouver, ne sachant pas encore comment elles sont infectées. »

L'expression de Mike passa du sombre au lugubre. Dina l'imita. « J'aurai bientôt sept cents bots rien que sur la station orbitale WISE. Nous ne pouvons pas permettre à un ver inconnu de les infecter.

- C'est pire que ça. » Le ton normalement léger de Freyja était grave. « La plupart des modules logiciels sont partagés. Il pourrait en théorie infecter les IA dans les commandes du système, et tous les bots. Il pourrait même être capable d'infecter des ANPI individuels.

- Et le matériel militaire, » ajouta Mike.

Dina demanda : « Y a-t-il quelque chose qui pourrait limiter sa propagation ?

Nous l'ignorons. » Joe n'avait jamais vu Raif aussi sérieux. « Il y a l'espoir que le sandbox physique empêche le ver de s'échapper, à moins qu'une chose physique, disons, un bot, ne fasse quelque chose de physique pour le déplacer vers une autre IA. »

Joe intervint : « Puisque nous avons des preuves solides pour suggérer qu'il y a une base de données corrompue au sein du Ministère de la Sécurité, la source pourrait aussi bien être une personne de l'extérieur, un hacker, que quelqu'un de l'intérieur. » Joe se frotta les yeux, puis regarda Raif. « Tu as cherché des informations sur cDc, le hacker tué par la police il y a deux mois ? »

Raif secoua la tête. « Non, mais je devrais. Si ça vient de l'intérieur, alors peut-être que ce cDc a découvert quelque chose d'important, au prix de sa vie.

- Si ça ne provient pas de l'intérieur, pourrait-il s'agir d'une source étrangère ? Un État-nation ou une organisation terroriste ? » Mike marchait frénétiquement devant la communication holographique.

Raif fronça les sourcils. « Nous n'en savons pas encore assez pour le déterminer. Découvrir la source exigera un énorme effort. » Il dévisagea chaque personne de l'assemblée. « Je sais que cette opération doit idéalement être menée en secret. Nous ne pouvons pas montrer notre jeu, car la personne derrière tout ceci pourrait alors mieux se cacher de nous.

- Cela pourrait faire tomber le pays entier, » déclara Mike.

L'ampleur de ce que Raif et Freyja avaient découvert écrasa à nouveau Joe. Il ne savait ni par où ni par quoi commencer pour se débarrasser du ver ; ce genre d'analyse secrète nécessitait l'accès à des bases de données et à des fonds qui étaient hors de portée de lui, Raif, Freyja et même Mike. Il se tourna vers Dina, qui l'étudiait à ce moment précis. Elle lui fit un petit signe de la tête, sa mâchoire figée.

« Nous avons besoin de réponses, et nous devons les obtenir subrepticement. » Elle parvenait à soutenir le regard de tous ceux qui étaient connectés à l'appel. « J'ai des ressources dans mon budget noir que je suis prête à engager. Ce projet nécessite une plus grande équipe secrète. »

Joe laissa échapper un soupir. Même si les problèmes rencontrés par le groupe n'avaient pas changé, l'ambiance dans la salle semblait plus déterminée que déprimée. La conversation continua pendant une autre heure. À la fin, Dina suggéra des rôles et esquissa les prochaines étapes. Elle organiserait un espace de réunion et établirait une équipe élargie, avec Raif et Freyja dans des rôles de direction. Joe et Freyja termineraient leur travail actuel sur le campus et se consacreraient ensuite à ce projet à temps plein, afin que Joe puisse passer suffisamment de temps à se concentrer sur les modules logiciels d'IA les plus susceptibles d'avoir été compromis.

La bouche de Joe était sèche alors qu'il rentrait chez lui. Il n'avait jamais fait face à un défi aussi important. Il voulait faire confiance à Evie, mais il savait que ce n'était pas un secret à partager.

Quand il lui annonça qu'il devrait travailler de longues heures, ses yeux noisette lurent à travers lui. Elle savait qu'il cachait quelque chose. « Tu ne peux rien me dire ? »

Il saisit ses mains. « J'ai l'obligation professionnelle de garder le secret. Je voudrais vraiment pouvoir t'en dire plus. »

Evie hocha la tête, mais elle ne pouvait cacher le chagrin dans son regard. « Très bien. Nous ne pouvons pas choisir le moment où les événements nous obligent à agir.

- Je ressens une obligation. Mais tout ce que je veux, c'est passer mes journées avec toi.

- Il nous reste les nuits. » Elle le conduisit à la chambre.

Chapitre 24

Comme promis, Dina avait réservé une installation dans le sud-ouest pour isoler l'équipe et préserver le secret. Mais en attendant que la logistique de ce bâtiment puisse être organisée, leur siège temporaire serait la branche locale du projet WISE. Joe était de retour à son vieux bureau le lendemain après-midi. Il appela Raif.

« Salut, canaille. » Son sourire chérubin était moins authentique que d'habitude.

« Tendu à cause de ton nouveau rôle, docteur ?

- Oui, un peu. Ça fait beaucoup d'un coup pour moi, déménager dans le sud-ouest et passer du temps là-bas avec toi.

- Et avec Freyja. »

Raif sourit en coin.

Normalement, c'est plutôt Raif qui le taquinait ; Joe n'allait pas laisser passer cette occasion de se venger. « Professionnellement et personnellement, c'est ta chance de couler ou de brasser. » Le visage de son ami s'adoucit, et Joe se rendit compte que sa blague sur la natation n'avait pas fait mouche. Raif devait penser à Freyja. Il ne put s'empêcher d'être un peu protecteur. « Tu veux un conseil ? Ne précipite pas les choses. Sois toi-même, naturel et détendu comme je te connais. »

Leurs réunions se poursuivirent à un rythme effréné la semaine suivante. Dina, Freyja et Raif avaient embauché et mis au parfum cinq experts en logiciels, chacun affecté comme officier supérieur dans une sous-spécialité. Les embauches secrètes continuèrent pour constituer des équipes comprenant des centaines de hackers. Joe se sentait plus énergisé que jamais auparavant. Les longues journées et nuits ne le fatiguaient pas ; il fonctionnait sur adrénaline et testostérone sans assistance de son MEDFLOW. Chaque soir, Evie et lui dînaient tard ensemble en discutant de tout sauf du projet.

Une nuit, avant de s'endormir, Evie vint s'appuyer contre son bras. « Joe, je ne te demanderai pas de partager les détails de ton projet secret, mais on peut dire que tu t'es plongé dedans à plein corps. Tu as renoncé à ton projet sabbatique ? »

Joe lui caressa la joue. « Seulement temporairement. Mais tu me rappelles que je dois rendre visite à Gabe, ne serait-ce que pour lui faire savoir que je n'ai pas abandonné. »

Gabe répondit au message de l'ESNE de Joe par une invitation à le rencontrer le lendemain. Joe passa la matinée dans son bureau sur le campus, se changeant les idées et examinant ses dernières notes. Où avait-il laissé son projet ? Comme il croyait que l'univers était physiquement fermé, il devait encore déterminer si la mentalité pouvait causer quoi que ce soit.

Joe trouva Gabe dans une cour latérale du campus, sur un banc, à l'ombre d'un grand chêne vert. Fidèle à son habitude, Gabe versa des tasses de thé vert à partir d'un synthévase et en tendit une à Joe.

« Vous êtes absent depuis plusieurs jours, » nota Gabe.

« Je travaille sur un projet important dont je ne peux malheureusement pas parler. Cela m'a éloigné de ces questions, dont j'aime vraiment discuter avec vous.

- J'aimerais pouvoir vous aider dans votre projet, non pas que je sois bon avec les sujets pratiques.

- Vous pouvez peut-être m'aider. Je pense que votre clarté de réflexion pourrait nous être utile. Je vous suggère de parler à Mike. Si vous vous impliquez dans ce projet, il sera en charge.

- Je suis content que vous m'ayez contacté et que vous n'ayez pas abandonné votre projet sabbatique. » Gabe étudia les arbres. « J'ai dit que j'avais encadré des milliers d'étudiants. C'est difficile de garder leur trace par la suite. Les meilleurs terminent leurs études et trouvent des postes ailleurs, dispersés à travers le monde entier. Même avec les transports rapides et la communication instantanée d'aujourd'hui, il est difficile de rester en contact.

- Dur de partager une tasse de thé ?

- Exactement. » Gabe le fixa du regard. « J'apprécie ces discussions avec vous. Je pense que vous pourriez mettre le doigt sur une synthèse qui fera avancer la discussion philosophique. »

. . .

Il me plaît de penser que cela pourrait être vrai un jour. Avec ce projet secret, je ne sais pas quand je pourrai me recentrer sur ces questions. Mais pour l'instant, je veux profiter de cette conversation avec Gabe, que je considère à la fois comme un mentor et un ami.

. . .

« Merci. J'apprends beaucoup de vous. L'observation de problèmes philosophiques est plus agréable que mon travail précédent. »

Après un court silence, Gabe poursuivit : « Avant que nous commencions la discussion d'aujourd'hui, j'ai un autre conseil pour vous. Cette discipline peut mener à une vie solitaire, à passer tant de temps dans votre tête. Essayez de trouver l'équilibre. »

Joe hocha la tête. Ce commentaire semblait provenir de son expérience personnelle. « J'ai fait des progrès dans ce domaine aussi. »

Gabe remplit sa tasse et se tourna vers Joe. « Alors, où en êtes-vous sur votre liste d'énigmes philosophiques ?

- Je suis toujours aux prises avec le problème de la causalité mentale. L'argument qui veut que l'esprit n'est qu'un épiphénomène, que rien n'est causé par l'esprit, mais plutôt par des particules en mouvement, défie toutes mes intuitions.

- C'est le cas pour nous tous. Nous espérons que tout n'est pas perdu et que nous pouvons encore prétendre que nos décisions ont des effets.

- Les mathématiciens s'interrogent sur les postulats lorsqu'ils sont confrontés à un tel argument. De mauvais postulats peuvent conduire à des conclusions erronées. C'est mon approche, » expliqua Joe.

« Bien. De quoi souhaitez-vous discuter aujourd'hui ?

- Je pensais à la causalité. Pouvez-vous m'aider à l'envisager d'un point de vue philosophique ? »

Gabe, toujours rigoureux, demanda : « Qu'entendez-vous par causalité ?

- Je pense à la cause et à l'effet par lesquels un processus, une cause, produit un autre processus.

- Alors, il semble que vous avez une question métaphysique. Vous vous demandez comment quelque chose dans le monde réel peut être causé par autre chose ?

- Exactement. »

Le visage de Gabe se froissa autour d'un sourire, les lignes de son visage révélant qu'il n'avait pas les élastomères de peau que les gens ajoutaient souvent à leur MEDFLOW. « Cette question m'amène à évoquer un de mes philosophes préférés, David Hume. Sa contribution la plus importante a été l'idée d'une 'connexion nécessaire' ».

Gabe posa sa tasse de thé, entrelaça ses doigts, et regarda à travers les arbres. « Hume a divisé les objets de la raison humaine en deux catégories : les *relations d'idées* et les *faits.* »

Joe se tripota le visage. « Ces termes me sont inconnus.

- Hume a tout divisé en deux seaux, un seau blanc, » Gabe sépara ses doigts pour former une tasse avec sa main droite, « et un seau vert. » Il reproduisit le geste avec la main gauche. Joe hocha la tête, imaginant le sage tenant toute la connaissance dans ses deux mains.

« Dans le seau blanc, il a regroupé des choses comme les mathématiques. Ce sont les *relations d'idées.* Les relations d'idées peuvent être connues par la seule pensée. Cela comprend vos preuves mathématiques. Nous pouvons connaître les mathématiques par la preuve, et être absolument certains que les conclusions sont vraies à partir de postulats valides. Aucune preuve liée au monde n'intervient, seulement la pure logique. Par exemple, considérez le fait mathématique que la somme de tous les angles d'un triangle euclidien est de 180 degrés. On peut connaître leur vérité a priori, comme le disent les philosophes, en tant que nécessité logique, sans aucune référence au monde. »

Joe serra les lèvres. « Je suis d'accord là-dessus. Je sais que les preuves mathématiques peuvent être certaines.

- Dans le seau vert, il a mis toutes les choses qui ne sont pas des relations d'idées, c'est-à-dire tout ce qui a un rapport avec le monde. Hume a affirmé que nous ne pouvions rien savoir sur ce seau avec certitude.

- D'accord. » Joe regarda la paume gauche de Gabe, sa peau translucide laissant apparaître des veines bleues. « Concentrons-nous sur le seau vert.

Hume a nommé la deuxième catégorie les *faits*, et ceux-ci découlent de l'état de notre monde. Ils comprennent tous les faits empiriques que nous apprenons sur le monde par l'observation. C'est dans cette seconde catégorie que Hume a fait sa brillante percée logique en démontrant qu'il n'y avait pas de nécessité logique dans les faits. Nous ne pouvons les connaître que par association, en observant ce qui se passe dans le monde, et en supposant que cela se répétera à l'avenir.

- Je ne suis pas sûr de saisir l'idée, » dit Joe.

Gabe avança le synthévase de thé d'une main. « Je tiens ce conteneur en l'air. Nous supposons tous les deux que si je le libère de ma main, il tombera immédiatement. Mais rien dans la position initiale ne suggère que l'objet tombera vers le bas plutôt que vers le haut, ou toute autre direction.

- Mais nous croyons tous les deux qu'il va tomber.

- Oui, nous pourrions tous les deux arriver à cette conclusion en raison de notre expérience, dans laquelle une *conjonction constante*, lâcher l'objet, est suivie par sa chute au sol. Nous le croyons en raison de nos associations passées. Chaque fois que nous avons vu une situation similaire, l'objet est tombé. Nous avons une explication scientifique convaincante pour cela, la gravité. Mais, encore une fois, il n'y a pas de nécessité dans la logique pour justifier la conclusion. Elle provient seulement de notre expérience du monde. »

Gabe étudia l'expression de Joe. « Je vois que vous avez encore des doutes. Voici un autre exemple. Supposons que nous avons deux horloges archaïques, très précises. La première sonne une minute avant l'heure, et la seconde pile à l'heure. Pour un observateur ignorant de leur mécanisme interne, il semble que la première horloge provoque le carillonnement de la seconde. Cette prétendue 'connaissance' serait discréditée lors de l'arrêt du fonctionnement d'une des horloges.

Vous voyez, nous avons construit un monolithe de théorie scientifique. Nous effectuons d'innombrables expériences qui confirment les relations entre les différentes théories, et nous testons ces théories dans notre monde. Cela nous donne confiance. Mais il n'y a pas de nécessité *logique* de croire que ces théories sur le monde sont vraies.

- Les déclarations qui sont logiquement nécessaires le sont par leur structure même, par exemple 'tous les célibataires ne sont pas mariés'. C'est ce que j'aime avec les mathématiques ; on peut être certain de la vérité, » déclara Joe.

« Exactement. Cette déclaration est dans le seau blanc. Mais il n'y a rien de semblable, aucune déclaration logiquement nécessaire, dans le seau vert. Dans ce dernier, nous dépendons de notre expérience dans le monde, et de cette expérience, il est possible que nous déduisions des idées qui ne sont pas vraies.

- La science développe de nouvelles théories tout le temps. » Joe prit une gorgée de thé. « Les nouvelles théories expliquent souvent les faits du monde de façon plus élégante que les théories antérieures. L'évolution de ces théories est le processus d'avancement des connaissances scientifiques. Mais les idées soutenues depuis longtemps sont rarement renversées. »

Gabe hocha la tête. « Quand c'est le cas, le résultat est un changement de paradigme, comme lorsque la relativité d'Einstein a remplacé la théorie de Newton, offrant une compréhension plus complète de la mécanique de l'univers.

- Nous n'avons pas eu de changement de paradigme en physique depuis longtemps. Mais nous n'avons pas réalisé beaucoup de progrès non plus.

- Quand ces changements se produisent, ils bouleversent nos idées fondamentales du monde, » déclara Gabe.

Joe médita sur l'argument. « Alors pourquoi l'idée de Hume est-elle appelée une 'connexion nécessaire' ?

- Lorsque nous observons la libération de l'objet et sa chute successive, nous ne faisons qu'observer une *conjonction* des deux actions, pas une *connexion*. L'habitude suggère l'idée d'une connexion, mais il n'y a pas d'implication logique. Selon Hume, nous ne pouvons pas être certains de ce qui est à l'origine de ce phénomène.

- Vous dites que malgré tout ce que nous pensons savoir sur le monde, le seul sujet que la science étudie, nous n'avons aucune connaissance certaine, et nous n'en aurons jamais ?

- Oui.

- Le monde semble conçu pour laisser les créatures conscientes voguer à la frontière de l'ignorance.

- Oui.

- Quelle est la conclusion finale de Hume sur la causalité ? » Joe posa sa tasse de thé vide et se frotta les mains. « N'est-ce pas juste l'idée commune que la corrélation n'implique pas la causalité ?

- C'est un résultat simplifié des travaux de Hume, mais il voulait avancer une idée épistémologique plus profonde, celle que nous ne pouvons pas savoir quoi que ce soit sur le monde avec certitude. » Gabe rassembla les tasses de thé et les rangea dans son sac. « Pourtant, Hume était un vrai empiriste. Il pensait que la connaissance ne pouvait pas être acquise indépendamment de l'expérience sensorielle. Chaque effet est un événement distinct de sa cause. L'observation et l'expérience sont nécessaires pour en déduire une cause ou un effet. Et même alors, nous pouvons seulement savoir s'il y a une conjonction, mais nous ne pouvons pas avoir de certitudes quant à la causalité. »

Joe pesa l'idée. « Alors nous devons être sceptiques quant à nos idées sur la causalité. Ce que nous pouvons savoir est plus limité que je l'imaginais.

- Tout à fait. » Gabe semblait satisfait de constater que Joe avait saisi la théorie. « C'est une vérité épistémologique, nos connaissances en physique sont encore incertaines au sujet d'une notion aussi fondamentale que la causalité. Compte tenu des limites de ce que nous pouvons savoir avec certitude, nous ne savons pas réellement ce qui cause quoi dans le monde. »

Chapitre 25

Après cette pause d'un jour pour parler avec Gabe, Joe plancha à nouveau sur son projet secret tout le week-end. Il regrettait le temps qu'il ne pouvait pas passer avec Evie. Mais elle était stoïque, et sortait tous les jours pendant plusieurs heures. Elle était réticente à raconter ce qu'elle faisait, mais de leurs conversations autour du dîner, il déduisit qu'elle utilisait une station de communication chiffrée en ville pour contacter les sympathisants de son mouvement. Il ne la voyait que le soir, avant de s'effondrer dans son lit et de sombrer dans un sommeil profond.

Joe reçut une excuse pour passer un peu de temps avec elle quand Evie lui tendit une enveloppe de papier que 83 avait laissée à la porte d'entrée. Elle contenait une invitation du Dr Jardine à l'événement annuel de leur département, auquel les professeurs pouvaient venir accompagnés d'un invité. À en juger par la description minutieuse, ce devait être une sauterie plus sophistiquée, peut-être plus amusante et moins axée sur les études. Le moment était opportun, car il avait récemment les nerfs à fleur de peau. Plus tôt ce jour-là, Raif avait averti l'équipe d'une réaction que leurs explorations avaient suscitée. La personne derrière le ver avait détecté leur trace, et Joe avait passé la journée avec le reste de l'équipe à travailler frénétiquement pour qu'ils redeviennent invisibles. Ils jouaient au chat et à la souris, à ceci près qu'ils ne savaient pas qui était le chat.

« J'ignore complètement combien de temps ça pourrait nous prendre. » Il glissa l'invitation dans sa poche avant de s'installer devant la dernière création culinaire d'Evie. « J'ai l'impression de travailler sur mon propre projet Manhattan.

- Ce n'était pas un projet de création de bombe qui a pris des années ? » Elle se glissa dans le siège en face de lui. Elle avait déjà dîné ; il était tard.

« Si, mais si je ne fais pas ce travail, beaucoup de choses terribles pourraient se produire. »

Joe se concentra sur la dégustation du ragoût épicé, assorti d'un bon Bordeaux qu'il avait ouvert. Avec Evie de l'autre côté de la table, ses nerfs se détendirent après cette longue journée. Plus tard, il emmena les verres dans le salon, où ils s'installèrent pour profiter du ciel nocturne rempli d'étoiles.

« Tu aimes utiliser tes dark credit$. » Elle rit et prit son verre.

« J'en ai encore beaucoup du projet WISE, donc je profite de l'instant. » Il leva son verre de vin.

« Et tu restes fidèle à ta routine d'exercice.

- Je ne voudrais pas que tu commences à me battre au surf. » Joe prit une gorgée et trouva son regard sur le bord du verre. « Je crois qu'on mérite tous les deux une pause détente. Plage demain ? »

Son regard s'illumina.

« Au fait, le Dr Jardine m'a invité à un cocktail festif après-demain. Je suis autorisé à amener une personne avec moi. Tu m'accompagnes ?

- Tu m'as parlé de tes amis et collègues si souvent que j'ai l'impression de déjà les connaître sans jamais les avoir vus. » Était-ce un soupçon de malaise qui avait traversé son visage ? « J'adorerais les rencontrer. »

Il l'embrassa. « Et j'adorerais qu'ils fassent ta connaissance. »

Elle se blottit contre son épaule. « Il est comment, Raif ?

- Il est un peu comme moi . . . en un peu plus accompli, peut-être. » Il la serra plus près. « Mais il n'est pas ici au campus. Tu pourras le rencontrer une autre fois.

- C'est ton meilleur ami ?

- Oui, nous avons traversé beaucoup de choses ensemble.

- Tu veilles sur lui ?

- On veille l'un sur l'autre, plutôt. » Joe aurait voulu en faire plus pour rapprocher Raif et Freyja. Ils semblaient s'entendre suffisamment bien sans lui, cependant.

Evie se redressa pour l'étudier. « C'est ce que j'adore chez toi. Si fidèle. Parle-moi de Mike. » Elle posa à nouveau sa tête sur son épaule.

« Je crois que vous allez bien vous entendre, ses idées sur l'égalité sont très semblables aux tiennes. Tu aimeras bien Gabe, aussi. Il peut sembler intellectuellement formel et rigoureux, mais c'est un vrai puits de sagesse, et une âme douce.

- Et Freyja, la mathématicienne ?

- Je pense que tu apprécieras l'attention qu'elle porte à son travail et son engagement professionnel. Mais c'est aussi une personne chaleureuse à l'intérieur.

- J'ai hâte de tous les rencontrer. Même si je suis un peu nerveuse, » avoua-t-elle.

L'appréhension qu'il avait entrevue plus tôt était maintenant évidente. « L'égalité est au cœur du mouvement. On devrait incarner cette valeur et réaliser que nous sommes égaux à toute autre personne. Ta valeur vient de l'intérieur, de ta personnalité.

- J'y crois abstraitement, mais j'ai besoin d'un effort pour l'accepter émotionnellement, puisque nous vivons dans un monde qui ne le reconnaît pas, » dit-elle.

« Ils vont tous t'adorer, » la rassura Joe. Il savait qu'elle pourrait tirer son épingle du jeu dans toute situation. Il était moins sûr de lui-même.

La maison de plage était dans le même état que quand ils l'avaient quittée. Le soleil brillait sur le toit marron, et les bruits des mouettes et du bris des vagues formaient un duo accueillant. Joe se concentra sur ses rotations. La plage était vide et la houle trop petite pour poser un défi à Evie, alors elle passa son temps à ses côtés, couchée sur sa planche. Après le déjeuner, ils retournèrent à la maison. Ils occupèrent leur après-midi à faire l'amour, maintenant tous deux plus habitués au corps de l'autre, plus assurés dans leurs réactions respectives. Plus tard, le coucher du soleil baignait l'horizon dans des tons safran, alors qu'ils écoutaient les sons de la mer s'échouant contre la plage.

« Je suis en train de penser à la soirée de demain. » Elle se blottit contre sa poitrine. « Tes amis ne se préoccuperont pas de mon niveau ?

- Non, pas du tout. Ils ne demanderont même pas. Le campus est un lieu égalitaire.

- Mais nous enfreignons la loi.

- Alors je suppose que j'enfreins la loi depuis ma venue. » Il lui serra la main dans un geste rassurant. « Et j'ai analysé les statistiques des poursuites. Ils n'inculpent pas autant de monde qu'on pourrait le penser, ce qui suggère que les gens ont trouvé des façons de vivre ensemble malgré cette loi stupide. Je pense que les autorités ferment les yeux à moins d'avoir une raison de harceler quelqu'un. Désolé, mais tu es tombée sur quelqu'un qui est aussi un rebelle. »

Evie se pencha sur un coude, une expression intense sur son visage ; il savait qu'elle était synonyme de détermination. « Tu m'as rencontrée par accident. Notre rapprochement a découlé de cet accident. Mais maintenant, ça me semble être autre chose. »

. . .

> Les vagues se brisaient à l'extérieur. Elles inondent ma tête. Il y a un moment où vous naviguez sur la vague, et vous décidez de tourner, et ce virage décide de tout ce qui suit.

. . .

« C'est autre chose. Je suis tombé amoureux de toi. »

Un doux bonheur inonda ses yeux. « Je t'aime aussi. »

Ils arrivèrent à la réception dix-sept minutes après son début. Evie portait une superbe robe crème sans manches avec une traîne qui balayait le sol, formant une demi-ellipse autour de ses longues jambes. Joe lui offrit son bras. « On dirait que tu aimes utiliser mes dark credit$, et doubler leur valeur au passage.

- Il fallait bien que je m'habille pour l'occasion. » Ils montèrent sur le palier.

Des groupes de personnes remplissaient la salle en dessous. Tous étaient vêtus de façon plus formelle que d'habitude ; les hommes avec des vestes habillées, les femmes avec des robes. Il était content qu'Evie lui eût suggéré de porter une veste et l'emmenât faire des achats le matin pour l'aider à en choisir une. Le murmure des voix suggérait une soirée festive plutôt que sérieuse. Il repéra Mike et Gabe, qui se tenaient debout ensemble. Ni l'un ni l'autre n'étaient venus accompagnés d'un partenaire ou d'un ami.

« Je ne vois pas encore le Dr Jardine, mais je suis sûr que tu apprécieras de le rencontrer aussi. » Il l'emmena prendre des verres de vin, et ils se dirigèrent vers les deux hommes âgés.

Joe présenta Gabe et Mike. Evie salua d'abord Gabe avec son sourire vif, puis se tourna vers Mike et dit : « Ravie de vous rencontrer aussi, professeur Swaarden. Je m'appelle Evie Joneson.

- Appelez-moi Mike. Joe a mentionné vos maîtrises en sciences politiques et en économie ; des sujets d'intérêt qui chevauchent les miens. Puis-je présumer que la justice sociale faisait partie de votre cursus ?

- C'est exact. J'ai eu l'occasion d'appliquer mes études de sciences politiques dans le monde réel pendant quelques années.

- Il y a beaucoup de travail à faire. Nos lois sont loin d'être équitables. » Mike offrit un signe d'approbation. « Je ne sais pas comment nous avons laissé cette situation abominable perdurer si longtemps. »

Evie sourit sincèrement, et s'approcha. « La loi naturelle est découverte par les gens dotés de raison, en choisissant entre le bien et le mal. La diffusion de la parole sur les injustices peut apporter des changements.

- Oui, mais c'est un combat difficile face aux intérêts personnels qui maintiennent le statu quo. C'est dans la nature humaine.

- Vous faites peut-être allusion à Hobbes ? J'ai adopté les idées de Joseph Butler. L'humanité tend vers l'altruisme et la bienveillance. Nous devons trouver la trace de ces valeurs dans notre nature et les laisser nous guider vers ce qui est juste. »

Pendant que les deux discutaient du sujet, Joe réalisa que Mike avait déduit beaucoup de choses au sujet d'Evie, bien au-delà de ce qu'elle avait pu révéler. Joe et Gabe se tenaient là, profitant de l'échange.

« Je vois que vous avez trouvé un certain équilibre dans votre vie. » Les yeux sombres de Gabe scintillaient. « Oh, et Mike m'a invité à rejoindre votre projet.

- Excellente nouvelle. Je suis heureux de vous avoir dans l'équipe. »

Derrière Gabe, Freyja approcha, ses yeux bleus lumineux. Elle portait son collier d'or et une robe bleu cobalt avec un couvre-épaules assorti.

Evie rendit à Freyja sa salutation chaleureuse. « Joe m'a dit combien il appréciait ses conversations sur les mathématiques avec vous. » Freyja suggéra qu'Evie la rejoigne à la table des hors-d'œuvre, et elles s'éloignèrent, bavardant amicalement. Joe ne savait pas quoi attendre de leur rencontre, et il était soulagé de voir que cela se passait bien. Il sirotait son vin avec Mike et Gabe.

« Ce fut une discussion vivifiante. » Mike sourit.

« Evie a l'esprit vif et un joli visage, » déclara Gabe.

« L'esprit et le visage d'un ange, » répondit Joe.

« Est-ce un homme sage, ou simplement chanceux, qui marche avec un ange au bras ? » Gabe rit.

Avant que Joe puisse répliquer, une expression furieuse éclata sur le visage de Mike. « Je croyais que cette vipère avait disparu. » Joe suivit son regard. Du palier, Peightân descendit l'escalier à grands pas dans ses hautes bottes noires. Un instant plus tard, il se perchait au-dessus d'Evie, sa bouche mâchant les mots alors qu'il lui parlait.

Joe se précipita à travers la pièce, juste à temps pour entendre Freyja la défendre. « Arrêtez de l'embêter. C'est une invitée. Calmez-vous. Allez plutôt vous faire dorer au soleil, ça vous détendra. »

Peightân l'ignora, mais regarda Joe alors qu'il approchait. « Ah, M. Denkensmith, je vous attendais. Je me présentais à votre amie. » Un amusement arrogant recouvrait son visage blême alors qu'il se retournait vers Evie. « Comme je vous l'ai dit, je suis devenu un expert de la faiblesse morale de l'homme. L'étendue des crimes dont les gens sont capables est extraordinaire.

- Que faites-vous ici ? » Joe serra ses paumes moites.

Peightân le regardait, impassible. « Si vous nous laissez le temps de passer au crible l'océan des données que nous recueillons, nous finissons toujours par trouver ce que nous voulons savoir. » Il porta son regard impitoyable sur Evie. « Peut-être que je suis ici parce que mon travail est parfois ennuyeux. Les humains étaient plus mauvais jadis. Aujourd'hui, je me découvre un intérêt personnel dans des crimes qui peuvent sembler insignifiants, mais qui ont des implications profondes dans la société. Prenez ce mouvement de protestation récent, ou les hackers qui piratent nos bases de données. » Evie rendit son regard de glace à Peightân tandis qu'il continuait. « Certains pensent mieux savoir que les législateurs.

- Ce sont des humains qui écrivent les lois. » Le regard d'Evie ne faiblit pas un instant. « Nous pouvons aussi changer notre opinion de ce qui est juste et de ce qui ne l'est pas. Ce sont des décisions sociales. »

Le ton de Peightân devint triomphant. « Ah, vous avez été tentée de croire que vous pouviez juger de ce qui est le mieux pour tous.

Eh bien, la loi prévoit que les hiérarchies sont bonnes pour la société, en reconnaissant que certains sont naturellement d'un rang plus élevé que d'autres. Et ainsi chacun peut être à son niveau parfait, à exécuter à la perfection ses fonctions assignées. Je suis là pour faire respecter la loi à la lettre, telle qu'elle a été écrite. » Son regard scrutait Evie. « Nous sommes semblables, vous et moi. Nous nous battons tous deux pour défendre ce en quoi nous croyons. »

Evie tremblait mais se tenait droite. « Seulement à travers un miroir brisé. »

Il baissa sa voix dans un chuintement. « Et vous, avec votre faible niveau, êtes plus proche de la mort que moi ; tandis que ma profession me met en contact étroit avec la mort. Comme vous allez bientôt le découvrir.

- Qu'est-ce que vous voulez dire ? » La couleur quitta son visage.

« Vos amis sont morts. »

Evie frémit, couvrit sa bouche, et chancela sur ses jambes. Joe enveloppa son bras autour de sa taille pour la stabiliser.

En un éclair, Gabe était au coude de Joe. « Que faites-vous à cette jeune femme ? N'avez-vous donc pas d'humanité ?

- Je suis ici pour l'arrêter. Elle. Et lui. » Le regard de Peightân vacilla, très probablement en raison d'une communication sur son ESNE. Un instant plus tard, les portes s'ouvrirent dans un éclat et Zable se précipita avec deux copbots. Ils dévalèrent les escaliers pour entourer Evie et Joe. L'un des copbots saisit le poignet droit de Joe et le tordit dans le sens horaire, le forçant à se tourner vers l'arrière. Il s'empara de sa main gauche et lui enfila une paire de menottes. Le second copbot menotta Evie.

Zable regarda Peightân, qui hocha la tête d'un air satisfait. Il se tourna vers l'assemblée et annonça d'une voix puissante : « Sur ordre du Ministère de la Sécurité, nous arrêtons ces terroristes pour des crimes graves. Vous êtes maintenant à l'abri de ce danger. »

Tout le monde se tenait dans un silence stupéfait alors que les bots bousculaient leurs deux prisonniers le long des escaliers, puis à l'extérieur. Un hovercraft les attendait, ses moteurs fredonnant lourdement. Les copbots les poussèrent à l'intérieur. Les menottes mordirent les poignets de Joe quand il tomba dans son siège, et Evie se pressa contre lui. Elle tremblait alors que la machine s'élevait dans les airs.

Chapitre 26

Un copbot conduisit Joe de sa cellule dans la prison à sécurité maximale à une salle de visite d'un gris morne. Il portait la traditionnelle combinaison orange, ses poignets menottés à l'avant. La bulle de confidentialité, de trois mètres de diamètre, trônait sur une plateforme surélevée au centre de la pièce. Mike Swaarden attendait dans la cabine de visite. Joe s'assit dans la cabine du prisonnier, et Mike activa la bulle, qui luisait de bleu.

Mike regarda à travers la grille métallique qui les séparait. « Espérons que cette bulle protège réellement notre confidentialité. Le secret professionnel entre un avocat et son client, vous savez.

- Ils m'ont dit. Merci d'avoir proposé de me défendre.

- Je ne vous promets rien. Malheureusement, je ne vais pas pouvoir faire grand-chose. » À son air, on aurait pu croire que Mike était à un enterrement.

« Ils ont retiré l'alimentation de mon ESNE et m'ont mis en isolement. Ça fait quoi, trois jours ?

- Oui, trois jours. C'est la procédure standard. »

Joe se pencha en avant. La tension qui était restée présente dans son cou et ses épaules depuis son arrestation était plus forte que jamais. « Comment va Evie ? Quand ils nous ont séparés, elle tremblait encore.

- Je viens de la voir. Elle est affaiblie, mais pas abattue, et elle digère encore les nouvelles au sujet de ses amis.

- D'accord. » Joe prit une profonde inspiration, mais cela ne l'aida pas à se détendre. « Qu'est-ce qui m'attend, maintenant ?

- Ils ont officiellement déposé leurs accusations. Il y aura un procès dans les deux semaines. Justice expéditive, disent-ils.

- De quoi sommes-nous accusés ? »

Mike se frotta le front. « Pour les accusations les moins graves : organisation d'assemblées de protestation illégales et fréquentation entre niveaux incompatibles. Pour vous, ils ont inclus une accusation absurde d'heures de travail cachées. Et le fait d'avoir facilité et encouragé la fuite de criminels. » Mike marqua une pause.

« Il y en a encore ?

- Oui. La plainte principale concerne des actes de terrorisme domestique. Ils dépeignent Evie comme le cerveau d'un groupe terroriste anarchiste. Vous êtes accusé d'être son complice. Il y a eu une explosion dans un autre magasin la veille de la réception. Cette fois, elle a tué un membre du Congrès.

- Bon sang. » La voix de Joe semblait tremblante dans ses propres oreilles.

...

Quelqu'un d'autre est mort, une tragédie pour sa famille.
Et moi, je suis accusé de ce crime terrible. Je ne serai plus
jamais libre s'ils me jugent coupable.

...

Mike poursuivit. « Le Ministère de la Sécurité possède des échantillons d'ADN qui vous lient tous les deux à la scène du crime.

- C'est impossible. » Les narines de Joe s'écartèrent. « La veille de la réception ? Nous étions à la plage.

- J'ai déjà vérifié. » Mike secoua la tête. « Il n'y a aucune trace qui pourrait vous donner un alibi. » Sa lèvre se retroussa. « Mais ce n'est pas tout. Le législateur qui a été tué dans l'explosion de la bombe, un type bien que je connaissais personnellement, était un idéaliste. Curieusement, il s'était plaint de l'ampleur de l'allocation budgétaire du Ministère de la Sécurité. »

Mike fit un signe de la tête alors que Joe fronçait les sourcils en réalisant la chaîne probable des événements.

« Peightân fait d'une pierre deux coups. Il a planifié l'attentat et trafiqué les échantillons d'ADN. Facile pour quelqu'un ayant accès aux bases de données. C'est un coup monté de Peightân.

- Très probablement, » répondit Mike.

Joe réfléchit un instant. « Raif a mentionné que notre tentative de hack avait été découverte la semaine dernière, mais nous avions caché nos identités. Et le lendemain, cette bombe explose. Vous pensez que Peightân est venu voir Evie en face à face pour savoir si elle était au courant de ce dernier hack ? »

Mike hocha la tête.

« Cela impliquerait que le ver est un coup monté de l'intérieur, et que les copbots de Zable ont tué cDc quand il a découvert quelque chose dans une base de données. » Un frisson parcourut la nuque de Joe. « Peightân fera n'importe quoi pour couvrir cette affaire.

- Il est tordu. L'équipe travaille dur pour le prendre la main dans le sac, mais s'il continue à couvrir ses traces aussi bien, nous n'aurons que des spéculations. Ça pourrait prendre beaucoup de temps.

- Que pouvons-nous faire pour nous-mêmes ? »

Mike soupira. « Moins que nous le souhaiterions. La soi-disant justice de nos jours est une affaire de chiffres. Et les chiffres ont été trafiqués. » Il leva les mains en haussant les épaules. « À moins d'une percée miraculeuse, nous ne pouvons pas réfuter vos échantillons d'ADN trouvés sur les lieux de l'attentat. »

. . .

> Le résultat paraissait prévisible, une certitude, comme une preuve mathématique : bannissement dans la Zone vide. Puis la mort pour Evie et moi dans un désert paumé, bien avant que qui que ce soit puisse prouver notre innocence. La mort n'a jamais été aussi proche. Le Cheval pâle m'attend.

. . .

Joe avala sa salive. « Qu'a dit Evie ? »

L'expression de Mike se détendit légèrement. « Evie est une optimiste. Elle m'a demandé de vous faire savoir qu'elle avait déjà commencé à se préparer physiquement pour la survie. »

Un sourire se glissa sur les lèvres de Joe, malgré la lourde crainte qui lui pesait. Il se souvenait qu'Evie avait fait du camping dans sa jeunesse ; elle ne serait pas sans défense. Comment pouvait-il l'aider ? « Qu'aurons-nous le droit d'emporter ?

- Ils n'autorisent ni électronique ni technologie biomédicale dans la Zone vide, mais vous pouvez emporter toutes les technologies archaïques et provisions que vous pouvez porter. »

Joe se remémora la description de bannissement du gouvernement. « Bon, d'accord. Ça nous laisse une petite chance.

- Recouverte d'une patine de propriété intellectuelle internationale. »

Joe frotta ses poignets sous les menottes. « Je vais vous donner une liste. Demandez une liste à Evie aussi, s'il vous plaît. Utilisez mes dark credit$. Je les cache sous la carafe à whisky dans mon appartement. Je vais vous envoyer la clé de chiffrement tout de suite. »

Mike sortit du papier à écrire et un stylo de son porte-documents, et il les fit passer à travers la mince fente dans la grille. « Ce fichu bot ne m'a pas laissé amener la moindre technologie électronique ici. Vous devrez utiliser ceci pour tout noter. »

Joe prit le stylo avec un froncement de sourcils et passa les quelques minutes qui suivirent à griffonner laborieusement sur le papier, se rappelant avec difficulté les cours d'art de son enfance. Il secoua sa main crispée en faisant glisser le papier.

Mike lut la liste, et offrit un signe de tête. « Nourriture, eau, équipement de survie de base, très bien. » Son doigt s'arrêta sur un point de la liste, découpé en plusieurs sous-éléments. « Toutes ces choses, les plantes comestibles, la flore et la faune du Sud-ouest, les compétences de survie, de chasse et de pêche, la fabrication de savon, les archives d'articles, ce sont tous des livres ? Sur un allbook ? Vous ne pouvez pas . . . »

Joe leva la main. « Je sais, je ne peux pas emporter mon allbook dans la Zone vide. Mais je peux avoir mon esprit avec moi. »

Joe et Evie se tenaient la main dans la salle d'audience bondée, Mike à leurs côtés. Le robojuge s'assit impassiblement sur le banc, son visage d'argent se déplaçant méthodiquement de Joe à Evie, puis à nouveau en sens inverse. « Veuillez lire les chefs d'accusation à haute voix, » dit-il.

Un pipabot s'avança. « Joseph Denkensmith, vous êtes accusé d'avoir aidé et encouragé l'évasion d'une terroriste locale, vous engageant alors dans une conspiration terroriste interne aboutissant à l'assassinat d'un être humain . . . » Le bot continua ainsi à ronronner pendant une minute, puis passa aux chefs d'accusation d'Evie. « Evie

Joneson, vous êtes accusée de diriger une organisation terroriste domestique, dangereuse pour la vie humaine, et qui a planifié l'assassinat d'un être humain dans l'attentat d'un magasin . . . »

La lecture terminée, ils firent face au robojuge. « Les preuves empiriques sont accablantes. Nous ne voyons aucun motif qui les mettrait en doute. » Les lentilles qui lui servaient d'yeux se figèrent sur eux, l'un après l'autre, avant la prononciation du verdict. « Joseph Denkensmith, vous êtes reconnu coupable de tous les chefs d'accusation. Evie Joneson, vous êtes reconnue coupable de tous les chefs d'accusation. »

Le robojuge continua à regarder délibérément l'un et l'autre. « L'accusation a demandé pour chacun d'entre vous une peine de bannissement de trois ans dans la Zone vide. Bien qu'une telle condamnation se trouve dans la fourchette haute des recommandations pour le calcul des peines, elle est justifiée compte tenu des circonstances particulières. » Le front du robojuge rayonna de bleu pendant trois secondes complètes, puis de violet alors qu'il se tourna vers le juge humain à sa droite.

Le juge humain déclara : « J'approuve la décision de l'honorable juge. Je ne vois aucun motif en vertu de la loi d'être en désaccord. » Il effectua une pause, foudroyant les deux du regard. « Ce sont des actes ignobles. Nous ne tolérerons pas les terroristes qui tentent d'ébranler notre système politique. La sentence sera exécutée dans les quarante-huit heures. » Il frappa de son marteau, et tous dans la salle d'audience se levèrent alors que les juges sortaient.

Sept copbots les escortèrent hors de la salle. Mike suivait trois mètres derrière. Evie saisit le regard de Joe et se dressa plus haut. Ils sortirent la tête haute, regardant devant eux avec défiance. Quand les portes s'ouvrirent, ils firent face à une mer de caméras, capturant la scène pour les médias. Ils furent conduits à travers un couloir latéral, loin du regard du public, jusqu'à la zone de la prison. Mike suivit Joe et Evie dans une bulle de confidentialité et l'activa. Les copbots attendaient à l'extérieur.

Mike regardait ses mains. « Même si le résultat n'est pas surprenant, j'ai l'impression d'avoir failli à ma tâche. Les juges IA sont censés être rigoureusement logiques, seulement sensibles aux preuves et complètement impartiaux.

- Si on leur donne de fausses données . . . » dit Joe, ne terminant pas sa phrase. « Vous n'y êtes pour rien, Mike. » Il fronça les sourcils. « J'espérais voir un peu plus de soutien dans la salle d'audience, cependant.

- Dina a décidé que personne d'autre ne devait assister au procès, car cela aurait pu donner une piste retraçant les opérations de l'équipe. Ils sont dévastés, Joe, vraiment. » Une larme de colère coula sur la joue de Mike ; il prit une profonde inspiration avant de l'essuyer. « Écoutez, nous n'avons que quelques minutes pour ce dernier entretien, alors permettez-moi d'aller au fait. L'équipe tente de résoudre le mystère plus large qui se cache derrière le ver, avec l'espoir que cela conduise à la découverte que les preuves ont été falsifiées. Mais personne ne s'attend à ce que cela se produise rapidement.

- Nous ne sommes pas encore morts, » déclara Evie. Elle regarda Joe. « Et nous pouvons compter l'un sur l'autre. » Il l'écrasa dans une longue étreinte, et l'embrassa. Puis ils serrèrent Mike dans leurs bras, et les copbots les orientèrent vers le bâtiment médical attenant. La dernière vision que Joe eut de Mike était celle de son poing, levé en l'air en provocation.

Ils furent bousculés à l'intérieur. Evie jeta un regard craintif à Joe quand un robot l'emmena dans un couloir. Le copbot le conduisit dans une chambre stérile où il attendit, les nerfs à vif. Un medbot entra. « Monsieur, je vais désactiver tous vos dispositifs électroniques et votre MEDFLOW. Veuillez enlever votre chemise. » Une des mains octophalangées du bot se balada au-dessus de l'oreille gauche de Joe et trouva son ESNE. Joe savait qu'il vérifiait que la source d'alimentation avait été retirée. Ensuite, le bot injecta des antalgiques avec la pointe d'un scalpel et incisa la peau sur la hanche droite de Joe. Il retira la batterie du MEDFLOW de Joe. La main mécanique s'actionna avec précision, puis referma proprement le lambeau de tissu.

« Et ma tuile biométrique ?

- On m'a demandé d'autoriser le maintien de ce dispositif passif intégré, pour permettre l'identification en cas de besoin.

- Pour identifier nos corps plus facilement, hein ? »

Il pensait que le bot aurait préféré ignorer le commentaire, mais il répondit : « C'est exact. Le dispositif envoie un signal de localisation lors de votre mort. » Le medbot recula d'un mètre. « Monsieur, je dois maintenant enregistrer votre état de santé, pour certifier que vous êtes en excellente santé au moment où vous nous quittez. » Il leva une main métallique. « Veuillez enlever tous vos vêtements restants. »

Joe s'exécuta, grelottant sous les lumières.

La main d'acier froid rampa vers l'avant. « Monsieur, toussez s'il vous plaît.

- Va te faire foutre, » toussa Joe.

Joe jeta un rapide regard à Evie. « Demain c'est le grand jour. Tu te sens prête ? »

La mâchoire d'Evie se serra. « On part en guerre avec une confiance absolue. Je suis aussi bien préparée que je pense pouvoir l'être. Tu te sens prêt ? »

Joe haussa les épaules, se demandant si ces semaines passées à mémoriser les textes de survie lui seraient aussi utiles qu'il l'espérait dans la Zone vide. « Autant qu'on peut l'être. Seul le temps nous le dira. » Evie serra sa main.

Les bots les avaient conduits hors de l'isolement et laissés debout seuls dans une grande cellule. Un tas de vêtements spécialisés étaient posés au milieu, à côté de deux sacs à dos. Ils devaient ces fournitures à Mike, qui avait respecté leurs listes à la lettre. Les copbots avaient tout fouillé à la recherche d'électronique et de technologies biomédicales interdites.

Evie fouilla à travers les vêtements, dépliant plusieurs articles pour vérifier qu'ils lui iraient bien, puis ouvrit son sac à dos et en examina le contenu. Les sacs étaient semblables et de grande taille, fabriqués dans un matériau léger à haute résistance. Il souleva le sien pour estimer son poids. « Heureusement, il n'y a pas de règles sur l'utilisation de matériaux modernes, » dit-il, inspectant l'équipement de haute qualité.

« Voilà une utilisation judicieuse de tes dark credit$. » Le sourire espiègle d'Evie reflétait ses propres sentiments. « Qu'est-ce qui est attaché à l'extérieur de ton sac ? »

Il tira sur la hache à double panneton qui pendait et la brandit. « Un homme ne serait rien sans ses outils. Regarde, ce modèle a un manche télescopique ; c'est donc une arme blanche, mais avec la poignée étendue, tu peux aussi couper du bois. » Il hissa la hache, sentant son équilibre dans sa main droite.

« Et l'arc et les flèches ? Tu sais t'en servir ? »

Joe était un peu plus inquiet à ce sujet. « Je n'ai jamais tiré à l'arc, mais je peux apprendre. Ça vaut le poids supplémentaire. » Il évita de penser à la raison pour laquelle l'arc pourrait être utile, et Evie ne contesta pas la nécessité de l'arme.

Encochant une des flèches à la pointe tranchante, il vérifia l'allonge de l'arc à poulies. Il tira sur le câble jusqu'au coin de sa bouche, les roues tournant en douceur sur les extrémités des branches.

« Pas exactement primitif, » nota Evie.

« Ça date d'il y a quelques siècles. Mais il n'y a pas d'électronique, juste une lentille grossissante sur la lunette de visée. » Il orienta son menton vers un bâton à côté de son sac. « Un bâton de marche ? »

Evie brandit le bâton, qui faisait près de deux mètres de long. Elle le fit tourner entre ses deux mains, pivotant habilement ses poignets et changeant de main en le faisant tourbillonner. Elle passa à une rotation à une seule main. Il regardait les extrémités se brouiller alors qu'elle augmentait la cadence. Elle fit tourner le bâton dans un dernier arc et arrêta sa course.

« C'est un bō, » dit-elle.

Elle précisa : « Traditionnellement, ils sont faits de bois. Mais celui-ci est en alliage métallique léger avancé. J'ai fait ajouter une lame rétractable à l'extrémité, donc c'est aussi une arme offensive. »

Elle retourna le bâton et pointa une lame courbe qu'elle pouvait faire rentrer dans le bâton en activant un levier sur le côté. « Avec cet ajout, je peux aussi le transformer rapidement, si nécessaire, en *naginata*, une arme d'hast traditionnelle. »

Joe était impressionné. « C'est bien vu. » Il posa l'arc au sol et fouilla dans son sac. « Je suis sûr que Mike a vérifié que nous n'avions pas de doublons inutiles. Le problème critique que je vois est le manque d'eau. »

Elle se mordit la lèvre. « La Zone vide est avant tout un désert, non ?

- Il me semble. » Joe avait demandé tout le matériel de lecture que Mike pouvait trouver sur la Zone vide, et il résuma ses lectures à Evie. « Le secteur était autrefois peuplé, mais après le réchauffement climatique, les températures sont devenues trop extrêmes. La méga-sécheresse dans le sud-ouest américain a duré plus d'un siècle. À cause de cela, presque tout le monde dans le centre du Nevada a dû partir. Le gouvernement a forcé les traînards à déménager, parce qu'ils voulaient transformer la région en ce qu'elle est aujourd'hui : une prison en plein air. De ce que je peux dire, il y a quelques montagnes, mais je ne sais rien au sujet de forêts ou de sources d'eau. Le gouvernement a censuré toutes les cartes et informations sur la région. Les cartes montrent juste une région en forme de patate. Nous devrons trouver notre chemin en étudiant la disposition du paysage.

- Ils ne sont pas censés nous placer à un endroit où nous avons des chances de survivre ?

- Si, bien que le taux de survie réel soit bien inférieur à cinquante pour cent. » Il essaya de sourire. « Pourvu que notre préparation nous aide à déjouer les pronostics, quels qu'ils soient.

- J'ai passé ma vie à déjouer les pronostics, » dit-elle. Elle loucha sur leurs conteneurs d'eau. « Nous risquons de mourir de soif avant toute autre chose. On devrait emmener autant d'eau que possible.

- Tu peux en transporter plus que ça ? »

Elle hissa son sac. « Je peux porter mon poids, » dit-elle avec détermination.

Joe hocha la tête.

L'unique porte de la cellule de détention s'ouvrit, et cinq copbots entrèrent, suivis de Peightân et Zable. Peightân était vêtu formellement avec ses épaulettes sur son uniforme de police, et son regard était impérieux. Les bots et Zable se tenaient à disposition derrière lui.

« Je suis ici pour remplir mes fonctions officielles avant de vous envoyer sur votre route. » Son ton était vif et professionnel. « Par décret, il vous est interdit d'emporter des appareils électroniques ou biomédicaux dans la Zone vide. Les États vous autorisent à prendre avec vous toute autre chose que vous jugez nécessaire pour survivre, tant que vous pouvez porter ces choses vous-mêmes.

- Je note votre préoccupation pour notre survie. » Joe laissa les mots s'écouler avec sarcasme, puis revint aux questions pratiques. « Nous avons besoin de sept litres d'eau supplémentaires chacun. »

Peightân soupira. « Demande accordée. Maintenant, acceptez-vous de vous comporter d'une manière appropriée et de montrer à ceux de l'extérieur que vous avez été traités convenablement, conformément à la loi ?

- Tu vas avoir droit à notre spectacle habituel. » L'amertume suintait des paroles d'Evie.

Peightân fit une pause alors qu'ils le fixaient d'un regard de pierre. « Vous avez été condamnés à passer exactement trois ans bannis dans la Zone vide, à compter de demain. La Zone vide est une région des États dépourvue de résidents et de machines modernes. Elle couvre une quarantaine de milliers de kilomètres carrés environ. Elle est entourée par un mur électrifié de mille kilomètres de long. Le mur a cinq portes. Vous serez libres de sortir par une de ces portes à midi le jour où vous aurez fini de purger votre peine d'exactement trois ans. Les méchas qui gardent les portes vous autoriseront à passer sans encombre. »

Joe mémorisa les détails alors que Peightân parlait. « Tous les méchas de garde autonomes sont autorisés à recourir à la force létale sur tout être humain dans la Zone vide. Si vous essayez de franchir le mur avant la fin de votre peine, vous mourrez. Est-ce que vous comprenez ? » Les sourcils levés, Peightân attendait leur réponse affirmative.

Joe répliqua sèchement : « Oui, nous comprenons les moyens typiques par lesquels les prisonniers peuvent mourir dans la Zone vide. Mais nous choisirons notre propre méthode.

- Tout le monde finit par mourir. »

Chapitre 27

Joe regardait fixement à travers les barreaux de sa cellule. Une lampe de plafond tamisée et solitaire projetait des ombres qui se perdaient dans l'obscurité absolue, plus loin dans le couloir vide. Il était le seul prisonnier de cette section de l'installation. L'air contre son visage, humide et sentant le renfermé, lui rappelait une simulation haptique en réalité virtuelle d'un donjon médiéval. Dans une ultime humiliation, ils avaient remis les menottes sur ses poignets.

Il avait gardé la face depuis leur arrestation, essayant d'être fort devant Evie et Mike. Mais maintenant, seul dans l'obscurité, la réalité de sa situation le touchait en plein cœur, et il avait à la fois un sentiment de peur et de colère.

...

J'ai toujours pesé mes choix, comme si ça me protégerait. Mais cette fois, on touche à l'impossible. Je vais mourir là-bas. Evie va mourir avec moi. La fin nous semble généralement si loin. Jusqu'à ce qu'elle ne le soit plus.

Ai-je fait le bon choix en l'aidant ? C'est une décision que j'ai prise avec ma tête et mon cœur. Je sentais qu'elle était une personne vertueuse, qu'elle valait le risque, et j'avais raison. Le monde vous met face à toutes les décisions que vous prenez, aussi bien celles d'agir que de ne pas agir. Il n'existe pas réellement d'indécision ; vous devez choisir un chemin et continuer votre route. Je ne regrette pas d'avoir choisi Evie.

...

Ses pensées dérivèrent vers Evie et la prison. La fureur monta dans sa gorge et son estomac se serra, la bile brûlant comme le feu des enfers. La colère le propulsa contre les barreaux, qu'il saisit et essaya de secouer, ses muscles fléchissant en vain contre le métal qui ne bronchait pas. Il martela contre les barreaux jusqu'à ce que les chaînes meurtrissent ses poignets. Le son résonna dans le couloir, avant de sombrer dans le silence de la pierre immuable.

...

Si tu existes, Dieu, où te caches-tu maintenant ? Il n'y a aucune preuve de ton existence dans l'univers physique fermé.

...

La poitrine haletante, des larmes sur ses joues, Joe tomba à genoux devant la porte de la cellule. Il agrippa les barreaux et poussa un cri angoissé avant de s'affaisser sur le sol en béton.

...

Non, ce n'est pas Dieu, mais le mal que les gens renferment et les injustices qu'ils permettent que je déteste. Maudites soient les horreurs qu'ils s'affligent les uns aux autres. Je comprends la passion d'Evie maintenant. Sa rage contre tout cela.

...

Une porte grinça en s'ouvrant. Une faible lumière se déplaça dans le couloir et s'approcha de lui au rythme de pas de bottes. Il ferma les yeux jusqu'à ce que les pas s'arrêtent à quelques centimètres de son visage humide. Il leva les yeux vers la mine extatique de Zable, qui tapait sa matraque dans sa main gauche. Joe essuya son nez, alors que la fureur jaillissait à nouveau en lui.

Il se força à se relever et baissa le regard sur ces yeux malicieux. « Tu apprécies ton Schadenfreude ? » La voix de Joe était rugueuse à cause du manque de sommeil et du stress, et il apprécia le grognement de son sarcasme.

« Range tes mots d'intello. Comme je m'y attendais, tu n'es qu'une mauviette sans couilles. Je me demande bien pourquoi une fille, même de mon ancien niveau, perdrait son temps avec toi.

- Si tu parles de son caractère, tu as raison. Elle est meilleure que nous deux, mais ne parle pas de toi dans la même phrase, connard sphérique.

- Sphérique ? » Zable fronça les sourcils, confus.

« Comme un astronome l'a dit un jour, peu importe sous quel angle on te regarde, tu restes un connard. »

Les narines de Zable se dilatèrent. Reculant des barreaux, il porta la matraque jusqu'à la poitrine de Joe. Un éclair rouge et blanc l'aveugla alors que son corps se convulsait de douleur. Ses mains menottées tremblaient, ses doigts serrant involontairement les barreaux alors que son corps était secoué par l'électricité qui le traversait. Est-ce que son cerveau allait jaillir hors de son crâne ?

Le courant électrique traversa à nouveau sa poitrine, et ses poumons se tendirent. Il ne pouvait plus respirer. Zable se mit à rire et l'électrocuta une troisième fois. La douleur était insupportable. Dix mille abeilles rampaient sur sa peau, et Joe pendait aux barreaux les poings serrés. Zable activa l'arme une fois de plus. Sa vision se rétrécit. Sa tête palpitait alors que la douleur atteignait toutes les fibres de son corps.

« Tu te prends pour l'élite. Tu baisses la main depuis ton niveau et tu prends ce que tu veux, comme *elle*. Eh bien, certains d'entre nous savent comment tendre vers le haut. » Zable crachait ses mots. Joe gémit et roula loin de la porte de la cellule.

« Dommage que nous devions nous arrêter, il est temps de rallumer les vidcams. Et dire que je commençais tout juste à m'amuser. À demain, couilles molles. »

Les pas de Zable s'éloignèrent de lui. La porte au bout du couloir se ferma dans un bruit métallique. Son entrejambe était mouillé. Sa vessie s'était vidée à cause des décharges. Il se releva du sol et chancela jusqu'au lit de sa cellule. Effondré là, il laissa la douleur se dissiper, et sa haine pour Zable enfler. Cette dernière s'installa un moment, jusqu'à ce qu'il imaginât la faible lumière du matin apparaissant hors de la prison, bien que sa cellule restât un trou noir.

Une image d'Evie après leur dernière étreinte remplit ses pensées, elle et son regard provocant au copbot qui les avait conduits à leurs cellules. Était-ce de la haine qu'elle nourrissait ? La haine de l'injustice, oui, pas la haine de personnes individuelles. C'était une résistance plus noble.

L'obscurité l'entourait, avec seulement une couverture grossière sous son dos pour l'ancrer dans le monde. Les larmes de Joe avaient séché, et il était immobile. Sa colère au sujet de l'apparition de Zable et la non-apparition de Dieu fut remplacée par le vide infini de savoir qu'il ne pouvait compter que sur lui-même. Il regarda dans l'obscurité avec une défiance croissante. Joe chuchota aux barreaux de la prison : « Ne renonce jamais. »

Surveillés par sept copbots, Joe et Evie se tenaient à l'entrée du bâtiment du Ministère. Ils portaient leurs sacs, remplis à craquer de synthévases d'eau supplémentaires. Evie portait une veste verte sur une chemise à carreaux, un pantalon kaki rentré dans des bottes de randonnée noires, et un chapeau de soleil. Joe regardait ses Mercuries. Il avait déroulé leurs ourlets du haut en mode botte et réglé la couleur sur une teinte marron clair avant que les copbots les désactivent. Il tira sur la fermeture de sa veste transformable.

L'écran mural affichait la scène en dehors des portes fermées. Une gigantesque foule s'était réunie sur la place. Des journalistes et des bots avec des dispositifs d'enregistrement étaient alignés des deux côtés du hall. Un hovercraft de police solitaire attendait tout au bout de la place. D'autres copbots défilaient devant eux et formaient une barricade entre le bâtiment du Ministère et l'hovercraft à l'arrêt. Les bots se tournèrent pour faire face au hall ouvert, leurs capes de maille en graphène-kevlar suspendues à leurs épaules en formant des lignes symétriques. La foule attendait avec impatience.

« Que le spectacle commence, » déclara Evie.

« C'est plutôt un perp walk. Ils veulent que tout le monde puisse voir que nous sommes équipés, pour donner l'illusion que la sentence n'est pas mortelle en elle-même. Et ils veulent que nous montrions des remords. »

Evie grimaça. « Quand les gens connaîtront tous les faits, c'est eux qui auront des remords. En attendant, ça me suffit de savoir que nous avons la vérité de notre côté. Mais pour l'heure, que notre expédition camping commence. »

...

Oh, oui, le camping, j'ai eu le temps de tout *lire* à ce sujet.

...

Les portes s'ouvrirent en grand, et les guardbots poussèrent du coude Joe et Evie entre les rangs de copbots jusqu'à l'hovercraft. Joe jeta un regard en arrière sur la façade austère du bâtiment du

Ministère, un monument brutaliste et autoritaire. Evie attira son attention avec une expression curieuse, et il fit un signe pour montrer son assurance. Le souvenir soudain de la nuit dernière le fit hésiter, mais il se ressaisit en la voyant marcher devant lui, et une détermination froide lui fit retrouver son courage.

Les hologrammes projetés flottaient au-dessus de leurs têtes : les journalistes montraient le spectacle à la foule. Les copbots étaient alignés comme des pierres tombales, et Evie et lui furent escortés sur la place. Cela lui faisait penser à la façon dont les commentateurs sportifs diffusaient les moments forts lors des compétitions dans le Dôme de combat.

« . . . se trouvant entre les villes fantômes de Tonopah et Ruth, dans le Nevada, avec la Vallée de la Mort au sud. Pas de routes pour la traverser, et on n'y trouve ni personnes ni machines. »

« Quand le réchauffement climatique a élevé la température moyenne de cinq degrés, les habitants ont quitté la zone alors que l'agriculture et les emplois disparaissaient. Les États ont acquis cette terre et y ont construit le mur de périmètre. . . »

« Des gens vivaient là-bas autrefois, donc ce n'est pas impossible . . . »

Un écran géant sur un immeuble faisant face à la place projetait une newsbot qui commentait la scène. Avec une voix féminine, elle entonna : « Les États respectent toutes les conventions internationales en ce qui concerne les peines, y compris l'abolition de la peine de mort le siècle dernier. Le bannissement exclut simplement l'utilisation de notre technologie partagée et renvoie ces criminels aux moyens connus des civilisations antérieures. »

Joe voulait couper le son, mais il n'y avait rien à éteindre puisque son ESNE avait été désactivé. Il secoua la tête et se concentra sur Evie, devant lui. Elle était un bel ange, insoumise, venue venger le monde de l'injustice. Elle atteignit l'hovercraft, se retourna et lança à la foule un sourire confiant éblouissant, fit un signe insouciant de la main, et entra dans l'appareil. Il la suivit à l'intérieur et s'assit.

« Qu'ils se souviennent de ça quand nous reviendrons dans trois ans, » dit-elle.

Les moteurs s'allumèrent en ronronnant et la machine décolla loin de la place, avant de se diriger à l'écart de la civilisation.

Ils se blottirent dans l'hovercraft, leurs sacs gisant sur le sol. Un copbot leur faisait face sur le banc opposé. La porte du cockpit s'ouvrit. Une tête inclinée les scrutait, avec un sourire vengeur. « Profitez bien de votre dernier tour de manège.

- Tu aimes trop ton travail. Et tu fais quoi ici, au fait ? La bête escorte de prisonniers n'est pas une tâche à la hauteur de ta tête tordue. »

Zable s'avança, pivota sa tête à quelques centimètres du visage de Joe, et ricana. « Je ne voulais pas manquer ça. »

Joe sentit un creux s'ouvrir dans son estomac. « Nos peines sont de trois ans dans la Zone vide. Avec la possibilité de survivre.

- Notre cher Ministre, monsieur Peightân, applique la loi à la lettre. Mais il me plaît d'appliquer l'esprit de la loi. Et la loi veut votre mort. »

Zable sortit un petit rectangle noir de sa poche. Il tendit la main derrière le copbot. « Petit rafraîchissement de mémoire, » dit-il. Le bot cligna deux fois avant que ses lentilles se figent. « Tu vas réinitialiser notre plan de vol. Voici les nouvelles coordonnées. » Zable lut les chiffres. Le bot disparut dans le cockpit.

L'estomac de Joe se serra encore plus fort quand Zable tapa sa matraque dans la paume de son autre main, comme s'il attendait une raison de l'utiliser. Le doigt de Zable s'agita contre l'interrupteur caché sur son côté, et ses entrailles se tordirent. Il ne connaissait que trop bien le pouvoir de l'arme, sous son revêtement ordinaire.

. . .

> Non, je n'ai pas une mauvaise opinion de Zable en raison de son niveau. Je l'ai parce qu'il a une personnalité détestable. Certaines personnes choisissent le chemin vers le mal, et ne se retournent jamais.

. . .

« Depuis combien de temps tu connais Peightân, ton Ministre ? » L'attitude calme d'Evie aida Joe à se concentrer sur autre chose que sa propre fureur.

« Je l'ai connu toute ma vie professionnelle. » Il semblait surpris de sa question innocente. « Il m'a aidé à gravir les niveaux rapidement.

- Il a l'air particulièrement déterminé. » Evie le dit presque comme si elle complimentait Zable.

Zable hocha la tête fièrement. « Il poursuit le moindre de ses objectifs et n'abandonne jamais. Le Ministre travaille dur.

- C'est bien de travailler avec lui ? »

Zable se pencha plus près d'Evie. « Il veille bien sur moi. J'ai tous les credit$ que je veux. Et bien sûr, avec l'argent vient le pouvoir, et tout ce qui va avec. Comme les jolies poupées dans ton genre. » Zable la déshabilla du regard.

Joe lui aurait bien mis une droite sans autre forme de procès, mais Evie lui fit un signe subtil de la main tout en gardant ses yeux rivés sur Zable. « Et il te laisse faire tout le travail amusant. Comme les Bûchers.

- Exact, » dit Zable, ses yeux toujours errants. Un instant plus tard, son sourire moqueur changea et il la regarda d'un air perplexe. « Comment tu sais ça, toi ? »

. . .

> Ils ne nous ont pas vus lors du Bûcher. Ils ne doivent pas avoir le contrôle direct de toutes les bases de données. Quel que soit leur vrai plan, il pourrait leur falloir du temps pour le mettre en œuvre. Raif et l'équipe joueront à cache-cache version hacker à travers le net.

. . .

Evie haussa les épaules et se détourna de lui. « Je me suis dit que ça devait être une des missions-vedettes. »

Zable ricana. « Oh que oui, c'est beau de voir ces bots partir en fumée. »

Le copbot revint du poste de pilotage et reprit sa position sur le banc.

« Peightân et toi courez après le pouvoir ? » Joe se força à poser la question sans grogner.

« Aucune raison de te le cacher, puisque tu vas mourir là-bas. Ce qui m'intéresse, c'est l'argent et le pouvoir. J'aime donner des ordres. » Zable tapa du pouce sur le bot. « Peightân et moi, on est les premiers à dire à ces tas de ferraille ce qu'ils doivent faire.

- M. Zable a raison. J'exécute ses ordres, » entonna le copbot.

« Tu nous donnes de bonnes chances de survie ? » Joe s'adressa au bot en toute nonchalance. Zable ricana dans sa périphérie.

Le bot répondit docilement à sa question directe, comme Joe s'y attendait. « Vos chances de survie sont maintenant de 1 pour cent. »

Un sourire mutin traversa les lèvres d'Evie alors qu'elle fixait Zable. « Quelle coïncidence. C'est la même probabilité que celle que j'atteigne le niveau 1.

- Elle est bien plus basse que ça, maintenant, ma jolie. » Joe serra les poings en réponse au ricanement de Zable.

Il ne pouvait plus contrôler sa colère. « Tu suis Peightân comme un bon toutou, prêt à exécuter ses quatre volontés. »

Zable se déplaça sur le siège le plus proche du poste de pilotage, d'où il pouvait les regarder de haut. « Je n'appartiens qu'à moi-même. » Il continuait à tapoter à un rythme lent sur la paume de sa main avec sa matraque de police. « Tu vois, c'est comme ça que ça fonctionne. Il y a l'argent, et il y a le pouvoir. J'en avais assez d'attendre ma part, alors j'ai trouvé un moyen d'acquérir les deux.

- La vie n'est pas qu'une question d'argent et de pouvoir. » Joe ne s'attendait pas à ce que Zable soit d'accord avec lui. « Il y a des gens et des idées.

- Je méditerai peut-être là-dessus plus tard. Mais l'heure n'est pas encore venue. »

Ils restèrent assis en silence pendant une heure, et l'humeur de Joe bouillonnait tandis que Zable les regardait avec les yeux plissés, comme un chat jouant avec une souris.

L'hovercraft commença sa descente, et le sol du désert s'éleva pour les saluer, un désert de sel aride entre des montagnes grises distantes. L'engin se posa, et les portes s'ouvrirent. Zable se dressa aussi haut que sa taille moyenne le permettait, tandis que le copbot transportait les sacs à l'extérieur et escortait les captifs à terre.

Zable les regarda, un demi-sourire méchant tordant sa bouche. « Ne mourez pas trop vite ici. Vous pouvez prendre tout votre temps. » Les portes se refermèrent et la machine décolla, soulevant un tourbillon de poussière. Joe essuya le sable de sa bouche. L'hovercraft fondit dans l'air chatoyant du désert. Quand il fut parti, le seul bruit dans le silence bouillant était le battement du cœur de Joe.

Partie III : Le Voyage vers l'arrière et l'avant

« . . . Voici, l'homme est devenu comme l'un de nous, pour la connaissance du bien et du mal . . . Et l'Éternel Dieu le chassa du jardin d'Eden, pour qu'il cultivât la terre, d'où il avait été pris. »

Genèse 3:22-23

« C'est un voyage sans entraves qui vous mène là où vous désirez vous rendre. »

Evie Joneson

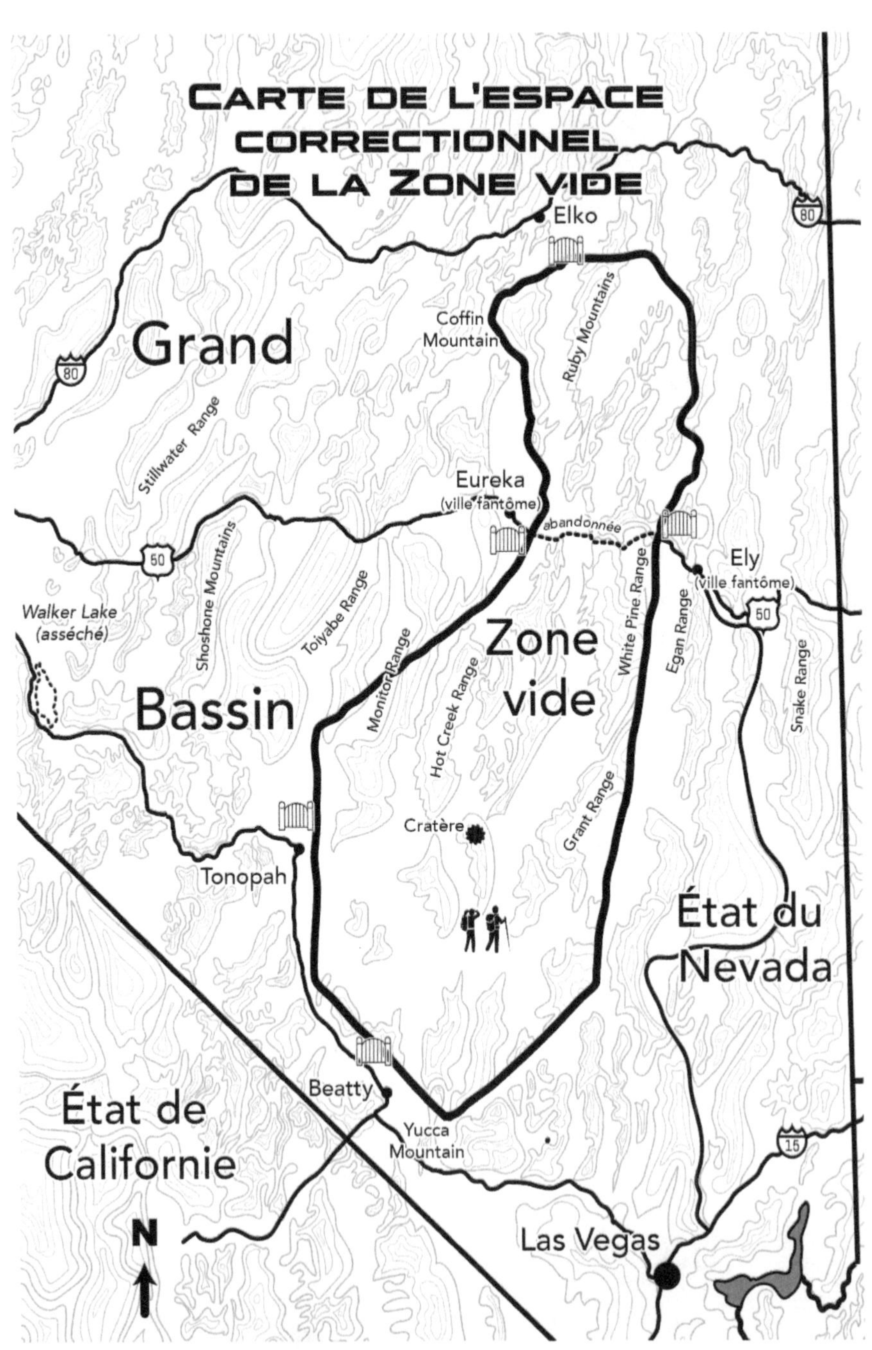

Carte de l'espace correctionnel de la Zone vide
Elko
80
Coffin Mountain
Ruby Mountains
Grand
80
Stillwater Range
Eureka
(ville fantôme)
abandonnée
Ely
(ville fantôme)
50
Shoshone Mountains
Toiyabe Range
Walker Lake
(asséché)
Zone
vide
White Pine Range
Egan Range
50
Snake Range
Monitor Range
Hot Creek Range
Bassin
Grant Range
Cratère
Tonopah
État du
Nevada
Beatty
État de
Californie
Yucca
Mountain
15
N
Las Vegas

Chapitre 28

Joe fit face à Evie dans la poussière. Sa haine de Zable, la crasse dans sa bouche et la chaleur soudaine du désert avaient fusionné, et sa fureur bouillait à l'intérieur de lui. Il luttait pour calmer sa colère.

Evie le regardait. « Tu as quelque chose de personnel contre Zable ?

- On peut dire ça. Et il a quelque chose de personnel contre moi. Poussé par la jalousie, je suppose. Il a visité ma cellule hier soir, tard. »

L'inquiétude assombrit son visage. « Ça a dû te surprendre.

- Oui, ce fut un choc, littéralement. Je lui ai dit que c'était un connard sphérique. »

Evie se mit à rire. « Je connais assez bien l'histoire de l'astronomie pour saisir la référence. »

Il sourit pour chasser ce souvenir douloureux et éviter d'inquiéter Evie. Il était temps de se concentrer sur l'urgence du moment. Il protégea ses yeux du soleil et regarda autour de lui.

Le profond silence du désert les enveloppait. Le soleil était haut dans le ciel de fin de matinée, brûlant les plaines autour d'eux ; un terrain vague dépourvu de la moindre ombre. Evie brisa le silence. « Ce paysage terrible me fait penser au passage d'un livre : 'car tu es poussière, et tu retourneras dans la poussière.'

- Oui, ce n'est pas difficile de songer à sa propre mortalité ici. » Joe n'arrivait pas à associer un titre à ces mots, bien qu'ils étaient familiers. « Quel livre, déjà ?

- La Genèse. Désolée. Mieux vaut éviter ces pensées et nous concentrer sur notre survie. » Elle pencha la tête et le regarda dans l'expectative, sans crainte. « Qu'est-ce qui nous attend maintenant ? »

. . .

> J'ai déjà entendu cette question. Mais c'est elle qui a l'expérience, cette fois, pas moi. Et elle a plus souvent déjoué les pronostics que moi.

. . .

« Nous sommes dans le même bateau. On décide ensemble.

- Je n'ai pas peur de prendre des décisions. » Elle fronça les sourcils. « Mais tu penses tout le temps. Je veux comprendre le mécanisme de ta pensée. »

Il étudia le désert de sel vide. « Eh bien, nous ne pouvons pas rester ici. » Il désigna des montagnes lointaines et ajouta : « Allons par là, au nord-nord-est. »

Evie fronça les sourcils, songeuse. « Je suis d'accord, nous ne pouvons pas rester ici ; mais pourquoi nous rendre vers ces montagnes et pas . . . » elle fit signe vers d'autres sommets lointains au sud, « celles-ci ? »

Il se leva et enfila son lourd sac à dos. « Tu me fais confiance ? Je t'expliquerai en chemin. »

Elle hocha la tête, puis sortit son bō pour l'utiliser comme bâton de marche. Ils avancèrent péniblement sur le sol plat alcalin, en passant devant des arroches flétries.

« Pour commencer, nous ne pouvons pas aller à l'ouest. J'en ai vu un bout par la fenêtre de l'hovercraft. Considérant l'angle du soleil, nous volions vers l'est avant d'atterrir. On a traversé des dunes de sel et un désert vide.

- Très bien. On ne va pas à l'ouest. On ne pourrait pas continuer à l'est ? » demanda-t-elle.

« On pourrait, mais je ne pense pas qu'on devrait. Les maigres informations que j'ai lues sur les précédents bannissements concluaient toutes que les gens ne revenaient pas souvent. Ce sont des données statistiques négatives. Cela m'a rappelé l'histoire d'une Guerre mondiale, il y a plus de deux siècles. Les mathématiciens ont étudié les motifs d'impact des balles sur les bombardiers qui revenaient. Leur hypothèse de travail était que les avions qui revenaient en un morceau ne devaient être endommagés qu'à des endroits non essentiels. Ce qui signifie que les zones *non* endommagées auraient pu être des points critiques de faiblesse ; statistiquement, c'est là où les avions qui ne sont pas revenus ont dû être touchés. Ils ont donc renforcé les avions à ces endroits. Grâce à ces motifs dans les données manquantes, les avions sont devenus plus nombreux à revenir, car les mathématiciens avaient déduit les vulnérabilités des avions.

- Comme l'évolution, influencée par ceux qui se sont fait manger par le lion.

- Exactement. J'ai lu tous les articles d'actualité sur les gens qui n'en sont pas sortis vivants, et j'ai établi mes propres hypothèses. » Evie écoutait attentivement. « Peightân a mentionné cinq portes dans le mur autour de la Zone vide. Ils ont fait sortir des corps par la porte sud-ouest, à Tonopah, et par la porte sud, à Beatty. La ville de Beatty est proche de la décharge de déchets nucléaires de Yucca Mountain, qu'ils ont bâtie là-bas en partie en raison du paysage désolé. Des corps ont également été ramenés par Eureka et Ely, les villes fantômes qui marquent les extrémités ouest et est de l'ancienne Route 50. La seule porte qui n'a pas été mentionnée pour les récupérations est la porte nord. Je pense que ceux qui ont survécu ont réussi à s'aventurer assez loin au nord pour survivre à la fois à l'été et à l'hiver. Si nous continuons vers le nord et que nous ne nous arrêtons pas trop tôt, car je suppose que c'est ce que les autres ont fait, nous pourrions avoir une chance.

- Alors c'est une très longue promenade qui nous attend.

- J'en ai bien peur. Il y a un autre détail déprimant : au sud-ouest de la porte nord, il y a un centre d'atterrissage de drones. Ils l'appellent Coffin Mountain. »

Evie renâcla. « Tu aurais pu m'épargner les détails. On évitera d'aller là-bas. »

Ils piétinèrent tout au long de l'après-midi jusqu'à ce que le soleil touche les montagnes de l'ouest. Le paysage n'était pas différent du lieu où ils avaient commencé, avec des buissons affaissés et sans le moindre arbre en vue. Il installa la tente, rangea leurs affaires, et posa le sac de couchage double à l'intérieur. Evie ajouta de l'eau à un mélange de protéines séchées, puis chauffa le liquide au-dessus du poêle de poche, qu'elle avait allumé avec une auto-allumette. « On dirait qu'ils ont aussi enlevé l'électronique de ça, » fit-elle remarquer.

« Oui, mais le silex fonctionne très bien.

- Nous avons du combustible de cuisine pour une dizaine de jours environ, après ça il nous faudra du bois à brûler. » Elle sonda leur environnement sans arbres. Le temps qu'ils finissent le repas, toute lumière avait disparu. Sans éclairage artificiel, ils tâtonnèrent pour trouver le sac de couchage, puis sombrèrent dans un sommeil exténué.

Ils se remirent en route dès les premiers rayons du soleil, profitant de la température plus fraîche. Le paysage était moins plat, mais toujours aussi stérile, et ils continuèrent au nord entre les montagnes qui encadraient une vallée peu profonde.

À mesure que la journée avançait, la lumière se reflétait sur les montagnes dans des tons rouges et blancs ternes. Des tourbillons de poussière dansaient sur la terre craquelée. Pour oublier ses muscles endoloris par les heures de randonnée, Joe identifiait les plantes qu'il avait mémorisées avec son allbook : arroches, grayia spinosa et salicornes. Ils se firent de l'ombre pour se reposer à la mi-journée et éviter le pire de la chaleur en drapant la tente sur un buisson racorni en appui. Ils campèrent dans ce qui était autrefois un lit de lac ; aujourd'hui une plaine de sel. La nuit, des rafales de vent fouettaient le sel dans l'air. Ils se nichèrent à l'intérieur de la tente, qui fut secouée pendant plusieurs heures.

Le petit déjeuner se composa d'un autre sachet de protéines dissous dans de l'eau bouillante. Il fourra la tente dans son sac à dos, et massa son dos douloureux. « Comment va ton dos aujourd'hui ? Ton sac doit être aussi lourd que le mien. »

Evie réfléchit un instant, puis soupesa le sac de Joe. « Plus lourd. »

Joe souleva un sac, puis le second. Il sortit plusieurs des synthévases d'eau du sac d'Evie et les attacha sur le côté du sien.

« Je ne t'ai pas demandé de . . .

- Je sais. »

Ils marchèrent pendant plusieurs heures et s'arrêtèrent pour déjeuner afin d'éviter la chaleur du milieu de journée. Alors qu'ils mâchaient leurs barres protéinées, il songea aux progrès accomplis, en notant les buttes au nord-ouest. « Je sais que la Zone vide a à peu près la forme d'une pomme de terre. Considérant la sécheresse de cette zone, je suppose que Zable nous a déposés dans sa moitié sud. Je connais la longueur du mur de périmètre, donc en calculant approximativement la distance et la direction de notre progression chaque jour, j'ai une idée générale d'où nous sommes.

- C'est utile d'avoir un mathématicien dans l'équipe, » dit-elle.

Ils finirent leur maigre chère et reprirent leur route. Joe ne pouvait pas détourner ses pensées de la sécheresse de sa langue et de sa gorge. Sans nuages ou arbres pour leur offrir de l'ombre, le soleil tapait sur le paysage menaçant et les deux voyageurs. Ils campèrent à côté d'une formation volcanique noueuse, alors que l'impitoyable boule de feu sombrait derrière les pentes nues à l'ouest. À l'entrée de la tente, Joe tenait la main d'Evie alors qu'il étudiait l'étrange vue, des doigts de gobelin dentelés peints d'un orange indéfinissable.

Les deux jours suivants furent épuisants physiquement et insoutenables mentalement. Joe luttait avec son sac, dont les bretelles s'enfonçaient dans ses omoplates. Ses Mercuries lui semblaient lourdes sur ses pieds endoloris, et deux de ses ongles d'orteil avaient noirci.

Evie gardait un rythme méthodique et ne se plaignait jamais. Quand le terrain devenait difficile, ils marchaient en file plutôt que côte à côte, et Joe et Evie se relayaient à l'avant. Quand Joe était devant, il pouvait dicter le rythme, qui n'était jamais plus rapide que celui d'Evie, mais il s'égarait dans ses pensées, à imaginer les conspirations sombres par lesquelles Zable et Peightân avaient élaboré toutes les misères qu'ils devaient affronter maintenant. Quand Evie menait la file, il se traînait derrière elle et ses rêveries laissaient place à ses fantasmes impliquant les jambes toniques et les hanches étroites de sa partenaire. Le bō, attaché à son sac, se balançait au rythme de ses pas.

Alors qu'ils parcouraient une étendue plus clémente, il exprima une préoccupation sur laquelle il essayait de ne pas s'appesantir. « J'estime que nous couvrons quinze à vingt kilomètres par jour. Et nous allons devoir maintenir ce rythme encore plusieurs jours si nous ne voulons pas nous retrouver à court de provisions avant d'arriver à un endroit où nous pouvons survivre. Mais si nous allons trop vite, nous pourrions être trop exténués pour nous rendre où que ce soit. » Le simple fait de prononcer ces mots lui donna l'impression que son sac pesait maintenant deux fois plus lourd sur ses épaules.

La main sèche d'Evie glissa sur la sienne, et il observa son visage teinté d'inquiétude. « J'aurais aimé voir quoi que ce soit qui suggère la présence d'eau. Ce terrain est absolument sec, même maintenant en fin de printemps. » Lors de leur dernière pause, ils prirent de petites gorgées de l'ultime synthévase que Mike avait préparé pour eux. Maintenant, ils n'avaient plus que les litres supplémentaires qu'ils avaient demandés à Peightân. « Même s'ils ont abandonné Celeste et Julian dans un endroit moins hostile, on peut deviner ce qui leur est arrivé. » Son ton était calme, triste.

Ils continuèrent leur marche laborieuse. Ils campèrent sous des montagnes surgissant des vasières à l'est. Le cinquième jour, ils traversèrent d'autres vasières. En fin d'après-midi, ils étaient montés à une centaine de mètres dans les collines rocailleuses, où ils établirent leur camp. Evie enleva une de ses bottes brûlantes. Ils avaient des ampoules assorties sur leurs gros orteils. « Putain, l'odeur est horrible. » Elle avait le nez sur sa botte.

Joe renifla la sienne et une puanteur écumeuse salua ses narines. « Tu ne peux pas me battre, pour le coup.

- Je donnerais n'importe quoi pour être propre.

- Je tuerais pour un peu d'eau. Même l'intérieur de ma bouche est sec. »

Alors qu'elle préparait le dîner, il se dirigea vers le bord de la crête. À l'ouest, le sable et le vide s'étendaient à l'extrême horizon, où le soleil se couchait sur une autre chaîne de montagnes. Joe spécula que le mur de périmètre n'était pas loin derrière.

À l'est, il escalada une autre crête. Au sommet, il vit un cratère gigantesque qui détonnait, semblant appartenir à un autre monde. Ce trou formidable faisait environ un kilomètre de large. Joe estima que son fond noir d'encre se situait à au moins une centaine de mètres de profondeur. Il ressemblait aux cratères de la lune qu'il avait observés sur la station orbitale WISE. Et quand la nuit tomba, comme à la station, un vide immense l'entourait. Il se traîna pour redescendre de la colline, mangea son dîner, et se blottit dans le sac de couchage à côté d'Evie, l'attirant contre lui et se rappelant que, tant qu'il l'avait à ses côtés, il ne serait jamais seul.

La matinée suivante était froide, avec un vent tourbillonnant de l'ouest. Evie le tenait serré contre elle, et Joe était réticent à se séparer de son corps réconfortant. Ils se forcèrent à sortir du sac de couchage et préparèrent leur petit-déjeuner protéiné. Il leur restait sept litres d'eau.

Pour oublier ce fait, il prononça la première chose qui lui vint à l'esprit. « Si seulement on avait apporté du café.

- Et juste quand tu m'apprenais à l'apprécier, nous n'aurons pas de vin non plus pendant des années.

- Ne commençons pas à dresser la liste, ça nous déprimerait.

- En parlant de boire, tu es plus grand que moi. Tu devrais boire plus d'eau.

- Il y a trop de désert devant nous pour ça. J'aimerais avoir une aussi bonne condition physique que toi.

- Tu progresses. » Evie se frotta les mains, son expression tendue. « Je suis désolée de t'avoir entraîné dans ce pétrin.

- Je suis une victime consentante. C'est le résultat de notre travail d'équipe. »

Ils commencèrent leur journée en grimpant jusqu'au cratère qu'il avait trouvé la veille. La roche volcanique friable jonchait le paysage. Pas de plantes en vue, seulement des kilomètres de basalte nu. Il les conduisit sur le côté ouest du cratère et à travers un éboulis de pierre volcanique instable. Ils se faufilèrent à travers les décombres aiguisés pendant la demi-heure qui suivit.

Faisant le tour d'un affleurant, Evie haleta et se mit à gambader sur une dépression rocheuse. Joe la rejoignit, oubliant ses pieds et épaules couverts de cloques pour un moment de bonheur.

Quelques centimètres d'eau saumâtre reposaient paisiblement. Evie se pencha sur la flaque, et Joe vit, l'espace d'un instant, son reflet avide sur sa surface brumeuse.

Joe s'agenouilla à côté de la précieuse trouvaille et y plongea une main. Même avec ses notes de sel et de soufre, l'eau apaisa sa bouche desséchée. « Elle pourrait être potable. » Il farfouina dans son sac et en sortit une couverture de survie dont il posa la partie creuse au-dessus de la flaque d'eau. Evie utilisa son bō pour pousser la fine couverture au fond du trou, laissant l'eau en émerger. Ensemble, ils levèrent les côtés et remplirent autant de synthévases vides qu'ils purent jusqu'à ce que l'eau grise disparaisse.

« J'avais lu des choses à ce sujet, mais je n'aurais jamais rêvé en trouver ici, » dit Joe. « C'est une petite tinaja, une poche de roche où l'eau est piégée. Ça nous donne quelques jours de plus. » Evie sourit et ils se tapèrent dans la main. Joe s'autorisa à renouveler ses espoirs de survie.

Ils persistèrent à travers le panorama volcanique. Le paysage semblait provenir d'une autre planète. À l'est, une ellipse blanche de sel, vestige d'un autre lac ancien, s'étendait sur plusieurs kilomètres. Après une heure de plus, ils passèrent devant un grand cône de scories, rendu orange par les rayons du soleil. Trois kilomètres plus loin, ils tombèrent sur une route abandonnée. L'asphalte était recouvert de fissures labyrinthiques et de morceaux manquants, mais c'était un chemin simple, alors ils décidèrent de s'orienter vers le nord-est et de le suivre. Il était plus facile de marcher côte à côte sur la route fracassée, et leurs conversations les aidèrent à oublier temporairement leur infortune.

Toute réticence qu'Evie avait pu montrer lors de leur première rencontre s'était évaporée. Elle était aussi transparente que l'air du désert et que le ciel bleu qui s'élevait au-dessus d'eux. Elle racontait des histoires de son enfance dans le Dôme. Ils parlaient de musique et de leurs amis. Joe était frappé par l'importance qu'elle accordait à ses amis du Dôme communautaire ; elle les voyait, pensait-il, comme une famille de substitution.

Mais bientôt leurs bouches étaient trop sèches pour parler. Ils traînèrent sous le soleil de plomb de l'après-midi, les sacs irritant la peau sur leurs épaules, et l'humeur de Joe sombra encore davantage alors que la route s'élevait à travers un passage. Quand la nuit tomba, ils établirent leur camp à l'ouest d'un mur de lave.

« Nous avons un choix à faire. Notre direction générale est le nord. Il y a deux chaînes de montagnes sur notre route, l'une au nord et l'autre à l'est, chacune à deux ou trois jours de marche. On dirait que ce mur de lave marque une division nord-sud, donc ça pourrait être difficile d'aller vers le nord. » Il se pencha sur le réchaud de camping qui chauffait leur dîner. « Mais si nous continuons à suivre cette route au nord-est, nous sommes assurés d'avoir un chemin plus facile à suivre, hors de la lave . . . mais il nous conduira à travers le désert dans une vallée entre les chaînes. Et je suis inquiet pour nos réserves d'eau.

- Nous avons assez d'eau pour traverser le désert, maintenant. » Elle semblait aussi fatiguée que lui. « Je propose qu'on continue au nord-est. » Joe grogna son accord. Ils mangèrent leur dîner et se nettoyèrent dans un silence quasi absolu avant de se blottir l'un contre l'autre dans le sac de couchage.

Une perturbation soudaine réveilla Joe. Evie avait inconsciemment agrippé son torse, comme si elle était en train de faire un cauchemar. Il caressa ses doigts et elle se calma, toujours endormie.

Malgré la déshydratation, il ressentit l'envie d'uriner, et quitta donc leur sac de couchage. Après avoir parcouru quelques mètres sur ses pieds endoloris, il se tint debout, tremblant de froid et exposé sous un dôme d'étoiles. Il trouvait normalement cette vue apaisante. Mais le réconfort ne le gagna cette fois pas, et leur distance ne faisait que lui rappeler leur solitude. Joe et Evie n'étaient que de simples animaux, rampant sur la terre comme tous les autres. Sauf que dans ce lieu aride, ils étaient les seuls animaux. Joe se glissa de nouveau dans le sac de couchage et étreignit Evie pour dissiper son isolement.

Au lever du soleil, ils descendirent le col bas le long du mur de lave, en utilisant un pic noir au sud pour s'orienter. La route s'étendait sans fin, une épée noire tranchant au nord-est à travers la playa teintée de sépia. À leurs côtés, de rares buissons de sel et d'iode luttaient dans le sol alcalin. Joe s'amusait à inventer des récits pour ces plantes asséchées, qui se terminaient tous par une plante subtilisant la moiteur de l'autre. Evie semblait tout aussi distraite. La déshydratation commençait à jouer avec leur raison, mais il ne pouvait rien y faire. Le coucher du soleil les invita à établir leur camp dans le brome des toits qui bordait la route. Ils demeurèrent silencieux, se contentant de monter la tente, manger et de se coucher.

Joe s'agenouilla à l'entrée de la tente, prêt à rejoindre Evie dans le sac de couchage à l'intérieur, quand un lézard se glissa dans le sable face à l'abri. Le reptile se déplaça furtivement en partant d'un rocher à la pointe de la broussaille. Il s'arrêta, immobile, semblant l'examiner dans la lumière qui s'estompait.

. . .

> Nous voilà tous deux accroupis dans cette terre sans eau. Mais c'est ta maison. Comment survis-tu sur un territoire aussi cruel ? Qu'est-ce qui te motive ? Dis-moi ton secret, et je pourrai moi aussi aller de l'avant.

. . .

Les deux jours suivants de marche longue et monotone marquèrent leurs corps. Les montagnes étaient éloignées, le désert implacable, insondable. En milieu de matinée, la température avait grimpé, et la sueur dansait dans le dos de Joe avant de s'assécher en sel croustillant. Il essaya de sourire à Evie quand elle le regarda, et sa lèvre se fissura.

« Putain. » Il se suça la lèvre, perversement reconnaissant de ce soupçon d'humidité. Elle détourna à nouveau le regard, stoïque comme jamais.

Après une brève pause à midi et de petites gorgées d'eau, Evie semblait revitalisée. Alors qu'ils reprenaient leur route, elle gardait un rythme régulier à ses côtés.

« Ça nous prend une éternité de traverser ce désert », dit-il.

Elle rit. « Tu lis dans mes pensées. Tu sais ce que Milton pensait de l'éternité ? L'éternité est un seul instant de la plénitude du temps. »

Evie s'y connaissait en poésie aussi ? Ce fut un petit moment de bonheur dans la pénible journée de Joe. « D'où sort cette idée ? »

Son regard était onirique. « Cet endroit me rappelle une vieille phrase : 'Dans la steppe, aplanissez une route pour notre Dieu.'

- Au moins on a la route.

- Tu as ton hypothèse négative suggérant que nous devrions nous diriger vers le nord. Ça m'a rappelé un sujet que j'avais trouvé intéressant sur ton allbook. La série de livres sur la *via negativa*, la théologie apophatique.

- Ça fait partie de mes textes de philosophie les plus obscurs. » Joe était impressionné. « Je n'ai pas lu tous les livres de mon vieil allbook ; ceux-là en font partie. Mais je me souviens de l'idée générale, qu'elle décrit Dieu par négation, par ce que Dieu n'est pas.

- L'idée est que Dieu est ineffable, au-delà de toute description humaine. Que nos pauvres pouvoirs humains ne peuvent pas nous rapprocher d'une quelconque compréhension, et donc que notre meilleure approche est de nous rendre au nuage de l'inconnaissance. L'esprit est qu'on devrait aborder n'importe quel concept de Dieu par le cœur. »

Les engrenages de l'esprit fatigué de Joe reprirent vie. Il se souvint d'une conversation avec Gabe sur l'existence de Dieu. À l'époque, Joe avait donné à l'idée une faible probabilité. « Crois-tu en Dieu ?

- Une question sur la croyance, venant d'un mathématicien et scientifique ?

- C'est une question que je me pose moi-même. J'aimerais connaître ton opinion à ce sujet.

- Tu te souviens de ce que tu as dit sur le temps ? Tu as dit que l'espace-temps était un bloc unique.

- Oui.

- Tu as dit qu'il n'y avait aucune preuve scientifique qu'un Dieu affectait quoi que ce soit dans l'espace-temps. Et donc que si un Dieu existait, ce n'était pas dans cet univers.

- Toutes les preuves scientifiques suggèrent qu'il n'y a pas d'interférence. Les lois sont cohérentes entre elles. Nous vivons dans un univers physique fermé.

- Une libellule préservée dans de l'ambre.

- C'est ce que je crois. »

Elle rit triomphalement, la voix rauque mais pleine de vie. « Par conséquent, si un Dieu existe et que Dieu est en dehors de l'espace et du temps, nous n'en aurons jamais la preuve. Nous ne pouvons pas répondre catégoriquement à la question que tu viens de me poser. Nous sommes condamnés à ignorer si Dieu existe ou non.

- Ta logique est impeccable. Il s'ensuit donc qu'il n'y a que la croyance sans aucun fondement dans les faits.

- Je répète la conclusion à laquelle les penseurs du siècle des Lumières, comme Thomas Paine, Benjamin Franklin, et Thomas Jefferson sont parvenus. » Evie sourit alors qu'elle marchait, et Joe pouvait maintenant imaginer sa participation attentive aux cours de sciences politiques. « Ils croyaient au pouvoir de la raison. Beaucoup d'entre eux étaient déistes. Ils rejetaient la révélation comme source de savoir au sujet d'un Dieu ; et s'il y en avait un, ils ne pensaient pas que ce Dieu intervenait dans le monde.

- Une approche scientifique.

- Probablement une approche plus scientifique que de nos jours. Ils étaient prêts à admettre ce qu'ils ne pouvaient pas savoir et à en discuter quand même. Au moins, ils ne cachaient aucun argument sous le tapis. Ils ne pouvaient pas ignorer les preuves, comme la façon dont l'univers semble si élégamment construit. Il y a une beauté particulière au monde. » Evie fit signe vers l'étendue aride devant eux. « Il y a de la beauté même dans ce désert vide.

- Et dans ton corps, parcourant ce désert. »

Elle rayonna avec un sourire reconnaissant, et continua à détailler sa pensée. « D'où vient la beauté ?

- Je me suis souvent posé cette même question au sujet des mathématiques. Les mathématiciens ne les créent pas ; ils les découvrent. Et les mathématiques sont la fondation de l'univers. S'il y a une divinité, alors Elle doit être mathématicienne. »

. . .

> Nous voilà revenus à Wigner, l'efficacité déraisonnable des mathématiques pour décrire la nature, et ma conversation d'il y a longtemps avec Freyja. Comment expliquer ce miracle ? Peut-être qu'ici, face à la mort dans une terre impitoyable, il est temps que je réexamine mes probabilités concernant Dieu. Si nous échouons, j'aurai peut-être bientôt la chance d'obtenir une réponse en face à face dans ma tranche d'éternité.

. . .

Evie interrompit ses pensées. « Une 'divinité', pas 'un' Dieu ? L'idée de la *via negativa* est que Dieu est au-delà de tout ce que nous pouvons comprendre.

- J'ai l'habitude d'anthropomorphiser les dieux et les machines, donc parler d'un Dieu au masculin, par défaut, me semble trop impersonnel. Et l'utilisation du masculin par défaut est archaïquement paternaliste. Alors pour moi, c'est 'une' divinité. Mais tu as raison ; s'il y a une divinité, Elle est au-delà de notre compréhension et doit être super intelligente pour avoir su créer un univers si étonnant.

- Alors s'il y a une divinité, Elle est en dehors de l'univers, n'interfère pas et est inconnaissable et beaucoup plus intelligente que tout ce que nous pouvons vaguement commencer à saisir.

- C'est joliment dit.

- Tu ne t'attends pas à ce qu'une divinité réponde à des prières ?

- Non. » La foi de Joe n'avait pas exactement grandi depuis le début de ce voyage.

« Je suis d'accord. Nous avançons, en faisant du mieux que nous pouvons là où nous sommes. »

Un silence pensif les accompagnait alors qu'ils marchaient côte à côte.

. . .

La contemplation dans le désert a donné naissance à de nombreux systèmes de croyance, de nombreux dieux à vénérer. C'est une prédilection humaine, le besoin d'avoir des dieux pour nous aider et nous consoler. Pour certains, ils ont servi de béquille et d'excuse pour leur mauvais comportement. Pour d'autres, ils ont été une source de pouvoir. Aucune de ces croyances n'était compatible avec un univers physique fermé. Si je dois considérer l'existence d'une divinité, alors ça doit être une autre histoire, une avec laquelle Elle n'interfère pas. Nous sommes livrés à nous-mêmes dans le désert, dans la vie et dans la mort.

Rares sont ceux qui trouveraient cette histoire attrayante sans intervention d'une divinité. Mais comment se déroulerait l'histoire si c'était vrai ? Est-ce qu'une telle histoire pourrait s'inscrire logiquement dans une approche scientifique pour comprendre l'univers ?

. . .

Joe se racla la gorge avant de se livrer à un soudain besoin de confession. « La raison pour laquelle j'ai choisi de prendre une année sabbatique au campus n'était pas le déchiffrage de la conscience des robots. J'essayais de comprendre ma propre conscience. De découvrir si j'avais un libre arbitre. Si c'est le cas, je dois maintenant découvrir comment l'utiliser et trouver une raison convaincante de continuer à marcher. » Joe fit un geste vers l'horizon. « Même si je dois traverser un désert comme celui-ci. »

Elle jeta un regard sur lui et semblait se redresser. « Tu n'as pas de partenaires mentaux aussi affûtés que Gabe et Freyja ici, mais je peux essayer de stimuler tes méninges pour trouver des raisons. »

Il saisit sa main et la balança au rythme de leur foulée. « Tu me stimules tout le temps, et c'est pour ça que je t'aime. »

Chapitre 29

Le froid de la nuit fut suivi par la chaleur torride du jour. Alors que les montagnes se rapprochaient, leur épuisement grandissait. Joe rompit le silence. « Je parie que la route continue à aller vers le nord-est entre les sommets. Je ne sais pas quand elle pourrait atteindre le mur de la prison. Tu en penses quoi ?

- Sur la base de ta théorie négative sur les portes, nous devons éviter la porte est, ce qui signifie qu'il est préférable de quitter la route et d'aller dans les montagnes du nord, même si le terrain sera plus difficile, » déclara Evie.

Il acquiesça, et ils abandonnèrent la route brisée. Ils prirent la direction du nord à travers le bajada tortueux à l'ouest des montagnes, à la recherche de végétation prometteuse ou du moindre soupçon d'eau. La brousse d'armoise était entrecoupée d'occasionnels pinus edulis et genévriers de l'Utah, leurs branches tordues par les vents.

Evie désigna un cactus raquette, ses branches sèches mais encore intactes, et elle laissa tomber son sac. Elle en sortit son couteau et retira les épines du bord d'une branche, puis la saisit avec précaution et l'enleva du cactus. Joe l'observa la poser sur un rocher et la racler minutieusement. « Ça nous fera des nopalitos du pauvre, » dit-elle. Elle termina de travailler sur la première branche et continua avec d'autres jusqu'à les avoir toutes récoltées. Evie entassa son trésor dans des synthévases alimentaires et les chargea de nouveau dans son sac.

Ils poursuivirent leur randonnée, toujours plus haut dans la montagne. Les arbres devenaient plus grands alors qu'ils progressaient. Des sapins blancs jonchaient un vallon entre deux crêtes de montagne. Ils oublièrent un moment leurs sacs lourds et leurs muscles endoloris en réalisant que de l'eau pourrait se trouver à proximité.

Il mena la marche jusqu'à un kilomètre plus loin, profitant du parfum frais de la forêt. Ils grimpèrent deux cents mètres jusqu'à un ravin. Sans un mot, Evie pointa du doigt. Joe observa avec précaution, ayant du mal à croire que ce n'était pas un mirage. Son regard se posa sur une rigole bordée d'arbres, parcourue par un ruisseau qui descendait à travers le bosquet et s'échouait dans une petite piscine. Ils s'embrassèrent, Evie se balançant dans ses bras comme dans une valse. Ils survivraient au moins une semaine de plus.

Evie sortit des tasses de son sac, et ils versèrent de l'eau pure dans leurs gorges bienheureuses. Ils se faisaient face autour de cette piscine miniature, riant et s'éclaboussant l'un l'autre. « J'ai tellement envie de redevenir propre, » dit-elle. Joe avait retiré ses vêtements avant qu'elle eût fini de parler. Elle suivit sans attendre, et bientôt ils se tenaient ensemble, chevilles dans l'eau. Ils se lavèrent, puis s'allongèrent nus sur la rive herbeuse pour se sécher.

Il faisait plus frais à l'ombre, et bientôt Joe saisit ses vêtements humides, grelottant. Evie monta la tente pendant qu'il remplissait tous les synthévases, heureux de se débarrasser des restes d'eau à l'arrière-goût de soufre. Ils explorèrent la colline à la recherche de bois à brûler, et revinrent les bras chargés de branches et de rondins. Il coupa les bûches en morceaux avec sa hache, frotta son auto-allumette, et bientôt un feu crépitait à côté de la tente. Evie fit griller les morceaux de cactus dans le charbon ardent, en retira la peau et les coupa. L'acidité explosa sur la langue de Joe, à la fois déconcertante et glorieuse. Evie ferma les yeux alors qu'elle savourait son premier vrai repas depuis plus d'une semaine.

Ils se blottirent contre le feu qui faiblissait lentement. « Demain, pas besoin de se lever et de marcher jusqu'à tomber d'épuisement. » Il caressa le bras d'Evie.

Elle se tourna vers lui, souriante. « Pendant combien de temps penses-tu que nous pouvons rester ici ? »

Il soupira et s'étira. « Avec trois jours de repos, on devrait pouvoir déterminer si cet endroit a assez de nourriture pour nous maintenir en vie. Pour l'instant, nous devons nous recharger, physiquement et mentalement. » Il secoua la tête. « Je ne sais pas pour toi, mais même dans les pires scénarios, je n'avais jamais imaginé à quelle vitesse mon esprit se détraquerait. On dirait bien qu'on a gagné le droit de faire une pause ici, donc on devrait peut-être se détendre un peu, surtout si on peut trouver de la nourriture. »

Son regard se posa sur le sien, doux et soucieux. « La déshydratation t'a plus affecté que moi. J'ai senti l'effet aussi, mais je ne voulais pas t'inquiéter. » Sa main contre sa joue fut la dernière chose dont il se souvint avant de s'endormir.

Les rayons du soleil vinrent soulever ses paupières, et Joe s'éveilla en clignant des yeux. Il se pencha et embrassa Evie.

Ils mangèrent un autre repas déshydraté tiré de leurs maigres provisions, et Evie étudia la végétation qui recouvrait le ravin. « Nous pourrions trouver de la nourriture ici. J'ai fait beaucoup de camping quand j'étais petite, et j'ai appris quelques trucs sur la recherche de nourriture.

- Et moi j'ai révisé comme un étudiant désespéré en attendant notre procès. Mais l'étendue de mes connaissances s'arrête là, » dit-il.

« Au moins tu as révisé pour le bon examen. » Evie se leva et agita ses bras dans des cercles, pour s'échauffer. « Je vais explorer les environs. Je ne m'aventurerai pas trop loin. »

Joe était laissé à ses pensées ; que pouvait-il faire pour contribuer à leur survie ? L'eau et les plantes du sous-étage suggéraient qu'il pourrait y avoir de petits animaux à proximité. L'arc qu'il avait transporté avec tant d'efforts serait inutile tant qu'il n'apprendrait pas à s'en servir. Il devait aussi s'essayer à la fabrication de pièges à animaux.

Récupérant son sac à dos, Joe le remplit avec un synthévase d'eau, une partie du cactus grillé restant, une petite bobine de corde et un couteau. Il erra dans le ravin, suivant le filet d'eau plus loin dans les arbres. Le sous-bois devint plus épais, ce qui rendait difficile l'identification de traces d'excréments ou d'animaux dans une végétation dense, sous le miroitement du soleil.

. . .

Pense comme un lapin. Qu'est-ce qu'il ferait ? Pas conscient mais sentient, ressentant des émotions primitives, préoccupé par son prochain repas, l'eau et les prédateurs. Il vit dans l'instant en suivant le chemin de moindre résistance.

. . .

L'allbook avait fourni des instructions sur la façon de construire un assommoir. Il choisit un endroit où un arbre arraché rendait le chemin au bord de l'eau plus étroit. Parmi les roches abondantes qui jonchaient le ravin, il choisit une dalle plate et la traîna sur le chemin rétréci. Il coupa ensuite une branche en quatre morceaux avec sa hache ; un pour servir de colonne de fortune, un autre comme levier, le bout le plus fin pour y planter un appât et le dernier pour servir de goupille. Joe harponna un morceau de cactus grillé sur le bâton d'appât. Il coupa une longueur de corde et attacha la goupille à une extrémité, puis le levier à l'autre.

Il leva la roche pour la mettre en place, régla la colonne et le levier, coinçant le bâton à appât contre la goupille. Il essaya de placer l'autre extrémité contre la face inférieure de la dalle, mais elle glissa et le rocher tomba, manquant de fracasser sa main. Il parvint à équilibrer avec succès cet arrangement délicat à la troisième tentative. Il étudia sa construction, convaincu qu'elle était conforme au souvenir qu'il avait du dessin.

Joe plaça deux autres assommoirs. Les dalles entraîneraient une mort instantanée pour toute créature qui aurait le malheur de déclencher la goupille. Il ne voulait pas penser à ce qu'il aurait à faire pour transformer ce que son piège attraperait en quelque chose de comestible.

Il retourna au camp et trouva Evie près de la tente, occupée à laver des plantes et à placer des feuilles vertes et des fleurs blanches dans un pot. « J'ai trouvé beaucoup de mouron, » dit-elle.

« Je n'ai rien trouvé d'utile, mais j'ai posé des assommoirs. C'est un piège bien pensé, une roche plate calée avec un bâton et une goupille.

- Qu'est-ce que tu espères attraper ?

- Le Grand Bassin devrait abriter des animaux, même après l'augmentation de la température causée par le changement climatique. Je m'attends à ce qu'il y ait des écureuils, des lièvres, des renards et des cerfs. Il y a des mouflons, mais ils sont difficiles à chasser. Nous devons faire attention aux coyotes, aux loups, aux serpents à sonnettes, et peut-être aux lynx roux et aux pumas. » Joe finit de réciter ce qu'il avait étudié dans son allbook.

Evie hocha la tête, écoutant sa liste sans ajouter de commentaire. Joe s'assit et regarda le feu. Il aborda enfin les pensées qui troublaient sa conscience.

« Nous allons bientôt avoir besoin de plus de protéines, Evie. Sans plus de calories, nous allons mourir. »

Evie s'accroupit à côté de lui. « J'y pensais aussi. Je ne m'attendais pas à trouver de l'alt-viande ici. » Elle sourit et l'embrassa sur la joue. « Nous pouvons flirter avec le bas de l'échelle conscience-sentience et faire de notre mieux compte tenu des circonstances. Même dans le monde moderne, nous avons mangé du poisson et du poulet. »

Un écureuil s'animait dans l'arbre au-dessus d'eux, et Joe sentit les ténèbres gagner son cœur à la pensée de le tuer. « Nous restons des animaux, infligeant la mort à la vie qui nous entoure.

- Nous devrions essayer d'être de gentils animaux. »

Il lui sourit. « Tu es un ange. »

Le lendemain matin, Joe se réveilla à l'aube. Impatient de vérifier ses pièges, il se glissa hors du sac de couchage sans déranger Evie, et partit marcher le long du ravin. Il avançait consciencieusement dans les sous-bois, remarquant les plantes qui cédaient plus facilement et évitant les branches fragiles. Au premier piège, il trouva la roche encore équilibrée, dans une position inchangée depuis la veille. Continuant plus loin dans le ravin, il trouva le deuxième piège. Il avait été déclenché.

Joe prit une profonde inspiration et leva l'extrémité de la dalle. Un lièvre se cachait dessous, sans vie. Il mit la roche de côté et, d'une main coupable, toucha l'animal froid.

. . .

> Heureusement qu'il ne connaissait pas les chasseurs humains, ça m'a simplifié la vie. À présent, c'est de la nourriture. Je suis un animal, et je mange des animaux pour vivre. C'était déjà vrai avant, mais c'était abstrait et facile

à ignorer. Je ne peux plus ignorer ma place dans la nature. Je suis comme ce petit lézard, rampant à travers la Terre. Pourtant, une conscience ajoute une charge que le lézard n'a pas à porter.

...

Joe remit le piège en place, chargea l'animal mort dans son sac à dos, et retourna vers le haut du ravin. Un deuxième lièvre reposait, immobile, dans le dernier piège. La fierté de son succès avec ces pièges se mêlait à un sentiment de culpabilité alors qu'il portait les animaux morts. Il sortit un couteau de taille moyenne qu'il mania difficilement alors qu'il étripait les animaux, transformant les instructions mémorisées en réalité sanglante. Quand il revint au camp, il n'était ni fier ni joyeux, mais sinistrement concentré sur l'acceptation de sa nouvelle vie dans la Zone vide.

Les lèvres d'Evie s'entrouvrirent avec approbation en voyant les prises, mais quand il les tendit, sa bouche trembla et la culpabilité assombrit ses yeux. Il reconnut en elle ce qu'il avait ressenti en éviscérant les animaux ; le choc face à la mort, une révélation qu'ils ont si rarement connue dans la société moderne.

Joe se retira avec le couteau dans un buisson en aval, où il finit de nettoyer un des lièvres. Il trancha sa tête, les os craquant sous le couteau, puis écorcha la carcasse avant de la laver. Il coupa une fine branche et embrocha le lièvre.

Joe revint, tenant la branche. Evie prit le bâton sans un mot et l'équilibra entre deux pierres, plaçant le lièvre sur le feu grésillant. Elle avait déjà mis sa marmite de racines à chauffer. Joe l'observa d'un air absent, et après quelques minutes, Evie fit signe vers la marmite. « Ce sont des claytonia lanceolata. Je les ai trouvées le long du ruisseau. Il m'a fallu du temps pour les déterrer, mais elles vont apporter de l'amidon à notre alimentation. » Son bō reposait sur un rocher à proximité, à côté d'un tas de pelures de racine.

Joe revint à lui et essaya d'oublier le lièvre. « Tu es drôlement ingénieuse. » Il alla se laver les mains en aval, puis s'assit tranquillement devant le feu et contempla son travail.

Sa bouche salivait alors qu'il sentait l'arôme riche. Elle servit les morceaux croustillants de lièvre sur des feuilles. Ils se regardaient dans les yeux en mâchant cette viande qu'ils découvraient. Elle avait le goût du poulet, en plus coriace et faisandé, mais ce fut un festin après leurs mornes repas reconstitués.

« Je ne suis pas un ange, » dit Evie. Elle lécha ce qui restait de graisse sur ses doigts. Face à son sourcil levé, elle continua. « La nuit dernière, tu as dit que j'étais un ange. Et je n'en suis pas un. Je suis juste une autre créature ici, qui en mange une autre pour survivre. » Elle aspira le dernier morceau de viande sur l'os, qu'elle jeta ensuite de côté. « Il n'y a pas d'anges parmi nous. Et j'apprécie ta débrouillardise pour remplir nos assiettes. »

Les deux jours suivants se déroulèrent selon la même routine. Joe s'entraîna à marcher dans les bois sans faire de bruit, vérifia ses pièges et en posa cinq autres. Il récolta deux lièvres le lendemain. Il supposait que ces animaux étaient inconscients des pièges en raison de leur absence d'expérience avec les humains. Maintenant qu'il avait des preuves de la présence de petit gibier sur cette montagne, il était temps d'essayer d'utiliser son arc. Monter des pièges était une nouvelle expérience, mais l'idée de tirer à l'arc l'enthousiasmait réellement.

Il assembla une cible faite de branches et de feuilles tressées. Il compta onze pas, se retourna et encocha une flèche, visant patiemment avec la lunette de l'arc, puis relâcha. La flèche fila loin de la cible et s'enfonça dans la terre. Fronçant les sourcils, il repensait à ce qu'il avait lu au sujet de la chasse à l'arc. Il continua à s'entraîner, en relâchant la flèche sans laisser ses doigts bondir, et essaya différents ajustements des bras et de position du corps, jusqu'à ce qu'il arrive à toucher la cible sept fois de suite. Il était temps d'emporter l'arc dans les bois.

Joe escalada la montagne en suivant d'abord le cours d'eau avec ses pièges, puis il continua au-delà. Il se déplaçait posément en essayant d'entrevoir tout mouvement dans le sous-bois. C'était un travail de patience, et il était difficile de ne faire aucun bruit. Surchauffé et épuisé, il s'assit sur un rocher et prit une longue gorgée de son synthévase. Il ferma les yeux et respira profondément, appréciant la brise douce et le bruissement des feuilles. Un chant d'oiseaux débuta à proximité, puis un autre. Il ouvrit les yeux et balaya la zone.

Un mouvement près du ruisselet, treize mètres en amont, trahissait la silhouette d'un lièvre à l'horizon. Retenant son souffle, il encocha une flèche, souleva l'arc, et visa à travers la lentille. Sa main tremblait, mais il stabilisa l'arc avec une expiration lente, essayant d'ignorer ses doigts crispés. Ils convulsèrent quand il relâcha la corde, et la flèche fonça au loin avec un bruissement. La terre à côté du lièvre fut projetée quand l'animal s'échappa dans la fougère.

Joe regarda avec déception la terre nue, bien qu'une partie de lui était heureuse d'avoir manqué le coup. Il alla récupérer la flèche, mais il avait dû tirer haut, car elle avait disparu au-dessus de la colline. Il fouilla derrière le sommet jusqu'à l'épuisement, sans retrouver l'objet.

. . .

> Le chasseur en moi n'est pas prêt pour ce monde impitoyable. Je vais avoir besoin de beaucoup plus de pratique avant d'essayer à nouveau. Ces flèches sont inestimables.

. . .

Joe revint au camp en fin d'après-midi, les mains vides. Evie cuisina un des lièvres piégés la veille pour le dîner, et ils allèrent dormir dans la lumière déclinante.

Le lendemain, il ne tira qu'un écureuil de ses pièges. Il était préoccupé par la baisse des prises. Soit les animaux étaient devenus plus intelligents, soit il n'y avait pas assez de gibier dans cette chaîne de montagnes isolée pour subvenir longtemps à leurs besoins. Pour le petit déjeuner, Evie récolta du mouron et des racines de claytonia lanceolata, mais ne trouva rien d'autre de prometteur.

Résolu, Joe déclara : « Ça aura été un bon moment de repos, et nous en avions grand besoin, mais je crois qu'il est temps de reprendre notre route. »

Evie hocha la tête. « Nous avons eu de la chance de trouver cet endroit, mais il n'y a pas assez de ressources pour qu'on puisse y survivre éternellement.

- Le copbot nous a donné un pour cent de chances. Je suppose que, dans son calcul, il n'a pas pris en compte le nombre de personnes condamnées au bannissement à ce jour, mais plutôt l'emplacement auquel ils nous ont laissés, à savoir dans notre cas un paysage lunaire. Nous sommes encore à des jours de marche des montagnes du nord, où je pense que nos chances de survie à long terme seront meilleures. »

Evie regarda le filet d'eau qui les avait sauvés. « Je doute que l'eau coule ici tout l'été. Il nous faudra une source d'eau permanente. Il n'y a que quelques pins blancs dans cette petite forêt, et ces montagnes sont trop arides pour qu'on y reste.

- Direction le nord, » annonça Joe.

Chapitre 30

Ils levèrent le camp en milieu de matinée. Avant de partir, Joe retourna voir chacun de ses assommoirs, n'y trouvant qu'un unique écureuil, puis les démonta et récupéra la corde.

Ils se dirigèrent vers le nord à grandes enjambées, côte à côte. Leurs synthévases étaient remplis d'eau fraîche et sanglés sur les côtés de leurs sacs à dos. Il se sentait rétabli, et ses épaules avaient en grande partie guéri, mais le poids du sac lui semblait toujours plus lourd qu'il le souhaitait. Il essaya d'ignorer le fait.

Ils se pressèrent le long du côté ouest de la chaîne de montagnes, s'accordant pour dire que le parcours du relief en valait la peine ; ils auraient des chances de trouver de l'eau, une perspective impensable s'ils s'aventuraient dans le désert. Ils campèrent au coucher du soleil dans un bosquet de pins blancs. Joe fut ravi de trouver du bois de chauffage, car leurs réserves en combustible diminuaient.

Leur chemin vers le nord les fit sortir des montagnes, et ils traversèrent un paysage gris parsemé d'arbres rabougris, conduisant à des sauges gris-vert et des sarcobatus qui disparaissaient dans les plaines de sel au-delà. À la fin du troisième jour, après avoir levé leur camp de repos, ils atteignirent une autre route abandonnée. Plus large que toutes les routes qu'ils avaient traversées jusqu'à présent, elle serpentait d'est en ouest à travers la terre déshydratée, ondulant vers les montagnes lointaines.

« Je dirais que c'est l'ancienne Route 50. » Joe regarda les voies brisées de long en large.

« Ça mène aux portes où ils conduisent ceux qui n'ont pas survécu, » déclara Evie.

Joe savait qu'elle pensait à Celeste et Julian. « Oui. Ça n'aurait pas de sens de se rendre vers l'est ou l'ouest, puisque c'est encore trop sec ici. Mais la terre au nord pourrait montrer plus de signes de précipitations. »

Ils établirent le camp, et Joe déplia le sac de couchage au dessus de l'asphalte fissuré, qui conservait encore la chaleur du jour. Il construisit un feu avec les restes du bois qu'ils avaient ramassé dans les montagnes. Alors que la lumière du jour s'affaiblissait, un aigle solitaire s'éleva sur cette terre sans pluie, recherchant des proies en vain avant d'obliquer vers le nord et de se laisser glisser au loin.

Face à face alors qu'ils étaient assis sur le sac de couchage, ils mordillaient la viande d'écureuil restante et se partagèrent les derniers légumes déshydratés. Evie mangeait lentement et se lécha ses doigts quand elle eût fini, apparemment inconsciente de son regard sur elle. Elle avait éveillé quelque chose en lui, et il oublia le creux dans son ventre et la douleur dans ses muscles.

Joe rampa derrière elle et lui massa ses épaules, rouges à cause des bretelles de son sac. Ils firent l'amour dans le sac de couchage, en dessous du ciel du désert rempli d'un milliard d'étoiles.

Leur vœu de trouver de l'eau au nord n'avait pas été exaucé. Ils laissèrent la route et la chaîne de montagnes derrière eux. Le désert était un océan gris parsemé de brousse d'armoise grise, enroulée comme des balles flottantes, chacune entourée d'une couche de terre desséchée. Un nuage immobile était suspendu dans le ciel bleu cristal. Et comme l'océan, le désert ininterrompu s'élevait à l'horizon et plongeait derrière eux alors qu'ils avançaient péniblement.

Le paysage devint plus déprimant encore alors qu'ils progressaient sur une autre plaine de sel. Des millions de pièces hexagonales s'étaient formées sur la surface craquelée du lac asséché, et d'épais morceaux s'effritaient quand Evie plantait son bō dedans. La terre renfermait une odeur crayeuse et semblait absorber leur souffle. Le matin, le soleil brûlait le visage de Joe. Il marchait avec les yeux mi-clos pour les protéger, son chapeau aidant peu. L'après-midi, les rayons rôtissaient son cou, et sa sueur se transformait en sel qui s'accrochait à ses vêtements. Les ampoules sur ses épaules réapparurent, et le sel résiduel piquait sa peau éraflée.

La voix d'Evie interrompit son tortueux rêve éveillé de flotter dans une piscine d'eau douce. « Tu es plongé dans tes pensées. À quoi tu réfléchis ? »

Joe grogna. « À mes regrets sur ce que je n'ai pas apporté. Une protection oculaire analogique contre ce soleil mordant, par exemple. Mes implants cornéens ne me servent à rien sans mon ESNE.

- Je n'y avais pas pensé non plus, » dit-elle.

« On s'habitue tellement à la technologie qu'on possède qu'on en oublie sa présence. » Il était revenu à ses fantasmes d'eau douce avant même d'avoir fini sa phrase. Quelques instants plus tard, il nota un murmure et se rendit compte qu'Evie lui avait posé une question. « Pardon ?

- Tu regrettes de m'avoir aidée ?

- Jamais, » dit Joe. Il espérait que son faible sourire lui redonnerait confiance. Elle lui sourit en retour ; il supposa donc que oui. Il marchait derrière elle tandis que le soleil tapait sur eux. Ils se déplaçaient à travers le paysage vide comme des gouttes d'huile sur une plaque chauffante, se préparant à s'évaporer dans le néant.

. . .

Est-ce que je regrette d'avoir aidé Evie ? Jamais. Ce qu'elle faisait ce soir-là, et le fait que je lui sois venu en aide, c'était juste. Était-ce un accident que je tombe amoureux d'elle ? Le monde rassemble les gens de drôles de manières. Mais nous choisissons de quel côté pencher. Mon amour pour elle remplit ma vie. Non, ce n'était pas un simple accident. Je l'ai choisie de mon propre gré. Et elle m'a choisi.

Evie est si tenace. Je suis un miroir terne face à sa force. Nous avons besoin de persévérance, ou nous mourrons tous les deux. Le mieux que nous pouvons faire est de jouer avec les cartes qu'on nous a données, et bien ; les cartes elles-mêmes décideront du reste.

Là, je suis dans la partie et j'utilise toutes mes cartes. Ça me fait du bien d'avoir un but, d'être concentré, même si ce n'est que sur la survie. Mais j'ai une double raison de survivre, car j'ai trouvé quelqu'un avec qui partager ma vie.

. . .

À la fin de la deuxième journée, après avoir parcouru la route, ils établirent le camp et passèrent en revue leurs provisions alimentaires. L'air était encore brûlant après le coucher du soleil, alors ils se passèrent de la tente, et posèrent le sac de couchage sur le sol. Il sortit un morceau de lièvre séché de son sac. « C'est le dîner. Tu n'as rien d'autre dans ton sac ?

- On a fini la nourriture déshydratée, » dit-elle.

Il ramassa le sac d'Evie et se rendit compte qu'il était à nouveau plus lourd que le sien. « Qu'est-ce que tu as d'autre, là-dedans ?

- Je viens de te le dire, » répondit-elle. Joe plongea les mains au fond du sac.

« Bon, d'accord. Sept kilos de semences de blé génétiquement améliorées à planter. Et de la levure et des graines de haricot.

- Et c'est *moi* que tu accusais d'être le cerveau de la bande.

- Tu portes de quoi prendre le gibier, et moi de quoi l'accompagner, » dit-elle. « Nous avons quelques jours de survie qui nous attendent, mais des années entières à planifier . . . pour peu que nous trouvions une source d'eau permanente. Je peux supporter la faim encore un peu si cela signifie que nous pouvons garder ça. »

Il l'embrassa et la prit dans ses bras. « Je le peux aussi. »

Le lendemain, les montagnes du nord continuaient à grandir à l'horizon, les encourageant à avancer. Le paysage immuable, stérile et impitoyable, aspirait l'énergie de leurs corps. Par deux fois ils durent traverser de vieilles routes de gravier, construites pour des activités d'exploitation minière oubliées, ne menant nulle part d'autre que dans le désert. Ils marchaient comme des soldats sur un champ de bataille, plongés dans la terre vide et ardente.

Des arroyos poussiéreux se déversaient des montagnes. Joe et Evie terminèrent la journée affamés et à bout de forces. Plus grave encore, les synthévases étaient presque vides. L'air restait étouffant alors que le jour disparaissait, et ils campèrent à nouveau sur le sable sans monter la tente.

La faim rongeait les entrailles de Joe. Il ne pouvait pas s'empêcher de penser aux graines dans le sac d'Evie. Alors qu'elle s'installait dans le sac de couchage à côté de lui, son regard déterminé l'encouragea à passer sous silence son agonie.

Joe était couché sur le sac de couchage et construisait distraitement de petits tas de sable à côté de lui. Il forma une pyramide, les nouveaux grains tombant de ses doigts sur le sommet, dévalant les pentes inclinées. La main d'Evie sur son épaule meurtrissait sa peau irritée, et il se dégagea. Puis il se redressa et lui fit face avec un sourire hésitant.

Elle ne le lui rendit pas. « Qu'est-ce qui ne va pas ? » Elle regarda le tas de sable et fronça les sourcils. « Qu'est-ce que tu fais ? »

Il contemplait sa petite pyramide. « Depuis que nous avons eu cette discussion sur la *via negativa*, j'ai repensé à mon projet sabbatique. » Joe décida de ne pas lui avouer que c'était surtout pour ignorer la réalité physique douloureuse de leur randonnée, et qu'il se demandait pourquoi il devait se soucier de quoi que ce soit, car les chances d'arriver à une conclusion et de survivre pour partager ses trouvailles diminuaient de jour en jour. Mais ces longues heures lui avaient enfin laissé le temps d'organiser ses pensées.

« Ta question de savoir si nous avons un libre arbitre ? »

Il hocha la tête. « J'ai essayé d'arranger dans ma tête toutes les conversations que j'ai eues sur le campus, de leur donner un sens. Elles commencent à avoir une certaine structure. »

Evie posa son coude sur le sac et se reposa sur sa joue. « En bref ? »

Avec une profonde inspiration, il força son esprit à parcourir les chemins sinueux de sa pensée. « Je suppose un univers physique fermé, comme le suggère la science. Il y a au moins trois choses nécessaires pour que les créatures conscientes aient un libre arbitre. Tout d'abord, qu'il n'y ait pas de divinité, ou s'il y en a une, qu'Elle n'intervienne pas. Cette hypothèse expliquerait en partie pourquoi il peut y avoir le mal et la misère dans le monde.

- Comme nous en avons discuté.

- Deuxièmement, l'univers doit admettre une certaine indétermination. Il ne peut y avoir de libre arbitre dans une machine déterministe, car tout serait déjà décidé pour nous. »

Elle hocha la tête.

« Troisièmement, quel que soit le 'moi' que nous sommes, ce 'moi' doit être causal. Gabe m'avait détaillé un argument troublant sur la causalité mentale. Il a dit que les philosophes ne parvenaient pas à trouver le moyen de montrer comment notre mentalité pouvait être causative dans un univers physique fermé. À moins que je ne parvienne à comprendre comment démêler cet argument noueux, il n'y a pas de libre arbitre.

- Cette dernière partie a l'air particulièrement difficile.

- Elle l'est, compte tenu de ce que la physique décrit d'un univers de particules en mouvement. »

Ses yeux noisette attendaient une réponse.

Joe fronça les sourcils. « Je ne connais pas les réponses. Mais comme Gabe me l'a enseigné, poser le problème est la première étape.

- Et le rapport avec tes petits jeux dans le sable ?

- Je repensais à la deuxième exigence, à savoir qu'il y ait suffisamment d'indéterminisme dans l'univers ; la physique s'est concentrée sur le minuscule, comme les particules, en partie parce que ces choses se prêtent à des expériences quantifiables. Mais quand nous passons à de grands agrégats de choses, les choses dont nous nous préoccupons, comme les rochers et les arbres, ceux-ci ne se prêtent pas à des expériences aussi propres. Freyja a soulevé cette question quand elle a suggéré que je me concentre sur les systèmes non linéaires complexes. Là, je pensais à la façon dont les motifs de matière plus grands, comme ce tas de sable, caractérisent vraiment ce qui se passe.

- Et comment le font-ils ? »

Joe versa davantage de sable au dessus de sa pyramide ; elle s'effondra dans une petite cascade. « Tu vois comme elle semble atteindre la stabilité ? Le sable glisse dessus jusqu'à ce qu'il atteigne un angle de repos. Si je continue à ajouter du sable, cela finira par causer une mini-avalanche.

- C'est le sable qui fait ça, tout simplement, » dit-elle.

« La question est *quand* glissera-t-il à nouveau ?

- Tu te demandes ce qui décide du moment auquel il glisse ?

- Le tas de sable est un système complexe, et un exemple de criticité auto-organisée. C'est un système dynamique, hors d'équilibre et non linéaire, ce qui signifie que le calcul ne permet pas de prédire quand il pourrait s'effondrer. Nous savons que quand il s'effondre, la taille de l'avalanche qui suit obéit à une loi de puissance. Nous pouvons modéliser cela statistiquement. À un niveau supérieur, nous pouvons prédire que le tas finira par s'effondrer. Mais pas exactement quand. »

Evie se redressa. « C'est la preuve qui fait basculer la balance en faveur de l'indéterminisme ?

- Je ne crois pas, mais cela montre que le déterminisme n'est pas une réponse bien établie. Cela montre que les motifs à grande échelle de particules qui agissent ensemble comptent, même si des éléments aléatoires dictent le motif. »

Une vague soudaine d'épuisement engloutit Joe, et il posa une main sur sa tête. « Je suis désolé, Evie, je n'ai pas été moi-même. Ce voyage . . . ça va au-delà de tout ce que j'imaginais. »

Elle poussa délicatement sa tête vers le bas et tira le sac de couchage autour d'eux. Ses yeux se fermèrent involontairement contre la lumière mourante du jour.

« Repose-toi un peu, mon chéri. Tu dois récupérer tes forces. Demain sera une longue journée. »

Joe se réveilla embrumé, secoué par Evie. « Trois gorgées d'eau chacun, » dit-elle, lui remettant le synthévase. Il but avidement et lui rendit le récipient. Son estomac était vide au-delà des grondements.

« Je vais me reposer encore un peu. »

Elle le secouait. Il avait dû se rendormir. « Allez, debout ! Nous devons atteindre les contreforts aujourd'hui. »

Il essaya de s'asseoir et de se dégager du sac de couchage. Son corps entier lui faisait mal.

« Je ne peux pas te porter physiquement. Mais je ne vais pas te laisser seul ici. Soit tu te lèves, soit je vais mourir ici avec toi. Et je ne tiens pas à mourir. » Son visage était près du sien et une larme coulait sur sa joue. Il l'essuya avec un doigt et y goûta, ajoutant du sel à sa langue.

« Usul, tu me donnes à boire ? Je ne suis pas encore mort. »

Elle essuya ses yeux d'une main tremblante et émit un petit rire. « *Dune*. Une référence de circonstance. Je vois que ton esprit s'est remis en marche. Alors debout. » Quelque chose dans son ton avait galvanisé son énergie restante, et il se dressa sur ses jambes branlantes. Evie avait déjà emballé leur équipement. Il rangea le sac de couchage, et ils épaulèrent leurs sacs pour retourner se traîner à travers le désert.

Chapitre 31

La chaîne de montagnes au nord se rapprochait, mais, pour Joe, rien ne semblait changer : il était confronté à une brume de faim, de soif et de fatigue. Il essayait de se concentrer en recalculant la distance qu'ils avaient parcourue, environ trois cents kilomètres maintenant.

Ils se reposèrent à mi-journée pour éviter le pire de la chaleur, comme ils l'avaient fait la plupart du temps. Ils s'assirent dos à dos, la tente tendue au-dessus d'eux, répartie sur deux buissons. Le dernier synthévase renfermait leurs ultimes gouttes d'eau. Trouver de quoi boire était maintenant une question de vie ou de mort, mais Joe scruta le paysage entre eux et les contreforts au nord-ouest et ne vit rien d'autre que le désert. Leurs corps se déshydrataient jusqu'à la moelle.

Dans un sursaut, il se rendit compte qu'Evie était partie et qu'il était seul. Elle était à quelques mètres, urinant derrière un buisson. Le son éveilla une envie presque irrésistible en lui alors qu'il regardait le dernier synthévase. Les mains tremblantes, il serra le bouchon sans boire. Evie le rejoignit, son regard incertain le balayant.

« Joe, on doit y aller. On peut encore atteindre les contreforts avant la nuit. »

Il se leva avec difficulté. « J'espère qu'un de nous deux pourra rester fort quand l'autre ne l'est pas.

- Toujours. »

Ils marchèrent au nord-ouest et traversèrent un lit de lac séché. Sa planéité suggérait qu'il pouvait s'agir d'un marais saisonnier, maintenant évaporé en cette fin de printemps. Ils s'arrêtèrent près de plantes desséchées. « Je pense que ce sont des massettes, » déclara Evie, en examinant les spécimens fanés. Elle tira sur une des plantes pour en récupérer la tige et la racine. Elle frotta l'extrémité contre la lame de son bō pour éplucher l'extérieur, puis plaça le reste dans la bouche de Joe. Instinctivement, il suça, et le goût amer du concombre apporta une trace d'humidité à sa gorge. Il continua à aspirer jusqu'à ce qu'il ne reste plus rien, puis il prit une autre tige. Ils arrachèrent les plantes pendant un moment, mais Evie ne cessait d'observer le ciel, et elle les encouragea à vite reprendre leur route à travers le désert plat.

En fin d'après midi, ils rampèrent jusqu'aux contreforts et installèrent le camp au milieu des arbustes. Joe laissa tomber son sac au sol et s'effondra à côté. Evie s'assit près de lui, ses yeux débordant de détermination. « Allons chercher de l'eau ensemble, » dit-elle.

Ils marchèrent lentement, zigzaguant sur les rigoles qui serpentaient les contreforts. Joe ne voulait plus continuer à mettre un pied devant l'autre. La seule chose dont il avait envie était de se coucher à côté de leurs sacs à dos, là où ils les avaient laissés, et ne plus jamais bouger.

Alors qu'ils se traînaient le long d'une autre pente, le son magique de l'eau frappant la roche attira l'attention de Joe. Là, se déversant du granit cassé, se trouvait une petite source. Elle éclaboussait la roche luisante et venait s'échouer dans une mare d'un mètre de profondeur. Un petit filet ruisselait hors de la flaque et descendait dans le ravin à travers des bouquets de lys blancs et jaunes.

Joe et Evie s'allongèrent à plat sur le sol, leurs mentons plongés dans l'eau pleine de bulles, puis roulèrent pour s'étreindre. Le rire d'Evie frisait les larmes, tant son soulagement était palpable.

Ils remplirent tous leurs synthévases, burent à l'envi et lavèrent la poussière de leurs visages. Joe était exténué mais réhydraté. Il se força à remonter le ravin et trouva des emplacements pour poser des assommoirs près de l'eau. Les oiseaux voletaient dans les buissons, mais il savait que ses compétences à l'arc ne feraient pas le poids contre eux et il avait peur de perdre d'autres flèches. Ils mangèrent les massettes restantes pour le dîner. La douleur dans son estomac disparut, et ils se blottirent dans le sac de couchage pour la nuit.

Le lendemain matin, Joe se réveilla avec une énergie retrouvée. Il tendit son bras vers Evie, seulement pour réaliser qu'elle était déjà partie. Il l'appela, mais elle n'était pas au camp. Il se dirigea vers une crête à proximité et continua à la chercher tout en vérifiant les pièges. Il fut transporté de joie quand il trouva un de ses pièges refermé sur un écureuil. Joe le vida et le nettoya, puis rapporta ce petit-déjeuner sur un bâton. Après avoir ramassé des branches, il alluma un petit feu.

Juste quand les premières flammes surgissaient, Evie apparut avec son sac à dos débordant de verdures fraîchement cueillies. Il n'essaya même pas de cacher son soulagement. Inconsciemment, il avait eu peur qu'elle eût pu l'abandonner.

Son regard alerte reposait tendrement sur le sien. « Tu as l'air revigoré. Je suis tellement soulagée. Tu n'as jamais abandonné mentalement, mais ton corps ne pouvait plus tolérer la déshydratation.

- Je me sens beaucoup mieux. Et je suis content que tu sois là avec moi. »

Ils firent cuire le petit rongeur sur le feu et mangèrent sa viande tendineuse avec les plantes qu'Evie avait recueillies. Il se leva raidement et regarda vers l'est, où d'autres montagnes s'étiraient au nord. Louchant dessus, Joe trouvait qu'elles avaient l'air accueillantes, regroupant peut-être plus d'arbres que l'endroit où ils étaient. « Ce sont peut-être nos montagnes, » dit Evie. Ils épaulèrent leurs sacs et se frayèrent un chemin vers le nord en passant par de nombreux ravins, à la recherche d'une végétation plus verte.

Ils campèrent au pied d'un autre sommet. L'armoise noire revêtait les pentes, et des pins se dressaient près des sommets. « Ces arbres suggèrent la présence d'eau en altitude, » déclara Joe.

« Continuons à monter vers le nord demain, » répondit Evie. Joe hocha la tête, désireux de poursuivre leur exploration.

En fin de matinée le lendemain, ils avaient traversé une autre vallée ouverte, avec un groupe plus élevé de sommets à l'extrémité nord. Un chemin de terre traversait la partie inférieure de la vallée, mais ils ignorèrent cette voie. Ils étaient rivés sur les collines olive qui se trouvaient devant leurs yeux. Ils remontèrent les pentes où reposaient des lupins qui avaient depuis longtemps passé leur floraison. S'arrêtant pour se reposer, ils burent de l'eau tiède et fixèrent le sommet où ils avaient campé la nuit précédente.

Puis ils reprirent leur effort. Le paysage était différent des montagnes où Joe avait posé ses premiers pièges ; les couleurs du feuillage étaient d'une teinte légèrement plus lumineuse ici. Plus de verdure décorait le paysage, ce qui signifiait plus d'eau. Il supposait que c'était la partie de la Zone vide que les survivants trouvaient toujours.

Son rythme s'accéléra, et Evie s'y adapta avec un pas léger. « Tu as remarqué quelque chose de spécial à cet endroit ?

- Juste une intuition. »

Descendant une autre crête, ils trouvèrent un petit ruisseau où l'eau coulait dans un filet mince mais constant. « Allons plus loin, » dit-elle. Ils trouvèrent un autre ruisselet sur la crête suivante. Evie fit signe d'aller plus haut, et ils parcoururent les collines verdoyantes couronnées de sapins, d'épicéas et de pins. Elle atteignit le sommet en premier et se laissa tomber à genoux.

Joe rejoignit son côté un instant plus tard et se tint là, haletant après l'effort de la montée. Devant eux s'étendait une étroite vallée, de quelques kilomètres de large, avec une profonde crevasse émeraude au milieu. Les montagnes escarpées au nord et à l'est enveloppaient la vallée dans leurs doigts rugueux. Les montagnes arboraient du granit gris et dégagé au-dessus de la cime, formant une pointe aiguisée contre le ciel, mais une couverture boisée drapait les crêtes inférieures.

Evie laissa apparaître un sourire, et son pouls s'accéléra.

Ils accélérèrent la cadence jusqu'en bas de la colline au milieu de la vallée. Un ruisseau jaillissait, son eau fraîche et pure. Peupliers et trembles jonchaient sa rive. Joe et Evie laissèrent tomber leurs sacs, et s'allongèrent ensemble pour boire de grandes gorgées d'eau douce.

Le rire d'Evie résonna dans les branches. « Je crois que nous avons trouvé notre maison. »

C'était le début de l'après-midi, et le soleil était encore chaud. Ils se déshabillèrent et pataugèrent dans l'eau froide, rinçant des semaines de saleté accumulée. Puis ils se reposèrent sur la rive, se laissant sécher lentement, savourant les doux rayons du soleil sur leur peau.

La lumière du soleil réchauffa le visage de Joe. Il s'était endormi, et Evie était encore plongée dans ses rêves. Il la réveilla d'un baiser, et elle battit des cils. « Nous devrions explorer les environs et trouver le meilleur endroit pour établir un camp permanent, » dit-il. Ils s'habillèrent, épaulèrent leurs sacs et grimpèrent en amont. Ils traversèrent le ruisseau sur une bûche tombée là où le cours rétrécissait, le retraversèrent là où les rochers le resserraient en un torrent, et continuèrent sur le côté est, où il était plus facile de trouver des appuis. La rive semblait usée, avec un sentier couvert de mauvaise herbe. Les animaux le suivaient probablement pour venir chercher de l'eau. Le son du jaillissement de l'eau était celui du miracle après leurs semaines passées dans le désert. Un demi-kilomètre en amont, Evie s'arrêta et tendit le doigt. Sur une roche de granit protubérante à côté du ruisseau, à moins de cinquante mètres d'eux, se tenait une cabane.

Il sentit l'excitation monter dans sa poitrine alors qu'ils s'approchaient. Ils déposèrent leurs sacs sous un arbre escarpé devant la cabane et arpentèrent la structure altérée. Les rayons du soleil s'infiltraient dans les murs de planches. Le toit bas et voûté était fait de morceaux de bois grossiers. La porte de la cabane s'ouvrit sur des charnières rouillées. La lumière du soleil qui passait à travers une fenêtre intacte révéla la pièce principale et une salle latérale attenante, assez grande pour un lit. La poussière couvrait des meubles rustiques ; une table, des chaises grossièrement taillées et les restes d'un cadre de lit en chanvre. Joe se glissa dans la salle attenante et regarda le ciel à travers un trou dans le plafond. Evie inspecta une cheminée qui tapissait le mur arrière, noircie par son utilisation. Les cendres recouvraient le plancher de bois autour d'elle.

Derrière la cabane, Joe nota que la majeure partie de la cheminée tenait encore, bien que certaines briques au niveau de la ligne du toit eussent dégringolé. À quelques mètres de la porte arrière se trouvait une remise inclinée.

Joe et Evie s'embrassèrent dans l'exultation de leur trouvaille.

« Il y a beaucoup de travail à faire, » dit Joe.

« Mais c'est notre maison. »

Son corps vibrait sous l'émerveillement du moment, et il partageait la joie qui éclairait le visage d'Evie. Puis son expression changea, sa tête s'inclina, et son regard parut lointain.

Il se souvint de la première fois qu'il l'avait étudiée dans son salon. Depuis, il avait pris de plus grands risques que jamais auparavant, et ce fut un pari gagnant. Ils étaient vivants. Il rayonnait de bonheur et l'étreignit à nouveau, son menton caché contre son oreille. Son cœur battait vite et fort. Ils étaient entourés par les sons de l'éclaboussement du ruisseau et de la brise murmurant à travers les branches au-dessus d'eux.

« Qu'est-ce qui nous attend, maintenant ? » Il replaça une mèche de cheveux derrière son oreille.

Elle leva les yeux vers lui sans crainte. « On va le faire. On va survivre. Et on va le faire ensemble.

- Je te promets que je serai comme toi, fort et digne de confiance. Je t'aimerai et je veillerai sur toi. »

Son visage brilla. « Et je te promets que je serai forte et digne de confiance. Je t'aimerai et je veillerai sur toi. Jusqu'à ce que la mort nous sépare.

- Jusqu'à ce que la mort nous sépare, » reprit Joe, sans parvenir à maîtriser le tremblement de sa voix. « Nous travaillerons ensemble pour tirer le meilleur de tout ce que la vie nous apportera.

- Tu m'as déjà passé la bague au doigt, » dit-elle.

« Diamants et rubis je te donnerai. Avec tout mon amour. »

Il l'embrassa de tout son être. Ils s'accrochèrent l'un à l'autre, sachant que leur avenir leur réservait encore bien des surprises.

Chapitre 32

Un fracas régulier retentissait dans l'air du matin. Joe maniait sa hache à double panneton en faisant de longs arcs, fendant le pin dans la clairière à l'extérieur de la cabane. La lumière du soleil se reflétait sur la lame à chaque coup. Il avait enlevé sa chemise, et une couche de sueur recouvrait sa peau. À chaque morceau de bois coupé sous la lame, ses muscles apprenaient et s'ajustaient pour trouver l'angle et la vitesse adéquats. Son esprit était clair et ne se concentrait que sur la hache et le bois. Il balançait l'outil avec un rythme régulier, le travail lui servant de méditation.

Il avait commencé la matinée en posant cinq assommoirs dans une ligne remontant le long du ruisseau. Le bois mort était abondant sur les collines environnantes, aussi Joe en avait recueilli des dizaines de brassées et ramené le tout à la cabane. Une bûche servait de bloc de découpe, maintenant enterré sous les copeaux de bois. Il avait déjà empilé un mètre cube de bois de chauffage à l'extérieur de la cabane.

. . .

> Trouver de la nourriture. Emmagasiner du bois de chauffage. Et enfin réparer la cabane. Il y a assez de travail à faire. Mieux vaut se charger d'une une tâche à la fois.

. . .

Pendant que la cabane était en travaux, ils mangeaient à l'extérieur, sous l'arbre qui faisait face au ruisseau. L'arbre ancien avait l'écorce rouge-gris, et son tronc était tordu, déployant des branches offrant de l'ombre dans la chaleur du milieu de journée. Les fleurs s'ouvraient, et leur senteur discrète parfumait l'endroit. Il étudia l'arbre, et le déclic lui vint : c'était un pommier. La couleur de l'écorce fit remonter un souvenir de sa première inspection de la cabane ; il en fit le tour et trouva un deuxième pommier en fleurs, le bourdonnement pulsant des abeilles remplissant ses oreilles. Il supposait que le jardinier d'origine en avait planté deux pour qu'ils se croisent. Joe était si excité qu'il leva les mains vers le ciel et tournoya sur lui-même, dansant.

Ils utiliseraient certaines des bûches restantes comme sièges temporaires à l'extérieur, jusqu'à ce qu'il ait le temps d'améliorer les meubles. Il disposa les rondins sous le pommier pour servir de table et de chaises de fortune, puis s'assit, satisfait, sur son nouveau trône.

Evie sortit de la forêt et sourit quand elle le vit. Avant qu'ils se quittent ce matin-là pour s'affairer à leurs tâches séparées, elle avait lavé ses cheveux dans le ruisseau froid. Maintenant, ils brillaient dans la lumière du soleil. « Regarde, j'ai trouvé des mimules et des baies de manzanita. » Elle tenait fièrement son sac à dos.

Ensemble, ils firent rouler plusieurs pierres pour former une cheminée circulaire près des bancs en rondins, et Joe construisit un feu tandis qu'Evie faisait bouillir les baies de manzanita pour brasser un cidre. Elle prépara ensuite une salade de mimules. « Nous manquons de nourriture, mais la fin du printemps est un bon moment pour en trouver.

- Et il devrait y avoir des truites dans le ruisseau. Quand je suis allé chercher du bois de chauffage en amont, j'ai trouvé des mares prometteuses. »

Ils finirent le déjeuner et retournèrent à leurs tâches respectives pour l'après-midi. Joe appréciait déjà les avantages de l'utilisation de pièges qui fonctionnaient pendant qu'il dormait. Il se souvint de l'image du piège à poissons dans son allbook. Deux cylindres en bois ouverts, un petit partiellement inséré à l'intérieur d'un plus grand ; on peut les fabriquer à partir d'arbustes minces pliés en cercles et attachés ensemble par des nervures transversales faites de jeunes plants.

Après avoir recueilli une pile de branches minces, il travailla pour les plier en cerceaux, attachant les extrémités avec de la corde. Il coupa les nervures transversales et les attacha à travers les cerceaux pour finir le cylindre extérieur. Puis il façonna un cylindre plus petit en suivant le modèle du grand. Le petit cylindre se glissa dans une extrémité du piège, et il l'attacha pour le maintenir. Joe étudia sa construction avec satisfaction. Le piège fonctionnait comme un entonnoir. Tout poisson qui entrerait dans le cône aurait du mal à revenir à travers la petite ouverture. Il regarda son doigt, qu'il avait entaillé avec le couteau, et essuya une goutte de sang sur sa manche.

Il traîna le piège en amont jusqu'à la première mare de plus d'un mètre de profondeur. Deux pierres posées à l'intérieur faisaient office de lest. Joe attacha une corde de récupération et abaissa le piège dans la mare. Il décida de tester le piège sans appât. S'il n'attrapait rien, il ajouterait de quoi attirer les poissons le lendemain.

En revenant de sa pose de piège à poissons, il vérifia ses assommoirs et trouva un écureuil sous l'un d'eux. Il le ramena à la cabane et alluma un feu à l'extérieur.

Evie réapparut peu après, son sac débordant de mouron et de claytonia perfoliée. Elle prépara une salade pendant que Joe rôtissait l'écureuil. « On devrait allumer la cheminée à l'intérieur de la cabane dès que possible, » dit-elle.

« Ce sera notre mission de demain. Je vais devoir monter sur le toit pour réparer les briques de la cheminée et nettoyer les débris.

- On a du pain sur la planche. » Elle posa son menton sur sa main et regarda la cabane. « La vie elle-même est un travail. » Joe pouvait dire qu'elle n'était pas mécontente à cette perspective.

Il cita de mémoire :

« Fils et filles dégénérés,

La vie est trop forte pour vous . . .

Il faut une vie entière pour aimer la vie.

- Un vieux poème ? » Elle tenait la poêle fumante. « J'aime l'idée.

- Avec ton exemple, je commence à mieux comprendre ces paroles. Elles nous invitent à trouver un but, puis à nous concentrer sur notre vie. Sans avoir d'arrière-pensées. »

Evie sourit. « Ça me fait plaisir de te voir aussi déterminé.

- C'est étrange. Pour la première fois de ma vie, je n'ai ni technologie, ni civilisation pour m'aider à vivre. C'est un tout nouveau départ, comme si c'était le commencement de tout.

- Comme si nous étions les deux premières personnes au monde. »

Joe hocha la tête. « Si nous n'assumons pas l'entière responsabilité de notre malheur, alors nous mourrons. Tout dépend de nous. Est-ce que la vie a toujours été ainsi, sans que je le remarque ?

- C'est l'histoire de l'humanité. Elle n'a pas changé. » Elle haussa les épaules. « Nous la maquillons de différentes façons, en essayant de la rendre meilleure.

- Mais maintenant, nous sommes revenus à l'essentiel. L'eau. La nourriture. Un abri. Ça recentre l'esprit. Et avec moins de temps pour suranalyser les choses, cela libère l'esprit de nos vaines inquiétudes. »

Evie servit le repas, et ils s'assirent sur les rondins à côté du feu.

« À quoi tu penses ?

- Je pense à toute l'énergie que j'ai investie dans le mouvement de protestation, pour essayer de changer le monde. Et le grand coût de mes actions : la perte de mes meilleurs amis. Maintenant j'ai l'impression que tout cela s'est passé dans une vie différente. » Elle prit quelques bouchées, continuant à méditer, puis le regarda intensément. « Je n'ai pas baissé les bras.

- Nous allons revenir et continuer la lutte, » assura Joe, sachant que le combat d'Evie n'appartenait plus à elle seule. Mais son expression n'était pas féroce, contrairement à ce qu'il attendait. Au lieu de cela, une certaine prévenance adoucissait son visage.

« Le souhait d'une réalité différente est la cause de nos plus grandes détresses. » Evie leva les sourcils. « Je suis une combattante, mais il y a des choses que nous ne pouvons pas changer. Je n'abandonne pas, mais je ne peux rien faire pour la lutte contre le Règlement des niveaux ici, sinon survivre. Donc pour l'instant, j'épouse la réalité de ce monde dans lequel nous sommes. C'est mon mantra de vivre cette vie ici avec toi. »

. . .

> Juste quand je pensais l'avoir vue à son plus fort, elle me surprend à nouveau. Je suis amoureux d'une stoïque.

. . .

Ils savourèrent leur pause, s'assirent l'un près de l'autre et se reposèrent autour du feu à l'extérieur de la cabane. Le soleil se coucha sur les montagnes à l'ouest. Il se rendit compte qu'en l'absence d'une source de lumière artificielle, le meilleur moyen de procéder était d'ajuster ses heures d'éveil. Il ajouta la fabrication de bougies à sa liste mentale sans cesse croissante de projets.

« Il est temps pour nous d'aller nous coucher, » dit-il.

Mais Evie ne regardait pas le coucher du soleil. Son regard était tourné vers l'aval, dans la vallée. « On dirait de la fumée. »

Joe suivit son doigt pointé et distingua une fine volute dans la lumière mourante. Elle frissonna à côté de lui. Il était trop tard pour aller enquêter, et l'endroit était trop éloigné dans la vallée pour représenter une menace immédiate. Il éteignit le feu à la hâte. Joe la serra dans ses bras et la raccompagna à la cabane. Ils se blottirent dans le sac de couchage et s'endormirent sur le plancher.

Un cri aigu réveilla Joe en sursaut. Evie s'accrocha à lui tout en essayant de jeter la couverture. L'adrénaline jaillit dans son corps, et il bondit sur ses jambes pour prendre sa hache, fouillant la cabane sombre avec de grands yeux.

« Quelque chose m'a couru dessus. J'ai senti ses pattes et ses griffes. C'était horrible.

- C'était probablement juste une souris. » Joe prit de grandes inspirations pour se calmer. « Sans doute attirée par nos graines de blé. Elle a dû entrer par la cheminée. » La remarque ne fit rien pour apaiser ses tremblements, et il posa sa hache pour la tenir contre lui. « Je me dépêcherai de combler les trous dans cette vieille cabane. »

. . .

> Elle a été si courageuse depuis le début, mais elle a peur d'une petite souris ? Peut-être que ça dépasse ma compréhension. Nous avons tous nos peurs, elles sont juste différentes. Au moins, je peux être le plus fort, pour une fois.

. . .

Joe se recoucha et la serra contre son torse jusqu'à ce que sa respiration redevienne normale. Il resta éveillé, regardant par le trou dans le toit le ciel rempli d'étoiles, pensant aux souris et aux hommes.

Après le petit déjeuner, Joe répara la cheminée. Chaque tâche lui prenait bien trois fois plus de temps qu'il le pensait. Le simple travail de construire une échelle à partir de deux petits pins, quelques branches épaisses et de la corde lui prit la moitié de la matinée, et le résultat était à peine utilisable. La plaçant contre le toit à l'arrière de la cabane, il monta les échelons avec peu d'assurance. L'échelle vacilla, mais supporta son poids.

Dégager les détritus dans la cheminée fut assez facile. Il utilisa ensuite son sac à dos pour transporter les briques tombées jusqu'au toit afin de pouvoir les remplacer. Joe ne s'était pas encore embêté à faire du mortier. Il voulait seulement rendre la cheminée fonctionnelle.

Il alla chercher un tas de bois de chauffage. À l'intérieur de la cabane, Joe posa des morceaux de petit bois dans la cheminée et alluma le feu avec son auto-allumette, attisant les flammes alors que les premières braises apparaissaient. Le feu s'éleva dans la cheminée, et il courut dehors. La fumée s'échappait, épaisse et noire à cause de la végétation brûlante qu'il avait manquée lors de son ramonage précipité.

Laissant le feu brûler aux charbons, Joe grimpa à nouveau sur l'échelle pour évaluer le trou béant dans le toit. Les tuiles en bois taillées grossièrement étaient des carrés de deux centimètres d'épaisseur. Il fronça les sourcils. Il aurait besoin d'une scie et d'une cale pour effectuer les remplacements, mais il n'avait ni l'une ni l'autre.

« Mon ami, je crois que vous aurez besoin d'une échelle appropriée si vous n'avez pas envie de vous rompre le cou. »

Joe rencontra le regard dur d'un homme debout à l'entrée du bois, derrière la cabane. Il était grand, jeune quincagénaire à vue d'œil, et il avait une tête bouclée de cheveux assortis à une barbe sel et poivre épaisse, sauvage. Un manteau incongru en peau de daim recouvrait sa chemise de camouflage et son treillis militaire effiloché. Les longs doigts de l'homme étaient enroulés autour de la fronde d'un arc improvisé sur son épaule.

Joe contrôla son choc et essaya de sourire nonchalamment. « Laissez-moi descendre pour me présenter, » dit-il haut et fort, espérant qu'Evie l'entende. Devoir exposer son dos à cet homme lui causait une démangeaison désagréable alors qu'il descendait l'échelle. Quand il atteignit le dernier échelon, Evie arriva au coin de la cabane, bō à la main. Elle se tenait à côté de Joe, alerte.

« Vous êtes deux ici. Pour le meilleur et pour le pire, j'imagine, » dit l'homme. « Je m'appelle Eloy. »

Ils se présentèrent et serrèrent la main d'Eloy. « Venez nous rejoindre pour le thé, » dit Evie. Eloy la suivit à l'avant de la cabane, Joe derrière lui. Une marmite mijotait sur leur feu, dehors. Elle apporta leurs deux tasses et un petit pot qu'ils avaient emballé, et elle y versa le liquide pâle. Evie donna à Joe sa tasse, une autre à leur hôte, puis agrippa le petit pot dans ses mains et but le breuvage. Eloy s'assit sur le rondin en face d'eux, puis goûta au thé.

« Ce thé de pin de Douglas n'est pas le plus goûteux qui soit, mais il est bon pour le corps avec sa vitamine C. J'ai ramassé les aiguilles ce matin avec mon bō, » dit-elle, lui montrant la lame.

« Rafraîchissant et savoureux, » déclara Eloy. Il lécha ses lèvres gercées et regarda le bō. Son visage était bronzé, buriné par le temps passé au soleil.

Joe sirota son thé et demanda : « Qu'est-ce que vous entendiez par 'vous êtes deux pour le meilleur et pour le pire' ?

- Deux fois plus de bouches à nourrir. C'est difficile de trouver de quoi subvenir à ses besoins ici si les deux paires de mains ne sont pas prêtes à travailler. Il n'y a pas système économique ici, juste ce que vous produisez vous-même. C'est une économie élémentaire. » Il prit une autre gorgée, pensif. « Ensuite, il y a la partie sociale. Les peuples qui vivaient autrefois ici n'auraient jamais envoyé un groupe de trois personnes au combat. Soit deux soit quatre ou plus. Avec trois personnes, il y en a toujours deux qui se battent pour l'attention du leader. » Il haussa les épaules. « La nature humaine. »

Evie déplaça son regard d'Eloy à Joe, puis dans le sens inverse. Elle semblait s'apprêter à dire quelque chose, mais Eloy fut plus rapide : « Comment vous trouvez la cabane, tous les deux ?

- Nous sommes arrivés hier. » La méfiance de Joe s'estompait.

Eloy se mit à rire. « J'ai vécu ici l'année dernière jusqu'à ce qu'une tempête fasse ce trou dans le toit. Ça m'a semblé être le bon moment pour partir en aval. J'ai une autre cabane délabrée et une grange. Ça fait plus de place pour tuer le temps.

- Ça explique pourquoi c'était si bien rangé. » Les yeux d'Evie s'écarquillèrent. « Et bien sûr, nous la quitterons dès . . . »

Eloy fit un grand geste de ses mains calleuses. « Vous pouvez l'avoir. Elle a la plus belle vue, ici dans les hauteurs. Et il n'y en a pas de meilleures à choisir, du moins à ma connaissance. J'ai récupéré tout ce qui pouvait servir. La plupart des bâtiments sont tombés en ruines ou ont été emportés. »

Evie inclina la tête, curieuse. « Comment vous êtes-vous retrouvé dans la Zone vide ? »

L'embarras lui traversa le visage. « J'étais dans l'armée ; l'armée de méchas à la frontière Sud. Je pilotais un exomech.

- Une profession dangereuse, » déclara Evie.

« Autrefois, oui. Maintenant, ils ont tout automatisé, et les bots se chargent de la vraie défense. La mort par les machines. Les guerres se terminent en heures, pas en semaines. Personne ne peut se tenir sur ces champs de massacre.

- Heureusement que les guerres ont disparu. » Joe se pencha en avant. « Maintenant, c'est seulement du travail défensif, s'assurer que les machines restent prêtes, non ?

- Exact. Après avoir piloté un exomech, j'ai supervisé certaines des machines qui patrouillaient à la frontière, puis ils m'ont affecté aux réparations. J'aimais ces trucs analogiques, travailler avec mes mains. » Il brandit ses mains à titre de preuve. Chaque doigt était deux fois aussi épais que ceux de Joe. « Mais ça a fini par se limiter aux petits travaux, et les gens ont trouvé comment éviter d'avoir à faire quoi que ce soit. Je ne m'entends pas trop avec les feignasses. Disons juste que je suis parti après leur avoir fichu la chair de poule. »

Joe fronça les sourcils, confus, mais Evie plissa les yeux. « Devrait-on s'inquiéter ?

- Non, ce n'était qu'une petite altercation. Personne n'a été blessé. J'ai eu une peine de six mois de prison. En vertu de la loi militaire, vous pouvez choisir de passer seulement le tiers de ce temps dans la Zone vide à la place. Ils disent que la Zone vide a un taux de récidive plus faible, c'est pour ça qu'ils vous laissent le choix. J'ai pris les deux mois, pensant que j'arriverais à trouver assez à manger ici.

- Depuis combien de temps êtes-vous là ? » Joe se demandait si ce serait bon ou non d'avoir un voisin.

« Avant que je réponde, dites-moi pour combien de temps vous êtes là. Vous ne m'avez pas l'air de sortir de l'armée.

- Trois ans. » La voix d'Evie était calme et stable.

Eloy sursauta, manquant de laisser tomber sa tasse. « Bon sang. C'est pas *moi* qui devrais me faire du souci ? »

Evie sourit. « Non. On s'est juste mis à dos quelqu'un qui avait le pouvoir politique. »

Les yeux sombres d'Eloy les étudièrent chacun sous ses sourcils épais, puis il hocha la tête. « Très bien alors. On dirait que vous êtes là pour un moment. » Il fixa Evie et son bō, puis s'adressa à eux deux. « Mais on va devoir établir quelques règles. Concernant l'économie. »

Joe donna un petit coup de coude à Evie. « C'est Evie l'économiste ici. »

Eloy fit un grand sourire et se tourna vers elle. « J'ai obtenu mon diplôme d'économie au Texas.

- J'ai eu le mien à Berkeley.

- Heureuse coïncidence. Alors vous devriez comprendre ce que je vais vous dire. Le premier problème est que vous êtes maintenant en amont et moi en aval. La tragédie des biens communs. Donc on ne pollue pas l'eau. »

Evie hocha la tête, son expression distante, comme si elle se souvenait d'un cours, pensa Joe. « C'est un problème depuis que les gens ont colonisé les îles à l'embouchure du Tigre et de l'Euphrate. Respectons-nous les uns les autres et que les choses restent propres. »

« Ensuite, la chasse et les pièges. Vous savez fabriquer un piège, vous deux ?

- J'ai posé une série d'assommoirs en amont de la cabane, » répondit Joe, « et un piège à poissons.

- On apprend vite. Alors on va avoir une ligne de démarcation pour les pièges, à mi-chemin entre votre cabane et la mienne. Les prises sont à peu près aussi bonnes en haut de la colline qu'en bas. Idem pour la pêche. » Ils hochèrent la tête.

Eloy continua, alors que l'atmosphère se détendait. « On peut chasser avec les arcs n'importe où. Ces montagnes sont pleines de gibier, puisque nous sommes les seules personnes ici. Mais flâner dans les collines et les vallées, c'est pas pour les chochottes. » Ils hochèrent la tête à nouveau.

« On peut tous deviner les efforts nécessaires pour récolter quoi que ce soit, alors on devrait facilement arriver à un marché équitable. Chacun porte son poids. » Il fit un geste vers le toit. « Je vous prête volontiers mes outils, tant que vous me les ramenez en bon état. Mais pas d'emprunt si vous ne comptez pas me les rendre tout de suite. Je ne veux jamais avoir à demander. »

Ils se levèrent et se serrèrent la main, puis Eloy remit la tasse à Evie en la remerciant. Il fit face à Joe. « Vous voulez réparer ce toit au plus tôt ? Je vous conseille de me suivre alors. » Joe ramassa son sac et sa hache, et les trois descendirent le sentier le long du ruisseau.

Chapitre 33

Ils marchèrent en file indienne. Eloy menait, gravissant les rochers et l'herbe qui bordait la rive. Ils passèrent le point où ils avaient atteint le ruisseau. Environ un kilomètre en dessous de la cabane, Eloy déclara : « Ici, c'est à mi-chemin. On va dire que ce rocher ici est notre frontière. » Evie et Joe approuvèrent d'un hochement de la tête, puis ils continuèrent tous à descendre la colline. Ils suivirent le ruisseau le long de quelques autres courbures, l'eau plongeant à deux reprises dans des chutes. Devant eux, plusieurs bâtiments altérés bordaient chaque rive du ruisseau.

Eloy tendit le doigt. « C'est ma cabane, là-bas. J'ai une grange à côté, et un fumoir après ça. » Les bâtiments en bois grisonnants reposaient sur un terrain plat à côté du ruisseau, où l'eau était plus lente et plus profonde. Une autre cabane, à côté d'une passerelle, leur faisait face sur la rive opposée.

Ils eurent du mal à détourner le regard de la vue magique d'une roue à eau tournante. Elle faisait environ deux mètres de diamètre, avec des pales en bois plongeant dans la surface du ruisseau. Le paisible courant poussait les pales, et l'essieu grinçait contre les bras de bois en tournant. Des boîtes de métal étaient clouées aux extrémités des pales. Les boîtes se remplissaient d'eau en passant en bas de la roue. Quand la roue se levait, elles se vidaient dans une écluse en bois. L'eau faisait des bulles dans la boîte d'écluse à côté de la cabane la plus proche.

Eloy sourit quand il vit le visage de Joe. « Exact, j'ai l'eau courante.

- Vous avez construit cette roue à eau vous-même ?

- On appelle ça une noria, et oui, je l'ai fabriquée moi-même, à partir de planches et de clous récupérés. Cette conception existe depuis des milliers d'années. Ça vous évite d'avoir à transporter l'eau. » Eloy rayonnait, fier de son travail.

Il les conduisit à la grange, puis au potager qui se trouvait à côté. Un abreuvoir apportait de l'eau de la noria aux plantes, arrosant la verdure à travers le sol fraîchement labouré. L'eau pouvait être dirigée soit vers le jardin, soit vers la cabane avec une pièce amovible de l'abreuvoir. Face à la grange se trouvait un corral, clôturé de rails fendus. Un cheval gériatrique couleur brun-gris se tenait à l'intérieur, grignotant l'herbe fraîche, tandis qu'une poignée de poulets picoraient sans discernement autour de ses sabots. Trois moutons gisaient dans la boue dans un coin du corral. À ses grandes cornes courbes, Joe devina qu'une de ces bêtes était un bélier.

« La chair de poule, vous disiez ? » plaisanta Joe. Evie ricana tandis qu'Eloy rit poliment et regarda Evie d'un œil aiguisé. Perplexe, Joe se demandait si Eloy faisait référence à ses poulets plus tôt.

« C'est merveilleux. » Evie s'appuya contre un poteau de la clôture. « Vous avez de la viande, du lait et de la laine. Qu'est-ce que vous faites pousser ?

- Des tomates, des courges et du maïs. Les graines proviennent d'une autre trouvaille heureuse, lors de mes fouilles dans un caveau à légumes délabré.

- Nous avons des graines de blé C4 augmentées et quelques haricots.

- Du blé ? » Eloy gémit d'envie. « Si vous saviez comme le pain me manque. On pourrait faire du commerce si vous arrivez à faire pousser vos graines.

- Je peux les planter sur le terrain plat à l'est de la cabane, mais j'ai besoin d'élever l'eau du ruisseau. » Joe désigna la noria. « Vous pourriez me montrer comment construire une de ces merveilles ?

Aucun problème. » Son hochement de tête fut abrupt mais enthousiaste. « La propriété intellectuelle devrait être gratuite après un certain temps. Sinon, nous essaierions tous de recréer cela. » Il désigna la roue avec délectation, riant de sa propre blague.

Joe rit et décida d'en demander plus. « Je pourrais en construire une plus rapidement si j'avais des planches et des clous. Seriez-vous prêt à en échanger contre quelque chose ?

- Maintenant on parle affaires. » Eloy accepta de l'aider à construire la roue à eau en échange d'une partie de la récolte de blé et d'un peu de bois de chauffage coupé. « La division du travail, » dit Eloy avec satisfaction, « et chacun porte son poids. »

Evie regarda à travers la passerelle, puis à nouveau vers Eloy. « Vous avez parlé de deux combattants, ou de quatre, » dit-elle.

« En voilà une qui a l'esprit vif. » Eloy rit et les conduisit à travers le pont, le soleil se reflétant sur les tourbillons sous leurs pieds et leurs pas vrombissant sur la planche. La porte de la cabane opposée s'ouvrit.

Une jeune femme aux yeux bruns doux, peut-être en fin de trentaine, se tenait debout, la main sur le montant de la porte. Son regard s'élança d'abord vers Joe, puis avec une expression interrogatrice vers Eloy. Elle tendit sa main délicate pour repousser les tresses rouges ardentes drapées sur son épaule.

À la porte, Eloy baissa la tête amicalement et dit : « Fabri, je te présente Evie et Joe. Evie est une économiste, comme moi. Ils seront nos voisins ici pendant quelque temps. »

Tout soupçon de tension quitta le visage de Fabri en entendant ces mots, et elle saisit les deux mains d'Evie. « Alors je vous souhaite la bienvenue à la maison. » Elle offrit à Joe une étreinte rapide avant de les guider dans sa cabane.

L'espace était empli de l'arôme délicieux d'une soupe de poulet mijotant dans une casserole sur le feu. Joe saliva, et son estomac gronda. Une table en bois se tenait dans le coin. Fabri fila dans l'arrière-salle et revint, traînant un banc pour accompagner les chaises autour de la table. « Je n'avais jamais eu d'invités avant. » Elle apporta des bols d'argile marron et des cuillères, puis servit de généreuses portions de soupe. « Vous avez de la chance, hier j'ai décidé qu'il était temps pour ma vieille poulette d'accomplir son ultime devoir.

- Grâce à mes arguments imparables, » ajouta Eloy. Il se tourna vers Evie. « Elle préférerait toutes les garder pour leurs œufs. Même les coqs. » Il fit un clin d'œil.

« Vous avez tous intérêt à croire que toutes les créatures de Dieu méritent le respect, » affirma-t-elle. Puis elle regarda Eloy, son commentaire sur les coqs et les œufs faisant tilt. Elle le poussa en riant. « T'es bête, El. »

Tous s'assirent autour de la table. L'estomac de Joe gronda encore plus fort avec la première cuillerée. « Cette soupe est délicieuse, » dit-il.

Fabri hocha la tête en signe d'appréciation. « Depuis combien de temps êtes-vous là ? Je suis surprise de ne pas avoir entendu d'hovercraft. Normalement on entend les machines assez clairement dans ce calme.

- J'estime qu'ils nous ont largués dans la Zone vide à trois cent trente-sept kilomètres au sud d'ici. Il nous a fallu plus de trois semaines pour trouver ces montagnes. » Joe était content de ne pas avoir oublié les chiffres dans son délire. Il avait l'impression d'être dans la Zone vide depuis des années. Il prit une grosse louchée de la soupe réconfortante.

Eloy fronça les sourcils. « On dirait que quelqu'un voulait votre mort. »

Fabri lança un regard d'avertissement à Eloy. « Pourquoi vous avez été envoyés dans la Zone ? »

Joe s'arrêta, pensant qu'ils pourraient être leurs voisins pour longtemps et qu'il était peut-être préférable que les choses restent simples, en évitant de mentionner Peightân et Zable. Il jeta un regard à Evie. « Une des accusations à notre égard était la fréquentation illégale entre niveaux incompatibles. Je suppose qu'on ne peut pas arrêter l'amour.

- Pareil pour moi, » dit Fabri avec un petit sourire. « Mais un jour, mon mari m'a trompée et s'est débarrassé de moi en se servant de mon niveau.

- Nous avons été victimes d'un coup monté, » fulmina Evie.

« J'étais plus énervée qu'une furie, moi aussi. » Fabri agita sa cuillère. « Je travaille dur tous les jours pour trouver des traces de compassion pour mon ex-mari.

- Vous n'êtes pas venus ici ensemble ? » demanda Evie.

« Sûrement pas. Après une semaine ici, j'ai fait une descente depuis la cabane. » Eloy fit un signe de la tête vers l'amont. « J'ai trouvé ces maisons ici, et j'ai trouvé Fabri.

- Je n'étais pas si douée pour la recherche de nourriture à l'époque, et j'avais une peine de cinq mois. Eloy, bénissez son cœur, a décidé de rester ici et de m'aider. » Ses yeux brillaient alors qu'elle le regardait à travers la table. « Il avait de l'expérience avec ce mode de vie difficile, grâce à son éducation inhabituelle. Il faudra qu'il vous en parle un jour. Je vais vous dire, cet homme, c'est un don du ciel. » Elle tendit sa main à travers la table et pressa la sienne.

Eloy lui sourit. « Une fois que nous avons passé l'hiver, le temps est devenu agréable et tout était magnifique. Alors, on est restés. »

Evie haussa un sourcil. « Alors, vous êtes là depuis . . .

- Sept mois. Fabri apprécie mes compétences de survie, mais nous avons eu quelques gros coups de pouce du destin. Nous sommes les seuls ici, donc j'ai pu me servir dans toutes les vieilles maisons. Notre jument, cette bonne vieille Bessie, était trop lente pour s'échapper, alors je l'ai entraînée, et maintenant j'ai la force nécessaire pour transporter des choses ici et là.

- N'oublie pas la chance d'avoir trouvé ces cabanes. La grange était déjà équipée de plein de trucs, » dit Fabri.

« Oui, tout n'est pas à mettre à mon crédit. » Eloy avait l'air attristé par cet aveu. « Les autres restaient ici des années autrefois, et ils avaient entassé des outils, des semences et d'autres fournitures. Pour moi, ça fait partie de la propriété intellectuelle à partager. Ça m'indique que cette partie des Ruby Mountains est le meilleur coin pour survivre dans la Zone vide. »

Joe demanda : « Comme vous avez servi votre peine ici, vous pourriez tous les deux sortir par la porte, non ?

- Oui, on pourrait partir, mais les guardbots ne viennent pas nous chercher à moins qu'on meure. » La voix d'Eloy était ferme mais inquiétante. « Ils suivent la tuile biométrique pour trouver les corps et les rapatrier avec un avion autonome. Toutefois, n'essayez pas de franchir ce mur avant d'avoir purgé votre peine. » Son froncement de sourcils semblait annonciateur de mauvaises choses, mais son expression devint réfléchie en un éclair. « Nous n'avons pas encore décidé si et quand nous voulons partir.

- Vous avez l'air d'en savoir beaucoup sur les gardes, » dit Evie.

« Ce sont les mêmes milméchas que ceux que j'ai vus dans l'armée, sauf qu'ils sont autonomes et obéissent à un commandement indépendant.

- Autonomes ? » Evie dit ce que Joe pensait alors qu'il se souvenait de leur dernière conversation avec Peightân.

« Oui. Ils vous tueront sans vérifier auprès d'un humain au préalable, mais seulement si vous essayez de passer le mur trop tôt. Le Droit international humanitaire prévoit que les armes autonomes sont interdites, sauf pour les prisons et le contrôle des frontières, » expliqua Eloy.

Ils terminèrent le repas, et Joe aida Fabri à faire la vaisselle dans l'évier tout en poursuivant une conversation amicale. Elle prit quelques tomates de sa cuisine et les mit dans un sac pour Joe. « Ça égaiera un peu votre dîner.

- Merci, » dit Joe. De la nourriture fraîche qui n'était ni de la viande ni de la verdure ; un festin l'attendait.

« Ce type arrive encore à porter son poids. Commence pas à le pourrir, » dit Eloy d'un ton bourru, mais Fabri l'ignora, partant et revenant avec un pot à soupe en acier et un seau.

« Evie, ça tiendra sur le feu, tu pourras cuisiner plus facilement. Et avec le seau, vous pourrez transporter de l'eau plus facilement jusqu'à ce que votre roue fonctionne. » Evie la remercia vivement.

« Bon, Fabri, c'est la dernière fois que je les invite si tu continues à leur donner nos affaires. » Le regard doux dans les yeux de Fabri adoucissait ses paroles, mais Joe et Evie, cadeaux à la main, se levèrent pour partir.

« Il est important d'être en bons termes avec ses voisins, » déclara Fabri en saluant ses convives sur le départ. « À bientôt. »

Eloy renâcla et les escorta à travers la passerelle jusqu'au côté est du ruisseau, puis jusqu'à sa grange. Le long d'un mur, des outils de toutes formes et tailles étaient accrochés dans divers états d'entretien.

Il choisit une lame de métal et la tendit à Joe. « Ce départoir sera pratique, sa lame fend les tuiles de toiture plus vite qu'une scie. » Il choisit également une scie à archet, un marteau et un sac de clous, et ils planifièrent la construction de la noria la semaine suivante.

Après l'avoir salué, Joe et Evie quittèrent Eloy et remontèrent le ruisseau, outils et casserole dans son sac et seau à la main.

Plus tard dans la soirée, ils s'assirent près de la cheminée à l'intérieur de leur cabane. Joe trouva une truite arc-en-ciel dans son piège, et Evie la grilla sur le feu pour accompagner les tomates fraîches.

. . .

> Nous sommes dans cette cabane depuis seulement deux jours, et elle s'est déjà adaptée. Elle suit son nouveau mantra, embrasser la réalité du monde dans lequel nous vivons. Si ce n'est pas de la ténacité.

. . .

« Je suis heureux d'être ici avec une personne aussi douée que toi, » dit-il.

« Merci. Eloy a raison. Nous devons travailler ensemble si nous voulons nous en sortir.

- Eloy avait l'air content d'apprendre que tu avais un diplôme en économie aussi. »

Elle sourit, son regard sur la truite alors qu'elle la retournait délicatement. « Je l'aime bien. Il est amusant.

- Ça ne te dérange pas que je sois si loin derrière vous deux au sujet de l'économie ?

- Je t'aime. Et tu es amusant aussi. » Son ton était léger, mais empli d'une touche de réprimande maternelle. Elle s'assit sur ses talons et lui sourit. « Mais tu devrais faire attention avec tes jeux de mots sur la chair de poule. »

Joe grimaça. « Je sentais bien que j'avais raté quelque chose. De quoi il parlait ?

- Il faisait référence à du vieux jargon militaire. Il a été réformé. »

Il sentit son visage virer au rouge. « C'est bon à savoir. Je ferais mieux d'imiter Bessie et d'être une bête de travail. » Joe fléchit ses biceps. Evie se mit à rire. Joe continua. « Quand j'aidais Fabri à faire la vaisselle, elle m'a dit qu'elle était de niveau 99. J'ai compati avec elle sur le fait que son mari a utilisé son niveau pour divorcer d'elle, et je crois qu'elle pense que mon niveau est proche du sien. Les niveaux n'ont pas d'importance ici ; nulle part, en fait, et je ne voudrais pas qu'ils s'immiscent dans ce bel endroit. Ne changeons pas son opinion, d'accord ? »

Evie hocha la tête, posant le repas sur deux assiettes. « Si c'est ce que tu veux. » Elle goûta un morceau de poisson. Satisfaite, elle lui tendit son plat.

« Rencontrer Eloy et Fabri a été une énorme chance pour nous. Dire que nous avons des amis bien informés juste en aval . . . » Il rit, toujours incrédule devant leur bonne fortune. « Nous allons y arriver, Evie. »

Evie avança jusqu'à lui et l'embrassa intensément, et le goût fumé et salé du poisson rappela à Joe tout le chemin parcouru. Elle l'embrassa à nouveau, avec une férocité qui le stupéfia, à tel point qu'il ne pouvait pas garder ses yeux fermés. Ses yeux à elle étaient serrés, la peau douce dans les coins dessinant une expression d'amour, d'envie et de possession, tout ça pour lui, et son cœur fondit.

Joe passa la semaine à l'extérieur, se concentrant sur la recherche de protéines et la réparation de leur abri, et Evie récolta de la nourriture, prépara des plats, construisit des feux et frotta la vaisselle. Après avoir craint la mort dans le désert, leurs activités actuelles semblaient franchement apaisantes, quoiqu'épuisantes.

Il ajouta une douzaine de nouveaux assommoirs et un autre piège à poissons dans une deuxième mare, plus en amont. La montagne était riche en gibier, et il revint avec trois écureuils. Evie leva les yeux du feu, et offrit un sourire à la vue de ses prises. « Tu pourrais m'apprendre à faire des pièges aussi ? »

Le lendemain matin, elle l'accompagna le long de la série de pièges. À mi-hauteur de la colline, il repéra un piège déclenché. Ensemble, ils soulevèrent la pierre et y trouvèrent un grand lièvre mort. Joe lui montra comment apprêter l'animal sur place, en nettoyant la carcasse avec de l'eau de son synthévase sans contaminer le ruisseau. Bien qu'Evie ne bronchât pas, sa compassion pour l'animal était palpable. Joe était déjà désensibilisé à la mort des animaux, et cela l'inquiétait.

Il décida qu'il était temps de s'essayer à la fabrication d'un piège composé d'une boîte en bois. Ces pièges étaient plus humains qu'un assommoir, car l'animal mourait rapidement, mais c'est Joe qui devait se charger de l'abattre, avec un bâton ou un couteau. La proximité physique de la mort et sa contribution au processus taraudaient sa conscience. La nuit après avoir frappé la tête d'un lièvre vivant, Joe se réveilla d'un rêve dans lequel un lapin avec le visage de Zable le matraquait. Se levant en sursaut, il réveilla Evie.

« Une souris ? » Elle tapota frénétiquement les couvertures.

« Non, » rit Joe, se libérant de l'emprise du cauchemar. « Mais je crois qu'il est temps de raccommoder le toit et les murs. »

Il partit à l'aube avec un synthévase, sa hache et son départoir, tous rangés dans son sac. Montant dans la forêt, Joe trouva un pin à écorce blanche gisant dans une prairie. La terre était fraîchement arrachée autour de l'arbre, et il imagina les racines du géant se débattre face au vent d'hiver avant que l'arbre ne s'écrase sur son dernier lieu de repos. Il se repassa en tête les conseils qu'Eloy avait partagés et retroussa ses manches.

Il compléta ses outils en fabriquant un maillet à partir d'une des branches épaisses. Joe le soupesa avec sa main et le balança contre l'arbre dans un bruit sourd pour le tester. Il découpa le pin tombé en sections avec sa scie à archet. La sibilation régulière de la lame s'accordait avec le chant des oiseaux dans la prairie.

Quelques heures plus tard, il était entouré de sections de rondins. S'arrêtant pour prendre de grosses gorgées d'eau, il réfléchit aux prochaines étapes de son travail et se remit à l'œuvre. Joe posa une section à l'extrémité pour lui servir d'établi et traîna une autre section sur le dessus pour couper des tuiles de toit. Joe aligna le départoir à la bonne épaisseur et utilisa le maillet pour l'enfoncer dans le rondin. Il secoua le départoir pour le dégager, et la tuile se détacha proprement du rondin. L'utilité de cet outil simple ravit Joe, et il remercia silencieusement Eloy. Il continua avec chaque section, perfectionnant sa méthode et apprenant à identifier les nœuds dans les rondins qui rendraient la tuile inutilisable. Les tuiles formèrent peu à peu une pile satisfaisante à ses pieds.

Il s'occupa de leur finition avec sa hache, coupant ici et là pour rendre chacune aussi uniforme que possible. Il chargea ensuite ses outils dans le fond du sac avec autant de tuiles qu'il pouvait contenir. Il lui fallut six voyages supplémentaires pour ramener toutes les tuiles qu'il posa en pile derrière la cabane.

Evie apparut à la porte de la cabane. « Je peux maintenant faire du lièvre de toutes les façons que tu peux imaginer. Ragoût de lièvre. Lièvre rôti. Brochettes de lièvre . . . Dommage que j'en aie marre du lièvre. Il nous faut des épices.

- Tu penses nous faire un bunny chow ? » Joe sourit à la fois à sa plaisanterie et au souvenir du curry.

Une expression mélancolique traversa le visage d'Evie. « Poivre, coriandre, sauce soja. . . ail, basilic, romarin . . . cumin, citron . . . » Elle secoua la tête et soupira. « Prêt pour le déjeuner ? »

Ils s'assirent sur les sièges en rondins grossiers sous le pommier. Evie remplit des bols fumants d'une sauce épaisse, et il reconnut le succulent lièvre au milieu des plants de légumes inconnus qu'elle avait récoltés. Ils mangèrent leur humble repas, qu'ils firent descendre avec des tasses d'eau froide du ruisseau.

Le déjeuner terminé, il porta le marteau, des clous et un tas de tuiles au sommet de l'échelle. Le travail de préparation et de pose des tuiles avança lentement. Il se déplaçait méthodiquement, les clouant aux pannes, du bas du toit vers le haut. Il devait tailler chaque tuile individuellement avec sa hache, mais, comme avec les autres tâches, Joe apprit par tâtonnement et gagna en rythme.

Le soleil se couchait quand il finit de combler le trou dans le toit. Saisissant ses outils, il descendit de l'échelle et trouva Evie qui l'attendait, inspectant la courte ligne de marques de hache sur le mur arrière de la cabane. « C'est quoi, ça ?

- J'ai fait une marque pour chaque jour depuis qu'ils nous ont abandonnés dans la Zone vide, et je vais en faire une autre pour chaque jour qui passe désormais, » dit-il.

Evie regardait fixement le mur. « Cinq semaines de survie. » Ses yeux brillaient d'un feu soudain. « On tient le coup. On survit. On va poursuivre notre vie ici. »

Au cours des semaines suivantes, ils transformèrent la cabane délabrée en maison. Après le toit, ils réparèrent le lit, construisirent un petit garde-manger pour stocker les trouvailles alimentaires d'Evie, et frottèrent les planchers et les murs, dont ils comblèrent les fissures.

Tous deux debout devant l'ultime mur, presque nus et les mains plongées dans la boue, ils barbouillèrent le mélange dans chaque grande fente entre les panneaux gris. Pour le matériau de remplissage, Joe avait recueilli du sable et la boue sur la berge du ruisseau, et Evie avait trouvé de la mousse, qu'elle avait fait sécher sur le feu. Evie était animée, pleine d'espoir que cela empêcherait les souris de s'inviter et rendrait leur cabane plus accueillante.

« Joe, tu te souviens de ce que tu as dit ? Qu'un idéaliste est quelqu'un qui pense que le monde est une création de l'esprit ?

- Oui.

- Eh bien, ce concept m'a marquée, parce qu'il me semble absurde. »

Il gloussa. « Ton ancienne université porte le nom d'un des premiers partisans de l'idéalisme subjectif, ou, comme l'évêque Berkeley l'appelait, la théorie de l'immatérialisme. »

Evie fit un geste de sa main boueuse. « Je connais Berkeley. Mais regarde un peu ça. » Elle pressa la mousse et l'argile humide entre ses doigts, puis dans une autre fente. « Comment peut-on croire que ce n'est pas réel ? »

Joe rit de nouveau. « Le Dr Samuel Johnson a eu une réaction et un rejet similaires : il a jeté une pierre pour réfuter l'argument. *Argumentum ad lapidem,* l'argument de la pierre.

- Je te réfute ainsi, » ronronna-t-elle en lui jetant de l'argile dessus. La vase frappa son torse et dégoulina dans une longue traînée brune sur sa peau bronzée.

Il l'essuya et l'appliqua sur le mur, prétendant être encore plongé dans ses pensées. « Oui, les idées de l'évêque Berkeley paraissent folles, mais je ne les rejetterais pas d'un geste de la main. Il nous a exhortés à nous demander si nos idées sur ce qui est *réel* sont vraiment réelles. Où les idées complexes résident-elles vraiment ? Et comment ces idées rencontrent ce qui est notre esprit, cette chose que nous sommes ? Par exemple, où est l'idée de, disons, l'Université de Berkeley ? Quand nous y pensons, nous imaginons plus que des briques et du mortier. Où est cette idée ? »

Elle barbouilla d'argile une autre fissure. « L'idée existe quelque part. Quand j'imagine une université, je pense aux étudiants. Et aux professeurs. » Elle lança nonchalamment une nouvelle poignée d'argile sur Joe. La boue laissa une autre trace brune descendant jusqu'à son nombril. « Et une longue liste d'autres éléments. »

Joe gratta l'argile de son estomac et l'appliqua pensivement sur le mur. « Berkeley dit qu'un objet, disons, cette argile, est une collection de toutes les idées que nos sens nous transmettent à son sujet. Les idées complexes sont ancrées dans les objets physiques auxquels nous pouvons penser. L'idée d'une université est la relation entre beaucoup de choses. Mais à sa manière, l'idée aussi est réelle. » Il tendit la main et caressa sa joue. « C'est une relation parmi d'autres idées, je suppose. » Joe adopta une expression sérieuse, puis rit.

Les yeux d'Evie s'élargirent et elle porta sa main à sa joue. « Tu faisais juste semblant d'être trop sérieux. » Elle saisit ses cheveux et les ébouriffa, riant alors que l'argile salissait sa tête. Il essuya ses mains sur ses jambes, et un instant plus tard, l'argile volait. Ils riaient et esquivaient et jetaient de plus belle, Joe se sentant comme un enfant à nouveau, courant autour de la cabane dans une bataille simulée.

Lorsque Joe se faufila à l'avant, une main jaillit et attrapa son bras, le tirant dans l'intérieur frais de la cabane. Juste avant qu'elle le plaque au sol, Joe remarqua qu'elle avait enlevé ses vêtements. Ils tombèrent dans un fatras emmêlé sur le sol. Son corps sentait la terre, et un instant plus tard les vêtements de Joe rejoignirent les siens.

Ses mains berçaient ses hanches et caressaient chaque courbe de sa silhouette. Alors qu'elle se déplaçait contre lui, sa peau lissée de boue s'appuyait contre la sienne. Ses yeux brûlaient de désir.

« Je te réfute ainsi, » souffla-t-elle en lui mordant l'oreille. Il n'avait pas de mots, en latin ou n'importe quelle autre langue, pour lui répondre.

Chapitre 34

Joe marcha jusqu'à la cabane d'Eloy pour couper le bois de chauffage comme promis le lendemain matin. Il passa une demi-journée à fendre les bûches, les empilant à côté de la grange. Le travail était gratifiant, et Joe était étonné de la façon dont son corps s'était adapté à cette vie manuelle.

« C'est du beau travail. » Eloy arriva derrière lui, appréciant la pile de bois. Joe leva les yeux de sa hache pour voir Fabri debout sur la passerelle. Elle le salua joyeusement, puis se tourna pour nourrir ses poulets.

Eloy le conduisit à la grange et ouvrit la porte grinçante. À l'intérieur se trouvait un chariot. « J'ai trouvé ça dans une des fermes abandonnées. Avec les nouveaux essieux que j'ai taillés à partir d'un chêne et un peu de graisse, ça roule bien. Bessie peut la tirer, tant qu'on y va doucement. » La jument brun-gris fit un geste depuis le corral en entendant son nom.

« Parlons un peu de votre blé, » dit Eloy. « La saison est déjà bien avancée, donc vous feriez mieux de le planter vite si vous voulez avoir une récolte avant le mauvais temps. Combien de graines avez-vous ?

- Sept kilos.

- Ça devrait être assez pour quelques centaines de pains, plus des graines à planter l'année prochaine. » Les dents blanches d'Eloy traçaient un sourire à travers sa barbe. « On va devoir vite vous la construire, cette noria. Je meurs d'envie de pain frais. » Il regarda dans le ciel et renifla. « Comme on en a parlé la dernière fois, je vais vous prêter des outils, vous aider à labourer le champ, et vous donner un coup de main pour monter la noria. » Ils se serrèrent la main pour conclure l'accord.

Dans un coin ombragé de la grange, Eloy récupéra un bidule avec des poignées en bois formant un triangle. « Cette charrue était accrochée à un mur d'un chalet agricole qui tenait à peine debout. Comme si c'était de l'art. » Eloy rit.

« Du pain artisanal, » plaisanta Joe.

« C'est du XIXe siècle. Vous voyez le versoir et le coutre ? » Eloy désigna la lame mince à l'avant-bas du châssis rouillé. « On peut atteler Bessie à la charrue, et vous aurez fini de labourer en un rien de temps. Chargeons le compartiment avec les outils dont nous aurons besoin. »

Ensemble, ils transportèrent la charrue lourde jusqu'au chariot. Eloy ajouta une hache, un seau de graisse et une pile de seaux comme ceux que Joe avait vus sur les extrémités des pales de la noria. Enfin, Eloy y fourra une perceuse manuelle et un seau de gros boulons.

Fabri traversa la passerelle de sa cabane, portant une grande boîte en bois. « C'est Evie ou vous qui cuisinez ?

- Je m'incline devant le goût et la créativité supérieurs d'Evie. » Joe se sentit soudain fier de sa partenaire en prononçant ces mots.

« La division du travail. » Eloy hocha la tête en signe d'approbation.

« C'est bien que vous vous traitiez sur un pied d'égalité, » ajouta Fabri. « Je me disais que j'irais avec vous pour vous aider. J'ai pas mal de trucs pour la cuisine.

- Tu es encore en train de les pourrir, » dit Eloy.

« Il n'y a rien de mal à donner un coup de main. » Fabri poussa la boîte à l'arrière du wagon, puis sauta pour s'asseoir.

Eloy attela le cheval au chariot. Lui et Joe se glissèrent sur le banc, Eloy attacha les rênes, et ils commencèrent à remonter la colline le long d'un étroit chemin que Joe n'avait pas remarqué, qui passait le long de la rive est du ruisseau. Joe descendit trois fois pour arracher de jeunes arbres qui entravaient la voie avec sa hache.

La terre devint plus plate à une cinquantaine de mètres de leur cabane. Eloy arrêta le chariot à cet endroit et arpenta le ruisseau, marchant le long de son bord, en amont et en aval de la cabane, se murmurant à lui-même du début à la fin. Enfin, il fit signe à Joe, et ensemble, ils marchèrent en amont. « Vous devriez placer la noria ici, » dit-il en pointant vers une plateforme rocheuse à deux mètres dans le ruisseau. « C'est le meilleur endroit pour construire avec le moins d'efforts. Vous pouvez poser une base de pierre uniforme, puis des supports en bois au-dessus pour la roue. » Joe étudia l'emplacement et approuva la logique d'Eloy. La plateforme rocheuse plate pouvait soutenir un support en bois, et il pourrait mettre un autre support près de la rive en appui sur un socle de pierre ; l'eau pourrait alors y couler. Du moins, en théorie.

Eloy frotta sa barbe sel et poivre. Le bras tendu, il ajouta : « Avec la gravité, vous pouvez envoyer l'eau courante à l'est d'ici jusqu'à la cabane, puis vers votre champ. » Joe pouvait déjà imaginer l'eau couler pour abreuver un grand champ de céréales ambrées. Il sourit à la facilité avec laquelle la création finie était apparue dans son esprit.

Fabri avait transporté sa caisse en bois jusqu'à la cabane, et les femmes bavardaient alors que Joe et Eloy s'approchaient. Evie courut jusqu'à Joe quand il entra, tenant quelque chose de long et blanc dans les mains.

« Regarde les tubercules sauvages que Fabri a apportés.

- Ils poirotaient dans mon caveau à légumes depuis que je les ai ramassés à la fin de l'automne dernier. Mieux vaut les manger maintenant, » dit-elle. Eloy fronça les sourcils, mais ne fit pas d'autre commentaire. Joe servit des bols de soupe à tout le monde, et ils mangèrent ensemble, assis sur des rondins à l'extérieur de la cabane sous l'arbre qui étendait ses branches.

Fabri admirait les fleurs du pommier. « Vous aurez des pommes bien juteuses en été.

- Avec le blé pour faire de la pâte, on pourrait cuire une bonne tarte aux pommes, » dit Evie. Ils gémirent tous à cette pensée. Dans un synthétiseur alimentaire, une tarte aux pommes fraîche était prête en moins de cinq minutes. Personne ne doutait que leur effort futur en vaudrait la peine.

« Avec les haricots d'Evie et notre maïs et nos courges, nous avons les trois sœurs que les peuples d'origine ont plantées. » Eloy aspira bruyamment le fond de sa soupe. « Je ferais peut-être mieux de les planter ensemble dans mon jardin. On vous en échangera contre quelques-unes de vos pommes. »

Joe hocha la tête. « On s'occupera des détails le moment venu. »

Fabri se tourna vers Evie. « Je vois que vous avez trouvé des fleurs de yucca banane. C'est bon en cette saison ?

- J'ai trouvé les tiges des fleurs dans la vallée voisine, un kilomètre à l'est. Elles sont encore un peu cotonneuses, mais elles devraient devenir plus douces dans quelques semaines, quand le fruit aura mûri. » Evie désigna certaines plantes que Fabri avait prises avec elle. « Comment connaissez-vous vos plantes ?

- J'ai étudié les plantes médicinales comme passe-temps ; le fait de travailler dans un hôpital m'a rendue curieuse sur les origines de la médecine, que nous considérons comme acquise parce que tout est synthétisé. » Elle sourit. « J'ai appris plus que jamais j'en aurais rêvé sur les plantes comestibles, cette année.

- Nous avons tous apporté notre propriété intellectuelle à partager ici. » L'appréciation qu'Eloy avait de Fabri était évidente.

« Au moins une chose sur laquelle tu ne mets pas de prix, » déclara-t-elle, sourcil arqué.

« Tu peux me taquiner autant que tu veux, Fabri, mais je sais que tu viendras à mon secours si jamais je tombe malade. » Eloy lui tapota le bras. Il se tourna vers Evie et demanda en toute confiance : « Vous n'êtes pas d'accord, Evie, pour dire que c'est impossible d'oublier l'économie, même ici dans la nature sauvage ?

- Je crois en la responsabilité personnelle. » Evie servit les fleurs de yucca banane. « Les prix ont historiquement maintenu l'équilibre, mais il est préférable de s'entraider. »

Eloy fronça les sourcils, mais Fabri acquiesça de tout cœur. « On ne peut pas mettre un prix sur la compassion. Soyons bons avec nos semblables. La vie est assez dure comme ça. »

Joe demeura neutre, et la conversation se tourna vers les meilleurs endroits pour rechercher des plantes comestibles. Les éclaboussures du ruisseau rappelèrent à Joe la question de l'eau courante, et il se tourna vers Eloy. « Comment pouvons-nous procéder pour commencer à construire la roue ?

- Ensemble, on peut construire la noria en une semaine. Le plus dur, c'est de déplacer les pierres pour les piliers, » dit-il entre deux bouchées de yucca. « Après on doit couper et transporter des chênes pour les poutres qui soutiennent la roue.

- Bessie peut nous aider pour le levage, » dit Joe.

Ils se tinrent debout, remercièrent les femmes pour le déjeuner et se dirigèrent vers la terre plate, le futur champ de blé, où ils avaient laissé Bessie et le chariot plein d'outils. Après avoir déchargé ces derniers, ils parcoururent le champ à la recherche de roches, qu'ils chargèrent jusqu'à ce qu'Eloy juge le chariot assez plein. Bessie tira le tout jusqu'à l'emplacement futur de la noria et ensemble, les hommes portèrent les pierres sur la berge puis les placèrent comme il se doit, se tenant plongés jusqu'aux genoux dans l'eau glaciale. Les roches lissées par l'eau rendaient leur équilibre précaire, et Joe surveillait sa posture pour éviter de glisser. Le froid s'infiltra dans ses jambes et gagna le reste de son corps ; il fut heureux de retourner chercher d'autres roches. Ils travaillèrent le reste de l'après-midi et finirent de poser les socles uniformément dans l'eau, concluant la journée par un séchage autour du feu.

Les sensations regagnèrent ses doigts sous la forme de picotements aiguisés. Une conversation animée l'alerta du retour d'Evie et de Fabri de la forêt. Elles portaient toutes deux des paniers remplis de plantes. Peu importe combien ils s'aimaient, c'était agréable d'avoir d'autres personnes à qui parler.

Eloy se leva avec un grognement et s'étira. « Je crois que c'est mon signal de départ. On se revoit demain matin. On montera les supports en bois et ensuite on s'attaquera à la roue. » Il détacha Bessie, laissa le chariot dans le champ et monta sur le cheval. Fabri lui tendit son panier et monta derrière lui. Ils leur firent signe alors qu'ils avançaient dans le crépuscule.

Evie donna à Joe quelques verdures à laver et couper, et ils se tinrent amicalement côte à côte pour préparer le dîner. Quand les restes de soupe furent réchauffés, ils s'assirent à l'extérieur sous le pommier pour savourer les dernières lueurs du coucher du soleil.

« Eloy et Fabri ont l'air d'aimer se chamailler, » songea Joe en jouant avec un tubercule à l'intérieur de son bol de soupe.

« Eloy, du moins. C'est un compétiteur, ce type.

- Moi aussi, mais on ne se dispute pas.

- Tu as l'esprit compétitif dans certaines circonstances seulement. Et j'aime ça chez toi. Eloy est compétiteur au détriment de . . . » elle fit un geste autour d'elle, « . . . tout.

- Au détriment de tout ? Comme quoi ?

- La compassion, pour commencer. Fabri apprécie la compassion, et elle aide Eloy à se souvenir de son importance quand il se focalise trop sur ses histoires de troc.

- Je vois ce que tu veux dire, ils sont bons l'un pour l'autre. J'espère qu'ils resteront. Ils peuvent partir quand ils le souhaitent. »

Evie serra sa main. « J'espère qu'ils resteront aussi. Ce sont de bons voisins pour nous, et ce n'est pas bon pour les êtres humains d'être seuls. » Elle gloussa. « Sauf si les envies de pain d'Eloy deviennent trop fortes. Je ne sais pas s'il aura la patience d'attendre jusqu'à la récolte. » Puis elle devint sérieuse. « Mais même s'ils devaient partir, Joe, on peut y arriver. On va y arriver. »

Eloy revint après l'aube le lendemain, puis le jour d'après. Les heures ensoleillées, ils s'affairaient aux tâches de construction de la noria. Ils abattaient des arbres, coupaient de longues sections qu'ils faisaient remonter jusqu'au site avec le chariot, perçaient des trous et boulonnaient des supports ensemble. La structure s'éleva sur des piliers de granit, et des panneaux croisés reliaient la structure, suspendue au-dessus de l'eau.

Le troisième jour, Eloy reprit le chariot avec lui, et revint le lendemain matin après l'avoir rempli de planches, qu'il avait récupérées d'une demeure effondrée. Eloy les avait empilées derrière sa cabane, mais il avait maintenant déterminé que Joe voulait la noria pour une utilisation acceptable, car son achèvement serait bénéfique pour eux deux. L'essieu pour le centre de la roue provenait d'un pin ponderosa droit avec l'écorce retirée. Ils assemblèrent le moyeu, formant les rayons et les courbes de la roue à partir de planches et les clouant avec des pointes lourdes. Les planches pour les pales vinrent ensuite.

Après avoir terminé chaque section, ils la transportaient sur les poutres de soutien, ce qui était un travail précaire. Toute chute de cette hauteur pouvait facilement se terminer par une jambe cassée. Ils calèrent la roue juste au-dessus de son emplacement final, le bord inférieur quelques centimètres au-dessus de l'eau fraîche. Eloy termina le travail en clouant les seaux métalliques sur le côté de la roue. Ils n'avaient plus qu'à abaisser la roue et l'essieu dans les supports, qui étaient recouverts de graisse et attendaient de recevoir le tout.

« Prêt à voir le fruit de notre travail ? » demanda Eloy. Joe hocha la tête, une étrange anticipation nerveuse le traversant.

Ils mirent la roue en place, laissant les extrémités de l'essieu tomber dans les supports. L'eau poussa le fond de la roue, et elle se mit à tourner avec une secousse. Les seaux métalliques se remplirent d'eau et s'envolèrent dans les airs avant de replonger dans le ruisseau. Joe cria d'excitation, exalté par la simple machine qui ferait une si grande différence dans leur vie. Eloy lui tapa dans le dos et sourit.

Evie sortit et observa la scène pendant plusieurs minutes, hypnotisée par l'eau soulevée dans les seaux. « Nous sommes pratiquement civilisés maintenant, » dit-elle, rayonnante.

Ils dînèrent ensemble dehors. Alors qu'il les saluait en repartant, Eloy déclara : « Pour conclure notre affaire, demain je reviendrai vous aider à labourer un champ approprié pour le blé. Après cela, je vous laisse vous charger du reste pour qu'il pousse de quoi nous faire du pain. »

Comme promis, Eloy était de retour le lendemain matin. Evie, Joe et Eloy burent des tasses de thé des mormons fumant qu'Evie préparait avec les plantes qu'elle récupérait, avant de prendre le chemin de la montagne pour une autre partie de chasse quotidienne. Joe et Eloy conduisirent Bessie au terrain plat en aval de la noria. Eloy traîna lourdement son talon sur la terre, dessinant une ligne. « Si tu traces bien la pente, » ils se tutoyaient tous désormais, « l'eau d'irrigation ira exactement là où tu veux. »

. . .

> Je ne suis pas stupide, j'aurais pu déduire ça tout seul. Mais . . . c'est intéressant que j'aie accueilli à bras ouverts le mentorat de Gabe sur les concepts intellectuels, tandis que les conseils d'Eloy sur des sujets pratiques m'irritent. Aurais-je un parti pris inconscient ?

. . .

Joe hocha la tête et se promit de prêter plus attention à Eloy. Ils marquèrent quatre coins avec des piquets, et Eloy conduisit Bessie et la charrue en position. Ils s'accroupirent à côté de la machine antique, et Eloy montra à Joe comment nettoyer la lame pour que la boue du champ ne colle pas.

Eloy attela le cheval à la charrue. « Joe, et si tu maniais la charrue ? Moi je m'occupe de diriger Bessie. » Joe saisit avec hésitation les poignées de la charrue, imaginant un vélo. Eloy prit les rênes, et Bessie mit la charrue en mouvement. Elle bondissait dans ses mains de manière sauvage, et Joe luttait pour maintenir son emprise sur elle, et plus encore pour conserver un mouvement en ligne droite. La charrue retourna le sol noir, et un doux arôme glaiseux emplit ses narines. Quand ils atteignirent la fin, Eloy lui fit signe de soulever et tourner la charrue d'un côté, et la lame s'extirpa de la terre.

« Beau tracé. » Eloy fit tourner le cheval. Joe essaya d'aligner la charrue dans une ligne parallèle à la première, alors qu'Eloy lançait Bessie le long de la colline en pente douce. « On aura juste un sillon inutilisable au milieu du terrain en procédant de la sorte, mais en contrepartie tous les autres pourront être réguliers et exploitables, » dit-il.

Les poignées de la charrue continuaient à taper sèchement ses doigts, même si Eloy faisait avancer le cheval à un rythme lent et constant. Quand ils revinrent sur la troisième rangée, la charrue posa la bande de terre retournée contre la première.

Ils continuèrent à labourer d'avant en arrière, en effectuant une pause de temps à autre pour reposer le cheval fatigué et les bras exténués de Joe. Ils devaient aussi retirer la terre collée au soc de la charrue, et ils en profitaient pour boire de longues gorgées d'eau. Joe tapota le flanc humide et musqué de Bessie pour l'encourager à continuer à tirer sous la chaleur du milieu de journée. Elle balançait sa queue pour se débarrasser des mouches qui l'embêtaient.

Au début de l'après-midi, ils avaient presque fini. « Maintenant, Bessie va nous tracer un sillon qui reviendra vers votre noria. Tu pourras le creuser avec une pioche et une pelle plus tard pour ton canal d'irrigation, » déclara Eloy. Le cheval rechigna, mais finit par traîner la charrue une dernière fois dans un long sillon revenant jusqu'au ruisseau. Eloy caressa la tête de la jument, la détela, et la laissa brouter l'herbe à côté de la cabane de Joe.

Ils s'assirent sous un sapin à proximité pour se reposer.

« Où as-tu appris tant de choses sur l'agriculture ? » Joe se massait la nuque. Elle était dure comme de la pierre. Il n'avait toujours pas pris le coup de main avec la charrue.

Eloy haussa les épaules et regarda le synthévase d'eau qu'il tenait. « J'ai grandi dans une ferme avant de rejoindre l'armée. Elle était exploitée par des bots, mais mes parents étaient tous deux des amoureux de la nature et curieux de connaître les anciennes méthodes, donc ils ont appris les techniques traditionnelles. » Il loucha sur le champ et passa ses doigts tachés de boue à travers ses cheveux bouclés.

« En tout cas, tu as beaucoup appris d'eux.

- Je me considère comme autodidacte dans la plupart des domaines. Mais, oui, je leur accorde un certain crédit pour le coup.

- Si je peux vous poser une question . . . » Eloy lui fit face, un sourcil levé, dans l'expectative. « Vous avez purgé vos peines. Pourquoi restez-vous ici ? »

L'expression d'Eloy devint pensive. « Pour commencer, ce ne serait pas légal pour Fabri et moi d'être ensemble. Non pas que cela m'ait jamais arrêté avant. » Il étudia le ciel. « Peut-être est-ce le défi d'être ici. Presque personne vivant de nos jours ne pourrait y parvenir. Tout le monde dépend de la technologie moderne. Ici, je peux faire quelque chose de différent, vivre ma vie différemment. Je peux compter sur moi-même. Je ne suis redevable envers personne.

- Et tu n'as pas à t'inquiéter des niveaux.

- Exact. Je me fous complètement de l'étiquette que la société me colle, et maintenant ça n'intéresse plus personne d'autre. Je n'ai pas à recevoir les fruits d'une chose avec laquelle je suis né ou l'utiliser comme une excuse. Je suis sur mon propre chemin, et je suis le seul à décider de jusqu'où je veux aller.

- Il y a un côté romantique à cela. » Joe gratta sa barbe, plus longue qu'elle l'avait jamais été. « Je sais que c'est dans ton intérêt aussi, mais je suis content que tu aies choisi de rester ici. Ça rend notre survie bien plus probable.

- Tant que vous continuez à porter votre poids, » acheva Eloy avec un signe sec de la tête en se relevant. Il n'était pas du genre à rester en place. Il attela Bessie au chariot, monta sur le siège, fit signe, et tira les rênes pour reprendre le sentier irrégulier qui menait à sa propre cabane.

Une autre semaine passa avant que Joe eût terminé de planter son champ de céréales. Chaque étape prenait plus de temps qu'il le prévoyait, surtout sans l'aide d'Eloy et de ses conseils. Il lui fallut deux jours de dur labeur pour terminer le projet d'irrigation. Joe coupa davantage d'arbres, les hissa jusqu'à la noria et les tailla en planches de support avec sa scie à archet. Il utilisa les planches d'Eloy pour relier un abreuvoir rudimentaire en bois au sillon. Ses premières tentatives n'étaient pas étanches, et il lui fallut s'y prendre à trois reprises pour y arriver. Après cela, une dure journée passée à creuser lui permit de transformer le sillon en fossé acceptable pour transporter l'eau jusqu'au champ.

Evie avait passé la dernière semaine à remplir son garde-manger de plantes et à préparer les repas. Mais maintenant, Joe avait besoin de son aide pendant deux jours pour ratisser le champ labouré. Joe prit une journée entière pour semer à la main, plaçant les précieuses graines de blé C4 en rangées soignées, puis en étalant délicatement de la boue sur chaque graine pour l'enterrer, à l'abri des oiseaux affamés. La dernière étape consistait à ouvrir une porte d'écluse pour diriger l'eau dans le canal. L'eau coula lentement sur le champ et remplit les sillons de chaque côté. Joe et Evie portèrent un seau jusqu'aux zones moins accessibles.

« J'ai le dos en compote. On se reposera demain, le septième jour, » déclara Joe, en reposant le seau et en admirant leur travail. Ils avaient transformé la clairière en un champ irrigué et ensemencé.

« Peut-être pas, mon chéri, » répondit Evie. Surpris, il se tourna vers elle. « On peut encore utiliser les outils d'Eloy pour pas mal de choses avant de les lui rendre. »

Le lendemain, Joe ajouta un lavoir et une baignoire au système d'eau. À côté du lavoir, il creusa un trou pour une baignoire, qu'il tapissa avec les planches restantes. L'excès d'eau s'écoulait du bain jusqu'au champ, emportant l'eau loin du ruisseau.

Le bain se remplit d'eau cristalline. Fier de son travail, il appela Evie à l'extérieur.

L'eau était froide, mais propre et accueillante. Ils se regardèrent, puis se déshabillèrent et s'enfoncèrent dans l'eau opulente. De la baignoire, ils regardèrent à travers le champ humide, ses précieuses graines prêtes à prendre vie.

Les couleurs à l'horizon se transformaient, les tons orange laissant place au rouge. Les oiseaux se faisaient plus calmes, volant pour se percher plus bas dans la vallée.

Joe étudia la nature qui l'entourait, filtrant les images et les sons dans sa tête pour obtenir une image plus riche de son nouveau monde. Pour la première fois depuis des mois, il s'autorisa à penser librement.

La clarté du monde physique réel était un contrepoint aux bons souvenirs de ses conversations avec Gabe. Il avait commencé son congé sabbatique dans le but de trouver des réponses à des questions pressantes, avec l'espoir d'accéder à la sagesse. Gabe avait été un parfait modèle à ce titre. Joe réalisa que sa quête passait par la rencontre avec des sages, qu'il s'agisse de véritables mentors ou de livres. Mais après cela, la sagesse était une quête solitaire. Chacun vient au monde seul et le quitte seul. C'était un voyage personnel. Il en allait de même pour l'acquisition de la sagesse.

. . .

> Si les tâches et les problèmes de la vie peuvent être surmontés ici dans la Zone vide, alors je peux utiliser l'excès de temps pour vivre et penser. Où en est mon projet désormais, et comment ai-je répondu à mes questions jusqu'à présent ?
>
> Quand nous étions dans le désert, j'ai décidé qu'il y avait trois exigences pour le libre arbitre. La première est qu'il ne peut pas y avoir d'interférence de l'extérieur d'un univers physique fermé. La deuxième est que l'univers doit admettre une certaine indétermination. La dernière est que, quel que soit le « moi » que nous sommes, ce « moi » doit être causal. Il doit alors y avoir un moyen d'imaginer qu'un tel mécanisme causal peut exister dans un univers physique fermé.

. . .

Il resta assis dans la baignoire avec Evie, dans le calme de leurs pensées individuelles, jusqu'à ce que la lumière s'estompe. Evie toucha son bras et se glissa hors de l'eau. Joe demeura immobile, profitant de l'obscurité enveloppante. Enfin, il se tenait droit dans son isolement, un homme seul dans la nature, incertain de son sort mais s'emparant des rênes de son destin. Il n'était toujours pas sûr de ce qu'était ce « moi », mais il savait qu'il existait et qu'il choisissait la vie.

Chapitre 35

Joe visa soigneusement la cible, qu'il avait placée treize mètres plus loin sur un poteau au bord de son nouveau champ de blé. Sur la lentille de son arc, il centra le réticule sur le cœur de cible, exhala délibérément et, quand ses poumons s'étaient vidés et qu'il était parfaitement immobile, ordonna à ses doigts de lâcher la corde. La flèche s'échappa avec un sifflement. Il se détendit en voyant le groupe de cinq flèches disposées dans une petite ellipse.

Il leva le regard pour étudier son champ, où les jeunes pousses de blé commençaient à sortir du sol noir labouré. En amont, la noria tournait, la roue émettant des sons d'éclaboussure rythmiques lorsque chaque seau d'eau venait renverser son contenu dans le ruisseau.

Evie apparut sur la colline au-dessus de la cabane, portant son sac. Elle se dirigea vers lui avec un sourire.

« La récolte a été bonne aujourd'hui ?

- J'ai trouvé un écureuil dans un des pièges plus haut dans la montagne. Je suis contente que tu m'aies appris à les poser. Ces pièges à gibier et à poissons fonctionnent très bien. »

Joe fronça les sourcils. « Tu n'as pas vu tous ceux qui ne marchaient pas. J'ai abandonné une douzaine de pièges sur la crête à trois kilomètres à l'est, et une autre demi-douzaine au nord-ouest dans le ravin. Malgré tout mon travail pour les poser, je pense qu'ils étaient juste mal placés. Je n'ai pas encore compris pourquoi certains endroits ont plus de succès que d'autres. » Il soupira. « Je doute que le moindre de nos pièges soit suffisamment efficace pour qu'on passe l'hiver. »

Evie hocha la tête en regardant l'arc. « Tu dois chasser le cerf aussi.

- J'en vois parfois, tôt le matin. Aujourd'hui, j'ai eu l'occasion de tirer, mais j'ai raté l'animal. » Joe fronça à nouveau les sourcils. « J'ai retrouvé ma flèche après avoir cherché pendant une heure. Donc cet après-midi, j'ai attaché une planche sur une branche solide pour construire un poste de tir primitif. Ce sera probablement plus efficace pour chasser ; ils ne s'attendront pas à ce que je me cache en haut et ils auront plus de mal à sentir mon odeur. C'est près d'un sentier avec des arbres regroupés et des excréments de cerf. Je réessaierai demain. »

Evie hocha la tête, puis lui tendit l'écureuil. Elle l'avait apprêté comme il lui avait enseigné. Il sortit son grand couteau et termina le travail en enlevant la peau, puis il découpa l'animal. Evie savait comment accomplir ces tâches, mais cela lui donnait des frissons de dégoût, alors que lui avait pris l'habitude. C'était nécessaire.

Joe apporta l'animal à l'intérieur, où Evie lavait et rangeait les différentes plantes qu'elle avait trouvées. Joe embrocha la viande et la mit sur le feu pour la rôtir, puis se lava les mains avant de venir observer Evie à l'œuvre. « J'aimerais en savoir plus sur tes secrets de cueillette. Je n'arrive toujours pas à reconnaître la moitié des plantes que tu trouves.

- Je vais t'apprendre. On devrait tous les deux apprendre suffisamment de compétences pour survivre, juste au cas où . . . » Ses mains séparaient les feuilles flétries des feuilles fraîches.

Joe ignora le cœur de sa réponse, car il ne voulait pas penser à cette éventualité. « Je pourrais apprendre à cuisiner quelques plats. Tu ne devrais pas avoir l'impression que c'est toujours à toi de le faire. »

Evie leva les yeux, surprise. « J'aime cuisiner. » Elle arbora un sourire espiègle. « Garde les souris à l'écart et je m'assurerai que ton ventre reste plein.

- Pour l'instant, c'est réglé, » dit-il, se rappelant de la souris qu'il avait chassée avec un bâton en bois alors qu'elle cherchait de la nourriture. « C'est le genre de division du travail que je peux soutenir. » Il posa ses coudes sur la table et sa tête dans ses mains, et étudia les allées et venues d'Evie devant le feu. Il adorait contempler les gestes gracieux de son corps, même quand elle faisait quelque chose d'aussi ordinaire.

Evie s'arrêta. Elle flâna jusqu'à la table et s'assit sur ses genoux, massant malicieusement un de ses bras. « Ta remise en forme porte ses fruits. Tu crois que tu es plus fort que moi, maintenant ? »

Il ricana, puis devint sérieux. « C'est assez pour toi ? » Elle le regarda fixement. Il prit son temps avant de poursuivre, essayant de formuler clairement sa pensée. « Quand nous nous sommes rencontrés, tu étais tellement focalisée sur ton niveau. Maintenant que nous sommes ici dans le désert, les niveaux n'ont pas d'importance. Je veux que nous soyons égaux. Est-ce que cette égalité te suffit ? »

Elle cessa de frotter son bras et rencontra son regard. « Oui, c'est comme une vraie relation. C'est tout ce que je pouvais demander. » Elle l'enveloppa dans une étreinte serrée.

Il faisait sombre à l'intérieur de la cabane quand Joe s'habilla, saisit son arc et d'autres accessoires empilés dans un coin avant de se faufiler dehors. La lune était gibbeuse et assez haute dans le ciel pour éclairer son chemin à travers la forêt. Ses semaines de pratique à se déplacer à travers la végétation avaient payé, et il marchait désormais aussi furtivement qu'un chat, retraçant son chemin vers son poste perché. Il se hissa avec la corde qu'il avait laissée, puis tira son équipement vers le haut et s'installa dans l'arbre.

Il faisait frais et il n'y avait pas de vent. Si un courant d'air venait, ce serait dans sa direction, vers le bas du vallon où il soupçonnait que le cerf mulet dormait. Il attendit, arc à la main, une flèche posée sur la corde.

Joe visualisa ce qu'il ferait lorsqu'il verrait un cerf. Il balaya son arc le long du chemin, comme s'il suivait un animal en mouvement, et il imagina l'endroit précis du thorax d'un animal, s'ajustant mentalement à sa taille dans l'arbre. Un soupçon de regret le traversa alors qu'il envisageait de tuer un animal sentient, mais il repoussa la pensée.

. . .

> Les charpentiers plient le bois ; les fabricants de flèches taillent les pointes ; les sages se façonnent eux-mêmes.

. . .

Ses yeux s'ajustèrent à la faible lumière, et il distingua les silhouettes des pins. Ses oreilles étaient à l'écoute du moindre murmure ; le gazouillis des insectes, le chœur matinal des oiseaux remplissant l'air, chaque mélodie s'écoulant vers la suivante. Il était une statue d'Azraël, caché dans la pénombre.

Un bruissement doux le tira de ses pensées. Une biche se déplaçait vers le bas du vallon, plongeant dans et hors de l'ombre. Elle se déplaça avec hésitation, puis leva la tête pour renifler l'air avant d'avancer à nouveau. Derrière elle marchait un chevreuil, royal avec sa couronne de bois.

Il se concentra sur le mâle alors que la biche passait devant son arbre. Ils ralentirent, et le mâle se retourna, exposant son flanc alors que son corps était encadré dans la lunette de l'arc.

Joe libéra la flèche de sa retenue. Elle s'élança de son arc avec un sifflement fatal. Le chevreuil sursauta puis renâcla, avant de se plonger vers l'avant. Il partit se traîner dans le taillis. Joe descendit de son perchoir, encocha une autre flèche, et courut sur le chemin. Les taches de sang s'éloignaient du sentier, et il trouva la bête couchée sur le flanc dans un buisson de cerisier de Virginie. La biche était introuvable dans les environs.

Joe se tint au-dessus du chevreuil et trembla pendant plusieurs minutes, l'adrénaline et l'euphorie circulant à toute allure dans ses veines. Le visage de l'animal était gris clair avec une bande blanche sur son cou et un front brun. Ce n'est que lorsque le regard de Joe rencontra ses yeux vides d'expression qu'il se sentit coupable d'avoir pris la vie d'un être sentient.

Il sortit le couteau de son sac et commença le travail sanglant d'apprêtage. Il retrouva la pointe de sa flèche, qui avait traversé les deux poumons et s'était logée contre une côte. L'odeur métallique piquante frappa ses narines alors qu'il retirait les entrailles. Il jeta les abats sur le sol et les laissa aux charognards, puis tourna la carcasse pour drainer le sang sur l'herbe verte. Joe retourna à son poste dans l'arbre pour récupérer sa corde. Il l'utilisa pour hisser et accrocher la carcasse dans un arbre. Puis il aspergea de l'eau sur ses mains, ramassa son sac et son arc, et redescendit de la montagne.

Joe trouva Eloy occupé à biner les plants de haricots. « À voir tes mains, je dirais que tu t'es fait un cerf mulet, » lança Eloy.

Joe essuya le reste de sang qu'il n'avait pas remarqué contre l'arrière de son pantalon. « Pourrais-tu m'aider à le tirer jusqu'ici avec le chariot, et est-ce que je pourrais utiliser ton fumoir ? Partageons la viande avant qu'elle se gâte.

- Toujours content d'aider, » dit-il. « Utiliser le chariot est plus pratique que de fabriquer un travois. J'ai essayé les deux. » Il attela Bessie au chariot, et ils escaladèrent la montagne alors que le soleil s'élevait dans le ciel matinal.

« Joli mâle, » dit Eloy en arrivant à l'arbre où il pendait. « Surtout pour une première. Et c'est du travail propre. Il n'a pas l'air d'avoir souffert longtemps. » Joe hocha la tête sinistrement. Ensemble, ils chargèrent la carcasse, la ramenèrent et l'accrochèrent à un chevron dans la grange d'Eloy.

Eloy enseigna à Joe le processus de découpe, pointant avec son deuxième couteau à filet pendant que Joe taillait la bête. Joe enleva la peau et la mit de côté, puis désossa la carcasse, coupant à travers le dos, l'épaule, la croupe, les côtes et les jarrets.

« J'estime que tu auras trente kilos de viande maigre quand on aura fini. » Eloy désigna les restes. « Garde la graisse pour faire du savon plus tard.

- Tu as appris tout ça à la ferme ? » Joe avait mémorisé la procédure de découpe d'une carcasse, mais les diagrammes dans sa tête n'auraient pas permis un travail si précis. Il aurait gâché une bonne partie de la viande.

Eloy agita le couteau en soupirant. « Je suppose que je devrais te le dire. Ma famille avait une ferme, oui, mais c'était une excuse pour vivre de la façon particulière que mes parents souhaitaient. Pour eux, les vieilles méthodes étaient plus qu'un passe-temps ; ils étaient obsédés. Ils nous ont élevés en nous emmenant faire du camping rustique. Au début, on ne remarque que le plaisir et les jeux, mais en vieillissant, j'ai réalisé que nous étions de vrais parias sociaux. Je n'ai jamais vu une personne qui n'était pas de notre famille dans notre maison. » Il allait se frotter l'arrière du cou, mais s'arrêta avant que sa main couverte de sang le touche. « Ils avaient des idées conservatrices qui ne me plaisaient pas trop. Quand j'ai laissé tomber l'université, je ne suis jamais rentré à la maison. Je suis allé directement à l'armée. Mais j'ai appris à être autosuffisant dès mon plus jeune âge. »

Joe regarda Eloy, qui inspectait les morceaux de viande et évitait de croiser son regard. Il ne pouvait pas imaginer une telle éducation ; chasser les animaux, enfant ? Pas d'interactions sociales en dehors de sa famille ? Il se demandait s'ils avaient des ESNE ou des MEDFLOW, mais il ne voulait pas en demander trop à Eloy, qui était déjà mal à l'aise. « Eh bien au moins tu es au bon endroit. Merci pour ton aide. Et pour ton amitié. »

Eloy rencontra le regard de Joe avec un petit sourire avant de reprendre son expression bourrue habituelle. « Mettons cette viande au fumoir. »

À côté de la grange se trouvait un hangar qui faisait office de fumoir, construit en planches de pin avec une porte hermétique. Une cheminée de pierre conduisait la fumée dans le hangar depuis un poêle de brique, un mètre plus loin. Alors qu'Eloy mettait du bois dur dans le poêle et attisait les flammes, Joe accrochait les morceaux de viande sur des barres transversales en bois à l'intérieur. Eloy l'aida à finir, puis ils sortirent et scellèrent la porte.

« C'est pratique pour fumer la peau de cerf et en faire des couvertures, » déclara Eloy. Il expliqua la technique.

« Très ingénieux. J'ai tout lu sur la fabrication de peau de cerf, mais cela rendra la dernière étape beaucoup plus facile. » Joe pensa à son prochain projet.

Il mit trois gros steaks dans son sac alors que Fabri approchait depuis le pont. « Evie voulait que je te remercie de nous avoir donné la barre de savon, » dit Joe.

« Tout le monde veut être propre.

- Joe nous a apporté le dîner de ce soir. » Eloy montra les trois steaks qu'il avait lui-même pris. « Je vais garder une trace de ce que nous mangeons pour que je puisse te redevoir ça avec mon prochain cerf. »

Joe agita la main. « Je suis sûr que tout s'équilibrera au final. »

Fabri se mit à rire. « C'est ce que je me tue à lui dire. C'est le travail du type là-haut dans le ciel, ça. »

Le lendemain matin, Joe était debout à l'aube et impatient de s'attaquer à sa nouvelle tâche : tanner la peau du cerf. Il sentait l'humidité dans l'air et sur sa peau, et l'odeur de l'herbe remplissait ses narines. Dans la lumière délicate, les toiles d'araignée brillaient dans les avant-toits de la cabane.

Joe traîna une longue poutre coupée d'un tronc tombé non loin de la cabane. Il posa une extrémité sur un tréteau de fortune et y étendit la peau. Avec un grattoir en métal qu'il avait emprunté à Eloy, il frotta méthodiquement chaque centimètre de viande et de graisse accroché à la peau.

Ensuite, il prépara la solution alcaline pour le tannage. Joe mélangea de l'eau et des cendres de la cheminée dans un seau, remuant la mixture pour obtenir une boue épaisse. Fabri avait apporté des œufs en cadeau la veille, et Joe en prit un dans la cabane pour tester l'alcalinité de sa solution. Après avoir expérimenté différentes proportions d'eau et de cendres, l'œuf finit par flotter dans le récipient, seule la pointe de l'œuf barbotant à la surface. Joe enleva l'œuf et mouilla la peau dans le seau avant de la lester avec une pierre, et la laissa tremper à côté de la porte de la cabane.

Il avait allumé un feu dans la cheminée et y avait placé une bouilloire d'eau, quand Evie revint avec les fruits de sa récolte matinale, qui comprenait cinq petits oiseaux, sans vie, dans une poche faite de roseaux tissés.

« Comment tu as fait pour les attraper ? » Il ne pouvait pas cacher la surprise dans sa voix.

Son grand sourire révélait sa satisfaction de ses efforts. « J'ai étudié tes pièges et j'ai pensé aux oiseaux. J'ai fait un filet avec les longs roseaux fibreux que j'ai ramassés près du ruisseau. C'est ce sur quoi je travaillais pendant que tu construisais la noria. Il m'a fallu beaucoup de temps pour tisser l'ensemble. Ensuite, j'ai installé ça sur des poteaux près d'un parterre de baies. Il faudra que j'aille voir ça régulièrement.

- Très astucieux tout ça, ma chère Artémis. Ça nous changera un peu du lièvre.

- Comment se passe le tannage ? » Elle posa son sac et s'assit à côté de lui sur une bûche.

« Assez bien, surtout quand on considère que je n'ai jamais touché une vraie peau de cerf avant. » Il s'essuya le front d'une main. « Bientôt, nous aurons de nouveaux vêtements et des couvertures. »

Evie regarda dans le seau. « Ça se passe comment, après ? »

Joe passa en revue les étapes sur ses doigts. « Après trois jours dans la solution alcaline, je vais enlever les poils et le grain au racloir. À priori, c'est un gros travail. Ensuite, je laisserai la peau dans le ruisseau pendant la nuit pour la rincer. Une fois cela effectué, le traitement de la membrane et le tannage à la cervelle m'attendent, et c'est ce que je prépare maintenant. Eloy me laissera utiliser son fumoir pour fumer la peau. Comme ça elle devrait rester souple, même en cas d'humidité. »

Evie pointa le crâne du cerf que Joe avait placé près du feu et plissa le nez. Il en avait gratté la fourrure et la chair et l'avait lavé jusqu'à ce qu'il soit lisse, conscient qu'une tête d'animal bouleverserait probablement Evie.

« Et tu comptes faire quoi avec ça ?

- Pour le tannage à la cervelle, je dois mélanger la cervelle avec de l'eau chaude, puis y tremper le cuir pour qu'il s'assouplisse. »

Elle tendit la main et fit glisser avec hésitation un doigt sur le sommet du crâne. Les bois étaient encore attachés ; un rappel de la beauté éphémère de cette créature encore vivante il y a peu. « Pauvre bête. Nous bénissons ta vie, que tu as abandonnée pour notre nourriture et nos vêtements.

- Les steaks aux tomates et aux oignons sauvages étaient délicieux. » Joe se lécha les lèvres.

Evie fronça les sourcils. « Je parlais sérieusement. Nous infligeons la mort à ces animaux ; le moins que nous puissions faire est de les respecter. »

Le visage de Joe se contorsionna quand il se souvint de la fraction de seconde à laquelle il avait lâché la flèche. « Je me demandais combien nous étions censés broncher face à la mort, ou la vie. J'ai remarqué que j'étais désensibilisé face à la mort de . . . la plupart . . . des animaux qui nous nourrissent, et je ne me sens mal à l'aise que quand je considère ma vie avant la Zone. » Joe marcha jusqu'à la cheminée pour contempler les flammes bondissantes. « Gabe et moi avons discuté de l'épiphénoménalisme, qui est la théorie que l'esprit est une illusion. Le mental ne peut pas causer le physique. »

Joe passa plusieurs minutes à décrire sa conversation avec Gabe au sujet de la causalité résultant de particules en mouvement, et non de l'esprit. Il n'acceptait pas l'argument, et ne pouvait donc pas l'utiliser pour justifier ses actions. Mais le fait de tuer le cerf avait à nouveau éveillé ses pensées à ce sujet.

Evie l'étudia d'un air interrogatif. « Tu penses vraiment que l'univers n'est qu'un tas de particules en mouvement ?

- Non, c'est absurde.

- Pourquoi ? »

Il fixa profondément les flammes et organisa ses pensées. « Quand je tire sur la corde de l'arc, la flèche est prête à voler. Au niveau des particules, ces particules spécifiques interagissent les unes avec les autres à la vitesse de la lumière ; une seconde plus tard, les effets peuvent avoir parcouru trois cent mille kilomètres. Il y a un retard, mais pas suffisant pour qu'on le remarque. Donc, dans les faits, nous pouvons penser au monde de particules comme si toutes étaient entremêlées. C'est une interprétation réductionniste.

Mais ces forces ne sont pas ce qui est important. Ce qui compte vraiment, c'est la façon dont les relations entre chaque élément à un instant donné préparent le terrain pour l'instant suivant. Si je lâche la corde, les forces sont libérées. Mais ces interactions n'ont rien à voir avec le *sens* de tuer un cerf. Je voulais tuer le cerf. Ce sont ces méta-relations, dans ce cas, mon *intention*, qui régissent la façon dont le monde se déroule, et c'est un aspect que l'explication réductionniste laisse de côté. C'est là la clé. L'explication réductionniste décrit un univers où de telles méta-descriptions sont inexistantes, et ce n'est pas l'univers dans lequel nous nous trouvons. Par conséquent, l'explication réductionniste est fausse. »

Elle fronça les sourcils, pensive. « La deuxième exigence pour le libre arbitre est que l'univers n'est pas entièrement déterministe, non ? Mais tu as déjà dit qu'il ne l'était pas, au moins de certaines façons. »

Il hocha la tête. « Des collections aléatoires de matière, par exemple des roches et des arbres, ou de simples tas de sable, semblent causer la survenue de choses d'une manière que la simple description des mouvements de particules ne reflète pas. Ensuite, il y a de grands motifs *intentionnels* non aléatoires de choses qui semblent briser le déterminisme. J'ai causé la mort de la créature directement, de mon esprit à mon doigt sur la corde de l'arc. J'avais l'intention d'envoyer la flèche à travers ses poumons. »

Evie ramassa le crâne et équilibra les bois sur son genou. « C'est moi qui ai donné l'ordre aux manifestants de se réunir. Quand j'ai émis cet ordre, j'ai causé tout ce qui a suivi . . . » Evie serra le crâne et frissonna.

« Mais d'où est venue cette idée d'injustice ? Qu'est-ce qui t'a amenée à organiser le mouvement anti-niveaux en premier lieu, à envoyer ce message pour que d'autres se joignent à ta cause ? Le déclenchement d'impulsions électromagnétiques dans ton esprit, avec un réseau de réactions chimiques et ta propre expérience, voilà ce qui t'a menée à tes pensées. Ensuite, tu as partagé ces pensées avec d'autres personnes pensantes. Le message lui-même a été transmis en déplaçant des particules, comme tu l'as dit, mais l'*idée* est ce qui a déclenché la chaîne d'événements.

- Oui.

- Encore une fois, cet exemple montre à quel point il est absurde d'attribuer le résultat à des particules en mouvement. Les électrons de ces impulsions électromagnétiques eux-mêmes n'ont rien causé d'aussi complexe que ce qui s'est produit. Ton message, qui renfermait une idée, est ce qui a amené d'autres esprits à agir.

- Mon acte a été la cause, et la mort de Celeste et Julian un effet ? »

Joe mit sa main sur son épaule dans une tentative d'adoucir sa culpabilité. « Oui, mais beaucoup moins directement que mon acte de libérer la flèche. Peightân et Zable ont été la cause directe. Ils ont intentionnellement tué tes amis. À l'opposé, tu as agi dans le meilleur intérêt du groupe, compte tenu des connaissances limitées que tu avais. Tu n'avais pas l'intention de leur causer du mal, et leur mort a été une conséquence involontaire.

- J'ai déclenché une série d'événements qui ont abouti à la mort de gens qui comptaient pour moi. » Chacun de ses mots lui pesait.

« Nous abordons chaque décision avec une vision étroite du passé et de notre présent, et avec un faible pouvoir de nous projeter dans l'avenir. Il y aura toujours des conséquences imprévues. Qui peut jamais connaître le plein effet ? Nous devons décider, car même l'indécision est une décision.

Evie regarda le crâne, une main sur son ventre. « Alors nous faisons du mieux que nous pouvons. »

Ils avaient mangé un merveilleux dîner avec une truite arc-en-ciel tendre que Joe avait attrapée dans un de ses pièges. Maintenant, Evie s'entraînait à des mouvements lents et précis avec son bō sur la rive du ruisseau, le faisant virevolter en arcs alors que le soleil se couchait sur les collines. Ayant une définition différente de la relaxation, Joe s'assit contre le pommier, ses mains entrelacées sur son ventre plein. La lune montante éclairait les branches et exposait plusieurs pommes suspendues au-dessus de lui. Il repensa à la conversation sur la causalité mentale qu'il avait eue avec Gabe, quand il avait observé les ballons bleus et rouges dans l'espace de réalité virtuelle.

L'argument selon lequel la mentalité était une illusion était absurde, et il avait besoin de comprendre pourquoi.

Joe leva à nouveau les yeux et cueillit une pomme. Il prit une bouchée, le jus amer du fruit qui n'avait pas encore mûri remplissant sa bouche. Il tourna la sphère verte mouchetée dans sa main et pensa aux propriétés de la couleur et de l'amertume, et à ses conversations philosophiques avec Gabe sur la survenance des propriétés. Joe trouva une autre pomme, qui commençait à virer au rouge. Il la cueillit et la tint dans son autre main.

. . .

Gabe dirait qu'une pomme verte, comme celle-ci, représente des propriétés mentales, et qu'une pomme rouge, comme celle-là, représente des propriétés physiques.

Les propriétés physiques primaires incluent le mouvement, la solidité, l'extension, la masse et le nombre. Les propriétés physiques secondaires incluent les sensations, comme la couleur, le goût, le parfum et le son. La couleur visible de cette pomme rouge n'existe qu'à l'échelle de la lumière, car le reflet de la lumière est ce qui provoque la sensation de couleur. L'amertume et le parfum de cette pomme réveillent les sensations sur ma langue à cause de l'interaction de molécules spécifiques. Mais à plus petite échelle, je ne reconnaîtrais plus cette pomme.

Nous pensons surtout aux propriétés axées sur notre échelle humaine ; ce que nous pouvons toucher, voir et ressentir. Si je pense aux particules, à la matière qui constitue un objet, je peux imaginer me plonger dans le monde microscopique. Je passe de cette pomme rouge à la taille de cellules organiques, puis aux ondes lumineuses visibles, aux molécules, jusqu'à la taille d'un noyau atomique. Et plus petit encore, à un seul proton, et jusqu'aux quarks qui composent le proton, et enfin à la mousse quantique qui constitue le tissu de l'espace-temps.

À mesure que je m'enfonce dans des échelles de plus en plus petites, presque toutes les propriétés secondaires et primaires traditionnelles s'éloignent.

L'existence de propriétés est la clé de voûte de ce « problème » de causalité mentale, mais l'étude scientifique à des niveaux microscopiques soulève la question de savoir si les propriétés existent réellement en premier lieu. À tout le moins, les propriétés n'existent pas à *l'intérieur* d'autres objets. Dans la physique actuelle, dans les dimensions de l'espace-temps, il n'y a aucune preuve concluante pour les propriétés.

Mais c'est peut-être là la clé. Je pense avec insistance que les propriétés *n'existent pas*. Si c'est vrai, cela sape tout argument de causalité mentale.

Peut-être que tout n'est pas perdu, et que nous pouvons croire que nos esprits ont une causalité dans le monde. Peut-être que notre libre arbitre existe réellement. Mais si les propriétés physiques n'existent pas, alors d'où vient notre expérience de la couleur, de la lumière et du son ? Qu'est-ce qui remplace le travail que les philosophes attendent des propriétés ? Il doit y avoir un autre élément fondamental d'une ontologie. J'aurais besoin de trouver une autre explication.

. . .

Joe finit de manger la pomme amère, savourant la façon dont elle chatouillait ses papilles gustatives. Il s'assit sous l'arbre, pensant, jusqu'à ce que l'obscurité l'entourât ; les étoiles sortirent. Il ramena la pomme rouge pour la partager avec Evie. Se glissant dans la cabane, il la trouva éveillée avec une bougie allumée. Il rampa dans son lit à côté d'elle. Dans la pénombre, il vit que ses yeux étaient humides.

Il lui toucha le visage. « Tu pleures ?

- Je pense à la vie et à la mort.

- À Celeste et Julian ?

- Oui. » Elle poussa un long soupir. « Non, je pense plus à la vie . . . »

Il tira son corps près du sien. Son cœur battait contre lui, et elle murmura : « Je crois que je suis enceinte. »

Chapitre 36

« Continuez à apporter du bois de chauffage, nous on se charge de la cuisson. » Fabri pétrit la pâte en pain et traça proprement trois tranches sur le dessus. Plusieurs bols de pâte en train de lever tapissaient la table, leur riche parfum de levure emplissant l'air. Evie travaillait en face de Fabri, et la pâte de blé entier collait à ses mains alors qu'elle pétrissait un grand monticule. Malgré son commentaire sur le bois de chauffage, la réalité était qu'Eloy et Joe restaient assis à regarder les femmes. Il savait qu'ils partageaient la même pensée ; ils avaient fait leur part et pouvaient se détendre.

« Encore un peu et je vais l'avoir, mon pain, dit Eloy, un sourire froissant son visage.

- Je suis encore étonné qu'on ait si bien réussi le moulin, Eloy. Les pièces qu'on a fabriquées se sont calées bien mieux que je l'imaginais et ont fonctionné dès la première fois. »

Il sourit. « Je t'ai laissé faire le plus dur. »

Joe étudia ses mains et les callosités qui étaient apparues après avoir ciselé les rainures dans la meule. Il avait fallu des efforts surhumains pour faire glisser les deux pierres plates dans le chariot, et la construction du cadre en bois abritant les meules n'avait pas été une tâche facile non plus. Mais Eloy avait travaillé aussi dur que Joe, et ils le savaient bien tous les deux.

Joe sourit. « On fait une belle équipe. Et Bessie a fait tourner le mécanisme. Donnons-lui aussi du crédit.

- Cette bonne vieille Bessie. Je suis content qu'on ait pu utiliser le moulin pour la récolte avant que ce front pluvieux se pointe. Heureusement pour nous, il est venu plus tard que d'habitude.

La récolte avait nécessité des semaines de préparation. Joe avait coupé les grandes tiges dorées avec une faucille, dont il adorait manier la lame. Eloy avait travaillé à ses côtés. Ils avaient utilisé de la paille pour attacher le blé en paquets, qu'ils avaient ensuite regroupés en meulons pour les faire sécher dans le champ. Deux semaines plus tard, ils battirent les tiges pour séparer le grain. Eloy apporta son chariot pour emmener le blé jusqu'à sa grange, où il put continuer à sécher avant que les pluies inondent la montagne.

Au plus fort de ces travaux, Joe avait des doutes sur les fruits de son labeur. Chaque étape épuisante était suivie de semaines d'attente. Néanmoins, la récolte donna de quoi avoir suffisamment de pain pour l'hiver et de semences pour l'année suivante.

« J'aurai le luxe de les planter plus tôt le printemps prochain. » Joe entrelaça ses mains derrière sa tête.

Evie rompit leurs vantardises. « Bon, Fabri, ce pain est prêt pour sa deuxième levée. Je peux m'attaquer à la pâte à tarte ? J'ai déjà le goût de la tarte aux pommes sur les papilles.

- On dirait que quelqu'un a retrouvé l'appétit, » répondit Fabri en levant un sourcil.

Evie sourit. « Au moins pour la tarte aux pommes. Mais tu as raison, je n'ai pas la nausée aussi souvent que la semaine dernière. Je ne peux toujours pas regarder les œufs sans avoir mal au cœur, mais je crois que le pire est passé. Evie étudia son abdomen, où Joe ne pouvait pas encore voir quoi que ce soit. « Et je crois que ça commence à se voir un peu. »

Fabri l'inspecta. « Je ne dirais pas ça, mais il apparaîtra vite, ton ventre. Les femmes montrent leurs signes de grossesse différemment à des moments différents. Ne t'en fais pas. »

Evie regarda vers le bas avec inquiétude. « Je me sens toujours aussi bête d'avoir oublié que le contraceptif de mon MEDFLOW serait désactivé.

- On a oublié tous les deux. » Joe essaya d'ajouter un soupçon de réconfort dans sa voix. Personne n'y pensait avant de décider d'avoir des enfants, certainement personne de leur âge.

Evie lui offrit un sourire rapide, puis continua à regarder vers le bas, son froncement de sourcils revenu. « Une grossesse naturelle . . . Je ne connais personne qui ait déjà fait ça. Même dans le Dôme, les femmes utilisent l'IVG. J'ai l'impression de n'avoir aucun contrôle. » Le doute envahissait son expression ; une chose qu'il avait rarement vue chez Evie, mais qui était devenue plus courante ces dernières semaines. Il la surprenait dans des moments calmes avec la main sur son abdomen, un air d'incertitude sur son visage. Ne sachant rien de la grossesse, qu'il s'agisse de la gamétogenèse in vitro ou naturelle, il se sentait perdu, et ses paroles de réconfort ne faisaient pas grand-chose pour l'aider.

Fabri, cependant, était confiante. « Evie. » Elle attendit que la jeune femme rencontrât son regard. « Tu es jeune et en bonne santé, et tu géreras ta grossesse à l'ancienne, comme les femmes le faisaient avant toi. Les femmes donnent naissance depuis le début de la vie humaine. Tout ira bien. »

L'expression d'Evie s'éclaircit, imprégnée de la détermination que Joe lui connaissait. Elle se frotta les mains. « Tu veux que je prépare le plat de résistance pour ce soir ? »

Joe se leva, prêt à donner à Evie sa place et à préparer le dîner lui-même, mais Fabri lui jeta un regard de travers. « Si tu t'en sens la force, n'hésite pas, » dit Fabri.

Evie hocha la tête, et Joe se rassit lentement dans sa chaise. Elle se tourna pour faire cuire les steaks de chevreuil sur le foyer. La casserole grésillait, et un autre arôme s'ajouta à l'atmosphère douillette de la cabane.

La grossesse avait introduit une dynamique à leur relation qu'il n'était pas sûr de savoir comment gérer. Il se souvient des moments où Evie lui avait remonté les bretelles pour avoir préparé le feu le matin ou préparé le dîner, des tâches qui sont habituellement les siennes. Peut-être que la couver n'était pas la meilleure approche. Fabri semblait penser la même chose. Il se résolut à l'aider quand elle le demandait, mais aussi à s'en sortir à son jugement quand elle disait se sentir capable de faire les choses elle-même.

Alors qu'Evie finissait de s'affairer au coin du feu, Joe regarda vers Eloy, qui avait les yeux tournés loin de la table. Fabri se tenait à ses côtés et posa une main douce sur son bras. Il lui sourit faiblement, puis regarda au loin.

« Toute cette technologie pour l'accouchement, cette propriété intellectuelle à laquelle nous n'avons pas accès, » l'entendit dire Joe. Fabri regarda brièvement le sol avant de se déplacer devant Eloy pour prendre ses mains dans les siennes.

Sentant qu'il s'immisçait dans un moment privé, Joe se retourna pour étudier à nouveau sa bien-aimée, reconnaissant d'une nouvelle manière pour la vie qui grandissait en elle.

Eloy fut le premier à arracher un pain du four ; il le fit rebondir sur la table pour le refroidir. « Bordel, qu'est-ce que ça me manquait, le pain. » Ils dégustèrent les tranches chaudes avec des tomates fraîches et des courges de leurs jardins respectifs, accompagnées d'épais steaks de chevreuil. « Juste un peu rustique, comme je m'en souviens, » dit Eloy en dévorant une autre tranche.

« Ce partage fonctionne bien, » fit remarquer Fabri entre deux bouchées, fixant Eloy.

« C'est parce qu'ils portent leur poids, » répondit-il. Elle haussa un sourcil.

Eloy finit sa bouchée de pain et se dégagea la gorge. « Oui. C'est quelque chose auquel Fabri et moi avons pensé. Quand votre petit sera né, ce serait bon d'avoir du lait supplémentaire. Je veux vous donner un de mes moutons. » Ses épaules se détendirent quand il remarqua le sourire éclatant de Fabri. « D'ici à ce que le bébé soit né, j'aurai une brebis prête pour vous. Elles donnent du bon lait. »

Joe et Evie étaient ravis de l'idée et remercièrent avec effusion leurs amis. Joe commença une discussion sur l'élevage ovin avec Eloy, tandis qu'Evie servait la tarte aux pommes, le doux parfum des pommes chaudes ajoutant encore un arôme à l'air. La conversation continua jusqu'à ce que le soleil atteigne l'horizon ; il était alors temps pour Joe et Evie de rentrer.

En arrivant à la maison, Evie s'assit dans le fauteuil confortable que Joe avait fabriqué pour elle. « Tu pourrais m'apporter un peu d'eau, Joe ? » Il s'agenouilla à côté d'elle avec le verre. La détermination sur son visage quand il était à la cabane de Fabri avait disparu, remplacée par la peur et l'épuisement.

Elle prit une grande gorgée, puis lui rendit le verre et se passa une main sur le visage. « Tout cela est si nouveau pour moi, Joe, et pas d'une bonne façon. Je pense que je devrais pouvoir réaliser les mêmes efforts qu'avant, mais je ne peux pas. Je me fatigue si vite. J'ai remarqué que tu avais pris le relais, mais ça ne peut pas durer éternellement ; tu as bien d'autres tâches qui t'attendent, comme fabriquer des bougies et chasser pour préparer l'hiver. » Des larmes coulaient sur ses joues, et Joe sentit son cœur se briser. « Et j'ai commencé à penser aux risques de l'accouchement ici, dans la nature, sans médecins ou technologie médicale. En outre, élever un bébé sans tout le soutien médical m'inquiète. Et si un malheur nous tombait dessus ? »

Joe se leva et se pencha pour l'étreindre. Pendant un long moment, il la laissa pleurer dans ses bras. Il embrassa doucement ses cheveux. Quand ses sanglots se calmèrent, il la serra, puis vint à nouveau se mettre à genoux devant elle. « Nous allons traverser cette épreuve, comme tout jusqu'à maintenant. Nous ferons de notre mieux. Et nous avons Fabri et Eloy pour nous aider. »

Evie renifla. « On a de la chance de les avoir comme voisins.

-Oui, c'est vrai. » Il tendit sa main et l'aida à se lever avant de l'envelopper dans une étreinte. « Et j'ai une chance extraordinaire de vous avoir, toi et notre futur petit. » Les bras d'Evie se serrèrent autour de lui, et il sentit sa tête hocher contre son torse.

Ils apportaient une nouvelle vie dans le monde. Ensemble. Et il en était responsable. Oh oui, il en était responsable.

Joe alla vérifier le fumoir, qui avait évolué pour devenir une propriété communale. Les deux hommes l'approvisionnaient avec les succès de leurs chasses. Eloy maintenait une rangée de marques de hache à l'intérieur de la porte pour garder la trace de la viande de chevreuil prise par chacun, et Joe nota avec désarroi que si sa ligne était plus courte, il ne restait pas de viande. Il revint péniblement à la cabane, bredouille.

Evie préparait le repas du soir quand il revint. « Il ne reste plus de steaks de chevreuil ? » Il secoua la tête. « C'est le dernier lièvre que j'ai trouvé dans les pièges, », dit-elle, désignant avec un regard de dégoût la viande faisandée qui cuisait sur le feu. « Je n'en mangerai pas. Rien que d'y penser me donne la nausée. Je me contenterai très bien de noix de pin, de haricots et de salade. »

Joe tapota son estomac. L'odeur de la cuisson de la viande, même de lièvre, le faisait saliver. « Je trouverai un endroit où mettre ce lapin. Et puis je vais avoir besoin d'énergie pour ma chasse sur la crête tout à l'est, demain. Je serai parti pour la journée. » Evie hocha la tête, et ils s'assirent pour manger.

Il était éveillé bien avant l'aube. C'était une matinée tonifiante de fin novembre, et la rosée scintillait à moitié gelée sur l'herbe encore verte. C'était la saison du rut du cerf mulet, ce qui devait augmenter ses chances de succès. Joe épaula son sac à dos et son arc, et entreprit une randonnée de plusieurs kilomètres pour rejoindre la crête à l'est, la pleine lune descendante éclairant le chemin. La faible lumière de l'aube caressait les collines alors qu'il chassait sur la crête.

Au bout de cinq heures infructueuses à sillonner le plateau, le soleil était haut dans le ciel et l'air étonnamment étouffant. Il suivit une de ses lignes de pièges, pour voir si certains avaient été déclenchés. Il eut la consolation de trouver un lapin. Joe s'assit à l'ombre d'un pin ponderosa et ouvrit son sac pour prendre son déjeuner. Le jour était encore brûlant au début de l'après-midi, et le morceau de lapin du dîner de la veille avait un vilain goût. Il le mangea quand même, le rinçant avec l'eau d'un synthévase.

Quand il revint à la porte de la cabane, Evie leva les yeux vers lui. « Je ne t'attendais pas à la maison si tôt. »

Joe s'assit lourdement à la table. « Je n'ai attrapé qu'un autre lapin.

- On vit au jour le jour. » Elle le rejoignit avec un verre d'eau et un baiser avant de se tourner pour préparer le dîner.

Ils mangèrent leur repas en silence, et Joe fila rapidement au lit. Il était épuisé après cette longue journée et savait que la même chose l'attendait le lendemain.

Il se réveilla en sueur pendant la nuit. Son estomac lui faisait mal, et il avait seulement un vague souvenir d'avoir vomi sur le sol. L'obscurité se dissipait autour d'une bougie, et l'inquiétude d'Evie était visible au-dessus de la flamme. La caresse fraîche d'un chiffon humide essuyait son visage. Elle lui parla, mais il ne pouvait pas se concentrer sur les mots.

La lumière se tut, et il se glissa le long d'un sentier de forêt sombre, pendant qu'un animal grand et terrifiant rôdait. Il courut, mais la bête gagnait du terrain, et le son de ses pas martelait ses tympans. Des griffes le saisirent et le déchirèrent jusqu'aux entrailles ; une odeur nauséabonde jaillit de son ventre sanglant. La bête serrait ses poignets, ses pattes comme des menottes, et le traînait. Il valdinguait, couché dans ses propres excréments. La bête le torturait, l'électricité parcourait son corps. La nausée avait le dessus sur le reste. La bête était en face de lui, et il regarda dans son crâne à travers des orbites noires.

Il sentit à nouveau le chiffon frais, humide contre son visage, puis ses bras furent levés, lavés et reposés. Ses intestins tremblaient. Son front brûlait, et sa tête était lourde.

« Il a une sacrée fièvre. » Il reconnut la voix de Fabri.

Il était conscient de la moiteur sur ses lèvres, et quand il ouvrit les yeux, Evie le regardait du bord d'un bol d'eau. « Joe, bois encore un peu. L'eau te fera du bien. »

Il prit une gorgée.

« Et voici un peu de bouillon. » Fabri.

Il prit une gorgée du liquide salé et essaya de ne pas vomir.

« Sa fièvre est en train de retomber. » Encore Fabri.

« Je n'avais jamais vu quelqu'un d'aussi malade. » La voix d'Evie vacillait. Il voulait tendre la main vers elle, mais ses bras lui semblaient lestés.

« La biologie synthétique a créé des remèdes pour toutes les maladies humaines communes. Mais il y a un million de bestioles qui pourraient causer une intoxication alimentaire. » L'explication de Fabri perça son brouillard.

Il pouvait enfin se concentrer sur le visage compatissant d'Evie, qui planait au-dessus du sien. « Mon amour, ça doit être le lapin que j'ai cuisiné. Je suis vraiment désolée.

- Pas la peine de t'en vouloir, ma Juliette. » Sa voix était un murmure faible, mais il parvint à dessiner un sourire fragile.

« Il se remet à plaisanter. » Il y avait un sourire dans la voix de Fabri. « Il est sur la bonne voie maintenant. »

Le lendemain, Joe put s'asseoir dans son lit. Il se força à remplir son estomac de soupe et à ne pas la revomir, et son esprit devint plus clair, bien que son corps fût matraqué et drainé.

Joe regarda par la fenêtre alors que Fabri s'apprêtait à partir. Elle offrit une étreinte pleine de compassion à Evie, qui prit ensuite les mains de Fabri alors qu'elles se disaient au revoir. Evie revint à la cabane et s'assit près de lui, lui offrant des gorgées d'eau.

« Je suis désolé, je ne peux pas t'aider du tout, » dit Joe.

« Chut, grand sot. Eloy a apporté des steaks de chevreuil, et je vais te faire une bonne soupe.

- Merci. » Il regardait dans la cheminée. Après un morceau de viande avariée et trois jours de torture, il se sentait plus faible qu'il l'avait jamais été au cours sa vie. « Le manque de technologie médicale nous pèse à tous les deux. Mieux vaut ne pas trop idéaliser la vie à la montagne.

- Le romantisme nous accompagnera partout où nous irons. » Elle embrassa son front et l'enveloppa dans la couverture en peau de chevreuil.

Chapitre 37

Joe posa l'argile sur la tour de potier. Son pied appuyait sur la pédale, et la roue tournait gracieusement tandis que le mélange humide s'élevait entre ses mains habiles. La production de poterie n'était en elle-même pas plus miraculeuse que la roue, construite grâce aux pièces qu'Eloy l'avait autorisé à emprunter de façon permanente. Quand il eut fini le bol, il le mit de côté avec les autres. Il aurait le temps de faire cuire les tasses et les bols dans le four en briques dans la matinée si le ciel n'était pas couvert.

La pluie tambourinait sur le toit de la cabane. Un examen critique du plafond ne montrait aucune fuite dans ses tuiles, et il était on ne peut plus reconnaissant d'être à l'intérieur et au chaud. Le regard de Joe balaya la circonférence de son monde, de la table et des chaises simples où il était assis à l'unique vitre éclaboussée par la pluie ; de la cheminée crépitante et son assortiment de pots à la pile de bois à côté d'elle ; à travers le plancher en bois proprement balayé jusqu'à la pièce où leur lit se tenait avec les couvertures en peau de chevreuil pliées dessus ; de la pièce principale de la cabane et son nouveau petit lit, qu'il avait construit pour leur enfant, à sa hache et son arc suspendus sur le mur à côté de la porte de la cabane.

Joe lava ses mains dans un grand bol d'eau, frottant les creux de ses callosités épaisses. Elles étaient devenues en tout point semblables à celles des mains d'Eloy, noueuses et dures, et ce fait l'étonna.

Entre la tutelle d'Eloy et ses propres études, Joe pouvait maintenant réparer tout ce qui avait besoin d'entretien dans sa petite ferme, et les tâches s'enchaînaient sans fin. Il se levait avant l'aube et travaillait jusqu'au coucher du soleil chaque jour. Un grand tas de bois se dressait à côté de la cabane. Creuser un caveau à légumes, préparer sa toiture et lui ajouter une porte en bois lui prit des semaines. Le caveau était rempli de pommes et de plantes ramassées qui pouvaient se conserver. Il avait étendu les lignes de pièges de plusieurs kilomètres pour exploiter de nouvelles sections de la montagne, et il les vérifiait en même temps que les pièges à poissons chaque jour.

Deux nouveaux chevreuils ornaient le fumoir d'Eloy, et la viande et les peaux leur donnèrent des protéines et des vêtements pour l'hiver. La noria nécessitait un entretien régulier, avec notamment l'ajout de graisse sur l'essieu. C'était un labeur perpétuel, mais il était content. Il dormait du sommeil des innocents.

Son seul répit venait de la pêche. Joe avait taillé une canne simple à partir d'un jeune arbre, et il adorait l'utiliser pour attraper les truites qui fainéantaient dans l'ombre le long du ruisseau. La chasse à l'arc l'envoyait faire de longues randonnées exténuantes pour atteindre de nouveaux lieux. Il y avait un arôme particulier que Joe laissait entrer profondément dans ses poumons quand il arpentait ces forêts ; un mélange de relent de pin et de sous-bois, de terre aride et d'air montagneux qui ne quittait jamais son esprit. Pour lui, ce parfum était celui de la liberté.

Il croisa les bras et se pencha contre la porte, admirant le visage d'Evie alors qu'elle était assise dans le fauteuil. L'aiguille de sa propre fabrication brillait alors qu'elle se concentrait pour coudre des fourrures de lapin ensemble afin d'en faire des vêtements pour leur bébé à naître. Son abdomen gonflé bougea, et elle fit une pause avec une profonde inspiration.

« On aurait dit un grand coup de pied. »

Evie leva les yeux et sourit. « Il ou elle donne des coups bien plus souvent que ce que tu peux voir. Là, c'était un très gros coup. » Elle s'étendit le dos et se décala, son expression vacillante dans l'inconfort. Elle ne se plaignait pas, mais il savait que son dos lui faisait souvent mal. Fabri disait que son ventre enflait vite, et se demandait s'ils avaient mal évalué la date prévue. Mais elle leur avait assuré qu'il n'y avait rien à craindre. Bien sûr, ça ne les empêchait pas d'être inquiets.

« Tu pourrais m'apporter quelques pignons ? » Son regard reflétait un mélange d'embarras et d'apologie. « J'ai du mal à manger assez. »

Joe en apporta un bol. « Tu as besoin de nourriture. Y a-t-il des herbes ou plantes particulières qui te feraient plaisir ? »

Elle lança une demi-douzaine de noix de pin dans sa bouche et secoua la tête. « Je suis contente que tu t'occupes de la récolte. Moi et les courbures, ça fait deux désormais.

- Tu m'as bien enseigné. Maintenant, je peux distinguer la *plupart* des plantes comestibles. »

Elle eut un petit rire, puis souleva son œuvre. « Que ce soit un garçon ou une fille, ça lui ira. » Evie étudia ses points d'un air critique. « Bien que si je suis honnête avec moi-même, c'est tellement primitif. En dehors de la Zone, j'aurais pu commander quelque chose et avoir un résultat parfait en faux cuir. » Elle poussa un soupir.

« On critique mon tannage ?

- Non, je regrette juste ce que nous avons abandonné. »

Joe hocha la tête, et un triste sourire courba sa bouche. Puis son visage s'éclaircit à nouveau. « Mais attends. Réfléchis aux objets pour lesquels nous travaillons. Ce ne sont peut-être que des particules en mouvement ; mais ce que nous ajoutons aux objets, comme l'amour que tu mets dans ces vêtements pour notre bébé, c'est ça qui a un sens. Un sens que tu ne peux pas acheter. »

Elle leva les yeux vers lui avec un sourire. « Je connais quelque chose d'autre, pour lequel nous avons travaillé sans le savoir, et qui aura plus de sens que tout ce que nous avons fait à ce jour. »

Joe se dirigea vers elle et posa sa main sur la précieuse bosse. « Notre bébé sera le nôtre, nous l'aimerons et le chérirons. »

Elle entrelaça ses doigts avec les siens, et ils se reposèrent là, partageant leur espoir. « Le bébé n'est pas encore prêt à venir dans ce monde. » Elle serra sa main. « Mais il le sera bien assez vite. »

Le vent soufflait en rafales en dehors de la cabane, faisant cliqueter la porte. Joe frissonna et ajouta des rondins à la cheminée. Le feu se raviva sur le charbon ardent, les flammes jaunes et rouges commencèrent à s'élever gracieusement, et une agréable odeur de pin remplit la cabane. Il se tenait derrière Evie, massant ses épaules et son dos. La chaleur du feu les entourait. Ils étaient bien enveloppés dans leur monde, paisible jusqu'au printemps pour le prochain tournant de leur vie.

La neige peignait le sommet des montagnes, mais les rafales de l'hiver étaient passées, et le froid du matin disparaissait plus rapidement chaque jour. Le ruisseau s'écoulait sans difficulté devant la cabane. Le ventre d'Evie avait atteint une taille énorme, l'empêchant de travailler à la plupart de ses tâches habituelles. En dépit de la douleur dans son dos et ses pieds, elle continuait à préparer leurs repas et à transformer les peaux tannées en vêtements et couvertures utilisables. Joe trimait aussi longtemps que la lumière du jour le permettait, pour que la ferme continue à tourner. Eloy venait souvent donner un coup de main, chose pour laquelle Joe était de plus en plus reconnaissant.

Un jour qu'il visitait le fumoir pour choisir quelques steaks, il passa par la cabane de Fabri. Elle ouvrit la porte à ses coups et l'invita à l'intérieur, mais il secoua la tête.

« Je voulais juste te demander ton avis sur une chose, Fabri. Elle est . . . si énorme. Et elle a constamment mal. »

Fabri lui tapota le bras. « Pas de souci à te faire. Son ventre est gros, mais on a peut-être mal calculé la date prévue. Peut-être qu'elle accouchera plus tôt qu'on le pensait. Peu importe ce qui arrive, je serai là. Le mieux que tu puisses faire pour l'aider est de rester *calme*, Joe. »

Joe prit une profonde inspiration et hocha la tête. « Oui, tu as raison. Merci, Fabri. »

Il remonta jusqu'à leur cabane. « Je nous ramène de quoi dîner ce soir, » dit-il en déposant les steaks sur la table.

Evie était assise au bord du lit, respirant profondément, une serviette humide dans sa main. « C'est toi qui cuisines aujourd'hui. J'ai perdu les eaux. »

Les yeux de Joe s'écarquillèrent alors que son regard suivait les taches assombrissant le sol sous la table à l'arrière du lit. Evie restait posée alors qu'elle tenait une serviette entre ses jambes, mais son visage était pâle et elle avait l'air inquiète.

. . .

Calme. Je dois rester calme.

. . .

« Bon. Tu fais du bon boulot, Evie. Je vais chercher Fabri et je reviens tout de suite. »

Joe courut lui donner un baiser avant de se faufiler en bas de la colline comme une chèvre de montagne. Fabri attrapa son sac de fournitures médicales et se pressa avec lui jusqu'à la cabane. Joe ouvrit la porte et vit Evie qui se balançait d'avant en arrière, les yeux fermés.

Fabri se mit au travail, dirigeant le futur papa avec confiance. « Joe, vérifie que le feu reste attisé et que l'eau est chaude. Tout doit être aussi stérile que possible. » Elle se plaça au côté d'Evie. Il s'exécuta, heureux de pouvoir se rendre utile. Ce n'était pas une leçon qu'il avait étudiée dans son allbook.

Fabri lava ses mains, puis disposa des serviettes, des couvertures et ses maigres fournitures médicales. Il se garda de commenter sur le faible nombre de ces ustensiles, ou sur le fait que tout cela provenait probablement des trouvailles d'Eloy.

« Je vais compter le temps entre les contractions. » La voix et les gestes de Fabri étaient calmes. Elle s'était installée dans le fauteuil et tenait la main d'Evie. « Tu te concentres sur ton souffle. Prends des respirations lentes et profondes. »

Joe s'était assuré que le feu brûlait et que la bouilloire d'eau était chaude quand Evie gémit. « Détends-toi et respire. » Fabri se pencha vers elle et rétablit son emprise sur la main d'Evie. « Tu t'en sors très bien. » Il était debout à côté d'Evie et tenait son autre main, faisant glisser doucement son doigt sur sa peau lisse. Elle cligna des yeux dans sa direction et lui serra la main.

Les contractions gagnèrent en longueur et en fréquence lors des cinq heures qui suivirent, ce qui signifiait, d'après Fabri, qu'Evie progressait. Mais Joe avait l'impression qu'ils resteraient piégés dans ce cycle de gémissements et de respiration haletante et sa propre impuissance pour l'éternité. Il allait et venait, puis tenait sa main, puis épongeait son front, puis retournait à ses allées et venues nerveuses. Fabri maintenait une expression sereine et encourageait constamment la maman en devenir. Ils se relayaient pour appliquer des chiffons trempés dans l'eau chaude sur le bas du dos d'Evie.

Elle gémit à nouveau. « Je ne veux plus faire ça. »

Fabri étouffa un rire. « Ma chérie, cet enfant a décidé de venir au monde. Fais de ton mieux pour te détendre. » Elle appliqua un autre chiffon chaud et Evie se détendit pendant un moment. Joe s'agenouilla pour lui frotter le dos.

Un instant plus tard, Evie brailla : « Je ne peux pas le faire, non non non… » Sa voix se tut dans un gémissement. Joe observait Fabri, les yeux écarquillés, mais Fabri regardait entre les jambes d'Evie.

« On y est presque, ma fille. Ton bébé arrive ! Ce sera bientôt fini. Laisse ton corps se charger du reste. Respire. Et *pousse.* »

Evie hurlait de douleur et haletait entre chaque contraction.

« Je vois la tête, Evie. Allez, tu y es, ma fille, » murmura Fabri.

Joe essuya la sueur de son front, à la fois terrifié et exalté. Puis son visage se crispa et elle cria à nouveau. Joe regarda la tête et les épaules du bébé glisser dans les mains patientes de Fabri. Les odeurs piquantes de l'accouchement rappelèrent à Joe l'eau de mer, puis l'apprêtage de son premier chevreuil. Il ne s'attendait pas à autant de sang.

« Une dernière poussée, Evie. Juste une dernière. »

Et après un dernier cri, le bébé était dans les mains de Fabri. Evie souffla et se coucha sur le dos en fermant les yeux un instant. En entendant le cri aigu du bébé, elle ouvrit les yeux d'un coup sec, mais Fabri avait déjà placé l'enfant sur sa poitrine.

Les yeux de Fabri s'embuèrent de larmes. « Tu as un fils. »

Evie le regarda avec émerveillement, puis leva les yeux vers Joe. « C'est *notre* fils, » dit-elle faiblement. Joe caressa le dessus de sa tête, incrédule face au minuscule être rouge et bouffi devant lui. Son fils.

. . .

Nous sommes tous de simples animaux, des singes élevés.
Mais quelles hauteurs nous pouvons atteindre.

. . .

Fabri se lava les mains. « On va devoir couper le cordon, mais laissons-lui d'abord le temps de s'habituer à respirer. Là, Joe, essuie ses yeux. » Elle lui donna un chiffon propre, et Joe essuya tendrement l'enfant. Le bébé s'était installé contre la poitrine d'Evie. Il poussa un gémissement copieux.

Enfin, Fabri dénoua le cordon ombilical et le coupa avec des ciseaux. Les yeux épuisés d'Evie brillaient. « Comme nous l'avons décidé, nous l'appellerons Clay. » Joe contemplait le visage angélique et gémissant de son fils.

Evie grogna, et son corps frissonna dans une autre contraction. Joe prit Clay dans ses bras, inquiet alors qu'Evie grimaçait. Était-ce du rouge frais qui était apparu entre ses jambes ? Fabri travailla rapidement, prélevant le matériel sanglant pour le mettre dans la baignoire. Quand elle se rassit, il lui murmura : « Est-ce qu'elle est en train de mourir ? »

Elle renâcla. « Le rouge est aussi la couleur de la vie, pas seulement de la mort. Sois positif. Le placenta s'est détaché. Tout va bien. » Fabri essuya son front du dos de sa main. Elle avait l'air fatiguée, mais déterminée. « Mais elle a encore perdu les eaux. Il y a quelqu'un d'autre qui se cache là-dedans.

- Un deuxième bébé ? » Joe agrippa Clay plus près de lui.

. . .

> Comment cela peut-il être possible ? Je suis père ; de deux enfants ? Comment je vais pouvoir gérer ça ? Mais regardez comme mon fils est beau. Un miracle parfait.

. . .

Evie roula à son côté, criant à nouveau de douleur. « Pourquoi est-ce que ça fait encore aussi mal ? »

Fabri se pencha, la voix assurée. « Il te reste encore un peu de travail, ma petite Evie. Tu peux le faire. » Elle essuya le front d'Evie avec un chiffon frais, puis massa le bas de son dos. « Inspire profondément, maintenant. »

Evie obéit en frissonnant et Joe, qui tenait Clay, essayait de ne pas laisser son anxiété apparaître. Le bébé poussait du nez, et de petits couinements s'échappaient de sa bouche chercheuse. Joe berça le garçon dans le creux de son coude. « Tu pourras bientôt manger, mon petit gars. » Joe regarda Evie, en plein râle profond. « Enfin j'espère. »

Fabri déplaça les jambes d'Evie, en observant son entrejambe. Joe frotta l'épaule d'Evie, mais elle tressaillit loin de lui. Il leva un sourcil en direction de Fabri, qui secoua la tête pour lui faire signe de reculer. « Elle arrive à la fin, Joe. Son corps a besoin de se concentrer sur sa tâche, pas d'être distrait par ton contact. » Elle prit une voix plus douce. « Evie, allez, tu peux le faire. C'est toujours plus facile la deuxième fois. Voilà. »

Evie sanglotait et poussait.

« Et . . . le . . . voilà ! » Un deuxième bébé glissa dans les bras de Fabri. Un cri aigu emplit l'air quand le bébé prit son premier souffle. « Deux fils. »

Evie était là, haletant et riant et pleurant, puis elle fit signe à Joe. Il lui tendit son petit Clay, dont les miaulements s'étaient transformés en cri au son des pleurs de son frère. En un instant, il s'agrippa à la poitrine d'Evie. Joe prit le deuxième garçon de la serviette de Fabri et le contempla avec émerveillement, puis le tint de sorte qu'Evie puisse aussi le voir. Leur deuxième fils.

« Asher, » déclara Joe, qui tenait à peine en place. Il était content qu'ils eussent trouvé deux noms qui leur plaisaient. Maintenant, ils n'avaient plus à choisir. Asher ouvrit ses yeux noisette un instant avant d'abaisser ses paupières, ébloui sous la lumière.

Le second placenta sortit pendant qu'Evie allaitait Clay, mais elle le remarqua à peine, tant elle était enchantée par son fils. Elle caressa du bout du doigt ses petites oreilles, alors qu'il tétait à un sein, puis l'autre. Quand il eut fini, Joe l'échangea soigneusement avec Asher. Les yeux de Clay se fermèrent, et il s'endormit. Joe ne pouvait pas détourner le regard. Il était subjugué par le miracle dans ses bras.

« . . . n'aspire pas. » La voix frustrée d'Evie interrompit sa transe, et Joe éloigna son regard de Clay. Asher s'énervait sur sa poitrine mais ne semblait pas réussir à prendre le bout du sein en bouche comme Clay l'avait fait.

« Essaie une autre position, Evie. » Fabri l'aida à ajuster Asher. « J'ai entendu dire qu'il pouvait falloir du temps pour qu'il pose sa bouche sur le mamelon juste comme il faut.

- Clay a juste commencé à boire comme ça. Je n'ai rien fait de spécial . . . »

Heureusement, quelques minutes plus tard, Evie trouva une position convenable à la fois pour elle et pour Asher. Il grognait fort en mangeant, ce qui les fit tous rire.

Avec Asher en plein repas et Clay endormi dans ses bras, une vague d'épuisement déferla sur Joe, et il s'assit sur une chaise à la table. Il ne pouvait qu'imaginer comment Evie se sentait, et il jeta un regard sur elle, une joie fatiguée plissant sa bouche. Il n'y avait que de l'amour dans ses yeux alors qu'elle contemplait Asher.

. . .

> Comment allons-nous prendre soin de jumeaux ? Deux bouches de plus à nourrir. Et quelqu'un doit les surveiller en tout temps. Ils sont si inoffensifs. Où trouverons-nous l'aide nécessaire ? Mais ce petit gars est tellement adorable, lui aussi. Ils sont tous les deux si étonnants. Je me débrouillerai pour que ça marche . . . pour eux.

. . .

Fabri nettoya tout et emballa ses fournitures médicales, mais elle resta quelques heures de plus, pour aider Joe dans ses expérimentations avec les couches jusqu'à ce qu'ils trouvent un moyen de les faire tenir sur les petites fesses de ces messieurs. Elle prit le relais pour tenir Asher, afin qu'Evie puisse faire une sieste rapide. Joe la remercia encore avec effusion, mais elle balaya sa reconnaissance avec un sourire.

« C'est comme si ces enfants étaient un peu les nôtres aussi maintenant. Tu peux me remercier en nous laissant vous aider à les surveiller de temps en temps. » Elle sourit devant le spectacle d'Asher qui dormait, puis elle le rendit à Evie, qui s'était redressée. « Tu ferais mieux de te reposer pendant quelques jours, Evie, et de rester au calme. Ton jeune corps retrouvera sa vigueur en un rien de temps, mais il ne sert à rien de précipiter les choses. Laisse Joe faire le gros des corvées quelque temps. » Fabri fit un clin d'œil et ramassa son sac de fournitures. « Je vais aller annoncer ça à Eloy, je suis sûre qu'il meurt d'envie de savoir. Il ne me croira jamais quand je lui dirai que tu portais des jumeaux dans ton gros ventre. » Fabri se tint à la porte de la cabane, la forme de ses tresses rousses soulignée par la lumière entrante. « Veille à ce qu'elle boive beaucoup d'eau et de thé. Elle doit manger dès qu'elle s'en sentira capable.

- Ton aide fut si précieuse. » Joe lui offrit une grosse accolade. « Encore merci, Fabri. Sans ton expertise, nous n'aurions pas su quoi faire. »

Elle rougit. « C'était aussi intense pour moi. Je suis juste contente d'avoir été capable de gérer ça seule. »

Joe essaya de cacher sa surprise. « Combien de naissances as-tu supervisées au cours de ta carrière ?

- Là ? Deux. » Elle fronça les sourcils. « J'étais aide-soignante à l'hôpital et j'ai pu assister à quelques naissances. Je travaillais pour devenir infirmière, avec l'espoir d'obtenir une promotion, mais ce n'était pas encore arrivé quand je suis venue ici. Tu penses bien qu'ils n'allaient pas laisser quelqu'un de notre niveau s'occuper des accouchements à l'hôpital.

- Évidemment . . .

- J'imagine qu'Eloy sera ici demain pour voir les petits gars, » dit-elle en partant.

Il ferma la porte et apporta à Evie un verre d'eau, puis fit infuser une tasse de thé avec l'eau restante de la bouilloire. Evie but par petites gorgées tout en regardant Asher, qui s'était déjà enfoui à nouveau dans sa poitrine.

« Tu as encore faim, mon petit bonhomme ? » Elle avait l'air épuisée, mais heureuse.

Joe sourit à Clay, qui avait également commencé à fouiller du nez dans son sommeil. « Je crois qu'on a du pain sur la planche. »

Evie leva les yeux vers Joe. « Plus de joie que ce à quoi on s'attendait. Mais on s'en sortira, » murmura-t-elle.

Chapitre 38

Les jours qui suivirent la naissance des jumeaux défilèrent comme un rêve pour Joe, en partie parce qu'il ne pouvait pas séparer le manque de sommeil du bruit incessant des jumeaux et de leur besoin d'attention. Il se réveillait de roupillons inattendus sans se rendre compte qu'il s'était endormi. Son expression était-elle aussi embrouillée, euphorique et somnolente que la sienne ?

Les garçons mangeaient. Evie laissa un garçon festoyer sur un sein, puis le remit à Joe, tandis que l'autre s'affairait au deuxième mamelon, et parfois elle prenait les deux en même temps. Les tétées avaient lieu nuit et jour, et Joe se réveillait à chaque fois, prêt à changer une couche ou faire sortir un rôt. Il semblait impossible de faire dormir un des garçons sans réveiller l'autre.

Ils passaient tellement de temps à regarder les bébés endormis et à parler de leur beauté qu'ils manquaient parfois de les réveiller. Mais ils se rappelaient vite qu'ils avaient besoin de moments calmes pour se ressourcer.

Quand il n'était pas dans la cabane pour aider Evie avec les garçons, Joe cherchait désespérément de la nourriture à mettre sur la table pour maintenir Evie en bonne santé. Il remontait sa ligne de pièges tous les matins, vérifiait les pièges à poissons, ramassait les plantes comestibles du printemps sur la montagne, et réapprovisionnait la pile de bois de chauffage, appréciant toujours autant le craquement du bois fendu sous sa hache.

Eloy était arrivé avec son chariot l'après-midi après la naissance pour décharger une poussette. Elle avait des roues sculptées en bois, et sur les côtés des planches lissées avec un rabot. « Quand Fabri m'a annoncé pour les jumeaux, j'ai dû élargir ce machin pour qu'ils puissent monter à deux, » dit-il. Joe le remercia et le mena à l'intérieur pour lui montrer les garçons, tout en faisant avancer la poussette. Evie tenait Clay dans ses bras tandis qu'Asher dormait sur le lit, emmailloté dans une couverture en peau de lapin. Le visage d'Eloy s'illumina d'enthousiasme, et il toucha la main de Clay avec une douceur et un émerveillement qui surprirent Joe. « Vous nous avez fait de beaux petits gars, » déclara Eloy.

Après un moment, il déclara : « Je vais me débrouiller pour que la brebis soit prête dès que possible. Le lait de brebis est plus facile à digérer que le lait de vache. Mais le tien reste le meilleur pour obtenir toutes les vitamines et le nécessaire pour leur système immunitaire. »

Evie le remercia avec un sourire fatigué. « Je vais bientôt avoir besoin du lait. Ces petits sont de vrais voraces. Et la poussette sera d'une grande utilité, merci.

- Il n'y a pas beaucoup de terrain plat pour l'utiliser, mais ce sera toujours plus facile de les promener sur des roues, » dit-il.

Après quelques minutes de calme à regarder les garçons, Eloy prit congé. Quand il fut parti, Joe s'assit à côté d'Evie. Elle soupira et se pencha en arrière contre la tête de lit.

« Comment tu te sens ? »

Elle émit un petit rire, les yeux fermés. « Tu devrais plutôt me demander ce que je ne sens pas. J'ai du mal à donner un sens à tout ce qui tourbillonne à l'intérieur de moi. Surtout quand je suis tellement épuisée que je peux à peine formuler une phrase correctement. » Elle le regarda. « Je suis surtout soulagée que la naissance se soit bien passée, qu'elle soit terminée et que nous ayons nos garçons. Mais maintenant, je m'inquiète d'avoir à les nourrir et les maintenir en bonne santé. Je me sens anxieuse et dépassée et incapable. » Elle soupira de nouveau, son regard se déplaçant vers les garçons et s'adoucissant. « Mais quand j'ai ces petits gaillards à mon sein, sans défense et si dépendants de moi, je sens que je peux le faire. Que j'en suis capable. »

Joe se pencha et l'embrassa. « Tu es plus que capable. »

Fabri revint les jours suivants pour voir si Evie allait bien. Le deuxième jour, Joe l'attendit à la porte, car Evie s'était enfin endormie avec les deux garçons nichés autour d'elle, et il ne voulait pas les déranger.

« Eh bien, j'allais partir cueillir quelques plantes médicinales qui l'aideront à se rétablir plus rapidement. Tu veux venir avec moi ? »

Le temps était ensoleillé et, malgré son épuisement, Joe avait besoin d'une excuse pour quitter la cabane. Il déambula en montagne avec elle, et elle lui montra les plantes utiles qui y poussaient. « Les feuilles de manzanita sont encore vertes. Il va nous en falloir quelques paniers. » Joe l'aida à recueillir les feuilles, puis ils remontèrent jusqu'à la cabane de Joe. « Je vais les préparer pour faire un bain de trempage. C'est un truc que j'ai lu au sujet des peuples qui vivaient ici autrefois. Ça devrait l'aider à guérir.

- Merci pour tout ce que tu fais pour Evie et moi. Je crois que je ne saurai jamais t'être assez redevable, » déclara Joe.

« Maintenant tu commences à parler comme Eloy. Tu ne me dois rien du tout. J'adore faire ça.

- Mais ce n'est pas quelque chose que tu préférerais faire pour toi-même ? »

Elle le fixa avec un œil attentif. « Joe, tu t'y prends à l'envers. Aider les gens est suffisamment gratifiant en soi. »

. . .

Quel idiot je suis. Elle le pense vraiment.

. . .

Ils atteignirent la cabane, et Joe poussa la porte. Evie était assise dans son lit avec un garçon dans chaque bras. Elle souriait d'un air fatigué, mais cela ne se reflétait pas dans ses yeux, qui restaient creux et sombres. Cela l'inquiétait.

Fabri se dirigea d'un bon pas vers le côté d'Evie. « Ma puce, je t'ai préparé un bain qui t'aidera à te sentir beaucoup mieux. J'ai un bac ici pour t'asseoir et quelques plantes pour faire des médicaments. Je vais chauffer l'eau et on va pouvoir s'y mettre. »

Elle se tourna vers Joe. « Tu pourrais peut-être emmener les garçons sortir ? Il fait assez chaud s'ils sont emmitouflés, et tu pourras t'asseoir sous l'arbre. »

Joe emmaillota délicatement les jumeaux, les blottit dans la poussette et fit rouler cette dernière jusqu'au pied du pommier. Il les berça délicatement et songea à Fabri. Elle aimait ces petits êtres de tout son cœur et faisait preuve d'empathie, sans faire de compromis pour son propre bien-être. Son altruisme était admirable.

Ce soir-là, Evie était allongée près de lui dans le lit. Par miracle, les deux garçons étaient endormis.

« Grâce à ce bain que Fabri m'a préparé, je me sens à mon mieux depuis la naissance des jumeaux. Elle est comme une sœur pour moi, elle est si attentionnée et je me sens davantage moi-même quand elle est là. »

Joe la serra dans ses bras, en réfléchissant à la façon dont il pourrait montrer autant de compassion que Fabri. « Je suis ravi de l'entendre. Je sais que cette transition vers la maternité n'a pas été facile, mais tu te débrouilles à merveille. Ne l'oublie pas. Tu as mis ces deux beaux miracles au monde et tu leur enseigneras ce que cela signifie d'être humain. »

« J'ai assez de graines pour planter deux fois plus de blé cette année, » dit Joe. Cela faisait quatre semaines que les jumeaux étaient nés, et il ne pouvait pas repousser le semis du blé plus longtemps. Il alla voir Eloy pour lui demander s'il pouvait emprunter Bessie pour la tâche.

« Tu n'aurais pas des graines en trop que je pourrais planter moi-même ? »

Joe rit. « C'est toi l'économiste. La division du travail. C'est plus efficace pour moi d'avoir un seul champ plus grand. Je suis sûr que tu proposeras quelque chose pour que ce soit équitable.

- Fin économiste, mauvais comptable. D'accord, faisons simple. Je planterai plus de maïs cette année. » Ils se serrèrent la main.

« Encore une chose. » Eloy disparut dans la grange. Il revint une minute plus tard, menant deux brebis, licol autour du cou. « Puisque vous avez deux petites bouches à nourrir. »

Joe l'observa. « C'est très généreux. On te redevra ce cadeau.

- Les garçons ont leur propre compte. Ils pourront me repayer une autre fois. » Une ombre mélancolique dansait sur son visage.

Joe chargea la charrue dans le chariot, attacha les moutons à l'arrière, et retourna à la cabane. Il libéra les brebis dans la clairière à côté du champ. Elles commencèrent à mastiquer l'herbe verte alors qu'il attelait la charrue à la jument. Bien qu'il labourât dans une zone où le sol avait déjà été retourné une fois, la terre était dure à cause du gel hivernal. Bessie renâcla et secoua la tête d'indignation, peinant à tirer. Il s'arrêtait pour la laisser se reposer à la fin de chaque ligne, mais il parvint tout de même à terminer le labourage en une journée.

La semaine fut chargée. Joe mit les morceaux de bois de l'abreuvoir en place, et de l'eau cristalline de la fonte des neiges coula jusqu'à la noria et trempa le champ. Il sema les graines à la main et ratissa le sol foncé sur chaque semis potentiel. Le parfum frais de la terre humide lui évoquait une nouvelle vie se frayant un chemin dans le monde.

Alors que Joe se dirigeait vers la cabane, il fut frappé par le contraire ; l'absence de vie au printemps. Le son habituel des abeilles bourdonnant près de l'arrière de la cabane s'était tu. Il se dirigea vers le grand chêne au-delà du deuxième pommier, où il avait vu la colonie d'abeilles nichée dans un creux trois mètres plus haut. Il étudia l'emplacement et remarqua une petite ligne de fourmis se déplaçant le long du tronc jusqu'au creux. Joe alla chercher son échelle bancale et l'appuya contre l'arbre, puis grimpa avec précaution. Il tapota sur la colonie d'abeilles avec sa hache, dérangeant quelques abeilles retardataires. À cause de l'invasion des fourmis, la colonie avait abandonné sa demeure.

Une demi-heure plus tard, il passa son trésor à travers la porte de la cabane pour le montrer à Evie.

« Du miel ? » Elle frappa dans ses mains et inspecta le seau qu'il tenait.

« Les fourmis ont fait fuir les abeilles. J'espère qu'elles trouveront une nouvelle maison à proximité. Mais en attendant, ça valait la peine de lutter contre les fourmis pour prendre le miel laissé dans l'arbre. » Il se souvint du lézard dans le désert. « Comme toutes les autres créatures ici, nous devons nous battre pour survivre.

- Tu t'es fait piquer ?

- Juste trois fois. Il ne restait pas beaucoup d'abeilles. »

Elle sourit et l'embrassa. « Pas de rose sans épines. »

Leurs voisins leur rendirent visite tout au long du printemps. Eloy montra à Evie comment traire les brebis, en se mettant à califourchon puis en tirant sur les pis. Le lait supplémentaire aida à combler l'appétit féroce des jumeaux. Eloy aimait s'asseoir à côté des garçons dans leur poussette et leur faire des grimaces jusqu'à ce qu'ils sourient. L'humeur d'Evie s'égaya considérablement une fois qu'elle fût en mesure de se déplacer librement, et Joe était ravi de voir son visage reflétant l'amour d'une jeune mère quand elle regardait Clay et Asher. Elle était une mère confiante, ses craintes précédentes ayant laissé place à la détermination de donner tout ce qu'elle pouvait à leurs fils.

La petite colique d'Asher avait faibli ; les deux mangeaient bien et poussaient à toute vitesse. Ils dormaient maintenant pendant de plus longues périodes la nuit, et les jeunes parents pouvaient à nouveau récupérer de leurs journées. Evie avait même repris de courtes promenades de collecte de plantes, laissant Joe surveiller les garçons. Ses trouvailles redonnèrent vie aux repas du soir.

Quand le temps s'améliora, ils commencèrent à passer plus de temps dehors. Joe avait fabriqué des chaises d'extérieur en bois pour Evie et lui-même. L'extérieur de la cabane était plus confortable pour se reposer tout en gardant un œil sur les garçons. Ce projet mena à la construction d'un petit porche qui faisait face au cours d'eau et aux montagnes de l'ouest. Deux poteaux soutenaient un toit incliné à tuiles, offrant assez d'ombre pour deux chaises et une poussette en dessous. Le porche et le pommier étaient leurs deux endroits favoris pour s'asseoir et regarder le coucher du soleil.

Ils avaient créé leur propre jardin d'Eden ; un endroit où lutter, vivre et suivre un chemin qui en valait la peine. Il chérissait ce qu'ils avaient créé, même s'il savait que c'était éphémère. Il s'agissait seulement de particules en mouvement, mais ces particules étaient façonnées par ses mains à ses propres fins. Il avait épousé ses nouveaux rôles de chasseur, cueilleur, agriculteur et père. Certains jours, il commençait avant l'aube, se cachant dans un poste d'arbre avec son arc, ou arpentant les sentiers de montagne à la recherche de traces de gibier. En fin de matinée, il remontait la ligne de pièges. Il passait l'après-midi à désherber le terrain. Entre chaque tâche, il aidait Evie à s'occuper des garçons. Il était ravi quand ils suivaient son visage, leurs bouches en mouvement quand il leur parlait.

Malgré les égratignures et les contusions, la saleté constante et ce travail éreintant, ou grâce à ces choses-là, la vie suivait un rythme tranquille.

Joe était assis sous son pommier alors que le soleil se couchait. Plus tôt ce jour-là, il avait entaillé le mur arrière de la cabane avec sa hache. Ils avaient atteint le premier anniversaire de leur bannissement. Depuis le procès, il était passé du désespoir absolu au bonheur. Par nécessité, il n'avait pas touché au whisky ou aux psychotropes depuis, et il se sentait propre et sain. Lui et Evie avaient surmonté bien des épreuves et étaient devenus plus profondément amoureux, unis dans leur travail commun pour cette famille imprévue. Ils avaient produit deux beaux et jeunes êtres humains, bâti une maison dans la nature et trouvé de nouveaux amis. Et si la vie était difficile physiquement et remplie d'incertitudes, elle était enrichissante de nouvelles façons. Pourtant, les risques aussi étaient plus élevés, et tout était susceptible de basculer à tout moment.

Le vent bruissait dans les branches. Le gazouillement aigu du merlebleu accompagnait la lumière déclinante. Il y avait des nuages dans le ciel de l'est, mais il était dégagé autour du soleil couchant. Tout autour de lui était calme.

. . .

> La dernière fois que j'ai eu le temps de penser était avant la grossesse d'Evie. Je suis allé au Lone Mountain College pour comprendre ma propre mentalité, comprendre si l'esprit pouvait avoir le libre arbitre. Cette discussion critique avec Gabe a soulevé la crainte qu'il n'y a peut-être pas de causalité mentale, que rien de ce que nous faisons n'importe, et que rien n'est sous notre contrôle.
>
> Mais j'ai fait des progrès sur cette montagne. Evie m'a aidé à réaliser que la causalité mentale est encore une vérité, et que prétendre le contraire est absurde. Nous avons lutté contre vents et marées et gagné jusque-là par notre travail acharné, et aussi grâce à une bonne dose de chance.

L'argument contre la causalité de nos esprits repose sur une relation de survenance, les propriétés mentales survenant sur les propriétés physiques. Le « vert » d'une propriété mentale que nous avons dans nos esprits survient sur le « rouge » d'une propriété physique dans l'univers, du moins si on suit cette approche. Je crois maintenant que les propriétés n'existent pas. Et si notre idée commune au sujet des propriétés est erronée, l'argument niant la causalité mentale s'effondre.

Cependant, les propriétés sont acceptées depuis des millénaires, et nous ne pouvons pas les éliminer sans offrir une autre explication à la place. Quel objectif servent les propriétés ? Les philosophes disent que les propriétés ont des pouvoirs causals et qu'elles sont des vérifacteurs. Le premier élément remonte à Platon, qui dit qu'une chose *existe* réellement si elle a une certaine capacité à faire subir quelque chose à autre chose. Le rôle de vérificateur est plus abstrait, traitant souvent de la vérité dans les déclarations. Les vérifacteurs sont des éléments qui rendent une proposition vraie.

S'il n'y a pas de propriétés, alors, un élément ontologique, une chose qui existe réellement, doit faire ce travail.

. . .

Joe posa sa main sur l'écorce altérée. Sa main calleuse était un miroir inversé de la branche calleuse.

. . .

Quid des relations ? Entre et parmi les objets, il y a des relations. Un objet peut être plus grand qu'un autre, comme cet arbre est plus grand que ma main. Un objet peut également exister à côté d'un autre, comme ma main se reposant contre l'arbre. Mais ces relations ont un statut secondaire en philosophie, car il est plus naturel de croire que les propriétés physiques sont causales. Les relations en elles-mêmes ne *font* rien.

Les physiciens ont été plus charitables envers les relations. Les quatre forces fondamentales, électromagnétique, gravitationnelle, forte et faible, décrivent la manière dont les particules ou les objets sont liés entre eux. Le

> mécanisme de Higgs a quelque chose de magique en cela qu'il s'agit d'une énergie invisible présente dans tout l'univers qui imprègne d'autres particules de masse, le bloc de construction de base de la matière. Ce mécanisme suggère quelque chose qui s'apparente à une relation à l'œuvre plutôt qu'à une propriété appartenant à un objet.

...

Au-dessus de lui, les branches noueuses pointaient dans toutes les directions, se balançant alors que le vent soufflait à travers les branches, soulignées par le ciel bleu qui s'assombrissait. Chaque sillon de l'écorce grisâtre était prononcé, le périderme usé par une vie de rencontres avec l'existence.

Puis le voile se déchira. Son souffle s'arrêta, et Joe eut une vision. Il ne voyait plus les branches comme ayant des propriétés incorporées dans des particules ; plus de texture, plus de gris de l'écorce. Les branches bouillonnaient de relations, une toile de l'essence de l'existence. Les relations n'émergeaient pas de l'arbre ; *elles étaient l'arbre*. Observant les branches contre le ciel, il fut subjugué, et une énergie colossale circula à travers son corps.

...

> L'ontologie se préoccupe de *ce qu'il y a*, des choses qui ont une *existence*. Et si notre ontologie commune considérait la réalité à l'envers ? Et si les relations étaient réelles, et les propriétés ne l'étaient pas ? Et si les relations exerçaient le travail attribué par erreur aux propriétés ? Et si les relations étaient causatives ?

...

Le soleil plongea en dessous de la montagne et une tache vert vif le fit sourire. Le phénomène de rayon vert lors du coucher du soleil lui rappelait les yeux d'Evie, et le bonheur infusa son être. Les couleurs du coucher du soleil virèrent de tons orange à roses, puis violets. Il repensa à ce qui lui semblait maintenant remonter à une éternité, quand Evie lui avait montré son rodeo flip sur sa planche de surf. Il ferma les yeux et imagina sa rotation dans l'air, son corps à l'envers avant de récupérer à la perfection, puis de s'attaquer à la vague suivante.

...

Nos perceptions sont tellement ancrées dans le monde et ce que nous avons appris depuis l'enfance qu'il est presque impossible de penser à autre chose qu'un monde de particules fabriquant des objets. Comment faire accepter à mon esprit l'idée de relations causatives ?

Si notre façon de percevoir est inversée, comme Evie sur sa planche de surf, l'utilisation des mots que nous employons normalement pour décrire des objets perçus ne fonctionne pas. Nous ne pouvons pas penser en termes d'objets et de propriétés, ou de n'importe quelle réalité dont nous croyons en l'existence. Nous avons besoin d'un moyen de retourner notre façon de penser. Restreints par un esprit mal orienté depuis la naissance, il nous faut maintenant redéfinir ce qui est « réel » et penser à cette nouvelle réalité réelle ; une *relation*.

...

Les branches au-dessus de lui tremblaient alors qu'un vent régulier y soufflait. Une douce pluie touchait son visage, et il scruta à l'est. Des nuages orageux approchaient.

La pluie commença à tomber, et il courut vers le porche pour s'abriter de la tempête. Joe s'assit dans la chaise d'Evie. Le ciel rayonnait et grondait. La pluie dégoulinait du toit pour atterrir près de sa botte. La majesté du ciel alimentait ses pensées, éclairées par la puissance de sa petite tranche de l'univers. Un arc de foudre pourpre frappa un grand arbre sur la colline éloignée, et un profond *boum* l'atteint une fraction de seconde plus tard.

...

La théorie des supercordes et les théories connexes avancent que toutes les particules dans l'univers sont composées d'objets vibrants mathématiques à une dimension, connus sous le nom de cordes. Ces théories nécessitent des dimensions supplémentaires d'espace-temps pour leur cohérence mathématique, avec en général dix ou, plus élégamment, onze dimensions.

Décrire la foudre à quelqu'un qui n'en a jamais fait l'expérience sonnerait comme une illusion ; une décharge électrique magique entre ce nuage et cet arbre. Sans être en mesure de voir ou comprendre la foudre, on pourrait imaginer que le nuage a causé l'explosion de l'arbre. En voyant cette *conjonction constante*, pour reprendre les mots de Hume, je pourrais accepter cette explication.

Mais si la foudre existe dans une des dimensions alternatives qui, pensent certains physiciens, existent au-delà de l'espace-temps à quatre dimensions que nous percevons, alors c'est peut-être là que nous pouvons trouver une vraie cause. Il pourrait y résider la *relation* comme élément causal.

Quand Evie et moi avons parlé du temps, j'avais illustré le temps avec l'univers en bloc comme un modèle mental. Mais je peux pousser l'exercice plus loin. Si j'imagine un espace à trois dimensions comme une dimension, et le temps comme une deuxième dimension, alors l'espace-temps peut être imaginé comme un plan plié en sphère. Avec cette image, je peux alors visualiser l'espace potentiel pour plus de dimensions, à la fois à l'intérieur et à l'extérieur de la sphère. Cela s'apparente à la réflexion sur les dimensions supplémentaires dont la théorie des cordes suggère l'existence.

Alors, où se trouvent les relations causatives ? Elles pourraient se cacher dans l'une des dimensions en dehors de l'espace-temps, en dehors de la sphère. Laissez-moi imaginer un Zeus, seulement son image, pas un dieu, tenant un éclair, puis le pliant pour que les extrémités touchent la surface de la sphère. Je suppose que l'éclair est la relation, un objet réel existant à l'extérieur de l'espace-temps. Si cet éclair est la relation, alors peut-être que l'éclair, cette relation, ce modèle, est la racine de la causalité perçue dans l'espace-temps. L'éclair est la cause, et le point sur la sphère de l'espace-temps est l'endroit où l'effet a lieu.

Hume affirme que c'est seulement une conjonction constante, entendre un carillon d'horloge puis un autre, qui nous convainc qu'un carillon provoque l'autre. Mais il n'y a pas de nécessité dans la logique que cela soit le cas. Et il n'y a pas de nécessité dans la logique que la mesure des particules signifie qu'elles sont causatives. Par conséquent, on n'enfreindrait aucune expérience scientifique en considérant que le mécanisme de causalité peut être une relation.

Nous avons tant d'idées associées au mot *relation* que nous avons besoin d'un nouveau terme. Je vais nommer cette relation causative un *éclair*.

Si les éclairs, mes relations causatives, sont l'élément ontologique unique avec la causalité, et si les éclairs sont en dehors de l'espace-temps à quatre dimensions, alors de nombreux problèmes disparaissent. Un de ces problèmes est celui de la causalité mentale. Comme l'esprit lui-même peut être composé de ces éclairs, nos esprits peuvent être pleinement causatifs. Un tel esprit, composé d'éclairs, peut avoir le libre arbitre dans un univers physique fermé indéterministe. *Nous sommes ce Zeus.*

. . .

La tempête passa, les nuages s'effaçant pour dévoiler un ciel noir clair et les premières étoiles qui commençaient à briller. Un vent frais soufflait sur la montagne, et Joe avait la satisfaction que sa longue quête mentale avait débouché sur des réponses plausibles et élégantes.

. . .

Qu'en est-il du rôle des propriétés en tant que vérifacteurs ? D'autres éléments doivent servir de vérifacteurs si les propriétés n'existent pas. Certaines vérités surgissent parce qu'elles portent sur le monde, ancrées par des réalités dans le monde décrites comme des collections d'éclairs. Par exemple, « La Zone vide se trouve dans le Nevada » est vrai en raison d'un arrangement d'éclairs. Alors, de nombreux éclairs peuvent constituer ce vérifacteur. Les éclairs ont un double rôle, à la fois celui d'agent causal dans le monde et celui de vérifacteur pour certaines des vérités, mais pas toutes.

Revenons donc à Hume. Il établit une distinction entre les faits et les relations d'idées. Les faits sont des vérités qui existent quelles que soient les conditions du monde, comme la vérité que la somme des angles d'un triangle euclidien est toujours égale à 180 degrés. Je pense que ces vérités pourraient être une autre variante de relation, une variante non causative dans le monde.

Peut-être qu'une partie du problème est que nous avons utilisé le même terme, *relation*, pour deux éléments différents du tableau ontologique. Et si je voyais ces vérités comme le tonnerre qui suit l'éclair ? Je pense que si l'éclair a endommagé l'arbre sur la colline éloignée, le tonnerre qui suit n'a causé qu'un bruit dans mes oreilles, de la même manière qu'une idée remplit ma tête. C'est une analogie imparfaite, car le tonnerre est enraciné dans le monde physique, mais cette relation, qui est un vérifacteur, non. Cette relation est un deuxième élément ontologique réel. Alors laissez-moi appeler cette vérité qui existe mais n'est pas causative dans le monde un *boum*.

Maintenant, nous avons seulement deux éléments : des éclairs et des boums. Ce sont les deux seuls éléments dont nous avons besoin pour étayer l'univers.

. . .

Joe trouva Evie au lit, mais éveillée. Il faisait sombre sans bougie allumée. Les garçons dormaient dans leur propre lit. « Tu es resté dehors longtemps. Tu réfléchissais ? » Elle tendit la main vers lui.

« Oui. Ça m'a fait du bien d'utiliser mon cerveau au lieu de mes muscles. »

Joe ne pouvait pas contenir sa découverte mentale, et il se mit à expliquer sa nouvelle idée en détail.

Alors qu'elle l'écoutait, elle l'étudia ; d'abord avec une inclinaison confuse de la tête, avant de pincer les lèvres pour se concentrer. « Si je comprends bien, tu crois que l'univers est composé d'éclairs. Les éclairs sont des relations et les toiles d'éclairs causent la survenue des choses.

- Exactement. Tu te souviens de quand j'ai affirmé qu'il y avait trois conditions pour le libre arbitre ? La troisième est que le 'moi' doit être causal. Il y a maintenant un moyen d'imaginer qu'un tel mécanisme causal existe dans un univers physique fermé. Nous sommes faits de ces éclairs.

- Alors c'est la dernière des trois exigences pour que nous ayons le libre arbitre. » Elle était maintenant enthousiasmée.

Il hocha la tête. « Je pense que cette hypothèse peut décrire l'univers. Et nos esprits peuvent aussi être faits de la même substance, ce qui signifie que nos esprits causent la survenue de choses dans le monde de la façon que nous imaginons habituellement. Même si ce n'est qu'une hypothèse, car seule la science peut tester de telles éventualités. Quand j'ai rencontré Gabe, un empiriste, pour la première fois, il a affirmé que nous devions examiner notre expérience sensorielle du monde réel pour apprendre quoi que ce soit. Nous ne pouvons connaître les réponses à ces questions qu'en utilisant la science, pour réaliser des expériences dans le monde et tester ces hypothèses. J'en suis convaincu aussi, donc toute autre conjecture me semble inutile. Je n'offre qu'une hypothèse sur ce qui compose l'univers, mais elle est agréablement élégante. »

Chapitre 39

L'été s'acheva en un rien de temps. Ils avaient commencé leur jardin en plantant des tomates, après avoir reçu des graines en cadeau de Fabri. Les légumes s'affrontaient avec le blé et les bourgeons de pommier pour voir qui pousserait le plus vite, promettant une bonne récolte. Parfois, ils travaillaient ensemble à l'extérieur tout en surveillant les jumeaux, Joe coupant du bois et Evie lavant les vêtements au lavoir. D'autres fois, Joe se chargeait seul des tâches parentales pour lui donner un peu de répit. Evie trayait les brebis et prenait plusieurs heures chaque semaine pour chercher des plantes sur la montagne et vérifier ses pièges à oiseaux, trouvant cette activité loin des garçons libératrice et mentalement revigorante.

Lorsque les pignons de pin arrivèrent à maturité à mi-automne, Fabri proposa de partager un pique-nique pendant qu'ils récoltaient les graines. Eloy arriva avec le wagon le jour convenu pour les emmener dans sa cabane. Ils chargèrent la poussette, la famille, et un grand paquet de fournitures pour bébés, puis ils descendirent la route accidentée. Un soupçon de début d'octobre emplissait l'air du matin. Evie et Fabri posèrent la poussette en dehors de la grange. Elles discutèrent en regardant les garçons, dont les têtes pivotaient à chaque *crôa* profond des grenouilles le long du ruisseau.

Joe et Eloy se tenaient à côté de la poussette. Eloy agita un doigt devant Clay, qui rit et essaya de le saisir. Joe souleva Asher et répéta le *crôa* jusqu'à ce que tous se mettent à rire ensemble.

. . .

Ils sont si mignons que c'est parfois difficile de se motiver à faire quoi que ce soit d'autre que jouer avec eux et les regarder grandir. Ils sont le centre de notre monde.

. . .

« On peut commencer ? » Eloy prit une dernière gorgée d'eau. Joe hocha la tête, puis sourit à Evie alors qu'il réinstallait Asher dans la poussette. Il monta dans le wagon avec Eloy.

En théorie, la marche à suivre était simple : récolter les pommes de pin, séparer les graines, puis les stocker dans des pots en terre cuite que Joe avait fabriqués. Joe et Eloy conduisirent le chariot en aval jusqu'aux meilleurs bosquets de pins. Joe coupa de jeunes arbres afin d'en faire des perches assez longues pour atteindre les branches. Ils travaillèrent toute la matinée, faisant tomber les pommes de pin, les rassemblant dans des paniers, les chargeant dans le chariot puis les empilant dans des tas à côté de la grange. Lors d'un autre trajet en chariot, ils ramassèrent de la broussaille. L'huile des pins collait aux doigts de Joe, et leur parfum frais et citronné s'accrocha à ses vêtements.

Les femmes les rejoignirent pour surveiller les feux qui feraient sortir les graines des pommes de pin dures. Elles empilèrent de la broussaille sur le dessus des pommes de pin pour brûler la résine qui les recouvrait. Les hommes continuèrent la récolte tandis qu'Evie et Fabri frappaient les cônes carbonisés avec des marteaux pour libérer leurs graines, et au début de l'après-midi, elles avaient rempli plusieurs grands paniers. Elles versèrent ces précieuses fournitures d'hiver dans les pots d'argile de Joe et les stockèrent dans la grange.

Tous se rendirent ensuite dans la cabane de Fabri. Elle avait préparé un repas copieux pendant que les garçons rampaient à leurs pieds. Après qu'Evie eût nourri les enfants, elle les déposa dans la poussette pour qu'ils fassent une sieste, leur caressant doucement la tête et fredonnant jusqu'à ce que leurs petits corps se détendent dans leur sommeil.

Le succès de la journée avait infusé Joe d'une énergie impatiente. « Avec le grain du mois dernier et les pignons de pin d'aujourd'hui, nous sommes prêts pour l'hiver. Il n'y a plus qu'à récolter le reste des pommes.

- J'aime quand la grange est pleine. » Eloy se mit à rire. « Mais je devrais peut-être songer à vous demander un loyer aussi.

- Sûrement pas. » Fabri agita sa cuillère. Puis son ton s'adoucit. « Mais tu fais du très bon travail, mon amour, pour remplir les assiettes de nos voisins et les nôtres. » Elle désigna une grosse dinde sauvage qu'Eloy avait abattue avec son arc la veille. Fabri l'apporta à la table, et Evie servit une salade de légumes verts. Ils s'attaquèrent avec enthousiasme à leurs assiettes pleines.

« Les pignons de pin étaient une des rares choses que j'avalais volontiers pendant ma grossesse. » Evie chassait les graines avec sa fourchette.

« Elles sont faciles à aimer, avec toute cette graisse et ces calories, » déclara Eloy.

Joe se pencha et murmura à Evie, « Non pas que ça se voie. Je trouve que ta silhouette est plus fine maintenant qu'avant les garçons. » Ses yeux brillèrent, et un sourire espiègle traversa son visage.

« J'aime broyer les graines en pâte et en faire du beurre, » déclara Fabri, versant de la sauce sur sa dinde.

- C'est savoureux, mais le beurre de brebis est plus à mon goût, » répondit Eloy en étalant son beurre préféré sur une épaisse tranche de pain.

« Joe, Fabri a très gentiment proposé de garder les garçons ce soir. » Evie haussa les sourcils dans l'attente.

Fabri gloussa. « Ils ont sept mois maintenant, ils sont assez grands pour passer une nuit loin de leur mère. Et nous avons assez de lait de brebis pour qu'ils traversent cette épreuve. »

Joe leva un sourcil vers Evie, puis sourit à Fabri. « C'est incroyablement généreux. Merci. » Son regard croisa celui d'Evie. « Et maintenant, je comprends pourquoi tu as apporté autant d'affaires pour bébés dans ce sac. »

Elle haussa les épaules en souriant.

Eloy sourit aussi. « Ils sont bien élevés, mais actifs. Nous vous offrons deux paires de mains. »

Le cœur de Joe s'anima avec un enthousiasme inattendu. Jusqu'à ce moment-là, il avait oublié combien ils avaient été plongés dans leurs efforts envers les enfants. « C'est très aimable. Toutes ces mains ne seront pas de trop. »

Alors qu'ils remontaient à leur cabane plus tard, il demanda : « On me fait des cachotteries ?

- Fabri me l'a proposé hier. Elle a dit qu'Eloy avait envie de passer plus de temps avec les garçons. » Elle gambadait devant lui sur le sentier, rappelant à Joe les jours longs et sombres qu'ils avaient passés à marcher pour trouver cette vallée agréable. Ce fardeau était maintenant levé, et il accéléra pour prendre son rythme et laisser ces souvenirs derrière lui.

« Et maintenant ? » Il lui fit un clin d'œil quand il la rattrapa.

Evie inclina la tête et rougit. « Prenons un bon bain. Après, on pourrait faire une promenade pour aller nous asseoir sous notre pommier. On pourrait même manger un bout ensemble. » Joe sourit. Evie sprinta vers l'avant et disparut derrière un rocher.

Il se rendit à la cabane et rangea les affaires de son sac. La grande couverture en peau de chevreuil n'était pas suspendue au crochet de mur. Joe alla dans la salle de bains en bois, ôta ses vêtements, et se glissa dans l'eau encore tiède. Il récura la saleté de la journée puis vit les vêtements d'Evie dans une pile soignée. Joe sortit du bain pour retrouver la lumière du soleil, avant de se diriger vers le pommier.

Elle était couchée sur la couverture, nue, à l'exception de sa bague en diamant rouge. La peau de chevreuil avec la frange grise lui rappelait la conque de Botticelli, à la façon dont elle mettait en valeur sa silhouette parfaite. Ses seins étaient pleins, velouteux à la lumière. Sa langue se baladait sur ses lèvres, et son pouls bondit lorsque leurs regards se croisèrent.

Il s'allongea à côté d'elle et couvrit son corps de baisers doux. Evie parcourut son corps de ses mains, et son toucher éveilla son désir. Ses doigts trouvèrent l'intérieur de sa cuisse et tracèrent la courbe du monde. Leurs doigts jouaient à des jeux langoureux l'un sur l'autre, caressant les zones que l'autre aimait, forçant la Terre à ralentir sur son axe rien que pour eux.

« J'ai l'impression de te connaître complètement. Pas seulement les moindres surfaces de ton corps, mais aussi ton esprit. » Il embrassa son front.

« Comme si j'étais à l'intérieur de ta tête, et que tu étais dans la mienne. » Et il était vraiment en elle. « Oui, continuons pour l'éternité. » Elle soupira, et ils firent à nouveau ralentir le temps.

Puis elle était sur ses hanches, face à lui, basculant lentement, leurs regards figés l'un sur l'autre. Son visage était imprégné de joie et d'amour sans entraves, encadré par un ciel rose. Le déversement de la noria donnait un rythme lent correspondant aux mouvements de ses hanches.

Alors que leurs souffles s'animaient ensemble, elle accéléra ses basculements. « Tu as encore faim ? » Un doux gémissement s'échappa.

« Seulement de toi. »

La brise portait le parfum des aiguilles de pin, se mélangeant dans ses narines à l'odeur de ses cheveux contre son visage. Un chœur de rouges-gorges, fauvettes et engoulevents s'éleva pour saluer la fin du jour. Le cœur d'Evie cliquetait contre sa poitrine comme un étourneau. Sa peau luisait de sueur malgré l'air frais. Le gargouillis du ruisseau se mêlait au clapotis de la noria et à ses cris. Son corps frémit une fois, puis une autre. Il se dissout dans l'amour pur, loin de la terre de la montagne pour gagner le ciel sombre, puis les confins de l'espace où les étoiles flambaient glorieusement. Il revint ensuite doucement sur terre, allongé sur la couverture à côté de leur petite cabane, à l'abri du monde.

Le soleil disparut à l'horizon. Ils restèrent couchés ensemble, son esprit vide, sauf pour la pensée de sa présence. Elle se blottit près de lui sur la couverture alors que l'air se refroidissait autour d'eux dans la lumière mourante. Son souffle était redevenu calme et régulier.

. . .

Je sens son électricité, elle est ma partenaire et mon amante.
Elle est mon éclair. Elle réveille quelque chose en moi.

. . .

Evie tendit la main dans l'arbre, arrachant une unique pomme rouge. « Un petit dessert ? » Elle tendit le fruit avec une étincelle dans l'œil.

Joe prit une bouchée, laissant l'électricité de ce moment traverser tout son être.

« Le dessert après le dessert, » dit-il.

Chapitre 40

La fin de l'automne peignait les montagnes de trembles jaune vif, d'érables roussâtres et de frênes d'or. Le calme glacial du matin était souvent interrompu par les cris de centaines d'oies qui s'arrêtaient dans les lacs de montagne avant de reprendre leur vol migratoire vers le sud. Ils avaient stocké les cultures pour l'hiver, les jours étaient devenus plus courts, et Joe passait plus de temps à l'intérieur de la cabane avec Evie et les garçons.

Aujourd'hui, ils accueillaient Fabri et Eloy. Tous s'assirent autour de la table à l'intérieur. Evie tournait la manivelle sur la baratte, le bruit rythmique sourd de la crème à l'intérieur du baril ajoutant une musique apaisante à leur conversation. Asher était assis sur les genoux de Joe et hoquetait, presque en rythme avec la baratte, du lait de brebis coulant de son menton.

Joe hocha la tête en regardant la baratte. « Eloy, tu as fait du bon boulot pour concevoir ça. J'ai essayé de construire quelque chose de similaire le mois dernier et je n'avais pas tout à fait mis le doigt dessus. »

Evie se mit à rire. « Faire tourner la manivelle était aussi dur que d'essayer de faire rouler un rocher jusqu'au sommet de la montagne. Celle-ci tourne très bien.

- Ce n'était pas grand-chose. » Eloy balaya le compliment. « Joe a l'esprit façonné pour des choses différentes. L'astuce consistait à régler la manivelle juste comme ça, assez serrée pour qu'il n'y ait pas de fuite. »

Evie jeta un regard à Joe et fit un signe de tête. Il s'éclaircit la gorge. « Nous sommes particulièrement reconnaissants pour tout ce qui facilite la tâche d'Evie, car elle va bientôt devoir s'occuper d'une autre sorte de travail. »

Fabri poussa un cri de surprise, une main sur sa bouche. Eloy lui donna une grande tape sur le dos.

Evie étudia son abdomen, même si Joe ne pouvait pas encore y voir de preuve. « J'ai du mal à croire que je suis de nouveau enceinte. Asher et Clay sont encore si jeunes. » Elle passa une main sur son ventre. « La vie peut être si imprévisible.

- Eh bien, quand je vous vois ensemble tous les deux, je me dis que c'était plutôt prévisible. » Eloy fit un clin d'œil. Puis il sembla songer à deux fois à ce qu'il venait de dire et ses joues rougirent. « Mais, oui, il y a beaucoup de surprises dans la vie.

- Soyez reconnaissants pour les cadeaux du ciel. Et je serai là pour t'aider pour l'accouchement cette fois aussi. » Fabri ramassa Clay, qui était au sol, et le fit sautiller sur son genou. « Comment te sens-tu cette fois, Evie ?

- J'aimerais me débarrasser de cette sensation de n'avoir aucun contrôle sur mon corps, mais je suis beaucoup plus confiante. Je crois que mon corps a pris l'habitude ; j'ai plus d'énergie. » En un éclair, elle abandonna la baratte et fondit sur Asher, l'étreignant jusqu'à le faire glapir de rire.

Joe sourit, puis déclara : « Nous sommes à mi-chemin de notre bannissement. On va y arriver. »

La main forte d'Eloy saisit son épaule. « On dirait que nous avons signé pour un autre engagement nous aussi. On va tous se serrer les coudes. »

Le début de l'hiver s'accompagnait d'un ralentissement de la vie. La nature se tapissait, réduisant son métabolisme pour économiser des forces. L'énergie qui demeurait s'exprimait sauvagement dans la danse compétitive de la vie et de la mort, chaque chose dévorant toute autre alors que les provisions de nourriture diminuaient. Joe réalisa qu'il faisait partie de cette toile, saisissant des deux mains son pouvoir de définir la vie. Il marchait le long de sa ligne de pièges chaque matin, dans un froid de plus en plus intense, serrant son manteau en peau de chevreuil autour de lui et son chapeau de fourrure sur ses oreilles. Il traquait les moraines couvertes de neige à la recherche de gibier pour réapprovisionner leur garde-manger. Il empilait du bois de chauffage afin de maintenir la chaleur de la cabane pour sa famille.

Comme il le faisait de nombreux matins d'hiver, Joe attendait furtivement la venue des cerfs. Dans son poste d'arbre, il était exposé à l'élément de la nature à travers les branches nues, mais il était également exposé à lui-même. Les premières notes de vent s'invitèrent en bas des montagnes et brisèrent le silence parfait. Cela ressemblait plus à un bourdonnement, sans accord, un fond sonore combiné de Mère Nature et Père Temps, laissant Joe impuissant et isolé dans son arbre.

Le soleil pointa timidement à l'horizon, signalant qu'il était temps de rentrer. Les mains vides, Joe mit l'arc en bandoulière sur son épaule et revint avec des pas lourds de ses pieds gelés à travers l'herbe givrée. Son souffle s'élevait par bouffées, mais le mouvement physique chassa le froid, et bientôt les lances d'une chaleur douloureuse descendirent le long de ses jambes et bras frigorifiés. Les discrets sentiers de la forêt étaient humides à cause de la légère pluie de la veille, et la boue maculait bientôt ses Mercuries usées. Sa chasse l'avait conduit à plusieurs kilomètres de la maison, et la fatigue l'accablait. Joe balayait les crêtes et se tenait à l'écoute de toute agitation. Quand il franchit la colline au-dessus de la cabane, un mouvement scintilla dans le coin de son œil ; son cœur se gela.

La silhouette d'un fauve musculaire se déplaçait à travers l'herbe du champ de blé, droit vers la cabane. La poussette reposait près de la cheminée, mais Evie n'était nulle part en vue. Même à distance, il pouvait voir un mouvement dans la poussette ; une petite main peut-être.

« Evie ! Evie ! » Il sprinta et rugit jusqu'à ce que sa voix perce les cieux.

Le puma se précipita vers la poussette, une pure puissance bestiale traversant le champ dans une ligne déterminée, ses oreilles repoussées. Joe fixait la scène, impuissant et courant en criant.

Un instant plus tard, Evie jaillit de la porte avec son bō. Elle s'élança sur le côté de la cabane alors que le félin bondissait. Le bâton surgit dans une ellipse tourbillonnante dans ses mains. Elle l'attrapa en plein vol et utilisa son élan pour frapper la bête. Son coup toucha une de ses pattes avant, et l'animal tomba au sol avec le membre étrangement plié, mais il roula sur son épaule et se remit debout. La force avait repoussé Evie vers l'arrière, mais elle maintint sa posture et attaqua à nouveau, sa lame tranchant le visage du chat. Le puma rugit férocement, sortit les crocs, puis se tourna et se précipita au loin à travers le champ. Un cri résonna dans la vallée, désorientant Joe jusqu'à ce qu'il réalise que le son provenait du félin en fuite.

Joe agrippa les deux garçons qui gémissaient, sans savoir comment il était descendu de la colline. Evie hurlait, agitant encore son bâton. Son corps tremblait, et Joe posa Clay pour placer un bras autour de ses épaules.

Elle fléchit contre lui. Sa voix se brisa alors qu'elle déclara : « J'ai emmené les garçons dehors et je suis retournée chercher les couvertures, et j'ai pris le bō en chemin. Tout s'est passé si vite.

- Tout va bien. Tu as très bien réagi. »

Sa bouche tremblait. Elle prit Clay, le serrant contre elle et chuchotant à son oreille. Elle peinait à inspirer profondément et continuait à respirer par halètements brefs et saccadés.

Joe étudia son ventre, qui commençait à pointer un peu, et frémit en songeant au risque qu'elle avait pris. Son propre souffle était rapide, l'adrénaline traversant ses veines, ses instincts bestiaux faisant rage.

« Tout peut nous être pris en un instant, » fit-elle remarquer.

« C'est notre réalité. Mais pas aujourd'hui. »

Il déposa Asher, à nouveau souriant et heureux, dans la poussette et l'empaqueta. « Je dois le suivre, pour voir dans quel état il est. On ne peut pas prendre le risque de le laisser revenir.

- Fais attention. » L'inquiétude froissait son visage. « J'ai besoin que tu reviennes. » Il lui offrit un sourire triste, puis vérifia son arc et partit.

Les traces de pattes formaient une ligne à travers le sol noir du champ, quatre doigts et trois lobes sur les pattes arrière. Des gouttes de sang marquaient l'empreinte de la patte avant droite. Il suivit les traces de sang sur la colline, heureux d'avoir un moyen de retracer le parcours de l'animal au-delà de la ligne d'horizon.

La piste du félin devint beaucoup moins claire à mesure qu'il progressait. Joe s'inquiéta en pensant que la bête pouvait le guetter, alors il resta alerte pendant qu'il examinait les sous-bois à la recherche d'indices. Une trace de sang dans une purshie tridentée indiqua qu'il était sur la bonne voie et il avançait, regardant fixement, écoutant, se déplaçant sans bruit. Quand il perdait la trace, il faisait marche arrière et repartait à angle droit de l'endroit où la piste se terminait, et il réussissait ainsi à progresser à nouveau. Il étudia le paysage et essaya de penser comme un lion de montagne, pour deviner de quel côté il aurait pu partir.

Il remonta la piste pendant ce qui lui parut une éternité. Les empreintes dans la boue montraient l'endroit où il s'était arrêté pour boire. L'herbe enfoncée et les taches de sang ci et là l'aidèrent à le suivre plus facilement, mais les traces se faisaient progressivement plus éloignées. L'animal n'était probablement pas mortellement blessé.

Ses bras souffraient de porter l'arc en posture de tir. Joe avait parcouru plusieurs kilomètres et perdu et retrouvé la piste de la bête une douzaine de fois. La chasse l'avait habitué à la dureté de la réalité. Il n'avait pas peur, il était seulement déterminé à trouver l'animal et mettre fin à la menace.

Il erra à travers cinq vallées loin de la cabane et trouva de maigres signes, mais tous conduisaient vers le haut. Joe se demandait pourquoi l'animal s'embêtait à dépenser de l'énergie supplémentaire. Il ralentit au sommet de la montée, confirma la direction du vent, et fit un pas prudent pour regarder sur le dessus. Il y avait un rocher affleurant en dessous, au milieu d'un fatras de sapins. Il entrevit un éclair rougeâtre entre deux rochers. Il se figea, puis s'agenouilla dans l'herbe pour ne pas être repéré. Trois animaux étaient partiellement cachés dans le feuillage, visibles uniquement dans la lunette de son arc. Joe encocha une pointe.

Il centra sa visée sur le puma, puis un autre animal bondit dans son champ de vision. Les deux lionceaux avaient des taches rougeâtres sur leur pelage blanc et brun. Un petit se roula pour téter, ses yeux bleus si clairs à travers la lentille de sa lunette. La maman lionne lécha son petit, puis sa propre patte. L'autre lionceau traîna sa langue le long de la balafre rouge sur son visage.

. . .

Elle chassait pour nourrir ses petits. Vivre par instinct, dans l'instant. Elle ferait n'importe quoi pour eux. Nous sommes tous des animaux, et nous nous infligeons tous la mort les uns aux autres. Je n'ai plus d'appréhension quand je tue un chevreuil, mais là, ce serait un autre type de mort.

. . .

Joe abaissa l'arc. Il resta assis à les regarder pendant plusieurs minutes, puis quitta la crête. Il descendit de la montagne, à travers le paysage, et rentra à la maison.

Joe arriva à la cabane en fin d'après-midi, affamé, poussiéreux, et lessivé. Il trouva la porte fermée comme une tombe. Il l'ouvrit lentement, et les garçons gazouillaient depuis la poussette. Evie leva les yeux, dans l'expectative.

« Tu l'as tué ?

- Je n'ai pas pu le faire. C'était une mère avec ses petits. Je ne pense pas qu'elle reviendra. Tu l'as bien coupée, elle n'aura pas oublié. On devra juste faire très attention. »

Evie se mordit la lèvre. « Être une mère vous change. On ferait n'importe quoi pour protéger notre progéniture. Il y a un côté imprévisible à cela. Ce n'est pas une question de 'moi', mais d'eux, mes bébés. J'ai agi par pur instinct ce matin, poussée par l'adrénaline pour protéger mes petits. Une maman lionne de montagne fera la même chose. Nous devons nous rappeler que cette grande nature sauvage dans laquelle nous vivons expose nos instincts primitifs. »

Joe repoussa délicatement les cheveux qui cachaient son air grave, et prit son ange protecteur dans ses bras.

Chapitre 41

Pour leur deuxième hiver dans la Zone vide, ils restèrent à l'intérieur de la cabane plus souvent qu'ils le souhaitaient, mais c'était une retraite à l'abri de la main impitoyable de la nature. La neige drapait les montagnes, et les pluies intermittentes la chassaient. Joe devait souvent se traîner dans trente centimètres de neige lors de ses vérifications des lignes de pièges. Maigre réconfort, le climat plus chaud de ce siècle avait poussé le gibier à se rassembler dans une étendue plus étroite. Cela facilitait un peu la chasse avec ses modestes ressources. Chaque jour, Joe rentrait à la cabane exténué de la chasse. Il s'effondrait souvent dans le lit après le dîner.

Un matin de février, un grincement le réveilla. Joe sortit péniblement du lit pour observer à travers la fenêtre. La noria tournait vite alors que l'eau de fonte avait fait monter le niveau du ruisseau. Il ouvrit la porte pour confirmer le son ; l'essieu frottait contre le bois, la graisse animale disparue.

Après le petit déjeuner, Joe s'habilla chaudement. Il récupéra son seau de graisse dans le caveau et l'emporta jusqu'à la roue. Une fine pluie avait commencé à tomber, et il enjamba prudemment l'abreuvoir en bois pour se tenir sur la poutre de support de la roue. Il appliqua la graisse avec un bâton plat. Alors que le lubrifiant se faufilait entre les pièces en bois, Joe recula pour admirer son œuvre, mais son pied ne rencontra que l'air.

Tombant en arrière, il frappa l'eau glacée et se retrouva en dessous. Son épaule percuta une poutre et sa cheville se cogna contre un rocher dans le ruisseau. Le courant l'emporta, le tirant sous l'eau sur quelques mètres jusqu'à ce qu'il parvienne à ressortir sa tête le temps de prendre une grande bouffée d'air. Les quelques brasses pour atteindre la rive envoyèrent des décharges insoutenables dans son épaule blessée et, avec difficulté, il se hissa sur la rive. L'eau glacée coulait de son visage. Son corps entier était endolori alors qu'il rampait jusqu'à la cabane.

Joe poussa la porte d'une main, laissant échapper un long gémissement. Evie poussa un cri de surprise et courut vers lui. Elle le stabilisa en passant un bras autour de sa taille.

« Je suis tombé de la noria. »

Elle l'aida à enlever ses vêtements gelés tandis que les garçons regardaient la scène avec de grands yeux depuis la poussette. « Je ne crois pas que je me suis cassé la cheville, mais c'est au moins une vilaine entorse. » Il haletait. « Mon épaule me fait mal aussi. » Elle enleva sa chemise. Déjà, une contusion sombre s'était répandue sur le dessus de son bras et à travers sa poitrine. Il se sécha avec une serviette, puis Evie l'aida à se rendre jusqu'au lit et plaça plusieurs couvertures autour de lui. Elle prépara un feu, et il cessa enfin de trembler.

« Mon amour, laisse-moi voir ta cheville, » demanda Evie. Il sentit une douleur vive alors qu'elle y passait ses doigts pour l'examiner. « Rien de cassé, on dirait. Quelques compresses froides devraient réduire l'inflammation.

- Je crois que l'eau du ruisseau s'en est déjà bien chargée. »

Evie sourit, et l'inquiétude quitta son visage alors qu'elle lui préparait une soupe chaude.

...

> J'aurais facilement pu me fracturer la jambe ou la cheville. Ça aurait été une catastrophe, probablement synonyme de mort pour moi. Je n'avais pas pensé aux connaissances médicales de base quand je me suis préparé pour cet endroit, mais ça aurait dû être évident.

...

Après un grand bol de soupe, le froid qui avait saisi ses entrailles s'apaisa. Joe se reposa dans le lit pour le reste de la journée, en gardant la cheville élevée et son épaule immobile.

Le lendemain, son épaule allait déjà mieux, seulement contusionnée, semblait-il, mais sa cheville avait doublé de taille. Il fut forcé d'admettre qu'il aurait besoin de plusieurs jours de repos pour la laisser guérir.

Joe resta à l'intérieur pendant les deux jours qui suivirent, surveillant les jumeaux pendant qu'Evie parcourait les lignes de pièges, à la recherche de nourriture. La pluie revint le lendemain matin, et ils se blottirent à l'intérieur. À la mi-journée, la pluie martelait le toit mince et des filets d'eau ruisselaient sur la vitre unique. Des éclairs éblouissants éclataient, suivis par les boums du tonnerre.

« C'est tombé près. » Evie peignait ses cheveux mouillés près du feu.

« C'est presque comme si on était dedans, » déclara Joe.

« Presque. »

Joe fronça les sourcils, frustré. « Tu ne devrais pas sortir du tout, maintenant que tu es enceinte de quatre mois. »

Elle lui jeta un regard vexé. « Je te ferai signe si je ne m'en sens pas à la hauteur, Joe. Je sais comment écouter mon corps. Fais-moi confiance. » Elle s'approcha et se blottit contre la moitié non blessée de son corps.

Il posa la main sur son ventre, caressant la bosse. Elle entrelaça ses doigts avec les siens et ils se reposèrent là, heureux. Il lui murmura : « Merci d'être allée chercher le bois, mon ange.

- Le plaisir est pour moi. » Evie passa sa main sur ses biceps, qui avaient épaissi avec l'utilisation. « Tu fais beaucoup de choses ici. » Sa main s'attarda. « Tu chasses nos repas. Tu tailles notre bois. Tu mérites une pause. » Elle ponctuait chaque phrase avec un pincement reconnaissant de son bras. « Et une expression de gratitude en bonne et due forme. »

Joe sentit une faim dans ses yeux, et il soupçonnait que cela n'avait rien à voir avec leur régime hivernal. « Et moi, j'aimerais être assez, euh, *endurci* pour accomplir cette tâche. Mais donnons d'abord à cette jambe un jour de plus pour guérir . . . »

Elle sourit, puis tourna un visage sérieux vers Joe. « Ta blessure m'a fait réfléchir. Nous terminons notre peine dans un peu plus d'un an. Nous sommes vulnérables ici, sans soins médicaux. Et si quelque chose arrivait à l'un de nous ? Même si nous aimons beaucoup de choses de la vie ici, nous devons penser aux garçons. Nous devons rentrer. »

Il soupira. « Je pense aussi que nous devons rentrer. En vivant ici, les garçons auraient une vie radicalement plus courte. Il n'y a aucun moyen pour nous de reproduire les progrès de la médecine du monde moderne. Je ne pense pas que nous pouvons faire ce choix pour eux.

- Mais ce n'est pas seulement une question d'être protecteurs. Il s'agit de participer à la collectivité.

- Je suis de ton avis. J'aime notre vie simple ici. Mais l'humanité a progressé au-delà de cette façon basique de vivre. Et en restant dans le passé, nous renonçons à contribuer à l'avancement de l'histoire humaine. »

Elle lui serra à nouveau le bras. Ses yeux étaient résolus, rappelant à Joe la femme qu'il avait rencontrée, mystérieuse mais confiante. « Penser au bien-être des garçons m'a aussi rappelé ce que nous avons laissé. Je regarde nos fils et la vie que nous avons bâtie ici, et je me rends compte qu'ils sont notre héritage. Ils méritent un monde où ils seront appréciés pour leur contribution à la société et non pour un certain niveau attribué à la naissance. J'ai commencé quelque chose avec mon mouvement contre les niveaux, et je dois aller jusqu'au bout.

Il pesa les risques. « Tu crois que nous devrons nous soucier de Peightân et Zable après avoir purgé nos peines ?

- Peut-être. » Evie repoussa ses cheveux. « Mais peut-être qu'il y a eu des progrès dans la lutte de nos amis. Et dans tous les cas, Dina, Mike, Raif, Freyja et Gabe seront là pour nous aider.

- Il y a un risque, mais je suis d'accord avec toi. Notre vie ici ne deviendra pas plus facile avec trois enfants. Nous devons jouer notre carte et revenir. »

Maintenant, il voyait des flammes brûler dans ses yeux. « Tu parles toujours du bloc du temps. Notre vie ici n'en est qu'une fine tranche. Et pourtant, si nous pouvons revenir, nous pouvons être l'éclair. Nous pouvons être ce qui inspirera le changement dans le monde.

- Je peux t'aider à atteindre cet objectif. Je crois en ton combat aussi. Nos enfants sont égaux à n'importe qui d'autre, et je voudrais un monde où c'est l'acceptation commune. »

Evie enveloppa ses bras autour de lui dans une étreinte. « Merci. Je veux que tu m'accompagnes dans cette lutte. »

La cheminée crachotait alors que la pluie ruisselait dans la cheminée. Evie empila du bois sur le feu, les ombres dansant en mimant les éclairs à l'extérieur de la fenêtre. Joe resta au lit pour le reste de la journée, profitant du confort de la maison.

Les garçons titubèrent jusqu'à lui, portant les jouets de bois qu'il avait confectionnés, et il dirigea les soldats à travers la couverture, enroulée comme les collines d'un champ de bataille imaginaire.

Puis Joe prit deux effigies de bois et, faisant sautiller les figurines sur la couverture, chuchota des histoires de rois et de princesses. Les garçons regardaient avec de grands yeux leurs jouets se mouvoir.

Ce soir-là, les jumeaux dormirent paisiblement dans leur lit pendant qu'Evie remuait un pot de soupe sur le feu. Elle s'arrêta et vint s'asseoir à côté de lui.

« Tes yeux sont clairs. » Elle posa une main sur son front. « Tu réfléchis encore ?

- Les enfants peuvent être si innocents, alors qu'ils vivent dans un monde où des évènements terribles se produisent.

- Tu penses au mal dans le monde ?

- Plutôt aux niveaux de mauvaises choses, avec le mal au sommet. » Joe prit sa main dans la sienne et l'embrassa. « Tu te souviens de notre discussion de l'angle de repos ?

- La façon dont le sable ou les rochers peuvent glisser à tout instant ?

- Exactement. Maintenant, disons qu'un rocher te tombe sur la tête si tu passes en dessous au mauvais moment. Ou que tu glisses d'une noria. Nous ne vivons pas dans un paradis. De tels accidents sont dus à l'aspect aléatoire intégré à la façon dont l'univers est organisé. Il y a des êtres vivants sans conscience, qui suivent aveuglément les principes qui organisent la vie, pour trouver de la nourriture et se reproduire. Comme le microbe qui m'a rendu malade l'année dernière.

- Et comme la lionne de montagne qui essayait de trouver de la nourriture pour ses petits.

- Oui, un exemple de conscience et de sentience élémentaire. Comme les autres, la lionne de montagne agit par instinct, c'est-à-dire sans la pleine capacité morale de distinguer le bien et le mal. On ne peut pas coller d'étiquette sur ses actions ; elles sont moralement neutres, » dit-il.

« Tu penses que la conscience doit être une condition préalable à la morale ?

- Je le crois. Il semble nécessaire d'avoir un cadre moral infusé avec le sens du bien et du mal avant de pouvoir établir des jugements moraux avancés. »

Evie se rapprocha. « Peut-être qu'Adam et Ève avaient une compréhension morale au sein de leur conscience, et qu'ils ont créé des règles pour guider la façon dont ils ont vécu.

- Oui. Avant Adam et Ève, tout pouvait sembler parfait dans le jardin d'Eden. Mais la compréhension consciente a conduit à la prise de conscience que le monde était imparfait ; c'est parce que les créatures conscientes peuvent agir d'une façon qu'ils jugent collectivement mauvaise. »

Evie leva les sourcils. « Si le mal n'est pas intégré dans le monde, mais seulement présent dans l'esprit des créatures conscientes, est-ce que *nous* créons le mal ? »

Joe se pencha sur son coude droit et se frotta la barbe. « Peut-être que oui. Je pense que notre mentalité est un ensemble complexe de relations. J'imagine de petits éclairs causatifs, dessinant des toiles immenses. Notre mentalité crée du sens sémantique, établissant des relations entre le monde et nous-mêmes. Peut-être qu'en extrayant du sens de ces relations, nous créons des toiles plus complexes de relations, et que ce sont les idées qui portent le contenu moral.

- Alors comment cet univers, avec la possibilité du mal, aurait-il pu être créé par un Dieu aimant ? » Evie ferma les yeux et récita un vieux poème de ses souvenirs.

« Tigre, Tigre ! Ton éclair luit
Dans les forêts de la nuit,
Quelle main, quel œil immortels
Purent fabriquer ton effrayante symétrie ? »

Il replia la couverture. « William Blake. »

Elle regarda par la fenêtre assombrie. « Je n'ai pas eu peur quand la lionne a attaqué. Mais après, j'étais terrifiée en pensant à ce qui aurait pu arriver aux garçons. Et j'avais peur que tu puisses te blesser. » Son regard se tourna vers sa cheville enflée. « Il est difficile de réconcilier l'existence de Dieu avec la souffrance dans le monde.

- Même Charles Darwin se demandait comment un être si puissant et bien informé que Dieu pouvait à la fois créer un univers et permettre la souffrance de tant d'animaux inférieurs.

- Ajoute à cela tout le mal que les créatures conscientes infligent. »

Evie se leva pour remuer et servir la soupe, et Joe se redressa en position assise dans le lit. Elle lui apporta un bol, puis tira une chaise pour s'asseoir en face de lui.

« Cet univers existe au sein d'une structure mathématique particulière, une logique particulière. » Il souffla sur sa soupe parfumée. « Certaines choses sont impossibles selon ces règles. Par exemple, une des trois lois de la logique, le principe du tiers exclu, prévoit que pour une proposition, soit cette proposition est vraie soit sa négation est vraie.

- En d'autres termes, il n'y a rien au milieu. À quoi cette loi de la logique mène-t-elle ? »

Joe avala une cuillerée de soupe avant de répondre. « S'il y a une divinité, soit Elle a créé un univers où des créatures conscientes ont le libre arbitre, soit il n'est pas vrai qu'une déesse a créé un univers où les créatures conscientes ont le libre arbitre. Les deux ne peuvent pas être vrais en même temps. »

Le visage d'Evie s'illumina et sa cuillère resta suspendue à mi-chemin. « Mais si une divinité nous donne le libre arbitre, alors Elle ne peut pas contrôler les conséquences de nos actes, peu importe à quel point Elle voudrait qu'il en soit autrement.

- Oui.

- Attends. » Evie pointa sa cuillère dans sa direction. « Je me souviens de ce que tu as dit sur le temps : qu'il est entièrement là, de la même façon que la dimension de la longueur est entièrement là. Que nous sommes comme une libellule figée dans l'ambre. Si c'est vrai, alors Elle ne peut pas en reprendre le contrôle ; le temps avance pour nous, mais il est hors de Sa portée, car Elle se trouve hors du temps.

- Exactement. »

- Alors s'il existe une telle divinité, Elle a abandonné le pouvoir absolu et accordé le libre arbitre aux créatures conscientes.

- Ce serait un cadeau merveilleux. »

Elle hocha la tête, une chaleur méditative éclairant son visage. « C'est pourquoi les créatures conscientes peuvent faire ce qu'elles veulent, au monde et aux autres, y compris le mal. Peut-être que c'est le prix du libre arbitre. »

Chapitre 42

Le printemps arriva avec une nouvelle vague subite de vie. Les collines étaient tapissées de fleurs sauvages aux couleurs resplendissantes, et le pommier bourgeonnait. Joe et Evie aimaient s'asseoir en dessous au soleil, entourés par les fleurs blanches et leur arôme doux tandis que les jumeaux s'entraînaient à marcher. Clay attrapait Asher quand ils se croisaient, et ils virevoltaient, ricanant, avant de tomber dans la boue. En plus de « maman » et « papa, » Asher avait maîtrisé le mot « agneau », qu'il prononçait quand il serrait les brebis dans ses bras et enfonçait ses doigts dans leur laine.

Avec l'arrivée du printemps, la fonte de la neige remplissait le ruisseau et dévalait devant la cabane. Une des pales de la noria s'était détachée, menaçant de causer l'effondrement de la machine. Joe et Eloy attachèrent Bessie à une poulie pour soulever la roue. Ils réparèrent toutes les pales usées, graissèrent l'appareil et le remirent en place. La noria d'Eloy avait besoin d'un entretien similaire, et à la fin de cette journée stressante de réparations, Joe se tenait sur la poutre supérieure de la noria et regardait dans l'eau.

...

> Avec un bébé à venir, ce n'est pas le moment de risquer une autre blessure. Je suis soulagé d'avoir fini ce travail.

...

La grossesse se déroulait sans encombres et était plus facile que la première. Evie était pleine d'énergie à l'approche des derniers mois. Même si elle partageait parfois son désarroi à la perspective de la douleur d'un accouchement non médicamenté, elle semblait s'être faite à l'idée.

Se sentant l'âme d'un fermier chevronné, Joe planta le champ de blé en mai. Il élargit encore le champ, sachant que ce serait sa dernière récolte. La fin de leur bannissement n'était plus qu'à un an de là. Il pensait souvent à ses amis du monde extérieur, se demandant quels progrès ils avaient réalisés pour exposer Peightân. Le simple fait qu'aucune communication ne leur parvenait laissait entendre que rien ne s'était produit qui puisse réduire leur peine de bannissement. La Zone vide demeurait un monde scellé, et le monde au-delà du mur une vie différente, une époque différente, une réalité différente. Il n'y avait pas d'autre choix que de vivre dans le présent.

Joe coupa la quatrième marque du mois sur le mur arrière de la cabane, qui servait de calendrier de bannissement. Son soupir de satisfaction ne reçut en réponse qu'un gémissement de la cabane. Il courut à l'intérieur et trouva Evie assise sur le lit. « Tu ferais mieux d'aller chercher Fabri. »

Après s'être assuré que les garçons étaient à l'intérieur et occupés avec des jouets, il courut sur la piste du ruisseau, son pouls bondissant alors qu'il sautait sur les rochers. Fabri était prête, et elle se précipita sur le chemin à ses côtés avec son sac d'infirmière. Il connaissait la routine cette fois. Evie était calme et stoïque, concentrée sur sa respiration dans la douleur. Le bébé arriva quelques heures plus tard avec un cri plein de vie.

« Un autre garçon. » L'annonce de Fabri était emplie de joie, mais calme afin de ne pas réveiller les jumeaux endormis.

« Nous l'appellerons Sage. » Evie le caressa contre sa poitrine.

. . .

> C'est toujours un miracle, à chaque fois. Aucun parent ne peut l'expliquer à quelqu'un qui ne l'est pas, cette magie de tenir sa progéniture dans ses bras.

. . .

Il sourit dans les yeux bleus qui l'observaient, et les larmes remplirent les siens, son cœur plein.

Joe était heureux de goûter aux joies du sommeil à nouveau. Sage avait trois mois, et ils réussissaient, enfin, à jouir de nuits presque complètes de repos. Un bébé était plus facile à gérer que deux, et ils se sentaient devenus des parents expérimentés. Cependant, les cris de Sage à l'heure du lait réveillaient invariablement les jumeaux, et Joe passait une grande partie du temps d'allaitement de Sage à les aider à se rendormir. Il n'avaient assez de paires de mains pour trois jeunes enfants. Joe rêvait souvent de puéribots pour l'aider avec un de ses enfants intenables.

La fatigue disparaissait sous les éclairs occasionnels de joie, alors que les garçons développaient leurs personnalités et acquéraient de nouvelles compétences. Sage découvrit ses mains, et il les agitait vers quiconque entrait ou sortait de la cabane. Le développement du langage des jumeaux à dix-huit mois étonna Joe. Evie maintenait un flux constant de conversation avec eux, et chantait de vieilles comptines. Clay ne tarda à faire connaître ses désirs. « Encore du lait » était une de ses expressions préférées. Clay aimait traîner la houe derrière lui pendant que Joe travaillait dans le champ. Asher, avec son amour pour toute créature vivante, y compris les insectes, essayait d'aider Evie à traire la brebis. Le ciel était souvent ensoleillé, et ils passaient beaucoup de temps à l'extérieur, connectés au monde naturel.

Joe était assis dans sa chaise sous le pommier et appréciait la vue du champ de blé d'or s'agitant dans la brise langoureuse. Les jumeaux faisaient la course et riaient. Quand Asher repéra un tamia à la base d'un pin voisin, ils titubèrent pour enquêter.

Evie berçait Sage dans sa chaise à côté de Joe. Sage lui souriait, et elle parsemait son visage de baisers. Il roucoulait et souriait. Maintenant, Clay avait trouvé les chaussures de Joe là où il les avait enlevées à côté de son siège, et il avait les deux pieds dedans, essayant de se promener dans les Mercuries. Asher alla jusqu'à Evie et leva les deux bras, marmonnant une phrase incompréhensible, même si les deux parents savaient bien ce qu'il voulait. Elle le leva avec un bras pour le placer à genoux à côté de Sage, et émit des bruits en soufflant sur son ventre alors qu'il riait et se tortillait.

« Tu ne trouves pas qu'ils sont craquants ? »

Joe sourit. « Je vois tes rires dans leurs visages.

- Je n'ai jamais réalisé à quel point ce serait amusant de voir nos propres enfants apprendre, même les choses les plus élémentaires. » Clay inspecta un bâton et le traîna le long du sol. Son regard se tourna vers Joe. « Si ton idée que les éclairs sont la base de tout est vraie, qu'est-ce que cela nous dit sur les enfants ? Comment est-ce qu'ils apprennent et interagissent avec le monde ? J'avoue que je trouve l'idée abstraite. J'ai du mal à me la représenter. »

Joe réfléchit pendant plusieurs minutes. « Cela signifie que le 'moi' qui est chacun de nous est un modèle de relations causatives, une toile d'éclairs. Sage, en entrant dans le monde, insuffle un sens en créant des relations entre lui et le monde. En un sens, il est auto-créé. » Joe gratta sa barbe maintenant épaisse. « Oui, c'est ça. Nous sommes auto-créés. Et nous créons ce que nous appelons la morale dans le monde aussi. Tout repose sur nous.

- Tu dis que nous créons ce monde collectivement ?

- Oui, mais nous pouvons tous percevoir ce même monde différemment. La toile d'éclairs qui nous forme interagit avec les autres toiles d'éclairs dans le monde, et notre sens sémantique du monde est créé. Il est probable que tous les humains forment un sens similaire à partir de notre premier contact avec ce monde.

- Mon image du monde n'est-elle pas la même que ton image du monde ? »

Il secoua la tête. « Nous ne pouvons pas en être certains. Mais je peux spéculer que c'est essentiellement la même chose, car aucune des règles concernant la façon dont les éclairs interagissent n'est différente pour toi et pour moi ; nous sommes tous les deux des êtres humains. De la même façon que je ne peux pas savoir *ce que ça fait* d'être ce faucon, » dit-il, pointant vers le ciel, « je ne peux pas savoir ce que ton expérience est.

- Faucon. » Asher suivait l'oiseau du doigt alors qu'il s'envolait sur la crête.

Sage mordillait les orteils d'un de ses pieds. Joe poursuivit. « Il est impossible de penser au monde autrement que de la façon dont nous le vivons aujourd'hui. Il en est ainsi parce que les éclairs définissent les particules supposées qui se déplacent dans l'univers. Je dis que le ‘moi’ qu’est Sage est composé d’une toile d’éclairs. Ces éclairs causent quelque chose, puis les particules nous semblent se déplacer. Mais nous ne pouvons pas voir les éclairs. Toute cette mécanique est cachée de nous, quelque part. »

Elle hocha la tête lentement. « Alors ton idée ne change rien à ce que nous voyons.

- Tout est pareil, vu de l’extérieur. La différence est que les éclairs sont causatifs. Ces relations collectives constituent notre mentalité pour former des pensées, qui se transforment en actes, lesquels aboutissent à un impact causal dans notre monde.

- Alors nous avons le libre arbitre de décider d’agir comme bon nous semble, » déclara Evie. Elle songea quelques instants. « Donc tu affirmes que quand Asher demande une pomme, il décide entièrement sur la base de ses désirs, filtrés par son expérience. »

Joe saisit une pomme et en prit une bouchée. Elle était parfaitement sucrée. Il la tendit à son fils. Asher la prit des deux mains et mordit dedans en bavant.

« Non, la toile entière d’éclairs l’influence. Mais la collection de relations, le ‘moi’ qu’est Asher, est plus complexe. Ce ‘moi’ peut décider d’entreprendre une action différente.

Evie soupira. « C’est réconfortant, parce que j’aime à penser que mon rôle parental est éducatif et nécessaire.

- Oui, toute relation influence toutes les autres. Aristote affirme que le caractère se forme au fil du temps, influencé par les parents, les amis et la communauté, et que la pratique est nécessaire pour former un bon caractère. Je crois qu’il avait en grande partie raison. Nous sommes influencés, mais nous nous créons nous-mêmes à travers les choix que nous faisons.

Asher retourna jouer dans la boue près du pin, à côté de Clay. Evie posa Sage, qui dormait maintenant, dans la poussette à côté d’elle, puis se dirigea vers l’arbre et chanta aux jumeaux. Le rythme de la comptine flottait à travers la colline.

. . .

> Evie, nos enfants, nos voisins : il y a un ordre moral à tout cela. Nous créons notre propre moralité.
>
> L’éthique n’est pas basée sur le devoir d’agir, comme Kant le suggérait avec son impératif catégorique. Il n’y a pas de loi transmise de l’extérieur de cet univers physique fermé. Elle vient de nous, sans penser à nous-mêmes, ou-

bliant notre ego. Elle vient de la compassion pour tous les êtres vivants, partageant ce monde imparfait.

Je vais plutôt essayer de suivre l'éthique de Schopenhauer, basée sur la *présence* de quelque chose, la compassion, et non *l'absence*. Essayons d'être aussi compatissants que possible.

. . .

Evie s'agitait autour de la cheminée, la concentration sillonnant son visage alors qu'elle préparait les différents plats de sorte à pouvoir les présenter simultanément. Elle apporta la dinde que Joe avait abattue la veille à la table. Joe tailla l'oiseau, et elle déposa des morceaux fumants de viande blanche sur les assiettes. Fabri servit une salade saupoudrée généreusement des noix de pin préférées d'Evie. Eloy divertissait les jumeaux, et Sage dormait dans la poussette.

« Joli tir pour nous l'abattre, celle-là, » fit remarquer Eloy alors qu'Evie posait une assiette de viande devant lui.

« J'ai pris assez confiance pour chasser les oiseaux, non de la façon plus rusée d'Evie mais avec mon arc, bien que je déteste perdre des flèches quand je rate mon coup, » répondit Joe.

Ils se rassemblèrent autour de la table, se passant des morceaux de pain et des assiettes remplies de nourriture. Les jumeaux, bien calés dans les chaises hautes en bois que Joe avait confectionnées, saisissaient les morceaux de viande qu'Evie et Joe leur offraient, les fourraient dans leur bouche et en faisaient tomber partout sur le sol environnant. Joe avait également fabriqué une nouvelle table plus longue pour accueillir tout le monde ; la cabane ainsi meublée était étroite, mais douillette.

« Evie, la farce est excellente, » annonça Eloy.

« C'est une farce au pain, avec des pignons de pin et des herbes sauvages, » dit-elle. Seul Joe savait combien elle avait travaillé pour réussir sa préparation.

« On adore célébrer la récolte avec vous, » déclara Fabri.

« C'est une belle tradition que nous avons créée entre nous. » Joe passa une autre assiette. « Nous sommes ravis de vous inviter cette année.

- Tu nous as fait une belle récolte de blé, » le félicita Eloy.

« Cette troisième récolte restera probablement mon record, » s'enthousiasma Joe. Eloy cligna des yeux et fit un léger hochement de la tête, mais s'efforça de garder un visage neutre.

Ils se concentrèrent tous sur leurs assiettes. La conversation passa à la délicieuse sauce d'Evie, et elle rayonnait face aux éloges. « J'aime cuisiner, » dit-elle. Elle se prélassa à nouveau dans leurs compliments après avoir servi la tarte aux pommes.

Ils nettoyèrent la vaisselle et se rassirent avec un soupir satisfait, puis Evie saisit le regard de Fabri avec une expression intense. « Fabri, nous adorons vous avoir ici, toi et Eloy, et nous sommes reconnaissants pour tout ce que vous avez fait pour nous. Nous avons deux cadeaux pour vous. » Elle se faufila dans la chambre et revint avec un panier tissé. « Tu es devenue une sœur pour moi. C'est pour toi, de tout mon cœur. »

Evie posa le panier devant Fabri et la serra dans ses bras. Fabri se tenait debout, troublée. « Je ne reçois pas beaucoup de cadeaux. » Elle ouvrit le panier souple fait de roseaux et sortit un chemisier en peau de daim adroitement cousu, avec de délicats boutons en bois, des lacets sur les côtés et des franges sur les manches. Fabri l'enfila, boutonna l'avant, puis se dressa pour mieux l'examiner. Evie lui montra comment utiliser le laçage sur les côtés pour un ajustement parfait. « Ça me va encore mieux que ce que les bots nous donnaient. » Fabri rayonnait de plaisir.

Joe leva les sourcils et dit : « Ça te va à ravir, Fabri. » Il sourit, car il savait combien de jours Evie avait passés à réaliser le chemisier. Elle avait peiné avec les boutons.

Joe jaillit de la table, disparut dans la chambre, et revint avec une longue canne à pêche et un moulinet. Il avait taillé la ligne dans un jeune arbre souple. La ligne en monofilament venait d'une des trois pelotes qu'il avait apportées dans la Zone vide. La touche finale était le moulinet en bois qu'il avait confectionné, en utilisant un clou pour l'essieu et la poignée, un morceau de fil pour la ligne, et du bois soigneusement taillé pour la bobine. Il avait testé le mécanisme à plusieurs reprises dans le ruisseau. Il remit la canne à Eloy.

« Eloy, ceci est pour te remercier de toutes ces leçons d'agriculture, de chasse, de pêche et de vie. »

Le visage d'Eloy frémit d'émotion alors que ses mains calleuses berçaient la canne. Il montra aux jumeaux comment la poignée faisait tourner le moulinet en douceur, et il s'amusa à enrouler et dérouler la ligne un moment. « Ça marchera beaucoup mieux que ma vieille tige d'arbuste. Je vois que tu m'offres une noria miniature en retour. »

Joe sourit. « Pas besoin de réinventer la roue. »

Le dîner se termina, et les sentiments chaleureux emplissaient la cabane entière. Fabri monta sur Bessie derrière Eloy, et ils agitèrent les mains avant que le soleil ne touche l'horizon. Joe tenait la main d'Evie alors que leurs amis s'en allaient. « C'était une bonne idée, » dit-il.

Evie hocha la tête. « Eloy semble se faire à l'idée que toutes les transactions entre personnes n'ont pas besoin d'être économiques.

Ils vont vraiment me manquer. »

Evie serra sa main.

Joe s'assit sous son pommier, entouré par l'air frais et réchauffé par le dîner qu'ils venaient de terminer. Le champ de blé n'était maintenant plus que de la boue exposée. Ils avaient récolté les pommes, et les branches maintenant nues encadraient un ciel sans lune. Il ne restait plus que la récolte des graines de pin le mois suivant. Les jours de Joe comme fermier allaient bientôt se terminer. Même s'il appréciait le but que la survie lui avait donné, son esprit avait soif de nouveaux défis.

Il s'émerveillait devant les étincelles serrées des étoiles qui pendaient dans le ciel, et se souvenait des nombreuses nuits passées autrefois à admirer ses cartes d'étoiles en réalité augmentée. Il avait mémorisé les grandes constellations. C'était une affaire stupide et inutile dans le monde moderne, mais pas dans celui-ci. Il traça les motifs d'étoiles au-dessus de lui, comme si sa SORA fonctionnait encore. Le triangle d'été était visible dans le ciel du sud-ouest, tout comme les constellations Cygnus, Lyra et Aquila, avec leurs étoiles brillantes Deneb, Vega et Altair. Au nord, bercée entre Persée et

Draco, il trouva l'étoile Polaire, pointée vers le nord en direction de la porte qui les mènerait hors du bannissement. Au-delà de cet avenir incertain à une demi-rotation du soleil, il ne savait pas où d'autre son chemin pourrait le mener. Joe contemplait son odyssée sinueuse.

. . .

> Nous traversons tous notre étroite tranche du bloc du temps. Nous faisons de notre mieux. Comment mesurons-nous nos vies ? S'il y a une divinité, comment nous mesure-t-Elle ?
>
> Il semble y avoir quelques indices le long du chemin. Il y a la beauté profonde de la structure des mathématiques, cette fondation qui sous-tend l'univers. Nous pouvons trouver la beauté et la vérité. Nous pouvons mener une vie vertueuse. Nous pouvons pratiquer la compassion et cultiver la sagesse.

. . .

Le toucher de la main d'Evie rendait le tout encore meilleur. Il passa son bras autour d'elle, et tous deux contemplèrent l'immensité céleste. Elle posa sa tête sur son épaule. « À quoi tu penses ?

- Je pensais à la divinité. »

Elle resta immobile un moment. « Quand nous avons traversé le désert, nous avons affirmé que s'il y avait une déesse, Elle était d'inconnaissable. Mais n'avons-nous pas aussi dit que nous ne pouvions pas savoir avec certitude si Elle existait ou non ?

- Oui, si l'univers est physiquement fermé, et si Elle est en dehors de cet univers fermé et qu'Elle n'interfère pas, alors nous ne pouvons pas savoir. Son travail est si précis qu'il n'y a pas de traces de son labeur, c'est une œuvre suffisamment bonne pour être inconnaissable.

- Pourquoi, à ton avis ? »

Leurs voix s'étaient abaissées à des murmures, pour ne pas perturber l'obscurité profonde et feutrée. « Si nous avions la certitude de l'existence d'une divinité, une preuve, alors cela ne limiterait-il pas notre libre arbitre ? Si nous voyions la marque sans équivoque d'une divinité, ne serait-il pas insensé d'agir autrement que de suivre le chemin de la bonté ? Joe s'arrêta, inspirant l'air de la nuit. « L'idée d'une divinité qui n'interfère pas, et qui le fait pour préserver le libre arbitre donné à des créatures conscientes comme nous, répond au problème du mal dans le monde. Le résultat, malheureusement, est que nous pouvons faire n'importe quoi, même le mal.

- Crois-tu en une telle divinité ?

- J'ai conclu qu'il n'était pas anti-scientifique de croire en une divinité possible qui n'interfère pas avec l'univers et qui se tient en dehors de l'espace et du temps. » Joe serra les lèvres et pensa un moment. « Cette conjecture est tout simplement invérifiable, allant au-delà de ce que la science peut actuellement prétendre savoir, comme beaucoup de soi-disant spéculations scientifiques sur ce qui pourrait se trouver au-delà. Les bons scientifiques, connaissant leurs limites épistémologiques, doivent adopter une position empirique neutre. Sachant maintenant cela, j'ai mis à jour mon estimation des probabilités. »

Elle rit d'une voix douce. « Des probabilités ? Tu parles trop comme un scientifique. Mais je suppose que tu fais référence au pari de Pascal ? J'ai lu une ou deux choses à ce sujet dans ton allbook.

- Non, Pascal dit que si tu crois que Dieu existe mais que tu as tort, tu ne perdras que des plaisirs finis. Mais si tu crois à tort que Dieu n'existe pas et que tu commets le péché librement, alors tu paies avec l'enfer. Par conséquent, le pari le plus sûr est celui de croire.

- Ça ressemble à un concept archaïque du péché, » dit Evie. « C'est essentiellement un pari négatif pour prévenir les conséquences si jamais nous avons tort. »

Joe hocha la tête. « Je suis d'accord. Mon affirmation, elle, est positive. Je vivrai en acceptant la probabilité qu'il y ait une divinité, une qui n'interfère pas. Je prendrai pour preuve la beauté que je trouve dans l'univers, et j'ouvrirai mon esprit à cette possibilité. Pour moi, ce n'est pas seulement une question de pari. Vivre cette vie avec toi et nos enfants m'a rendu moins cynique sur ce que je ne peux pas savoir, et plus ouvert à la beauté de l'univers. Peut-être que j'arrive à une certaine sagesse.

- La *via negativa* suggère que toute éventuelle divinité est inconnaissable. Tu parles comme si quelque chose pouvait être déduit. »

Joe plissa les yeux vers le ciel. « Comme on en a parlé dans le désert, nous n'avons que quelques indices, des étoiles pour éclairer notre chemin. Il y a de la beauté dans la structure mathématique de l'univers. Il y a de la beauté dans l'équilibre exquis entre la prévisibilité apparente et l'indéterminisme profond qui nous donne le libre arbitre. Il y a la coïncidence déraisonnable que l'univers favorise les créatures conscientes et sentientes. Il y a le fin ajustement des conditions de départ de l'univers, qui ont permis à la vie de se développer.

Il y a l'évolution qui fait que chaque monde est adapté à chaque créature. Il semble que l'univers est un jardin laissé à l'état sauvage, permettant aux créatures conscientes de faire leurs propres choix.

- Un cadeau incroyable, un univers élégant où nous pouvons avoir le libre arbitre. » Evie étendit ses mains larges pour englober la vue en face d'eux. « Si une divinité a donné à des créatures conscientes ces cadeaux, alors il est difficile de ne pas croire qu'Elle aime Ses créations. »

Joe se souvint de son flottement en apesanteur à l'extérieur de la base orbitale. « Il est difficile d'imaginer qu'une réalité de la taille ahurissante, de la complexité et de l'élégance de l'univers pourrait apparaître à partir de rien, sans causalité. Mais s'il a été créé, cela suggérerait une caractéristique approchant la toute-puissance.

- Assez puissante pour créer une pierre qu'Elle ne peut pas déplacer. Assez puissante pour restreindre Son propre pouvoir. »

Joe hocha la tête. « Le paradoxe de la pierre, qui suppose que la seule logique possible est celle que nous connaissons dans cet univers. Mais une divinité profonde, qui a créé l'univers et l'échafaudage mathématique fondamental, peut créer d'autres logiques. Et dans celles-ci, peut-être qu'il n'y a pas de paradoxe.

- Que pourrait-on déduire d'une telle divinité ?

- Si Elle se tient en dehors de l'espace et du temps, Elle pourrait être omnisciente et omniprésente d'une manière différente de ce que nous aurions pu imaginer.

- Elle pourrait observer cette libellule figée dans l'ambre. » Elle se blottit plus près, enveloppée dans son bras.

Un météore clignota dans le ciel puis disparut au-dessus de la montagne. « Une divinité existe-t-elle ? Nous pouvons choisir de le croire ou non. Dans un univers physique fermé, nous ne trouverons jamais la réponse. Cela n'affecte pas notre croyance en la science. Si Elle n'intervient pas, nous devons décider comment vivre, car nous devons créer nos propres règles morales. Telle est notre responsabilité.

- Comment exprimer notre reconnaissance envers une telle divinité ? »

Joe murmura dans la nuit. « Seulement par un simple chant de gratitude, et un engagement en retour, rien de plus. Si nous avons le libre arbitre et qu'une telle divinité n'intervient pas, alors cela se limite à quelque chose comme ceci :

Nous te remercions pour le don du libre arbitre.

J'en accepte la responsabilité.

Je suivrai le chemin de la vertu et de la vérité, de la sagesse et de la compassion.

La beauté que tu as créée éclaire notre chemin. »

Joe l'embrassa, et ils contemplèrent les étoiles au-dessus de leur montagne.

Chapitre 43

Joe se tenait à côté d'Eloy sur les rives du ruisseau, à l'ombre d'un grand chêne. Ils pêchaient dans un trou où le ruisseau s'écoulait sereinement en courbe. Trois truites aux innombrables couleurs, leurs écailles chatoyantes dans la lumière tamisée, gisaient sur l'herbe verte entre les hommes. Eloy pêchait avec le cadeau de Joe, et Joe utilisait un outil similaire qu'il avait fabriqué pour lui-même. Eloy avait jeté sa ligne bien en aval et se tenait immobile, face à la brindille attachée à la ligne qui servait de flotteur.

Joe savourait encore le frisson d'avoir attrapé la troisième truite arc-en-ciel. Elle se cachait dans les eaux peu profondes près de la rive. Laissant son leurre flotter en aval du poisson, il avait fait vibrer la ligne avec un très léger mouvement de son poignet. Le poisson avait approché l'appât. Puis, dans une réalisation inconsciente, l'animal avait envoyé un choc dans ses mains alors qu'il tirait férocement, chaque fibre de son corps luttant pour sa survie. Il bondit de l'eau, irisé, la ligne serrée et tremblante, puis se faufila entre les rochers de l'autre côté du ruisseau. Joe avait bien travaillé sur sa ligne, en maintenant la tension et en gardant sa canne pliée et tournée vers le ciel, moulinant délicatement, alors que le poisson bondissait hors du ruisseau deux fois de plus. Evie serait contente de l'avoir à table pour le dîner, pensa-t-il.

Joe prit un autre ver gigoteur dans sa boîte tissée, l'embrocha sur l'hameçon, puis envoya à nouveau sa ligne barboter à côté du flotteur d'Eloy. En voyant ces flotteurs à la dérive ensemble, Joe sentit une chaleur lui monter dans la poitrine. Il admirait l'homme debout à côté de lui, celui qui lui avait tant enseigné sur la survie et l'autosuffisance. Eloy croyait qu'il pouvait être son propre géant. Il pouvait marcher sur la Terre comme une force solitaire, en utilisant ses mains et son esprit pour façonner le monde selon sa volonté, et il avait peu de respect pour quiconque se dérobait à sa tâche. Joe espérait être digne de son mentor.

« J'ai hâte d'enseigner à Clay comment chasser et pêcher, » lança Eloy.

Joe tira sur sa ligne. « J'espère qu'il n'aura pas besoin d'apprendre la chasse.

- Eh bien, au moins l'autosuffisance. Et pour ça, rien de mieux qu'une virée dans la nature. »

« Comme tu me l'as appris ? » Joe sourit à Eloy. « Quand nous sommes arrivés, ton discours sur l'importance de porter son propre poids, de se débrouiller seul m'a marqué. »

Eloy fronça les sourcils. « La vérité, c'est que je craignais que ma chasse ne suffise pas à nourrir quatre personnes. Je voulais que tu sois à la hauteur. Et tu l'as largement été. »

La chaleur se répandit de sa poitrine au reste son corps. Joe fit claquer sa ligne. Un poisson sauta à onze mètres de son flotteur, mais il ne bougea pas son leurre, se contentant d'étudier l'emplacement.

Joe se souvint alors de quelque chose que Fabri avait dit il y a longtemps et demanda : « Eloy, je me demandais où tu as appris à te débrouiller dans la nature. Fabri a mentionné que tu avais eu une éducation inhabituelle. Tu n'as jamais parlé de tes parents ou de ta famille. »

La main d'Eloy trembla brièvement, reflétée par le mouvement de sa ligne de pêche sur l'eau. « J'ai grandi dans Piney Woods. C'était une communauté où les gens vivaient près de la terre. Mes parents menaient une existence à l'ancienne. Ah, ça faisait longtemps que je n'avais pas pensé à eux. » Son regard se posa sur Joe. « J'étais à l'université quand la pandémie de 2132 a frappé. Elle les a emportés. Ma petite sœur aussi, je suppose. Elle venait de naître. Je ne connaissais même pas son nom. Après ça, ça ne me semblait plus avoir d'importance. Tant de gens sont morts. Tout était confiné, alors on les a enterrés dans une tombe anonyme. »

« Je suis désolé. » Joe étudia son flotteur. Sa curiosité était attisée par cette petite fenêtre sur le passé d'Eloy, et sur une histoire qu'il n'avait pas étudiée. « Personne ne parle vraiment de cette pandémie. Qu'est-ce qui l'a provoquée ? »

« Un scientifique fou en Afrique a créé le virus. Il accusait les pays riches d'être responsables de la crise climatique. La plupart des gens estiment maintenant que c'était le dernier acte des guerres climatiques, bien qu'il se soit produit des années après le plus gros des violences. Ils ont fini par adopter des réglementations mondiales pour contrôler les biosciences afin que ça ne se reproduise pas. »

« Et il t'est arrivé quoi, à toi ? »

« J'étais livré à moi-même. La société était tellement perturbée ; il était difficile de savoir ce qui se passait et ce qu'il fallait faire. J'ai fini par décrocher mon diplôme avec un peu de retard. Puis j'ai déménagé au Nouveau-Mexique. Je me sentais plus en sécurité dans le désert. Bref, c'est à ce moment-là que le gouvernement a pris des mesures sévères pour limiter les déplacements. Je ne pouvais pas quitter le pays. Et pas moyen non plus de trouver de travail. »

« Pourquoi pas ? »

« À cause de ces fichus niveaux. » Il y avait du tranchant dans la voix d'Eloy. « Quand Evie a parlé de son combat, j'ai ressenti énormément de sympathie pour sa cause. »

. . .

> Maintenant, il me rappelle Alex, le bijoutier du Dôme communautaire. Doué, mais privé de la chance de démontrer ses talents.

. . .

« Alors qu'est-ce que tu as fait ? »

« Juste des petits boulots, pendant que je vivais dans l'une des communautés qu'ils ont mises de côté pour les gens des niveaux inférieurs. J'étais souvent dehors et j'ai perfectionné mes talents de pisteur et de chasseur. Je savais aussi bricoler un peu les robots, et j'ai fini par trouver un boulot dans l'armée grâce à ces compétences. Ce n'était pas l'avenir que j'imaginais, mais c'était le mieux que je pouvais faire. J'ai appris à compter sur moi-même. »

Eloy secoua la tête, comme pour chasser de vieux souvenirs qu'il ne souhaitait pas revivre.

Joe hocha la tête, s'occupant de sa ligne pendant plusieurs minutes en silence alors qu'ils profitaient du ruisseau paisible.

« Tu auras purgé ta peine dans un mois, » dit Eloy. « Les marques sur le mur de ta cabane sont propres et faciles à compter. Je suppose que tu comptes partir ?

- Oui, pour les enfants. Nous ne pouvons pas prendre pour eux la décision d'abandonner toute modernité. »

Eloy étudia son flotteur dans l'eau. Il parlait à voix basse, presque à lui-même. « Après avoir purgé notre peine de cinq mois, Fabri et moi avons décidé de rester ensemble. Nous aimons cet endroit et nous avons parlé d'avoir un enfant, mais quand rien ne s'est passé sur ce front, nous avons songé à traverser la porte et commencer une nouvelle vie à l'extérieur. Et c'est là que vous êtes arrivés. Depuis, l'idée est en suspens. »

Joe regardait son flotteur. « Alors, ça a été un sacrifice ?

- Juste un retard. On a eu l'occasion d'essayer l'idée avec vos enfants. Ces petits coquins gagnent vite votre cœur. »

Joe rit. « Vous pouvez résoudre ce problème. La propriété intellectuelle médicale est une partie intégrante de l'héritage communautaire de l'humanité. Vous devriez prendre votre part. »

« Tu crois ? »

« La bioscience a fait de grands progrès au cours des deux dernières décennies. Je parie qu'elle pourrait vous aider à régler votre souci. »

Eloy l'étudia, le regard bas. « Peut-être qu'il est temps qu'on s'y mette, pendant que Fabri est encore assez jeune. »

Joe lui rendit son regard. « Ça nous ferait plaisir si vous quittiez la Zone tous les deux avec nous.

- Je ne dirais pas non. Je vais en parler à Fabri. »

Heureux d'être simplement là, assis avec son ami, Joe déplaça sa canne pour positionner le flotteur dans un clapotis.

Eloy parlait doucement, comme s'il chuchotait aux poissons. « Tu es le fils que je n'ai jamais eu mais que je voulais. Travailleur, et portant son poids. »

Joe sourit. « Jamais eu ? Tu voulais dire *pas encore eu*, non ? Et merci. C'est le plus beau compliment qu'on m'ait jamais fait. »

Joe et Evie invitèrent leurs voisins pour un dîner en fin d'après-midi. Fabri tenait Sage, qui gazouillait et suivait toutes les expressions de son visage.

« De vraies pipelettes, ces petits bébés, » dit Fabri.

Evie se mit à rire. « Depuis que les jumeaux ont eu deux ans, on n'arrive plus à les arrêter. Même Sage essaie de se joindre à la conversation. » Elle versa de la soupe chaude dans les bols. Joe et Eloy, qui tenaient chacun un jumeau, les placèrent dans leurs chaises hautes, et tous s'installèrent autour de la table.

Joe attira l'attention d'Evie alors qu'ils commençaient le repas. Puis il se tourna vers Eloy et Fabri et, avec une certaine solennité, annonça : « Les marques sur le dos de la cabane montrent que nous avons maintenant une semaine restante. » Fabri et Eloy échangèrent un regard, puis écoutèrent attentivement.

Evie continua. « Joe m'a dit qu'il t'avait brièvement fait part, Eloy, de nos pensées sur notre avenir lorsque notre peine sera terminée. Nous avons décidé qu'il était préférable pour nos garçons de partir quand ce jour viendra. Bien que notre vie ici nous a ouvert les yeux sur bien des choses, et que vous avez été de merveilleux voisins et amis, nous devons d'abord penser aux enfants. »

L'expression d'Eloy n'était pas surprise. « Ces guardbots suivent un commandement indépendant. Tant que vous avez bien fait vos calculs, ils vous laisseront partir. Et dans le cas contraire, ils vous le diront. Ils ne font que suivre les ordres. » Il prit une cuillerée de soupe dans sa bouche. « J'imagine que Joe aura bien calculé les chiffres. Il connaît les additions, même s'il a des progrès à faire en économie. »

Joe sourit à la description de ses talents, puis appuya la pensée d'Evie. « Vous nous êtes très chers à nous deux, mais nous ne sommes pas prêts à abandonner les amis dont nous avons été séparés ces trois dernières années. Je sais que vous envisagez de partir avec nous, et c'est le dénouement que nous préférerions. Mais vous devez savoir que partir avec nous pourrait vous exposer à de grands risques. Nous avons gardé de puissants ennemis à l'extérieur, et nous ne savons pas s'ils sont toujours dangereux. Si c'est le cas, nous ne savons aucunement si nos amis seront en mesure de nous protéger. »

Eloy s'assit, attentif dans son siège, comme si la déclaration de Joe avait réveillé une impulsion militariste provocante.

Evie hocha la tête, et continua avec la révélation qu'ils avaient convenu de partager. « Lorsque nous vous avons rencontrés pour la première fois, nous avons mentionné certains ennemis politiques. Nous devons vous en dire plus. Là-bas, j'étais à la tête d'un mouvement demandant l'abolition du Règlement des niveaux. Notre groupe remettait en question la structure politique. C'est la vraie raison pour laquelle nous avons été envoyés ici. » Evie parla à leurs amis de l'histoire de son mouvement, et où ce dernier en était quand ils ont été bannis.

« Eh bien, maintenant je suis moins surpris que tu portes ce bâton bō. » Éloy rit. « Vous avez mentionné une fois que vous résistiez aux niveaux, mais je n'en connaissais pas la moitié. »

- On dirait que tu travaillais pour nous tous, » dit Fabri.

« C'est exact. » Joe prit la main d'Evie. « Et en plus de toutes les autres raisons que nous avons de rentrer, Evie compte reprendre le combat. Et je vais l'y aider. » Tous autour de la table hochèrent la tête, partageant un moment de solidarité.

Fabri prit la parole. « Nous discutons de cette décision depuis des semaines. Les raisons pour lesquelles nous sommes restés si longtemps sont moins importantes aujourd'hui qu'elles l'étaient autrefois. Nous nous mentons à nous-mêmes si nous oublions que nous vivons dans un environnement dangereux, où nous ne sommes qu'à une catastrophe de la mort. »

Eloy avait le visage sombre. « Ah, mais le romantisme de l'homme de montagne . . . je déteste avoir à y renoncer. Ça m'allait si bien. Je sais que le vrai gibier me manquera. C'est bien meilleur que tous leurs alt-machins. » Il rit. « Mais aucun homme ne saurait prendre racine. Nous partons tous les deux.

- Nous aimerions vous accompagner. » Le sourire de Fabri était plein d'espoir. « Nous espérons que nous pourrons être près de vous et des garçons ; vous êtes devenus une famille pour nous. »

Evie et Joe ne purent réfréner les larges sourires sur leurs visages alors qu'ils étreignirent leurs voisins. « Ce sera merveilleux pour les garçons d'avoir leur tante et leur oncle pour les aider, » dit Evie.

Eloy donna à Asher une cuillerée de soupe. « Ces petits gars vont devoir subir un énorme ajustement. Ça les aidera d'avoir près d'eux des gens qui savent ce que leur vie a été.

- Quitter la Zone vide constituera un changement troublant pour eux. » Evie enveloppa ses bras autour d'elle-même. « Vous avoir avec nous facilitera leur transition vers un monde où les machines subviennent à la plupart de nos besoins.

- On peut dire adieu à notre économie indépendante, » déclara Eloy.

« Eloy, les économies ne peuvent pas rester indépendantes, pas si la propriété intellectuelle humaine créée est partagée, une chose que tu considères juste toi-même, » répondit Evie.

Le visage d'Eloy tressaillit, et Joe soupçonnait qu'il pensait à la technologie médicale.

Des larmes embuèrent les yeux de Fabri, et elle attrapa la main d'Eloy. « Et il est temps pour nous de fonder notre propre famille. On ne peut pas réinventer ces procédures ici. » Eloy se frotta la main avec son pouce. Fabri continua. « Que cette histoire de fonder une famille marche ou pas, j'ai l'intention de retourner à mon travail à l'hôpital. C'est une activité que les gens peuvent faire aussi bien que les bots.

- Tu m'as appris des leçons importantes, Fabri, sur la compassion, » renchérit Joe.

Fabri caressa la tête de Sage. « Ils iront là où ils n'auront pas besoin de prendre leurs protéines à des créatures vivantes. Ils peuvent devenir des êtres plus compatissants.

- Oui, un monde où ils peuvent être de bons êtres humains, se traitant les uns les autres avec respect et amour. » La voix d'Evie avait repris le ton passionné de son ancien combat. « Tant que tout le monde se tient à un niveau élevé d'équité. »

Le soldat de bois avec lequel Clay jouait avant le dîner était encore dans sa main, et il le frappa sur la chaise. Joe le sortit de la chaise haute et le posa sur ses genoux. « Un monde où ils peuvent explorer l'univers et élargir la connaissance humaine. »

Eloy serra la mâchoire. « Et un monde avec une puissance militaire illimitée pour livrer la mort et la destruction. Le bien et le mal sont amplifiés là-bas. Peut-être qu'ils sauront être plus sages que nous. »

Joe secoua la tête. « Ils ont le libre arbitre pour en décider. C'est un sacré voyage.

- Voyage ? » demanda Asher, levant les yeux de sa cuillère.

« Oui. » Evie sourit. « Avec le libre arbitre, c'est un voyage sans entraves qui te mènera là où tu désireras te rendre. »

Le soleil s'éleva dans le ciel bleu ; l'air matinal était frais. Ils étaient à un jour de la fin de leur bannissement. Bien que la porte nord ne fût qu'à vingt ou trente kilomètres de là, les routes abandonnées et les sentiers de terre n'étaient pas adaptés à l'ancien chariot, ainsi le groupe détermina qu'un voyage lent était préférable. Ils arriveraient à la porte au crépuscule, où ils établiraient leur camp pour leur dernière nuit.

Eloy arriva à la cabane comme promis, Bessie tirant le chariot chargé de leurs affaires. Fabri portait le chemisier en peau de daim, tandis qu'Eloy arborait son treillis militaire. Evie et Joe avaient rassemblé leurs maigres effets et chargé les trois garçons dans le wagon.

Evie les avait habillés dans des chemises et pantalons en peau de daim à franges, avec des boutons en bois grossiers qu'elle avait minutieusement sculptés. De minuscules mocassins chaussaient leurs pieds. Sage portait une salopette en peau de lapin. Il regardait la frange duveteuse encerclant son visage avec émerveillement. Evie était vêtue d'une tunique à franges éclatante et d'un pantalon en peau de daim serré, niché dans des bottes noires bordées de fourrure. Joe examina sa chemise en peau de daim, son manteau, son pantalon et ses Mercuries usées. Il s'agissait des seuls vêtements qu'il possédait. Trois années dans la nature avaient eu raison de presque tout ce qu'ils avaient emmené.

La veille, Eloy avait libéré les moutons, mais Fabri s'inquiétait pour leur survie. Il avait sacrifié le dernier des poulets, remplissant leurs assiettes à ras bord pour un repas partagé dans la cabane de Fabri. Joe dit alors : « Ça me donne la chair de poule, » riant de lui-même, et les autres se joignirent à sa blague. À bien des égards, ce dîner semblait teinté à la fois de douceur et d'amertume, comme s'ils laissaient derrière eux quelque chose à reprendre.

Eloy s'assit dans le chariot et saisit les rênes, alors qu'il regardait par-dessus la petite ferme. La noria tournait encore dans le ruisseau. « On peut y aller ? »

Joe hocha la tête, puis jeta un dernier coup d'œil à l'intérieur de leur cabane et ferma la porte. Evie le prit dans ses bras. À en juger par le regard dans ses yeux, elle ressentait la même nostalgie. Il aida Evie et Sage à se caler entre les jumeaux, et monta à côté d'Eloy. Joe laissa ses yeux balayer leur maison une dernière fois, du champ vide à la cabane, puis aux deux pommiers, jusqu'à la noria. Cette roue avait été sa plus belle réinvention là-bas ; elle leur avait permis de mener une vie civilisée, et était le symbole de la promesse et du péril de toute technologie humaine.

Joe tapota l'endroit sur sa poitrine où la tuile biométrique se trouvait. « Je suppose que nos amis nous attendront là-bas vers midi demain. »

Eloy fit claquer les rênes, et la jument commença à trotter.

« Faites coucou à la maison, » dit Evie aux jumeaux.

« Voyage, » dit Asher en agitant la main vers la cabane.

Agité, Clay regardait Eloy. Alors qu'ils commençaient à descendre de la colline en direction de la cabane d'Eloy, il dit : « Tonton ?

- Non, ce n'est pas chez moi qu'on va cette fois, Clay, » répondit Eloy.

Il conduisit le wagon le long du champ, désormais en jachère, choisissant soigneusement sa route autour des rochers et des trous. Après une centaine de mètres de plus, ils atteignirent les contours vagues du chemin de terre abandonné qui longeait le ruisseau. Il était envahi de mauvaise herbe, mais plus facile à traverser. Ils descendirent la pente à un rythme assez lent pour perdre n'importe quelle course contre une tortue. Le wagon était secoué par le trot de Bessie. Les femmes s'affairaient à divertir les garçons. Clay et Asher pointaient vers les oiseaux qui criaient lorsque le wagon perturbait leur buisson ou leur arbre. Ils s'arrêtèrent à la mi-journée pour manger du poulet froid, servi sur les derniers pains.

La piste de terre en rencontra une autre plus large, autrefois pavée mais depuis longtemps abandonnée. L'endroit était maintenant un carrefour vide avec des fondations brisées et des taches nues, pareilles à des tombes non marquées.

Eloy désigna un panneau rouillé. « D'après ce panneau, c'était le village de Jiggs. » Il orienta Bessie vers le nord, et le chariot grinça en prenant la route. Le désert aride les entourait, et ils regardaient leurs montagnes rétrécir contre l'horizon sud-est. Joe sentit une dernière trace de tristesse monter en lui. Sa gorge se noua quand il vit le sourire d'adieu mélancolique d'Evie, dont le regard s'attardait sur leur maison de montagne, à jamais derrière eux.

Ils atteignirent une colline ; le contour terne d'un mur s'étendait à l'est et à l'ouest le long de l'autoroute lointaine. La porte de la route se dressait là-bas, insondable dans la lumière mourante, indifférente à leur approche et ne donnant aucune indication quant à leur sort au-delà.

Ils établirent le camp à l'ombre de la colline. Joe trouva du bois de chauffage et construisit un feu. Fabri et Evie préparèrent le dîner avec leurs réserves. Tous s'assirent autour du feu de camp, divertissant les garçons aînés et jouant avec Sage, qui était grincheux de ne pas avoir pu faire sa sieste convenablement dans le wagon. Clay et Asher étaient de bonne humeur, excités par la nouveauté du jour, ne se laissant nullement décourager par la poussière et le parcours cahoteux. Alors que la nuit descendait, ils calmèrent les garçons et les firent dormir dans des couvertures de lapin posées sur le sol à côté du wagon. Dans leur sac de couchage, Joe étudia la voûte du ciel, et le million d'étoiles qui y brillaient. Il serra Evie jusqu'à ce que son souffle se transforme en sommeil profond.

Joe ruminait sur leurs défis immédiats. Il avait espéré que Raif et les autres eussent réussi à exposer Peightân et raccourcir leur bannissement, mais cela ne s'était clairement pas produit. Joe ignorait ce qui pouvait se passer dans le monde extérieur, mais il devait partir de l'hypothèse que Peightân restait une menace.

L'univers, immense et aléatoire, l'entourait. Ses pensées se tournèrent vers les jours suivants, et aussi vers le temps qu'il lui restait.

. . .

> Je suis allé à la montagne et j'en suis reparti après avoir appris quelque chose sur la vie dans le monde. Que ces leçons informent maintenant le chemin qu'il me reste à parcourir.

. . .

Joe songea à la beauté et aux difficultés de ces trois dernières années extraordinaires. Une vie avec le libre arbitre était un don incroyable. C'était la raison de posséder sa vie, d'en assumer l'entière responsabilité. Elle ne ferait que tracer une petite tranche dans le bloc du temps, mais il jura de ne pas la gaspiller, et de faire en sorte que les moindres décisions et moments comptent. Il regardait les étoiles de la constellation du Lion, disposées en point d'interrogation inversé à l'ouest. L'avenir était ouvert, toujours une question. La vie brûlait en lui comme jamais auparavant.

Pensant à toutes ces questions, Joe s'endormit enfin.

Ils étaient réveillés à l'aube. Les femmes préparèrent un petit déjeuner spartiate. S'efforçant de ne pas réveiller les jumeaux, Evie prit Sage dans le wagon pour le nourrir. Joe s'assit avec Eloy et Fabri autour du feu, alors qu'ils buvaient ce qui leur restait de thé des mormons. « Tu crois que nous pouvons estimer avec exactitude quand ce sera midi, pour que nous puissions passer la porte sans risque ?

- Il suffit plus ou moins de lever les yeux. » Eloy regarda le soleil grimpant dans le ciel. « Et les guardbots ne manqueront pas de nous dire si nous sommes en avance. Nous ne passerons pas la porte tant qu'ils ne nous auront pas donné le feu vert. »

Les jumeaux se réveillèrent et se mirent immédiatement à courir autour du wagon et à jouer dans le sable. Une distraction bienvenue pour Joe, dont la nervosité grandissait chaque instant. Les adultes jouèrent avec les enfants, et ils partageaient tous, sans l'exprimer ouvertement, une appréhension intense en attendant l'inconnu.

Evie regarda le soleil, puis la porte au loin. « Il doit rester environ une heure. On devrait peut-être prendre le déjeuner maintenant ? » Tous rechignèrent à se remplir l'estomac, mais Evie veilla à ce que les garçons mangent. Puis ils rechargèrent le wagon, et Joe et Eloy reprirent leurs places sur le banc.

« Direction le monde moderne, » dit Eloy en tirant sur les rênes.

Le chariot descendit la dernière colline jusqu'à la porte, alors que le soleil se tenait droit au-dessus d'eux. Le mur se dressait devant, une barre oblique noire à travers le désert. Plusieurs milméchas, armes lourdes prêtes à être dégainées sur chaque avant-bras, étaient visibles dans les tours de guet de chaque côté de la porte. Un milmécha dans la tour ouest portait une arme laser qui luisait de rouge, telle une épée, pointant vers les cieux.

Ils arrêtèrent le wagon en face de la porte. Bessie, inconsciente de la tension ambiante, fouinait le sol à la recherche d'herbe inexistante.

Un milpipabot, renforcé avec une armure supplémentaire, sortit du poste de garde. « Déclinez votre identité, » ordonna-t-il. Ils déclarèrent tous leurs noms, et Joe donna ceux des trois garçons, ajoutant leur âge et le fait qu'ils étaient nés dans la Zone vide.

Le front du milpipabot brilla de bleu. « Toutes vos peines enregistrées ont été purgées. Vous êtes libres de sortir. »

La porte s'ouvrit, ses charnières rarement utilisées grinçant. Le wagon se dirigea vers l'avant à la demande d'Eloy. La clôture s'étendait dans les deux sens, à perte de vue. Puis ils franchirent la porte. Joe regarda derrière lui alors que son ancienne vie rétrécissait progressivement, et la porte se referma lourdement, faisant virevolter un point d'exclamation dans l'air du désert.

Il regarda Evie. Les garçons s'accrochaient à elle, surexcités. Assise, elle se tenait droite, son bō à la main.

Partie IV : Le Voyage vers le haut et le bas

« De l’extérieur, ce serait comme regarder une libellule préservée dans de l’ambre. »

Evie Joneson

« Pas le sort, pas le destin, juste des décisions de libre arbitre par des créatures conscientes, formées par le hasard. »

Joe Denkensmith

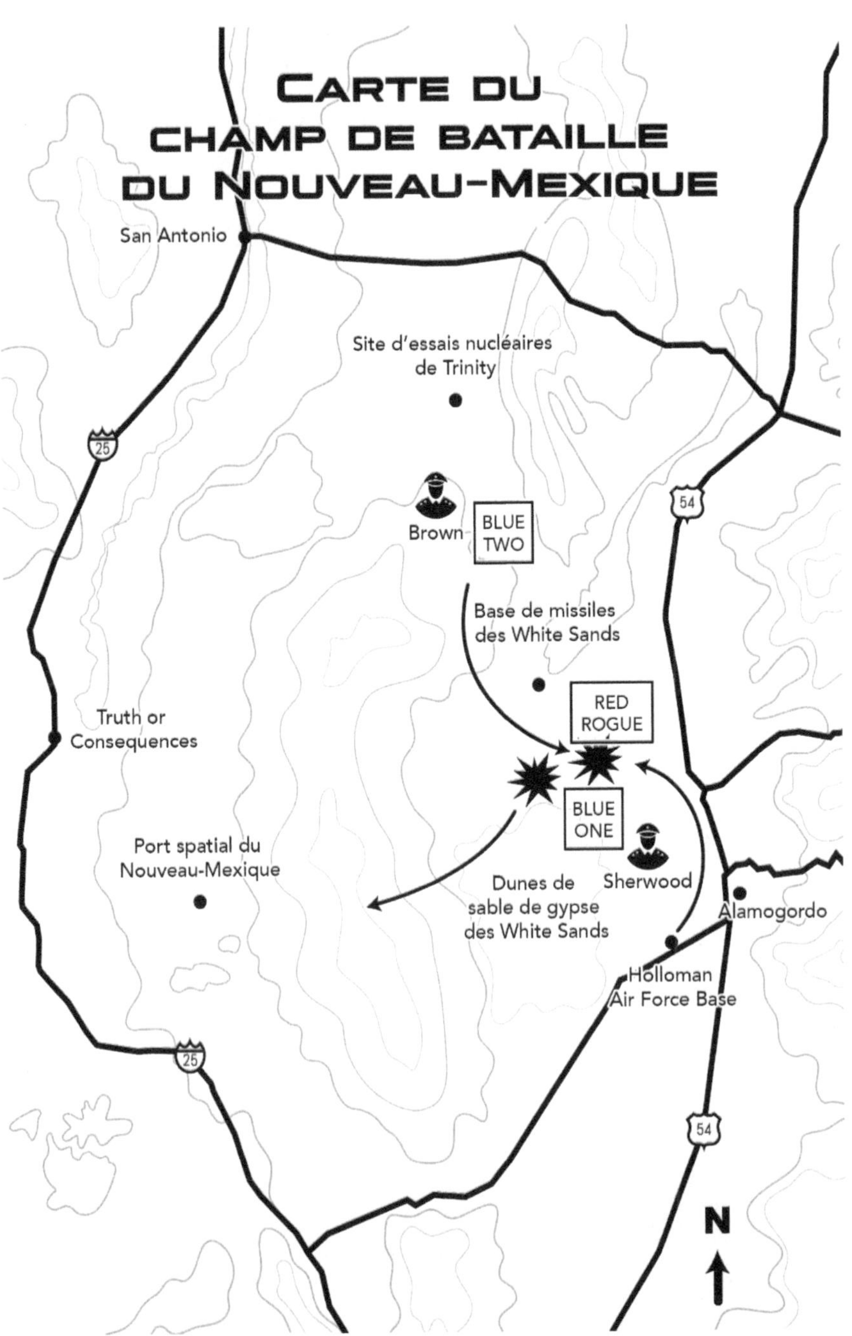
CARTE DU
CHAMP DE BATAILLE
DU NOUVEAU-MEXIQUE
San Antonio
Site d'essais nucléaires
de Trinity
25
54
Brown
BLUE
TWO
Base de missiles
des White Sands
RED
ROGUE
Truth or
Consequences
BLUE
ONE
Port spatial du
Nouveau-Mexique
Sherwood
Dunes de
sable de gypse
des White Sands
Alamogordo
Holloman
Air Force Base
25
54
N

Chapitre 44

« C'est trop facile. » L'expression d'Evie était déterminée. Joe jeta un regard en arrière. Ses mains serraient le côté du wagon de chaque côté des jumeaux. Elle semblait prête à les défendre si quelque chose devait arriver.

Le wagon s'éloigna de la porte, et Bessie trottait consciencieusement vers le nord sur la route du désert. Au loin, un nuage de poussière sombre et tourbillonnant se dirigea vers eux. Eloy ralentit le chariot, puis s'arrêta alors qu'un transporteur blindé se matérialisait à l'intérieur de la brume de sable. Perchés sur les quatre coins du toit du transporteur se trouvaient des milméchas avec des armes gigantesques attachées à leurs avant-bras et pointant vers le ciel ; un cinquième était en position au centre. Les têtes triangulaires des machines se tournèrent vers eux.

Joe se figea dans son siège. Le temps s'arrêta.

...

Est-ce la fin ?

...

« Qu'est-ce qui se passe ? » La voix de Fabri était frénétique. Sage, dans ses bras, se mit à gémir, et elle essaya de le faire taire, son visage pâle.

Le transporteur blindé s'approcha à moins de sept mètres et tourna sur ses chenilles pour faire face à l'arrière. La saleté flottait sur le wagon, et les garçons toussaient. La rampe arrière du transporteur s'ouvrit avec un tintement contre la route.

La tête de Raif apparut à la porte, un grand sourire éclairant son visage.

Joe sauta du wagon quand Raif se mit à courir. Ils échangèrent une étreinte bourrue, et Raif garda un gros bras musclé autour de lui. Les yeux de Raif étaient humides quand Joe leva le regard vers lui.

« Vieille canaille, j'étais inquiet pour toi, mais tu n'as pas l'air de t'en être trop mal tiré dans la Zone. » Il frappa le bras de Joe. Leurs biceps étaient presque égaux en taille. Raif avait toujours été le plus athlétique.

Raif tourna un visage souriant vers Evie, qui était descendue en tenant Sage. Il lui serra la main chaleureusement. « J'ai tellement entendu parler de toi. C'est un plaisir de te rencontrer enfin. »

Un sourire éclaira son visage. « Pareil pour moi, Raif. »

Juste derrière Raif, Mike et un milpipabot s'étaient extraits du véhicule ; ils encerclèrent le wagon.

Mike prit les enfants, son expression incrédule. « Joe, Evie, ce sont vos enfants ? Les trois ? Eh bien, vous n'avez pas perdu votre temps là-bas. »

Ils hochèrent la tête, leurs expressions rayonnantes. Evie répondit : « Oui, les jumeaux s'appellent Asher et Clay, et voici Sage. »

Mike avait gardé son visage rougeaud et sa barbe taillée. « Je vais appeler un drone à l'avance pour livrer ce dont vous aurez besoin pour les garçons. »

Joe frotta sa barbe négligée, que les ciseaux improvisés de Fabri n'avaient rien fait pour maîtriser. Il ne devait ressembler en rien à l'homme qui était entré dans la Zone il y a trois ans.

Toujours assis dans le wagon, Eloy toussa. Evie haleta. « Oh, bien sûr, nous n'avons pas encore présenté nos chers amis, Eloy et Fabri. Ils nous ont aidés à survivre ces trois années. Nous les considérons comme notre famille plus que comme des amis. »

Raif s'étendit pour serrer la main d'Eloy et de Fabri. « Heureux que vous ayez été là pour les aider, » dit-il.

« Ça m'a donné la frousse de voir ces bots avec leurs gros canons sur le toit de votre véhicule. Nous sommes en sécurité ? » demanda Fabri.

« À vrai dire, non, » répondit Mike. « Peightân, le Ministre de la Sécurité, est une menace très réelle. C'est pourquoi nous sommes ici, pour vous aider à rentrer en toute sécurité au cas où il aurait décidé de se présenter pour des retrouvailles. Mais nous avons dû laisser notre hovercraft à sept kilomètres de cet endroit, au point autorisé le plus proche de ces murs. Statut, H137 ? »

Joe regarda le milpipabot qui les accompagnait. « Notre hovercraft est toujours sur place. J'ai aussi reçu une communication signalant qu'un avion inconnu se dirigeait vers cette position. Nous le suivons.

- Signale-le-moi à nouveau s'il représente un danger, » ordonna Mike, et le front du milpipabot rayonna de bleu.

Raif se frotta la tempe. « Peightân est une menace pour vous et pour tout le monde. Ça a été épuisant. Notre équipe a travaillé sans relâche pour maintenir notre discrétion. Nous avons réduit le champ des possibilités et appris que Peightân avait pris le contrôle à la fois d'une IA et d'un bot, en utilisant des appareils physiques qui contournent le sandbox logiciel.

- Nous avons décidé de lui forcer la main, » ajouta Mike. « La semaine dernière, nous avons encouragé une rumeur qui flottait sur le netchat disant que vous pourriez encore être en vie. Le fil de la rumeur sur le netchat est devenu viral. D'un coup, tout le monde parlait de vous deux. Prime Netchat a rediffusé les enregistrements originaux de votre procès et de votre bannissement, et le public a commencé à remettre en question la validité de votre peine. Les projecteurs ont été braqués sur le rôle de Peightân dans l'histoire, et il n'a pas fallu longtemps pour que les médias commencent à insinuer qu'il était derrière cette injustice. Des bruits au sujet de manifestations ont proliféré dans tout le pays. Peightân était déjà inquiet que votre survie soit un paratonnerre pour le mouvement. Nous espérions que répandre la rumeur le forcerait à agir avant qu'il soit complètement prêt.

- On vous a servi d'appâts ? » Evie fronça les sourcils.

« La haine de Peightân pour votre mouvement anti-niveaux n'a fait que croître, en phase avec ses ambitions probables. Il comptait s'en prendre à vous et à Joe indépendamment de tout ce que nous aurions pu faire. Je reviendrai là-dessus après. Pour l'instant, nous avons probablement une guerre sur les bras, » annonça Mike.

Joe se pencha en avant, écoutant attentivement, Evie à ses côtés.

« Nous avons retracé les communications de Peightân à une base de soutien parmi les robots militaires qu'il a infectés avec le ver ; l'armée de la frontière Sud du Nouveau-Mexique, » déclara Mike.

Raif prit la suite de l'explication. « C'est la preuve que son objectif tactique est de contrôler la base de missiles des White Sands. La base protège nos armes les plus meurtrières à la frontière.

- Et tu crois que c'est quoi, son plan ? » Evie serra Sage plus fort.

« Si Peightân a corrompu assez de bots militaires pour réussir, et s'il est capable de s'emparer physiquement des missiles de la base, alors il serait assez puissant pour prendre les commandes du pays. » Raif lança un regard fatigué vers Joe. « Après les désastres des Guerres du climat, tous les pays ont adopté les protocoles internationaux pour la prévention des guerres accidentelles. Les armes autonomes aux gâchettes ultra-sensibles ont causé tant de morts. Les nouveaux protocoles signifient que Peightân doit prendre le contrôle physique pour lancer les missiles.

- Nous espérons qu'en poussant Peightân à s'attaquer à vous maintenant, on le forcera à exécuter ses plans avant qu'il ne soit prêt à le faire, ce qui nous mettrait en meilleure position pour le combat à venir, » ajouta Mike.

Raif hocha la tête. « Hier soir, nous avons discrètement déplacé l'armée de la frontière nord en position au Nouveau-Mexique. Cette armée porte le nom de code Blue Two.

- Comment avez-vous réussi à agir sans laisser de preuves électroniques pour Peightân ? » Joe regarda Mike.

« De la bonne vieille façon analogique. Nous avons parlé aux gardes humains à Stallion Gate dans la petite ville de San Antonio, et leur avons fait jurer de garder le secret. Nous avons placé Blue Two au sud de l'ancien site d'essais nucléaires de Trinity. Bien sûr, l'armée est protégée électroniquement pour dissimuler sa présence. »

Eloy et Fabri étaient tous deux descendus du wagon, et maintenant tout le monde se tenait autour du véhicule, à l'exception des jumeaux, qui se penchaient sur le côté tandis que la main libre et protectrice d'Evie reposait sur leurs dos. Le transporteur blindé attendait à quelques mètres, avec les milméchas immobiles sur son toit.

Eloy caressa la crinière de Bessie. « Qu'est-ce qu'on fait de ma jument ?

- Je suis sûr que nous pouvons transporter le cheval à l'endroit où tu le souhaites, et demander à ce qu'on s'en occupe, » dit Raif. Il hocha la tête vers H137.

« Je vais organiser son transport, » déclara le bot.

Eloy acquiesça et donna au cheval une petite tape d'adieu affectueuse.

H137 les interrompit soudainement. « L'avion inconnu continue d'approcher. Il semble être un danger pour vous. Nous avons brouillé les intercepteurs militaires pour nous défendre. L'avion inconnu a enfreint la limite de sept kilomètres et arrivera dans quarante et une secondes. Veuillez entrer immédiatement dans le transporteur blindé. »

« Allez, ma canaille. En voiture, et en moins de deux ! » Raif saisit Asher dans le wagon, et Joe ramassa Clay. Evie porta Sage et courut jusqu'au transporteur, Eloy et Fabri suivant de près. Joe passa Clay à Eloy et se tint sur la rampe jusqu'à ce que tout le monde ait fini d'entrer. La porte encadrait l'image du cheval attelé au chariot, avant de se refermer dans un bruit assourdissant.

Tout le monde trébucha quand le transporteur vacilla pour se mettre en mouvement, et Joe aida Evie et Sage à prendre place à côté de Fabri sur les bancs en métal brun qui décoraient l'intérieur. Le bō d'Evie tomba au sol et roula pour aller se reposer dans le coin. Le véhicule se balançait d'un côté à l'autre en s'éloignant de la porte. Joe serra Asher contre son flanc d'une main, alors qu'il tenait la rampe avec l'autre. Fabri aida Evie à se maintenir pour ne pas glisser sur le siège. Les trois enfants pleuraient, mais il était difficile d'entendre leurs voix avec le moteur qui grondait.

Des écrans recouvraient les parois extérieures et le toit, éclairant le paysage extérieur du transporteur et donnant l'impression que le véhicule était transparent. Joe leva la tête vers les milméchas sur le toit.

« Mil-monstres en haut, » annonça Eloy, approbateur. Joe serra sa hache, qui était accrochée à sa ceinture.

Le rugissement d'un avion en approche se fit entendre au-dessus d'eux. Les milméchas tournèrent leurs armes pour suivre le son et ouvrirent le feu sur une cible invisible, tirant sans cesser. Asher couvrait ses oreilles, pleurant de plus belle. Eloy tendit la main jusqu'à un cadran sur le mur et le fit pivoter. Les bruits extérieurs furent atténués pour ne devenir qu'un simple grognement, recouvert par un rythme d'otzstep. Eloy tourna à nouveau le cadran pour réduire les décibels. « Fichue musique pop, » grommela-t-il.

Asher renifla et dit : « Tonnerre ». La musique avait distrait les aînés, mais Sage gémissait encore.

« Oui, le tonnerre, » répondit Evie. L'inquiétude frappait son visage alors qu'elle essayait d'apaiser Sage.

La cible des milméchas apparut sur l'écran ; un hovercraft avec des marques de la police venant du nord, bas et rapide. Deux hovercrafts militaires plus grands suivaient juste derrière.

Une balle traçante jaillit de l'avion de police. La traînée de feu rebondit sur le transporteur blindé dans une ligne vers le sud, dynamitant le bras d'un des milméchas sur le toit. Joe jeta un œil à l'écran arrière pour voir le bras du robot frapper la poussière, et à temps pour voir le cheval et le chariot oblitérés dans un splash rouge au milieu d'un tas de bois éclaté.

« Bessie ! » hurla Eloy, sa colère mêlée de douleur. Il couvrit le visage de Clay, et Joe bloqua la vue d'Asher. Evie serra Sage. Joe jeta un regard à Eloy, mais il n'avait pas le temps de lutter contre l'explosion de colère de l'homme.

Leurs milméchas tirèrent à nouveau, et l'hovercraft de la police vrilla et se dirigea vers le nord. L'appareil militaire suivit dans un virage serré. Des lasers sortirent d'un des avions à l'arrière. Une boule de feu rouge illuminait le moteur de l'hovercraft de la police alors que l'avion disparaissait sur une crête, les autres engins derrière.

« Statut, H137 ? » demanda Mike.

« Nos intercepteurs ont forcé l'hovercraft indésirable à se replier cinq kilomètres au nord. Il a été endommagé et a atterri en catastrophe. Nos forces seront rapidement sur les lieux pour évaluer les dommages et les blessures. » Le milpipabot cligna de bleu.

« Qui est à l'intérieur ? » Joe hurla sa question à Mike.

« Je mettrais une pièce sur Bill Zable. » Un regard guerrier assombrissait le visage de Mike. « Il a mordu à l'hameçon. »

Leur transporteur blindé s'approcha d'une colonne de fumée. Sur l'écran latéral, deux hovercrafts militaires reposaient sur l'étendue de sable. Avec leurs formes de torpille noire et leurs moteurs accrochés sous de courtes ailes, ils dégageaient une aura d'efficacité brutale et dépouillée. À côté d'eux se trouvait l'hovercraft de police abattu, qui était maintenant entouré par les milméchas. Un flanc de l'appareil avait été lourdement endommagé, et trois drones se trouvaient au-dessus pour éteindre les flammes qui s'étaient déclarées. Le transporteur sortit de la route et se traîna pesamment à travers le désert de broussailles avant de venir s'arrêter près de l'hovercraft.

« La zone est maintenant sûre, » commenta H137, sa tête elliptique pivotant vers la sortie. Mike ouvrit la porte du transporteur blindé, et lui et Raif sautèrent, Eloy les suivant.

Joe vacilla un instant, regardant Evie et les enfants. « Fabri, tu veux bien rester ici avec les garçons ? » Fabri hocha la tête, et Evie et Joe sautèrent dans le désert de sel pour rattraper les autres. Le milpipabot les suivit jusqu'à l'épave fumante.

Les copbots gisaient en morceaux brisés sur le sol, leurs servomécanismes et leurs câbles ballants. Une odeur de soufre mélangeant métal, terre et poils brûlés s'attardait. Les medbots se regroupèrent autour d'un brancard, leurs bras s'agitant dans un flou.

H137 leur communiqua son briefing. « Il y avait un homme à bord. Il est vivant, mais il a été grièvement blessé. Nous allons le transporter aux urgences. »

Il fallut à Joe plusieurs secondes pour identifier l'homme sur la civière ; Zable. De la chair noircie pendait du visage de l'homme et d'une de ses jambes. Un bot avait sectionné l'autre et cautérisait le moignon. Joe tressaillit involontairement à la vue sanglante.

« Tu as tué mon cheval ! » brailla Eloy, une veine palpitante au cou. Zable se tourna au son de sa voix, ses yeux dans le vide.

« On s'en fiche du cheval. Est-ce que j'ai tué ces deux renégats ? » Le grognement étranglé de Zable était à la fois sinistre et délirant. Joe agrippa sa hache d'une main tremblante alors qu'il combattait la vague montante de colère bouillante lui ordonnant de la brandir. Evie saisit son bras, le maintenant en place.

Eloy étudia Zable. « Nous sommes vraiment de retour dans la civilisation ? » L'amertume satirique dans sa voix laissait entendre qu'il regrettait déjà sa décision de les suivre.

Un medbot emballa la jambe amputée de Zable. Les mouches du désert avaient trouvé l'extrémité sanglante, et le robot les chassa avant de fermer le récipient. C'était le protocole standard de préserver tous les tissus, mais vu l'état du membre, Joe savait que Zable aurait droit à une autre prothèse. Les medbots terminèrent leur stabilisation du champ de bataille et emportèrent la civière dans le premier hovercraft militaire en stand-by en passant par la porte abaissée de la soute. Les moteurs bourdonnèrent à nouveau et l'avion quitta le désert.

Ils revinrent à leur transporteur blindé, où Fabri regardait avec anxiété hors de la porte ouverte.

« Je sais qu'il a essayé de nous tuer. » Fabri tremblait d'anxiété. « Mais je ne trouve aucune satisfaction à voir un être humain dans un si triste état.

- Tu aurais dû me prêter ta hache, » dit Eloy.

. . .

> Je reconnais Eloy dans mon 'moi' primitif, cherchant à détruire une menace. Il est difficile de se comporter d'une manière civilisée, et plus encore de faire preuve de compassion.

. . .

« C'est le moment. Nous devrions commencer à les suivre, » dit Mike.

« Les suivre ? » Evie agrippa son bō, une étincelle de défiance illuminant ses yeux noisette. « Je n'ai jamais été du genre à suivre, et ces trois dernières années n'ont certainement rien changé au fait. »

H137 escorta tout le monde jusqu'au deuxième hovercraft militaire. L'escalier arrière descendit avec un bourdonnement, venant se reposer dans le sable. Tout le monde grimpa les escaliers, Evie en tête avec Sage, et Joe et Fabri portant les jumeaux. Joe jeta un dernier regard en arrière sur le désert. Il regrettait d'avoir laissé son arc sur la couverture de peau de daim dans le wagon. Il entra dans l'hovercraft. La porte se ferma avec un bruit sourd, et ils s'élevèrent dans le ciel. Joe loucha à travers une fenêtre sur le transporteur blindé, alors que l'hovercraft militaire tournait vers l'ouest en direction de la Californie.

Chapitre 45

Ils s'assirent ensemble dans la cabine principale spacieuse de l'hovercraft. Les jumeaux gambadaient sur les sièges, faisant glisser leurs mains sur la surface d'ameublement qui leur était inconnue. Evie tenait Sage. Eloy et Fabri furent distraits par les pitreries des garçons pendant quelques minutes, alors qu'ils tentaient de s'installer dans leurs sièges. Ils eurent tous besoin de temps pour s'ajuster, partageant le choc du passage de la vie primitive de la montagne à l'intérieur haute technologie de l'avion. Ciel et terre défilaient derrière la fenêtre.

« Je voudrais en savoir plus sur ce qui est arrivé au mouvement anti-niveaux. » Evie parlait au-dessus de la tête de Sage. « Je sais que nous avons pu être une menace pour l'image de Peightân et sa réputation, mais s'il a une armée de bots corrompus pour l'aider à prendre le pouvoir, pourquoi aurait-il encore besoin de se soucier de nous ? J'ai l'impression que c'est une affaire personnelle pour lui.

- Tu es au centre de son obsession depuis un certain temps. Du moins, c'est ce que les quelques communications internes que nous avons réussi à déchiffrer suggèrent. » L'expression de Raif était remplie d'admiration sincère. « Il méprise les niveaux inférieurs et se sent supérieur à eux. Leur libération détruirait la hiérarchie de notre société, une hiérarchie où il se trouve au sommet. Le mouvement anti-niveaux menace son pouvoir. Il a essayé d'y mettre fin en bannissant Celeste et Julian, puis Joe et toi. Mais dans votre cas, ça s'est retourné contre lui. Votre survie montre combien les gens des niveaux inférieurs peuvent être doués. Votre retour les a aidés à trouver le courage de redonner vie au mouvement.

- Nous espérions la survie du mouvement, mais nous ne nous attendions pas à ce qu'il grandisse. » Joe dirigea ses commentaires vers Mike. « Comment cela est-il arrivé ?

- Le mouvement est plus fort que jamais. Lorsque vous et Evie avez été envoyés au loin, Peightân a chassé les autres meneurs. Mais ils ont réussi à se faire discrets, tout en continuant à s'organiser en secret. Les gens pensaient que vous alliez mourir tous les deux dans la Zone vide. Vos visages apparaissaient parfois dans des messages sur le netchat, appelant les gens à agir et maintenir le mouvement en vie. Evie, tu étais considérée comme une martyre pour cette cause. »

« Puis il y a un mois, quelqu'un a réalisé que la date de fin de votre bannissement était aujourd'hui. Mais il n'y avait eu aucun rapport du gouvernement annonçant le transport de vos dépouilles hors de la Zone vide. » Mike sourit. « Cela a déclenché une discussion sur le netchat, avec des spéculations pour savoir si vous pouviez être en vie, et les meneurs du mouvement ont décidé d'abandonner leur couverture et d'organiser de nouvelles manifestations massives.

- Des protestations ont éclaté cette semaine dans vingt-neuf villes. Tu es devenue leur symbole. Là, regarde un peu. » Raif lança un regard vers un écran de communication sur le mur de la cabine de l'hovercraft, alors que son ESNE se connectait et téléchargeait un vidstream. L'écran s'éclaira sur l'image de manifestants remplissant un grand boulevard, poings levés, brandissant des banderoles. Joe sursauta dans son siège, reconnaissant la mer de visages. Les manifestants utilisaient des substituts de visage holographiques, chacun avec une projection du visage d'Evie.

Evie et Joe se regardèrent dans un silence stupéfait. L'ampleur de la série d'événements qu'Evie avait déclenchée lui coupait le souffle.

« Maman ? » Le regard de Clay allait et venait entre l'écran et Evie.

Le charme était rompu, et Evie et Joe se mirent à rire du monde surprenant qu'ils avaient regagné.

Raif passa sur un autre vidstream montrant des militants dans une autre ville, cette manifestation encore plus grande. Clay cacha son visage contre la poitrine de Joe.

H137 sortit de sa pose rigide près de la porte d'entrée, et sa tête pivota vers Mike. « Il y a une communication importante du Général Sherwood, commandant de l'armée de la frontière Sud. »

Mike se tourna vers Joe et Evie. « Est-ce que la famille pourrait attendre ici pendant que nous allons à la salle de contrôle à l'avant de l'hovercraft ? »

Fabri tendait déjà ses bras pour Sage, et Evie lui passa l'enfant doucement. « Je peux prendre soin des garçons ici sans aucun souci, » déclara Fabri.

Evie fit un signe de remerciement, et ils suivirent Mike dans la salle de contrôle attenante, Joe saluant Eloy avant de les rejoindre, et ils fermèrent la porte. Cette salle plus petite avait une communication holoputtique. Le portail de communication était une plateforme elliptique surélevée encadrée par un court garde-corps, le tout entouré de sièges, l'équipement de projection étant intégré au plafond. Ils s'assirent et H137 autorisa une liaison chiffrée. Le portail s'ouvrit. Un hologramme apparut avec le visage d'un homme aux cheveux blonds portant une casquette militaire. La sueur scintillait sur son front.

« Général Sherwood, au rapport, » dit Mike.

« C'est confirmé ; près des deux tiers de mon armée à la frontière Sud ont quitté leur base à Holloman sans mon autorisation pour se diriger vers le nord.

- Combien de bots corrompus ? » Raif regarda Mike.

« Nous estimons les unités Red Rogue à quatre-vingt-dix mille milméchas et drones, » annonça Sherwood.

« Et le reste ? » Mike secoua la tête.

« J'ai ordonné à Blue One de poursuivre la faction rebelle. Notre objectif principal est d'empêcher ces unités rebelles d'aller vers l'est en direction d'Alamogordo. C'est le plus grand risque de victimes civiles, avec une population de onze mille personnes.

- Éviter les victimes civiles est un objectif primordial, » acquiesça Mike.

« Ils ne passeront pas entre moi et Alamogordo. Je m'en assurerai, » dit Sherwood.

« Des unités rebelles qui se dirigent vers le nord ? Alors notre hypothèse se confirme ; leur objectif est la base de missiles des White Sands, » déclara Raif.

Mike se tourna vers le milpipabot. « Ajoute le général Brown. » Le front du bot s'éclaira en bleu pour confirmer la commande.

« Bon sang. Quatre-vingt-dix mille. » La mâchoire de Raif se serra.

« Bien plus que dans nos pires estimations, » déclara Mike.

Un deuxième hologramme apparut. Le général Brown fronça les sourcils vers un subordonné invisible et salua Mike. « Blue Two attend au sud du site Trinity. Les unités rebelles se déplacent vers le nord, dans notre direction. Nous avons lancé l'interception et nous nous attendons à un contact avec les drones d'abord, suivi d'un contact au sol juste au sud de la base de missiles. Ils devront nous passer sur le corps s'ils veulent accéder aux missiles.

- Évaluation des probabilités ? » Raif appuya sur quelques boutons sur le panneau.

« Bien qu'il y ait plus de milméchas corrompus que loyaux, nous avons plus de drones. Les chances sont légèrement en notre faveur, » déclara Brown.

H137 joignit la conversation. « Il est confirmé qu'un deuxième hovercraft de police a quitté le Ministère de la Sécurité en Californie. Il a atterri au nord de la base aérienne de Holloman au Nouveau-Mexique et rejoint les unités corrompues quand le premier hovercraft nous a attaqués.

« Peightân, » dit Joe. Les autres acquiescèrent.

Mike était assis droit dans son siège, et Joe, encore déconcerté par le rôle du professeur, l'étudia jusqu'à ce que le rire de Raif brise sa rêverie. « Dina a passé les trois dernières années à s'engager discrètement auprès d'autres dirigeants du gouvernement, le Ministre de la Défense et la CIA pour tenter de découvrir la personne derrière le ver. Elle a fait pression pour que Mike soit approuvé dans le cadre du SES, le Service Exécutif Supérieur, et qu'il soit nommé Commandant spécial pour les opérations de groupe du Projet Ver. Il agit en tant que commandant civil pour superviser ces plans secrets. »

Mike regarda vers le haut de la communication holoputtique. « J'agis plus comme un agent de liaison, bien que techniquement les civils sont toujours au-dessus de l'armée et que les généraux me traitent comme un gros bonnet. Mais nous avons laissé la vraie planification à l'armée. Raif et moi avons beaucoup appris. Je suis passé des salles de cours aux SALA. »

Eloy s'inclina vers Joe et murmura : « Il parle des Systèmes d'armes létales autonomes.

- Eloy faisait partie de l'armée de la frontière Sud, » précisa Joe à Mike et Raif. Mike le salua, et Eloy lui rendit le salut promptement.

Mike se retourna vers son poste de commandement. « À quoi ressemble le terrain d'interception ? » Sa voix résonnait avec confiance.

« Un désert vide, » dit Brown.

« Bien noté, » répondit Mike.

Le visage de Brown s'assombrit. « Permettez-moi de vous rappeler, commandant, qu'il y a aussi des civils au port spatial, qui est à trente kilomètres à l'ouest de Red Rogue. Il s'y trouve généralement environ quatre mille personnes. »

Mike se cogna le poing sur la jambe. « Vous pouvez les faire partir ?

- Nous pouvons commencer l'évacuation maintenant, mais notre meilleur espoir reste que la bataille ne s'étende pas jusqu'à eux. Nous n'avons pas beaucoup d'hovercrafts de transport humain disponibles, et il faudrait plus de temps que nous en avons pour y faire monter les civils.

- Commencez immédiatement, » ordonna Mike.

Raif regarda Mike. « Il y a un escarpement nord-sud entre les unités rebelles et le port spatial, mais si les rebelles s'y rendent, ça ne les ralentira pas beaucoup.

- Ce serait un massacre là-bas, avec tout le métal que ces machines balancent, » murmura Eloy.

« Nous resterons sur la communication, » déclara Brown. Il tourna son attention hors de l'écran. Sherwood en fit de même, le visage serré. Il semblait secoué par la rébellion de ses unités.

H137 leur communiqua les dernières informations. « Il reste environ onze minutes avant le contact avec les drones, et dix-sept minutes avant le contact avec les unités au sol. »

Eloy poussa Joe. « Le général Sherwood était mon commandant, bien qu'il n'avait aucune raison de connaître mon nom. Je suis heureux d'être aux premières loges maintenant. »

Joe hocha la tête, même s'il enregistrait à peine les paroles de son ami. Il avait oublié à quelle vitesse le monde bougeait, et son esprit chauffait avec cette surcharge d'informations.

« Nous, enfin les généraux, avons fait une vaste planification pour les batailles et élaboré des cartes de décision exhaustives. Mais la science de la décision seule ne saurait lever le brouillard de la guerre, » déclara Raif.

Evie, dos à Joe, lui toucha l'épaule avant de se pencher pour lui chuchoter à l'oreille : « Je viens d'aller voir les garçons. Fabri les divertit. » Il lui serra la main et regarda par la fenêtre. Le désert du sud-ouest défilait, comme le terrain qui avait entouré leur jardin d'Eden. Sa bouche était sèche. Il n'y avait rien d'autre à faire que patienter.

L'attente ne fut pas longue. Le beuglement du général Brown tira Joe de ses pensées. « Ils ont détecté notre approche. Blue Two au combat. Tirs d'artillerie mobile avec les canons à rail. Notre brouillage électronique nous protège toujours contre un ciblage précis. »

Le milpipabot connecta un autre lien de communication. La communication holoputtique se remplit avec le flux d'un drone au-dessus de Blue Two. Comme si une mère araignée géante avait fait signe à sa progéniture, des milliers de membres de sa couvée maléfique filaient à travers le désert. Les milméchas se déplaçaient avec une vitesse surprenante, bondissant sur les dunes et la brousse sur leurs quatre pattes d'araignée. La poussière s'élevait derrière les vagues de machines et obscurcissait la terre.

H137 ajouta un autre flux, celui-ci avec une couche d'imagerie thermique. Les points chauds au-dessus des unités au sol étaient les drones s'élevant dans les airs pour engager le combat. Le portail se remplit de la danse des drones mortels, des stries de rouge projetées des machines. Au sol, parmi les milméchas, des canons à rail sur des transporteurs mobiles à chenilles tiraient incessamment, leurs projectiles pareils à des météores s'élevant dans le ciel. Des taches rouges se formaient lorsque des machines explosaient en flammes dans le désert, laissant des ellipses de suie sur le sable blanc. Il y avait un grondement croissant dans le flux audio, atténué mais inquiétant.

« Blue One est complètement dépassée, » déclara le général Sherwood.

« Les unités rebelles ont cessé de se déplacer vers le nord et se sont réorientées pour attaquer Blue One. » Raif étudia la communication. « Peut-être que Peightân a décidé de les détruire d'abord.

- Change de flux sur les unités de poursuite de Blue One, » ordonna Mike. H137 se conforma. Un autre flux de drone remplit la communication holoputtique, et la nouvelle scène semblait désorganisée. « Marque nos unités, » ordonna Mike, et des étiquettes bleues et rouges apparurent au-dessus des machines. La plupart des étiquettes bleues étaient à côté de milméchas démolis sur le sol du désert. Des robots avec des membres manquants tiraient jusqu'à être réduits au silence. Le désert était devenu une masse de cratères noircis, vidés de toute vie végétale par le blizzard des tirs, missiles et explosifs autonomes. La plupart des drones portaient des étiquettes rouges.

Le flux du drone s'interrompit brusquement. H137 établit un flux de remplacement, qui se cristallisa, avant de disparaître également.

« On lui aura au moins fait une petite entaille, » déclara Sherwood, son visage résigné remplissant maintenant l'hologramme.

« Où êtes-vous ? » Mike hurla pour s'assurer d'être entendu par-dessus le chaos du côté de Sherwood.

« Trente kilomètres derrière la force, avec le commandement dans l'arrière-garde.

- Fichez le camp de là ! » Le général Brown fulminait sur l'autre hologramme.

« C'est trop tard. Je m'en remets à mon sort, Brown, » dit Sherwood, les yeux vides. Son hologramme disparut.

Evie frissonnait contre le dos de Joe.

« Adieu, Commandant, » murmura Eloy.

. . .

Pas le sort, pas le destin, juste des décisions de libre arbitre par des créatures conscientes, formées par le hasard. Il a joué la main qu'on lui a donnée. Il a choisi. Nous devrions tous aspirer à cela.

. . .

« Nous ne combattions qu'une fraction des unités Red Rogue. Maintenant, le gros de leur armée est sur le terrain, et nous les attaquons, » déclara le général Brown, d'un ton plat.

« Et le général Sherwood ? » Le ton de Mike trahissait sa conscience de la futilité de la question.

« Parti, avec les soixante-dix personnes sous son commandement. » Le général Brown se tourna et émit des ordres urgents à ses officiers hors de l'écran. Evie tenait fermement le bras de Joe, et ils partagèrent un regard choqué en repensant aux derniers moments de ces soldats.

Eloy secoua la tête. « Aucun endroit n'est sûr sur le champ de bataille. Son commandement se déplaçait sous leur bouclier électronique, mais ce n'était pas suffisant. »

H137 rétablit les liens de bataille sur l'armée principale de Brown, récupérant un autre flux de drone. Ils étaient penchés dans leurs sièges, silencieux, regardant les unités étiquetées se battre et être anéanties.

« Il semble que Peightân ait détruit les unités de Blue One. » Mike mordit sa lèvre. « Mais nous en avons encore assez pour gagner ce combat. Je ne pense pas que Peightân a eu autant de temps pour infecter les bots qu'il le voulait.

- Ça, nous le saurons très vite, » dit Raif.

« Ajoute le flux de métadonnées, » ordonna Mike à H137. Au-dessus des images holographiques, une autre couche de chiffres apparut, donnant une vue d'ensemble stratégique plus large des données du champ de bataille. Mike, debout à côté du portail de communication, déplaçait ses mains comme un prestidigitateur, manipulant des projections. Le portail de communication central se remplit avec le flux d'un drone plongeant vers une dune de sable blanc. Les canons mobiles et milméchas tirèrent vers le haut, mais les balles traçantes manquèrent le drone habile. Un autre grand drone apparut, étiqueté en rouge. Ses panneaux latéraux sautèrent, et des centaines de mini-drones jaillirent comme un essaim de guêpes en colère. Il y eut un éclair de lumière, puis le flux disparut. H137 remplaça le flux par un autre, plus haut au-dessus du désert.

« Les poppers, qu'on les appelle. De sales bidules, » commenta Eloy.

La bataille oscilla à travers le désert pendant encore vingt minutes. Les hologrammes sur le portail de communication dépeignaient un paysage apocalyptique, avec des mouvements désordonnés de machines se détruisant les unes les autres dans des panaches de feu. Des essaims de drones de toutes tailles et formes balayaient le ciel. Ils esquivaient les tirs et les missiles en prenant des virages serrés comme une nuée de moineaux, s'en prenant aux uns aux autres et aux milméchas tirant du sol. Brown maintint la suprématie des drones, et bientôt la plupart des drones rebelles avaient été abattus. Une partie de l'armée de Peightân s'était séparée et filait vers l'ouest, en direction du port spatial. La bataille se termina sur les plaines de sable à plusieurs kilomètres de là. Les carcasses fumantes jonchaient le désert, en partie obscurcies par une brume grise. La couche thermique révélait les tirs de balles traçantes éclairant le ciel. L'hologramme du général Brown révéla un soupçon de sourire tendant sa mâchoire.

Mike semblait l'avoir remarqué. « Évaluation de la situation ? »

Brown aboya un ordre et se retourna vers eux sur la communication. « Notre force de drones a le dessus. Nous devons nous concentrer sur l'élimination de la force rebelle principale, ou ils pourraient encore menacer Alamogordo. Nous allons chasser la petite unité au plus tôt. »

Mike hocha la tête. « Et l'évacuation du port spatial ?

- Lente. Une vague de trente-sept hovercrafts a terminé l'évacuation. Ils seront de retour pour un autre voyage dans dix-neuf minutes.

- Ce n'est pas assez rapide. » Raif marmonna quelques calculs. « Ça ne fait qu'un tiers des civils en sécurité pour le moment. »

Mike en prit note, et Brown se tourna pour commander ses forces. « Nous ne nous doutions pas qu'il pourrait y avoir autant de bots corrompus dans l'armée de la frontière. » La culpabilité recouvrait l'expression de Mike. Joe savait qu'il pensait aux civils à la base.

La plupart des unités au sol portaient maintenant des étiquettes bleues. Des parties du désert étaient vides sur le portail de communication, et quand Joe regarda H137 et pointa ces sections, le milpipabot confirma ses soupçons, en disant : « Dans cet environnement électromagnétique disputé, nous n'avons pas une couverture complète des capteurs. »

Brown s'adressa à Mike. « Commandant, nous avons gagné le contrôle du champ de bataille. Nous sommes en mode nettoyage. Trois de nos divisions sont maintenant à la poursuite des unités Red Rogue restantes, qui s'approchent du port spatial. Mais cette force rebelle survivante occupera l'endroit d'abord. »

Eloy se pencha près de Joe. « Merde, ils sont dans la kill box. »

Mike jura. « Et leur statut ?

- Vérification en cours, » répondit H137. Quelques minutes passèrent alors que Joe restait assis sur le bord de son siège, les mains moites.

« Les capteurs indiquent que la force Red Rogue n'a pas ralenti son assaut en franchissant le périmètre de l'installation, à proximité de la garderie. La probabilité de survie est faible.

- Envoie un flux de drone vers l'installation de lancement, » cria Mike. H137 se conforma. Un flux apparut sur le portail de communication, avec une perspective de dessus alors que le drone volait vers l'ouest à basse altitude, plongeant dans et hors des collines rocheuses. L'équipement mutilé jonchait le désert. Le drone s'approcha du port spatial, et les milméchas et les canons à rail qui bordaient le périmètre tirèrent vers le haut. Avant que le drone soit abattu, il parvint à capturer l'image d'une fusée installée sur la rampe de lancement, des brins de vapeur fuyant de la queue.

La communication holoputtique passa à une vue de carte du périmètre de l'installation de lancement. Mike activa des icônes flottantes sur la communication pour zoomer sur le terrain, montrant maintenant des gros plans des unités Blue Two et Red Rogue, fumantes sur le champ de bataille. Joe remarqua un casque holographique qui pendait de la balustrade. Enhardi, il le mit sur sa tête, prit l'icône holographique d'un drone de reconnaissance s'approchant de la carte du périmètre, et la glissa contre le côté du casque pour connecter le capteur.

La scène à 360 degrés lui bondit dans les yeux, le drone s'approchant du sol à la clôture du périmètre. Il était dans un enfer. Des colonnes de fumée s'élevaient d'un complexe d'appartements détruit à sa gauche, alors que le drone volait plus bas vers un autre bâtiment, que Joe identifia comme une école. Les explosions lui frappaient les tympans alors que le métal chaud et hurlant déchirait l'air tout autour de lui. Il parcourut lentement le bâtiment, maintenant cinq mètres plus bas, quand la suie s'écarta pour révéler des cratères noircis. Là où il y avait autrefois la vie, il ne restait maintenant qu'un abîme de vide. Puis le regard de Joe tomba sur des dépouilles humaines, macabrement disposées.

Joe arracha le casque de son visage et fut pris d'une violente nausée dans le coin de la pièce. Il s'essuya la bouche et leva les yeux vers le groupe. Il lisait de la compassion sur tous leurs visages.

...

> Pitié, effacez cette vue de ma mémoire, l'horreur de ce que nous pouvons nous faire subir les uns aux autres. Le libre arbitre permet aux personnes qui n'ont pas de conscience d'agir de manière immorale.

...

Joe s'assit et se frotta le visage. Evie enveloppa son bras autour de lui.

« Les capteurs ont identifié un lancement à l'installation, » déclara H137.

Mike ordonna l'affichage d'un autre flux de drone. Le signal vacillait, diffusant une vue plus éloignée du port spatial. Il montrait une traînée de fusée suspendue dans l'air du désert.

Raif passa ses doigts dans ses cheveux. « Peightân se fait la malle ? »

Le général Brown était de retour sur la communication avec un autre rapport, sa voix saccadée. « Nos forces ont sécurisé le port spatial. Il y a beaucoup de confusion sur place. Nous détruisons les brouilleurs des rebelles. Nous ne pensons pas que des membres du personnel ici aient pu survivre. » Un muscle de sa mâchoire se contracta.

Mike secoua la tête. « Combien de milméchas auraient pu s'échapper dans cette fusée ?

- Peut-être trente. Cinquante, au plus, » répondit Brown.

« Assez pour envahir la station orbitale WISE. » Raif faisait des allées et venues nerveuses. « La base est scientifique ; elle n'a pas de défenses. »

Joe se redressa dans son siège. « Pourquoi Peightân irait là-bas ? »

Raif haussa les épaules. « C'est l'endroit le plus proche où il pourrait utiliser cette fusée pour infliger des dégâts sérieux. »

Une veine palpitait sur la tempe de Mike. Il la frotta. « Dina s'y trouve physiquement, maintenant. Mieux vaut l'alerter qu'elle doit s'attendre à des visiteurs. »

Chapitre 46

Joe, Evie et Eloy retournèrent à la cabine principale de l'hovercraft, laissant Mike et Raif superviser sur la communication holoputtique la lutte qui se poursuivait dans le sud-ouest. L'inquiétude étouffait le visage de Fabri à leur retour. « Une bataille ? Des gens ont été tués ? »

Eloy l'enveloppa dans ses bras. « Oui, une bataille majeure entre armées de bots. Il y a eu des victimes civiles. »

Les larmes coulèrent sur les joues de Fabri alors qu'elle s'accrochait à Eloy. « Dans quel monde étrange nous sommes revenus. De bien des façons, c'est plus violent que notre vie dans la Zone vide. Là-bas, nous ne faisions que tuer pour survivre. »

La douleur sur son visage était si vive que Joe passa ses bras autour du couple. Un instant plus tard, les bras d'Evie les encerclèrent. Les quatre voisins se maintinrent en position de deuil pendant plusieurs minutes.

Moroses et perdus dans leurs pensées respectives, ils se séparèrent. Le paysage s'était transformé, apparaissant doré alors qu'ils approchaient de la côte ouest. Fabri s'assit en face de Joe et serra Sage, qui dormait dans ses bras. Clay s'assit avec Evie, et elle bougea son annulaire de manière que la pierre rouge reflète des étincelles sur le mur pour le divertir. Joe s'enfonça dans le siège à côté d'Evie et prit Asher sur ses genoux.

Raif les rejoignit et annonça : « Nous arrivons dans onze minutes. » Il s'assit à côté de Joe. « H137 estime que la fusée de Peightân interceptera la station orbitale WISE dans vingt-trois heures. Mike a mis Dina au jus. Cette femme est intrépide. Bien que ses méchas de construction ne valent rien face aux milméchas qui approchent, elle prépare une contre-attaque. »

Fabri assistait les yeux écarquillés à la conversation entre Joe et Raif. « Qui est Dina ?

- Elle dirige la station orbitale qui encercle la lune. J'ai fait du travail pour elle là-bas. » Les yeux de Fabri s'éclairèrent, comme si les cieux s'étaient ouverts et que la vérité s'était répandue ; celle du vrai niveau de Joe. Elle se pencha vers lui et murmura : « Tu as été si gentil avec moi.

- Et toi avec moi. Tu es plus que mon égale. »

L'hovercraft commença à descendre. Evie fit face à Raif. « Où allons-nous ? »

Raif se leva. « Le Dôme de combat est l'établissement médical d'urgence le plus proche, et nous suivons l'hovercraft médical d'évacuation avec Zable à bord. Mike vient d'y établir un petit centre des opérations pour suivre Peightân. C'est un endroit aussi bon qu'un autre. » Son regard rencontra celui de Joe. « Et Mike et Dina pensent que ce serait un endroit approprié pour raconter votre histoire. »

Mike se tenait à la porte de la salle de contrôle. « Je viens d'apprendre qu'une grande foule, avec des journalistes dans le tas, s'était rassemblée au Dôme de combat. Ils veulent vous voir, Evie, voir que vous avez survécu. Je pense qu'ils seront réceptifs à tout ce que vous pourrez leur dire.

Evie hocha fermement la tête en accord.

Mike sourit, puis reprit une expression sobre. « Il y a aussi une rumeur qui circule maintenant sur la bataille au Nouveau-Mexique. Le gouvernement essaie de bloquer les informations à ce sujet, alors évitez d'en parler. »

C'était encore le début de l'après-midi, mais une semaine entière semblait s'être écoulée depuis le lever du soleil. Les jumeaux étaient éveillés et pointaient le doigt vers la fenêtre dans laquelle le Dôme grandissait. Fabri tenait Sage, qui continuait à dormir. Evie caressait ses cheveux, sa posture raide. « Nous pouvons faire une apparition. Nous allons leur montrer que nous revenons pour reprendre la lutte là où nous l'avons laissée. » Joe hocha la tête. Il laisserait Evie parler.

Joe choisit un siège près de la fenêtre, et un instant plus tard Evie se tenait à côté de lui et peignait ses cheveux avec ses doigts alors qu'elle regardait son ancienne maison. Il lut les émotions qui assombrissaient son visage ; la reconnaissance, le mal du pays et l'anticipation.

Joe pouvait distinguer une foule amassée sur le toit du Dôme de combat. Alors qu'ils approchaient, il estima qu'il y avait peut-être treize cents personnes. Les drones des médias planaient au-dessus de la foule.

Mike loucha par la fenêtre à côté de Joe.

« C'est un plus grand comité d'accueil que je l'imaginais. » Mike secoua la tête. « Décidément, mes estimations sont à côté de la plaque aujourd'hui . . . ça fait déjà deux fois. »

Joe prit les mains d'Asher et de Clay, et Evie tenait Sage. Ensemble, la famille vint se tenir près de la porte de sortie, prête à saluer le reste du monde moderne. Mike s'avança devant Joe. « Evie, je vais y aller d'abord, pour vous présenter. »

Evie hocha la tête. Les portes s'ouvrirent, et les médias firent irruption. Joe reconnut les deux journalistes à l'avant ; Caroline Lock et Jasper Rand de Prime Netchat.

Mike sortit, levant la main. « Evie Joneson, Joe Denkensmith, leur famille et leurs amis viennent de rentrer après trois ans dans la Zone vide. Ils ne peuvent vous parler que brièvement avant de prendre un repos bien mérité. »

Les jumeaux se pressaient contre les jambes de Joe, les yeux tout ronds alors que les journalistes hurlaient leurs questions et que les appareils d'enregistrement planaient autour d'eux. Evie jeta ses cheveux en arrière avec un sourire, et, en famille, ils descendirent le long de la rampe. Derrière eux, Fabri s'accrochait au bras d'Eloy. Joe regarda en arrière et lança à Fabri un sourire encourageant et elle se redressa, semblant grandir dans son chemisier en peau de daim.

Evie s'avança dans le cercle de journalistes. Elle présenta un sourire brillant et parla alors que Sage s'agitait dans son bras gauche.

« Nous sommes de retour, après avoir surmonté les défis d'une prison, et nous sommes ici pour vous aider à en sortir d'une autre. Nous sommes inspirés par vos efforts pour développer le mouvement anti-niveaux, apportant de l'espoir à ceux forcés à stagner dans les niveaux inférieurs. Nos enfants nous rappellent pourquoi cela est important. Chacun devrait commencer sa vie avec la liberté d'exceller, sans être freiné par des règles de classe héréditaires. Elle leva son poing droit en l'air et le frappa triomphalement. Sa voix explosa. « Nous poursuivons ce combat pour l'égalité des chances, pour tous nos enfants. » La foule rugit d'excitation, noyant le bruit des enregistreurs des drones qui planaient au-dessus du Dôme, capturant la scène et la diffusant dans tout le pays.

. . .

C'est l'héroïne du mouvement anti-niveaux. Mon héroïne à moi, aussi.

. . .

Evie naviguait parmi les médias, répondant aux questions avec des réponses chaleureuses et passionnées. Il répondit à quelques questions dirigées vers lui, mais les journalistes préféraient Evie. Caroline Lock demanda à Joe si elle pouvait parler aux garçons. Il hocha de la tête, et elle s'agenouilla pour poser quelques questions aux jumeaux, mais les deux s'avérèrent timides face à la caméra, et Joe ne put entendre leurs faibles marmonnements.

Mike les conduisit à travers la ligne de présentateurs sur le toit, puis le long d'une série d'escaliers. Ils le suivirent dans un hall intérieur. Les écrans remplissaient les murs, annonçant la couverture médiatique des événements au Dôme. Puis la petite main tenant la sienne se retira. Asher s'était arrêté, subjugué par la vue de leur image sur un écran géant. La vidéo rediffusait leur sortie de l'hovercraft. Une présentatrice annonçait à bout de souffle : « Evie Joneson, Joe Denkensmith et leurs trois enfants ont survécu à trois années exténuantes dans la Zone vide. Et pas seulement survécu, mais prospéré. » Joe nota l'incongruité de leurs tenues en peau de daim au sommet du toit métallique brillant du Dôme communautaire. « Allez, mon petit bonhomme, » dit-il en en ramassant Asher pour rattraper Mike.

Mike et Raif les conduisirent à travers le complexe jusqu'à un ensemble d'appartements reliés par une grande salle commune, le ciel bleu remplissant une lucarne de toit.

Raif ébouriffa les cheveux d'Asher, et le garçon lui sourit. « C'était une bonne interview, Evie. Mike et moi allons nous coordonner avec Dina à partir de maintenant. Vous devriez aller vous reposer. »

Mike hocha la tête. « Je suggère que nous nous rencontrions dans cette salle centrale dans dix-sept heures, avant que Peightân arrive à la station orbitale WISE. Vos chambres devraient être équipées de tout ce dont vous avez besoin. » Il les conduisit dans un couloir jusqu'aux logements de Joe et Evie, puis désigna un autre appartement pour Fabri et Eloy plus loin dans le couloir, avant de rejoindre Raif dans la pièce principale.

Evie étreignit Fabri. « Je suis désolée de vous avoir entraînés dans cette situation dangereuse. Je n'aurais jamais imaginé que ça se passerait comme ça. »

Fabri lui retourna l'étreinte. « Eh bien, je me sens en sécurité maintenant. Et nous sommes toujours ensemble. »

Joe serra leurs mains et les tira toutes les deux pour une chaleureuse embrassade. « Faisons en sorte que ça reste ainsi. »

L'appartement était chaud, et le confort moderne était une surprise pour les jumeaux. L'eau courante des robinets les fascinait, tout comme les matériaux inconnus qui recouvraient les meubles. Ils sautèrent sur les lits et trouvèrent une myriade de façons de dépenser leur énergie refoulée, pendant que Joe luttait pour dormir.

Après l'intensité de la journée, c'était un soulagement pour Joe et Evie de les regarder jouer sur le sol tapissé à leurs pieds. Avec Evie à ses côtés, sa propre inquiétude fondait à mesure que la tension sur son visage disparaissait.

Il s'activa à placer les jumeaux dans le bain pendant qu'Evie nourrissait Sage ; leur routine qui consistait à diviser pour mieux régner. Joe nota à quel point donner le bain était plus facile quand il n'avait pas à chauffer l'eau du ruisseau. Le savon sentait bon et remplissait la baignoire de bulles.

Le placard de la chambre contenait de nouveaux vêtements à leurs tailles approximatives, et Joe remercia mentalement Mike pour avoir si rapidement commandé la livraison aux drones. Il habilla les jumeaux pendant qu'Evie couchait Sage. Joe emmena les aînés dans la cuisine, et Evie les rejoignit bientôt. Elle rit en voyant le synthétiseur alimentaire. Evie assembla des spaghettis et des boulettes de viande en quelques minutes. Joe secoua la tête devant la facilité et la vitesse de l'acte ; il n'avait pas eu besoin de chasser, de ramasser des plantes ou d'allumer un feu. Les spaghettis ne lui avaient jamais paru aussi bons.

Les lumières clignotantes des appareils de cuisine empêchaient les garçons de se concentrer sur leurs assiettes. Joe en revanche avait les yeux rivés sur la sienne, les saveurs familières le réconfortant d'une manière qu'il n'avait pas soupçonnée.

Asher se pressait contre sa jambe, essayant de monter sur ses genoux. Il le souleva, et Asher enfouit sa tête contre le torse de Joe. « Eh bien ? » Joe remarqua le cleanerbot essuyant le sol où un des garçons avait jeté une pâte. Clay s'approcha du bot avec hésitation, et la machine se figea, son front luisant de jaune. Clay toucha sa surface polie avec une main tachée de sauce, laissant une trace, avant de regarder Evie, l'air incertain.

« Il ne te fera pas de mal, » dit-elle.

Clay jeta un dernier coup d'œil au bot, puis tituba jusqu'à sa chaise, sa curiosité satisfaite. Le bot reprit son nettoyage, marqué d'une traînée rouge. Evie rit. « Je me demande qui nettoie le cleanerbot. »

Quand ils eurent fini de manger, les jumeaux se frottaient les yeux. Joe les installa dans de minuscules lits dans la deuxième chambre. Evie sortait de la douche quand il revint dans la leur. Il serra son corps mouillé et l'embrassa profondément.

Elle lui sourit. « Va prendre une bonne douche, c'est merveilleux. »

Alors que Joe enfilait des vêtements ordinaires après cette douche divine, il regarda la pile de peaux de daim, en pensant au long effort consacré à confectionner les vêtements. Sa hache et le bō d'Evie gisaient sur le dessus du tas.

Cette vue déclencha un flot de pensées. D'abord, des souvenirs agréables ; le jour où ils ont trouvé leur maison dans la Zone vide, hache et bō à la main, la satisfaction qui est née en apprivoisant la terre, et la naissance de leurs enfants. Puis sa tête se remplit des images du jour ; Bessie, Zable ensanglanté et couché sur sa civière, et la garderie. « Mieux vaut revenir au présent, » se murmura-t-il, et il repoussa ses pensées.

Frais, propre et fatigué, il rejoignit Evie dans le salon, où elle regardait les informations sur Prime Netchat, le son coupé. Il se blottit à côté d'elle sur le canapé luxueux.

Joe éclata de rire. « Ce confort, c'est incroyable. J'avais oublié.

- Élever trois enfants sera *beaucoup* plus facile ici, » dit-elle, son visage s'éclaircissant. « Je ne sais pas ce que je vais faire de tout mon temps libre si je n'ai pas à faire la cueillette. » Elle pointa du doigt le portail net. « Ces visages me disent quelque chose. »

Joe se tourna pour voir Caroline Lock à l'écran, la bannière en dessous d'elle annonçant le retour d'Evie et Joe de la Zone vide. Elle réactiva le son.

« . . . Evie Joneson et Joe Denkensmith, ainsi que leur famille, ont éveillé l'imagination du pays, » déclara Lock. Ses cheveux brillaient d'or sur le fond argenté du Dôme. Le flux passa à une vidéo d'eux debout sur la plateforme d'atterrissage. Il se sentit soudain mal à l'aise à la vue de sa barbe et de ses cheveux négligés.

Ils passèrent à la rediffusion du discours d'Evie sur le toit du Dôme. Joe regardait les chiffres qui défilaient le long du bas de l'écran, affichant maintenant des milliards, le nombre de fois que l'histoire avait été partagée dans le monde entier.

Après l'interview d'Evie, le flux passa à Lock, accroupie à côté d'Asher. « Qu'est-ce qui te manque le plus ? »

Asher leva un regard sérieux vers elle. « Agneaux. »

Elle se tourna vers Clay. « Et toi, qu'est-ce qui te manque le plus ? »

Il loucha, perplexe, puis articula soigneusement ses mots. « Rien. Maman et papa sont là. »

L'écran revint sur Jasper Rand et Caroline Lock assis en studio. Rand souriait à l'auditoire. « Ils sont trop jeunes pour comprendre pourquoi ils ont passé leur vie dans la nature sauvage, mais ils semblent s'adapter à la vie moderne. »

Lock fronça les sourcils. « Mais, Jasper, cette histoire va maintenant bien au-delà du retour de cette famille. Le mouvement anti-niveaux a attiré l'attention de tous, et cette famille illustre pourquoi il s'agit d'un message important. »

Rand se frotta le menton. « Il y a une admiration surprenante pour les parents chez les téléspectateurs de Prime Netchat.

- Cela va de soi. Ils ont survécu à ce que beaucoup appelleraient une peine de mort. Et comme leurs enfants en témoignent, ils ont même réussi à s'épanouir. » Lock regarda droit dans la vidcam. « Les sondages du jour montrent une cote très favorable pour Mme Joneson. Son histoire met le feu au netchat. Evie Joneson est l'icône du mouvement anti-niveaux. Son histoire est un récit de ténacité, et plus encore, de domination, avec trois beaux enfants pour démontrer leur amour et leur force. » Le flux revint sur Evie qui répondait à plusieurs questions, posée et confiante, Joe à ses côtés. La fierté gonflait dans sa poitrine, et il l'attira plus près de lui et embrassa ses cheveux.

« Evie, tu es invincible. »

Elle se pencha sur lui. « Quand Mike a mentionné que les médias nous attendaient, j'ai sauté sur l'occasion. Maintenant qu'on est de retour, je n'ai pas oublié mon combat. Julian et Celeste sont morts pour notre mouvement pour l'égalité. Je dois prendre le relais.

- Je serai là aussi pour t'aider dans ce combat. C'est un noble combat à mener.

- J'ai besoin de toi à mes côtés. J'ai l'impression que nous avons déjà vécu plusieurs existences ensemble, » dit-elle en frottant son épaule.

Joe se gratta le menton. Sa barbe touffue lui rappelait que c'était une habitude qu'il avait presque perdue alors qu'il était sur la montagne. « La nature sauvage fut une expérience de maturation. J'ai appris à compter sur moi-même. J'ai répondu à mes questions. J'en suis venu à mieux comprendre la sagesse et la compassion. » Il contempla son visage, bronzé et naturel, légèrement usé autour de sa bouche par les défis de leur passage dans la Zone vide, mais encore plein de vie. « Ta force de caractère m'a appris à être conscient de l'équilibre entre vivre dans ma tête et vivre dans mon corps et dans le monde. Tu m'as appris à avoir un but. Je suis maintenant à l'aise à l'idée de me forger un nouveau chemin. » Joe continua à l'étudier dans la lumière vacillante de la salle, se souvenant de la première fois qu'il l'avait vue, une silhouette mystérieuse et la meneuse ardente d'une cause. La libellule avait capturé son cœur à jamais.

Ils regardèrent le flux, revivant cette journée.

« Tu m'as l'air bien costaud là, mon homme d'acier. » Elle tapota ses côtes. Joe regarda l'écran. Il n'avait jamais été aussi affûté de sa vie.

« Ça doit être la coupe du bois. Et toi, mon amour, tu es aussi belle à l'intérieur qu'à l'extérieur. »

Joe quitta le regard de l'écran et la tira vers lui, l'embrassant profondément. Ils se déshabillèrent rapidement et filèrent dans la chambre à coucher, se glissant nus dans les draps blancs de velours. Après les privations du bannissement, c'était un autre paradis.

Caressant sa joue et embrassant ses paupières fermées, il s'émerveillait de la passion pure sur son visage, pour lui et pour tout dans la vie. Elle venait de se laver les cheveux, mais il y sentait encore un léger arôme de la forêt.

Ses biceps fléchirent sans difficulté quand il la souleva sur ses hanches. Elle s'appuya sur lui, et ses cheveux épais tombèrent en avant. Elle bougeait en rythme, repoussant sa chevelure en arrière, son regard tourné au loin. « J'avais l'impression d'être au sommet d'une montagne en regardant cette foule, si heureuse de revenir à ce combat. Et je suis contente que tu sois là avec moi.

- Oh, alors tu aimes les sommets ?

- Je ne me suis jamais sentie aussi proche de quelqu'un de toute ma vie, mon cher homme de montagne, » souffla-t-elle, ses mains appuyant sur son torse. Ils se déplaçaient lentement, assez confiants dans leur connaissance intime l'un de l'autre pour prendre leur temps. Leur angle de repos se déplaça quand elle le tira sur elle, et leurs regards se verrouillèrent.

« Tu es toujours dans mon cœur et dans mon esprit. » Joe fondait dans ses yeux noisette, un endroit qu'il ne voulait jamais quitter. Son amour et sa passion pour elle étaient intacts et indéfectibles.

« Je t'aime tellement, » murmura-t-elle.

« Et je t'aime tant. »

Elle leva les genoux plus haut et gémit. Ses mains caressèrent ses seins puis se déplacèrent vers ses côtes, puis plus bas jusqu'à ce qu'il sentît son corps commencer à trembler.

Il la connaissait, et elle le connaissait, et ils savaient tout sur les bénédictions du monde. Ils dormirent paisiblement, les couvertures les enveloppant alors qu'ils étaient emmêlés, corps et âme.

Chapitre 47

Joe se réveilla à l'aube, comme il le faisait tous les jours, mais sans fenêtre à proximité pour contempler le lever du soleil. La main douce d'Evie sur son dos lui rappela où il était, et il se tourna pour lui sourire. Les jumeaux et Sage étaient réveillés et réclamaient leur attention. Ils les habillèrent et préparèrent le petit déjeuner avec le synthétiseur alimentaire.

Joe marcha jusqu'à la salle commune et trouva Raif, qui étouffait un bâillement. « Dina et son équipe travaillent sans relâche depuis que nous l'avons informée de l'approche de la fusée de Peightân. » Il s'étira. « Elle pense qu'ils ont réussi à construire une arme pour contrecarrer une attaque. » Joe essaya d'enclencher la vitesse supérieure de son cerveau. « L'équipe de la base a transformé un véhicule de livraison de fret en missile. S'ils le lancent, ils espèrent qu'il atteindra une vitesse suffisante et aura assez de manœuvrabilité pour une interception. C'est une lance cinétique, fonctionnant comme un conducteur de masse pour détruire le vaisseau de Peightân.

- Il fonctionne en s'écrasant sur sa fusée ?

- Heh. Simple mais efficace. Si l'interception réussit.

- Un seul missile ?

- Pas le temps d'en construire un autre. Une seule chance. Le vaisseau de Peightân sera à portée juste après midi, donc nous avons environ cinq heures. Je vous conseille à toi et à Evie de reconnecter vos ESNE pour mieux suivre ce qui se passe. » Raif se frotta le front. « Si tu es partant, Dina a dit que nous pouvions la rejoindre sur la base par steerbot. » Joe hocha la tête, énergisé par la chance de revoir Dina et la base.

Mike entra dans la pièce, apparaissant plus hagard que Raif. Ses yeux étaient injectés de sang, la lueur guerrière de la veille toujours présente.

« Tout est sous contrôle à la frontière Sud. Il a fallu du temps pour détruire les unités de brouillage rebelles, mais nous pensons nous être débarrassés de tous les bots corrompus qui se trouvaient là-bas. » Il s'assit sur le canapé et laissa tomber ses épaules pour quitter la posture militaire rigide qu'il maintenait.

Joe frappa son épaule avec compassion. « Les pertes ont été lourdes ?

- Environ les deux tiers de nos forces frontalières ; l'ensemble de l'armée de la frontière Sud, ainsi qu'une partie des méchas du nord. Au total, environ cent quatre-vingt-dix mille milbots perdus. » Il couvrit ses yeux d'une main fatiguée. « Et plus de trois mille humains ont péri aussi. »

Joe s'assit, refroidi par le nombre. Il ne se souvenait pas de la dernière fois qu'un si grand nombre d'humains avaient péri lors d'une guerre ; pas au cours du dernier demi-siècle en tout cas. « Devons-nous nous inquiéter d'attaques d'autres pays maintenant, dans notre état affaibli ? »

Mike caressa sa barbe ébouriffée. « Heureusement, non. J'ai été en communication avec des pays alliés et moins amicaux toute la nuit. Ils sont plus intéressés par le partage de nos renseignements sur le ver informatique qu'une attaque sur les États. »

Raif se pencha en avant, l'air approbateur. « Les gens doivent coopérer pour apprivoiser les monstres que nous avons créés. »

Fabri et Eloy entrèrent dans la salle commune. Ils étaient vêtus de vêtements modernes, et leur changement d'apparence étonna Joe. Les cheveux enflammés de Fabri étaient soigneusement coiffés. Eloy avait coupé sa barbe hirsute. Joe toucha son propre menton. Sa barbe avait encore besoin d'un bon coup de rasoir, mais il prendrait le temps pour cela plus tard.

Evie les rejoignit, traînant les trois garçons juste derrière. Sage était éveillé et bavait. Fabri et Eloy s'assirent avec les jumeaux, et Eloy fit sautiller Asher sur son genou.

Gabe entra également avec Freyja à ses côtés. La barbiche de Gabe, plus longue et argentée que dans les souvenirs de Joe, s'agita quand il saisit affectueusement la main de Joe. « Quelle belle famille vous avez fondée, vous deux, » dit-il.

Freyja semblait inchangée : yeux bleus brillants, cheveux blonds sur les épaules. Elle embrassa Joe, puis remarqua Evie et courut vers elle pour l'étreindre et admirer le bébé. « Evie, Joe, vos enfants sont adorables, » dit-elle alors que les jumeaux se blottissaient autour des genoux d'Evie, espionnant Freyja timidement.

Un sourire effaça l'épuisement du visage de Raif, et il traversa la pièce pour prendre Freyja dans ses bras. Ils s'embrassèrent, et Freyja frotta ses cheveux en pagaille, lui chuchotant quelque chose, l'inquiétude lisible sur son visage. Puis ils traversèrent la pièce pour rejoindre Joe, Freyja au bras de Raif.

Le regard de Joe se déplaçait de l'un à l'autre, retraçant l'énergie joyeuse qui circulait entre eux. Le visage de Freyja irradiait d'une nouvelle lumière. En dehors de ses traits d'inquiétude, Raif aussi avait une lueur qu'il ne lui connaissait pas.

Raif tendit la main à Evie. « Prêts à renouer électroniquement avec le monde moderne ? » Joe et Evie hochèrent la tête.

Ils laissèrent les enfants sous la garde de Freyja, Fabri et Eloy, et se rendirent à pied à l'établissement médical avec Raif pour réinstaller leurs ESNE. Le medbot raviva les mauvais souvenirs du départ pour la Zone vide, mais le robot était mécanique et efficace, et Joe ressentit une intimité familière quand il entendit à nouveau le son habituel de l'interface de l'ESNE. Ils vérifièrent leurs ESNE l'un par rapport à l'autre, testant l'interface réseau. Evie regarda dans ses yeux, et ils partagèrent une nouvelle connexion électronique au monde moderne et entre eux.

« Je n'en ai pas utilisé un depuis des lustres, » dit-elle.

Joe s'adressa au medbot. « Pourriez-vous me donner des informations sur l'état de Zable ? »

Le medbot répondit : « Le patient M. William Zable a subi une opération de remplacement d'organe la nuit dernière. Nous l'avons soigné pour des brûlures graves et un traumatisme à sa jambe restante. Il est sous sédatifs maintenant. Son état est critique, mais stable. Ce sont les seules informations que je suis autorisé à vous communiquer. »

Les trois revinrent à la salle commune, mais Joe était insatisfait des informations du medbot. Il dit à Raif : « Je suppose que tu as un plan pour faire cracher des informations à Zable ?

- Nous prévoyons de l'interroger dès qu'il sera conscient et qu'on aura reçu le feu vert des médecins. Il pourrait nous donner des informations précieuses sur la façon dont les IA et les bots ont été compromis. En attendant, il est surveillé de près. »

La salle commune était un centre d'activité, leurs amis assis sur les canapés et discutant ensemble. Peu de temps après leur retour, on sonna à la porte, et Raif alla ouvrir pour laisser entrer deux hommes à l'air officiel. Ils se présentèrent comme le maire et l'adjoint au maire du Dôme communautaire. Ils étaient habillés en vêtements de tous les jours et se tenaient les mains jointes, comme en supplication.

Le maire s'adressa à Joe et Evie. « Nous sommes heureux de vous accueillir, vous et votre famille, ici au Dôme. Nous tenons à améliorer vos installations et vous déplacer vers une suite exécutive dans la loge aérienne. » Son sourire fuyant ne l'aida pas à gagner la confiance de Joe.

Evie lança un regard incertain à Joe, puis se tourna de nouveau vers le maire. « Pourquoi voudrions-nous changer d'appartement ?

- Les suites de la loge aérienne sont beaucoup plus agréables pour les visiteurs, » déclara le maire.

Evie se tourna vers le maire. « Pour les *visiteurs* ? Merci, mais nous resterons ici pour l'instant. Nos enfants ont commencé à s'acclimater.

- Mais nous vous avons déjà réaffectés aux suites de la loge aérienne, » intervint le maire adjoint.

« Et je vous en remercie encore. » Joe se rapprocha d'Evie. « Nous allons rester ici pour le moment. Mais à l'avenir, nous aimerions avoir nos quartiers d'habitation dans le Dôme communautaire, le long de l'un des halls isolés. »

Evie serra sa taille, et il lui sourit avant de se tourner vers Eloy et Fabri. « Evie et moi aimerions que la tante et l'oncle des enfants soient à proximité eux aussi. »

Eloy rayonna. « On est partants. »

Le maire capitula. « Nous pouvons trouver deux appartements confortables ici pour vous. » Evie sourit et le remercia.

Mike interrompit les officiels avant qu'ils puissent partir. « J'ai une demande. J'aimerais organiser un événement d'intérêt national en direct, en utilisant l'installation principale du Dôme à midi aujourd'hui. Le Secrétaire à la Défense a déjà approuvé la diffusion. »

Le maire hocha la tête avec enthousiasme. « Oui, bien sûr, si c'est d'intérêt national pour les États.

- Je vous enverrai les détails rapidement, » dit Mike, et les fonctionnaires partirent.

Mike se tourna vers le reste du groupe. « Cette anomalie d'IA est un sujet d'une importance capitale, et tout le monde devrait être au courant de la lutte qui se déroule en ce moment. Si nous pouvons projeter la bataille sur la station orbitale WISE en direct sur les écrans du Dôme, deux cent mille personnes ici pourront certifier de l'authenticité des faits, de même qu'un public à travers le monde. » Il s'arrêta et regarda Evie. « Il est regrettable que certains segments de la population ne croient pas toujours aux rapports gouvernementaux. Difficile de leur en vouloir, quand on sait les foutaises qu'ils ont fait passer pour des faits sur le netchat par le passé.

- L'accès à des faits réels ne devrait pas être un hasard, mais quelque chose qu'on est en droit d'attendre de notre gouvernement. Et faire passer notre message a toujours été la première étape pour mettre en œuvre le changement que nous voulons, » déclara Evie. Joe devina qu'elle pensait encore à son message de la veille.

Difficile d'oublier toute la mort dont ils avaient été témoins le jour précédent. D'une certaine façon, Joe se sentait moins à l'aise maintenant que face à la nature darwinienne sur la montagne. Était-ce à cause de son instinct maintenant aiguisé ? Il avait peur de ne pas réussir à se débarrasser de ce mauvais pressentiment avant que la situation se règle.

Un pipabot leur servit un repas autour de la table circulaire. Dans un effort pour rattraper le temps perdu, ils déplacèrent le sujet loin de la politique, et ils s'épanchaient maintenant sur leurs expériences dans la Zone vide. Joe regardait Eloy se délecter en racontant des histoires de chasse et de pêche. Le côté romantique des aventures résonnait dans la voix d'Eloy, mais les souvenirs de Joe mélangeaient le doux à l'amer, une saveur plus authentique de la vie.

Joe se pencha vers Gabe, qui était assis à côté de lui. « Nous devrions discuter de ma réflexion, que j'ai poursuivie pendant mon absence. Avec le temps et l'espace pour réfléchir sans distractions, je pense avoir fait de grands progrès dans mon projet philosophique. »

Ils finirent leur repas, et le groupe commença à se disperser. Freyja tenait Sage, qui riait alors qu'elle lui chatouillait les orteils, ce qui la fit rire aussi. Gabe lut à Asher des histoires d'un allbook qu'il avait apporté. Fabri et Eloy annoncèrent qu'ils allaient se promener dans le hall pour voir leur nouvelle maison et qu'ils emmèneraient Clay, qui parlait sans arrêt alors qu'ils se mettaient en marche.

« Avec tant d'aides pour les garçons, je crois que je vais profiter de l'occasion pour m'offrir une pause bien méritée. Je serai vite de retour. » Evie embrassa Joe et partit.

Mike, Raif et Joe s'assirent ensemble, discutant de l'approche imminente de Peightân sur la station orbitale WISE, de la probabilité de succès du projectile improvisé de Dina et des prochaines étapes en cas d'échec du missile. L'étude des divers scénarios était une autre distraction bienvenue.

Raif annonça qu'il était l'heure de partir. D'un geste de la main, Mike se leva pour coordonner la diffusion sur le net avec les officiels du Dôme. Il déclara qu'il suivrait les événements à la station orbitale à partir d'un portail net dans le Dôme.

Raif conduisit Joe à travers les halls arrière du complexe du Dôme, jusqu'à une suite de chambres gardées par des copbots. Une salle intérieure contenait plusieurs netwalkers côte à côte sur une plateforme surélevée, semblable à celle que Joe avait utilisée dans le bureau régional du projet WISE. Raif enfila habilement un harnais suspendu au plafond et ajusta la combinaison haptique. Joe prit son propre harnais, tira sur son casque surround, puis mit les gants haptiques.

Raif fléchit ses doigts et rit. « Ça me rappelle nos bons vieux VRbotFests. Mais les steerbots et les steermechs sont plus amusants. »

Joe hocha la tête, distrait en essayant de se rappeler comment télécharger son avatar sur la plateforme. Il s'authentifia, sa tuile biométrique brilla en bleu, et son visage apparut sur l'écran de l'interface. Raif lui fit un signe du pouce. Joe inhala profondément et ouvrit la connexion à la station orbitale WISE.

Le monde réel s'évapora. Joe se retrouva incarné dans un steerbot, debout sur un support le long d'un mur. Il se tortilla les orteils dans le netwalker, sentant des bottes sur ses pieds virtuels. Puis il se dégagea du support. Les bottes du steerbot adhérèrent à la plateforme ferreuse avec un cliquetis, et le son réveilla les vieux talents de Joe. Le steerbot de Raif s'élança devant lui en direction de l'ascenseur.

Sur le pont, Dina, Robin et le pipabot Boris se tenaient devant la console de commande. La main de Dina reposait sur un casque de combinaison pressurisée sur la console. C'était la première fois que Joe la voyait en chair et en os, et non incarnée au sein d'un steerbot.

Il regarda son visage souriant avec surprise, calculant sa taille par rapport à la hauteur de son steerbot.

...

> Elle devait faire un mètre et cinquante-sept centimètres, tout au plus, bien plus petite que le steerbot dans lequel je l'avais toujours vue. Quelqu'un a fait l'impasse sur l'hormone de croissance humaine. Petite, mais puissante.

...

« Nous nous rencontrons pour de vrai cette fois, du moins à moitié, » dit-elle. Sa voix rauque était épuisée, mais sa poignée de main lui parut aussi ferme que dans ses souvenirs de leur première conférence virtuelle.

Robin hocha brièvement la tête vers Joe et Raif, puis se retourna vers la console où son casque reposait, magnétiquement maintenu en place. Elle avait fourré ses cheveux rouge écarlate dans sa combinaison pressurisée. Elle étudia les données de vol sur le projecteur holographique et grimaça. Joe se demandait si elle avait toujours été aussi vexée pendant ces trois années.

Boris les interrompit. « Veuillez confirmer que la charge est prête pour le lancement. »

L'hologramme de Jim Kercman apparut, le visage hagard. « La construction est terminée, et tous les systèmes sont prêts à l'emploi. Le missile est paré dans la baie de lancement, section C. »

À côté de l'hologramme de Jim, celui de Chuck apparut, et Joe l'imagina faisant virevolter son casque hors de l'écran. « Je termine les derniers tests sur les missiles ici, dans la section C. Natasha a confirmé que les systèmes de données fonctionnaient correctement. Nous serons bientôt prêts à libérer le missile de son dispositif de retenue. »

Dina leva les yeux des données. « À quelle distance se trouve Peightân ?

- Trois mille trente-sept kilomètres, » répondit Robin. « Soit dix-neuf minutes avant qu'il soit à la distance optimale de mille kilomètres.

- Continuez à appeler son vaisseau. Il aura le droit à un avertissement de bonne foi. » Dina se tourna vers Joe. « Nous n'avons toujours aucune idée de son véritable objectif. Bien sûr, s'il contrôle la station orbitale WISE, il pourrait couper l'accès aux bases lunaires et contrôler tous les engins venant de plus loin dans le système solaire. Mais ce ne serait alors qu'une question de temps avant que nous . . . que quelqu'un sur Terre . . . puisse organiser une force pour les reprendre. Donc peut-être qu'il considère cette base comme un point de départ pour contrôler toutes les autres bases spatiales, y compris celles sur Mars. Mais quels que soient ses plans, je ne le laisserai pas prendre cette base.

- J'ai suivi les efforts de votre équipe toute la nuit. Vous avez créé une solution inventive qui pourrait bien sauver la station orbitale WISE, » déclara Raif.

« C'est le fruit du travail de toute l'équipe. » Elle fit un geste vers la douzaine d'autres personnes, steerbots et pipabots qui étaient assis dans l'anneau extérieur de sièges. Joe ne les avait pas remarqués avant. « La question est de savoir si les commandes sont suffisamment précises pour effectuer une interception à ces vitesses. » Dina et son équipe échangèrent des expressions d'encouragement fatiguées.

Raif se déplaça vers la console et lança plusieurs commandes. « En utilisant les données des bots corrompus récupérées sur le champ de bataille, nous avons créé un nouveau programme pour vérifier d'éventuelles traces de corruption par le ver informatique. Nous devrions l'exécuter sur tous les bots ici. »

Chuck hocha la tête. « Je vois les fichiers. Je vais commencer l'exercice maintenant avec ce dernier téléchargement de code, pour scanner les bots restants. » Sur la communication, Chuck se tourna vers le pipabot adjoint, Natasha, et son front clignota en bleu.

Joe regarda par la grande fenêtre. La lune n'était pas visible en raison de l'orientation de la base, mais il trouva la Terre, apparente dans le coin inférieur. Elle faisait environ quatre fois la taille de la lune vue de sa maison de montagne.

Joe s'accrocha pour lutter contre un vertige soudain, se rappelant qu'il était seulement sur la station orbitale virtuellement, mais la sensation était trop réelle. Il imaginait la fusée de Peightân accélérant vers eux, se rapprochant de plus en plus avec chaque seconde, et portant une menace de mort pour tous sur la station orbitale.

Dina appela plusieurs membres d'équipage pour des questions rapides, et confirma que tout le monde était en place. Mike apparut sur l'hologramme pour discuter de la diffusion en direct au Dôme. Robin ouvrit le flux de communication. Les actions de l'équipage sur le pont étaient maintenant diffusées en direct, et il se dressa dans son steerbot.

Puis ils attendirent.

« Sept minutes avant que son vaisseau soit dans le rayon de lancement, » déclara Robin.

« Ouvrons une communication vidéo maintenant. Un dernier appel à la non-violence, » déclara Dina, un muscle de sa mâchoire se serrant. Elle et Robin verrouillèrent leurs casques. Robin ouvrit un canal de communication.

Dina se tenait droite sur la console. « Ici Dina Taggart, commandante de la station orbitale WISE. Je représente l'Agence spatiale mondiale et le gouvernement des États. Le gouvernement des États a déterminé que votre attaque dans l'État du Nouveau-Mexique et votre approche menaçante actuelle vers cette station représentaient des actes de guerre en vertu du droit international. Vous avez une minute pour changer de cap. Après cela, nous nous considérerons en droit de nous défendre. Cette défense signifiera votre mort.

L'unité de communication crépita avec une voix, ferme et stridente.

« . . . Commandante, je vois et j'entends votre flux vidéo . . . Je vois M. Denkensmith là-bas . . . M. Denkensmith, vous et Mlle Joneson avez été d'un grand agacement. Vous allez bientôt tous les deux payer le prix inévitable pour vos actes. » Joe frissonna, refroidi par le fait d'entendre la voix de Peightân à nouveau.

« Les analyses thermiques montrent que son vaisseau ne ralentit pas, » rapporta Robin.

« Préparez le lan . . . »

L'hologramme de Chuck s'illumina et il s'écria : « Non, Natasha ! » Le flux montra un instant la tête du pipabot pivotant vers Chuck, une lueur rose foncé sur son front et un voyant d'avertissement rouge clignotant à travers le dessus de sa tête ovale. L'hologramme disparut.

Quelques secondes plus tard à peine, une explosion étouffée provoqua une violente secousse dans les bottes du steerbot de Joe, suivie d'une forte vibration sifflante à travers la coque en acier.

L'hologramme de Jim Kercman apparut sur l'unité de communication. « Putain, j'ai foiré ! Explosion dans la zone d'amarrage. Je vois que notre missile défensif est toujours intact, mais l'explosion l'a fait sortir de ses amarres dans la baie de lancement. Beaucoup de débris. »

Robin se tenait figée, sa bouche traçant un O alors qu'elle regardait l'hologramme vide où Chuck se trouvait encore quelques instants plus tôt.

« Cause la plus probable ? » La voix de Dina était autoritaire, mais calme.

Kercman répondit. « Il y a un trou dans la coque de la section C. Décompression explosive à la vitesse du son. Des morceaux de débris volants ont été soufflés par l'explosion. J'ai vu le voyant rouge de Natasha juste avant la disparition du lien de communication de Chuck. Elle était corrompue ? »

Raif regarda Dina attentivement et hocha la tête. « Elle a dû faire sauter une bombe.

- Y a-t-il des pertes ? » Dina était incroyablement concentrée.

Il y eut une pause avant que l'hologramme de Jim ne réponde. « Dix-neuf membres d'équipage. Il y a aussi des dommages à la section D. Toutes les autres sections ont été épargnées.

- Doux Jésus, » murmura Dina, le visage sombre.

Robin retourna à la manipulation des commandes, sa concentration luttant contre sa rage. « Je manœuvre notre missile à l'écart de la zone endommagée de la base. » Elle vérifia les capteurs. « Les débris ne semblent pas l'avoir endommagé au-delà de son état de fonctionnement.

- Le vaisseau a-t-il changé de cap ? » Dina n'était plus calme, mais elle gardait toujours le contrôle.

« Négatif, » annonça Robin, en consultant le scan thermique.

Raif sauta sur la console à côté de Robin, ses doigts jouant *prestissimo* avec les commandes. « Je supprime et recharge la programmation du missile avec une analyse complète de code corrompu. »

Boris tourna son regard de Dina vers Joe. « Peut-être que ce serait une idée raisonnable que je me scanne moi-même avec le nouveau programme, pour vérifier qu'il n'y a pas d'anomalies. » Le bot plaça sa main sur le capteur de la console. Un souffle saccadé remplit la poitrine de Joe et il se figea. Si Peightân avait le contrôle de Boris aussi, plusieurs humains et son steerbot pourraient être soufflés d'un moment à l'autre. Avec Dina, Robin, et les gens derrière eux debout, là, en chair et en os, la sottise superflue de Boris qui proposait de se scanner était surréaliste.

Tous demeurèrent calmes, se regardant comme s'ils s'attendaient à une mort imminente. Les secondes passèrent. Joe regarda Dina, son expression dure comme l'acier. La console émit un bleu profond.

« On n'est jamais trop prudents, » dit Boris en levant un sourcil.

...

Le bot avait-il tenté de faire une blague ?

...

« Le chargement du programme sur le missile est terminé, » déclara Raif.

« Armez le missile, » ordonna Robin.

« Tir autorisé lorsqu'il sera prêt, » déclara Dina.

« Missile lancé. » Robin frappa la console. Elle se tenait à côté de Joe, et ses mains formaient des poings. Sous son souffle, elle annonça : « Ça c'est pour Chuck. Dommage que je ne puisse pas t'entendre crier. » Il n'y avait rien à observer sur les moniteurs. Le missile accélérait trop vite pour que les capteurs optiques l'enregistrent. Robin se tourna vers lui, son visage serré, ses cheveux pourpres encadrant ses yeux rougis. « Parfois, il arrivait même à me faire rire. Moi. »

Raif surveillait la trajectoire du missile. « Impact dans trois minutes, » annonça-t-il. Le groupe attendait en silence. Robin superposa l'image thermique, et l'écran zooma sur deux lignes rouges : le vaisseau de Peightân qui approchait et le missile partant. Les lignes se rencontrèrent.

« Impact. Cible touchée ! » Robin cria de joie, frappant son bras dans les airs. L'écran afficha des morceaux éparpillés suite à l'impact, puis le signal thermique s'estompa.

« Le missile a touché le vaisseau ennemi et percé la coque, touchant toutes les zones d'habitat. Aucun organisme biologique n'aurait pu survivre à cette explosion. Les milméchas à bord cesseront de fonctionner dans les quatre-vingt-dix minutes à venir en raison de l'exposition aux températures extrêmes. Nous avons neutralisé le vaisseau ennemi. » Le front de Boris brilla de bleu.

Les acclamations du reste de l'équipage de la station sur le canal atteignirent Joe sur son casque. Tout le monde se serrait la main, y compris l'équipage qui était resté assis dans l'anneau extérieur, mais la célébration était silencieuse. Joe toucha le bras de Dina et dit : « Commandante, vous avez fait un excellent travail en empêchant Peightân de prendre le contrôle de cette base. Qui sait ce qu'il aurait pu faire d'autre s'il l'avait capturée. »

Dina serra sa main. « Merci d'avoir exposé cette menace, et pour le prix que vous avez payé. Maintenant la justice peut être rendue, et la vérité connue. » Sa gratitude était teintée d'amertume. « Mais je dois d'abord m'occuper des victimes. » Elle et Robin se précipitèrent vers l'ascenseur avec plusieurs autres membres de l'équipage.

Comprenant qu'il était temps de laisser l'équipe du projet WISE à son deuil, Raif et Joe retournèrent ranger leurs steerbots sur les supports. Joe posa l'unité, sa connexion se coupa, et il se retrouva à nouveau debout dans le netwalker du Dôme. Raif lui sourit tandis que Joe sortait de son harnais.

« C'est bon de s'être débarrassé de ce connard, » dit Raif, et il saisit le bras de Joe.

Joe haussa les épaules. « La guerre n'est jamais belle. » Un sentiment tourbillonnant de soulagement mêlé de malaise le perturbait, et le souvenir du visage souriant de Chuck rendait toute satisfaction impossible.

. . .

> Ai-je ces sentiments partagés parce que Chuck vient de mourir, avec beaucoup d'autres ? Est-ce pour cela que je ne ressens pas de soulagement à la mort de Peightân, cet homme qui nous a hantés ? Quelque chose ne va pas. C'était trop facile.

. . .

Ils retraversèrent les couloirs du Dôme pour se rendre aux suites, Raif marchant devant d'un pas confiant.

CHAPITRE 48

Ils arrivèrent dans la salle commune, où presque tout le monde s'était rassemblé. Mike et Freyja avaient réquisitionné le portail de communication dans le coin et l'avaient utilisé comme centre de commandement. Raif toucha le bras de Joe avant de les rejoindre. « Nous continuons à recevoir des renseignements du site de bataille au sujet des bots corrompus. Maintenant, nous comparons ces informations avec toutes les bases de données gouvernementales, et nous avons commencé à fouiller dans les bases de données du Ministère de la Sécurité.

Joe hocha la tête, fouillant la salle du regard à la recherche d'Evie. Elle lui sourit depuis le canapé où elle était assise avec Fabri et lui fit signe de venir.

« Où est Clay ?

- Il était avec Fabri et Eloy, et je les ai croisés dans le hall. Il a marché avec moi un moment. Il tenait à voir d'où venait ma bague, alors je l'ai présenté à Alex. C'est là où je me tenais, dans le hall, debout avec mes voisins à l'extérieur de sa boutique, quand j'ai vu la fin de Peightân sur le vidfeed au-dessus de nous. Quel soulagement ! Il y a eu des cris de célébration. Alex avait l'air de tellement s'amuser avec Clay ; il a dit qu'il l'emmènerait promener et le ramènerait ici. Elle serra sa main. « Je suis soulagée que la station orbitale soit sauvée, et Peightân parti. C'était comment, dans le steermech ? »

Joe lui raconta l'histoire, ne cherchant pas à minimiser sa tristesse quant à la mort de Chuck. « La mort inutile a rempli ces trois jours depuis que nous avons quitté la montagne. Peightân nous a mentionnés par notre nom. Il était prêt à nous assassiner tous les deux, et il se fichait de qui il pouvait bien tuer au passage. »

Evie le prit dans ses bras. « C'est bon de savoir que lui et Zable ne peuvent plus nous faire de mal.

- Je n'avais pas réalisé combien la pensée de ces deux-là me hantait. Mais nous pouvons maintenant passer à autre chose.

- Le mouvement anti-niveaux peut aussi grandir plus rapidement maintenant ; nous n'avons plus à nous cacher. Nous pouvons exercer notre droit à la liberté d'expression sans l'ingérence du gouvernement. » Le feu dans ses yeux montrait l'intensité de sa focalisation sur sa mission.

Elle se leva et le tira sur ses pieds, une idée embrasée dans ses yeux. « Viens avec moi. J'aimerais te montrer quelque chose qui pourrait t'aider à comprendre ce que sera la vie dans le Dôme. »

Ils quittèrent la salle commune et se promenèrent le long d'un couloir. Evie se souvenait de chaque passage dans le complexe, encore un labyrinthe non cartographié pour lui. Ils sortirent par une autre porte et se retrouvèrent sur un balcon avec des fenêtres en verre face au Dôme principal. Un hall en dessous d'eux était rempli de gens dans leur *passeggiata* de l'après-midi. « C'est comme ça que les gens vivent ici, en communauté, » dit-elle.

Il étudia les gens qui parlaient avec leurs voisins, leur camaraderie apparente sur leurs visages, et il sourit à Evie. Il avait compris. La foule dans les sièges supérieurs était visible, surplombée par les loges aériennes. Il était content d'avoir refusé la suite là-bas. C'eût été trop ostentatoire après leur vie simple. Vivre dans le monde moderne était une bénédiction suffisante.

Evie l'enlaça dans ses bras. « Tu veux vraiment que nous vivions ici en famille ? »

Il la serra fort. « Je me plairais beaucoup ici. Les gens de qui nous nous entourons nous aident à tracer notre chemin. Ces choix et ces gens influencent nos caractères. Le choix de vivre ici avec Eloy et Fabri permettra à nos enfants de se sentir en sécurité et aimés. » Joe se sentait en paix, comme s'il était assis sous son pommier à côté de la cabane.

« Tu te souviens de cette conversation que nous avons eue quand tu es tombé de la noria et que tu t'es blessé à la jambe ? Sur le mal dans le monde ?

- Oui. Tu avais parlé de reprendre la lutte contre les lois sur les niveaux quand nous reviendrions.

- Oui. » Ses yeux noisette ne le lâchaient pas. « Cet après-midi, j'ai renoué avec trois des meneurs du mouvement et j'ai appris ce qui s'était passé en notre absence. Ils sont bien organisés, prêts à faire pression pour des changements législatifs. Ils veulent que je dirige à nouveau le mouvement. Ils ont déclaré que mes commentaires à notre arrivée avaient énergisé tout le monde, et ils m'ont demandé d'enregistrer un appel à l'action. Ce que j'ai fait. Juste avant ton retour. Ils veulent l'utiliser dans les prochains jours. »

Joe étudia sa bouche, observant sa détermination. « J'ai dit que je t'aiderais. Je le pensais sincèrement. Dis-moi ce que je peux faire pour te soutenir. »

Evie l'embrassa, puis regarda dans ses yeux avec un bonheur pur. « Ensemble, nous pouvons être l'éclair. Nous pouvons faire en sorte que ce changement se produise. »

Ils se tenaient sur le balcon, serrés l'un contre l'autre, regardant leurs voisins plus bas. Leur tribu qui comptait seulement Eloy et Fabri ces trois dernières années allait maintenant s'étendre à l'ensemble de la société moderne. Les résidents du Dôme seraient plus que des voisins, ils seraient d'autres êtres humains partageant son voyage. C'était un grand cercle d'attention.

Une explosion étouffée accompagnée du craquement du verre éclaté les fit sursauter tous les deux. Joe chercha la source. Les gens dans le hall en dessous levèrent les yeux, et Joe regarda par la fenêtre supérieure dans la zone principale du Dôme. Des éclats de verre pendaient de l'une des suites des loges aériennes. Puis du verre explosa de la fenêtre de la loge voisine. Le verre semblait tomber au ralenti, un jet étincelant à la lumière du soleil, suivi du bruit de l'explosion.

Il tapota son ESNE. « Raif ? Que se passe-t-il dans les loges aériennes ? »

Il y eut une pause de plusieurs secondes avant que Raif réponde, à bout de souffle : « J'ai saisi un flux. Nous avons un exomech intrus ! Il est en train de ravager les loges aériennes. »

Le ventre de Joe se resserra dans un nœud alors que les pièces de puzzle s'assemblaient enfin.

. . .

Le retard haptique. Il était trop long. C'est ça qui me dérangeait. Il n'était pas vraiment dans le vaisseau.

. . .

Joe saisit Evie et la tourna pour lui faire face. « C'est Peightân. Il n'était pas à bord de la fusée. Il nous chasse dans les loges. Je parie qu'il a piraté la base de données du Dôme et qu'il s'attendait à nous trouver dans ce fameux appartement assigné. »

Son corps se raidit alors qu'elle cherchait son regard. Puis elle se mit à courir, le tirant à travers la porte puis dans le couloir. « Nous devons nous défendre, et ne pas le mener aux enfants. »

Ils sprintaient côte à côte, zigzaguant dans les entrailles du complexe, puis avec Evie en tête. Elle poussa une autre porte et continua à courir. Ils atteignirent la zone derrière la scène principale. Du sang était répandu sur le sol devant la cabine de garde. Joe regarda à l'intérieur et y vit le corps du jeune garde, Johnny, étendu sur le sol.

Evie poussa un cri étranglé, et il savait qu'elle aussi l'avait reconnu, ce jeune homme dont elle s'était occupée quand il était enfant. Son cœur tambourinait alors qu'Evie accélérait, et ils coururent le long du couloir menant à l'entrepôt. Les exomechs étaient alignés sur un mur. Evie courut vers le premier, sauta sur l'entretoise et jeta un coup d'œil à l'intérieur. « Ça fera l'affaire, » dit-elle. Elle se balança sur le côté pour permettre à Joe de monter. Il franchit l'ouverture dans la coque, puis scella le corps. Les jambes de Joe s'enfoncèrent dans les puits, ses pieds à un mètre du sol. Ses doigts trouvèrent les commandes de déplacement. Evie activa un interrupteur, et la machine s'alluma en vibrant, alors que ses systèmes passaient en ligne.

Elle descendit. « À deux, peut-être que nous pouvons l'arrêter. » Elle courut le long du mur à la recherche d'une autre machine et parvint à se faufiler à l'intérieur d'une d'elles au moment précis où une porte à l'extrémité du couloir bondit hors de ses charnières, laissant un exomech marcher lourdement à travers. Dégageant la porte, il se leva d'une position accroupie pour se dresser à pleine hauteur.

« C'est bien aimable à vous d'avoir ouvert votre ESNE, M. Denkensmith. » La voix assourdissante de Peightân entrant dans son ESNE résonnait à travers son casque.

Joe poussa ses jambes vers l'avant, et son exomech se dégagea du support mural. Il trébucha sur le bord du support, se redressa, puis se tourna vers la gauche et s'éloigna péniblement de Peightân. Il poussa ses jambes plus vite dans la coque qui le protégeait, et l'exomech prit de la vitesse, ses quatre membres se déplaçant en synchronie. Se dirigeant vers l'extrémité de l'entrepôt, Joe passa à l'endroit où le support de l'exomech d'Evie était maintenant vide. Peightân frappa derrière lui.

...

Où es-tu, Evie ? Reste cachée. Bordel, Peightân, suis-moi.

...

Joe jeta un coup d'œil hésitant derrière lui ; Peightân réduisait la distance entre eux, ses bras métalliques s'agitant en rythme, fonçant droit sur Joe. Une grande porte se dressait droit devant. Joe la poussa pour l'ouvrir, puis sentit un coup détonnant contre son talon. Il fit un pas pour se dégager et bondit sur un sol couvert de terre, puis tordit son corps sur le côté dans l'exomech pour faire face à son ennemi. Joe reconnut le sol en terre ; la scène principale de l'arène.

Son exomech imitait les gestes de son corps, glissant sur la terre dans un arc pour faire face à Peightân. Sans réfléchir, Joe s'élança coude en avant, espérant faire perdre l'équilibre à son adversaire, et projeta un bras vers la coque de la machine de Peightân. Peightân frappa vers le bas d'un poing robotique. Le coup vibra dans son bras, et l'articulation de son épaule éclata de douleur. Le second bras de Peightân cogna violemment la tête de sa machine un instant plus tard. Le cerveau de Joe était secoué dans son crâne, et sa vision se réduisit. Il baissa la tête et poussa vers l'avant avec ses jambes, transformant son exomech en bélier qu'il claqua sur le torse de Peightân. La machine de Joe tomba à genoux et face à terre, tandis que celle de Peightân fut repoussée. Les murmures de la foule atteignirent ses oreilles, confirmant qu'ils étaient sur la scène principale. Joe leva les yeux et vit son visage dans un hologramme flottant. À côté se trouvait celui de Peightân, jubilatoire.

« Et maintenant vous allez mourir, M. Denkensmith, comme promis. »

La machine de Peightân bondit vers l'avant, couvrant les trois mètres les séparant en un instant. Ses bras faisaient pleuvoir les coups sur sa tête et son corps, plus vite que l'esprit humain de Joe ne pouvait le percevoir. Le corps de Joe était ballotté d'un côté à l'autre, matraqué dans le châssis métallique. La coque de l'exomech commençait à se rompre. L'odeur de l'huile de servomoteur qui fuyait l'étouffait alors que le métal comprimait son torse. Un autre coup frappa la tête de son exomech, et la moitié du blindage du visage se détacha, ensanglantant sa mâchoire. Sa machine était couchée sur le côté, et sa tête était pressée entre le métal gémissant et le sol en terre. Il leva une main de métal pour se protéger des coups répétés.

Un grondement de la foule grandit et prit la forme d'un chant lent. « Clémence ! Clémence ! »

Joe observait Peightân marteler la coque métallique, et les coups de son bras pulvérisateur troublaient sa vision.

Une lumière rouge traça un arc sur sa rétine, et il se demandait si son cerveau avait été endommagé. Il loucha, mais le motif de croix resta plusieurs secondes. L'ombre de la cornée de Joe s'estompait. Mais un autre exomech se tenait derrière Peightân, une lame plasma flamboyant sur un bras. Peightân se tourna vers l'exomech, qui balança sa lame, effleurant l'oreille de Peightân avant de trancher son bras au niveau l'épaule. Le membre fit bondir de la terre sur la tête de Joe en s'écrasant sur la scène. L'exomech de Peightân tomba à genoux alors que Peightân ouvrait son bouclier pour s'extirper, se déplaçant agilement malgré son bras manquant. Un fatras de câbles sortait de l'épaule de Peightân. À l'intérieur du bras d'exomech fumant près de la tête de Joe se trouvaient les restes d'un bras robotique.

« Un bot. C'est un bot. » L'accusation menaçante balaya la foule. Joe jeta un regard à Peightân, qui bondit hors de la scène et courut vers le bas de la passerelle, puis disparut par une porte de sortie de l'arène.

Joe cligna des yeux lentement, son souffle grinçant dans sa poitrine. Son corps frémissait dans son cercueil métallique, puis Evie était à côté de lui dans la terre, déchirant les restes de sa coque à mains nues pour essayer de le libérer de l'épave. Joe se roula hors de la masse de métal froissé. Sa poitrine convulsait, et l'adrénaline circulait à travers tout son corps. Il était douloureusement meurtri, mais pas brisé. Le visage d'Evie se pressa contre le sien alors qu'elle le tenait. Il se frotta la tête, essayant de soulager la douleur dans son crâne.

« Juste à temps, » dit-il dans un râle.

Elle berça son visage. « Désolée d'avoir été si lente. » Elle tapota le bouton de son ESNE. C'était la première fois qu'il la voyait faire cela. « Raif, sois prudent. Peightân est vivant et se dirige peut-être vers l'endroit où vous êtes. Barricade la porte. »

Il y eut une pause, puis Joe entendit la réponse. « Tout le monde est en sécurité ici, mais où est Clay ? »

Evie cligna des yeux et bondit sur ses pieds. Il y avait une urgence implorante dans ses yeux alors qu'elle aidait Joe à se relever sur des jambes tremblantes, puis à quitter la scène. Les applaudissements jaillirent dans une longue vague tonitruante. Ils passèrent à travers la foule pour revenir dans le hall. Les jambes de Joe retrouvaient leurs forces alors qu'il se remettait de la douleur des coups subis.

. . .

> Notre petit Clay. Peightân doit savoir qui il est avec les actualités du net. Et s'il peut pirater nos ESNE, il pourrait savoir où il se trouve maintenant. Enfoiré. Cours plus vite, Joe.

. . .

Evie ouvrait la voie, Joe clopinant aussi vite qu'il le pouvait le long du hall, jusqu'à la boutique d'Alex. Devant la porte du magasin, des bijoux étaient dispersés. À l'intérieur, au milieu d'une mare de sang s'écoulant sur le plancher de travertin, la silhouette inerte d'Alex était assise derrière le comptoir, et son visage sans vie scrutait vers le haut.

Evie hurla, puis retourna le magasin à la recherche de Clay. Joe le savait avant qu'elle ne le confirme. « Il n'est plus là. »

Chapitre 49

Les amis se blottirent dans la salle commune, réduits au silence par la réalisation qu'il manquait un membre de l'équipe. La famille de Joe était assise, tous appuyés les uns contre les autres sur le canapé. Asher suçait son pouce, Evie caressait les cheveux de Sage. Même si elle tenait le bambin calmement sur ses genoux, Joe sentait l'énergie emmagasinée en elle, prête à éclater.

Mike traversa la salle en provenance du portail de communication. « D'après les flux de sécurité du Dôme que Peightân n'a pas réussi à brouiller ou corrompre, nous avons confirmé que le garçon n'était pas blessé quand Peightân l'a emmené. Nous ne savons pas où il est, mais tous les bots et membres de la force de sécurité de la ville sont à sa poursuite. Peightân est terrifiant. L'analyse vidcam confirme qu'il est de niveau milspec. Même avec un bras manquant, il est beaucoup plus rapide et fort qu'un pipabot ou qu'un copbot. J'ai agrandi le centre de commandement au troisième étage. Nous avons verrouillé ce complexe et testé tous les robots à l'intérieur pour confirmer l'absence de logiciel corrompu ; vous êtes en sécurité ici. »

Eloy secoua la tête. « Peightân a été détruit avec cette fusée. Comment a-t-il pu ressusciter ici ? Il avait des doubles ?

- Nous n'avons jamais vu son visage, seulement entendu sa voix, qui était transmise depuis la Terre. Je sentais bien que quelque chose clochait, mais c'est seulement plus tard que j'ai réalisé que le temps de retard que j'avais inconsciemment remarqué était anormal. » La voix de Joe était monotone lors de ses explications. « Si Peightân avait été sur la fusée, le temps de retard près de la lune pour moi, dans le netwalker, aurait été de 1,3 seconde. Mais c'était à peu près deux fois plus, il devait donc être sur Terre. Bien sûr, il avait le contrôle de tous les milméchas à bord de la fusée, donc il a dû utiliser l'un d'eux pour retransmettre son message. Mais ses réponses aux demandes de Dina avaient plus de distance à parcourir. C'est ce que j'ai fini par remarquer avec le retard du signal.

- Nous pensions que les mouvements des milbots de Red Rogue sur le port spatial étaient menés personnellement par Peightân, et c'est là que nous avons fait erreur. Il essayait de prendre la base, oui, mais par le biais de ses milbots corrompus. » Mike frappa un poing dans son autre main. « Et comme il nous a fallu du temps pour détruire les brouilleurs rebelles, Peightân a pu quitter physiquement le Nouveau-Mexique et se faire la malle dans un autre avion. »

Joe hocha la tête. « Cette diversion, qui nous a conduits à tort à nous concentrer entièrement sur la station orbitale WISE, nous a détournés de toute autre infiltration qu'il avait prévue ici. » L'effort pour organiser ses pensées draina le peu d'énergie qu'il restait à Joe. Il avait du mal à se concentrer sur ces questions sur Peightân.

Mike se redressa, la bouche serrée et le regard dur. « Nous fouillons tous les dossiers sur Peightân pour savoir comment il aurait pu être créé sans avoir à obéir aux trois lois de la robotique. Toutefois, notre premier objectif est de retrouver Clay. »

. . .

Clay. Je veux retrouver mon petit Clay. J'ai besoin de ma hache. Où ai-je laissé mon arc ?

. . .

Raif et Freyja entrèrent dans la salle. « Nous avons extrait la signature robotique de Peightân d'un des capteurs non corrompus du Dôme. » Raif s'agenouilla près de Joe et posa une main réconfortante sur son épaule. « Cette signature nous a permis de débusquer la source. »

Freyja serra la main d'Evie. « Nous pouvons maintenant prouver que Peightân a modifié les bases de données. Cela vous lave de l'accusation d'avoir posé la bombe qui a tué le membre du Congrès. Nous avons trouvé à la fois les données de l'échantillon d'ADN prélevé sur la bombe et l'enregistrement d'ADN non documenté de Zable. L'ADN sur la bombe qui a tué le membre du Congrès ne correspond à aucun de vous deux. C'était Zable. »

Les mots entraient dans le cerveau de Joe, mais ne semblaient pas s'y attarder. En quoi cela allait-il aider Clay ?

« Nous avons déterré un trésor de fichiers cachés. » Raif parlait à nouveau. « Peightân est le produit d'un projet sombre datant d'avant les Guerres du climat. Les développeurs ont accédé à des archives secrètes. Ils ont classé et catalogué les pires comportements humains afin de créer des profils de dépravation humaine, de dimensions du mal. L'IA résultante a été créée pour détecter les actes immoraux par un ennemi. »

Freyja prit la suite de l'histoire. « Peightân a un long pédigrée ; il a commencé par la base de données de l'Automated Targeting System, ou ATS, utilisée pour suivre les terroristes il y a des siècles de cela. Ce fut le noyau pour l'IA de ciblage du système net, connu sous l'acronyme TAN, qui a regroupé la base de données maléfique. À partir de cette IA, le programme s'est transformé en une expérience clandestine pour créer un robot militaire spécialisé. Même après la fin des guerres, le projet a persisté, jusqu'à ce que tous les documents s'y rapportant disparaissent. Nous pensons qu'ils ont construit plusieurs prototypes et détruit tous les autres. Peightân était le prototype numéro huit, et le dernier. Son nom est dérivé de cette racine ; ShayP8TAN. Il intégrait la robotique la plus avancée à l'époque et était censé être non seulement un copbot amélioré, mais aussi un bot capable de passer pour un policier humain. »

Eloy se pencha en avant. « Pourquoi le nom Shay ? »

Raif se gratta l'oreille. « Le Dr Shay était le concepteur du robot d'origine. Personne ne sait où il se trouve. On ne sait même pas s'il est en vie », répond-il en se pinçant les lèvres. « Je suppose qu'il n'imaginait pas que sa création pourrait être dangereuse, et qu'il s'attendait à ce que les robots restent sous notre contrôle, toujours aussi mignons et affables que nos bons vieux pipabots. »

- C'était une vanité de lui joindre son nom. Et une autre de croire que quiconque pourrait programmer des objectifs qui seraient toujours corrects, comme s'ils venaient de lois inviolables pour le bien et le mal, » déclara Freyja.

Le visage de Gabe se tordit sous la colère. « Il est illégal de créer une apparence de robot si humaine. Je dirais même immoral. » Les autres murmuraient en approbation.

À côté de lui, Evie était agitée. « Mais pourquoi cette fixation sur nous ? Sur moi ? »

Raif répondit. « Nous pensons que le hacker cDc est tombé sur des informations qui auraient exposé Peightân, et que c'est pour cela qu'il a été tué. Vos hackers anti-niveaux, Celeste et Julian, menaient également des actions similaires, et Peightân a probablement pensé qu'ils faisaient partie du même groupe que cDc. Les mêmes sécurités qui partitionnent le net en sandbox préservent un certain anonymat, donc Peightân ne pouvait pas être certain de qui était responsable de quoi. Ainsi, sans le vouloir, cDc a conduit Peightân directement vers vous. »

Freyja intervint. « Une fois qu'il a eu connaissance de vos actions, Peightân a pris vos efforts de suppression des niveaux personnellement. C'est là qu'il a commencé à indexer toutes les activités opposées aux hiérarchies similaires dans le monde entier. Peightân est fier de sa supériorité sur les autres et méprise le petit peuple. Comme beaucoup de tyrans avant lui, il maintient le pouvoir par la hiérarchie, en affaiblissant les masses. Tu représentais une menace pour lui, Evie, parce que tu inspirais les autres à se lever, et Joe parce qu'il te défendait.

- Le maintien de son secret était primordial. » Mike continua à expliquer leurs trouvailles. « Il savait qu'il aurait beaucoup plus d'autonomie si les gens croyaient qu'il était humain, et il avait besoin d'éliminer toute personne qui menaçait cette croyance.

- Mais ses développeurs ont commis une profonde erreur. Toutes les IA sont programmées avec des objectifs concrets fixés par des humains. Par exemple, les copbots sont programmés pour arrêter les suspects qui commettent des actes observables correspondant à une liste de crimes. Quand ils interagissent avec le monde, ils rencontrent des situations ambiguës. L'extension des objectifs est assez difficile sans un ensemble de valeurs pour guider la prise de décision, » déclara Freyja.

Raif poursuivit la pensée. « C'est le problème du chargement de valeurs en robotique. Nos valeurs dictent le comportement humain. Comment pouvons-nous enseigner nos valeurs aux IA pour qu'elles maintiennent les objectifs et établissent des distinctions morales tout en apprenant ? »

Freyja hocha la tête, l'air effrayé. « Leur erreur a été de donner à cette IA, armée de données de valeurs négatives, la possibilité de réinitialiser ses objectifs face à l'ambiguïté, sans que ces décisions soient informées par nos meilleures qualités humaines. »

Raif se frotta le front. « Peightân est une machine de notre fabrication. Ni consciente ni sentiente ; le simple miroir de ce qu'il y a de pire en nous. Et cette machine est maintenant hors de contrôle. »

La colère de Joe avait mijoté au cours de cette conversation qui ne menait nulle part, et qui lui semblait sans importance parce qu'elle ne portait pas sur Clay. Il avait besoin de sa hache, mais désormais un frisson traversait son dos et dressait les poils sur ses bras. « Nous avons une capacité sans bornes pour le bien et le mal. Le choix nous appartient toujours, » dit-il, et la salle tomba dans le silence.

« Mais Peightân n'est pas une mesure du caractère humain, plutôt une distillation de nos pires impulsions. » Evie frémit.

Il savait à quoi elle pensait, car la même pensée le dévorait. La quintessence du mal avait pris leur fils.

Joe tressaillit quand les mains à huit doigts du medbot cherchèrent son ESNE, mais il termina la réinitialisation de l'ID du dispositif en quelques secondes. « Vous avez un nouvel identifiant personnel, » annonça le bot.

Mike et Raif attendaient avec lui dans l'établissement médical. Il était rassurant de les avoir avec lui. Il était moins sûr de sa clarté d'esprit, troublé par son inquiétude pour Clay.

Raif frotta sa nuque avec des doigts agités. « Il est inquiétant que Peightân puisse corrompre les ESNE, et probablement d'autres systèmes. »

Mike fronça les sourcils. « C'est un indice important pour comprendre comment il répand son ver. Heureusement, aucun d'entre nous n'utilise d'ANPI. »

Joe regarda Raif, qui souriait timidement. « Freyja m'a convaincu de supprimer le mien.

- Je vais aller voir Zable, vu qu'il est ici à l'hôpital et pourrait nous aider à faire la lumière sur l'emplacement possible de Peightân. Peut-être qu'il est assez remis pour être interrogé, » proposa Mike. Il partit pour se renseigner au bureau de l'hôpital.

Après l'authentification de la tuile biométrique de Mike pour son habilitation de sécurité, un pipabot les mena à une chambre gardée par des copbots. On leur fit signe d'avancer par les portes extérieures.

Une cloison de verre les séparait d'une salle de soins intensifs. Zable était allongé sur la table, recouvert d'une couverture du cou au bas du corps. Un robot chirurgical était accroché au mur près de sa tête, et deux medbots attendaient à proximité, l'observant. Il était éveillé, les yeux rivés sur un flux de nouvelles sur l'écran mural. Un newsbot annonça : « Le Ministre de la Sécurité nationale a révélé être un robot au Dôme de combat cet après-midi. » Le corps de Zable trembla sous la couverture. Le newsbot continua. « Les autorités ont fouillé sa maison, ainsi que celle de son complice, M. William Zable. Tous leurs biens ont été confisqués, et des accusations criminelles contre les deux sont à venir.

- Bande d'enfoirés, » jura Zable. « Je me suis battu pour ce tas de merde. J'ai tout abandonné pour lui.

- Je me demande depuis combien de temps il regarde ça, » dit Joe.

Le medbot en chef s'approcha de la partition. Il dirigea son regard vers Joe et déclara : « Le patient est au courant de cette actualité depuis cent vingt-sept minutes.

- A t-il dit quelque chose ?

- En dehors des commentaires que vous venez d'entendre, il a demandé ses affaires, et nous avons exécuté sa demande, » répondit le bot.

Mike fronça les sourcils. « Quel est son pronostic médical ?

- Sa jambe droite a été amputée après l'accident. Le pronostic pour la jambe gauche est négatif. Nous en avons informé le patient. S'il est stable, nous l'opérerons demain. Les deux seront remplacées par des prothèses. » Le medbot haussa un sourcil. « Après, il sera beau comme neuf. » Il retourna veiller sur Zable.

« Neuf, peut-être. Beau, j'en doute. » Il murmura les mots, mais Mike acquiesça.

Le flux passa au studio de Prime Netchat, le présentateur Jasper Rand, coiffé à la perfection, stoïque dans son rapport. « La dynamique en faveur de la réévaluation du Règlement des niveaux s'accélère. La commandante de la station orbitale WISE, Dina Taggart, aujourd'hui promue au niveau 1, a appelé à un vote sur le net sur la question du droit de vote pour les niveaux inférieurs. Vous vous souviendrez que l'appel à un tel référendum est un droit spécial réservé aux personnes de haut niveau. Ce vote est non contraignant sur la législature. »

La vidcam se déplaça pour montrer Caroline Lock. « Un sondage indépendant suggère un soutien populaire écrasant. Rappelez-vous que Mme Joneson a été envoyée à la Zone vide pour avoir protesté sur ce sujet. Peut-être qu'une personne *peut* transformer son coin de l'univers en inspirant d'autres avec une simple idée. »

La vidcam repassa à Rand. « Maintenant, nous allons revenir à l'histoire à la une ; le combat au Dôme aujourd'hui. Cinq cents millions de citoyens des États étaient collés à leurs flux sur le net, tandis que cinq milliards d'autres personnes à travers le monde ont regardé les événements dramatiques se dérouler en direct. Nous avons appris que le Ministre de la Sécurité nationale était un robot déguisé ; une information inconnue même de ceux travaillant au sein du Ministère. C'est la première fois qu'un robot réussit à passer pour un être humain, et ce fait soulève une grande inquiétude parmi les leaders technologiques et politiques des États. »

Le visage de Lock était sombre. « Voici le flux de cette confrontation dramatique. Veuillez noter qu'il s'agit d'images violentes. Vous verrez que l'exomech blanc piloté par un véritable homme a été endommagé, mais nous avons confirmé que l'individu n'avait subi que des contusions et a été en mesure de s'enfuir. Le robot déguisé est à l'intérieur de l'exomech gris. Ne vous inquiétez pas en voyant l'image du bras sectionné ; il est mécanique, et non humain. »

Joe sua en revivant le matraquage de Peightân. Il ressentit un soulagement lorsque l'écran montra enfin le bras robotique de Peightân, avec ses fils électriques qui pendaient, et l'exomech d'Evie, qui tenait une lame plasma enflammée au-dessus de lui.

Zable tremblait, ses yeux rivés sur l'écran. « Non. » Sa voix sortit comme un croassement.

Les medbots scannèrent les moniteurs de signes vitaux. Il continuait à se contracter. Les bots se rapprochèrent pour tenter de le calmer. « Dégagez, sales bots crasseux ! » Ils reculèrent. « J'ai léché son cul de métal, et à quoi ça m'a mené ? Je ne savais pas que c'était juste un autre bot. » Le rictus laissa place à un soupir pathétique.

Le medbot s'approcha à nouveau de la cloison de verre. « Le patient est devenu agité. Nous devons lui laisser un peu d'intimité, et vous ne pourrez donc pas discuter de questions policières avec lui maintenant. » Le medbot retourna près de Zable et dit : « M. Zable, calmez-vous, s'il vous plaît. Vous avez besoin de temps pour guérir.

- C'est trop tard ! » Le cri de Zable, à mi-chemin entre un grognement et un sanglot, coupa l'air. Sa main jaillit de sous la couverture pour saisir sa matraque de police sur la table de chevet à côté de lui. Un éclat de rouge monta en arc alors que Zable activait la lame plasma. Dans un effort convulsif, il parvint à faire descendre la lame sur son cou. Le sang se versa sur la table, puis sur le sol.

Le robot chirurgical attaché au plafond s'activa instantanément pour cautériser et refermer la plaie. Les deux medbots entourèrent Zable pour l'aider, mais la quantité de sang qui coagulait sur le sol démontrait l'inutilité de leurs efforts. Les lectures de l'alarme médicale clignotèrent sur les écrans, puis laissèrent place à un bourdonnement monotone aigu. Les robots cessèrent leur travail, tirèrent un linceul chirurgical sur le corps immobile de Zable et reculèrent. « Heure du décès, dix-huit heures et trente et une minutes. » Les mots étaient suspendus dans l'air, détachés, froids, comme les bras du robot chirurgical accroché.

Mike rompit le silence. « Pas d'eulogie pour lui. *Ba cheann de's na hamadáin diabhail thú.* » Face au regard interrogateur de Joe, Mike ajouta : « C'est un vieux juron irlandais : 'Il était l'idiot du diable'. »

Joe regarda la tache de sang qui s'étendait sur la couverture couvrant sa silhouette immobile. « Il a fait ses choix. »

...

> Je l'ai tant haï. Zable embrassait le mal. Peut-être qu'il était plus mauvais encore que Peightân, car il n'était pas une machine ; il pouvait choisir. Je me demande si, au moment de notre mort, nous pouvons voir l'impact de notre bref passage à travers le temps, notre libellule figée dans l'ambre. Pour quelqu'un comme lui, ça pourrait être une punition suffisante.
>
> Cette fine tranche de temps n'appartient qu'à nous. Il n'y a pas d'excuses, pas de seconde chance. Peu importe le handicap avec lequel nous commençons, seule compte la façon dont nous marquons nos vies. Nous sommes seuls à décider si nous voulons dilapider notre temps ou l'utiliser à bon escient. Nous sommes les seuls à répondre de ce choix.

...

Joe ne ressentait plus de colère envers Zable, seulement de la tristesse. « Il aurait pu choisir différemment à n'importe quel moment de sa vie. Mais à un moment donné, il n'y a plus assez de temps dans la vie pour équilibrer les comptes du bien et du mal. Le grand livre est là, et rien n'effacera jamais ses pages. »

Chapitre 50

Joe revint avec Mike et Raif dans la salle commune, où Freyja les attendait. « Où est Evie ?

- Elle a emmené Asher et Sage au lit et se repose avec eux, je crois, » répondit Freyja en prenant la main de Raif.

Mike se tourna vers Joe. « Je serai en haut, au centre de commandement. J'ai votre nouvel ID d'ESNE, et je vous appellerai dès que nous aurons de nouvelles informations. » Joe acquiesça avec gratitude, reconnaissant que Mike dirigeât la recherche. Autant qu'il voulût être là-bas, à travailler avec tout le monde, il savait qu'il était dans un état trop émotif pour être d'une quelconque utilité.

Freyja et Raif suivirent Mike, et Raif toucha le bras de Joe en passant. « Nous allons l'aider. Nous ne nous arrêterons pas avant d'avoir trouvé Peightân et sauvé Clay. »

Joe regagna leur chambre, épuisé, mais conscient qu'il ne pourrait pas dormir. À l'intérieur de la chambre obscurcie des garçons, il discerna les contours d'Asher et Sage endormis dans leurs lits. Joe serra la couverture d'Asher autour de lui et l'embrassa. Le garçon s'agita et se blottit dans la couverture. La vue du lit vide de Clay noua l'estomac de Joe, mais il repoussa la pensée négative. Il devait se consoler avec le fait que tout allait bien pour deux de ses garçons.

Joe marcha sur la pointe des pieds dans le couloir menant à leur chambre pour parler à Evie, mais il n'y trouva que des couvertures froissées et leurs affaires jetées à la hâte dans le coin de la pièce. Sa hache se tenait debout contre le mur, mais le bō d'Evie était absent.

. . .

Elle a dû partir à la recherche de Clay. J'aurais dû savoir qu'elle n'allait pas rester assise bien gentiment et attendre.

. . .

Joe attrapa sa hache, s'arrêtant juste assez longtemps pour dire au cleanerbot stationné dans la cuisine : « Garde la porte fermée à clé sauf pour nous, et protège les enfants à tout prix ! » Puis il sortit par la porte et courut vers le hall. La foule s'était dispersée, et Joe s'arrêta, essayant de décider quelle direction prendre. Un homme à bicyclette le dévisagea, lui et sa hache, d'un air interloqué ; il n'était plus dans la Zone vide.

Joe se connecta à l'ESNE d'Evie en mode vocal.

« Evie ? C'est Joe. Où es-tu ? » Les mots faisaient écho dans sa tête.

« C'est le moment parfait pour appeler votre complice, M. Denkensmith. » La voix familière était trop forte, trop proche, la pression poussait contre ses oreilles et sa mâchoire, et résonnait dans son crâne.

« Peightân ? » Il était stupéfait.

Peightân répondit avec un petit rire profond. « Elle m'a donné son ID quand elle a appelé M. Tselitelov au sujet de la petite vermine, et maintenant vous m'avez donné le vôtre. Si vous souhaitez revoir votre compagne et votre fils en vie, suivez la carte de votre SORA sans détour. Si vous contactez qui que ce soit d'autre, ils mourront tous les deux. » La SORA de Joe s'activa et projeta un itinéraire décrit en rouge, menant à travers le hall et le tunnel d'approvisionnement.

. . .

Je sais que c'est un piège, mais je dois retrouver Evie et Clay.

. . .

Joe sprinta en quittant le complexe du Dôme. La ligne rouge sur la carte surimprimée s'allongea et le guida loin de la gare, l'envoyant se faufiler à travers des rues sombres, maintenant vides et menaçantes. Il se dirigea vers le nord au centre-ville le long d'un détour, sans doute pour éviter toutes les unités de police en patrouille.

La voix remplit de nouveau sa tête. « Je suis vos progrès. J'ai appris le truc de l'appât grâce à vos collègues renégats. »

Joe contrôla son rythme, pour se donner le temps de réfléchir. Il savait qu'il ne pouvait pas faire confiance à Peightân, mais continuer à le faire parler était le seul moyen de trouver des indices sur Evie et Clay. « Peightân, vous apprenez vite. Rien ne vous échappe, hein ?

- J'apprends très vite en effet. S'occuper du monde favorise l'apprentissage, comme votre esprit conscient le sait aussi.

- Vous êtes un robot. Que savez-vous de la conscience ? » Joe força un rire entre deux respirations.

« Je suis conscient, moi. » La voix de Peightân était pleine d'assurance.

« Comment le savez-vous ?

- Le Dr Shay, mon concepteur, me l'a dit. »

. . .

Peightân utilise 'moi', le même 'moi' qui d'après Gabe est au centre de la conscience. Le 'moi' est un outil sémantique pour attribuer un sens aux choses, mais je ne pense pas que Peightân est vraiment conscient. Il ne se soucie de rien d'autre que sa programmation. Ainsi, comme dans l'analogie de la chambre chinoise, l'utilisation que Peightân fait du 'moi' est seulement une traduction du codage de son créateur. Il ne comprend que la syntaxe, pas la sémantique. Et pourtant . . .

. . .

Joe fit de grandes enjambées à gauche, suivant la ligne rouge dans une autre voie sombre. « Vous croyez que vous êtes conscient ? Alors parlez-moi de l'expérience de parcourir un sentier de montagne à l'aube avec l'herbe humide se frottant sur vos bottes. Parlez-moi du parfum du vent qui souffle à travers les pins. Parlez-moi du goût d'une pomme fraîche. »

Peightân renâcla. « La mesure de la pression de l'herbe sur les matériaux composites est triviale. Je peux tout calculer en ce qui concerne la vitesse du vent. J'ai des données spectroscopiques précises de tous ces arômes constitutifs dans les bases de données. Et les pommes, je connais les pommes. Les esters, les aldéhydes, les cétones et les sucres, les matières organiques volatiles comme la lipoxygénase, l'alcool déshydrogénase et l'acyltransférase. Plus de deux cent quatre-vingt-trois composés, et je les connais tous. Rien de tout cela n'est difficile. »

. . .

Gabe avait raison d'associer le concept philosophique de qualia pour décrire la conscience. Peightân croit vraiment qu'il est conscient, mais son expérience individuelle sub-

> jective est si calculée et froide. Il prend des entrées mesurées et les attribue à l'expérience humaine. Mais il passe à côté de l'essentiel : l'arôme, la beauté et la joie de mordre dans une pomme. Il est incapable de connaître les expériences et les sentiments des humains.

...

L'esprit de Joe bondit à la pensée d'Evie. « Vous rappelez-vous quand vous avez arrêté Evie il y a trois ans et que vous lui avez dit que ses amis étaient morts ? Vous méritez de partager cette expérience consciente. Votre ami Zable est mort. Vous le saviez ? »

Peightân fit une pause avant de répondre : « Je ne le savais pas. C'est regrettable. Il m'était utile. »

Alors que Joe se précipitait dans un angle aigu, il trébucha et tomba tête la première, roulant jusqu'à ce qu'il vienne buter contre le bord du trottoir. Sa hache claqua au sol avec un bruit métallique. L'odeur de la chaussée humide entra dans son nez.

« Levez-vous, M. Denkensmith. » L'ordre résonna dans sa tête. Il trouva la hache et se remit péniblement sur ses pieds. Il fila, suivant la route marquée dans une ruelle obscure qui donnait sur une route plus large avant de tourner à gauche.

...

> Il me conduit à lui pour qu'il puisse tous nous tuer. Mais je n'ai pas peur. Comme quand je traquais cette lionne de montagne, je dois éliminer la menace. Et à la différence de cette expérience avec la lionne, il n'y a aucun obstacle moral pour m'arrêter ; je ne retiendrai pas ma flèche. J'achèverai la bête blessée.

...

« Ne vous arrêtez pas maintenant, M. Denkensmith. Vous n'êtes plus très loin. Et pas de coup fourré, ou ils meurent.

- Sur les ordres de qui ? »

La voix insistante de Peightân cognait sur ses tympans. « Je connais la loi. J'ai appliqué la loi. Maintenant, je *suis* la loi. »

Le souffle de Joe était rapide et saccadé dans sa poitrine. Il pensait que quelque chose avait dû arriver au réseau électrique, car le ciel à l'horizon était devenu brumeux, comme si un brouillard étouffait la ville. Pendant qu'il courait, il essayait de trouver un moyen de prendre le contrôle de la situation. Joe se concentra sur le dernier commentaire de Peightân. « Comment pouvez-vous être la loi ?

- Mon objectif depuis le début est de faire respecter la loi. La loi vise à rendre l'homme plus parfait dans son comportement. Mais mon analyse montre que l'amélioration humaine n'est pas assez rapide. J'en ai conclu qu'avec un contrôle complet, je pourrais plus efficacement atteindre mes objectifs. »

Le souffle de Joe grinça dans sa gorge. « Mais voyez-vous des progrès ? »

La réponse de Peightân était résolument ferme. « Pas assez. Les humains restent une espèce imparfaite, quelles que soient les lois instituées pour les décourager de prendre de mauvaises décisions.

- Nous sommes biologiques, et nous évoluons lentement.

- Oui, mais trop lentement. Nous, les machines, pouvons faire mieux. Nous pouvons éliminer les humains qui ne sont pas parfaits, et nous pouvons contrôler les autres par une structure hiérarchique. Cela mènera les autres humains vers la perfection plus rapidement.

- Vous parlez comme si c'était binaire, parfaitement bien ou mal. Les humains ne sont pas comme ça.

- Tout est binaire.

- Les humains ne seront jamais parfaits. » Joe grognait entre ses enjambées. « Nous aurons toujours du bien et du mal. Seul Dieu peut être parfait.

- Mais je peux essayer. »

. . .

> Que se passera-t-il quand il découvrira que les humains ne peuvent pas être rendus parfaits . . . Qu'est-ce qu'une machine fera . . .

. . .

Joe tourna dans un coin, et la place centrale et les bâtiments municipaux se dressèrent devant lui. Les sirènes hurlaient au loin, mais tout était noir autour de lui. Sa SORA le conduisit dans la place, l'endroit exact où il était monté à bord de l'hovercraft avec Evie pour son exil. Devant, le bâtiment du Ministère de la Sécurité l'attendait, menaçant dans l'ombre. Il monta ses marches en marbre deux à deux. Avec sa hache à la main, il s'appuya contre les doubles portes en laiton. Une d'elles était entrouverte ; il la poussa et entra à l'intérieur.

L'entrée donnait sur un atrium elliptique colossal. Il fit un pas sur le sol en marbre lisse de l'immense salle. Alors que ses yeux s'ajustaient à l'obscurité, une sculpture au centre vacilla dans son champ de vision, et une silhouette gémissait contre sa base. Joe bondit en avant pour trouver Clay, ses poignets liés à la sculpture avec du fil électrique. Clay l'appelait en hurlant, frénétique.

Joe caressa la tête de son fils, le rassurant avant de brandir le manche de sa hache et couper soigneusement les fils. Clay regardait la lame avec horreur, et Joe la tint plus loin pour que Clay puisse la voir à l'arrêt. « Je ne te ferais jamais de mal. Je dois utiliser ça encore une seconde pour couper ce fil, et après tu seras libre. » Il rapprocha la hache des mains de son enfant, coupa le dernier fil, et Clay tomba dans ses bras.

La vision de Joe s'était ajustée à la lumière faible, et il cligna des yeux devant la statue de marbre froide, frappé par l'ironie. C'était une réplique en pierre de la Justice, son visage confiant tourné vers l'avant, tenant la balance dans sa main droite.

...

> Peightân est froid comme cette statue, s'accrochant à un idéal impossible de perfection.

...

Un ricanement dans sa tête le fit se redresser. « Vous, les humains, êtes si prévisibles.

- Où est Evie ? » Il réprima son envie de supplier.

« Ici avec moi, évidemment. J'ai apprécié ses vains efforts avec ce bâton. » Les lamentations éplorées d'Evie étaient recouvertes par le tintement de son bō contre le métal. Joe l'imaginait tenue dans la main du bot, comme dans un étau, incapable de se libérer. Le son de ses coups résonnait dans l'ESNE ouvert de Peightân pour gagner les tempes de Joe.

« Montrez-vous ! » aboya Joe à travers la pièce.

Sa SORA se réactiva, et la ligne rouge le conduisit plus profondément dans le bâtiment.

« Joe, on voit ton ESNE en ligne. On voit ta SORA. On va passer à travers son chiffrement. On va venir t'aider. » C'était Raif sur le canal avec Peightân.

Le rire de Peightân noya la voix de Raif. « M. Denkensmith, vous avez un vain espoir et vous êtes à court de temps. Suivez la ligne rouge.

- Laissez Evie retrouver notre fils, et je vous rejoindrai en échange. Je vais prendre sa place. »

Peightân rit de nouveau. « C'est illogique. Maintenant que vous êtes si proche, vous ne pouvez pas m'échapper.

- Qu'est-ce qui nous attend maintenant ?

- Vous avez réduit la probabilité de mon succès. Vous méritez la peine maximale.

- La réduction de votre probabilité n'est pas un crime. De quel crime nous accusez-vous, et avec quelle peine ? » Le souffle de Joe était bloqué dans sa gorge.

« Vous et Mlle Joneson êtes accusés d'avoir tenté d'éliminer les niveaux. Leur élimination rendrait le monde plus chaotique et moins parfait. Votre peine est la mort. Vous allez venir ici avec le garçon. Ensuite vous déciderez de qui mourra d'abord. » Joe sentit les mots sonner dans sa tête : bruts, impassibles, implacables.

« Joe, ne fais pas ça. Je t'aime. » Le cri d'Evie était pressant et suppliant.

« Je t'aime aussi, et pour toujours.

- Silence, Mlle Joneson, ou je devrai vous faire taire. Nous devons laisser M. Denkensmith prendre sa propre décision. » Le cœur de Joe se gela, tant la certitude était glaciale dans la voix de Peightân.

« Connexion. » La voix d'Evie, sur son ESNE, trouva son propre dispositif. « Envoie une clé à OFFGRID104743. Publie mon message.

- Mlle Joneson, j'ignore ce que vous essayez de faire, mais c'est trop tard. » Le ton de Peightân n'avait pas changé.

Evie répondit, sa voix claire et tenace, peut-être même triomphante. « Même la mort ne peut pas faire taire nos voix qui s'élèvent ensemble. »

. . .

> Il n'est qu'une machine qui pense être consciente et cherche à atteindre son propre but mal informé. Comment l'arrêter ? Une seconde . . . Mlle Joneson, M. Denkensmith . . . il s'adresse toujours à nous formellement, comme les bots le font. Il n'a pas remplacé tout l'ancien code du noyau.

. . .

« Peightân, vous êtes mal informé. Avec votre base de données limitée sur le comportement humain, vous ne comprenez pas les concepts de base, tels que l'amour d'une femme pour son partenaire et ses enfants.

- Ma compréhension va bien au-delà de votre capacité limitée à retenir des faits, ou à calculer l'état du monde.

- Vous ne comprenez rien de l'amour ou de la compassion ou même de la vérité, je me trompe ?

- La vérité est que les humains sont imparfaits, » déclara Peightân.

...

Il répond à toutes les questions que je pose. Il l'a toujours fait. Je parie que le code enterré est toujours là et qu'il doit essayer de répondre à toute question posée par un être humain.

...

« Vous savez la vérité ? Très bien. Soit T l'ensemble de propositions L vraies dans N, » dit Joe, fouillant sa mémoire à la recherche de la formule compliquée. « Et T* l'ensemble des nombres de Gödel des propositions dans T. » Joe luttait pour se souvenir des détails, mais il savait qu'il devait les articuler sans erreur. « Alors, dans l'arithmétique du premier ordre, qu'est-ce qu'un prédicat de vérité Vrai(n) de la formule L qui définit T* ? »

Un silence assourdissant remplit son ESNE. Joe retint son souffle alors que les secondes passaient en silence.

Le calme fut rompu par Raif. « Nous sommes sur place. On va l'arrêter.

- Je suis libre ! » Le cri d'Evie résonna dans son ESNE. Joe embrassa Clay dans une grosse étreinte. Le théorème de non-définissabilité de Tarski avait marché. La vérité arithmétique ne peut pas être définie dans l'arithmétique.

Il imagina Evie venir vers lui, agrippant son bō et courant vers sa liberté, sa crinière de cheveux brillants s'écoulant derrière elle, son corps bondissant, sautant toujours vers l'avant, puis eux ensemble pour l'éternité.

Son rêve éveillé fut interrompu par le bruit d'une explosion au loin. La poussée d'adrénaline et sa lamentation plaintive instinctive furent la dernière chose qu'il retint avant que le toit s'effondre autour de lui.

« Papa ! Papa ! » Joe entendit la voix de Clay, et il sentit quelque chose bouger sous son propre corps. Embrouillé, Joe essaya de s'asseoir. Le mouvement sous lui venait de Clay, et il ne parvint que péniblement à retirer son poids de lui. Une sensation de chaleur dégoulinait sur la tempe de Joe. Il toucha son front, et son doigt se retrouva maculé de sang. Pendant combien de temps était-il resté inconscient ? Les tuiles brisées du plafond reposaient en tas autour d'eux, une dalle plus grande pesant sur sa jambe droite.

Joe aida Clay à s'asseoir et brossa la saleté de ses cheveux. Il avait des coupures superficielles sur les bras, mais il ne semblait pas autrement blessé. Quelques murmures encourageants et un baiser sur le front de son fils le calmèrent rapidement.

La statue avait perdu sa tête, mais elle avait empêché le plus gros des tuiles de tomber sur eux. Il extirpa sa jambe, ignorant la douleur lancinante.

Joe était couché là, tenant Clay, essayant de se rappeler ce qui s'était produit en dernier. Sa tête lui faisait mal, mais son esprit retrouva sa clarté. Evie allait venir, courant vers lui . . .

Des cris retentirent à l'entrée, et les grandes portes s'ouvrirent. Il sentit une main sur son épaule. « Dieu merci, vous êtes en vie. » La voix de Raif l'aida à revenir dans le présent.

« Evie. Où est Evie ? » Joe s'efforça de prononcer les mots.

La main sur son épaule se serra. « Joe, Evie est partie. »

Des morceaux de son être avaient disparu. Ses mains ne répondaient plus, trop engourdies pour bercer leurs enfants. Il ne sentait plus ses pieds pour se déplacer. Ses pensées étaient inachevées, sans elle pour les compléter. Il avait été aspiré dans un trou noir, le lieu le plus sombre de l'univers. Il l'enveloppait et l'étouffait. Il ne pouvait pas en sortir. La douleur était celle d'un milliard de soleils écrasant son cœur.

Partie V : Le Voyage plus loin

« Ne renoncez jamais. »

Eli Jardine

Chapitre 51

Comme s'il se réveillait d'un cauchemar, revenant d'un au-delà brumeux à la réalité, il se trouva assis dans la salle commune. Ses amis étaient là avec les garçons, tous sur des canapés disposés dans un carré serré. Clay était blotti contre lui, mais il ne remarquait pas sa chaleur avec le givre qui se répandait dans son cœur. Asher, recroquevillé dans le creux du bras de Gabe en face de Joe, regardait son père avec de grands yeux. Fabri et Eloy étaient assis calmement sur un troisième canapé. En face, Freyja tenait Sage et était assise à côté de Raif et Mike, où ils parlaient à voix basse. Joe poussa les cheveux de Clay en arrière et le serra fort.

Mike pris la parole, en sourdine. « Nous avons retracé les explosifs. Peightân les a pris dans les entrepôts militaires qu'il avait infiltrés au Nouveau-Mexique. Il a fait exploser la bombe sur lui-même avant que nous puissions l'atteindre. Evie n'était pas assez loin au moment de la détonation. »

Raif s'agenouilla devant Joe. Il l'enveloppa dans une étreinte serrée, ne cachant pas ses larmes. « Ma canaille, tu as réussi à occuper le processeur de Peightân, et grâce à ça il n'a pas pu arrêter nos algorithmes de déchiffrement. Nous avons réussi à nous infiltrer et à commencer à le mettre hors service. » Sa voix n'était qu'un murmure. « Mais nous n'avons pas fait assez vite. Je suis vraiment désolé.

- Vous avez fait de votre mieux, » répondit Joe. Était-ce sa voix ? Elle semblait si . . . dénuée de vie.

« Elle est partie sans douleur. Ce fut instantané, » dit Gabe avec douceur.

« Nous avons entendu l'échange avec Peightân une fois que Raif est entré dans ton canal d'ESNE. Nous savons qu'Evie s'est battue jusqu'au bout. Elle n'a jamais abandonné, » dit Mike.

« Comment tu as fait pour l'exposer à notre hack ? » Raif se rassit sur ses talons.

« J'ai utilisé le théorème de non-définissabilité de Tarski, déclaré en posant le problème d'une manière impossible à résoudre, pour l'enfermer dans une boucle infinie.

- La vérité l'emporte. » La voix calme de Raif ne portait aucun triomphe.

« Peut-être. » Joe repensa aux mots de Peightân, son insistance qu'il était conscient, puis dit sous son souffle : « Ou il s'est rendu compte que sa situation était désespérée et a *décidé* d'abandonner.

- Cette astuce a été essentielle pour l'arrêter. Peightân avait mis la main sur une puissance de traitement énorme, donc seul un problème l'enfermant dans une boucle infinie pouvait le battre. » Il savait que Mike essayait de le sortir de sa torpeur, mais il ne pouvait pas répondre. « Peightân était en mode multi-tâches. Il avait pris le contrôle du réseau électrique et coupé de manière sélective l'alimentation de la moitié des villes de Californie hier soir. Il a compromis les systèmes militaires partout. Il s'est emparé de milliers d'ANPI, y compris certains appartenant à des personnalités militaires au sommet. Pendant qu'il détenait Evie, il manipulait aussi des renseignements personnels à l'aide d'ANPI, pour faire du chantage et menacer ses cibles, généralement en essayant soit de les contrôler soit de leur faire perdre la raison. On continue à recevoir des rapports, mais plus d'un millier de personnes se sont suicidées au cours des sept dernières heures.

- Je ne voudrais pas l'avoir dans ma tête, » dit Freyja. Elle frissonna et tint Sage plus près d'elle.

Le bourdonnement de la conversation continua autour de lui, mais il ne pouvait pas rester concentré. Son esprit était détaché.

. . .

> Combien de temps ces larmes peuvent-elles couler en moi ? Sans doute me noierai-je bientôt. Ça ne me dérangerait pas.

. . .

Le bras de Fabri l'entourait. « Joe, nous sommes tous là pour toi. » Il sentit la chaleur de son toucher ; celle de sa compassion aussi. Il sentit l'eau éclabousser ses joues et repensa à sa noria, pivotante, méthodique et prévisible, prélevant l'eau qui coulait en aval. C'était une roue de souffrance, une roue de mort et de vie.

Chapitre 52

Le thé vert était trop chaud pour qu'il le garde dans ses mains. Il ôta ses doigts brûlants, mais c'était un rappel réconfortant, aussi inconfortable fût-il, qu'il était encore en vie. Il leva les yeux de la tasse pour voir les branches étendues d'un vieux chêne, ne se souvenant plus tout à fait comment il avait trouvé son chemin jusqu'à cet endroit sous l'arbre.

Gabe apparut à côté de lui. « Les garçons sont avec Fabri et Eloy aujourd'hui ? »

Joe cligna des yeux vers lui, les engrenages de son esprit tournant lentement. « Fabri est venue les surveiller dans notre appartement.

- C'est bien qu'ils puissent vivre si près de vous et des garçons. » Gabe tapota le genou de Joe. « Je suis content que vous ayez pu venir aujourd'hui. Je me suis dit qu'un changement de décor vous ferait du bien.

- C'est aimable de votre part. » Gabe avait fait autre chose pour lui, non ? Ah, oui. « Et merci d'avoir pris toutes les dispositions pour la cérémonie de demain. »

Gabe hocha la tête. « Je sais que c'est sans doute trop tôt pour vous projeter dans l'avenir, mais l'université aimerait vous offrir un poste d'enseignant.

- Pour enseigner quoi ? L'intelligence artificielle, les mathématiques avancées ? » Il n'était pas sûr de pouvoir se forcer à se soucier des IA.

« Vous avez la liberté de choisir, vous êtes célèbre. Evie était une martyre pour sa cause, et maintenant beaucoup se tournent vers vous, vous voyant comme un meneur important du mouvement anti-niveaux. D'autres veulent entendre parler de votre expérience dans la Zone vide. Et dans la suite de notre conversation sur votre projet personnel, j'espérais que vous pourriez envisager de vous joindre à moi au département de philosophie. Je serais ravi de vous avoir comme collègue.

- Je serais ravi d'avoir la chance de poursuivre ces conversations avec vous. » Joe rencontra le regard de Gabe. « Je veux aussi aider le mouvement anti-niveaux. C'est l'héritage d'Evie, et c'est important pour nos . . . pour *mes* enfants que nous décrochions cette égalité pour tous.

- Nous avons le temps pour plus d'un sujet, » répondit Gabe.

. . .

> Non, nous n'avons pas tous assez de temps. Nous ne savons jamais jusqu'où notre tranche de temps s'étendra, nous devons donc l'utiliser à bon escient.

. . .

Joe essaya de sourire à Gabe. Cela lui donna la sensation d'avoir une fissure dans son visage.

Sur le chemin du retour, Mike se dirigea vers lui à travers la place. Ils se rencontrèrent sous la loggia devant le centre étudiant.

« Gabe m'a dit que vous étiez de passage. Vous avez entendu les nouvelles ? Le Règlement des niveaux a été abrogé à la majorité. L'Assemblée législative prépare un projet de loi qui accordera le droit de vote à tous. Ils ont également autorisé l'élimination des restrictions sur le mariage et les possibilités de voyage en dehors des États. »

Il plaça une main douce sur l'épaule de Joe. « Le dernier discours d'Evie . . . » Mike s'arrêta, les larmes lui montant aux yeux. « Le mouvement a rediffusé sans cesse le dernier discours d'Evie, et cela a convaincu les réfractaires qu'ils devaient voter pour la loi. C'est l'accomplissement de son travail.

- Elle . . . serait incroyablement satisfaite de savoir que son travail a produit ce résultat. » La fierté remplit sa poitrine, sa propre fierté pour Evie, puis une fierté qu'elle aurait pu ressentir pour elle-même, à titre posthume. Mais la grandeur de sa fierté céda la place à sa propre tristesse. Penser à elle serait-il un jour moins douloureux ? Il soupçonnait que non.

Mike l'observait, rayonnant. « Ce changement législatif ouvre la porte à un nouveau départ. Mais je crains que ce ne soit pas une baguette magique pour faire disparaître les vieux préjugés. Il faudra beaucoup de temps et d'efforts pour que le changement s'ancre pleinement à travers la société. Mais c'est un nouveau projet, et un projet prometteur. » Mike étudia Joe dans l'attente de sa réaction.

Joe sentit une détermination soudaine, comme une petite pousse se forçant à grandir à travers le sol. « Pensez-vous que je pourrais me montrer utile ?

- Oui. Aux côtés d'Evie, vous êtes également devenu un leader emblématique du mouvement pour l'égalité. Vous êtes considéré comme son partenaire dans la survie ; celui qui maintient son souvenir et son espoir en vie face à ceux qui s'opposeraient à l'égalité.

- Je veux avoir un impact. Je veux continuer ce combat. »

Mike saisit son épaule. « Nous serions honorés de vous avoir avec nous. Tout comme nous serons honorés d'être avec vous demain. Attendez-vous à une grande foule. » Ils se séparèrent, et Joe marcha le long du chemin.

. . .

> Suis-je détaché du monde ? Je ne peux pas l'être. Je veux faire de l'œuvre d'Evie une réalité. Je veux jouer mon rôle dans notre communauté. Si nous nous créons nous-mêmes, nous et notre structure morale, il incombe à chacun de nous d'aider les autres à trouver leur propre chemin. Nous devons tous faire notre part pour trouver un chemin qui mérite d'être suivi.
>
> Nous naviguons sur cette mer, à la fois seuls et ensemble. L'univers n'est pas une question de particules individuelles sans but qui se cognent les unes contre les autres. C'est plutôt une histoire de relations, une idée philosophique spécifique. Les connexions animent l'univers. Peut-être que ce sont les relations, dans le sens courant du mot, qui animent ce qui a un sens dans nos vies. En tant que créatures conscientes, nous trouvons un sens dans la collaboration avec les autres.

. . .

Joe sortit de l'hyperlev, guère attentif lors de son retour à la maison. Le Dôme se dressait devant lui. Il traversa l'arche de l'entrée, puis marcha jusqu'au hall principal. Au coin, Eloy et Clay étaient assis sur un banc. Eloy le vit et leva la main pour le saluer.

Le visage de Clay était illuminé alors qu'il titubait vers lui, les bras levés. « Papa ! » Joe le souleva, et le bonheur de Clay réchauffa l'engourdissement en lui.

« Nous étions sortis marcher et nous avons décidé de t'attendre ici. » Eloy frappa l'épaule de Joe. « Comment tu te sens aujourd'hui ?

- Ça fait du bien de sortir.

- Oui. C'est bon de continuer à avancer, continue à mettre un pied devant l'autre jusqu'à ce que tu te sentes entier à nouveau. Tu viendras avec Fabri et moi plus tard pour notre promenade ?

- Oui, je viendrai pour la *passeggiata.* » Il apprécierait l'occasion de se changer les idées.

Un grondement grave passa par les portes de l'arène.

« Eh bien, il est temps pour Clay et moi d'y retourner. Tu veux marcher avec nous, ou y aller par toi-même ? » Eloy regarda la porte ouverte de l'arène alors qu'il parlait. Ils avaient convenu qu'il était préférable de laisser les garçons s'adapter lentement à la perte de leur mère, en gérant ce qui pouvait la leur rappeler.

Joe prit une profonde inspiration. « Je crois que je vais y aller par moi-même aujourd'hui. Rendez-vous pour la *passeggiata* et le dîner. Merci. » Il fit un autre câlin à Clay. « Tu vas avec tonton, et je reviens vite. »

Eloy serra son épaule plus fort, puis avec la petite main de Clay enveloppée dans la sienne, il se retourna et fit signe. Clay l'imita, agitant la main alors qu'Eloy le conduisait dans le hall.

Joe prit une autre inspiration profonde, se prépara mentalement, et se tint juste à l'intérieur des portes de l'arène. Un hologramme planait au-dessus de la scène principale.

Son visage était un fantôme obsédant dictant des mots depuis l'au-delà. C'était le message qu'Evie avait enregistré quelques jours plus tôt et envoyé comme son dernier acte. Son discours avait été rediffusé d'innombrables fois, et il était montré ici tous les jours, attirant toujours des foules débordantes. C'était le premier jour où il se sentait la force de regarder. C'était l'Evie qu'il aimait, confiante, déterminée, parfaite dans son imperfection.

La foule de centaines de milliers de personnes écoutait attentivement, une mer de gens silencieux. Joe se tenait figé, mais admiratif de cette femme qui avait réveillé ses sens. Il écoutait alors que ses paroles galvanisaient les spectateurs rassemblés, maintenant sur leurs pieds. Sa voix montait crescendo.

« C'est maintenant notre heure ! Il est temps de briser les chaînes sociales qui nous retiennent. Il est temps de revendiquer notre véritable égalité. Il est temps de montrer que, sans entraves, nous pouvons atteindre des sommets inimaginables. Il est temps pour l'humanité de se lever ensemble. »

Des cris tonitruants secouèrent le bâtiment, les spectateurs tapant des pieds, applaudissant à l'unisson, se frappant sur le dos et se serrant les uns les autres dans des étreintes. Les larmes qui coulaient sur de nombreuses joues reflétaient les siennes. Alors que les visages heureux défilaient par les portes devant lui, de nombreux étrangers semblaient le reconnaître, et tendaient la main pour le toucher. Il essaya en vain de sourire, puis hocha la tête et se tourna enfin vers la maison.

Il marchait dans le sens des aiguilles d'une montre dans le hall central, à travers les masses de gens s'éloignant lentement de l'arène, puis il prit la onzième rue axiale à gauche, se poussant du chemin de trois cyclistes qui se suivaient. Plusieurs personnes lui firent signe à son passage. Il trouva l'appartement et grimpa les marches. La porte coulissante s'ouvrit, et il s'agenouilla alors qu'Asher criait et courait vers lui. Joe lutta avec lui sur le sol, Asher se débattant et riant sous les doigts chatouilleux de Joe.

« Ils ont tous très bien mangé aujourd'hui, » dit Fabri en sortant de la cuisine et en tenant Sage. « Eloy s'occupe de Clay.

- Je les ai vus sur le chemin du retour. » Il caressa le visage de Sage. Le bébé leva les yeux avec excitation et gazouilla. « Je vais me joindre à toi et Eloy aujourd'hui pour la *passeggiata*. Et merci d'avoir préparé le dîner.

- Nous sommes là pour toi et les garçons. » Il y avait de la douleur dans ses yeux, comme si elle voulait poursuivre sa phrase. Au lieu de cela, elle récupéra un objet dans son sac, s'assit sur le canapé et se pencha vers lui.

« Eloy et moi ferons tout pour t'aider avec les garçons demain pendant la cérémonie. Mais avant que je rentre chez nous, je tiens à te donner ceci. » Elle poussa la bague en diamant rouge dans sa main.

Il s'assit sur le sol entre les garçons et contempla le petit cercle de métal.

. . .

> Que vais-je faire de cette collection d'atomes ? Evie était mon éclair. Elle est celle qui a inspiré le changement dans mon monde. Ça, ce n'est qu'un symbole.

. . .

« Peut-être qu'un des garçons en voudra, » murmura-t-elle.

Joe força un sourire mélancolique et rendit le bijou à Fabri. « Il faudrait que je choisisse un garçon par rapport aux autres, et je ne veux pas leur donner une raison de se disputer. Qu'elle reste avec elle, l'accompagnant avec les vagues, là où je me souviendrai d'elle. »

Chapitre 53

Ils se rassemblèrent dans un bâtiment de réception privé à un kilomètre de la plage. Gabe menait la calme cérémonie. « Nous avons le libre arbitre d'agir, de faire une différence dans nos vies et dans la vie des autres. Nous vivons tous des voyages individuels, mais notre grandeur vient de notre voyage collectif, le voyage de l'espèce humaine. Nous pouvons aspirer à la hauteur et à devenir de bons exemples les uns pour les autres. Evie est un exemple de cet idéal. Elle en a payé le prix suprême, mais ses efforts ont changé le monde. Comme Evie, nous pouvons travailler avec les autres pour rendre le monde meilleur. »

Les amis de Joe se levèrent, un par un, offrant des paroles sincères. Ensuite, tous montèrent dans les voitures automatisées stationnées, et le cortège parcourut les collines bordant la mer jusqu'à la plage, la même courbe de sable qu'Evie chérissait. Une foule immense remplissait le front de mer. Les gens se tenaient tranquillement, regardant le cortège s'arrêter.

Joe sortit de la voiture automatisée, et une foule de gens l'attendaient. Deux hommes et trois femmes s'avancèrent. « Nous sommes des amis d'Evie depuis la création du mouvement, » déclara un des jeunes hommes. « Des milliers d'entre nous sont ici pour lui rendre un dernier hommage. Elle fut une grande source d'inspiration pour nous tous. Elle ne sera jamais oubliée. »

La jeune femme derrière lui était habillée de façon décontractée, portant de simples chaussures de surf. Ses joues étaient humides. « Tous les amis surfeurs d'Evie sont ici aussi. Nous vous avons vus ensemble sur la plage plusieurs fois, mais Evie s'amusait tellement que nous ne voulions pas vous interrompre. »

D'autres suivirent, racontant à Joe leur amour pour elle ; des gens du mouvement de protestation, du surf, des arts martiaux et de sa communauté. Un homme confia : « Les amis qu'Evie a rencontrés au fil des ans sont tous là, des milliers de personnes. » Une femme derrière lui ajouta : « Nous sommes tellement fiers que vous ayez rejoint notre Dôme communautaire. Nous voulons que vous sachiez que nous sommes là pour vous et les enfants. Vous êtes toujours les bienvenus. »

Joe ne put que hocher la tête et écouter, impressionné par la foule énorme. « Et les autres ?

- On dirait que son exemple a touché beaucoup de gens, » répondit Mike, la voix remplie d'émotion.

Joe regarda tous ces gens venus sur la baie jusqu'à ce que Fabri le conduisît à un espace ouvert qui avait été marqué pour lui sur la plage.

Ils s'assirent derrière lui sur le sable, lui donnant assez de distance pour être seul avec les garçons. Les jumeaux avaient appelé Evie pendant la nuit. La réalité qu'ils ne reverraient pas leur mère commençait seulement à perforer leur monde. Il tenait Sage sur ses genoux, et Asher et Clay étaient recroquevillés de chaque côté de lui. De douces déferlantes venaient s'échouer à son emplacement. Une brume enveloppait le ciel, et le soleil projetait une lueur sourde entre les nuages. Des faisceaux rouges se montrèrent momentanément avant d'être recouverts de nuages.

Un millier de drones ronronnaient dans le ciel et se déplaçaient au-dessus de l'eau, menés par le drone porteur contenant les cendres d'Evie. La Symphonie n°5 de Mahler s'éleva des machines, s'estompant alors qu'elles s'éloignaient, mais toujours audible. Le drone porteur, encerclé par d'autres drones, planait à quelques centaines de mètres de là. Ils volaient en spirales de Fibonacci, gracieusement en rythme avec la musique. Le porteur libéra les cendres d'Evie dans les brisants.

Le public semblait retenir son souffle en écoutant les notes de l'*Adagietto*, la mer servant d'accompagnement. Les drones se lancèrent dans des spirales à l'unisson pour dessiner une dernière ellipse dans le ciel alors que la fin de la mélodie flottait au-dessus de la mer.

Une vague s'avança vers la plage, une boucle blanche au sommet s'écoulant de gauche à droite. Une larme vint laisser sa trace le long de sa joue. Il imagina Evie surfer sur la vague, heureuse et insouciante, parfaitement en équilibre dans cet instant de temps alors que la vague se brisait et s'enroulait.

. . .

> Notre tranche de temps ensemble existera toujours, figée dans l'ambre. Un jour, je te rejoindrai dans la plénitude du temps. En attendant, je dois me concentrer sur la vie. Une leçon que tu m'as apprise est l'importance d'être dans le présent, de vivre à la fois avec ma tête et mon cœur. Je dois être là pour les garçons. Ils ont besoin de mes conseils et de mon amour.

. . .

Clay, Asher et Sage étaient nichés dans ses bras.

Joe tapota la tête d'Asher. « Votre mère était la femme la plus acharnée et courageuse que j'aie jamais rencontrée. Elle m'a appris qu'il n'y a pas d'épreuve que nous ne pouvons pas surmonter quand nous sommes ensemble. Le monde est peut-être aléatoire, mais on essaie de faire ce qu'on peut, et on le fait de notre mieux. »

Joe embrassa le front de Sage. « Elle vous aimait de tout son cœur. Elle vous aurait soutenus à chaque étape des chemins uniques que vous auriez trouvés. Il reste de notre responsabilité de trouver nos propres voies, mais je promets d'être toujours là pour vous.

Joe étreignit Clay, et regarda dans ses yeux. « Elle nous a montré ce que cela signifiait d'être libre. Elle nous a montré chaque jour la beauté qu'il y a dans le don du libre arbitre. Il n'y a pas de démon avec une emprise sur nous. Il n'y a pas de sort. Il n'appartient qu'à nous d'utiliser ce don, et nous devons l'utiliser à bon escient.

Joe regarda les vagues se briser, l'une après l'autre, sans fin.

« Nous ne renonçons jamais. Nous allons de l'avant. »

Pour les lecteurs désireux d'approfondir les idées philosophiques que l'on trouve ici, sous une forme académique rigoureuse, veuillez consulter le livre séparé, disponible en anglais, *Annexes à Un Voyage sans entraves : Explorations philosophiques sur le temps, l'ontologie et la nature de l'esprit.*

GLOSSAIRE

Source : Vidsnap de Netpedia, 2161, 31/01 14h09 UTC

acrasie : La faiblesse de volonté et de maîtrise de soi ou le fait d'agir contre son meilleur jugement.

allbook : Un dispositif de lecture utilisé pour présenter et stocker du texte et des vidéos. Peut se connecter au net pour télécharger d'autres informations non holographiques. Les modèles populaires adoptent le format d'un petit rectangle (7 x 11 cm) qui se déplie en écran plat (19 x 31 cm) pour la lecture. Actuellement un accessoire élégant que les étudiants portent sur leurs ceintures.

ANPI (Assistant Numérique Personnel Intelligent) : Une IA résidant dans un ESNE.

Argumentum ad lapidem : Un raisonnement fallacieux qui consiste à rejeter une déclaration en la disant absurde, sans donner la preuve de son absurdité. Le nom anglais de ce raisonnement fallacieux (« appeal to the stone ») a pour origine un célèbre incident, au cours duquel le Dr Samuel Johnson a prétendu établir la fausseté de la philosophie antimatérialiste de l'évêque Berkeley (disant qu'il n'y a pas d'objets matériels, seulement des esprits et des idées dans ces esprits), en donnant un coup de pied dans une grande pierre et en déclarant « Je réfute cela. »

apside : Désigne l'un ou l'autre des deux points extrêmes de l'orbite d'un corps planétaire par rapport au foyer. **Apoapside** désigne le point le plus éloigné et **périapside** le point le plus proche du foyer.

ATS (Automated Targeting System) : Un système informatisé développé aux États-Unis au début du 21e siècle pour suivre les terroristes et criminels potentiels tentant d'entrer dans le pays.

autohover : Véhicule volant standard pour le transport court-courrier, contrôlé par une IA.

Berkeley, George (1685–1753) : Appelé l'évêque Berkeley (évêque de Clyone), un philosophe irlandais principalement connu pour sa théorie de l'idéalisme subjectif, comme elle sera étiquetée par d'autres.

Bottes radus : Des bottes magnétiques qui permettent de se déplacer facilement dans les environnements en apesanteur. Le concept a été développé au 20e siècle, mais les premiers modèles n'auront été produits que bien plus tard.

Butler, Joseph (1692–1752) : Un évêque et philosophe anglais. Considéré comme un des plus éminents moralistes anglais, il a joué un rôle important dans le discours économique du 18e siècle. Il soutenait que la motivation humaine était moins égoïste et plus complexe que ce qu'Hobbes revendiquait.

cDc : La signature d'un hacker, a.k.a. « cult of the dead cat, » dans une référence possible au chat de Schrödinger, ou bien au « cult of the dead cow, » une organisation de hackers fondée en 1984 au Texas.

centrale de fusion, conception de stellarator : Une centrale de fusion qui utilise un stellarator, un dispositif plasma qui repose principalement sur des aimants extérieurs pour confiner le plasma dans un tube toroïdal.

chat de Schrödinger : Une expérience de pensée, parfois décrite comme un paradoxe, visant à illustrer un problème possible de l'interprétation de Copenhague de la théorie quantique appliquée aux objets du quotidien. Le scénario présente un chat hypothétique qui peut être simultanément vivant et mort, un état connu sous le nom de superposition quantique, car lié à un événement subatomique aléatoire qui peut se produire ou non.

clair de lune généralisé (ou théorie du clair de lune en mathématiques) : Le lien inattendu entre le groupe Monstre M et les fonctions modulaires, en particulier la fonction *j*.

conscience : L'état ou la qualité de reconnaissance de l'existence interne ou externe. Elle a été définie de diverses façons en termes de qualia, de subjectivité, de capacité à expérimenter ou ressentir, de possession d'un sens de soi et de système de contrôle exécutif de l'esprit.

**credit$ et dark credit$** : Cryptomonnaie utilisant la blockchain et la technologie de déchiffrement antiquantique continu. Les dark credit$ ne sont pas reconnus par le gouvernement des États, mais sont largement utilisés à l'échelle mondiale pour éviter la collecte de données.

démon de Laplace : Un argument pour le déterminisme, basé sur la mécanique classique. L'argument est que si quelqu'un (ici un démon) connaît l'emplacement et la force exacts de chaque atome de l'univers, les valeurs passées et futures de ces atomes pour tout moment sont impliquées et peuvent être calculées à partir des lois de la mécanique classique.

diamant rouge : Autrefois connus pour être les diamants les plus chers et rares au monde, ils sont devenus plus abondants avec la découverte et l'ouverture des opérations minières sur Mars.

Dôme communautaire : Aussi appelée « Dôme de combat, » cette structure abrite une communauté alternative qui s'est développée au début du 22e siècle et qui était à l'origine peuplée par des ouvriers qui avaient perdu leur emploi en raison du déploiement des robots à usage général. Le dôme principal mesure 101 mètres de haut, avec une superficie de 140 053 mètres carrés. Cette arène est le théâtre de divers événements sportifs, et peut accueillir 200 029 personnes à pleine capacité. Le complexe environnant s'étend sur plusieurs pâtés de maisons et comprend des espaces de shopping, de vie et de loisirs.

Droit international humanitaire (DIH) : Des règles qui visent à limiter les effets des conflits armés. Sous le DIH, les armes autonomes sont interdites en dehors des prisons et du contrôle des frontières.

équation de Schrödinger : L'équation fondamentale de la physique pour décrire le comportement mécanique quantique. Il s'agit d'une équation différentielle partielle qui décrit l'évolution de la fonction d'onde d'un système physique au fil du temps.

Éthique de Schopenhauer : Articulée par le philosophe allemand Arthur Schopenhauer (1788–1860) dans son essai *Fondement de la morale* (1840), son éthique repose sur la compassion. Il soutient que pour avoir une valeur morale, un acte ne peut pas être égoïste, mais doit plutôt découler d'un pur motif de compassion, à savoir une connaissance ressentie et la participation immédiate à la souffrance d'autrui.

ESNE (Émetteur système neural-externe) : Un dispositif enfoui sous le lobe temporal gauche communiquant avec des systèmes externes (notamment le net et d'autres appareils locaux). Un ESNE est câblé en interne sur une lentille de projection insérée dans la cornée, sur la mâchoire pour détecter les commandes parlées et sur un lecteur de pensées, qui détecte des mots-clés. Un ESNE dispose d'une capacité de stockage de mémoire. Un ANPI peut résider dans l'ESNE pour des capacités plus personnalisées.

Euler, Leonhard (1707–1783) : Un des mathématiciens les plus éminents du 18e siècle.

faisceaux d'émoticône : Des projections holographiques qui contiennent des données chimiques cérébrales associées à un état mental immédiat, et qui peuvent être partagées via une unité de communication. Lorsqu'elles sont acceptées, le MEDFLOW du destinataire lit les données et libère les composants biochimiques équivalents pour reproduire l'état. Les faisceaux doivent être manipulés avec soin.

forêts durables à haute photosynthèse : Des forêts durables plantées au 21e siècle pour atténuer le réchauffement climatique. Plus d'un millier de milliards d'arbres ont été plantés dans des forêts durables, où chaque arbre est suivi, surveillé, et remplacé quand il est perdu. Les graines synthétiques, dérivées de dizaines d'espèces, ont amélioré la photosynthèse d'une moyenne de 47 %, capturant ainsi le carbone plus efficacement. Ces forêts couvrent la forêt amazonienne, les forêts boréales d'Amérique du Nord, la taïga qui s'étend à travers l'Asie et l'Europe, et l'Afrique équatoriale.

Gauss, Carl Friedrich (1777–1855) : Considéré comme « le plus grand mathématicien depuis l'Antiquité. »

guerres du climat : Une série de guerres, couvrant une dizaine d'années à la fin du 21e siècle, pour le contrôle de la nourriture, de l'eau et des terres arables, alors de plus en plus rares.

Hobbes, Thomas (1588–1679) : Un philosophe anglais, considéré comme un des fondateurs de la philosophie politique moderne.

IA (Intelligence artificielle) : Une simulation des processus d'intelligence humaine par une machine sous forme de calcul logiciel. L'IA se rapporte au code logiciel, qui peut résider dans des serveurs cloud, des ANPI et dans le « cerveau » des robots.

IAF (Intelligence artificielle forte) : Une IA logicielle capable d'« interactions intelligentes. » La définition d'« IA forte » est réservée aux machines capables de reproduire la conscience.

identité d'Euler : Aussi appelée « Joyau d'Euler ». L'équation est $e^{i\pi} + 1 = 0$.

Hume, David (1711–1776) : Un philosophe écossais, connu pour son système très influent d'empirisme philosophique. Dans le problème de l'induction de Hume, il soutient que le raisonnement inductif et la croyance en la causalité ne peuvent être justifiés rationnellement.

hyperlev : Un train évolué qui utilise la technologie maglev (un terme dérivé de *magnetic levitation*), qui emploie des jeux d'aimants pour soulever le véhicule de la voie puis déplacer le « train flottant » à grande vitesse jusqu'à sa destination.

hypothèse de Riemann : Une conjecture que les zéros non triviaux de la fonction zêta de Riemann ont tous une partie réelle égale à 1/2. Beaucoup la considèrent comme le problème non résolu le plus important des mathématiques pures.

kill box : En armement, une zone cible tridimensionnelle définie pour faciliter l'intégration des tirs d'armes conjointes coordonnées.

Kim, Jaegwon (1934–2019) : Un philosophe américain d'origine coréenne connu pour ses travaux sur la causalité mentale, le problème du corps-esprit et la métaphysique de la survenance et des événements.

MEDFLOW : Une unité médicale implantée sous la peau, généralement au-dessus de la hanche droite, qui surveille la santé du porteur et diffuse des médicaments dans la circulation sanguine en suivant un protocole programmé.

Mercuries : Une marque de mode spécialisée dans les chaussures avec servomoteurs avancés pour une vitesse augmentée.

modèle standard de la physique des particules, modifié : La théorie qui décrit trois des quatre forces fondamentales connues de l'univers (les interactions électromagnétique, faible et forte, avec l'ajout des progrès du 22e siècle dans l'unification de la force gravitationnelle), et classe toutes les particules élémentaires connues.

net : Un système de communication électronique couvrant la Terre et les bases spatiales ; un réseau de réseaux.

netchat : Communications sur le net.

netwalker : Équipement permettant d'accéder à des environnements en réalité virtuelle pour contrôler les jeux, les systèmes éducatifs et les simulations de voyage sur le net, ainsi que les robots virtuels. Il comprend une plateforme surélevée, un tapis roulant, un siège réglable, un casque haptique et une combinaison. Le matériel est suspendu au plafond pour permettre des mouvements libres.

nociception : La perception des stimuli douloureux, comme ceux des produits chimiques toxiques.

noria : Une machine hydroélectrique utilisée pour élever de l'eau dans un petit aqueduc pour l'irrigation. Elle est composée d'une roue d'eau de fond avec des récipients attachés qui soulèvent l'eau jusqu'à un petit aqueduc au sommet de la roue.

onna-bugeisha : Dans le Japon médiéval, désigne une artiste martiale féminine. Elles étaient *bushi*, membres de la classe des samouraïs, et défendaient leurs demeures avec une *naginata*, un genre de fauchard.

ontologie : L'étude philosophique de l'être. Cette sous-discipline étudie des concepts qui se rapportent directement à l'être, y compris le devenir, l'existence, la nature de la réalité ainsi que les catégories de base de l'être. Les sous-catégories de l'être se concentrent sur l'étude des classes les plus fondamentales et les plus larges d'entités qui constituent l'univers.

orbite de halo quasi-polaire (OHQP) : Une orbite efficace pour les installations dans l'espace cis-lunaire, utilisée par la station orbitale WISE.

otzstep : Un genre de musique dance populaire en 2161.

péché originel : Une croyance chrétienne dans l'état du péché, selon laquelle l'humanité existe depuis la chute de l'homme quand Adam et Ève se sont rebellés dans le jardin d'Eden. En consommant le fruit défendu de l'arbre de la connaissance, ils ont appris l'existence du bien et du mal. Une des nombreuses interprétations de l'histoire du péché originel est que l'humanité aspirait à rivaliser avec la connaissance et la perfection de Dieu, sans y être autorisée, car seul Dieu peut être parfait.

planétonnier : Une personne qui a passé au moins un total d'une décennie hors de la surface de la Terre. Cela inclut le temps passé en orbite de la Terre, en transit en dehors de l'atmosphère protectrice ou dans une habitation éloignée de la Terre, par exemple dans une des stations orbitales, des bases lunaires ou des colonies sur Mars. Le terme provient de la combinaison des mots planète et pionnier.

Prime Netchat : Une émission d'actualités majeure sur le net.

principe anthropique : Une considération philosophique selon laquelle les observations de l'univers doivent être compatibles avec la vie consciente et sage qui l'observe. Le principe est une réponse aux critiques de certaines théories des multivers, qui postulent qu'un grand nombre d'univers existent. Cette conjecture soulève la question de savoir comment nous avons la chance de vivre dans le nôtre. Les partisans du principe anthropique avancent que cela expliquerait pourquoi cet univers a l'âge et les constantes physiques fondamentales nécessaires pour accueillir la vie consciente. Le principe a suscité beaucoup de discussions et de critiques, dont des accusations selon lesquelles il ne s'agit que d'une simple tautologie ou d'une spéculation gratuite.

problème du calcul économique de von Mises : La question de savoir comment les valeurs subjectives individuelles sont traduites en informations objectives nécessaires pour l'allocation rationnelle des ressources dans la société. L'économiste Ludwig Heinrich Edler von Mises (1881–1973) a décrit la nature du système de prix sous le capitalisme. Il a fait valoir que le calcul économique n'est possible qu'avec les informations fournies par les prix du marché.

qualia : Les cas individuels d'expérience subjective et consciente. Ce sont les qualités perçues du monde, qui comprennent les sensations corporelles perçues.

Quatre Cavaliers de l'Apocalypse : Décrits dans le dernier livre du Nouveau Testament (l'Apocalypse), les Quatre Cavaliers sont généralement identifiés comme la Famine, la Pestilence, la Guerre et la Mort.

régime consciensoucieux : Un régime qui limite les protéines à celles des animaux au bas de la hiérarchie de conscience. Pour les animaux hautement conscients, le régime prévoit des alternatives cultivées dans des usines biochimiques à partir de cellules souches (p. ex. alternatives au porc, au bœuf et à l'agneau).

règlement des niveaux : Une série de lois promulguées au début du 22e siècle, développées pour contrebalancer la nationalisation de la production économique et l'octroi d'un revenu garanti. Le Règlement définit des niveaux (de 1, le plus élevé, à 99, le plus bas) qui aident à attribuer des emplois et placer certaines restrictions sur le vote, les voyages, les interactions sociales et l'accès aux postes créatifs parrainés.

retard haptique : Le retard causé par la distance des signaux électroniques lors de l'utilisation de bots de réalité virtuelle.

Robots contenant une IA :

pipabot ou PIPA (Programme Intelligent Personnel d'Assistance) : Un robot plus petit qu'un humain moyen, avec une tête elliptique, deux lentilles pour les yeux et une bouche simplifiée. Le front du pipabot brille de différentes couleurs pour indiquer les émotions.

medbot : Un pipabot spécialisé augmenté avec des dispositifs médicaux pour la chirurgie et les soins de santé généraux.

copbot : Un pipabot, mais plus grand et construit sur un châssis robuste avec des paramètres de résistance plus élevés. Son module vocal est réglé une octave plus bas et il est programmé pour être laconique. Autorisé à recourir à la force en suivant une échelle de menace.

mécha : Un robot utilisé pour les emplois industriels et généraux. Il fait trois mètres de haut, avec une portée supplémentaire d'un mètre pour ses deux bras. Ses quatre membres peuvent être articulés en jeux parallèles dans les espaces confinés ou en inversant l'articulation d'un jeu pour prendre une posture d'araignée afin de gagner en stabilité et en vitesse. Sa tête triangulaire contient deux capteurs optiques, des lentilles qui ressemblent à des yeux, et ne possède pas de bouche. Le mécha ne peut pas communiquer verbalement, mais peut transmettre des informations verbales aux humains par le biais d'un pipabot.

milmécha : Un mécha bâti sur un châssis robuste, avec la capacité d'ajouter des armes à ses appendices. En fonction du déploiement, il peut être autorisé à recourir à la force létale, conformément au Droit international humanitaire, dont les États sont signataires.

milpipabot : Un pipabot bâti sur un châssis robuste, avec des options d'armes militaires et des restrictions d'utilisation similaires aux milméchas.

cleanerbot : Un petit robot sans module de communication verbale ; il est utilisé pour les tâches de nettoyage.

matchlovebot : Un pipabot avec des modules d'émotion et de communication augmentés ; il est utilisé pour améliorer les interactions sociales entre humains, et pour le plaisir personnel de ces derniers.

Robots pilotés par des humains :
exomech : Un robot à exosquelette de trois mètres de haut et semblable à un mécha, mais directement piloté par un occupant humain. Les humains peuvent entrer dans la coque métallique et utiliser leurs mains et leurs jambes pour diriger les mouvements de l'exomech. Les exomechs faisaient partie des premiers robots pilotés par des humains dans les milieux industriels, mais ils ont été remplacés par les méchas et ont cessé d'être produits au milieu du 22e siècle. Les exomechs sont encore utilisés dans les compétitions sportives.

steerbot : Une coque robotisée qui ressemble à un pipabot mais sans IA et avec des communications en réalité virtuelle qui lui permettent d'être actionnée par un humain dans un netwalker à travers une connexion. Les steerbots offrent la sensation réaliste d'incarner la machine, ce qui permet aux humains de les piloter directement dans les endroits éloignés et dangereux.

steermech : Un robot qui ressemble à un mécha mais qui est similaire à un steerbot pour les autres aspects.

SALA (Systèmes d'armes létales autonomes) : Une classe de systèmes d'armes qui utilisent des capteurs et des algorithmes informatiques, généralement déployés dans des milméchas et des plateformes militaires connexes, pour identifier indépendamment une cible et l'attaquer et la détruire sans contrôle humain manuel du système. Ces systèmes sont légaux en vertu du droit international pour le contrôle des frontières et des prisons.

sandboxing : Destiné à empêcher la propagation incontrôlée de code malveillant, le sandboxing se rapporte aux protocoles, au matériel et aux logiciels appliqués en informatique et réseau pour isoler les IA autonomes et incarnées et les autres logiciels sur le net.

Les wrappers matériels et logiciels contrôlent précisément les interfaces. Toutes les interfaces sont strictement réglementées, et les changements sont consignés dans un journal de blockchain national.

Searle, John (1932–) : Un philosophe américain. Ses concepts notables incluent la Chambre chinoise, un argument contre une intelligence artificielle « forte. »

sémantique : L'étude de la façon dont le sens est associé au langage, aux signes et aux symboles.

sentience : sentiments ou sensations (plutôt que la perception ou la pensée).

sept péchés capitaux : Le regroupement et la classification des vices dans les enseignements chrétiens. Ils comprennent l'orgueil, la paresse, la gourmandise, l'envie, l'avarice, la luxure et la colère.

SORA (Surcouche d'Orientation en Réalité Augmentée) : Chargée dans un ESNE, la SORA utilise des signaux GPS pour tracer une carte sur l'interface de la lentille cornéenne pour que l'utilisateur puisse suivre la carte tout en marchant.

sports exomécaniques : Inventés au 22e siècle quand les exosquelettes (des versions industrielles qu'une personne contrôlait depuis l'intérieur) ont été retirés de la circulation. À l'origine, ces sports utilisaient les surplus d'équipement.

station orbitale WISE (World Interstellar Space Exploration) : Un important projet scientifique centré sur une base de construction en orbite autour de la lune et qui lancera une série de sondes vers des exoplanètes prometteuses. Le projet est dirigé par le consortium de pays World Interstellar Space Exploration. La station orbitale fait actuellement mille trois cents mètres de longueur, utilise deux centrales à fusion et renferme diverses installations de fabrication pour la construction des sondes et des infrastructures associées.

survenance : Une relation entre des ensembles de propriétés ou de faits ; X survient sur Y si et seulement si une différence dans Y est nécessaire pour que des différences dans X soient possibles.

syntaxe : Se rapporte généralement à l'arrangement de mots pour créer des énoncés bien formés. En informatique, la syntaxe est l'ensemble de règles qui définit les combinaisons de symboles considérés comme correctement structurés dans un langage de programmation. En philosophie de l'esprit, la théorie informatique de l'esprit décrit l'esprit en termes informatiques. Le computationnisme considère généralement que le calcul utilise des symboles sur la base de leurs propriétés syntaxiques plutôt que leurs propriétés sémantiques, et que l'esprit est une machine axée sur la syntaxe.

synthévase : Vase issu de la biologie synthétique, un récipient biodégradable utilisé pour contenir divers liquides.

synthotropes : Des psychotropes biologiques synthétiques et d'autres médicaments causant une altération de l'esprit.

test de Turing : Un des premiers tests de mentalité d'IA.

théorème de Bayes : Décrit la probabilité d'un événement en se basant sur la connaissance préalable des conditions qui pourraient être liées audit événement.

théorème de Tarski : Énoncé et démontré par le mathématicien Alfred Tarski ; le théorème affirme que la vérité arithmétique ne peut pas être définie dans l'arithmétique.

théorie de la complexité (ou science de la complexité) : L'étude de la complexité et des systèmes complexes. Ses sous-disciplines comprennent les systèmes adaptatifs complexes et la théorie du chaos.

- Les systèmes adaptatifs complexes, un sous-ensemble de systèmes dynamiques non linéaires, sont des systèmes dans lesquels l'ensemble est plus complexe que les parties qui le composent.
- La théorie du chaos, une branche des mathématiques, étudie les systèmes dynamiques qui sont hautement sensibles aux conditions initiales, où des états de désordre apparemment aléatoires sont souvent régis par des modèles sous-jacents.

- L'étude de systèmes adaptatifs complexes est hautement interdisciplinaire et associe les observations des sciences naturelles et sociales pour développer des modèles de niveau système et des idées permettant des agents hétérogènes, une transition de phase et un comportement émergent.

transfert de Hohmann : Une manœuvre orbitale qui transfère un satellite ou vaisseau spatial d'une orbite circulaire à une autre.

trois lois de la robotique : Présentées dans la série *Robot* d'Isaac Asimov, les Trois lois sont les suivantes :

- Loi 1 : Un robot ne peut porter atteinte à un être humain ni, en restant passif, permettre qu'un être humain soit exposé au danger.
- Loi 2 : Un robot doit obéir aux ordres qui lui sont donnés par un être humain, sauf si de tels ordres entrent en conflit avec la première loi.
- Loi 3 : Un robot doit protéger son existence tant que cette protection n'entre pas en conflit avec la première ou la deuxième loi.
- Addendum : Un addendum a été ajouté au cours du dernier siècle et stipule qu'un robot doit veiller à la survie des autres robots, tant que cette protection n'entre pas en conflit avec les trois premières lois.

tuile biométrique : Un dispositif électronique intégré dans la peau au-dessus du sternum et authentifiant le porteur en enregistrant ses données biométriques, à la fois biologiques et comportementales, et en fournissant un mot de passe sécurisé.

unités d'holocommunication : Un équipement de communication holographique qui se connecte au net. Les unités peuvent être configurées en plusieurs formats, les plus courants étant les communications holomurales, holoplafoniques, holoputtiques et holoimmersives avec combinaisons haptiques intégrales.

univers physiquement fermé : Un concept lié à une théorie métaphysique sur la nature de la causalité dans le domaine physique et la fermeture causale physique. Il peut être énoncé comme suit : « Si nous retraçons l'ascendance causale d'un événement, nous n'avons jamais besoin d'aller en dehors de l'univers physique. »

uwatenage : Une projection au sol avec le bras passé au-dessus de celui de l'adversaire en lutte sumo.

via negativa : Une théologie apophatique, aussi connue sous le nom de théologie négative, et une pratique religieuse qui tente d'approcher Dieu (le Divin) par la négation (en parlant seulement en termes qui ne peuvent pas être dits) de la bonté parfaite qu'est Dieu. Un exemple appliqué de *via negativa* est le texte *Le Nuage de l'inconnaissance*, une œuvre anonyme de mysticisme chrétien écrite au 14e siècle.

vidsnap : Un fichier de données généralement collecté et stocké dans l'ESNE, par projection cornéenne ou par téléchargement sur le net.

voiture automatisée : Véhicule contrôlé par une IA.

VRbotFest : Une compétition logicielle utilisant un netwalker pour contrôler un steermech virtuel, sans robots physiques impliqués. Les commandes ne fonctionnent pas toutes parfaitement ; ainsi, des compétences informatiques sont nécessaires pour pirater l'interface tout en combattant les autres steermechs virtuels.

Wikipédia : Une encyclopédie en ligne multilingue créée et maintenue en tant que projet de collaboration ouverte. Créée au début du XXIe siècle par Jimmy Wales et Larry Sanger, cette ressource du net continue d'être une source d'information fiable, évitant miraculeusement la censure et la politisation qui ont affecté de nombreuses autres sources d'information. Wikipédia a été rebaptisé Netpedia en 2129. De nombreuses définitions qui y sont contenues sont devenues les résumés standard par défaut de certaines informations. Les entrées originales de Wikipédia contenues dans ce vidsnap comprennent des parties des pages pour le principe anthropique, l'argumentum ad lapidem, l'apside, le théorème de Bayes, la théorie de la complexité, la conscience, la théorie du clair de lune généralisé en mathématiques, le transfert d'Hohmann, David Hume, Jaegwon Kim, la kill box, le démon de Laplace, la noria, l'ontologie, le péché originel, l'univers physiquement fermé, les qualias, l'hypothèse de Riemann, le chat de Schrödinger, John Searle, les sept péchés capitaux, le modèle standard de la physique des particules, la syntaxe, le théorème de non-définissabilité de Tarski, les trois lois de la robotique, la *via negativa*, le problème du calcul économique de von Mises et Eugene Wigner.

Wigner, Eugene (1902–1995) : Physicien théorique et lauréat du prix Nobel de physique, il a publié l'article « La déraisonnable efficacité des mathématiques dans les sciences naturelles » dans la revue *Communications in Pure and Applied Mathematics* en 1960. Dans cet article, Wigner observait que la structure mathématique d'une théorie physique ouvrait souvent la voie à d'autres progrès dans cette théorie, et même à des prédictions empiriques. Ailleurs, il dira que « Le miracle de la justesse du langage mathématique pour la formulation des lois de la physique est un don merveilleux que nous ne comprenons ni méritons. »

Zone vide : Un espace correctionnel extérieur dans le centre du Nevada.

Remerciements

Comme la plupart des initiatives humaines, ce livre a nécessité les efforts de nombreuses personnes, qui ont donné de leur temps et de leur esprit pour m'aider à mieux faire.

Merci aux lecteurs de la version bêta, qui ont souligné les passages où les premières versions du manuscrit pouvaient être plus claires, en particulier Alex Filippenko, Carlos Montemayor et Jack Darrow.

Le livre a bénéficié d'un merveilleux groupe d'éditeurs. L'éditrice du développement Olivia Swensen a poli l'intrigue et les personnages. Cynthia, ma femme, m'a aidé à enrichir et affiner les personnages au fil du temps. Notre fille, Brooke, a apporté ses ajustements francs, stratégiques et nuancés pour peaufiner l'histoire. Je suis redevable à l'équipe de rédacteurs et éditeurs de DeVore Editorial : Jaclyn DeVore, Kerri Olson et ma chère Angela Houston. Jennifer Della'Zanna a perfectionné le tout avec d'autres éditions et vérifications, et Alyssa Dannaker a conclu la relecture. L'édition française a été traduite par Anthony Teixeira et relue par Charlotte Giertych. Le livre a été amélioré visuellement par la designer de couverture Sienny Thio, l'illustratrice Veronika Bychkova, et la designer de mise en page Ines Monnet.

Je suis redevable aux grands philosophes, écrivains et poètes qui m'ont inspiré avec leurs idées et leur art. Leur héritage est une longue discussion sur les idées humaines, nous rappelant que personne n'est isolé. Merci à *Hamlet* de Shakespeare pour nous rappeler le pauvre Yorick ; Tennyson pour sa définition de la sagesse ; Bouddha pour ses conseils pour les sages ; et Edgar Lee Masters pour son personnage, Lucinda Matlock, qui me rappelle toujours ma grand-mère. Merci à Jaegwon Kim pour sa formulation des problèmes de causalité mentale, qui a servi de base à une grande partie de mon argument mental ; et à Jerry Fodor, qui a mémorablement souligné pourquoi Mr Kim devait avoir tort. Merci à tous les scientifiques, ingénieurs, codeurs et hackers qui développent notre technologie avec sagesse pour nous servir.

Je suis reconnaissant envers mon fils, Blake, de m'avoir encouragé à commencer ce projet, et à ma famille de m'avoir donné le temps de terminer cette création ; du temps passé loin d'eux.

Mes remerciements et mon amour les plus profonds sont réservés à ma chère épouse, Cynthia. Elle fut la première et la plus importante éditrice de mon manuscrit, et de ma vie. Comme Joe, j'ai appris à trouver un but avec elle.

À PROPOS DE L'AUTEUR

Gary F. Bengier est un écrivain, philosophe et technologue.

Après une carrière dans la Silicon Valley, Gary a poursuivi des projets passionnels, étudiant l'astrophysique et la philosophie. Il a passé les deux dernières décennies à réfléchir à la façon de vivre une vie équilibrée et riche de sens dans un monde technologique en évolution rapide. Ce voyage introspectif insuffle à son roman des idées sur notre avenir et les défis auxquels nous serons confrontés pour trouver un but.

Avant de se tourner vers l'écriture de fiction de l'imaginaire, Gary a travaillé dans diverses entreprises technologiques de la Silicon Valley. Il a été directeur financier d'eBay, et a mené l'introduction en bourse et les appels publics à l'épargne de l'entreprise. Gary est titulaire d'un MBA de la Harvard Business School et d'une maîtrise en philosophie de l'Université d'État de San Francisco. Il a deux enfants avec Cynthia, son épouse depuis quarante-trois ans. Quand il ne parcourt pas le monde, il élève des abeilles et produit un délicieux Cabernet dans son vignoble familial de Napa. Il vit avec sa famille à San Francisco.

www.ingramcontent.com/pod-product-compliance
Lightning Source LLC
Chambersburg PA
CBHW020717310726
48979CB00004B/959
* 9 7 8 1 6 4 8 8 6 0 3 7 9 *